Ina

Kristina Herzog

Was der Morgen verspricht

TINTE & FEDER

Das Buch

Berlin 1904: Gegen den Widerstand ihrer Eltern verbringt die Jüdin Hannah viel Zeit in der Arztpraxis ihres Großvaters. Heimlich träumt sie davon, Medizin zu studieren. In Tübingen soll das auch für Frauen möglich sein. Doch das schickt sich nicht für ein Mädchen aus gutem Hause – anders als eine Hochzeit. Abrupt vor vollendete Tatsachen gestellt, lässt Hannah ihren Verlobten beim ersten Treffen einfach stehen. Dabei hat Daniel nur Augen für sie. Und je näher sie ihn kennenlernt, desto mehr fühlt Hannah sich zu dem einfühlsamen jungen Mann hingezogen. Ob sie ihm von ihrem Traum erzählen kann?

Die Autorin

Kristina Herzog studierte Jura und Mediation in Berlin und Heidelberg. Neben Kurzgeschichten in Anthologien und Zeitschriften hat sie Kriminalromane und einen Politthriller veröffentlicht. Schon immer galt ihr besonderes Interesse jedoch der Geschichte und den persönlichen Schicksalen der Menschen aus historischer Perspektive. »Was der Morgen verspricht« ist Kristina Herzogs erster historischer Roman und der Auftakt zu einer bewegenden Familiensaga. Weitere Informationen über die Autorin finden Sie unter https://www.kristinaherzog.de/newsletter/.

Kristina Herzog

WAS DER MORGEN VERSPRICHT

Die Sternberg-Saga

ROMAN

TINTE & FEDER

Deutsche Erstveröffentlichung bei
Tinte & Feder, Amazon Media EU S.à r.l.
38, avenue John F. Kennedy, L-1855 Luxembourg
Mai 2022

Umschlaggestaltung: zero-media.net, München
Umschlagmotiv: © Joanna Czogala / ArcAngel 1. Lektorat: Ute Köhler 2.
Lektorat und Korrektorat: VLG Verlag & Agentur, Haar bei München,
www.vlg.de
Gedruckt durch:
Amazon Distribution GmbH, Amazonstraße 1, 04347 Leipzig /
Canon Deutschland Business Services GmbH, Ferdinand-Jühlke-Straße 7,
99095 Erfurt /
CPI books GmbH, Birkstraße 10, 25917 Leck

ISBN 978-2-49671-123-3

www.tinte-feder.de

Für Sanni

1. Kapitel

Berlin, 1904

Den ersten Einblick in das Innere eines Menschen bekam Hannah durch das Bild eines aufgeklappten Mannes in einem medizinischen Lehrbuch. Aus seinen Organen ragten Pfeile, an deren Enden die lateinischen Bezeichnungen standen. Mittlerweile konnte Hannah diese klangvollen Fachausdrücke jederzeit auswendig aufsagen, wenn sie mit geschlossenen Augen auf eines der Körperteile tippte, so oft hatte sie sie studiert. Dieses Ratespiel wirkte auf sie ähnlich belebend wie ein Spaziergang im Lietzenseepark oder einer dieser erfrischenden Walzer von Strauß.

Die Bürste fuhr sanft durch ihre langen Haare, sodass Hannah vor Wohlbehagen ein leiser Schauder durchströmte. Sie summte vor sich hin, denn sie genoss es, wenn Alma ihr am frühen Morgen die Haare frisierte. Alles war zu dieser Zeit noch so friedlich und hoffnungsvoll, und man konnte sich einreden, dass heute alles ganz anders würde als sonst. Im Salon, in den sie aus Platzgründen fürs Frisieren auswichen, glomm zu dieser frühen Stunde nur eine einzige Lampe und vermittelte so ein Gefühl der Geborgenheit. Den Wälzer mit den anatomischen

Abbildungen, den sie vom Großvater erbettelt hatte, hatte sie selbst jetzt auf dem Schoß, weil sie es nicht aushielt, zu lange von dem Buch getrennt zu sein.

Ihre Finger fuhren über den glatten Einband, der so unglaubliche Schätze in sich barg und Vorfreude weckte auf später, wenn sie wieder allein war und darin blättern konnte.

»Ach, gnädiges Fräulein! Dass Sie immer diese gruseligen Abbildungen ansehen müssen«, sagte Alma mit einem Schaudern in der Stimme.

»Die sind doch unglaublich faszinierend. Sieh nur, man kann genau sehen, wo das Herz liegt und die beiden Flügel der Lunge und so vieles mehr. Außerdem: Wenn ich Medizin studieren will, darf mich so etwas nicht schrecken.«

»Aber bis dahin haben Sie ja noch mindestens ein gutes halbes Jahr Zeit, und außerdem werden Ihre Eltern das niemals erlauben.«

»Hast du noch nie davon geträumt, woanders als bei uns zu arbeiten? In einem richtig großen Haushalt vielleicht, oder sogar bei Hofe?«

»Nun, natürlich. Aber ich bin ja auch erst siebzehn Jahre alt und kann schließlich noch irgendwann etwas anderes machen.«

»Und was möchtest du anderes machen? Willst du kein Zimmermädchen mehr sein?«

Alma schüttelte heftig den Kopf und senkte die Bürste, während sie versonnen vor sich hin starrte.

»Beileibe nicht. Am liebsten würde ich einen anständigen Mann finden, der mich heiratet. Einen, der nicht säuft und nicht schlägt.«

»Und das ist dein Traum? Ein Mann, der kein Säufer ist? Meine Güte, Alma, das hört sich ja furchtbar an.«

»Aber warum? Dann muss ich nicht mehr arbeiten, sondern kann meinem Mann ein schönes Heim bereiten, für ihn kochen, ihn umsorgen, vielleicht Kinder bekommen …«

»Und früh an Tuberkulose oder im Kindbett sterben, na vielen Dank auch.«

»Man muss nicht immer vom Schlechtesten ausgehen, gnädiges Fräulein!«, erwiderte Alma mit beleidigtem Unterton, während sie weiterbürstete und sich Stille im Zimmer ausbreitete.

* * *

Nach einer Weile ergriff Alma wieder das Wort, während sie begann, Hannahs Haare auf der rechten Seite geschickt zu einem Zopf zu flechten und festzustecken. »Ist nicht bald Ihre Abschlussfeier?«

»Was heißt schon Feier. Wichtig ist nur, dass ich das Abiturzeugnis in der Hand habe, und dann …«

Ein lautes Scheppern ließ beide zusammenzucken. Hannah riss die Augen auf und schob im selben Moment vorsichtshalber das Buch von den Knien, sodass es unter ihrem langen Rock zu liegen kam und nicht von fremden Augen erspäht werden konnte. Aus den Augenwinkeln sah sie, wie ihr sechs Jahre älterer Bruder Jakob schnell aus dem Raum huschte. Einen Augenblick erwog sie, ihm nachzurufen, aber da hörte sie schon die Tür zu seinem Zimmer ins Schloss fallen. Er benahm sich, als wäre er auf der Flucht vor seinem Professor, der ihn dabei ertappt hatte, wieder unvorbereitet in eine Vorlesung gekommen zu sein.

Auf dem Boden lagen große Scherben, auf deren Bruchstücken man noch eine anmutige Schäferin und ihren Galan erahnen konnte. Das war die gute Vase, die noch von Urgroßmutter stammte.

Hatte Jakob sie umgestoßen? Aber warum, und was tat er eigentlich um diese Zeit hier, musste er nicht längst in der Uni sein? Ein Blick auf Alma offenbarte jedoch, dass ihr das Missgeschick passiert sein musste. Sie hatte die Hand vor den

Mund geschlagen und stand mit gesenktem Blick da. Die Bürste hielt sie noch in der Hand, und ihr Gesicht war rot bis an die Wurzeln ihres hellblonden Haares.

Da stürmte auch schon Vater in den Salon. Er trug nur ein Unterhemd und eine braune Hose, die von Hosenträgern gehalten wurde. Sein Gesicht war zur Hälfte eingeschäumt, und er fuchtelte wütend mit dem Rasiermesser, das er noch in der Hand hielt.

»Wer war das? Du schon wieder?«, schrie er Alma mit steiler Falte zwischen den buschigen Augenbrauen an.

Hannahs Magen krampfte sich zu einem harten Knoten zusammen. Das war nicht gut. Gar nicht gut! Sie griff nach der Hand des zitternden Mädchens. Beide wussten, was jetzt folgen würde. Vater war nicht zimperlich bei der Disziplinierung. Weder beim Gesinde noch früher bei seinen Kindern. Er würde sie züchtigen. Entweder mit der Bürste oder gleich mit dem Rohrstock. Alma hielt Hannahs Hand so fest umklammert, dass ihre Fingerknöchel weiß hervortraten. Am liebsten hätte Hannah sich gemeinsam mit ihr in einem Mauseloch verkrochen, um dem Zorn der Eltern zu entkommen, doch die Aussichten standen schlecht. Jetzt rauschte auch noch Mutter ins Zimmer, und ihr Gesicht verhieß nichts Gutes!

Hannah schluckte trocken, drückte dann Almas Hand und sagte mit zitternder Stimme: »Bitte tu ihr nichts, Vater, es war alles meine Schuld.« Aufrecht blickte sie in das zorngerötete Gesicht ihres Vaters, während ihre Beine so heftig zitterten, dass sie damit die Sahne für den Sonntagskaffee hätte aufschlagen können.

»Ja, ist das denn die Möglichkeit? Doch nicht die schöne Vase!«, hörte Hannah die schrille Stimme ihrer Mutter. Im Gegensatz zu allen anderen – bis auf die Diener natürlich – war sie um diese Zeit bereits fertig angekleidet und frisiert.

Ihre Haare waren hoch aufgetürmt, und dazwischen steckten Blumen. Sie sah aus, als wäre sie bereit, auf einen Ball zu gehen.

»Hannah war es. Sei ihr nicht böse, so etwas kann ja mal passieren. Allerdings solltest du mit ihr die Benimmregeln durchgehen, bevor …« Abrupt hielt Vater inne. Seine eben noch gerunzelte Stirn glättete sich, und er warf Hannah einen unsicheren Blick zu.

»Ich war in der Hektik heute Morgen wohl etwas ungeschickt und bitte demütig um Verzeihung«, sagte Hannah sanft.

»Ungeschicktes Ding!«, murmelte Mutter nur, dann bückte sie sich und nahm eine von den Scherben in die Hand. Mit trauriger Miene strich sie darüber.

Hannah sah sie voller Mitgefühl an. »Es tut mir leid. Es war eine so schöne Vase«, sagte sie leise.

Mutter sah auf. Ein Lächeln zuckte über ihr Gesicht, während sie abwesend nickte.

Eigentlich waren derzeit alle Gedanken und Handlungen von Mutter und allen Angestellten auf die Vorbereitung der bevorstehenden Reise gerichtet. Die Abfahrt an die Ostsee war ein gigantisches Unterfangen, bei dem der gesamte Berliner Haushalt umgesiedelt werden musste. Man plante einen mehrwöchigen Aufenthalt zur Sommerfrische, jetzt wo die Villa dort nach mehreren Jahren Bauzeit endlich fertig geworden war. Und es galt eine Menge zu bedenken und zu verpacken, bevor es endlich losgehen konnte.

Noch einmal strich Mutter mit dem Daumen über die Scherbe. Dann schloss sie die Hand darum und drehte sich um.

Vater sah Hannah augenzwinkernd an, dann sagte er mit gespielter Strenge: »Sei in Zukunft etwas vorsichtiger, Hannah! Männer mögen keine Trampel.«

Grinsend ging er aus dem Zimmer. Hannah wusste, dass er es nicht so meinte, wie er es gesagt hatte. Sie war sein ausgesprochener Liebling, und für gewöhnlich scherte er sich keinen Deut darum, ob sie den Männern gefiel oder nicht.

Alma, die immer noch mit ängstlichem Blick zitternd in der Ecke stand, zuckte nervös zusammen, als Mutter aus dem Flur rief: »Was stehst du so rum, Alma? Räum das hier auf, und dann geh und mach die Besorgungen. Auf meinem Sekretär liegt ein Zettel mit den Dingen, die wir benötigen. Hannah wird die letzte Strähne auch allein aufstecken können. Und Hannah: Lass Alma das Band an deinem Kleid festnähen! Liederlichkeit ist keine positive Eigenschaft.«

»Natürlich, Mutter«, rief Hannah ihr hinterher. Dann blickte sie in den Spiegel und seufzte tief, während sie nach dem Buch auf dem Boden angelte.

»Das war knapp«, stellte sie fest.

»Danke, gnädiges Fräulein. Ich bin Ihnen unendlich dankbar.« Alma weinte fast, als sie sich neben die Scherben kniete und sie vorsichtig mit der Hand aufnahm. »Ich bin so ein Esel.«

»Das ist doch Unsinn. Kann doch jedem mal passieren. Aber jetzt schnell. Ich darf Mutter nicht warten lassen, und du weißt, was passiert, wenn du dir zu viel Zeit mit den Einkäufen lässt.« Hannah bemühte sich, die widerspenstigen Strähnen festzustecken.

Kaum hatte Alma alles gründlich aufgekehrt, eilte sie hinaus. Hannah schlenderte langsam in ihr Zimmer zurück, bevor sie sich in aller Ruhe das Gesicht wusch und dann die Zähne über der Waschschüssel mit geschlämmter Kreide und Kampfer putzte. Wenig später brachte Alma knicksend das Frühstück herein und trug Schüssel und Zahnbürste hinaus. Hannah ging zu dem kleinen Tischchen, an dem sie sonst Handarbeiten zu machen pflegte und wo jetzt verheißungsvoll die heiße Schokolade dampfte.

* * *

In den vergangenen Tagen war es oft vorgekommen, dass die Familienmitglieder getrennt voneinander frühstückten. Sonst war das eher selten der Fall. Mutter achtete streng darauf, dass sich die ganze Familie abends gemeinsam bei Tisch traf und dass zumindest Hannah und Jakob am Morgen mit ihr zusammen speisten. Aber jetzt, während der Vorbereitungen auf den zeitweiligen Umzug an die Ostsee, war so viel zu erledigen, dass sie keine Zeit hatte, ihre Sprösslinge bereits am frühen Morgen um sich zu scharen. Außerdem hatte Vater bereits für seine Abwesenheit seinen Prokuristen als Stellvertreter im Werk eingearbeitet und verbrachte deshalb die Morgenstunden zu Hause, sodass Mutter gern die Zeit mit ihm allein genoss, zumal Jakob für gewöhnlich nach dem Abendessen noch ausging, spät nach Hause kam und bis in die Puppen schlief. Normalerweise frühstückte Vater in der Tabakfabrik, zu der er stets sehr früh aufbrach und spät zurückkam, denn schließlich verlangten die florierenden Geschäfte seine volle Aufmerksamkeit. Schon wieder stand eine Expansion der Firma bevor, und zu diesem Zweck hatte Vater jüngst das Grundstück neben dem Werk erworben, um anbauen zu können. Sobald sie von der See zurück waren, sollte mit dem Bau begonnen werden.

Hannah kam diese Frühstücksregelung sehr zupass, schließlich hatte sie so die Möglichkeit, ihre heiße Schokolade in einer Form zu genießen, die ihr perfekt erschien: Sie hatte die Angewohnheit entwickelt, die von ihrer Köchin Lene jeden Morgen frisch gebackenen Brötchen, die großzügig mit selbst eingekochter Kirschmarmelade bestrichen waren, hastig zu vertilgen. Dann aber begann der magische Teil des Morgens: Hannah setzte sich in Erwartung von etwas Wichtigem aufrecht in den kleinen Sessel und griff nach dem dicken Lehrbuch der Medizin, das sie für die Zeit des Essens sorgfältig zuunterst in ihrem Wollkorb versteckt hatte. Zuerst strich sie zärtlich über den glatten Einband, dann vertiefte sie sich in die Abbildungen von Muskeln und Blutbahnen, während der warme Kakao langsam ihre Kehle hinunterrann. Himmlisch!

Heute allerdings wurde diese Idylle abrupt gestört, gerade als Hannah die Tasse zum zweiten Mal ansetzte und währenddessen den Aufbau der Nieren studierte. Ohne vorheriges Klopfen stand plötzlich Mutter im Zimmer.

Sie blickte Hannah kopfschüttelnd an.

»Was soll das, Hannah? Wir haben doch darüber gesprochen, dass das keine angemessene Lektüre für eine junge Dame ist. Was sollen denn die Männer davon halten, hm? Arbeite lieber an deiner Stickdecke oder übe ein wenig Klavier.«

»Ach, Mutter! Diese langweiligen Dinge sind nichts für mich«, erwiderte Hannah mit gefurchter Stirn. »Lass mir doch das Buch. Es ist so unglaublich spannend.«

Doch Mutter schüttelte unerbittlich den Kopf. »Unmöglich. Gib es mir«, befahl sie und streckte auffordernd die Hand aus.

Mit hängenden Schultern stand Hannah auf, klappte leise das Buch zu und reichte es ihr, zugleich deutete sie einen Knicks an.

»Ich bitte um Verzeihung, Mutter!«, murmelte sie.

»Wo hast du es nur wieder her? Von Großvater? Das ist unverantwortlich von ihm. Man kann ein junges Mädchen nicht mit solchen Dingen konfrontieren. Dein Vater wird ein ernstes Wort mit ihm reden müssen. Kein Mann will eine Frau, die derartige Flausen im Kopf hat.«

»Großvater kann gar nichts dafür. Ich habe ihm bei meinem letzten Besuch so lange in den Ohren gelegen, bis er es mir geliehen hat. Es tut mir leid, aber es ist so ungeheuer faszinierend. Wusstest du, Mutter, dass die Niere den Körper gleichsam reinigt? Und dass …«

»Ich will nichts mehr von diesem Unfug hören. Es schickt sich nicht für ein junges Mädchen, sich mit derartigen Dingen zu beschäftigen. Wo ist eigentlich Alma? Ist sie immer noch nicht zurück? Wie lange braucht sie denn nur für die paar Besorgungen?«

»Ich bin sicher, sie wird ihr Bestes tun, um gleich wieder hier zu sein.«

»Nun, eigentlich bin ich gekommen, um dich wissen zu lassen, dass wir zum Kaffee Besuch erwarten. Herr und Frau Friedländer kommen mit ihrem Sohn. Ich erwarte, dass du uns alle Ehre machst. Lass Alma dein bestes Kleid aufbügeln.«

»Selbstverständlich, Mutter. Ich werde sie darum bitten. Aber ich fürchte, ich kann nicht lange bleiben. Ich hatte versprochen, die Großeltern heute Nachmittag zu besuchen, um Großvater ein wenig in der Praxis zur Hand zu gehen.«

»Das kommt nicht infrage. Sende ihnen eine Mitteilung, dass du den Besuch verschieben musst.« Mutter stand in der Tür, das dicke Buch unter den Arm geklemmt, das Hannah bereits jetzt so sehr vermisste, dass es schmerzte. All diese Fakten über den menschlichen Körper aufzusaugen und immer mehr zu lernen, machte sie einfach glücklich. Doch nun war dieses Vergnügen abrupt beendet worden, und es bestand wenig Aussicht, dass sich dieser Zustand in näherer Zukunft ändern würde. Es sei denn, sie schaffte es …

»Ich fürchte nur, dann wird es mir vor unserer Abfahrt kaum mehr möglich sein, die Großeltern zu sehen. Und Großvater sagt, dass ich ihm eine große Hilfe bin.«

»Hannah, bitte! Muss ich dich wirklich daran erinnern, dass eine gute Tochter ihren Eltern nicht widerspricht? Dieser Unsinn mit der Hilfe in der Praxis muss ein Ende haben. Das schickt sich nicht. Wir müssen an deinen Ruf denken. Und außerdem: Wie oft hast du dort schon die Zeit vergessen? Es kommt keinesfalls infrage, dass du verschwitzt oder gehetzt an der Kaffeetafel sitzt.«

»Ja, Mutter. Natürlich.« Hannah stand mit gesenktem Kopf da.

»Zieh dein bestes Kleid an, und dann komm noch einmal in den Salon und zeig dich mir. Wir müssen feststellen, was noch zu tun ist, damit du gut aussiehst heute Nachmittag!« Damit drehte sie sich um und ging.

Hannah ließ sich lang ausgestreckt nach hinten auf ihr Bett fallen und presste die Augenlider aufeinander.

Da war es wieder: dieses verhasste und dennoch wohlbekannte Gefühl der Hilflosigkeit und der Leere. Sie sehnte sich nach geistiger Auslastung und sinnvoller Tätigkeit und wurde auf Handarbeiten und ein reizendes Erscheinungsbild verwiesen. Doch sie hatte Mutter verärgert. Das tat ihr leid. Sie wusste ja, dass sie nur das Beste für die ganze Familie wollte. Sie nahm ihr die Medizinbücher weg, weil ihr bewusst war, wie die Gesellschaft über gelehrte Frauen dachte. Und sie wollte nicht, dass Hannah wegen ihres Interesses ausgegrenzt oder geneckt wurde. Hannah seufzte.

Aber noch schlimmer erschien ihr die Aussicht, vor ihrer Abreise die Großeltern nicht noch einmal zu sehen. Es wäre zu schade, wenn sie es nicht noch zu ihnen schaffen würde. Großvater würde ein Herz haben und ihr das eine oder andere Buch mit in den Urlaub geben, jetzt, wo sie ihre teuren Gymnasialkurse erfolgreich beendet hatte. Mehrere Wochen nur mit Stickarbeiten, langweiligen Spaziergängen und dröger Familienzeit ohne wissenschaftliche Lektüre würden sie an den Rand des Wahnsinns bringen, da war sich Hannah sicher.

* * *

Alma hielt den Blick gesenkt, während sie durch die Straßen eilte, den noch immer leeren Korb fest an sich gepresst. Sie wusste, dass sie Ärger bekommen würde, wenn sie zu spät kam. Es war unerheblich, dass sie gerade von einer Gruppe junger Studenten in eine enge Gasse gedrückt und ausgiebig betatscht worden war, bis es ihr gelang, sich loszureißen und wegzulaufen. Aber sie spürte die fremden Hände immer noch auf ihrem Gesicht, ihrer Brust und ihrem Po. Genau dort hatte vorhin auch Jakob sie angefasst, bevor sie vor Schreck weggezuckt und die Vase zu Bruch gegangen war. Aber das gnädige Fräulein hatte sie in ihrer Herzensgüte vor einer Bestrafung geschützt.

Es tat so gut, eine freundliche Seele im Haus zu wissen. Ihr Alltag als Zimmermädchen war hart. Sehr hart. Sie stand als Erste auf und ging als Letzte zu Bett. Und zwischendurch hatte sie kaum Zeit, auf die Schnelle etwas zu essen. Sie musste die Kamine anheizen, Kohle schleppen, Wäsche waschen, einkaufen, putzen, beim Ankleiden helfen, servieren, sich um das Geschirr und das Silber kümmern und, und, und … Ihre Tage waren voller Arbeit und lang. Doch das kannte sie von klein auf. Schnell überquerte Alma die Straße, bevor ein großes Pferdefuhrwerk vorbeidonnerte. Die gnädige Frau würde sehr ungehalten sein, dass sie so spät kam.

Es war sehr wahrscheinlich, dass sie ihr zur Strafe den freien Nachmittag am Sonntag streichen würde. Die einzigen Stunden in der Woche, die ihr für sich allein blieben. Alma seufzte leise, drückte den Korb an die Seite und lief, so schnell sie konnte, in Richtung des Kolonialwarenladens.

Als sie um die Ecke bog, konnte sie die lange Schlange vor dem Geschäft schon sehen. Vier Hausmädchen standen wartend davor, alle mit Korb unter dem Arm, was bedeutete, dass drinnen auch bereits vier oder fünf sein mussten, denn mehr passten nicht in den Laden.

Alma seufzte. Das würde sie noch mehr Zeit kosten. Oje, was würde die gnädige Frau bloß sagen? Sie war in letzter Zeit sowieso schon so angespannt und ungehalten, da wollte Alma sie nicht auch noch reizen.

Kaum hatte sie sich angestellt, drehte sich das Mädchen um, das zwei Positionen vor ihr stand, und nickte ihr lächelnd zu.

»Käthe, ich habe dich gar nicht gesehen!«, rief Alma erfreut aus. Die beiden kannten sich von gemeinsamen Besorgungen. Käthe war Hausmädchen bei einer Juristenfamilie nur ein paar Häuser entfernt von der Wohnung der Sternbergs.

»Alles in Ordnung bei dir, Alma?« Das Mädchen mit den leuchtend roten Haaren und den vielen Sommersprossen, die ihr ganzes Gesicht und ihre Arme bedeckten, lächelte jetzt so breit, dass ihre Zähne blitzten.

»Ich wurde von Studenten aufgehalten. Meine Gnädige wird nicht erfreut sein.«

»Immer der gleiche Mist mit den Männern!« Käthe schüttelte mit abschätziger Miene den Kopf. »Kaum sehn se ne Frau, verjessen se allet.«

»Kannste laut sagen. Mein Gnädiger ist auch ein ganz schlimmes Kaliber. Hat mehrere Frauen nebenherlaufen, wie man so hört, aber immerhin lässt er zu Hause alle in Ruhe.«

»Glück gehabt. Meiner nimmt es da nich so jenau«, entgegnete Käthe, deren Augen mit einem Mal ganz traurig dreinblickten.

»Meinste, da biste die Einzige, Schätzchen?«, mischte sich plötzlich das Mädchen ganz vorn in der Schlange ein. Sie war ein hübsches, zartes Ding, wenn auch wahrscheinlich ein paar Jahre älter als Alma.

»Wohl kaum«, sagte jetzt das Mädchen, das zwischen Alma und Käthe stand.

»Ich bin froh, dass es bei mir anders ist, allerdings habe ich Angst vor dem Sohn. Der wird in letzter Zeit unangenehm aufdringlich. Heute habe ich deswegen schon Ärger gekriegt.«

»So ist det Leben«, sagte die ganz vorn Stehende.

Im gleichen Moment öffnete sich die Ladentür, und gleich drei Hausmädchen auf einmal kamen laut schwatzend heraus, sodass Käthe Alma noch einmal zuwinkte und mit den anderen vor ihr im Laden verschwand.

Hoffentlich dauerte es jetzt nicht mehr so lange. Wenn sie mit den Sachen fürs Mittagessen zu spät kam, würde Lene es später kaum noch schaffen, alles rechtzeitig vor dem Kaffeebesuch fertig zu bekommen.

* * *

Als Hannah durch die Salontür trat, traute sie ihren Augen nicht. Mutter lag mit geschlossenen Augen auf dem Sofa und hielt sich die Schläfen.

»Hast du wieder diese furchtbaren Kopfschmerzen?«, fragte sie mitfühlend und trat neben die Mutter, die sofort auffuhr, als hätte sich eine Spinne auf ihr Gesicht abgeseilt.

»Es geht schon wieder. Nur ein kleiner Moment der Schwäche. Aber warum hast du denn dieses traurige Kleid angezogen? Nicht ein bisschen Federn, Spitze oder Perlen.«

»Ich mag diesen ganzen Tand eben nicht.«

»Aber sie sind so modern und würden dem Kleid erst den nötigen Pfiff geben. Du willst doch nicht weniger reizvoll wirken als die anderen jungen Damen, oder?«

»Äh … nein, wahrscheinlich nicht«, sagte Hannah langsam. »Aber ich halte es für unwahrscheinlich, dass ich durch diesen ganzen Schnickschnack attraktiver wirke, als ich wirklich bin.«

Mutter seufzte leise und drückte die Hand gegen die Schläfe.

»Nun gut, ich will dir den Grund, warum ich dich hergebeten habe, nicht vorenthalten: Wir bekommen heute Nachmittag bedeutenden Besuch, und ich möchte, dass du dich etwas hübscher machst, als du das gewöhnlich tust, verstehst du? Sag Alma, sie soll den passenden Zierrat heraussuchen.«

»Alma ist noch nicht wieder da. Ich kann das auch allein machen. Sie hat doch schon genug zu tun.«

»Erzähl nicht so einen Unsinn, Hannah; das ist nun mal ihre Aufgabe. Danach soll Alma mit Lene zusammen den Tisch herrichten. Bitte, Hannah! Sei zuvorkommend, freundlich, höflich. Und sei hilfsbereit und vergiss nicht zu lächeln! Stell dich öfters hin, damit die Friedländers deinen ganzen Körper sehen können. Und streck die Brust ein bisschen vor, damit sie größer wirkt.«

Für den Bruchteil einer Sekunde verzog Hannah unwillig den Mund. Dann hatte sie sich wieder im Griff. »Selbstverständlich, Mama. Allerdings weiß ich nicht, welches Interesse Herr und Frau Friedländer daran haben könnten, mich anzusehen. Oder meinen Busen.«

Wieder seufzte Mutter und schloss für einen Augenblick die Augen. »Bitte, Hannah, mach einfach das, worum ich dich bitte. Es ist zu deinem Besten. Geh und sag Lene, sie soll noch einmal die Kuchen überprüfen. Wir wollen nichts dem Zufall überlassen.«

»Natürlich, Mutter. Kann ich sonst noch etwas tun? Brauchst du vielleicht dein Riechsalz?«

»Nein, es geht schon. Ich brauche nur für einen kurzen Moment ein wenig Ruhe.«

Wieder schloss sie die Augen und lehnte den Kopf vorsichtig an das Sofakissen.

Hannah warf ihr einen mitleidigen Blick zu, ging dann auf Zehenspitzen hinaus und zog so leise wie möglich die Tür hinter sich zu.

2. Kapitel

Erleichtert trödelte Hannah den langen Flur entlang zur Küche. Sie hatte eine weitere Standpauke wegen des Buches und noch mehr Ermahnungen bezüglich einer angemessenen Tätigkeit erwartet, aber Mutter wirkte zerstreut. Dieser Besuch heute beschäftigte sie ungewöhnlich intensiv. Vor der Küche hielt Hannah einen Augenblick inne, holte tief Luft und stieß dann die Tür auf.

Eigentlich war die Küche ihre ganze Kindheit über ein Wohlfühlort gewesen. Früher, als die alte Maria noch da gewesen war. Immer hatte sie ihr mit ihrem schiefen Lächeln über die Wange gestrichen und ihr dann eine Tasse heiße Schokolade hingestellt, während beide so getan hatten, als würden sie das Schimpfen der Mutter, das durch die Wohnung hallte, nicht hören.

Vor einem knappen Jahr dann war die arme Maria beim Anfeuern ausgeglitten und so schwer gestürzt, dass sie in der Charité schließlich verstorben war, obwohl es eine Weile so ausgesehen hatte, als würde sie sich wieder erholen. Hannah war untröstlich gewesen und hatte wieder und wieder mit Großvater über Thrombosen und Embolien diskutiert. Doch das Verstehen der Gründe für ihren Tod half ihr auch nicht, die

Lücke, die Marias Verschwinden in ihrem Leben hinterlassen hatte, zu heilen.

Seit Maria weg war, war Lene da. Mit ihr war alles anders. Die Zeit der heißen Schokoladen in der Küche war vorbei. Jetzt gab es nur noch eine zum Frühstück, und das war's. Lene sah es gar nicht gern, wenn Hannah in die Küche schlüpfte. Sie pflegte sie dann mit schmalen Augen zu mustern und presste die Lippen sauertöpfisch zusammen, bevor sie ohne ein Wort der Begrüßung weiterarbeitete.

Seitdem mied Hannah die Küche, soweit es ging.

Heute aber kam sie mit einem Befehl von Mutter.

Lene sah einen Moment von dem Teig auf, den sie gerade so leidenschaftlich knetete, dass einem angst und bange davon werden konnte, und schob mit missmutigem Blick ihr Kinn vor.

Hannah schluckte hörbar und sagte dann mit möglichst fester Stimme: »Mama möchte, dass die Kuchen besonders gut im Auge behalten werden, weil der Besuch heute Nachmittag sehr wichtig ist.«

Lene starrte sie einen Moment mit gerunzelten Brauen an, sodass sich eine steile Falte über ihrer Nase bildete. Dann wandte sie sich ohne eine weitere Regung wieder dem Teig zu.

Ein Schauer wanderte über Hannahs Rücken, als sie sich umdrehte und erleichtert aufatmete.

Lenes Gegenwart bereitete ihr ein regelrechtes körperliches Unbehagen.

Sie huschte aus der Küche und lief im Eiltempo den Flur hinunter.

Als sie die Klinke zu ihrem Zimmer herunterdrückte, fiel ihr ein, dass sie vergessen hatte, Lene aufzutragen, den Tisch mit der immer noch abwesenden Alma zusammen einzudecken. Einen Augenblick zögerte sie, dann ließ sie die Tür entschlossen ins Schloss fallen. Darum konnte sie sich später noch kümmern.

Mit einem Seufzer der Erleichterung sank sie aufs Bett, schreckte aber einen Augenblick später wieder hoch. Das Kleid! Sie durfte ja das Kleid nicht zerknittern. Am besten zog sie sich rasch wieder um, und dann … ja, was dann? Ihre liebste Lektüre lag weit weg in einem der Schränke, die Mutter vorbehalten waren, und auf langweilige Handarbeiten hatte Hannah jetzt wahrlich keine Lust. Allerdings wäre ein ganz kurzer Besuch bei den Großeltern jetzt am Vormittag noch möglich, um sie von dem mütterlichen Verbot zu unterrichten und mit viel Glück vielleicht ein anderes Buch geliehen zu bekommen, mit dem sie – heimlich und deutlich vorsichtiger als zuvor – die Zeit verbringen könnte.

Ja, je länger sie darüber nachdachte, desto mehr erschien ihr das als eine wirklich hervorragende Idee. Aber sie musste sich beeilen. Viel Zeit blieb ihr nicht.

Der Spaziergang an der frischen Luft würde ihr guttun. Außerdem boten die Gespräche mit den Großeltern immer eine angenehme Zerstreuung, und die beiden waren eine schier unendliche Quelle guten Büchernachschubs. Und ohne Bücher konnte Hannah nicht leben, jedenfalls kam es ihr so vor. Wie leer wäre ihre Welt ohne die Möglichkeit, in einem Buch Zuflucht zu finden? Schließlich liebte sie nicht nur medizinische Werke, sondern auch Romane, philosophische Abhandlungen, sogar Kochbücher. Ja, im Grunde liebte sie jedes Buch. Sie boten ihr Ablenkung von ihrem unausgefüllten Dasein.

Aber wen sollte sie über ihr Vorhaben unterrichten? Alma war immer noch nicht zurück, und sie wollte weder zu ihrer Mutter noch erneut zu Lene gehen. Sie würde einfach einen kleinen Zettel für Alma schreiben und ihn unter ihrer Tür hindurchschieben. Alma würde ihn finden, wenn sie zurückkam und ihren Hut und Umhang ablegte, bevor sie mit der Hausarbeit fortfuhr. Ja, das war eine gute Idee. Schnell nahm

Hannah Papier und Stift aus der Schublade und kritzelte ein paar erklärende Zeilen.

Ach, wie freute sie sich, dass sie die Großeltern heute doch noch sehen konnte!

Als sie auf die Straße trat, sah sie sich um, konnte aber noch immer keine Spur von Alma entdecken. Hoffentlich war nichts passiert! Ach, sie sah schon wieder Gespenster. Sie drehte sich so schnell um, dass ihr langer Rock mit Schwung um ihre Beine wehte, und lief mit hastigen Schritten in Richtung der großelterlichen Villa.

* * *

Daniel Friedländer lief mit einer Hand in der Hosentasche und einem glücklichen Lächeln auf den Lippen pfeifend durch die Straßen. Endlich war es so weit. Wie lange hatte er auf diesen Tag gewartet? Wie viel Überzeugungsarbeit hatte es gekostet, seinen Eltern klarzumachen, dass er nur diese Eine wollte. Diese und keine andere.

Unweigerlich hatten ihn seine Schritte in die Richtung ihres Hauses getragen. Er wollte noch ein paar Blumen kaufen, ein kleines Sträußchen nur, das ihr hoffentlich ein Lächeln ins Gesicht zaubern würde. Hier in der Gegend saßen immer wieder ältere Bäuerinnen auf der Straße und boten ihre selbst gebundenen Blumensträuße an. Natürlich kam das nicht an die modernen Arrangements heran, in denen eine Unmenge an Blüten mit Draht in Füllhörnern fixiert wurde oder andere unnatürliche Dinge zu finden waren; doch die mochte er sowieso nicht. Ein kleines Vergissmeinnichtsträußchen wäre ihm am liebsten. Zur Not gingen auch Pfingstrosen, doch die waren an sich schon zu üppig, schließlich war sie so ein zartgliedriges Wesen, das nicht von der Wucht der Blumen erschlagen werden sollte.

Dort, das war die Tür, durch die er nachher schreiten würde, um ihre Hand für immer in seine zu schließen.

Doch was war das? Er war nur noch wenige Schritte entfernt, als die Haustür sich öffnete und das schönste Geschöpf heraustrat, das über diesen Planeten wanderte.

Hannah! Was würde sie nur denken, wenn sie ihn jetzt bereits hier sah? Hastig drückte sich Daniel in den benachbarten Hauseingang. Wenn sie ihn nur nicht entdeckte!

Sie schien es eilig zu haben, denn sie sah sich nicht um, sodass sie ihn in dieser unwürdigen Position nicht bemerkte. Dem Himmel sei Dank! Sie hastete die Straße hinunter und war auch schon um die Ecke verschwunden. Ob er ihr nachgehen sollte? Doch dann könnte sie ihn entdecken. Er war doch nicht einer von diesen Typen, die den Frauen hinterherstiegen. Aber ein kleiner Blick konnte ja nicht schaden. Nur ein paar Schritte, vielleicht bis zur nächsten Ecke, würde er ihr folgen. Selbst ihr Gang war unglaublich anmutig. Er liebte es, ihr zuzusehen. War sie nicht zauberhaft?

Er seufzte und sandte ein Dankgebet zum Himmel für sein Glück, sie getroffen zu haben.

Doch jetzt genügte es. Wenn sie sich umschaute und ihn erblickte, wäre das fatal.

Er blieb stehen, warf ihr noch einen letzten Blick zu und ging dann langsam in die andere Richtung weiter.

Da vorn saß auch schon eine der Blumenfrauen. Und sie hatte auch Vergissmeinnicht, die ihm mit ihren hellblauen Köpfchen einladend zunickten. Doch die Sträuße waren so klein. Nicht groß genug, um all seine Zuneigung auszudrücken.

»Ich nehme alle!«, hörte er sich sagen und war über sich selbst erstaunter als die arme Frau, deren Augen erfreut aufleuchteten. Hatte er nicht eben noch den Entschluss gefasst, nur ein Sträußchen …?

Ach, das war egal. Wenn er Hannah damit ein Lächeln in das wunderhübsche Gesicht zaubern konnte, würde er alle Blumen der Welt aufkaufen.

Er hatte sich schon vor Jahren in dieses wunderschöne, zarte Mädchen verliebt, das ihn mit seinen Rehaugen und den langen seidig-dunklen Haaren an eine Fee erinnerte, die durch die Synagoge flatterte. An eine temperamentvolle Fee allerdings. Sie wirkte nicht so angepasst und langweilig wie die Mädchen, die im Windschatten ihrer Eltern an ihn herantraten und sich noch nicht einmal trauten, den Blick auf ihn zu richten.

Und davon gab es viele. Seine Eltern, vornehmlich seine Mutter, waren zu der Überzeugung gelangt, dass es für ihn an der Zeit sei, sich zu verheiraten.

Sofort hatte er an dieses engelsgleiche Wesen gedacht, das ihn so bezaubert hatte, als er sie zum ersten Mal in der Synagoge wahrgenommen hatte. Doch seine Eltern hatten andere Vorstellungen, weil die Familie Sternberg einen gewissen Ruf hatte, der wohl vor allem von dem ausschweifenden Liebesleben von Hannahs Vater, aber auch von dem zweifelhaften Gewerbe herrührte, das den Wohlstand der Familie begründete. Auch wenn diese Zigaretten ägyptischer Art äußerst begehrt waren, haftete ihnen doch etwas leicht Anrüchiges an, und dieser Eindruck wurde durch die vielen offen gelebten Verhältnisse von Hannahs Vater noch verstärkt. Man befürchtete, dass für eine eventuelle Mitgift nicht mehr viel übrig blieb, da bekannt war, dass Herr Sternberg gleich mehrere Frauen in unterschiedlichen Wohnungen unterhielt. Das verminderte selbstverständlich auch den Wert seiner Kinder auf dem Heiratsmarkt und ließ die Familie gesellschaftlich in keinem guten Licht dastehen, trotz aller wirtschaftlichen Erfolge.

All das Geschwätz war ihm egal. Ihr Vater, die Mitgift, die sie mitbrachte. Er wollte nur sie. Er verzehrte sich nach ihr. Sie war so anders als die anderen. Wie oft schon hatte sie sich auf lebhafte Diskussionen eingelassen, in denen sie vehement Position bezog, wenn sie sich zufällig zum Sabbat-Kiddusch bei einer der Familien der Gemeinde trafen.

Wie oft schon hatte er die Eltern gebeten, ein Treffen nur mit der Familie Sternberg zu organisieren, um sie im privaten Rahmen näher kennenlernen zu können; doch jedes Mal hatten sie nur pikiert abgewunken. Doch jetzt hatte er sie endlich so weit: Sie hatten einsehen müssen, dass alle ihre Vermittlungsversuche keinen Erfolg hatten, weil ihr Sohn nur Hannah wollte. Ein Treffen, um seine Gefühle zu überprüfen, war inzwischen überflüssig. Die Verhandlungen waren zufriedenstellend abgeschlossen.

Die Frau wickelte die Blumen in ein fleckiges Stück einer alten Tageszeitung und reichte sie ihm, nachdem sie sorgfältig das Geld gezählt hatte, das Daniel ihr gegeben hatte.

Ein Lächeln huschte über sein Gesicht, wenn er daran dachte, dass er sie schon in wenigen Stunden leibhaftig sehen würde. Seine Hannah!

Daniel blieb einen Moment stehen, damit dieses heftige Glücksgefühl ihn nicht überwältigte, und fasste sich ans Herz. Er war so unsagbar glücklich!

Sein Traum war zum Greifen nah. Nur noch ein paar Stunden, dann konnte er sie endlich in seine Arme schließen! Das laute Hupen eines Automobils riss ihn abrupt aus seinen Gedanken. Erschreckt sah er auf. Er war mitten auf der Straße stehen geblieben.

Entschuldigend hob er die Hand und beeilte sich, auf die andere Straßenseite zu kommen. Doch sofort war da wieder dieses Strahlen, das ihn so vollkommen ausfüllte und sich auf seinem Gesicht widerspiegelte.

* * *

Es war kein weiter Weg. Die Großeltern residierten nur ein paar Straßen weiter in einer wunderschönen Villa, die von einem weitläufigen Garten im englischen Stil umgeben war. In einem Flügel befand sich die Praxis des Großvaters, der als Internist allerhöchstes Ansehen genoss und auch bei Hofe tätig war. Eine Droschke ratterte laut an Hannah vorbei, sodass ein wenig Wasser aus einer Pfütze auf ihren Rock spritzte. Aber Hannah kümmerte das nicht. Freudig eilte sie vorwärts. Sie wollte die wenige Zeit, die sie bis zum Mittagessen hatte, so gut wie möglich auskosten.

In dem Moment, als sie in die durch die vielen grünen Bäume heimelig wirkende Straße bog, sah sie die imposante Gestalt des Großvaters am Hauseingang. Er trug einen weißen Kittel und hielt einer vornehm gekleideten Dame die Tür auf, während sie auf ihn einredete. Ariel Goldberg lächelte gutmütig und half ihr die drei Stufen hinab, wo sie auch schon von dem wartenden Kutscher in Empfang genommen wurde.

So schnell sie konnte und dennoch so, dass es sich gerade noch schickte, eilte Hannah weiter. Sie begann mit ihrer behandschuhten Rechten zu winken, bis Großvater sie bemerkte.

Die Patientin, die gerade dabei war, die Kutsche zu besteigen, schüttelte missbilligend den Kopf, sodass sie fast die letzte Stufe verfehlte.

»Channahle, was machst du denn schon so früh hier? Wir hatten dich erst heute Nachmittag erwartet!«

Ein wenig atemlos vom schnellen Gehen erreichte Hannah den Treppenabsatz.

»Ich wollte euch nur Bescheid sagen, dass ich nachher nicht kommen kann. Wir haben heute Nachmittag Besuch. Und Mutter hat mir das Anatomiebuch weggenommen.« Sie holte tief Luft.

Großvater hatte den Arm um ihre Schultern gelegt und zog sie mit sich ins Haus; dabei nickte er der immer noch interessiert zu ihnen herüberstarrenden Patientin zu.

»Ich habe mich nicht ganz angemessen verhalten. Ich hätte nicht winken sollen. Entschuldige bitte, ich wollte dich nicht beschämen.«

»Ach, die Frau Amtsrichter hat es immer besonders mit den Manieren. Kümmere dich nicht darum. Wer kommt denn so Wichtiges zu Besuch?«, fragte Großvater und zog sie mit sich in den Salon, in dem Großmutter am Sekretär saß und einen Brief schrieb.

»Schau, wen ich dir mitgebracht habe. Ich habe noch einen Patienten, dann komme ich zu euch. Channahle wollte mir gerade erzählen, wer sie nachher davon abhält, ihre alten Großeltern zu besuchen. Nun sag rasch, mein Mädchen: Wer ist es?«

»Die Friedländers. Ich weiß gar nicht, warum um diese langweiligen Leute so ein Wirbel gemacht wird. Mutter will, dass ich öfters aufstehe, damit sie mich betrachten können.«

»Ach du liebes bisschen. Sie bringen nicht zufällig auch noch ihren Sohn mit? Dieser … dieser … wie hieß er noch gleich? Na, wir reden gleich weiter. Lass mich nur diesen Patienten noch versorgen.« Und damit war er auch schon aus dem Salon.

Hannah lief mit ausgestreckten Händen zu Großmutter. Hier bei den Großeltern fühlte sie sich so geborgen wie sonst nirgends. Vor allem seit Maria weg war.

* * *

Alma hatte gerade die Wohnung wieder betreten, als ihr die gnädige Frau mit rot angelaufenem Gesicht entgegenrauschte und sie mit finsterem Blick nach dem Verbleib des gnädigen Fräuleins fragte. Alma zuckte nervös mit den Achseln.

»Schau in alle Räume. Sie kann doch nicht vom Erdboden verschluckt sein.« Die Stimme der gnädigen Frau hatte einen schneidenden Klang.

Also huschte Alma, ohne vorher abzulegen, von Zimmer zu Zimmer, klopfte kurz, öffnete die Tür, sah hinein, schloss sie wieder und lief weiter.

Sie wusste, dass sie jetzt noch vorsichtiger sein musste als sonst. Wenn die gnädige Frau in Aufregung war, war es nur eine Frage der Zeit, wann der Zornesausbruch und die anschließende Migräneattacke folgten. Alma wollte ungern die Person sein, die der Ärger traf, denn davon erholte man sich nur schwer.

Jetzt war Alma bei der Küche angekommen. Einen kurzen Moment zögerte sie, bevor sie die Tür aufdrückte.

»Lene, hast du das gnädige Fräulein gesehen?«

»Ja, freilich«, brummte die jedoch nur und rührte weiter in einer Schüssel.

»Nun sag schon. Die gnädige Frau ist auf der Suche nach ihr. Sie ist bereits ganz aufgelöst. Du weißt, was das heißt.« Alma versuchte, die Sorge vor dem drohenden Unheil in ihre Stimme zu legen.

»Ja, was schon? Sie war hier und hat irgendetwas gesagt. Und dann ist sie weg.«

»Hat sie gesagt, wo sie hingeht?«

»Wo denkst du hin? Mir doch nicht. Für die bin ich doch nur Luft.«

»Wann war das?«

»Ja, was weiß denn ich?«

Das brachte sie nicht weiter. Schnell schlüpfte Alma aus der Küche. Das nächste Zimmer war die Kammer, die sie sich mit Lene teilte, aber hier würde das Fräulein doch nicht sein.

Trotzdem drückte Alma die Klinke herunter. Alles war dunkel und niemand war darin, nur ein kleiner Zettel lag auf der Erde. Schnell bückte sich Alma und hob ihn auf. Sie starrte auf die Buchstaben. Ein paar Sekunden lang versuchte sie, die Wörter zu entziffern, gab es aber schnell wieder auf. Das dauerte jetzt zu lange. Sie konnte die gnädige Frau nicht warten lassen. Hastig stopfte sie den Zettel in die Tasche ihrer Schürze, die sie sich im Vorbeigehen überstreifte. Umhang und Hut warf sie aufs Bett und schloss wieder die Tür.

Die Wohnungstür stand weit offen, und aus dem Treppenhaus waren Stimmen zu hören.

»Gehen Sie sofort los, Herr Kulessa, und suchen Sie die Umgebung ab. Irgendwo muss sie schließlich stecken. Es kann ja sonst was passiert sein. Wenn nur mein Mann da wäre. Oder wenigstens mein Sohn. Der wüsste bestimmt, was zu tun ist.«

Alma hörte, wie der Hausmeister, ein dickbäuchiger Mann mit langem, gezwirbeltem Schnurrbart, der ständig umwölkt war von dem Geruch nach schalem Bier, zustimmend knurrte. Schritte näherten sich. Alma wich ein Stück zurück, als auch schon die gnädige Frau in der Tür stand. Rote Flecken hatten sich auf ihrem Dekolleté ausgebreitet, und ihre zusammengepressten Lippen zitterten leicht.

»Hast du sie gefunden?«, fragte sie atemlos. Doch als Alma den Kopf schüttelte, seufzte sie: »Um Himmels willen, was kann einem Mädchen doch heutzutage alles zustoßen. Wir müssen meinen Mann verständigen. Alma, lauf los und hol ihn. Herr Kulessa macht sich währenddessen auf die Suche in der Umgebung. Oh weiowei, mein Kopf hämmert und hämmert. Was mutet mir dieses Kind nur alles zu?«

Sie sah tatsächlich recht verzweifelt aus, dachte Alma, als sie ihre Schürze wieder ablegte und sich anschickte, ihr Tuch zu holen, um sich auf den Weg zum Werk zu machen. Allmählich machte auch sie sich Sorgen, was dem gnädigen Fräulein wohl passiert sein könnte.

Gerade als Alma ihre Kammer betreten hatte, um Tuch und Hut zu holen, brach in der Wohnung ein Radau los, den wohl niemand so schnell vergessen würde.

»Wo bist du nur gewesen, du ungezogenes Kind?«, hörte sie die Stimme der gnädigen Frau aus dem Salon. Gleich darauf klatschte es laut.

»Ich bin über alle Maßen enttäuscht von dir!« Die Tür stand offen, und Alma lauschte angespannt den Gesprächen. Die Küchentür wurde knarrend geöffnet. Wahrscheinlich streckte Lene neugierig den Kopf heraus, um nichts zu verpassen. Alma trat entschlossen aus der Kammer, sah Lene an und schüttelte warnend den Kopf, während sie den Finger auf den Mund legte. Lene aber grinste breit, trat dann einen Schritt zurück und ließ die Tür mit einem lauten Schlag zufallen.

Sofort verstummten die Geräusche aus dem Salon.

Alma blieb erschrocken stehen, und eine Sekunde später schon waren die gnädige Frau und hinter ihr das gnädige Fräulein in der Tür. Das Fräulein hielt sich die Wange, die unter ihren Fingern rot leuchtete. Die gnädige Frau reckte aufgebracht das Kinn, was den Blick auf ihr noch immer mit nervösen Flecken übersätes Dekolleté freigab. Ihre Haare hatten sich aus dem Knoten gelöst und standen wirr ab, und ihre Augen glitzerten gefährlich.

»Was war das? Ist dir schon wieder etwas heruntergefallen?«, herrschte sie Alma an.

Hastig schüttelte die Angesprochene den Kopf.

»Nein, gnädige Frau. Es tut mir leid«, murmelte sie.

Die gnädige Frau atmete schwer durch die Nase, dann sagte sie: »An die Arbeit. Der Tisch muss glänzen. Und Hannah, du gehst auf dein Zimmer. Ich will dich bis zur Kaffeestunde nicht mehr sehen. Alma stellt dir dein Mittagessen aufs Zimmer. Und bring deine Frisur in Ordnung.« Damit drehte sie sich abrupt um und schritt zurück in den Salon.

Hannah blickte ihr regungslos hinterher, bevor sie im Eiltempo den Flur hinablief, während sie Alma winkte, ihr zu folgen.

Im Zimmer angekommen, zog sie entschlossen die Tür hinter ihnen beiden zu.

»Hast du meine Nachricht nicht gefunden? Ich hatte sie unter deiner Tür hindurchgeschoben.«

»Der Zettel, der auf dem Boden lag? Oh, das tut mir so leid, ich habe nicht … es war … ich habe es nicht böse gemeint. Es tut mir so leid.«

»Ja, der Brief. Ich hatte dir ein paar Zeilen geschrieben, dass ich auf einen Sprung zu den Großeltern bin und bald zurückkomme. Hast du ihn nicht gelesen, Alma?«

Alma starrte angestrengt auf die Spitzen ihrer noch immer vom Straßenstaub bedeckten Schuhe. Sie spürte, wie ihr Kopf heißer und heißer wurde, je länger der bohrende Blick des Fräuleins auf ihr ruhte.

»Alma, kannst du überhaupt lesen?«

Alma kniff die Lippen zusammen und starrte angestrengt zu Boden. Doch das gnädige Fräulein hob sanft ihr Kinn an, bis sie ihr in die Augen sehen konnte.

»O Gott, Alma, ich habe dich nie gefragt, ich habe es immer vorausgesetzt. Alma, du kannst gar nicht lesen, oder?«

Das Gefühl von Scham drückte Alma die Luft ab. Doch sie hielt dem Blick des Fräuleins stand und schaffte es schließlich sogar, langsam den Kopf zu schütteln, während sich ihre Augen mit Tränen füllten.

»Du hast es nie gelernt? Bist du nie zur Schule gegangen?«

»Doch«, sagte Alma beschämt. »Aber eben nicht oft. Ich habe häufig gefehlt, weil auf dem Hof und im Haus mit den jüngeren Geschwistern so viel zu tun war. Und dann bin ich ja schon bald weggeschickt worden.«

»Armes Ding«, murmelte das Fräulein, auf deren Wange immer noch der Handabdruck ihrer Mutter leuchtete. »Weißt du was, ich werde es dir beibringen. So schwer ist es nicht, und ich denke, jeder sollte es können. Aber jetzt müssen wir uns sputen. Mutter wird in ihrer Verfassung kein Verständnis dafür haben, dass die Aufgaben nicht erledigt sind, und ich muss diese beiden Schätze hier verstecken.« Sie zog unter ihrem Umhang, den sie noch immer trug, zwei dicke Bücher hervor.

»Großvater war so gut, mich mit etwas Lektüre zu versorgen.« Sie strahlte über das ganze Gesicht. »Wie heißt es immer? Per aspera ad astra – durch Schwierigkeiten zu den Sternen.«

Als Alma mit schnellen Schritten in Richtung Esszimmer eilte, spürte sie einen plötzlichen Schmerz in ihrem Kopf. Nicht jetzt. Sie konnte sich nach den jüngsten Vorkommnissen keine Schwäche erlauben. Es wäre fatal, wenn sich die gnädige Frau genötigt sehen würde, etwas Schlechtes über ihre Arbeitsbereitschaft in ihr Dienstbuch einzutragen. Dann wäre es schwierig, eine neue Anstellung zu finden, wenn sie einmal hinausgeworfen würde.

Alma atmete tief ein und schloss für einen Augenblick die Lider. Es waren bestimmt die Augen, die diese immer wiederkehrenden Schmerzen verursachten, denn in der letzten Zeit hatte sie auch das Gefühl gehabt, auf die Entfernung nicht mehr so gut sehen zu können wie früher.

»Deine Bestimmung ist es, anderen zu dienen. Finde dich damit ab«, hatte ihr die Stiefmutter mit auf den Weg gegeben, als sie zu ihrer ersten Stelle aufgebrochen war.

Ihr Vater hatte damals Geld dafür bekommen, dass er sie als Kuhmagd ein paar Dörfer weiter verkauft hatte.

Sie fand es damals gar nicht so schlimm, dass sie wegmusste; immerhin entging sie so den Gängeleien der Stiefmutter, die die Kinder ihrer Vorgängerin hasste. Nur um den kleinen

Walter machte sie sich Sorgen. Er war ihr jüngster Bruder, und sie hatte ihn aufgezogen, seit die Mutter damals so plötzlich verstorben war.

Walter war gerade einmal anderthalb Jahre alt gewesen und Alma sieben. Sie hatte das Kochen übernommen und die Betreuung der Kleinen. Doch Walter war ihr der Allerliebste. Wann immer es ging, saß er auf ihrer schmalen Hüfte und krallte sich an ihren langen Zöpfen fest, die ihr ordentlich geflochten über den Rücken hingen.

Dann kam die Stiefmutter ins Haus, und das ganze Leben wurde auf einen Schlag trübe, so als würde eine dunkle Gewitterwolke alles umhüllen.

Die Kinder durften nicht mehr mit am Tisch essen, sondern mussten draußen im Flur bei den Hunden sitzen und die Reste, die vom Essen des Vaters und der Stiefmutter sowie von den Mägden und vom Knecht übrig blieben, hastig in sich hineinschlingen. Doch solange Alma da war und für alle kochte, gelang es ihr immer, das eine oder andere abzuzweigen, ohne dass es die Stiefmutter bemerkte. Außerdem war diese für ihr hitziges Temperament bekannt, von dem die Gesichter und Arme der Kleinen Bände sprachen. An Alma hatte sie sich nie vergriffen, aber die Jüngeren litten unter ihren Ausbrüchen.

Sie war eine bildhübsche Frau mit ihren hellblonden Haaren und den blitzblauen Augen, und wenn der Vater in der Nähe war, hütete sie sich davor, die Hand gegen eines der Kinder zu erheben. Es war klar ersichtlich, dass sie mit ihrem Aussehen den Vater geblendet hatte, denn als sie die Kinder vom Tisch verbannte, ließ er es verlegen blinzelnd geschehen. Sie war eine Hexe! Davon war Alma überzeugt. Daher war sie auch ein kleines bisschen froh gewesen, der düsteren Enge und der bedrückenden Beschränktheit des Hauses ihrer Kindheit zu entkommen. Wenn da nur die Kleinen nicht gewesen wären …

Inzwischen pochte ihr Kopf heftig, doch sie bemühte sich, es zu ignorieren, während sie die feine Tischdecke auf dem riesigen Eichentisch mit den hübsch geschnitzten Ornamenten ausbreitete und hastig darüberstrich. Ihr blieb jetzt nicht ausreichend Zeit, um die Knickfalten wegzubügeln. Bis das Eisen erhitzt war, wäre es schon Zeit zum Mittagessen, und sie hatte noch kein Geschirr und kein Besteck, geschweige denn Servietten und Gläser auf dem Tisch.

Sie warf einen schnellen Blick hinüber zum Kamin. Das Feuer, das sie heute früh gemacht hatte, verglühte bereits, doch das war nicht so schlimm, denn inzwischen war es am Tage schon angenehm warm, auch wenn es in den hohen Räumen des Hauses, das von vielen Bäumen umstanden war, deutlich frischer war als draußen.

Sie musste es riskieren. Das Ausfegen und neuerliche Anheizen würde zu viel Zeit kosten. Hauptsache, die gnädige Frau würde sich nicht so darüber aufregen, dass sie auf einer negativen Eintragung in ihr Dienstbuch bestehen würde.

Alma seufzte. Ob sie es sich jemals abgewöhnen könnte, immer ängstlich zu sein?

Sie schloss die Tür zum Esszimmer. Als Nächstes musste sie im Salon nach dem Rechten sehen. Doch kaum hatte sie die Tür geöffnet, schreckte sie auch schon zurück. Auf dem Sofa lag jemand. Sehr ungewöhnlich, vor allem für diese Tageszeit.

»Alma, bring mir bitte eine Decke, ich ertrage diese Kopfschmerzen nicht mehr«, ertönte die Stimme der gnädigen Frau.

»Natürlich. Soll ich Ihnen auch das Riechsalz holen?« Alma knickste, nachdem sie den Sessel geradegerückt hatte.

»Ja, ja. Das ist eine gute Idee. Dann lass die Decke, das Riechsalz wird mich hoffentlich wieder auf die Beine bringen. Ach, und sei so gut und frag Lene, wann das Mittagessen endlich fertig ist. Es wird noch lange genug dauern, das Esszimmer wieder in Ordnung zu bringen und zu schmücken, wenn wir gegessen haben.«

»Selbstverständlich, gnädige Frau.« Noch einmal knickste Alma, dann eilte sie mit hastigen Schritten in Richtung Küche.

Lene rührte gerade mit hochrotem Gesicht in dem großen Topf. Eine Strähne hatte sich aus ihrer Frisur gelöst und verlieh ihrem Aussehen etwas Verwegenes.

»Lene, ist alles in Ordnung? Die Gnädige lässt fragen, wann das Essen endlich auf dem Tisch steht.«

»Ja, was soll ick denn noch allet machen, hm? Erst soll ick haufenweise Kuchen backen, dann ist die Kleene verschwunden, du kommst ooch noch so spät mit die Zutaten, und jetze soll dit Essen in Nullkommanix uff dem Tisch stehen. Denkt die Jnädije daran, dat es erst mal noch jekocht werden muss?«

»Sie hat wieder Kopfschmerzen. Ich soll ihr das Riechfläschchen bringen.«

»Na wunderbar, dann wissen wir ja, wat uns heute noch bevorsteht. Sie wird wieder launisch, und wer muss es ausbaden? Wir! Uns würde es allen besser jehen, wenn der Jnädije nicht jedem Rock hinterherloofen würde, wie ner läufigen Hündin. Ist doch logisch, dass Se sich grämt und irjendwo muss Se ja hin mit ihre Launen.«

»Na ja, es trifft ja nicht nur uns. Das gnädige Fräulein muss auch vieles in dieser Hinsicht ertragen. Und dabei tut sie gar nichts Schlimmes, außer sich ständig in ihren Büchern zu vergraben.«

Lene brummte etwas Unverständliches und fuhr fort, in ihrem Topf herumzurühren.

»Was gibt's heute denn Schönes?«, fragte Alma, um einen versöhnlichen Ton bemüht, denn schließlich half es niemandem, wenn sie auch noch aufeinander herumhackten in

Anbetracht dessen, was ihnen heute aller Wahrscheinlichkeit nach bevorstand.

»Rindersuppe.«

»Dem gnädigen Fräulein soll ich das Essen aufs Zimmer bringen.«

»Ach, jetzt bekommt Se auch noch mittags ne Extrawurst? Is se sich jetzt schon zu fein, mit den anderen am Tisch zu sitzen?« Lenes rotes Gesicht wurde noch eine Nuance röter.

Alma schüttelte den Kopf. »Stubenarrest bis zur Kaffeestunde. Ich sag's ja: Sie hat es auch nicht leicht, die Arme!«

3. Kapitel

In den zwei Stunden nach dem Mittagessen herrschte ein emsiges Treiben in der Wohnung. Hannah konnte die Betriebsamkeit hinter ihrer Zimmertür nur erahnen, aber immer wieder hörte sie Möbelrücken, das Schlagen von Türen und laute Stimmen. Offenbar wurde die ganze Wohnung aufgerüscht wie sonst nur an hohen Festtagen. Aus irgendeinem Grund, den sie nicht durchschaute, war dieser Besuch etwas Besonderes. Sie bekamen häufig Kaffeebesuch, aber Hannah konnte sich nicht daran erinnern, dass bisher jemals so ein Aufwand betrieben worden war. Vor allem fragte sie sich, warum, schließlich erwartete man ja nicht den Kaiser höchstpersönlich, sondern nur die in Hannahs Augen etwas ehrpusselige Familie Friedländer, die sie aus der Synagoge kannte. Allerdings gehörte das sehr biedere und ziemlich konservative Ehepaar nicht zu dem engeren Bekanntenkreis ihrer Eltern.

Hannah war die Tatsache, dass alle mit der Vorbereitung des Besuchs so beschäftigt waren, äußerst willkommen, denn schließlich hatte sie auf diese Weise ungestört die Möglichkeit, die neuen Bücher durchzublättern, sich in die medizinischen Abbildungen zu vertiefen und den Text regelrecht aufzusaugen. Kurz gesagt: Es war wundervoll, auch wenn Hannah nach den morgendlichen Erlebnissen nun besonders wachsam war. Sie lauschte auf jedes Geräusch im Flur, um im Bedarfsfall die Bücher in Windeseile verstecken zu können. Sie wollte keinesfalls riskieren, dass ihnen das gleiche Schicksal widerfuhr wie dem Anatomiewälzer, den Mutter heute früh konfisziert hatte.

Trotzdem zuckte sie nervös zusammen, als sie Schritte hörte, die sich geschwind ihrem Zimmer näherten. Sie sprang auf, als würde sie vor einer angriffslustigen Wespe flüchten, hob die bis zum Boden hängende Bettdecke an und schob die Bücher schnell zu den anderen, die sorgfältig aufgereiht unter ihrem Bett auf sie warteten. Als sich die Tür einige Sekunden später wirklich öffnete, stand sie vor dem Fenster und blickte gedankenverloren auf den Hof, während das schlechte Gewissen sie wie eine lästige Mücke immer wieder stach.

Doch es war nur Alma.

»Ach, du bist es. Dann hätte ich mich ja gar nicht so erschrecken müssen«, seufzte Hannah. Sie spürte, wie ihr Körper noch immer vor Aufregung vibrierte.

»Wir müssen uns beeilen. Die gnädige Frau hat mir aufgetragen, Ihre Haare neu zu frisieren und darauf zu achten, dass Sie ein schönes Kleid mit einer frischen Schürze tragen«, sagte das Mädchen atemlos. Sie trug bereits die Spitzenschürze, die sie immer anstatt ihrer Arbeitsschürze tragen musste, wenn Gäste da waren, und ihr dicker Zopf war neu geflochten. Almas Wangen waren gerötet von der Anstrengung der letzten Stunden, und sie ging mit raschen Schritten zu Hannahs Kleiderschrank und riss ihn auf.

»Wozu die ganze Aufregung? Es ist doch nur ein einfacher Kaffeebesuch? Will Mutter jetzt bei jeder Visite einen solchen Aufwand betreiben?«

»Ich weiß es nicht. Ich weiß nur, dass die gnädige Frau sehr ungehalten sein wird, wenn das gnädige Fräulein nicht in spätestens zehn Minuten geschniegelt und gebügelt im Salon steht«, antwortete Alma außer Atem, während sie hektisch ein Kleid nach dem anderen aus dem Schrank zog und kritisch begutachtete.

»Hach, na schön, ich will nicht, dass sie wieder auf dich böse wird. O nein, dieses auf keinen Fall. Die ganze Spitze ist furchtbar übertrieben. Das auch nicht. Die vielen Perlen darauf machen mich nervös. Können wir nicht etwas Schlichteres nehmen? Was ist mit dem, das ich ihr vorhin schon vorgeführt habe? Das blaue?«, fragte Hannah, die bereits begonnen hatte, die Verschnürungen und Haken des Hauskleides, das sie gerade trug, zu lösen.

»Sie war damit nicht sonderlich zufrieden. Aber das hier wird gut passen. Die gnädige Frau will ein helles Kleid und dann noch die Schürze. Wie wäre es mit dieser?« Alma hielt eine Schürze mit viel Spitze hoch und sah Hannah mit geneigtem Kopf fragend an. Schweißtropfen standen auf ihrer Stirn.

»Ich hab doch gesagt, dass ich Spitze nicht ausstehen kann«, brummte Hannah, wehrte sich aber nicht, als Alma ihr half, das neue Kleid überzustreifen und zu schließen, bevor sie ihr die Schürze umband.

»Wir haben leider zu wenig Zeit, etwas anderes zu finden. Bitte nehmen Sie Platz, gnädiges Fräulein. Die Frisur!«, bat Alma und machte sich auch schon daran, die Nadeln aus Hannahs Haaren zu lösen.

Hannah ließ sich schicksalsergeben in den Stuhl fallen und wehrte sich nicht. Auch dieser Besuch würde bald vorbei sein, und dann könnte sie in Ruhe in dem Lehrbuch über Krankheiten des Herzens weiterlesen.

»Bleib bloß in meiner Nähe, Alma. Es gibt nichts Schlimmeres, als dieser langweiligen Gesellschaft ganz allein gegenüberzustehen.«

»Aber Sie wissen doch, dass ich eigentlich so gut wie unsichtbar sein muss. Ich tue mein Bestes, aber ich kann nichts versprechen, schließlich muss ich servieren und Getränke anbieten.«

»Das reicht schon, das reicht schon. Hauptsache, ich bin nicht allein!«, seufzte Hannah und schloss die Augen, während Alma ihre Haare löste, kämmte und in dicken Flechten um Hannahs Kopf feststeckte.

* * *

Wenige Minuten bevor das durchdringende Läuten der Türklingel die Stille in der Wohnung zerriss, saß Hannah mit durchgedrücktem Rücken im Salon. Es war die Ruhe vor dem Sturm – die Vorbereitungen waren abgeschlossen und machten einer angespannten Stille Platz. Mutter hatte sie zwar mit prüfendem Blick von oben bis unten gemustert, schien aber mit dem Ergebnis von Almas Bemühungen ganz zufrieden. Sie nickte, drückte mit zusammengekniffenen Augen kurz die Faust gegen ihre Schläfe und sagte dann: »Vergiss nichts von dem, was ich dir eingeschärft habe!«, während Alma eiligen Schrittes zur Tür hastete.

Jetzt fanden sich auch Vater und Jakob im Salon ein. Es war ungerecht. Jakob erhielt keine Anweisungen und durfte sich kleiden wie immer. Er trug die typischen Kniebundhosen der Studenten, während Vater einen dunkelbraunen Anzug mit Weste und Taschenuhr anhatte. Er nickte Hannah grinsend zu und steckte sich umständlich eine Zigarre an. Noch bevor Hannah dazu kam, sich bei ihm über diese Ungerechtigkeit zu beklagen, ging die Tür zum Salon auf und Familie Friedländer trat ein.

Wie alle anderen erhob sich Hannah und knickste tief vor dem Besuch – genau so, wie es sich gehörte.

Nachdem die Begrüßungsrituale vorüber waren und jeder einen Platz gefunden hatte, erhob sich Mutter auch schon wieder. In der Regel verblasste sie im Schatten ihres Mannes, vor allem, wenn er sich so jovial und zuvorkommend gab, wie es bei Besuchen für gewöhnlich der Fall war.

»Darf ich Ihnen eine kleine Erfrischung anbieten?«, fragte sie mit einer einladenden Bewegung der Hand und deutete dabei in Richtung Esszimmer. Die Gäste, die bisher etwas steif und wenig entspannt dagesessen hatten, schienen erfreut, und so zog die Karawane unter den üblichen Knicksen und Verbeugungen in den Nebenraum.

Hannah betrat das Esszimmer als Vorletzte. Eigentlich wäre es ihre Pflicht als Tochter des Hauses gewesen, den Raum als Letzte zu betreten, aber Daniel Friedländer, der schon die ganze Zeit zu ihr herübergesehen hatte, bestand darauf, ihr den Vortritt zu lassen.

»Ich habe Ihnen etwas mitgebracht. Und muss feststellen, dass es wunderbar zu Ihrem Kleid passt«, sagte er plötzlich.

»Oh. Wie nett von Ihnen«, erwiderte Hannah verblüfft. Seit wann war es üblich, der Tochter des Hauses bei einer Einladung etwas mitzubringen?

Mit verlegenem Lächeln reichte er ihr einen üppigen Strauß aus Tausenden kleiner Vergissmeinnicht, den er bislang offenbar hinter dem Rücken verborgen hatte.

»Die sind ja bezaubernd, vielen Dank. Ich liebe Vergissmeinnicht.« Sie lächelte ihn an.

Im Grunde sah er gar nicht so übel aus mit seinen dunklen Haaren und dem aufrechten Gang, aber sein schmachtender Blick erinnerte Hannah an den Dackel aus dem Nachbarhaus. Trotzdem wirkte er irgendwie … schneidig. Und entschlossen.

Hannah reichte Alma den Strauß und bat sie, die Blumen in einer Vase in ihr Zimmer zu stellen.

Was Alma und Lene in der Zeit, während der Hannah in ihrem Stübchen gelesen hatte, aus dem Esszimmer gemacht hatten, war beeindruckend: Üppige Blumengebinde ragten aus kostbaren Vasen, die im gleichen Ton glänzten wie das teure Geschirr, das zu diesem Anlass aus dem Schrank geholt worden war. Die Servietten waren kunstvoll gefaltet, und der ganze Raum strömte Würde aus. Die Schränke aus dunklem Holz schienen ebenso blank poliert worden zu sein wie die Stühle. Das Esszimmer machte der Familie Sternberg wie geplant alle Ehre.

Auch die Gäste schienen beeindruckt, denn es gab viel Lob für die Dame des Hauses, die mit der ganzen Pracht und Herrlichkeit eigentlich am wenigsten zu tun hatte. Überrascht stellte Hannah fest, dass Daniel Friedländer neben ihr platziert wurde. Das war eine unübliche Sitzordnung, aber Mutter hatte sich dabei sicher etwas gedacht. Jakob nahm feixend ihr gegenüber Platz und stieß sie mit der Fußspitze an. Hannah zog eine Grimasse, hatte aber leider das Pech, dass in diesem Moment Mutter und Frau Friedländer zu ihr herübersahen, nachdem sie eben noch die Köpfe zusammengesteckt hatten. Doch glücklicherweise blieb ihr Vergehen unsanktioniert.

Irgendetwas war heute anders als bei den sonst üblichen Besuchen, aber Hannah wollte immer noch nicht aufgehen, was es sein könnte, auch wenn eine ungewohnte Aufregung das Zusammentreffen beherrschte.

Ein paar Minuten später begannen Alma und Lene, die üppig dekorierten Kuchen hereinzubringen. Eines musste man Lene lassen: Bei aller Unnahbarkeit war sie eine phänomenale Bäckerin. Als die Kuchen schließlich sicher auf dem Tisch platziert waren, ging Alma mit der Kaffeekanne herum und schenkte allen ein. Lene bot derweil jedem aus einem vollen Korb noch warme Schrippen an.

»Und Ihre Villa am Meer macht Fortschritte, mein Lieber?«, fragte jetzt Herr Friedländer.

Hannahs Vater lachte zufrieden. »Es war eine Heidenarbeit, alle Genehmigungen zu bekommen, und hat viele Jahre Unruhe bedeutet, aber jetzt bin ich in der glücklichen Lage zu verkünden, dass die Arbeiten so gut wie abgeschlossen sind. Wir fahren in ein paar Tagen ab, um den Sommer dort zu verbringen, und würden uns freuen, Sie ebenfalls für ein Wochenende dort begrüßen zu können.«

»Das hört sich äußerst verlockend an. Chapeau, dass es gelungen ist, alle Klippen zu umschiffen«, entgegnete der rotgesichtige Herr Friedländer und nahm einen großen Bissen von Lenes gutem Apfelkuchen.

»Nun, wir wollen es mal so sagen: Ohne gute Verbindungen vor Ort und einen prall gefüllten Geldbeutel, um die richtigen Leute auf seine Seite zu ziehen, kann man so ein Großobjekt nicht annähernd fertigstellen, wenn Sie verstehen, was ich meine. Aber das ist hier wie dort so, nicht wahr?« Vater lachte, sodass die Enden seines langen Schnauzbarts über seinem Kinn auf und ab hüpften.

Auch Jakob fiel mit seiner für einen Mann ungewöhnlich hellen Stimme in das Gelächter ein, und bald schienen alle zufrieden darüber, dass Vater es geschafft hatte, mit Geld und Kungeleien seinen Prachtbau an der Ostsee zu vollenden.

»Die Sommerfrische dort ist einfach fantastisch. Man ist so frei, die Promenade ist kilometerlang und bietet einen unglaublichen Blick aufs Meer«, meldete sich jetzt Mutter mit ein wenig zu schriller Stimme zu Wort.

Erstaunt sah Hannah von ihrem Kuchenteller auf. Mutter war noch nie dort gewesen. Das waren nur die Dinge, die Vater ihnen erzählt hatte. Er allein hatte entschieden, dort ein Haus zu bauen. Und seinen Erzählungen nach war es eher ein Schloss.

»Wie wundervoll!«, ließ sich nun Frau Friedländer vernehmen. »Ich hoffe nur, dass dort trotz aller Freiheit auf die Tugend ebenso viel Wert gelegt wird. Nichts ist schlimmer als Mädchen, die laut kreischend herumtollen wie Jungen«, sagte sie, während sie mit hochgezogenen Augenbrauen auf Hannah blickte.

»Selbstverständlich!«, reagierte Mutter sofort. »Fürchterlich sind diese Weibsbilder, die meinen, sich die gleichen Rechte herausnehmen zu können wie die Männer.«

Hannah zuckte zusammen, sagte aber nichts. Sie wusste, dass die beiden Frauen nur die vorherrschende Meinung wiedergaben. Trotzdem war es unsagbar ungerecht. Wieso durften die Jungen und Männer so viel mehr als die Mädchen?

Wieder spürte sie einen Tritt unter dem Tisch. Jakob feixte hämisch. Hannah seufzte leise und senkte wieder den Blick. Sie wusste, was man von ihr erwartete, auch wenn sie am liebsten aufgesprungen und davongelaufen wäre.

Aus dem Augenwinkel bemerkte sie, dass Daniel Friedländer sie die ganze Zeit ansah.

»Ich muss mich jetzt leider entschuldigen. Als Student wartet eine Menge Arbeit auf mich«, sagte Jakob. Er grinste schon wieder. Jeder hier am Tisch wusste, dass das gelogen war, dachte Hannah, aber alle nickten und signalisierten Zustimmung. Zufrieden stand Jakob auf und verließ mit einer Verbeugung den Raum. Er würde seinen Spaß haben, während Hannah hier festsaß.

Immerhin bewegte sich das Gespräch jetzt weg von den Verhaltensvorschriften für Mädchen hin zu Geschichten über andere Leute aus der Synagoge. Hannah spürte, wie sich ihre Anspannung langsam löste. Auch wenn sie die seltsamen Blicke, die ihr Daniel Friedländer immer wieder von der Seite zuwarf, verwirrten. Sie tat so, als würde sie sie nicht bemerken, und versuchte, sich möglichst normal zu geben, auch wenn ihr sein Verhalten irgendwie unangenehm war.

Nach einer gefühlten Ewigkeit hob Mutter endlich die Tafel auf und bat die Besucher in den Salon. Hannah war so erleichtert, dass sie sich beherrschen musste, nicht sofort aufzuspringen und loszulaufen, wie es ihr erster Impuls war. Stattdessen wartete sie, bis Vater und Herr Friedländer sich erhoben hatten, denn erst danach schickte es sich, ebenfalls aufzustehen.

Daniel Friedländer schaffte es noch vor ihr und zog, ganz galant, ihren Stuhl sanft fort.

Überrascht sah sie ihn an. Er lächelte und bot ihr den Arm. Einen kurzen Moment zögerte Hannah, dann legte sie die Hand auf seinen Unterarm und ließ sich von ihm in den Salon führen. Obwohl mehrere Schichten Kleidung dazwischen waren, konnte sie die Muskeln seines Armes spüren. Am liebsten hätte sie ihn gebeten, den Arm frei zu machen, damit sie die Gelegenheit hätte, den Aufbau seiner Muskeln genauer zu studieren, aber das wäre natürlich überaus unschicklich gewesen.

Eigentlich sah er gar nicht so übel aus, und darüber hinaus schien er nicht unfreundlich zu sein. Er lächelte die ganze Zeit so nett.

* * *

Daniel wartete, bis Hannah auf dem kleinen Sofa Platz genommen hatte, und setzte sich dann einfach daneben. Sie warf ihm einen verdutzten Blick zu. Ja, natürlich war es keck, sich einfach neben ein junges Mädchen zu setzen, aber in ihrem Fall war alles geregelt. Niemand würde Anstoß daran nehmen, schließlich war mit dem heutigen Besuch die Verlobung besiegelt, dachte er bei sich.

Seine Mutter hatte sich mit Rachel Sternberg ihnen gegenüber hingesetzt, und beide blickten aufmerksam zu ihnen herüber, während sie offenbar den Anschein erwecken wollten, in ein wahnsinnig interessantes Gespräch verwickelt zu sein. Frau Sternberg fuhr sich immer wieder mit einem spitzenbesetzten Taschentuch über die Lippen, während Mutter mit unnatürlich weit aufgerissenen Augen Hannah musterte.

Daniel spürte, wie sein Magen aufgeregte Hopser vollführte, während er auf dem Sofa herumrutschte. Wie sollte er am besten sitzen? Wenn er sich ihr zuwandte, stieß sein Knie an ihres, und wenn er einfach gerade sitzen blieb, konnte er sie beim Reden nicht ansehen. Hätte er sich doch bloß woanders hingesetzt, doch dafür war es jetzt zu spät.

Du meine Güte, er war froh, dass er nur dieses eine Mal in einer solchen Situation war, schließlich traf man sich zu einem derartigen Besiegelungsgespräch nur einmal im Leben. Und immerhin ging es ja um die wundervolle Hannah Sternberg. Die schönste und aufregendste Frau der Welt.

Er versuchte, einen Kompromiss zu finden, indem er nur ein kleines Stück näher rückte, um noch ausreichend Abstand zu haben, aber nicht wie ein wirrer Esel nur stur geradeaus zu starren. Allerdings hatte das zur Folge, dass er aufgrund seiner steifen Haltung infolge des Platzmangels und der starken Bemühtheit darum, sie nicht zu berühren, einen steifen Hals bekam. Und wohin sollte er bloß mit seinen Händen? Sie lagen auf seinen Knien, als wollte er gleich aufspringen und ein Liedchen trällern. Was war bloß los mit ihm? Sonst hatte er doch nie solche Probleme.

Die beiden Väter standen in der Nähe der Fenster und unterhielten sich in wichtigtuerischem Ton über die Geschäfte, den Krieg zwischen Russland und Japan, die Entente cordiale zwischen Frankreich und Großbritannien und die Weltausstellung in St. Louis.

Daniel schluckte trocken, rückte seine silberne Drahtbrille zurecht und zupfte an seiner rostfarbenen Fliege, die ihm plötzlich viel enger erschien als noch vor einigen Augenblicken. Er hatte sie extra ausgesucht, weil der Schneider gesagt hatte, dass sie gut mit dem Anzug harmonierte, den er gerade trug.

Die Mütter sprachen jetzt ein wenig stockend über verschiedene Mitglieder der Synagoge, während die Männer weiterhin in ihrer Ecke über Berufliches fachsimpelten. Als die Älteren bei den üblichen Lobhudeleien des Kaiserhauses angekommen waren und sich darüber austauschten, was bei Hofe derzeit angesagt sei und welche Schneiderin und Lebensmittel man dort bevorzuge, war Daniel immer noch damit beschäftigt, seine Aufregung niederzukämpfen. Hannah biss sich neben ihm ungeduldig auf die Unterlippe. Sie machte den Eindruck, als wäre sie am liebsten aufgestanden und verschwunden.

Auch auf ihn wirkten die Gespräche der Eltern seltsam steif und langweilig, und er überlegte fieberhaft, wie er ein Gespräch mit ihr anfangen sollte, das leicht und unkompliziert daherkäme.

»Finden Sie diese Gespräche auch so furchtbar ermüdend wie ich?«, fragte er leise.

Verdutzt wandte sie sich ihm zu und sah ihn an.

»Ja, o ja, geht es Ihnen ebenso?«, flüsterte sie offensichtlich überrascht.

Das Mädchen trat mit einem silbernen Tablett herein. Kleine zarte Likörgläschen standen darauf. Hannah griff nach einem, aber Daniel winkte ab.

»Mögen Sie keinen Likör?«, fragte Hannah.

»Zu gegebener Zeit, aber manchmal möchte man einen klaren Kopf behalten.« Er lächelte ihr zu.

»Oh, dann wäre es wohl besser, mich auch zurückzuhalten, um Ihnen rhetorisch gewachsen zu sein, wenn es darauf ankommt«, entgegnete Hannah mit einem neckischen Augenaufschlag, der sein Herz schneller schlagen ließ.

»Sie meinen, die Erörterung der Macken von Herrn X und Frau Y und der Vorlieben des Kaisers und seiner Sippschaft benötigt einen wachen Geist?«, fragte er augenzwinkernd, erfreut, einen Gesprächsanfang mit ihr gefunden zu haben.

»Ach je, mögen sie alle mit ihren Macken glücklich werden. Nein, ich befürchtete eher, Ihnen bei einer eventuell bevorstehenden Diskussion geistig nicht gewachsen zu sein, sollte ich noch länger an diesem Likör nippen.«

»Wie wundervoll. Eine Frau, die einen Meinungsaustausch nicht scheut. Und wie ungewöhnlich. Darf ich fragen, was Ihr bevorzugtes Thema ist?«

»Ich liebe Bücher. Vor allem die über Medizin. Mein Großvater ist Arzt, und es gibt nichts Schöneres, als mit ihm zusammen zu arbeiten und anschließend über die Fälle zu diskutieren«, antwortete Hannah mit erhitzten Wangen.

»Ein Büchermädchen! Wundervoll. Haben Sie denn auch ein Herz für den Juristenberuf?«

»Nun, bisher habe ich nicht viel Kontakt mit Juristen gehabt. Sie sind also einer?«

»Jawohl! Studierter Jurist, inzwischen Assessor. Tätig im Preußischen Ministerium für Landwirtschaft, Domänen und Forsten. Meine Spezialität ist Vertragsrecht. Sonst noch Fragen, Gnädigste?« Er deutete einen Bückling an, konnte sich aber ein Grinsen nicht verkneifen.

Hannah neigte mit amüsiertem Lächeln den Kopf.

»Soso! Dann sind Sie also sehr fleißig, Herr Friedländer?«

»Nun, man tut, was man kann. Zumindest habe ich ein ausgeprägtes Interesse an dem, was ich tue. Wie ist es bei Ihnen?«

»Oh, ich würde auch gern sagen, dass ich das tue, was mich interessiert, aber da ich eine Frau bin, ist daran noch nicht einmal zu denken.« Sie verdrehte in gespielter Verzweiflung die Augen.

»Das ist äußerst bedauerlich. Aber gibt es denn etwas, was Sie so brennend interessiert?« Die Kapriolen in seiner Magengrube wurden stärker. Insgeheim hoffte er ja, dass sie sagen würde, dass …

»Ich kann mir nicht vorstellen, dass mich irgendetwas jemals stärker fesseln wird als die Medizin. Wenn Sie mir versprechen, es für sich zu behalten, vertraue ich Ihnen meinen größten Traum an«, sagte Hannah, immer leiser werdend.

Daniel riss die Augen auf, setzte sich dann noch aufrechter hin als zuvor und erwiderte, noch immer voller Hoffnung lächelnd: »Ich verspreche, dieses Geheimnis im Zweifel mit ins Grab zu nehmen, und hoffe, dass Sie mir die Ehre zuteilwerden lassen, mir dieses Mysterium zu offenbaren.«

Hannah warf einen hastigen Blick in die Runde, doch die Eltern schienen weiterhin in ihre Gespräche vertieft. Dann bedeutete sie ihm, den Kopf zu drehen und flüsterte: »Ich würde für mein Leben gern Medizin studieren.«

»Oh!« Er zuckte zurück. »Oh, das hatte ich nicht erwartet.«

»Weil ich eine Frau bin? Ja, natürlich!«, antwortete Hannah sichtlich enttäuscht.

»Nein, nein, das meinte ich nicht. Ich ging nur davon aus, Sie wüssten, warum wir heute hier sind …«

Verblüfft sah Hannah ihn an.

»Sie statten uns einen Besuch ab.«

»Nun, es gibt ja auch einen Grund für diesen Besuch. Ich dachte, man hätte es Ihnen gesagt.« Seine Stimme wurde noch leiser.

»Was hat man mir gesagt? Ich weiß von nichts. Ich saß die letzten Stunden in meinem Zimmer und habe mit keiner Menschenseele geredet.«

»Dann gestatten Sie mir, dass ich Sie aufkläre? Es wäre mir eine Ehre.«

»Ich bitte darum.«

»Unsere Eltern haben auf meine dringende Bitte hin einen Heiratsvertrag aufgesetzt. Wir beide werden heiraten, Hannah! Ich darf doch Hannah sagen?«

* * *

»Ich … ich … das ist doch Unsinn. Sie machen sich über mich lustig. Ich glaube Ihnen kein Wort. Meine Eltern wissen von meinem Wunsch. Sie würden niemals eine solche Vereinbarung über meinen Kopf hinweg treffen. Niemals.« Sie hatte sich in Rage geredet, und ihre lauter werdende Stimme war nicht mehr zu überhören. Erstaunte Blicke trafen sie. Auch Daniel Friedländer wirkte überrascht, doch da war noch etwas anderes in seinem Blick, was sie nicht einordnen konnte.

Fast hätte sie gelacht. Einen Moment lang hatte er es fast geschafft, sie zu täuschen.

»Ich sehe, ihr beiden habt schon viel miteinander zu bereden. Ich denke, das ist der richtige Zeitpunkt … Isaak?«, unterbrach Rachel Sternberg die überraschte Stille.

Hannah starrte ihre Mutter an. Die ganze Situation hatte etwas Unwirkliches, fast Bizarres.

Vater räusperte sich und fuhr sich enervierend langsam mit der flachen Hand über den Bart, bevor er sagte: »Ja, Hannah, ihr scheint euch ja bereits gut zu verstehen, umso mehr freut es mich, dir mitzuteilen, dass … dass Daniel Friedländer dein Bräutigam ist.«

Seine Worte wogten an Hannah vorbei, ohne dass sie den Inhalt wirklich erfasste. Zumindest hoffte sie, dass es so war. Denn das, was sie verstand, konnte er nicht ernst meinen. Der vertilgte Kuchen drückte mit einem Mal unangenehm gegen ihre Magenwand, und Hannah musste die Lippen zusammenpressen, um die emporsteigende Übelkeit zu unterdrücken. Sie schloss die Augen und versuchte, die auf sie einstürmenden Gefühle zu beruhigen.

Es war nur ein böser Traum. Das war nicht die Wirklichkeit. So egoistisch und engstirnig ihre Eltern manchmal auch waren, sie würden sie nicht ohne ihre Zustimmung mit irgendeinem dahergelaufenen Jüngling verheiraten. Sie kannte ihn doch gar nicht. Ja, die Unterhaltung eben hatte sie belustigt, und sie hatte sich wohl dabei gefühlt, doch Liebe war schließlich so viel mehr als nur eine nette Unterhaltung. Nein, er war ein Fremder für sie. Was war mit ihrem Medizinstudium, mit ihren Büchern? Es fühlte sich an, als wäre ihre Welt in einer jähen Explosion in die Luft gejagt worden, und all ihre Träume zerbarsten in diesem Moment.

Langsam öffnete sie die Augen wieder. Sie konnte nicht verhindern, dass sich Tränen darin sammelten.

Sie musste etwas sagen. Alle sahen sie erwartungsvoll an. Jeder im Raum schien es gewusst zu haben. Alle waren eingeweiht, wahrscheinlich auch Jakob, deswegen seine blöden Blicke vorhin. Nur sie, die es betraf, hatte keinen blassen Schimmer von all dem gehabt.

»Aber ihr wisst doch, dass ich … Ich will doch …«, begann sie, wurde aber in barschem Ton von Mutter unterbrochen.

»Hannah!« Ihre Augen funkelten warnend.

Hannah verstand sehr gut, welche Erwartungen alle hier gerade hatten, aber sie konnte nicht klein beigeben, sie konnte es einfach nicht.

»Ich …« Hannahs Blick wanderte verunsichert von einem zum anderen und blieb an Almas bleichem Gesicht hängen, die gerade mit den hohen Champagnergläsern die Runde machte. Sie sah ebenso entsetzt aus, wie Hannah sich gerade fühlte.

»Ich … Verzeihung, ich habe wohl etwas Falsches gegessen … Alma, ich brauche kurz deine Hilfe«, quetschte Hannah heraus und lief mit vor den Mund gepresster Hand aus dem Salon. Sofort setzten aufgeregte Stimmen ein, doch Hannah stürmte mit tränenverhangenem Blick weiter, ohne sich umzusehen. Was war das nur für ein grässlicher, grässlicher Tag!

4. Kapitel

Hannah stolperte mit feuchten Wangen durch die Wohnung. Sie konnte keinen klaren Gedanken fassen, sondern folgte einfach ihrem Instinkt. Noch nie hatte sie sich so verraten und einsam gefühlt wie in diesem Moment. Ihre Eltern hatten sie verschachert an eine Familie, die sie kaum kannte. Sie hatten mit einem Handschlag ihre Zukunft, ihre Möglichkeiten, ihre Träume gestohlen und erwarteten jetzt, dass sie – ganz das brave Töchterlein – mit einem Lächeln in ihre Pläne einwilligte. Ihr Magen krampfte sich zu einem harten Knoten zusammen. Das war es nicht, was sie wollte. Sie hatte immer alles getan, was die Eltern von ihr verlangt hatten. Sie war stets ein angepasstes, braves Mädchen gewesen, wie es Mutter erwartet hatte, aber jetzt fühlte sie sich, als würde sie mit jedem Schritt in eine bodenlose Tiefe sinken. Sie wollte Bildung, Freiheit, und sie wollte für ihr Können anerkannt werden und nicht für ihr schönes Kleid oder ihren gut geführten Haushalt. Sie war nicht bereit zu heiraten. Schon gar nicht einen Mann, der ihr nichts bedeutete und der nur ein zusätzliches Hindernis auf ihrem Weg zu mehr Bildung darstellte.

Sie musste weg von dieser unwirklichen Situation, weg von den Menschen, die kaltherzig über sie und ihr Leben entschieden, ohne auch nur einen Wimpernschlag lang an ihre Gefühle und Wünsche zu denken.

Sie stieß die Tür zur Küche auf und ließ sich an der Wand neben dem Herd zu Boden gleiten, dort, wo sie immer gehockt und Maria zugesehen hatte – damals, als alles noch gut gewesen war. Sie schluchzte nicht, alles geschah weitgehend still, auch wenn die Tränen ihr noch immer ungehindert über das Gesicht liefen. Sie zog die Knie an, presste sich eng an die Wand und schloss die Augen. Sie musste an etwas Schönes denken, etwas, was sie ablenkte von der ganzen Misere. An Maria, die Großeltern, einen sonnendurchfluteten Park, ihre Bücher. Ihre Bücher. Die konnte sie wohl ebenfalls vergessen, wenn sie verheiratet war. Sie würde Besuche machen und empfangen müssen, sich um die Bediensteten kümmern und … ach! Es funktionierte nicht. Immer wieder drängten sich die Bilder aus dem Salon in ihr Bewusstsein. Die auf sie gerichteten Blicke, die Stimme ihres Vaters, die das Undenkbare verkündete, als würde er sie über eine bevorstehende Urlaubsreise informieren. Jetzt war auch sonnenklar, warum so ein ungewöhnlicher Aufwand im Vorfeld des Besuches betrieben worden war, warum sie hübsch aussehen und sich gut benehmen sollte. Ein Schluchzer brach aus ihr heraus. Sie erschrak über das laute Geräusch in der Stille der leeren Küche und zog die Knie mit den verschränkten Armen ganz dicht an sich heran.

* * *

»Hier sind Sie, gnädiges Fräulein. Ich habe Sie schon überall gesucht.«

Hannah schlug die Augen auf. Die Tränen hingen schwer an ihren Wimpern, und sie konnte Almas Umrisse nur verschwommen erkennen.

Das Hausmädchen setzte sich neben sie. Ganz dicht. Dann flüsterte sie: »Das war ein gehöriger Schreck, nicht wahr? Sie kennen ihn ja kaum.«

Hannah biss sich auf die Lippen und nickte, auch wenn sie nicht sicher war, dass Alma es sehen konnte, weil es inzwischen in der Küche recht dunkel geworden war. Die Sonne war untergegangen. Es tat so gut, dass jemand mit ihr trauerte. Sie hasste es, sich allein zu fühlen. Und auch wenn Alma nichts wusste von den dahingegangenen Chancen, die Hannah beweinte, fühlte sie doch mit ihr.

Hannah legte ihren Kopf auf Almas Schulter und seufzte leise. Eine ganze Weile saßen sie so da, dann sagte Alma in sehnsüchtigem Ton: »Wie gemütlich es hier in der Küche ist. Ich wünschte, ich könnte Köchin sein statt Hausmädchen. Oder noch besser Mamsell und das ganze Küchenpersonal anleiten, das wäre ein Traum!« Dann schwiegen sie wieder beide.

Plötzlich wurde die Tür aufgerissen und Licht flammte auf. Es war Lene, die mit hochroten Wangen dastand.

»Raus hier, aber sofort. Dit is eene Sache, einfach zu verschwinden und mich alleine mit de janze Arbeit zu lassen, aber es wird nicht in meiner Küche rumjegammelt. Los, raus, sonst sage ick der Jnädijen Bescheid«, drohte sie und kam mit erhobener Lampe auf sie zu.

Die beiden beeilten sich aufzustehen. Hannah wischte sich über die verheulten Augen und huschte an Lene vorbei in den hell erleuchteten Flur. Alma blieb ihr dicht auf den Fersen.

»Wohin jetzt? Ich will nicht auf mein Zimmer. Dort finden sie mich doch gleich, und ich bin nicht in der Verfassung, mit einem von ihnen zu sprechen. Komm, Alma, hol dein Tuch und lass uns durch die Straßen schlendern«, sagte Hannah.

»Aber gnädiges Fräulein, Ihre Eltern werden alles andere als erfreut sein, wenn ich nicht wiederkomme und die Gäste bediene. Und was werden sie sagen, wenn Sie schon wieder verschwunden sind? Das zweite Mal heute«, gab Alma zu bedenken.

»Ich sage, dass ich die Großeltern sehen wollte, um ihnen die frohe Nachricht zu überbringen, und dass ich dich zum Schutz in der Dunkelheit mitgenommen habe. Wenn es Ärger gibt, bekomme ich ihn.«

Alma sah sie mit großen Augen an. Sie wirkte nicht überzeugt, nickte dann aber zögernd.

»Ich bin in einer Minute wieder da. Nehmen Sie den dicken Mantel, gnädiges Fräulein. Es ist kalt um diese Zeit.« Damit drehte sie sich um und lief in ihre Kammer.

* * *

Die Straßenlaternen flackerten bereits hell, als die beiden aus dem Haus traten. Unwillkürlich zog Hannah den Kragen etwas fester um den Hals. Sie fröstelte, konnte aber nicht sagen, ob das von der Kälte oder von der Aufregung kam. Die sonst so belebte Straße lag ungewohnt ruhig vor ihnen. Hannah war nicht oft nach Einbruch der Dunkelheit draußen. Mutter fürchtete sich davor und hatte Hannah in den lebhaftesten Farben ausgemalt, was für Gesindel in den finsteren Ecken auf sie wartete, nur um ihr Böses anzutun. Als Hannah, statt Angst zu zeigen, Interesse an dem Erleben des nächtlichen Geschehens geäußert hatte, hatte sie ihr das Rausgehen kurzerhand verboten.

Aber heute war es Hannah egal. Sie musste einfach raus. Wäre sie in der Wohnung geblieben, wäre sie wahrscheinlich geplatzt wie im August auf den Wiesen die heruntergefallenen reifen Pflaumen unter den Schuhen.

Die beiden gingen untergehakt die Straße hinab. Ein bisschen zeigten Mutters wilde Geschichten doch bei Hannah Wirkung, denn sie blickte sich immer wieder nervös um und zögerte kurz, bevor sie um eine Ecke bogen. Aber Alma an ihrer Seite gab ihr Sicherheit. Sie wirkte so viel gelassener als sie selbst. Wahrscheinlich hatte sie schon ganz andere Dinge in ihrem Leben erlebt, die sie wesentlich stärker beunruhigt hatten als der kurze Gang zum Haus der Großeltern in der Dunkelheit.

Ein Mann in einfacher Kleidung kam ihnen schwankend entgegen, und Hannah hielt instinktiv die Luft an und ballte die Faust, um sich und Alma notfalls verteidigen zu können. Er hob jedoch nur kurz den Kopf, als er auf ihrer Höhe war, und ging dann pfeifend an ihnen vorbei.

»Alles ist gut. Wir sind gleich da«, bemühte sich Alma, sie zu beruhigen. Doch Hannah wurde erst ruhiger, als sie das Haus der Großeltern sehen konnte.

Ihre Schritte wurden instinktiv schneller, aber Alma passte sich problemlos ihrem Tempo an. Zum Schluss rannten sie nebeneinanderher, und Hannah brach in erleichtertes Lachen aus, in das Alma mit einstimmte, als sie die Eingangstür erreicht hatten. Alma betätigte den schweren Klopfer, und all die Anspannung der letzten Stunden entlud sich im befreiten Lachen der beiden.

Großvater selbst öffnete die Tür. Das tat er später am Tag häufiger, weil es sich bei abendlichen Besuchern meist um Notfälle handelte. Jetzt zog er erstaunt die Augenbrauen in die Höhe, als er die beiden Mädchen gackernd auf der Türschwelle stehen sah.

»Hannah? Ist etwas passiert?«

Die sanfte Stimme des Großvaters, die überstandene Angst und die Emotionen des Tages ließen alle Dämme bei Hannah brechen, und unvermittelt wechselte sie von Lachen wieder zum Weinen.

»Aber Channahle, Kind, was ist denn geschehen? Kommt erst mal rein ins warme Haus.« Großvater legte den Arm um sie und führte sie hinein.

Im Salon knisterte im Kamin ein Feuer. Großmutter ließ das Buch, in dem sie gerade gelesen hatte, in den Schoß sinken. Auch im Sessel des Großvaters lag ein aufgeklapptes Buch.

»Hannah-Mädchen, was ist passiert?«, rief Großmutter überrascht aus, als Großvater sie tränenüberströmt in den Salon führte. Alma folgte ihnen, blieb jedoch in der Nähe der Tür stehen und schaute sich scheu um.

»Ach, Großmutter, sie haben mich verkauft«, schluchzte Hannah.

»Verkauft? Wer? Was?«, schaltete sich jetzt Großvater ein, der die weinende Hannah in einen Sessel drückte und dann der neben der Tür stehenden Alma winkte, ebenfalls Platz zu nehmen.

»Ich soll heiraten. Ach, es ist alles so furchtbar. Es ist Daniel Friedländer. Sie haben alles bereits vereinbart, dabei kenne ich ihn gar nicht. Und seine Eltern sind so entsetzlich bieder und unangenehm. Und was ist mit meinem Medizinstudium? Du sagst doch selbst immer wieder, dass ich eine geborene Ärztin bin, Großvater.«

Stirnrunzelnd sah Großmutter sie an.

Großvater fuhr sich mit der Hand durch den weißen Bart und seufzte. »Ach, Channahle, was soll man machen …«

»Hannah-Mädchen, wirklich, haben sie dir vorher nichts davon gesagt?«, fragte Großmutter jetzt mit sanfter Stimme und sah sie prüfend an.

Hannah schluchzte auf und schüttelte den Kopf. Ihr ganzes Elend wurde ihr in all seiner Größe schmerzlich bewusst.

»Das ist natürlich nicht schön von ihnen. Aber er ist nicht der Schlechteste, der junge Friedländer. Er macht doch einen ganz annehmbaren Eindruck, und er ist Assessor, nicht wahr? Du könntest es durchaus schlechter treffen, Hannah-Mädchen«, sagte Großmutter, während sie an den Tisch ging und aus einem Samowar Tee einschenkte.

Mit einem Lächeln reichte sie Hannah die Tasse. »Du musst pusten, er ist noch sehr heiß. Wollen Sie auch einen Tee?«, wandte sie sich dann an Alma.

Das Mädchen schüttelte schüchtern den Kopf und fuhr fort, sich mit großen Augen umzusehen.

»Aber Großmutter, vielleicht will ich gar nicht heiraten. Ich bin noch viel zu jung, um zu wissen, was ich will. Nur dass ich selbst über mein Leben bestimmen und Medizin studieren will, das weiß ich ganz genau.«

Großvater räusperte sich und fuhr sich wieder durch den Bart. Er sah unglücklich aus, wie er so dasaß und vor sich hin starrte.

»Ja, weißt du, Hannah-Mädchen, wenn deine Eltern beschließen, dass du heiraten und nicht studieren sollst, wirst du dich wohl fügen müssen. Mädchen und Frauen haben nicht die gleichen Möglichkeiten wie Männer, so ist es nun mal. Und vergiss nicht, was es für Probleme nach sich ziehen würde, wenn bekannt wird, dass du eine Heirat mit dem jungen Friedländer abgelehnt hast. Du wirst gesellschaftlich geächtet. Kein Mann würde mehr das Risiko eingehen, dir einen Antrag zu machen, jedenfalls keiner mit Verstand. Du wirst auf Bällen nicht mehr aufgefordert, es gibt keine Einladungen mehr. Du wirst für nicht so anständige junge Männer zum Freiwild und später eine alte Jungfer, die immer noch in ihrem Elternhaus wohnt.« Großmutter hatte die Stirn in Falten gelegt, während sie sprach, aber ihre Stimme war ganz ruhig.

Großvater, der sich bisher nicht an dem Gespräch beteiligt hatte, starrte mit gerunzelter Stirn ins Feuer. Dann platzte es plötzlich aus ihm heraus: »Unglaublich, wie gestrig deine Eltern noch sind. Ich dachte, wir wären schon weiter. Wie konnte dein Vater zulassen, dass du in deinem Alter schon unter so einem Druck stehst?«

»Ariel, bitte!«, rügte ihn Großmutter sofort. »Hannah-Mädchen, alles, worum ich dich bitte, ist, noch einmal in Ruhe, ohne die ganze Aufregung, über alles nachzudenken. Ich weiß, du bist so klug wie kaum jemand, und du wirst erkennen, was das Richtige für dich ist.«

Hannah starrte in leiser Verzweiflung vor sich auf den Boden, während ihre Finger die Tasse umklammerten. Sie seufzte tief, dann nickte sie langsam.

»Wenn du es für das Richtige hältst, dann verspreche ich es dir, Großmutter!«

* * *

Den gesamten Nachhauseweg über hatte angespanntes Schweigen geherrscht, und es war Daniel die ganze Zeit bewusst gewesen, dass ihn eine Standpauke erwartete. Nach Hannahs abruptem Aufbruch hatten auch sie nur die absolut notwendige Höflichkeitszeit abgewartet und sich kurz danach ebenfalls verabschiedet.

»Ich habe es euch doch gesagt: Diese Familie ist unmöglich. Dieses Mädchen ist unmöglich. Ich frage mich noch immer, wie du deine Zustimmung zu dieser Verlobung geben konntest, Levi!« Mutters ganze Haltung drückte tiefe Verachtung aus, während sie dem Hausmädchen ihren Mantel in den Arm drückte und in den heimischen Salon stolzierte.

»Unmöglich«, fuhr sie fort. »Sie hat überhaupt keine Manieren. Wie kann man sich so gehen lassen. Du bist eine gute Partie, während man es bei den Sternbergs nie wissen kann. Ihr habt doch gehört, dass er all sein Geld in diese Villa am Meer gesteckt hat. Und den Rest verpulvert er für seine zahlreichen Flittchen. Wirklich, Daniel, wir haben immer versucht, dir nette Frauen vorzustellen. Jede einzelne von ihnen wäre tausendmal besser gewesen, aber du bist ja stur wie … wie …« Sie rang nach Worten, während sie sich mit dramatischer Geste auf die Ottomane fallen ließ.

Daniel war ihr dicht auf den Fersen gefolgt. Da er wusste, dass er dieser Auseinandersetzung sowieso nicht ausweichen konnte, war er fest entschlossen, die Gelegenheit direkt bei den Hörnern zu packen. Natürlich war er auch irritiert über Hannahs heftige Reaktion. Selbst wenn er nicht zwingend hatte annehmen können, dass sie ebenfalls in ihn verliebt war, hatte er doch gehofft, zumindest ein wenig Zustimmung von ihrer Seite zu erfahren. Natürlich war er nicht die schlechteste Partie, doch das tat gar nichts zur Sache. Vielmehr hatte er bei ihren vorherigen Treffen den Eindruck gewonnen, dass sie gut miteinander harmonierten, dass sie miteinander lachen konnten, ähnliche Ansichten hatten, sich zumindest sympathisch waren. Doch ihre Reaktion hatte nichts dergleichen gezeigt. Vielmehr schien sie entsetzt bei dem Gedanken, ihn zu heiraten.

»Dieser Nachmittag war alles andere als erfreulich«, schaltete sich nun Vater ein.

»Man könnte sogar sagen: Er war überaus unerfreulich.« Mutters Gesicht glänzte rot vor Empörung. »Was bildet sich dieses unverschämte kleine Ding eigentlich ein? Ein nettes Äußeres macht kein verdorbenes Inneres wieder wett.«

»Es reicht. Ich habe euren Standpunkt verstanden«, fuhr Daniel dazwischen. »Ich muss zugeben, dass auch ich mir diesen Nachmittag anders vorgestellt hatte, doch Hannah als unverschämt zu bezeichnen, geht nun wahrlich zu weit. Die Schuld liegt ganz eindeutig bei ihren Eltern. Wie konnten sie sie nicht einweihen? Es ist doch verständlich, dass sie von einem solchen Fait accompli überrumpelt war.«

»Trotzdem hätte sie sich nicht derart gehen lassen dürfen, da gebe ich deiner Mutter völlig recht«, entgegnete Vater und strich sich über die erhitzte Stirn.

»Ihr Temperament ist in meinen Augen eine ihrer anziehenden Eigenschaften. Ihr werdet schon sehen: Sobald sie sich an den Gedanken gewöhnt hat, mich zu heiraten, wird alles gut. Sie braucht sicher nur ein wenig Zeit. Sie hat ein gutes Herz.«

»Diese unselige Verliebtheit wird dir noch das Genick brechen, mein Sohn!«, rief Mutter mit erhobenem Kopf.

»Oder sie wird mich erbauen. Wartet es nur ab: Bald werden wir verheiratet sein, mehrere Kinder haben, und Hannah wird eine leuchtende Ikone der Gesellschaft sein. Sie ist wirklich sehr intelligent und eloquent.«

»Vor allem ist sie überaus impulsiv«, sagte Mutter mit noch immer beleidigter Miene, während sie sich bemühte, die dünnen Lederhandschuhe von den Fingern zu zerren.

»Eleonore!«, sagte Vater warnend.

»Ist doch wahr.« Sie drehte sich missmutig zur Wand, während sie sich weiter an ihren Handschuhen zu schaffen machte.

»Bald schon werdet auch ihr Hannahs zahlreiche Vorzüge erkennen. Ich bin sicher, dass sich alles bald richten wird«, erklärte Daniel und schickte sich an, den Salon zu verlassen.

»Da bin ich mir nicht so sicher«, rief Mutter ihm hinterher.

Daniel kniff die Lippen zusammen. Er nahm die Treppe ins Obergeschoss, wo seine beiden Räume lagen.

Wie gern hätte er noch etwas erwidert. Doch Hannahs Reaktion hatte ihn verunsichert. Und plötzlich waren da Zweifel an diesem idyllischen Bild, das er sich von ihrer gemeinsamen Zukunft gemalt hatte. Wie sollte er weiterleben, wenn sie sich nicht umstimmen ließ?

* * *

Hannah blieb bei den Großeltern. Großmutter hatte den Vorschlag gemacht – wahrscheinlich, weil sie sich ausmalen konnte, welches Theater Hannah bei ihrer Rückkehr bevorstand. Also hatte Großvater Alma nach Hause begleitet und den Eltern erklärt, dass Hannah leicht fiebere und deshalb besser die Nacht bei ihnen verbringe.

Als er zurückkam, saßen Hannah und Großmutter am Kamin. Hannah hatte die Beine unter der kuscheligen Decke dicht an sich gezogen und blies in eine Tasse heiße Schokolade, während sie sich leise mit Großmutter unterhielt.

Der sonst so ausgeglichene Großvater betrat den Salon mit gerunzelten Brauen und zusammengepressten Lippen. Er sagte kein Wort, als er sich in den noch freien Sessel neben Hannah setzte, atmete tief aus und griff dann nach der Teetasse, die Großmutter ihm reichte.

»So schlimm?«, fragte sie mitfühlend.

»Reden wir nicht darüber, aber ich denke, dass es gut ist, wenn Hannah erst mal bei uns bleibt.«

Bestürzt sah Hannah ihren Großvater an. Was mochte zu Hause vorgefallen sein, das ihn so aus der sonst für ihn typischen Besonnenheit brachte?

Doch mehr sagte er nicht, sondern er zündete sich seine Pfeife an und starrte in die Flammen des Kamins. Stille senkte sich über den Salon.

Hannah spürte, wie die Müdigkeit mehr und mehr Besitz von ihr ergriff. Die Ereignisse und Aufregungen des Tages forderten ihren Tribut. Immer wieder fielen ihr die Augen zu. Sie legte den Kopf an die Lehne und atmete tief ein und aus.

Im Halbdämmer hörte sie, wie sich die Großeltern leise unterhielten, aber sie hatte nicht mehr die Kraft, sich auf ihre Worte zu konzentrieren. Schließlich spürte sie, wie ihr Körper angehoben wurde und ein leichter Windhauch über ihr Gesicht strich, als Großvater sie durch den langen Flur zum Gästezimmer trug. Sie war so erschöpft, dass sie die Augen geschlossen hielt, als er sie sanft ins Bett legte und Großmutter ihr die Schuhe auszog und die Decken um sie feststeckte.

Eigentlich wollte sie sich bei ihnen für all die Liebe und Fürsorge bedanken, aber ihr fehlte die Kraft, die Worte artikuliert auszusprechen. Schließlich war sie allein und fiel in einen traumlosen, tiefen Schlummer.

* * *

Am nächsten Morgen hatte sie hohes Fieber. Das Mädchen, das sie wecken sollte, holte sogleich Großvater, der gerade noch bei der Morgentoilette war. Besorgt untersuchte er Hannah und entschied dann, dass sie im Bett bleiben musste und das Mädchen Kleidung und die nötigsten Dinge aus der elterlichen Wohnung holen sollte. Wieder unterhielten sich die Großeltern leise miteinander, aber Hannahs Kopf fühlte sich an, als wäre er in einen Korb Wolle getaucht. Nur Bruchstücke des Gesprächs drangen an ihr Ohr.

»... es ist die Aufregung. Unmöglich, ein Mädchen in ihrem Alter und von ihrer Intelligenz vor vollendete Tatsachen zu stellen«, hörte sie Großvater.

Die leisere Antwort der Großmutter glitt an Hannahs heißem Kopf vorbei. Plötzlich bemerkte sie etwas Kaltes an ihrem rechten Bein. Sie versuchte, das Störende wegzutreten, aber Großvater legte ihr beruhigend die Hand auf die Schulter.

»Channahle, Kind, lass nur. Das sind Wadenwickel; wir versuchen, das Fieber ein wenig herunterzudrücken. Gleich wird es besser.«

Dann fielen ihr wieder die Augen zu.

* * *

Als Alma wie immer um halb fünf Uhr morgens müde und vor sich hin gähnend aufstand, war noch niemand auf den Beinen. Lene, mit der sie sich die Dienstbotenkammer teilte, schnarchte laut in ihrem Bett. Alma bemühte sich, im Dunkel nirgendwo anzustoßen und sie nicht aufzuwecken. Lenes Tag begann nämlich erst in einer Stunde.

Dieses Mal ging alles gut. Leise zog Alma die Tür hinter sich zu und wandte den Blick in Richtung Wohnzimmer. Hier ließ man extra die Tür offen stehen, damit das Licht der Morgendämmerung durch das große Fenster Alma den Weg in die Küche wies, wo ihre Pflichten morgens begannen.

Als Erstes entzündete sie eine Kerze. Dann löste sie die Haare aus dem Knoten, den sie für gewöhnlich für die Nacht wand, und versuchte, sie durchzukämmen. Doch da ihr Haar sehr dick und wellig war, widerstand es dem kleinen Kamm, den sie ihr Eigen nennen durfte, nur zu gern. Sie fuhr mit ihm entschlossen durch ihre Mähne und ertrug mit stoischer Ruhe das heftige Ziepen.

Nun war es Zeit, sich frisch zu machen. Um diese frühe Morgenzeit gab es noch kein warmes Wasser, für dessen Bereitung ohnehin Alma zuständig war, und so entblößte sie die Schultern, um Arme und Hals anständig mit dem kalten Wasser aus dem Hahn abzuseifen. Auch wenn es kaum möglich war, sich an dem Becken, an dem sonst der Fisch geschrubbt wurde, ordentlich zu waschen, war Sauberkeit eines der obersten Ideale für ein Hausmädchen. Niemand mochte Liederlichkeit oder Schmuddeligkeit, und so bemühte sich Alma, allen Schmutz, der bei der Arbeit am Vortag angefallen war, vom Körper zu schrubben.

Doch allzu viel Zeit hatte sie dafür nicht, denn die Arbeit rief mit jeder verstrichenen Minute lauter nach ihr. Und außerdem wollte sie so schnell wie möglich angekleidet sein. Sie wandte sich nervös zur Tür um, bevor sie mit schnellen Handgriffen das Nachthemd vollständig von ihrem Körper gleiten ließ und in ihr Tageskleid schlüpfte. Sie hatte Angst, seit Jakob sie dabei schon zweimal überrascht hatte. Mit triumphierendem Grinsen hatte er weit die Küchentür aufgerissen, zufrieden gepfiffen und sie ungeniert angestarrt, während Alma, über und über errötet, versucht hatte, den störrischen Stoff über die ausladende Unterwäsche zu zerren. Er war nicht näher gekommen oder hatte noch Weiteres versucht, aber Alma hatte sich schmutzig und wehrlos gefühlt und Angst gehabt, dass etwas Ähnliches wieder passieren könnte. Und seit Kurzem fasste er sie in unbeobachteten Momenten an. Alma hasste es und hätte ihm am liebsten auf die Finger geschlagen, wie sie es bei dem Knecht getan hatte, der ihr bei ihrer ersten Stelle immer an die Wäsche gewollt hatte. Ihn hatte sie dadurch aufhalten können, doch bei Jakob waren ihr die Hände gebunden. Er gehörte schließlich zur Herrschaft, während sie nur Gesinde war. Sie war wertlos im Vergleich zu ihm. Niemand nahm sie hier als Mensch mit Gefühlen und Bedürfnissen wahr. Niemand – außer Hannah. Wenn das gnädige Fräulein nicht wäre, hätte sie sich schon längst um eine neue Stelle bemüht, doch Alma hatte das Gefühl, dass sie hier zum ersten Mal jemanden hatte, dem sie vertrauen konnte, seit sie sich von Walterchen hatte trennen müssen. Aber wenn Jakob so weitermachte, würde sie sich etwas Neues suchen müssen.

Jetzt hatte sie den letzten Knopf am Kleid geschlossen und sich die Arbeitsschürze umgelegt. Schnell räumte sie Kamm und Seife weg und griff nach ihrer Zahnbürste. Zahnbürsten waren unglaublich teuer, deswegen benutzte sie ihre schon das dritte Jahr. Die Schlämmkreide bildete eine weiße Flüssigkeit in ihrem Mund, während sie putzte. Sie spülte den Mund aus, dann war sie bereit.

Als Erstes musste sie Feuer machen und Wasser aufsetzen. Immerhin fiel das Einheizen in den Zimmern zu dieser Jahreszeit weg; nur im Wohnzimmer mochte es die gnädige Frau warm. Doch das hatte noch Zeit, denn heute musste auch der Kessel für die Wäsche erhitzt werden. Alma hatte es sich angewöhnt, das möglichst früh zu erledigen, weil sie dann das Anstrengendste hinter sich hatte. Sie betete, dass die gnädige Frau ihre Abneigung gegen Weißwäscherinnen bald hinter sich lassen würde, doch seit dem gnädigen Herrn ein längeres Verhältnis mit einer von ihnen nachgesagt wurde, duldete sie nicht mehr, dass solche Frauen ihre Wäsche berührten. Und so blieb diese Pflicht an Alma hängen.

Außerdem musste sie heute noch die Kronleuchter putzen und bei dieser Gelegenheit auch die bemalten Decken mit abstauben.

Wenn sie es schaffte, wollte sie aber auf jeden Fall noch bei Hannahs Großeltern vorbeihuschen, um sich nach dem Wohlergehen des jungen Fräuleins zu erkundigen, das sie schmerzlich vermisste.

Als Alma die Wäsche gemacht, die Kronleuchter und die Decken fertig geputzt, zwischendurch den Tisch auf- und abgedeckt, serviert und abgewaschen hatte, war es endlich so weit: Die gnädige Frau rief nach ihr und drückte ihr den Einkaufszettel für den Abend in die Hand. Man erwartete Gäste, und der gnädige Herr hatte an diesem Morgen in der Tageszeitung gelesen und Frau und Sohn wissen lassen, dass man bei Kaisers dieser Tage Fisch servierte.

Also bekam Alma den Auftrag, Fisch zu beschaffen, denn man wollte sich natürlich nicht lumpen lassen und ebenso herrschaftlich auffahren, wie das bei Hofe der Fall war. Dankenswerterweise kannte sich Alma mit Fischen gut aus, denn die kleinen Brüder hatten es geliebt, in ihrer freien Zeit zu angeln, sodass Alma früher häufig Fisch zuzubereiten hatte. Und das Problem mit dem Einkaufszettel löste sie häufig, indem sie ihn dem Ladenbesitzer unter die Nase hielt, auch wenn sie am Aussehen der Wörter inzwischen meist erkennen konnte, was die Gnädige haben wollte; schließlich war es ja häufig das Gleiche.

Kaum war sie aus der Tür, rannte sie fast mit ihrem unter den Arm geklemmten Einkaufskorb. Sie nahm die Tram, damit sie nachher noch Zeit hatte, sich nach dem Befinden des gnädigen Fräuleins zu erkundigen.

Im Grunde liebte sie es, wenn sie den Auftrag bekam, einzukaufen. So vieles gab es draußen zu sehen und so viel Nahrung für ihre Tagträume. In den Geschäften lagen fremdländische Früchte, die aus den Kolonien stammten. Zu Almas Kummer standen diese Köstlichkeiten nie auf der Einkaufsliste, doch sie strich immer ganz nah an ihnen vorbei, befühlte die Früchte vorsichtig und roch an ihnen, während sie sich vorstellte, irgendwo zu sein, wo es ganz heiß war und jeder so frei sein konnte wie ein Vogel.

»Wat darf's denn sein, Frollein?«, wandte sich der Verkäufer ihr zu und riss Alma aus ihren Tagträumen.

»Ich brauche Fisch«, sagte sie und streichelte noch einmal über die gelben hartschaligen Früchte, die oben und unten spitz zuliefen.

»Brauchen Se auch vonne Zitronen? Sonst Hände wech davon.«

»Nee, aber Pilze. Haben Sie die?«

Fünfzehn Minuten später saß Alma bereits wieder in der Tram auf dem Weg zurück.

Ihre Eile zahlte sich aus, denn es blieb genug Zeit, um sich nach dem gnädigen Fräulein zu erkundigen. Vielleicht ging es ihr ja endlich besser, und der Herr Geheimrat Doktor Goldberg würde sie zu ihr lassen. Sie wollte sich ja nur vergewissern, dass sie nicht ernsthaft krank war und bald wieder nach Hause kommen würde, denn ohne sie fühlte sich die Wohnung so seltsam leer an.

Mit schnellen Schritten eilte sie die baumbestandene Allee hinab. Doch als sie vor der eindrucksvollen Haustür stand, traute sie sich zunächst nicht, die Hand zu erheben und zu klopfen.

Eigentlich durfte sie gar nicht hier sein, sondern hätte schnurstracks zurückgehen und ihre Einkäufe abliefern müssen. Aber es ging doch um das gnädige Fräulein.

Alma seufzte tief, dann hob sie die Hand und betätigte den Klopfer.

Wie so oft öffnete der Geheimrat selbst die Tür. Das wäre bei Hannahs Eltern undenkbar gewesen; schließlich galt es als äußerst unschicklich, als Herrschaft selbst zur Tür zu gehen.

»Fräulein Alma, was kann ich für Sie tun?«, fragte der Herr Geheimrat jetzt und zwinkerte ihr zu.

»Ich … ich wollte nur wissen: Geht es dem gnädigen Fräulein inzwischen besser?«

Jetzt lächelte der alte Herr.

»Dankenswerterweise ja! Die Krise ist überwunden. Das Fieber ist endlich gesunken. Wenn Sie sie einen Augenblick sehen wollen, habe ich nichts dagegen.«

Alma sog scharf die Luft ein. Dann lächelte auch sie und nickte heftig.

»Aber nur kurz, bitte! Meine Enkeltochter muss sich noch schonen. Das Fieber hat ihren Körper stark angegriffen.«

Wieder nickte Alma, dann folgte sie dem Geheimrat, den Korb mit den riechenden Fischen und anderen Schätzen fest unter den Arm geklemmt.

Endlich konnte sie das gnädige Fräulein wiedersehen!

5. Kapitel

Zwei volle Wochen hatte Hannah bei den Großeltern verbracht. Alma war ein paarmal vorbeigekommen, wenn sie von ihren Botengängen etwas Zeit abzwacken konnte, und hatte sich erkundigt, wie es ihr ging. Zu Anfang hatte sie nur für ein paar Minuten hereinschauen können, weil die Erschöpfung der Kranken zu groß gewesen war, aber nach einer Woche war das Fieber verschwunden und Hannah gewann täglich an Kraft. Und jeden Tag, den sie bei den Großeltern verbrachte, wuchs die Hoffnung, dass sich die ganze Sache vielleicht wie von selbst erledigt hätte, während sie krank darniederlag, und dass, wenn sie schließlich wieder nach Hause käme, alles so wäre wie vorher. Wie ein schlechter Traum, der nach und nach verblasst, je länger man in die Morgensonne blinzelt.

Großvater hatte die Eltern mit der Entschuldigung abgewimmelt, dass Hannah als Rekonvaleszente noch zu schwach für Besuche sei. »Weißt du, Channahle«, hatte er mit einem Lächeln und Augenzwinkern zu ihr gesagt, »Zeit verweht den Zorn wie der Wind die Wolken. Vielleicht ist schon bald alles wieder gut.«

Hannah wusste, dass ihr Fortlaufen die Eltern gekränkt hatte. Aber vielleicht … vielleicht hatten sie sich ja gerade deshalb das Ganze noch einmal überlegt. Es war schließlich offensichtlich, dass Hannah das Vorhaben nicht guthieß, nicht? Oder die Friedländers nahmen aufgrund von Hannahs ungebührlichem Verhalten doch Abstand von einer Vermählung ihres einzigen Sohnes mit ihr.

Wenn Hannah nicht las oder sich mit den Großeltern unterhielt, machte sie am Arm der Großmutter kurze Spaziergänge durch den Garten oder saß im Erker am Fenster und zerknüllte ein Stofftaschentuch zwischen den Fingern, während sie hinaussah und grübelte.

Nur die kurzen Besuche Almas brachten ein wenig Zerstreuung. Alma hatte sie dazu angeregt, die Tageszeitung zu lesen. Eigentlich war Hannah nie sonderlich interessiert an dem ganzen Politikkram gewesen, aber im Moment hatte sie nicht viel anderes zu tun.

Almas Interesse an der Tageszeitung allerdings galt etwas anderem als der Politik, und allein der Gedanke daran machte Hannah traurig. Sie wusste, dass Alma sich vor allem für die Stellenanzeigen interessierte. Schon die Vorstellung, dass Alma sich eine andere Arbeit suchen könnte und sie allein ließ, bedrückte sie. Trotzdem bat sie Großvater, ihr die Zeitung zu überlassen, wenn er fertig damit war, damit sie Alma daraus vorlesen konnte. Eigentlich war es dem Gesinde verboten, die Zeitung zu lesen, denn man wollte nicht, dass die Dienstboten wussten, was draußen in der Welt passierte. Es könnte sie von ihren Pflichten ablenken. Deswegen hätten weder Vater noch Mutter Alma jemals die Zeitung gegeben, doch es erschien Hannah unfair, diese Informationen von Alma fernzuhalten. Und trotzdem betete sie, dass Alma bei ihnen blieb.

* * *

Als Großvater Hannah als ausreichend gesundet ansah, brachten die Großeltern ihre Enkelin gemeinsam zurück zu den Eltern. Alma öffnete ihnen die Tür und strahlte. Ungestüm fiel sie Hannah um den Hals. Gleich darauf ertönte ein lautes Räuspern vom Ende des Flures, gefolgt vom Rascheln eines Kleides. Mutter kam mit zusammengepressten Lippen den Flur herunter. Sie trug den Kopf mit dem straffen Dutt hoch erhoben, und eine tiefe Falte zeichnete sich auf ihrer Stirn ab. Sofort sprang Alma einen Schritt zurück und blickte schuldbewusst zu Boden.

Obwohl es den gesellschaftlichen Gepflogenheiten entsprochen hätte, die Großeltern nach den Mühen, die sie sich um Hannah gemacht hatten, in den Salon zu bitten, blieb Mutter ein paar Schritte vor ihnen stehen, nickte ohne eine weitere Regung und sagte: »Du bist wieder da. Es freut mich, dich gesund zu sehen, wenn auch noch etwas blass um die Nase. Ich danke dir, Vater, für deine ärztliche Fürsorge, und auch dir, Mutter. Gern würde ich euch hereinbitten, doch wir mussten wegen Hannahs Erkrankung die Abfahrt an die See schon mehrfach verschieben, und ich weiß gerade nicht, wo mir der Kopf steht. Es ist noch so unglaublich viel zu erledigen.« Sie schüttelte den Kopf und drückte dann eine Hand an die Schläfe. »Ihr glaubt gar nicht, wie viel zu bedenken und einzupacken ist, wenn man den Sommer an der See verbringt.« Der Blick der Mutter wirkte unsicher, flatterig, als fühlte sie sich überfordert mit den anfallenden Aufgaben.

»Hannah braucht immer noch Ruhe. Es wäre schön, wenn ihr das berücksichtigen würdet und die Abfahrt noch ein paar Tage hinausschiebt«, erwiderte Großvater, während Großmutter ihre Tochter mit bekümmertem Blick ansah.

»Das ist leider unmöglich. Mein lieber Mann hat Verpflichtungen, die ihm nicht erlauben, die Abreise noch weiter hinauszuzögern. Wenn ihr mich jetzt bitte entschuldigt, ich muss noch wichtige Entscheidungen wegen der Tischwäsche treffen.« Und damit nickte sie noch einmal knapp, drehte sich um und rauschte davon.

Mit traurigen Augen sah Großmutter ihr hinterher. Großvater schüttelte den Kopf.

»Channahle, bleib stark. Wenn irgendetwas ist, weißt du, wo du uns findest, nicht wahr?« Damit zog er sie an sich. »Du musst dich ausruhen, Kind. Geh in dein Zimmer und leg dich etwas hin. Alma wird nach dir sehen, nicht wahr?«

Das Mädchen nickte eifrig.

»Ihr werdet mir schrecklich fehlen«, murmelte Hannah, während sie ihr Gesicht an den Mantelkragen des Großvaters drückte.

»Kopf hoch, Channahle. Oft sind die Sachen viel weniger schlimm, als sie am Anfang erscheinen.« Er streichelte ihr über die Wange, doch seine Stimme hörte sich belegt an.

Nachdem sie sich schweren Herzens auch von Großmutter verabschiedet hatte, ohne dass von Mutter noch etwas zu sehen war, ging Hannah langsam in ihr Zimmer und setzte sich erschöpft in den zierlichen Sessel.

Sie war sich nicht mehr so sicher, dass sich in ihrer Abwesenheit etwas an der Einstellung der Eltern geändert hatte. Leise seufzte sie, während sie den Kopf in die Hände stützte und die Augen schloss.

* * *

Hannah erwachte von einem lauten Poltern, gefolgt von einem durchdringenden Schrei. Sie schreckte hoch und wusste im ersten Moment gar nicht, wo sie eigentlich war. Offenbar war es Mutter, die draußen lamentierte, doch Hannah konnte nicht verstehen, worum es ging. Sie setzte sich auf, lauschte, erhob sich dann langsam und öffnete die Tür. Der Lärm kam aus dem Salon, allerdings war die Tür geschlossen. Hannahs Hände begannen nervös zu zittern. Erinnerungen, die sie für gewöhnlich wegdrängte und die sich im hintersten Winkel ihres Bewusstseins verbargen, wurden an die Oberfläche geschwemmt und jagten ihr kalte Schauer durch den gesamten Körper. Schmerzen, die keine aktuelle Ursache hatten, brannten in ihrem Inneren. Trotzdem setzte sie mechanisch einen Fuß vor den anderen, getrieben von dem Drang zu wissen, was da vor sich ging.

Immer wieder blieb sie einen Moment stehen. Zögernd, abwägend. Es war nicht richtig, was sie hier tat, aber die Neugier, zu erfahren, was los war, trieb sie vorwärts. Leise schlich sie den Gang hinunter, am ganzen Körper bebend, bis sie nahe genug beim Salon war, um zu hören, was gesprochen wurde.

»Wie konntest du nur? Du weißt genau, wie die Leute sich über uns schon das Maul zerreißen. Du machst mich zum Gespött von ganz Berlin.« Die Stimme der Mutter war wuterfüllt und hatte gleichzeitig einen weinerlichen Klang.

Hannah lehnte sich an die Wand, um das Zittern ihres Körpers in den Griff zu bekommen. Die Seidentapete kühlte ihre heiße Wange.

Sie konnte nicht verstehen, was Vater erwiderte. Seine Stimme war deutlich tiefer als die der Mutter und seine Lautstärke um einiges gedrosselter.

»Heißt das«, bohrte Mutter nach, »sie bekommt ein Kind von dir? Hast du dabei auch mal an deine Familie gedacht? Was ist, wenn die Friedländers davon erfahren und die Verlobung auflösen? Mit einem Vater mit einem derartigen Ruf findet Hannah doch niemanden mehr, der auch nur annähernd denselben Stand hat. Man wird immer glauben, dass jemand, der in der eigenen Familie nur eine Fassade aufrechterhält, auch in seinem Betrieb und im übrigen Leben so verfährt.« Ihre Stimme überschlug sich.

Hannah hatte genug gehört. Offenbar gab es eine neue Geliebte des Vaters, von der Mutter erfahren hatte.

Es nahm immer den gleichen Verlauf: Vater ließ nicht die Finger von anderen Frauen, und auf irgendeine Art kam alles heraus. Verständlicherweise wurde Mutter wütend, denn es musste sie kränken. Diesmal noch mehr als zuvor. Hätte es nicht auch für Hannah und Jakob Konsequenzen, wenn es ein Halbgeschwisterchen gäbe? Hannah kannte sich in solchen Dingen nicht aus, dennoch wollte sie Jakob auf keinen Fall fragen, sonst wüsste er, dass sie gelauscht hatte. Hannah seufzte. Für ihre Mutter war das ein weiterer Schlag, der ihre depressiven Stimmungen, die nach jedem Fehltritt des Vaters folgten, sicher auf einen neuen Tiefpunkt bringen würde.

Es war ein energieraubender Teufelskreis, bei dem Hannah und Jakob nur Zaungäste waren. Allerdings spürten sie die Folgen von Vaters Untreue vor allem aufgrund der Missstimmung ihrer Mutter über Wochen. Jakob allerdings nur am Rande. Er konnte die Wohnung nach Belieben verlassen, und er war der verwöhnte Liebling von Mutter, die der Auffassung war, dass Vater zu hart mit ihm umsprang. Hannah jedoch brauchte erst die Erlaubnis der Eltern, um irgendwohin zu gehen, und sei es auch nur zu einer Freundin aus dem Gymnasialkurs oder zu einer Bekannten aus der Synagoge. Sie hatte diese Ungerechtigkeit satt, sie wollte endlich auch ihre Freiheiten! Langsam schlich sie zurück in ihr Zimmer. Das Zittern hatte nachgelassen, aber ihre Wangen glühten. Was ihr bei der ganzen Sache aber am meisten Kummer machte, war, dass die Eltern offenbar noch immer an ihren lächerlichen Verlobungsplänen mit Daniel Friedländer festhielten.

* * *

Das Abendessen verlief in frostigem Schweigen. Alma war jedes Mal froh, wenn sie das Esszimmer nach dem Servieren wieder verlassen konnte. Das gnädige Fräulein tat ihr leid. Man sah ihr die vergangenen Strapazen noch deutlich an, doch niemand nahm darauf Rücksicht. Jeder war mit seinen eigenen Gedanken beschäftigt. Die Herrschaften vermieden es sorgfältig, einander auch nur anzusehen, geschweige denn anzusprechen, und Hannah saß blass und in sich gekehrt auf ihrem Platz und schob lustlos das Essen von einer Seite des Tellers zur anderen. Nur der furchtbare Jakob war so munter und offenbar unbeeindruckt von der Atmosphäre wie eh und je.

Immer wieder zwinkerte er ihr aufdringlich zu, wenn sie das Zimmer betrat, und einmal, als sie sich gezwungenermaßen über den Tisch beugen musste, um nach der schweren Suppenterrine zu greifen, grapschte er ihr hemmungslos an den Busen. Mehr noch, er zwickte sie regelrecht durch die vielen Stofflagen in die empfindliche Haut, sodass sie am Abend beim Ausziehen bemerkte, dass sich ein blauer Fleck gebildet hatte.

Irgendwie hatte sie es geschafft, nicht aufzuschreien. Sie war nur zusammengezuckt und hätte um ein Haar die Schüssel fallen lassen, konnte sich aber im letzten Moment noch kontrollieren.

Das Ganze hatte ihr ein abschätziges Kopfschütteln des gnädigen Herrn eingebracht und ein »Tststs« der gnädigen Frau, aber immerhin hatte es keinen Eintrag ins Dienstbuch oder eine Züchtigung nach sich gezogen.

Bevor sie abends als Letzte ins Bett ging, kniete sie sich hin und betete inbrünstig, dass Gott ihr bitte dabei helfen möge, eine neue Anstellung zu finden. Am liebsten als Mamsell, denn sie hatte noch nie gehört, dass irgendjemand einer Mamsell an die Wäsche wollte, und sie liebte es, zu kochen. Natürlich wusste sie, dass das kaum möglich war, schließlich war sie nur ein einfaches Dienstmädchen und konnte noch nicht einmal lesen. Aber kochen, das konnte sie! Ihre Spezialität waren Suppen und Saucen. Sie nutzte jede Chance, dazuzulernen und Lene über die Schulter zu gucken, obwohl diese sie jedes Mal verscheuchte, wenn sie sie dabei ertappte. Todmüde erhob sich Alma, pustete die Kerze aus und legte sich auf das harte Bett.

Natürlich waren das Wunschvorstellungen. Aber träumen … das durfte man doch noch!

6. Kapitel

Zwei Tage später war es so weit, und der gesamte Haushalt machte sich auf zur See. Die Eisenbahnfahrt, auf die sich Hannah so gefreut hatte, glitt, ohne einen nachhaltigen Eindruck zu hinterlassen, an ihr vorbei. Sie war noch geschwächt, und immer wieder fielen ihr die Augen zu, sodass sie schließlich den Großteil der Reise schlafend verbrachte. Da die Stimmung zwischen den Eltern immer noch eisig war, was nur den unverwüstlichen Jakob kaum zu stören schien, empfand Hannah das jedoch als nicht sonderlich schmerzlich.

Seit dem Streit mit Vater war Mutter wieder leidend. Stumm saß sie da, die Augen zumeist geschlossen, und führte ihr Riechfläschchen immer wieder zur Nase, als hätte sie Sorge, gleich in Ohnmacht zu fallen. Sie wirkte, als wäre sie in eine Blase eingehüllt, durch die kein Lichtstrahl und keine Freude drang.

Als Hannah wieder einmal erwachte, saßen alle mit durchgedrücktem Rücken und säuerlichen Blicken auf ihren Plätzen. Mutter blickte mit traurigen Augen aus dem Fenster. Jakob bemerkte irgendeinen Unfug über das Wetter und schaffte es, dass sie sich ihm zuwandte und sich sogar ein gequältes Lächeln abrang.

Hannah seufzte leise und dachte an die Bücher, die Großvater ihr für die Sommerfrische mitgegeben hatte. Sie waren ein großer Trost und lagen gut verstaut in einem Extraköfferchen, in das sie sicherheitshalber noch allerlei anderen Krimskrams gepackt hatte, der die Werke bedeckte, damit die Schmuggelei nicht auffiel. Schließlich sah nicht nur Mutter, sondern auch Vater es ungern, wenn sie las. Vater saß stumm in der Ecke und starrte mit leerem Blick auf die vorbeiziehende Landschaft. Ganz offensichtlich befand er sich nach wie vor im Zustand der Ungnade. Das würde eine höchst vergnügliche Reise werden, so viel stand fest!

Alma musste mit Lene und dem ganzen Gepäck in einem anderen Abteil sitzen, weil es nicht anging, dass die Herrschaft gemeinsam mit dem Gesinde fuhr, doch Hannah ließ es sich nicht nehmen, sie zwischendurch zu besuchen. Allerdings war es gar nicht so einfach, zu den beiden zu gelangen, denn Alma hatte den Großteil des Gepäcks zwischen ihnen und der Tür aufgestapelt.

Überhaupt war Alma sehr still, doch das konnte natürlich auch daran liegen, dass die bärbeißige Köchin ihr gegenübersaß und nahezu die gesamte Fahrt grimmig vor sich hin starrte. Erst als es ans Auspacken des mitgebrachten Essenskorbs ging, erhellte sich ihr Gesicht für einen Moment.

Bei jedem Besuch hoffte Hannah, dass Lene vielleicht eingenickt wäre, damit sie etwas Dringendes mit Alma besprechen konnte. Denn seit dem Einsteigen, als Alma mithilfe des Trägers das Gepäck in den Zug gehievt hatte, brannte ihr etwas auf der Seele. Es war eine Beobachtung, die sie zutiefst schockiert hatte und bei der sie zunächst geglaubt hatte, ihren Augen nicht trauen zu können. Doch sie war vollkommen sicher, sich nicht getäuscht zu haben. Als Alma gerade eine schwere Tasche vom Gepäckträger entgegengenommen hatte, war Jakob plötzlich aufgetaucht und hatte ihr an den Hintern getatscht. Doch nicht nur das, auch Taille, Arme und sogar Busen hatte er begrapscht, während sich Alma mit dem Gepäck abgemüht hatte. Mehrmals hatte Alma versucht, die Übergriffe unauffällig abzuwehren, doch Jakob hatte hartnäckig weitergemacht. Hannah war beschämt über das Verhalten des Bruders und hätte ihn am liebsten zur Rede gestellt, doch war der Waggon, in dem alles dicht an dicht saß, dafür nicht der richtige Ort. War der Bruder etwa auf dem Weg, genauso zu werden wie Vater? Hatte es bei ihm auch so angefangen? Sie wollte unbedingt Alma auf die Beobachtungen ansprechen, doch ohne dass die knurrige Lene dabei lauschen konnte. Schließlich wollte sie nicht, dass Alma dadurch vielleicht noch mehr Probleme bekam. Hoffentlich ergab sich eine Gelegenheit, wenn sie angekommen waren.

* * *

Als sie in dem riesigen schwarzen Landauer, der von zwei müde aussehenden Pferden gezogen wurde, vor der Villa vorfuhren, riss Hannah vor Staunen den Mund auf.

Das Gebäude war bombastisch. Es hatte zweieinhalb Geschosse, glänzte blassgelb in der tief stehenden Sonne und wirkte mit seinen Erkern, Säulen und Verzierungen unglaublich prachtvoll. Es war umgeben von einem herrlichen Park, und das Meer glitzerte nur einen Katzensprung entfernt.

Ergriffen saßen alle da und bestaunten ehrfurchtsvoll das Haus. Jakobs Mund stand offen, und um Mutters Mundwinkel spielte sogar ein Lächeln. Mit einem Mal wirkte auch Vater wieder gelöst und ausgesprochen zufrieden. Er reckte das Kinn und blickte voller Stolz auf die Villa.

Ohne zu überlegen, sprang Hannah spontan auf und drückte dem glücksstrahlenden Vater einen Kuss auf die Wange.

»Das hast du wunderbar gemacht, Papachen. Ein selten schönes Haus. Und der Park … und das Meer, einfach herrlich!«

Einen Augenblick lang sah Vater sie staunend an, dann blinzelte er ihr verschwörerisch zu, klatschte in die Hände und sagte: »Dann wollen wir mal. Möchtet ihr nicht sehen, wie es drinnen aussieht?« Seine Stimme hörte sich plötzlich ganz jung an. Er bot Mutter die Hand, um ihr beim Aussteigen behilflich zu sein. Die sah ihn kurz an, als wäre sie noch damit beschäftigt, zu erwägen, ob es nicht an der Zeit sei, ihm angesichts dieser Pracht zu verzeihen.

»Diese Skulptur dort, was ist das?«, fragte sie schließlich mit einem milden Lächeln und deutete auf eine Engelsfigur in den Gartenanlagen vor der ausladenden Terrasse. Sie ergriff beiläufig die dargebotene Hand, um die Kutsche zu verlassen.

»Ist sie dir aufgefallen? Ich habe ihr Gesicht nach deinen Zügen fertigen lassen«, erklärte Vater mit stolzem Blick.

Damit war die Entscheidung gefallen: Mutter ließ die letzten zwei Stufen aus, fiel ihm um den Hals und flüsterte ihm etwas zu. Beide lachten laut auf und liefen dann Arm in Arm zu den Eingangsstufen.

Hannah sah Jakob mit hochgezogenen Augenbrauen an. »Tja, jetzt musst du dich wohl wieder hinten einreihen.«

»Schnepfe, halt bloß den Mund«, zischte er und folgte den Eltern mit gerunzelter Stirn.

Auch im Inneren war die Villa einfach prächtig. Eine weiße Marmortreppe wand sich am Ende der pompösen Empfangshalle nach oben. Die Böden waren mit dem gleichen edlen Stein gefliest, und dezent gemusterte Seidentapeten verzierten die Wände.

Hannah zog Alma mit sich, um die anderen Zimmer zu inspizieren. Vater hatte nicht gespart. Es war eine Wonne, die wunderschön gestalteten Räume zu betrachten. Besonders gut gefiel Hannah der in sanftem Grün gehaltene Salon, der durch die großen Fenster einen wundervollen Blick auf die See bot. Aber auch das Esszimmer mit dem opulenten Leuchter und den zierlichen Möbeln war unglaublich hübsch. Oder die Eingangshalle mit den aufwendigen Mosaikarbeiten aus Marmor im Boden. Die Krönung war allerdings das Dach, das zu einem guten Teil verglast war, sodass das Licht ungehindert hineinschien und sich sanft an den Wänden brach. Hier würde sie sich wohlfühlen, daran bestand kein Zweifel.

In diesem lichtdurchfluteten Bauwerk, das so wunderschön gelegen und vor allem weit weg von dem ungeliebten Bräutigam war, fühlte sie sich auf einen Schlag unverhofft frei. Es gab ausreichend Platz, um sich von den Streitereien der Eltern zurückzuziehen. Denn dass der nächste Streit kommen würde, daran bestand kein Zweifel. Vater würde der nächsten hübschen Frau verfallen, und alles würde von vorn losgehen.

Alma und sie waren inzwischen im Mezzaningeschoss unter dem Dach angekommen, das eine geringere Höhe hatte als die Geschosse darunter. Hier waren die Dienstboten untergebracht.

Alma juchzte.

»Vielleicht bekomme ich sogar ein eigenes Zimmer. Sehen Sie nur, gnädiges Fräulein, wie viele Räume es hier gibt und wie wunderschön sie alle sind.« Sie drehte sich mit ausgebreiteten Armen herum.

Hannah lächelte. Alma hatte bestimmt noch nie ein Zimmer für sich allein gehabt. Hoffentlich ging wenigstens dieser Traum für sie in Erfüllung. Bestimmt würde sich dann auch bald die Gelegenheit ergeben, Alma auf den Vorfall mit Jakob anzusprechen. Bald. Wenn Alma sich ein wenig eingelebt hatte.

»Ich wünsche es dir. Aber lass uns jetzt wieder hinuntergehen. Ich glaube nicht, dass Mutter sehr begeistert ist, wenn ich dich so lange von der Arbeit abhalte«, sagte sie lächelnd und legte den Arm um die Schulter des Mädchens.

Als sie die Treppe hinunterliefen, fühlte sich Hannah fast schwebend. Sie war so unbeschwert wie ein Schmetterling im Frühling.

7. Kapitel

Die ersten Tage in der Villa am Meer vergingen gemächlich und nahezu himmlisch ruhig. Alle wirkten plötzlich viel gelassener und entspannter. Daher fasste Hannah eines Abends einen Entschluss, um die gute Stimmung aller zu nutzen.

»Es ist wirklich wundervoll hier. Die Idee, eine Villa an der See zu bauen, war genial, Vater«, begann sie lächelnd, während sie sich ein knusprig gebratenes Hühnerbein von der silbernen Platte klaubte, die Rosa, eines der neuen Mädchen, ihr hinhielt.

»Nicht wahr? Ich finde es auch ganz reizend hier. Eine wirklich schöne Vorstellung, alle Sommer hier zu verbringen«, schaltete sich Mutter ein.

Das Gesicht des Vaters hellte sich auf. Sogar Jakob nickte zustimmend.

»Ich hoffe sehr, hier noch viele schöne Sommer verbringen zu können«, sagte Hannah vorsichtig. Sie wusste, dass sie sich mit dieser Äußerung aufs Glatteis begab.

»Das hoffen wir natürlich auch, allerdings bleibt abzuwarten, ob dein Zukünftiger den gleichen Wunsch hegt«, erwiderte Mutter.

»Gut, dass du das Thema gerade ansprichst, denn genau darüber wollte ich sowieso mit euch reden.«

Mutter zog die Augenbrauen hoch, sagte aber nichts, während Vater ihr aufmunternd zunickte und sich eine Gabel voller Kartoffelbrei an dem ausladenden Schnurrbart vorbei in den Mund schob.

Hannah schluckte trocken und schob die Erbsen nervös mit der Gabel auf dem Teller hin und her.

»Die Sache ist die: Ich kenne ihn ja gar nicht. Er mag nett sein, aber … aber ich will doch Medizin studieren, und da …«

»Genug!«, unterbrach Vater sie. »Es ist beschlossene Sache, das weißt du doch.«

»Nun, ihr habt etwas beschlossen. Ich wurde gar nicht gefragt, und mein Wunsch ist es eben, Medizin zu …«

»Hannah, bitte, verdirb uns doch jetzt nicht die Stimmung an diesem schönen Abend«, schalt Mutter sie mit gerunzelter Stirn.

»Wenn du so einen Bildungshunger hast, dann engagieren wir dir einen Sprachlehrer. Möchtest du deine Englisch- oder Französischkenntnisse vertiefen oder vielleicht Spanisch lernen? Italienisch soll auch sehr klangvoll sein, habe ich gehört«, sagte Vater und zwinkerte ihr verschwörerisch zu.

»Das ist ein sehr nettes Angebot, aber das meine ich nicht. Ich möchte an eine Universität. Ein richtiges Studium.«

»Was für ein Unfug«, mischte sich jetzt Jakob ein. »An den Universitäten dürfen Frauen nicht studieren.«

»Und außerdem ist es völlig überflüssig. Du hast bald einen Ehemann, der für dich sorgt. Du brauchst kein Geld zu verdienen. Hast du eigentlich eine Ahnung, wie fordernd der Medizinerberuf ist? Dein Großvater war ständig unterwegs. Immer waren die Patienten wichtiger als alles andere. Nur selten hatte er Zeit für uns. Nein, nein, so ein Studium würde dich nicht glücklich machen, glaub es mir nur«, ergänzte Mutter und nickte ihr lächelnd zu.

»Es geht mir nicht um das Geld. Ich will das Wissen. Ich habe gehört, dass Frauen in der Schweiz studieren dürfen.«

»Das ist jetzt genug, Hannah. Du glaubst doch nicht, dass dein Bräutigam damit einverstanden wäre, dass du direkt nach der Hochzeit in die Schweiz gehst. Sei froh, wenn du einen ordentlichen Mann bekommst, der ja offensichtlich Gefallen an dir gefunden hat«, entgegnete Mutter kopfschüttelnd und spießte ein Stück von ihrem Hühnchen auf die Gabel.

»Darum geht es ja: Ich will ihn nicht heiraten. Lasst mich stattdessen in die Schweiz gehen und …«

»Schluss jetzt damit! Hör auf deine Mutter, Hannah. Und von diesem Unfug wollen wir hier nichts mehr hören. Ist das klar?«

Hannah senkte den Kopf.

»Natürlich, Vater«, murmelte sie, während ihr das Blut heiß in den Kopf schoss und sie spürte, wie ihre Wangen vor Ärger glühten.

* * *

In den langen Abendstunden, die Hannah nach der Auseinandersetzung allein mit ihren Büchern auf ihrem Zimmer verbrachte, schwor sie sich, es zunächst bei dem einen Versuch zu belassen, um die Eltern nicht noch mehr zu reizen. Sie hatten seltsam dünnhäutig auf ihren Vorstoß reagiert, sodass ein glücklicher Ausgang einer solchen Unterredung derzeit unwahrscheinlich war.

Als nach ein paar Tagen bereits die ersten Gäste vorfuhren, atmete Hannah auf, denn damit waren die Eltern beschäftigt, und es würde die Aufmerksamkeit von ihr nehmen. Vater war wie immer. Ein Ausbund an Charme und eloquenter Kommunikation. Und auch Mutter gab sich Mühe, ihren Gästen ein fröhliches Gesicht zu zeigen.

Die Villa bot dankenswerterweise genug Möglichkeiten, den Eltern und dem immerwährenden Strom ihrer Besucher aus dem Weg zu gehen. Besonders liebte Hannah den Grünen Salon, in den sie sich gern zurückzog, wenn ihr die Atmosphäre im Haus zu belastend wurde. Hier konnte sie sich in einen der großen Sessel kuscheln, die wunderbare Aussicht genießen und lesen, lesen, lesen. Und sich davontragen lassen von den Geschichten und medizinischen Fakten, die sie alles um sie herum vergessen machten.

Nicht nur die Villa war ein Traum, sondern auch deren Lage. Der Park mit seinen alten Bäumen, die Vater weitgehend unangetastet gelassen hatte, und den akkurat geschnittenen Büschen hinter dem Haus war märchenhaft. Nur vor dem Haus hatte er alles abholzen und neu anlegen lassen, damit der Blick auf das Meer, das sich bis zum Horizont erstreckte, unverstellt war. Besonders gern aber hatte Hannah die Uferpromenade. Sie liebte es, mit Alma zusammen dort entlangzuwandern, die frische Meeresluft zu atmen, die Sonne zu genießen, die anderen Villen und Hotels zu betrachten und die flanierenden Sommergäste zu beobachten. Vater hatte so viel Personal angestellt, dass Alma hier vor allem die Aufgabe einer persönlichen Zofe für Hannah zukam, was die Zeit, die sie zusammen verbrachten, deutlich verlängerte. Immer wieder dachte Hannah daran, Alma endlich auf ihre Beobachtungen bei der Zugfahrt anzusprechen, doch dann verschob sie es jedes Mal auf den nächsten Tag, um nicht dunkle Schleier über ihr Beisammensein zu werfen, sondern die schöne gemeinsame Zeit auszukosten.

* * *

Alma genoss jeden einzelnen Tag, denn die Spaziergänge erlaubten ihr, mit Hannah zu plaudern, gemeinsam zu lachen und mehr über die andere zu erfahren, was Alma sehr glücklich machte.

Sie war immer noch fasziniert von der Kraft des Meeres, das sie noch niemals zuvor gesehen hatte, von der unendlichen Weite, die sich bis über den Horizont hinaus zu erstrecken schien, und dem sanften Rauschen der heranrollenden Wellen. Sie liebte es, die Strümpfe auszuziehen und den Rock zu raffen, um mit dem gnädigen Fräulein nahe dem Ufer durch das erfrischende Nass zu waten. Natürlich nur ganz vorn, wo es schön flach war, denn sie konnten beide nicht schwimmen.

Obwohl sie Hannah schon immer gemocht hatte, wuchs sie ihr in diesen Tagen besonders eng ans Herz. Sie hatte das Gefühl, in ihr eine Vertraute, eine Freundin gefunden zu haben, die sie in dieser Form nie zuvor gehabt hatte. Natürlich hatte sie vor dem Tod der Mutter mit den Nachbarskindern und den kleinen Geschwistern draußen gespielt, doch die tiefschürfenden Gespräche über Gott und die Welt, wie sie sie mit Hannah führte, waren einmalig für sie.

Sie liebte es, mit Hannah auf einer Bank oder in einem Strandkorb zu sitzen, die hinausfahrenden Boote zu bestaunen und darüber zu sinnieren, wo sie wohl hinfuhren, oder die vorbeiflanierenden Sommergäste zu beobachten und über die Affektiertheit und Einbildung so mancher zu lachen. Und sie war noch immer begeistert von dem wunderschönen und modernen Palais, das der gnädige Herr hatte bauen lassen. Noch nie zuvor war sie in die Sommerfrische gefahren, und obwohl sie hier Hannah als Zofe zur Seite stehen musste, waren die Arbeit und auch das Leben so leicht wie noch nie, seit sie sieben Jahre alt gewesen war.

Sie vertraute dem gnädigen Fräulein Dinge an, von denen sie noch nicht einmal geahnt hatte, dass sie in ihr schlummerten. Wenn sie die anderen Dienstmädchen hinter ihren Herrschaften herzockeln sah, fühlte sie sich meilenweit von ihnen entfernt, denn sie spazierte neben Hannah, lachte und scherzte mit ihr, als wären sie Freundinnen oder sogar Schwestern. Noch immer las

Hannah ihr die Tageszeitung vor, die sich Vater von Berlin hierherliefern ließ. Eines Tages war darin Almas Traumstelle annonciert: *Das Hotel Kaiserhof in Berlin sucht ein Küchenmädchen* stand dort groß und verheißungsvoll.

Doch als Alma aufsprang und begeistert aufjuchzte, verdunkelte sich gleichzeitig das Gesicht des gnädigen Fräuleins, sodass Alma sich sofort wieder in den Strandkorb setzte.

»Es ist schön zu sehen, wie sehr du dich freust!«, sagte Hannah leise.

»Ich … Verzeihung. Ich war unsensibel. Natürlich möchte ich Sie nicht verlassen. Es ist nur …«

»Was ist? Du willst weg von uns? Ich kann dich gut verstehen. Das möchte ich auch manchmal. Das Dumme ist nur: Vorstellung ist heute und morgen. In Berlin.«

Alma nickte mit gesenktem Kopf. Es wäre auch zu schön gewesen. Aber das Schicksal hatte offenbar anderes mit ihr vor.

»Warum hast du deine Familie eigentlich verlassen und bist nach Berlin gekommen?«, fragte Hannah nach einer Weile.

Überrascht sah Alma auf.

»Ich lebte davor schon eine Weile nicht mehr bei meiner Familie. Dort bin ich weg, als ich zwölf war. Ich habe als Kuhmagd auf einem Hof gearbeitet. Dann habe ich von einer entfernten Cousine gehört, die in Berlin bei einer Familie war. Das war die Möglichkeit, aus dem Kuhdung herauszukommen, schöne Kleider zu tragen und auf eigenen Füßen zu stehen.«

»Hört sich traumhaft an. Auf eigenen Füßen zu stehen«, sagte Hannah mit schwärmerisch verklärtem Blick. Dann aber blickte sie Alma mitleidig an.

»Und dann bist du zu uns gewechselt, und es fühlte sich an, wie vom Regen in die Traufe zu kommen, nicht wahr? Manchmal ist das Leben nicht gerecht.«

»Ach, so schlimm ist das gar nicht … Vor allem, wenn wir hier an der See sind. Da kann einem auch mal die ganze Freiheit fast zu Kopf steigen, und man könnte denken, dass man mehr ist, als man ist.«

»Was soll das denn heißen? Nur weil du ein Dienstmädchen bist, bist du doch trotzdem wertvoll.«

Alma schüttelte traurig den Kopf.

»Ich bin ein Mädchen aus einer armen Familie und ohne Geld. Meine einzige Hoffnung ist, dass ich einen anständigen Mann finde, den ich heiraten kann.«

Mit entsetzt aufgerissenen Augen sah das gnädige Fräulein sie an. »Meine Güte, Alma, wenn man dich so reden hört, könnte man glatt depressiv werden.«

* * *

Obwohl sie tagsüber von vielen Haushaltspflichten befreit war, um das gnädige Fräulein zu begleiten und ihr behilflich zu sein, musste Alma am Abend mit einem anderen Mädchen servieren und Lene auch beim Abwasch helfen. Zwar hatte sie den Tisch nicht mehr für den Morgen neu einzudecken, aber sie musste allabendlich warten, bis die Herrschaften endlich so weit waren, sich in den Rauchsalon oder das Wohnzimmer zurückzuziehen. Dann erst konnte sie sich ans Abräumen machen, und wenn alles fertig war, die Küche wischen. Mutter wollte nicht, dass Alma durch die völlige Befreiung von den Haushaltspflichten in ein paar Wochen alles verlernt hätte, wenn in Berlin kein anderes Mädchen mehr da wäre. Auch heute gab es da keine Ausnahme, und so war es schon sehr spät, als sie endlich die Treppe zum Mezzaningeschoss hochsteigen konnte, um todmüde ins Bett zu fallen. In allen anderen Räumen war bereits das Licht gelöscht und jeder hatte sich zur Ruhe begeben.

Schnell zog Alma sich aus und streifte das Nachthemd über den Kopf. Sie löste die Zöpfe und strich die Haare aus, um sie in einem Knoten für die Nacht zusammenzufassen, so wie sie es immer tat, seit sie zurückdenken konnte.

Doch noch während sie mit offenen Haaren dastand, öffnete sich plötzlich langsam die Tür zu ihrem kleinen Zimmer. Erschreckt stieß sie die Luft aus. Was war das? Ein Geist? Nein, wahrscheinlich war es nur der Wind, der draußen die Fahnen an den Stangen hin und her wehte und das Meer in riesigen Wellen an den Strand trieb.

Schnell machte Alma einen Schritt nach vorn, um die Tür wieder zu schließen und sich endlich zur Ruhe zu begeben. Als sie nach der Türklinke griff, schlossen sich Finger fest um ihr Handgelenk.

Sie schrie, bis eine andere Hand auf ihren Mund gedrückt wurde.

»Still! Wir wollen doch niemanden aufwecken«, zischte eine bekannte Stimme sie an.

Übelkeit stieg in ihr auf, und sie kämpfte gegen ein heftiges Schwindelgefühl.

Sie versuchte, sich zu wehren, den Eindringling in die Hand zu beißen, doch der reagierte schnell. Er löste den Griff von ihrem Handgelenk und drückte stattdessen ihre Kehle zusammen.

Alma spürte, wie jegliche Energie sie schlagartig verließ. Sie wusste, sie hatte verloren.

Wehrlos ließ sie zu, dass Jakob die Tür hinter sich schloss und sie in Richtung Bett drängte. Seine Hand umklammerte nach wie vor ihren Hals, und sie hatte das Gefühl, dass sie jeden Moment das Bewusstsein verlieren würde.

Sein Atem wurde heftiger, als er ihr Nachthemd hochschob und sich an ihrer Unterwäsche zu schaffen machte. Alma betete darum, ohnmächtig zu werden oder nichts mehr zu spüren, doch vergebens.

Jetzt drückte er sie aufs Bett und ließ sich auf sie fallen. Alma schnappte nach Luft. Sein Gewicht drückte ihr den Atem ab. Es war ihre Schuld. Sie hatte ihn irgendwie gereizt, ihm nicht deutlich genug gezeigt, dass er sie in Ruhe lassen sollte.

Der Schmerz, als er in sie eindrang, ließ sie aufschreien, doch der Schrei wurde von seiner Hand, die immer noch auf ihrem Mund lag, erstickt.

Er keuchte und bewegte sich immer schneller. Alma fühlte sich klein und voller Hass. Hass auf ihn, auf sich, auf die ganze, ungerechte Welt.

Nach einer Ewigkeit ließ er endlich von ihr ab und wälzte sich zur Seite.

Ohne sie noch einmal anzusehen, stand er grunzend auf und ließ sie einfach liegen.

Alles um sie herum war nass, doch sie hatte keine Kraft, die erloschene Öllampe wieder anzuzünden, und hier oben gab es natürlich kein elektrifiziertes Licht wie in den unteren Geschossen; deshalb konnte sie nichts sehen.

Sie lag da wie erstarrt und wünschte sich nichts sehnlicher, als einfach zu sterben.

* * *

Natürlich wurde ihr auch dieser Wunsch verwehrt. Als sie am nächsten Tag erwachte, fühlte sie sich leer und wie zerschlagen. Ein Blick auf ihr Bett ließ sie trotzdem erschreckt hochfahren. Blutflecken auf dem Laken! Fassungslos starrte sie auf dieses erschreckende Bild. Das war doch gar nicht ihre Zeit. Woher kam das Blut? In ihrem Schrecken vermischten sich Bilder von damals auf dem Hof, wenn sie ein Schwein geschlachtet hatten, mit der Wirklichkeit. Nein, so viel war es dann doch nicht, aber es erinnerte sie daran, wenn die Kühe ihre Kälber bekamen. Herrje, würde sie jetzt auch …? War sie jetzt etwa schwanger?

Dann war sie völlig verloren. Sie würde entlassen werden und mittellos auf der Straße stehen. Wie wurde man eigentlich schwanger? Sie wusste es nicht. Ermattet sank sie zurück aufs Bett. Bei den Kühen musste immer eine Weile vorher der Stier zu ihnen gelassen werden, das wusste sie. Und bei ihr war es der furchtbare Jakob gewesen.

Dann war sie jetzt mit Sicherheit schwanger! Ihr Leben war vorbei. Und es war alles ihre Schuld! Doch vielleicht hatte sie Glück, schließlich wurde auch nicht jede Kuh gleich trächtig, wenn der Stier bei ihr gewesen war. Es war ein Hoffnungsschimmer, auf den Alma nun alles setzte.

8. Kapitel

Einige Tage später saßen Hannah und Alma in einem Strandkorb nahe dem Wasser und sahen ein paar Kindern beim Bauen und Verzieren von Sandburgen zu, als Hannah ein Seufzer entfuhr.

»Ist irgendetwas nicht in Ordnung?«, fragte Alma besorgt. Ihre blauen Augen sahen prüfend in Hannahs Gesicht. »Fühlen Sie sich nicht wohl?«

Alma war für Hannah mittlerweile eine Vertraute geworden, fast so wie ihre Großeltern. »Doch, doch, Alma, alles in Ordnung. Es ist nur … ich kann diesen Mann nicht heiraten. Ich kenne ihn doch gar nicht. Und seine Eltern sind mir unheimlich. Mein Wunsch, Medizin zu studieren und den Menschen zu helfen, ist dringender denn je.«

»Warum sagen Sie es Ihren Eltern dann nicht einfach noch einmal deutlich? Wenn es Ihnen so wichtig ist, muss es doch Wege geben.«

»Ach, Alma, du Schaf. Frauen dürfen in Preußen nicht an der Universität studieren. Zumindest nicht, wenn sie noch einen anständigen Mann finden sollen. Die Gesellschaft denkt, dass man als Frau nichts anderes im Sinn hat, als sich den studierenden Männern an den Hals zu werfen. Und vielleicht erinnerst du dich dunkel an die Vorkommnisse letzte Woche, als ich etwas in dieser Richtung erwähnt hatte.«

Alma nickte eifrig. »Das ist schwierig. Aber vielleicht ist Herr Friedländer ja gar nicht so furchtbar, wie Sie denken. Auf mich hat er im Grunde recht freundlich gewirkt.«

»Das ist doch völlig unerheblich. Er ist ein Fremder für mich, und vor allem bedeutet eine Verbindung mit ihm, dass jede Chance auf ein Studium für mich verloren ist. Ach, Alma, wie einfach wäre alles, wenn ich ein Mann wäre. Dann könnte ich mir aussuchen, wen ich heiraten will, ich könnte studieren, und ich hätte so viel mehr Freiheiten.«

»O ja … Freiheit … das wäre wirklich schön!«, seufzte Alma.

»Aber du hast völlig recht, Alma! Wer nicht wagt, der nicht gewinnt. Vielleicht lassen sich die Eltern ja doch darauf ein, mich in die Schweiz zu schicken. Ich muss es noch einmal versuchen. Ich muss es schaffen, sie davon zu überzeugen, dass ein Studium das Richtige für mich ist. Ich muss ihnen zeigen, dass ich meinen eigenen Willen habe und mich nicht mit irgendeinem Kerl verheiraten lasse, den ich erst viermal in meinem Leben gesehen habe.«

Hannahs Stimme war laut geworden. Eine ältere Dame, die an ihrem Strandkorb vorbeiging, wandte sich ihnen zu, musterte sie mit ihrem Kneifer und schüttelte missbilligend den Kopf, bevor sie weiter ihrer Wege ging.

»Ich weiß, dass dieses Vorhaben an Wahnsinn grenzt. Ich weiß es, und es macht mir Angst. Aber gleichzeitig ist da dieser brennende Wunsch in mir.« Hannahs Augen füllten sich mit Tränen. Trotzig wischte sie sich mit dem Handrücken über die Wange und starrte angestrengt auf die See.

»Gnädiges Fräulein, ich denke, es ist an der Zeit zurückzugehen. Es wäre ungünstig, die gnädige Frau zu verärgern, wenn Sie etwas bei ihr erreichen wollen.«

»Du hast recht, Alma. Und am Nachmittag fangen wir mit den Leseübungen an. Ich hatte dir doch versprochen, dass ich es dir beibringe«, sagte Hannah, während sie aufstand und Alma unterhakte.

»Wollen Sie das wirklich tun, gnädiges Fräulein? Das wäre wunderbar. Glauben Sie tatsächlich, ich kann es lernen?«

»Selbstverständlich, du bist doch nicht dumm. Wir werden nach der Mittagsruhe auf die Wiese gehen und anfangen. Ich suche ein geeignetes Buch heraus«, erklärte Hannah entschieden.

»Und wenn ich es gelernt habe, lese ich ›Das feine Dienstmädchen‹ von Isa von der Lütt. Davon habe ich schon immer geträumt.« Alma strahlte über das ganze breite Gesicht. Sie schritt so energiegeladen aus, dass ihr langer blonder Zopf über ihren Rücken schwang wie das Pendel der großen Standuhr in der Halle.

* * *

Obwohl sie es sich fest vorgenommen hatte, kam Hannah beim Essen nicht dazu, ihr Anliegen voranzutreiben. Justizrat Hausmann weilte mit seiner Frau zu Besuch, und die Erwartung an Hannah war klar: lockere Konversation, freundliches Lächeln und keinesfalls aus dem Rahmen fallen.

Doch je länger sie die Aussprache mit den Eltern hinausschob, desto Furcht einflößender erschien sie ihr. Sie zitterte innerlich bei dem Gedanken daran, scheute sie doch eine solche Szene, wie sie sich vor ein paar Tagen ereignet hatte, mehr als alles andere. Doch es half nichts. Auch wenn es ihr noch so leidtat, die Eltern zu enttäuschen, sie konnte diese Vereinbarung mit den Friedländers nicht hinnehmen.

Als Alma mit dem neuen Mädchen Frieda das Essen auftrug, bemerkte Hannah aus den Augenwinkeln, wie Jakob sich rasch umblickte, und als er die Eltern und die Gäste in ein Gespräch vertieft sah, kniff er Alma fest in den Po.

Alma zuckte zusammen, verzog für den Bruchteil einer Sekunde das Gesicht, straffte den Rücken und servierte weiter, als wäre nichts geschehen.

Hannah jedoch blieb nicht so ruhig. Sie spürte, wie Zorn auf den Bruder in ihr aufloderte. Warum nur hatte sie Alma bisher nicht darauf angesprochen, was auf der Herfahrt im Zug passiert war? So unverschämt, wie er damals vorgegangen war, überraschte es Hannah nicht, dass er jetzt wieder derart übergriffig wurde.

Sie überlegte, ob sie Jakob sofort zur Rede stellen sollte, entschloss sich dann aber, erst mit Alma darüber zu sprechen. Und zwar so schnell wie möglich. Nur sie wusste, wie häufig Jakob so etwas tat. Und danach würde sie sich Jakob zur Brust nehmen. Wie konnte er nur so etwas Abscheuliches tun? Hatte er nicht aus den Fehlern des Vaters, die sie alle auf die eine oder andere Art ausbaden mussten, gelernt?

* * *

Und so stand Hannah eine Stunde später trotz des exquisiten Entenbratens mit einem unguten Gefühl vom Tisch auf. Immerhin schaffte sie es, sich vom Kaffee auf der Terrasse zu befreien, indem sie Kopfschmerzen vorschob und angab, sich ein wenig hinlegen zu wollen.

Als sie lang ausgestreckt auf dem Bett lag und an die Decke starrte, gingen ihre Gedanken unwillkürlich wieder zu der Szene zwischen Jakob und Alma. Je länger sie darüber nachdachte, desto wütender wurde sie auf Jakob. Er schien die Einstellung zu haben, dass Hausmädchen Freiwild seien. Ein derart respektloses Verhalten war einfach nicht recht. Gegenüber niemandem!

* * *

Eine Stunde später kam Alma atemlos, mit geröteten Wangen und leicht zerzausten Haaren auf dem Rasenstück hinter der Villa zum verabredeten Lesenlernen an.

»Alma, geht es dir gut?«, fragte Hannah besorgt.

»Es geht schon«, erwiderte das Mädchen knapp und setzte sich auf die bereitliegende Decke.

»Macht er das öfter?«, fragte Hannah unumwunden.

Almas blasses Gesicht lief tiefrot an, und sie richtete den Blick starr auf die Erde.

»Ich weiß nicht, was Sie meinen, gnädiges Fräulein«, sagte sie mit gepresster Stimme.

»Selbstverständlich weißt du das, Alma. Jakobs Getatsche meine ich. Er macht das häufiger, oder?«

Alma sagte nichts und hielt den Blick weiter gesenkt, während ihre Finger blitzschnell ihren Zopf neu flochten.

»Alma?«, fragte Hannah behutsam und hob sanft ihr Kinn an.

»Du weinst ja«, stellte sie erschrocken fest. »Alma, was ist denn?«

Das Mädchen biss sich auf die Lippen und wischte schnell die Tränen weg. Sie schüttelte den Kopf, doch die Tränen liefen ihr weiter unaufhörlich über die Wangen.

»Willst du nicht darüber reden, Alma? Manchmal hilft es, wenn man sich jemandem anvertraut.«

»Ich … ich kann nicht. Es tut mir leid, gnädiges Fräulein. Ich möchte nicht, dass Sie schlecht von ihm denken, er ist ja schließlich Ihr Bruder«, murmelte sie.

»Wenn er dir etwas antut, ist es mir egal, ob er mein Bruder oder der Milchmann ist. Dann gehört er bestraft.«

»Bitte, gnädiges Fräulein, ich weiß Ihre Güte zu schätzen, aber ich darf nicht meine Anstellung verlieren. Wenn im Dienstbotenbuch steht, dass mir gekündigt wurde, finde ich niemals etwas Neues. Es ist … ich werde daran nicht sterben«, sagte Alma, konnte aber ein Schluchzen nicht unterdrücken.

Hannah sah sie mit gerunzelter Stirn an. Sie versuchte, sich in Alma hineinzuversetzen – Alma war abhängig von dieser Anstellung. Wenn sie rausgeworfen wurde, würde ihr Weg sie unweigerlich wieder zurück in den Kuhstall führen. Oder vielleicht sogar zu noch schlimmeren Orten; da wäre Alma nicht die Erste. Ruth aus der Synagoge hatte ihr flüsternd von einem ehemaligen Dienstmädchen erzählt, dem es so ergangen war.

Sie würde sich Jakob selbst vornehmen. Immerhin war sie Zeugin seiner Übergriffe geworden und hatte somit genug gegen ihn in der Hand. Da konnte sie Alma erst einmal außen vor lassen, wenn es sie beruhigte.

»In Ordnung, Alma, aber wenn du mit jemandem reden willst, bin ich für dich da.«

Alma nickte mit gesenktem Kopf und murmelte leise: »Danke.«

Einen kurzen, ungemütlichen Moment lang schwiegen sie, dann sagte Alma mit betont gut gelaunter Stimme: »Wollen wir dann mit dem Lesen anfangen? Die Buchstaben an sich kenne ich ja schon, ich weiß nur nicht genau, wie sie zusammen klingen.«

»Fangen wir mit diesem Buch an? Hier, probieren wir es mal mit dem ersten Wort.«

Alma nickte sichtlich erleichtert, während die Tränen im Sonnenlicht auf ihren Wangen glitzerten.

* * *

Als Hannah und Alma nach einer langen Stunde auf der Wiese, in der Alma deutliche Fortschritte gemacht und es geschafft hatte, die ersten Wörter zu entziffern, wieder ins Haus kamen, sah Hannah ihn sofort. Auf dem Tischchen neben der Marmortreppe lag direkt vor der großen Bronzefigur ein Brief. Er trug ihren Namen. Sie kannte die gestochene Schrift nicht, aber kaum hatte sie das Kuvert in die Hand genommen, spürte sie einen Druck in ihrer Magengrube. Mit angehaltenem Atem sah sie sich um und riss dann den Umschlag auf. Zwei eng beschriebene Briefbögen steckten darin. Beim Herausziehen drehte sie hektisch die Blätter um, bis sie die Unterschrift sah:

Dein dich liebender Verlobter Daniel

Hannah atmete tief ein. Der Magendruck hatte sich in eine ausgemachte Übelkeit verwandelt. Mit geschlossenen Augen tastete sie nach dem Ledersessel, der hier irgendwo stehen musste. Sie hatte das dringende Bedürfnis, sich zu setzen. Die Buchstaben verschwammen vor ihren Augen, und ihr Kopf fühlte sich entsetzlich leer an. Nur ein Gedanke hämmerte darin: Du kannst nicht weiter davor weglaufen.

Denn das hatte sie getan. Sie hatte alle Erinnerungen an diesen furchtbaren Abend aus ihrem Gedächtnis verdrängt und sich krampfhaft bemüht, an etwas anderes zu denken, wenn sich die Bilder immer wieder aus ihrem Unterbewusstsein emporgekämpft hatten. Doch dieser Brief zwang sie dazu, sich der Situation zu stellen und zu überlegen, wie es weitergehen konnte.

Ein plötzliches Geräusch hinter ihrem Rücken ließ sie zusammenfahren.

»Soso, er schreibt dir also schon. Sehr schön. Du musst ihm noch heute antworten.«

Mutter stand vor ihr. Obwohl ihr Mund zu einem zufriedenen Lächeln verzogen war, hatte die Freude ihre Augen nicht erreicht. Sie blickten kalt – wie immer.

»Ich werde ihm nicht antworten. Ich habe noch nicht einmal seinen Brief gelesen. Mutter, ich will ihn nicht heiraten. Ich will Ärztin werden und Medizin studieren, genauso wie Großvater. Bitte, Mutter, ich weiß, ich kann es schaffen.« Hannah war aufgesprungen und lief beim Reden auf die Mutter zu, eindringlich die Hände ringend, um ihren Worten mehr Gewicht zu verleihen.

Doch Mutter wich zurück und hob dann die Hand. »Lass das, Hannah. Das ist doch Unsinn. Mädchen können nicht an einer Universität studieren. Und wir werden dich bestimmt nicht in die Schweiz schicken, höchstens für ein paar vertiefende Sprachstunden. Sei froh, dass du einen ordentlichen Ehemann bekommst, der an dir hängt und hoffentlich nicht jedem Rock hinterherläuft. Mehr kannst du vom Leben nicht verlangen.« Damit drehte sie sich um. Für gewöhnlich war das der Hinweis, dass das Gespräch für sie beendet war.

Aber Hannah war vom Mut der Verzweiflung beseelt, daher flehte sie weiter: »Bitte, Mutter, das kann nicht der Sinn meines Lebens sein, von einer Verantwortung in die nächste gereicht zu werden, alle Talente, Wünsche und Möglichkeiten zu vergessen und die Erfüllung darin zu finden, die Frau Regierungsrätin zum Tee zu bitten. Großvater sagt auch, ich sei außerordentlich begabt. Gebt mir doch die Möglichkeit, mich zu beweisen. Nur zwei Jahre oder eines. Ich kann diesen Mann nicht heiraten, Mutter. Ich liebe ihn nicht.«

»Schluss jetzt, Hannah. Ich dulde kein weiteres Wort, hast du verstanden? Du gehst jetzt auf dein Zimmer und schreibst ihm eine Antwort. Und ich will nichts mehr von diesem Unsinn hören. Nie wieder. Wir können froh sein, so jemanden für dich gefunden zu haben. Er hat eine gute Laufbahn vor sich, ist das einzige Kind, wird nicht unerheblich erben. Und vor allem: Er will dich. Kein Wort mehr.« Sie hob entschlossen das Kinn und ging davon.

Hannah sank in sich zusammen. Schlagartig war jegliche Energie aus ihrem Inneren gewichen. Die mütterlichen Worte hatten sich in ihrer Endgültigkeit wie bittere Säure in ihr Herz gefressen. Schluchzend kauerte sie sich auf den Boden und verbarg ihr Gesicht in den Händen.

9. Kapitel

Während das gnädige Fräulein keinerlei Erinnerung an die folgenden Tage hatte, waren sie Alma umso präsenter. Wie das arme Ding dort ohnmächtig am Fuß der Treppe gelegen hatte, leichenblass und so hilflos wirkend wie ein aus dem Nest gefallenes Vögelchen. Alma hatte aufgeschrien und sich zu ihr gekniet. Hannah atmete, doch sofort war das ganze Haus in heller Aufregung gewesen. Vorsichtig hatte man sie aufgehoben. Es war keine Verletzung zu sehen, aber noch immer hatte sie nicht das Bewusstsein wiedererlangt. Daher wurde umgehend ein Arzt gerufen, der ein Nervenfieber feststellte und absolute Ruhe verordnete.

Alma wurde dazu bestimmt, sich um die Kranke zu kümmern. Sie richtete sich ein notdürftiges Bettlager auf dem Fußboden vor dem Bett des gnädigen Fräuleins ein, um ihr jederzeit zu Hilfe eilen zu können, sollte es notwendig werden. Die ersten Tage allerdings schlief die Patientin nahezu ununterbrochen.

Nach vier Tagen hatte Hannah längere Wachphasen, war aber weiterhin unnatürlich bleich und sprach kein Wort. Trotzdem war der Arzt, der täglich vorbeischaute, zufrieden mit der Entwicklung und ordnete an, sie noch ein paar Tage im Bett zu belassen. Danach seien längere Spaziergänge an der See nötig, um wieder Kraft zu schöpfen und zu alter Frische zurückzufinden.

* * *

Eine Woche später zog Alma wieder in ihr Kämmerchen unter dem Dach, verbrachte aber jede freie Minute bei der stark geschwächten und nach wie vor stummen Patientin. Am meisten beunruhigte Alma aber die Beobachtung, dass das gnädige Fräulein die ganze Zeit nicht ein einziges Buch in die Hand nahm, geschweige denn danach verlangte.

Als die Sonne ein paar Tage später warm vom Himmel schien und nur ein laues Lüftchen wehte, beschloss Alma, dass es nun an der Zeit sei, die Anweisung des Doktors bezüglich der Spaziergänge umzusetzen. Das gnädige Fräulein ließ sich teilnahmslos ankleiden und reagierte auch nicht auf Almas aufmunterndes Geplapper. Am schlimmsten aber waren ihre Augen, die ausdrucks- und trostlos vor sich hin starrten, sodass Alma immer wieder ängstliche Schauer über den Rücken liefen.

Sie machte sich erhebliche Sorgen um die Verfassung des gnädigen Fräuleins, bemühte sich aber redlich, sich diese Beunruhigung nicht anmerken zu lassen. Stattdessen versuchte sie, umso munterer und beschwingter zu sein, allein von der Hoffnung getragen, das gnädige Fräulein über kurz oder lang damit in irgendeiner Form anzustecken. Nach einer guten Stunde waren die beiden so weit, loszugehen.

Nach wie vor blieb Hannah stumm, doch sie ließ widerstandslos zu, dass Alma sich bei ihr einhakte und sie mit sich zog. Sie wirkte, als wäre sämtliche Lebensfreude aus ihrem Inneren gesaugt worden.

Auf der Promenade herrschte bei dem wunderschönen Wetter ein lebhaftes Treiben. Immer wieder bemühte sich

Alma, ein Gespräch in Gang zu bringen, doch das gnädige Fräulein reagierte entweder überhaupt nicht oder nickte nur teilnahmslos.

Sie spazierten langsam und mit kleinen Schritten, und bereits nach kurzer Zeit schlug Alma beunruhigt eine Pause vor. Ohne eine Miene zu verziehen oder sonst wie zu reagieren, ließ sich das gnädige Fräulein zu einem Strandkorb führen. Alma beeilte sich, um ihr zuvorzukommen und die verwehten Sandkörnchen mit der Hand wegzustreichen, bevor Hannah Platz nahm, doch das Fräulein zuckte unwillig mit dem Kopf und ließ sich einfach mitten auf die sandige Fläche sinken.

Zögernd setzte sich Alma neben sie und warf ihr einen scheuen Blick zu. Bewegungslos starrte Hannah aufs Meer, als würden von dort Antworten auf ihre stummen Fragen herüberwehen.

»Ist Ihnen auch nicht kalt, gnädiges Fräulein? Ich habe noch eine Decke dabei, falls …« Sie verstummte. Hannah runzelte die Brauen und starrte aufs Meer, als erwäge sie, sich in die Fluten zu stürzen und ihrem Leben ein Ende … Nein, diesen Gedanken wollte Alma nicht zu Ende denken.

Sie saßen schweigend nebeneinander und blickten auf die spiegelglatt daliegende See. Wie gern hätte Alma gefragt, wann sie ihre Leseübungen fortsetzen könnten. Heimlich hatte sie sich, wenn das gnädige Fräulein schlief, ein Buch genommen und versucht, die Buchstaben zu entziffern. Es war noch immer schwer, auch wenn es jeden Tag ein klein wenig besser ging.

Alma hätte später nicht sagen können, wie lange sie dort gesessen hatten. Immer wieder hatte sie dem gnädigen Fräulein die Decke angeboten, aber jedes Mal hatte sie abgewinkt. Gerade als sie fragen wollte, ob sie sich langsam auf den Rückweg machen sollten, hörten sie Gesang. Überrascht blickte sich Alma um. Eine Gruppe junger Leute, vielleicht fünfzehn, zwanzig, kam mit roten Wangen und strammem Schritt den Strand hinuntergelaufen und schmetterte dabei ein Wanderlied.

Alma warf einen besorgten Blick auf das gnädige Fräulein. Wahrscheinlich würde sie sich durch den Lärm gestört fühlen. Doch zu ihrer Verwunderung hatte Hannah sich aufgerichtet und sah aufmerksam zu der Gruppe hinüber. Das erste Mal seit ihrem Zusammenbruch blitzte in ihren Augen Interesse auf.

Die jungen Leute ließen sich ein Stück von ihnen entfernt auf dem Sand nieder. Sie unterhielten sich, tranken aus mitgebrachten Wasserflaschen und picknickten belegte Butterstullen, die sie aus ihren Rucksäcken zogen.

Ihre gute Laune wirkte ansteckend und machte auch vor dem betrübten gnädigen Fräulein nicht Halt. Mit einem Mal streckte sie den Rücken durch und setzte sich aufrecht hin. Ihr Mund zuckte leicht, als wollte sie etwas sagen.

Alma spürte Hannahs inneren Aufruhr, noch bevor diese plötzlich aufsprang, Alma erfreut ansah und vorschlug: »Lass uns hinübergehen und mit ihnen reden.« Und schon lief sie los.

Alma fuhr der Schreck in alle Knochen. Was würde nur die gnädige Frau dazu sagen? Sie würde ihr die Schuld geben, schließlich stand das gnädige Fräulein unter ihrer Obhut. Sie musste Hannah davon abhalten, etwas zu tun, was sie beide später bereuen würden.

»Aber gnädiges Fräulein, meinen Sie wirklich, dass das eine gute Idee ist? Sie kennen doch niemanden aus diesem Kreis. Das schickt sich nicht.«

Doch Hannah ließ sich nicht beirren. Sie steuerte, ohne sich nach der zaudernden Alma umzusehen, auf die fidele Gruppe zu.

Ein kleines Stück vor den jungen Leuten blieb sie abrupt stehen. Alma atmete auf. Das gnädige Fräulein hatte wohl ihren Fehler erkannt und damit das Unheil in letzter Minute abgewendet.

Doch im gleichen Moment sprang schon einer der jungen Männer auf.

»Kinder, wir haben Besuch. Holla, schönes Fräulein, mit wem haben wir das Vergnügen?«, fragte er und grinste über das ganze sommersprossige Gesicht.

»Hannah Sternberg, und das ist Alma Neumann. Und wer sind Sie?«

Überrascht sah Alma das gnädige Fräulein an. So verwegen hätte sie sie gar nicht eingeschätzt. Mit offenem Mund beobachtete sie das Geschehen.

»Vitus Braun, überaus erfreut! Und das hier sind meine Gesellen. Wir sind Wandervögel aus Berlin und haben im Gasthof im Ort Quartier bezogen. Heute Abend wollen wir hier am Strand feiern. Haben Sie Lust, sich an unserem Volkstanz zu beteiligen? Heinrich, Gertrud, Ida, Erich, nehmt unsere neuen Freundinnen in die Mitte. Wir wollen ihnen ein paar unserer Tänze zeigen.«

Sofort war Hannah von den jungen Leuten umringt, die sie bei der Hand nahmen und ihr die Schrittfolgen vorführten. Als ein Jüngling auch nach Almas Hand griff, zog sie diese erschrocken zurück. Dann machte sie sich verlegen daran, die durch den Sand mitgeschleifte Decke zusammenzulegen und die plötzliche Verwandlung des gnädigen Fräuleins zu beobachten, deren Blässe der vergangenen Tage einem zarten Rotton gewichen war.

Erneut trat einer der jungen Männer auf Alma zu und streckte die Hand aus, um sie mit in den Kreis zu ziehen, doch sie drückte die Decke vor die Brust und ging ein paar Schritte rückwärts. Welcher Teufel auch immer in das gnädige Fräulein gefahren war, sie wollte sich nicht zu einem derart zügellosen Treiben hinreißen lassen, das mit Sicherheit kein gutes Ende nehmen würde.

Hannah aber schien solche Bedenken über Bord geworfen zu haben. Einer der jungen Männer spielte auf der Gitarre, und alle sangen lauthals mit und tanzten so begeistert, als wären die misstrauisch auf das ausgelassene junge Volk blickenden Passanten auf der Strandpromenade gar nicht vorhanden. Lächelnd schwang nun auch Hannah die Beine in die Luft, sprang und drehte sich fröhlich zur Musik, und es war nur noch schwer vorstellbar, wie schwach und teilnahmslos sie die letzten Tage gewesen war. Einer ihrer hochgesteckten Zöpfe hatte sich gelöst und schwang fröhlich über ihren Rücken, während sie lachend und gelöst tanzte.

Alma setzte sich, von Zweifeln geplagt, in den Sand. War es nicht ihre Pflicht, das gnädige Fräulein davon abzuhalten, Dinge zu tun, die ihren Eltern auf gar keinen Fall genehm wären? Aber Hannah wirkte so fröhlich und entspannt, wie Alma sie nicht mehr erlebt hatte, seit diese unselige Verlobung verkündet worden war. Die Sonne stand schon tief, als das gnädige Fräulein endlich von den jungen Leuten Abschied nahm. Alma hatte in die Decke eingekuschelt im Strandkorb gesessen und in Gedanken wieder und wieder die verschiedenen Horrorszenarien durchgespielt, die ihnen bei ihrer Rückkehr drohten. Hannah aber schien völlig unbesorgt und war so munter und aufgekratzt wie schon lange nicht mehr.

Als sie endlich auf dem Rückweg waren, sprudelte es nur so aus ihr heraus: »Es sind Wandervögel, Alma, hast du davon schon einmal gehört? Sie lieben die Einfachheit und die Natur, und sie sagen, dass jeder junge Mensch sich selbst verwirklichen muss, unabhängig vom Willen der Eltern. Ist das nicht ein fantastischer Gedanke? Ach, Alma, ich bin unendlich froh, dass wir ihnen begegnet sind. So frei habe ich mich schon lange nicht mehr gefühlt. Morgen treffen wir sie wieder. Dann wandern wir mit ihnen. Ach, Alma, das wird himmlisch!«

Alma hatte den ganzen Weg über kein einziges Wort erwidert. Hannahs Augen jedoch leuchteten euphorisch, während sie redete und redete. Alma wollte nicht diejenige sein, die sie auf den Boden der Tatsachen zurückholte. Wahrscheinlich stand die gnädige Frau schon in der Tür, um über sie herzufallen und sie unsanft zur Rede zu stellen, wo sie so lange blieben. Sollte das gnädige Fräulein ruhig noch die wenigen Momente der Freude auskosten. Es würde schnell genug vorbei sein.

Doch als sie zurückkamen, waren die Herrschaften noch immer ausgeflogen. Sie hatten mit Justizrat Hausmann und seiner Frau einen Ausflug mit der Kutsche unternommen und waren noch nicht zurückgekehrt. Erleichtert dankte Alma dem Herrgott für die glückliche Fügung und lotste die immer noch auf Wolken schwebende Hannah direkt ins Bad, um die Spuren des ausgelassenen Nachmittags zu beseitigen.

* * *

Am nächsten Morgen machte das gnädige Fräulein Ernst. Sie schrieb den Eltern, die noch schliefen, einen Zettel, dass sie mit Alma zusammen eine ausgedehnte Wanderung durch die Natur unternehmen wolle und sie nicht auf sie zu warten bräuchten. Dann trieb sie Alma in die Küche, um mit ihr gemeinsam belegte Brote und Wasserflaschen herzurichten. Nachdem Hannah jedoch unglaublich dicke Scheiben von dem Brot abgesäbelt hatte, dann den Käse in die Butter hatte fallen lassen und anschließend auch noch einige Äpfel vom Tisch in die hintersten Ecken gekullert waren, sodass sie nur unter größten Mühen wieder hervorgeangelt werden konnten, schickte Alma sie resolut hinaus. »Ich schaffe es schon allein.«

»Na gut, dann kümmere ich mich mal darum, passendes Schuhwerk und Rucksäcke aufzustöbern!«, entgegnete das gnädige Fräulein, nicht sonderlich enttäuscht über Almas Vorschlag.

Nach einer guten halben Stunde standen die beiden gestiefelt und gespornt in der Eingangshalle, während der Rest des Hauses erst langsam erwachte.

Alma sah Hannah nachdenklich an. Offenbar war sie fest entschlossen, den gefassten Plan durchzuziehen, auch wenn beiden klar war, was es für ein Donnerwetter geben würde, sollte ihre Mutter in irgendeiner Form davon erfahren.

»Auf in die Freiheit!«, rief Hannah und drückte die beiden Flügeltüren auf. Das Sonnenlicht strömte herein, und Alma beeilte sich, die Türen leise wieder zu schließen, um kein unnötiges Aufsehen zu erregen.

Es würde noch früh genug Ärger wegen des unabgesprochenen Ausflugs geben, auch wenn zumindest die unwahrscheinliche Chance bestand, dass die Familie das Ganze als Teil der Genesung ansehen und nicht aufbegehren würde.

Jetzt jedoch hüpfte Hannah, ausgelassen ein Lied vor sich hin trällernd, über die Promenade. Sie war wie ausgewechselt.

»Ihr Wandervögel in der Luft, im Ätherglanz, im Sonnenduft, in blauen Himmelswellen, euch grüß' ich als Gesellen!«, sang sie.

»Wo gehen wir eigentlich hin?«, fragte Alma nach einer Weile schüchtern.

»Unsere Freunde übernachten im Gasthof. Dort sollen wir sie abholen. Ach, Alma, ich freue mich so, dass du mitkommst. Das wird ein wundervoller Tag.«

Alma presste die Lippen zusammen und nickte stumm. War es vielleicht möglich, dass das gnädige Fräulein als Folge ihres Zusammenbruchs ein wenig verrückt geworden war? Noch vor zwei Wochen hätte sie kaum gewagt, gegen den Willen ihrer Eltern das Haus zu verlassen, und jetzt hüpfte sie fröhlich zu einem unerlaubten Ausflug mit wildfremden jungen Leuten, als wäre das ganz normal.

Was war, wenn sie bei ihrer Wanderung einem Bekannten oder – noch schlimmer – gleich der Familie vor die Füße liefen? Alma schloss für einen Moment die Augen, so furchtbar erschien ihr diese Vorstellung.

Noch bevor sie den Gasthof ganz erreicht hatten, traten schon die Wandervögel auf die Straße. Allen voran ging Vitus Braun mit der Klampfe in der Hand. Ihm folgten die übrigen jungen Leute; sie rückten ihre Rucksäcke zurecht, kramten nach ihren Liederbüchern und unterhielten sich gut gelaunt miteinander.

Hannahs Körper straffte sich, als würde sie die Energie der jungen Leute schon durch das Beisammensein mit ihnen aufsaugen und davon erfüllt werden. Sie strahlte und wirkte kraftvoll und lebendig.

In diesem Moment beschloss Alma, alle Zweifel beiseitezuschieben. Das Wohlbefinden des gnädigen Fräuleins stand für sie an oberster Stelle, und die Folgen ihres Ungehorsams mussten eben in Kauf genommen werden. Allein schon die Verwischung der Standesunterschiede zwischen ihr, Hannah und den Wandervögeln würde der gnädigen Frau übel aufstoßen, von dem ungezwungenen Miteinander der Geschlechter mal ganz abgesehen. Alma seufzte leise und beschloss dann, das Beste aus der Situation zu machen.

* * *

Sie verlebten einen unbeschreiblichen Tag, und schließlich sang selbst Alma bei den Wanderliedern freudig mit. Hannah hatte ihr anfängliches Zögern und Zaudern sehr wohl bemerkt. Sie wusste genau, welche Bedenken Alma hatte, und auch ihr war durchaus bewusst, was ihnen beiden blühte, sollte ihr kleiner Ausflug bekannt werden.

Es tat ihr ein wenig leid, dass sie Alma mit in diese dräuende Gefahr hineinziehen musste, aber wenn sie sie zurückgelassen hätte, wäre das Ganze einfach zu schnell aufgeflogen. Außerdem hatte Alma ebenfalls einmal einen freien Tag verdient, an dem sie einfach nur sie selbst sein konnte.

Interessiert hörte Hannah zu, als Herrmann und Kurt begannen, über Politik zu diskutieren. Insbesondere interessierte sie die Frage, was es für den Rest der Welt bedeutete, dass Zar Nikolaus der Einrichtung einer Duma zugestimmt hatte. Hannah hatte keine Ahnung, was eine Duma sein sollte, aber das klärte sich in dem weiteren erregten Disput der beiden. Es war eine direkt vom Volk gewählte Volkskammer in Russland, und sehr gern hätte Hannah noch andere Meinungen zu dem Thema gehört. Als Vitus jedoch die Auseinandersetzung bemerkte, ging er sehr schnell dazwischen. Er wies die beiden zurecht und erklärte, sie verstießen gegen den Grundsatz, dass ein Wandervogel bewusst keine politische Stellung bezog. Dieser Grundsatz gelte selbstverständlich auch auf ihrer Wanderfahrt.

Sie machten Rast am Strand und waren so weit gekommen, wie Hannah noch nie gelaufen war, seit sie hier weilten. Nachdem sie ihre Brote vertilgt hatten, stimmten sie erneut heitere Lieder an. Einige Vorübergehende nickten freundlich grüßend in Richtung der fröhlichen jungen Leute, der Großteil aber schüttelte entrüstet den Kopf über die laute Unbekümmertheit der Jugend.

Nach kurzer Zeit sprang einer der Jungen auf, griff nach der Hand Marthas, die neben Hannah gesessen hatte, und wirbelte sie beim Tanzen herum. Wie auf ein Stichwort erhob sich einer nach dem anderen und forderte ein Mädchen auf, während alle aus voller Kehle weitersangen. Hannah wurde von einem Jungen namens Willi zum Tanz gebeten, und auch Alma sprang ausgelassen mit strahlenden Augen und wehendem Zopf auf dem Sand herum. Als Hannah zu ihr hinübersah, musste sie unwillkürlich lächeln. Es war so schön, Alma einmal unbeschwert zu erleben. Das schürte die Hoffnung, dass Alma durch die Übergriffe Jakobs nicht auch anderen Männern gegenüber Abneigung und Angst entwickelt hatte. Hannah wünschte der Freundin – denn das war Alma inzwischen – nur das Beste, und sie vertraute ihr bedingungslos.

Der einzige Wermutstropfen war, dass sie beide diese Freundschaft aufgrund der albernen Standesunterschiede verbergen mussten. Sowohl zu Hause in Berlin als auch hier in der Sommerfrische musste sich Hannah an den Abenden fein herausgeputzt an der schön gedeckten Tafel mit den Hausgästen unterhalten, während Alma dazu verdonnert war, Braten und Sauce zu servieren und in ihrem Spitzenschürzchen allen möglichst unauffällig zu Diensten zu sein.

Aber hier, in Gesellschaft der Wandervögel, war es gleich, wer sie waren und woher sie kamen, denn den herumziehenden Freigeistern waren Standesunterschiede egal. Am liebsten hätte Hannah sich von ihrem Tanzpartner gelöst und wäre schnell zu der noch immer fröhlich tanzenden Alma hinübergehuscht, um sie kurz an sich zu drücken. Doch dann stimmte der lange Heinrich ein neues Lied an, alle fassten einander in einer langen Reihe an den Schultern, warfen die Beine in die Luft und fielen lachend in den Gesang ein.

* * *

Am nächsten Tag stand bei der Gruppe Muschelsuchen auf dem Programm. Da der lange Ausflug von Hannahs Familie am Vorabend unbemerkt geblieben war, freuten sich Hannah und Alma darauf, daran teilzunehmen. Allerdings war Hannah bei dem Gedanken daran ein wenig mulmig zumute, da weder sie noch Alma schwimmen konnten. Zu ihrer Beruhigung musste man dazu allerdings nur nah am Strand im niedrigen

Wasser waten und die Augen offen halten. Bisher hatte sie auf Muscheln nicht sonderlich geachtet, ja, sie eher als Belastung empfunden, da sie unter den nackten Füßen piksten, wenn sie mit Alma barfuß im feuchten Sand spazieren ging.

Jetzt jedoch wurde jedes besondere Exemplar in die Höhe gehalten und mit lauten »Ahs« und »Ohs« bewundert. Auch Hannah stimmte in die Begeisterungsrufe ein. Als Alma eine wunderschöne Muschel fand, die im Inneren eine feine rosafarbene Zeichnung aufwies, während sie von außen ganz unscheinbar wirkte, fiel sie der Freundin jubelnd um den Hals.

Am späten Nachmittag errichteten sie ein Lagerfeuer am Strand und grillten Würstchen, die sie auf gefundene Stöcke gespießt hatten. Hannah und Alma saßen eng beieinander, ihnen gegenüber hatten sich Martha, die mit ihrer offenen, selbstbewussten Art Hannah von Anfang an aufgefallen war, und die kleine Erna niedergelassen.

»Hach, wenn dieser Sommer doch nur nicht vorbeiginge«, seufzte Erna.

»Ich kann gar nicht erwarten, dass der Herbst kommt«, sagte Martha.

»Aber warum? Dann sind diese schönen Tage vorbei, und wir werden nicht mehr zusammen sein«, schaltete sich Hannah in das Gespräch ein.

»Stimmt. Aber dann werde ich in Tübingen wohnen und endlich Philosophie studieren«, antwortete Martha mit verträumtem Blick.

Hannah beugte sich überrascht vor. »Du studierst?« Ihr Mund fühlte sich mit einem Mal vor Aufregung ganz trocken an. »Ich dachte, das kann man als Frau nur in der Schweiz.«

Martha schüttelte lachend den Kopf.

»Ich fange erst im Herbst mit dem Studium an. Aber ja: In Tübingen werden Frauen zum Studium inzwischen zugelassen.«

Hannah spürte, wie Alma nach ihrer Hand tastete und sie aufgeregt drückte.

»Gnädiges Fräulein, haben Sie das gehört?«, zischelte sie aufgeregt.

Hannah nickte und starrte Martha noch immer ungläubig an.

»Warum? Möchtest du auch studieren?«, fragte die jetzt lächelnd.

»Für mein Leben gern! Ich möchte unbedingt Medizin studieren. Aber meine Eltern erlauben es nicht. Sie wollen, dass ich heirate.«

Martha verzog für einen Moment grinsend das Gesicht.

»Das hätten meine auch gern gehabt, aber sie mussten einsehen, dass ich mich von meinen Studienträumen nicht abbringen lasse.«

Hannah starrte sie mit offenem Mund an. »Wirklich?«, war alles, was sie herausbrachte.

»Na ja, ich muss zugeben, dass sie es mir nicht allzu schwer gemacht haben. Sie haben immer meinen Bildungshunger gefördert, und daher war es naheliegend, dass ich mit dem Lernen nicht aufhöre, nur weil ich mein Abitur habe.« Sie grinste, dann tastete sie ihr Würstchen ab, um zu prüfen, ob es gar war. Doch es schien den Test nicht zu bestehen, denn sie schüttelte kurz den Kopf und hielt den Spieß wieder ins Feuer.

»Ich wünschte, meine Eltern wären da auch etwas offener«, seufzte Hannah.

»Was hältst du davon, wenn wir unsere Adressen austauschen, dann kann ich dir von meinem Versuch in Tübingen berichten, und vielleicht überzeugt es ja deine Eltern, wenn sie hören, dass auch andere Frauen dort studieren«, schlug Martha vor.

»Das wäre wundervoll. Ich bin so gespannt, welche Erfahrungen du machst. Ich wünsche dir alles Glück der Welt«, sprudelte es aus Hannah heraus.

»Dann machen wir das«, sagte Martha lächelnd und prüfte wieder ihr Würstchen. Dieses Mal schien es sie zufriedenzustellen.

Schlagartig fiel Hannah ein, dass auch ihr Würstchen schon eine ganze Weile im Feuer hing. Sie drehte den Stock, um danach sehen zu können, doch an seinem Ende steckte nur noch ein schwarz verkohltes Etwas, das beim besten Willen nicht mehr essbar war.

* * *

Die Eltern waren am folgenden Tag zu Hause, und so verzichteten auch Hannah und Alma sicherheitshalber auf einen Ausflug. Stattdessen saßen sie auf ihrem Lieblingsplatz im Garten im Schatten und übten Lesen. Hannah hatte sich auf den Rasen gelegt und kaute mit geschlossenen Augen auf einem Grashalm herum, während sich Alma damit abplagte, die Worte zu entziffern, die Hannah ihr aufgeschrieben hatte.

»Nein, kein Nasenhorn. Sieh noch einmal richtig hin, Alma: N-A-S und wie weiter?«

»Das ist zu schwer für mich, gnädiges Fräulein. Ich habe den Eindruck, dass ich das nie lernen werde«, seufzte Alma.

Mit einem Ruck setzte Hannah sich auf. »Papperlapapp! So einen Unsinn will ich nie wieder von dir hören, Alma. Du lernst sehr schnell. Du bist nur ein wenig zu ungeduldig. Noch niemand hat es geschafft, in einem Wimpernschlag lesen zu lernen. Und jetzt lass dieses *gnädige Fräulein* endlich bleiben. Ich bin Hannah«, sagte sie und legte sich wieder zurück.

»Aber das geht doch nicht. Was würde die gnädige Frau dazu sagen?«

»Die muss es ja nicht wissen.« Hannah stützte sich auf die Unterarme und blinzelte Alma an.

»Ah, Sie meinen …« Jetzt grinste Alma.

»Nicht Sie. Du. Außer vor meinen Eltern und anderen Verdächtigen. Aber sonst Hannah und Du. Einverstanden?«

»Furchtbar gern.« Alma strahlte.

»Dann wäre das ja geklärt«, stellte Hannah fest und legte sich wieder zurück. »Also noch mal: N-A-S und weiter?«

Doch Alma schien unbedingt eine Pause erzwingen zu wollen, denn statt einer Antwort fragte sie: »Was stand eigentlich in dem Brief, den du bekommen hast, bevor du zusammengebrochen bist?«

Hannah schlug die Augen auf.

»Welcher Brief? Ach, der von Daniel Friedländer? Nichts Besonderes. Dass er mich vermisst, sich auf mich freut und so weiter.« Hannah zuckte mit den Achseln.

»Aber das ist doch sehr nett«, meinte Alma lächelnd.

»Ja, natürlich. Nett ist er. Aber trotzdem will ich ihn nicht heiraten, sondern Medizin studieren.«

»Ich weiß, ich weiß ja. Schlecht aussehen tut er übrigens auch nicht.«

»Alma! Schluss jetzt. Du willst nur ablenken. Lies dieses dämliche Wort jetzt vor.«

»Natürlich, Madame! Ganz wie Sie wünschen.«

Ihr Miteinander wurde einige Minuten später jäh durch Mutters Ruf unterbrochen. Während sie im Garten saßen, hatte sie sich auf der Terrasse eingerichtet und eifrig in ein Buch geschrieben. Jetzt aber war sie aufgestanden, beschattete die Augen mit der Hand und sah zu ihnen herüber.

»Hannah, komm bitte einmal her.«

Hannah warf Alma einen kurzen Blick zu und verdrehte die Augen. Dann erhob sie sich, klopfte sich den Staub vom Rock, wie Mutter das sicher erwartete, und marschierte ihr entgegen.

»Warum sitzt du dort stundenlang mit dem Mädchen herum, wenn so viel für die Hochzeit vorzubereiten ist? Du weißt, dass wir heute wieder Gäste erwarten. Wir müssen jede freie Minute nutzen, die wir haben. Schließlich willst du doch sicher auch eine wunderschöne Feier, oder nicht?«

Hannah, die sich einen der Rattanstühle herangezogen hatte, um darauf Platz zu nehmen, ließ sich mit einem Stöhnen darauffallen. Diese dusselige Hochzeit hatte sie völlig verdrängt.

»Aber das hat doch alles noch Zeit, schließlich …«

»Wo denkst du hin? Weißt du, was alles bedacht und organisiert werden muss? Es sind nur noch einige Monate, bis es so weit ist. Hier, ich habe alles aufgeschrieben, worum wir uns noch kümmern müssen. Hast du an eine bestimmte Vorsuppe gedacht? Welche Farbe sollen die Blumen haben? Natürlich ist die Auswahl zu dieser Jahreszeit recht eingeschränkt. Ich würde darüber nachdenken, Tannengrün und Christrosen als Schmuck zu nehmen«, sinnierte Mutter und machte sich eifrig Notizen.

»Aber Mutter, ich dachte, ich hätte klargemacht, dass ich kein Interesse daran habe, Daniel Friedländer zu ehelichen. Die ganze Arbeit ist überflüssig.«

Mit gerunzelter Stirn und zusammengezogenen Augenbrauen sah Mutter langsam von ihrem Notizbuch auf. Betont bedächtig legte sie den Füllfederhalter neben das geöffnete Buch und faltete die Hände. Sie sah Hannah an, als hätte sie es mit einer Schwachsinnigen zu tun, und sagte langsam: »Wie oft müssen wir dir noch erklären, dass es beschlossene Sache ist? Es führt kein Weg daran vorbei, Hannah, ob du es nun willst oder nicht. Ich empfehle dir daher dringend, dich damit abzufinden. Du hättest es deutlich schlechter treffen können, hörst du?«

Hannah starrte die Mutter mit brennenden Augen an, die Lippen fest aufeinandergepresst. Dann stand sie auf, schob den Stuhl zurück und knickste kurz. Ohne ein Wort lief sie zur Terrassentür, bevor sie die Hand auf den Mund schlug und durch den Salon zur Treppe rannte. Sie musste in ihr Zimmer.

Bloß niemanden mehr sehen. Sie wollte allein sein mit ihrem Schmerz über das Unausweichliche.

***

Kurz vor dem Abendessen kamen neue Gäste an, und ihnen zu Ehren wurde ein großes Festessen aufgetischt. Es mussten wichtige Leute sein, denn der Aufwand, der für sie betrieben wurde, war fast vergleichbar mit dem Brimborium, das für die Friedländers veranstaltet worden war.

Die Morgensterns waren ein dickliches Ehepaar mit einem ständig kichernden, mondgesichtigen Backfisch, der offenbar Gefallen an Jakob gefunden hatte. Ständig grinste die Kleine zu ihm hinüber und versteckte ihr errötendes Gesicht hinter ihrer Serviette, sobald er zu ihr herübersah.

Einen Moment dachte Hannah, dass sie vielleicht die Auserwählte war, die ihre Eltern Jakob zugedacht hatten, dann aber verwarf sie diesen Gedanken wieder, denn das Mädchen war höchstens vierzehn oder fünfzehn Jahre alt.

Aber recht geschehen würde es ihm, und zumindest bestand die Chance, dass er dann Alma in Ruhe lassen würde. Allerdings hielt die Ehe ihren Vater ja auch nicht davon ab, sich anderen Frauen zu nähern.

Hannah wirkte an diesen Abenden recht still und in sich gekehrt. Mit ihren Gedanken war sie fast ununterbrochen bei den Wandervögeln. Es war einfach zauberhaft, diese Freiheit zu schmecken, und sie dachte mit Wehmut daran, dass die jungen Leute wahrscheinlich nicht mehr lange bleiben würden. Sie würden weiterziehen, und die gemeinsamen Tage waren gezählt. Doch bis dahin würde sie möglichst jeden einzelnen Augenblick genießen und dieses unbeschwerte Gefühl auskosten.

* * *

Am nächsten Tag – die Eltern hatten einen Tagesausflug mit den Morgensterns geplant und waren bereits im Morgengrauen aufgebrochen – ging es früh an den Hafen. Geplant war ein Angelausflug. Eigentlich wäre es Hannah lieber gewesen, dafür an Land zu bleiben, doch der umtriebige Otto hatte ein Boot aufgetan, das sie hinaus aufs Meer bringen sollte, wo sie noch viel größere Fische würden fangen können.

Das Boot war kleiner, als sie erwartet hatte, und Hannah warf Alma einen zweifelnden Blick zu. Alma wirkte ähnlich hin- und hergerissen wie sie selbst.

Das Boot schwankte, als sie den Fuß daraufsetzte, und fast hätte Hannah einen Rückzieher gemacht. Der lange Heinrich hatte sie jedoch schon bei der Hand gepackt und zog sie mit einem Ruck aufs wackelige Deck. Alma folgte auf dem gleichen Wege nur ein paar Sekunden später und klammerte sich unsicher an Hannahs Arm.

»Wie sicher ist das hier? Wir können doch beide nicht schwimmen.«

Hannah griff nach ihrer Hand. »Das wird schon. Das Boot sieht doch ganz schmuck aus«, wiegelte sie ab und hörte selbst, wie unsicher sie klang.

Die jungen Männer geleiteten sie auf eine wettergegerbte Bank, auf der auch schon die anderen Mädchen mit erwartungsfrohen Gesichtern warteten.

»Ist das nicht aufregend? Jetzt verlassen wir das Festland und begeben uns auf große Fahrt, genauso wie Kapitän Ahab«, sagte Martha begeistert.

Hannah war froh, dass Alma die Geschichte um Moby Dick nicht kannte, denn sonst wäre sie mit Sicherheit von dieser wackelnden Nussschale geflohen, die jetzt die letzte Verbindung mit dem Land kappte. Die Taue wurden gelöst, und die jungen Männer legten sich in die Riemen. Bald begann wieder jemand zu singen, und auch Hannah und Alma stimmten zitternd ein. Doch je weiter es auf die See hinausging und je mehr Kraftanstrengung die Fahrt von den Ruderern erforderte, desto ruhiger wurde es. Bald hörte man nur noch das Klatschen der Ruderblätter auf dem Wasser und das Ächzen der Jungen, wenn sie diese durchs Wasser zogen. Hannah spürte, wie sie sich immer sicherer fühlte. Sie gewöhnte sich an das Schaukeln und fand sogar Gefallen an der Fahrt.

»Ich kenne im Übrigen eine junge Frau aus einer reichen Familie, die Medizin studiert. In der Schweiz«, sagte plötzlich die kleine Erna, die sich bisher leise mit der neben ihr sitzenden Gertrud unterhalten hatte.

»Oh, wirklich? Und wie gefällt es ihr?«, fragte Hannah begeistert.

»So gut kenne ich sie nun auch wieder nicht. Ich war in einer anderen Wandervogel-Gruppe mit ihr unterwegs. Aber ich habe gehört, dass sie es tut.«

»Es gibt noch andere Wandervogel-Gruppen?«, fragte Alma erstaunt.

»Aber natürlich. Viele. In manchen sind übrigens auch Wäscherinnen und anderes Dienstpersonal, an ihrem freien Tag«, erklärte Gertrud.

»Das kann ich mir kaum vorstellen«, sagte Alma mit staunend aufgerissenen Augen.

»Das ist aber so. Dieser ganze Standesdünkel ist doch völlig überholt im Angesicht der Herrlichkeit der Natur. Alle, die die Natur und die Freiheit lieben, sind bei den Wandervögeln willkommen«, erklärte Erna.

»Ein wundervoller Gedanke! Ich wünschte, Alma hätte auch diese Möglichkeiten«, erwiderte Hannah.

»Warum sollte sie die nicht haben?«, mischte sich jetzt Martha ein.

»Ich habe keinen ganzen Tag frei. Nur einen halben, und das auch nicht regelmäßig«, erklärte Alma. »Aber das ist schon in Ordnung. Dafür kann ich ja jetzt mitmachen. Ich hätte nie gedacht, dass ich einmal über das Meer fahren würde.«

Hannah ergriff ihre Hand. Almas ehrliche Freude an den Unternehmungen rührte sie. Trotzdem ginge es ihr vielleicht besser, wenn sie nicht als Hausmädchen arbeiten müsste, sondern zum Beispiel Köchin wäre. In einer Hotelküche womöglich, dann hätte sie viel mehr Freiheiten und könnte auch ihren freien Tag verlässlich genießen. Aber andererseits hieß das, dass sie auf Alma verzichten müsste. Ein Gedanke, der ihr das Herz schwer machte, denn schließlich war Alma ihr mittlerweile eine so gute Freundin geworden, dass es ihr schwerfallen würde, sie ziehen zu lassen und sie nicht mehr jeden Tag um sich zu haben. Trotzdem wünschte sie sich, dass Alma ebenfalls mehr Freiheiten und Möglichkeiten hätte.

Die Bootstour machte mehr Spaß als erwartet, und sie kehrten am Nachmittag mit einem Haufen frisch gefangener Fische heim. Diese wurden natürlich über einem Lagerfeuer am Strand gegrillt und stellten sich am Ende als die schmackhaftesten Fische heraus, die Hannah jemals gegessen hatte.

Auf diesen Ausflug folgten weitere. Hannah und Alma verbrachten jeden Tag mit den Wandervögeln, von denen sie in Windeseile und fast unmerklich ein Teil geworden waren. Die glücklichen, freien Tage flossen ineinander wie die Farben von Himmel und Meer am Horizont. Die Eltern fragten nicht nach, wie die beiden ihre Zeit verbrachten, solange sie nur am Abend rechtzeitig zur Stelle waren, um zu servieren beziehungsweise zu repräsentieren.

* * *

Erhitzt und mit braun gebranntem Gesicht ging Alma auf dem Rückweg von einem langen Tag am Wasser neben Hannah her.

Sie bemerkte, dass ihre Freundin etwas beschäftigte. »Worüber denkst du nach?«

Hannah blieb stehen und räusperte sich. »Denkst du, es wäre besser, den Eltern einfach davon zu erzählen, was wir so treiben?«

Entsetzt sah Alma sie an.

»Aber Hannah, du weißt schon, dass vor allem die gnädige Frau alles andere als begeistert wäre, wenn sie davon erführe?«

»Natürlich. Aber würde es nicht wahre Größe zeigen, trotzdem den Mut aufzubringen, dazu zu stehen? Ich meine … ich … nein, du hast wahrscheinlich recht. Sie könnte mit einem Federstrich alles kaputtmachen. Es ist sicherlich besser, es für uns zu behalten. Immerhin scheint uns niemand sonderlich zu vermissen.«

Erleichtert stimmte Alma ihr zu, froh, dass Hannah nicht mit ihr über die Hochzeitsvorbereitungen sprechen wollte. Was konnte sie ihr auch sagen? Die Heirat war beschlossen, da gab es keinen Ausweg. Alma wollte auch nicht daran denken, denn das bedeutete, dass Hannah auszog. Die aufkommenden Tränen schluckte sie hinunter, damit sie ihre Freundin nicht betrübte.

Schweigend gingen sie weiter, jede in Gedanken versunken. Aber es war wirklich erstaunlich: Niemandem schien aufzufallen, dass die beiden Tag für Tag aushäusig waren. Keiner fragte nach, was sie so trieben.

Nur Lene stellte Alma allabendlich auf recht harsche Weise zur Rede und beschwerte sich, dass durch ihr Herumstreunen sie und die anderen Mädchen mehr zu tun hätten. Doch Alma zuckte dann immer nur mit den Schultern und erinnerte sie an die Order der gnädigen Frau, hier am Meer vor allem Hannah als Zofe zur Seite zu stehen. Lene blies dann wie ein Stier die

Luft durch die Nase aus und sah sie mit wütend blitzenden Augen an, doch immerhin sagte sie dazu nichts mehr.

* * *

Eines Tages, als Hannah und Alma wieder einmal unter den Bäumen im Garten saßen und Lesen übten, platzte es auf einmal aus Hannah heraus: »Ich hasse es, dass alle so tun, als wäre die Hochzeit beschlossene Sache, und dass sich vor allem Mutter bis zu den Knien in die Vorbereitungen stürzt, wenn sie nicht gerade mit Gästen durch die Gegend fährt.«

Alma ließ das Buch, in dem sie sich gerade abmühte, die Worte zu entziffern, in den Schoß sinken und sah Hannah traurig an.

»Und wenn du einfach zustimmst?«, fragte sie leise.

»Und all meine Träume begrabe?«, rief Hannah laut. »Das kann doch niemand von mir verlangen.«

»Aber gibt es einen anderen Ausweg? Die Herrschaften wirken fest entschlossen, und ohne ihre Zustimmung kannst du nicht studieren oder dich der Verlobung entziehen.«

Hannah schlug die Augen nieder. »Nein, den gibt es wohl nicht.«

»Es muss gar nicht so schlimm werden. Er scheint doch sehr nett und höflich zu sein, und du siehst ja an deinen Eltern, wie jeder seinen eigenen Weg auch innerhalb der Ehe gehen kann. Warum solltest du es nicht genauso handhaben? Die Bücher wird er dir wohl nicht wegnehmen, wie die Gnädige es tut.«

Hannah schossen die Tränen in die Augen. Sie biss sich auf die Lippen, um nicht laut aufzuschluchzen.

»Alma, weißt du eigentlich, wie froh ich bin, dich an meiner Seite zu haben? Du bist die Einzige, mit der ich jemals so offen reden konnte. Mit den anderen Freundinnen aus der Schule oder der Synagoge konnte ich nie über all diese Dinge sprechen. Sie sind alle viel zu sehr gefangen in ihren Familienhierarchien, und jede von ihnen ist nur erpicht darauf, eine gute Partie zu machen. Für sie ist die Ehe das höchste Gut. Ich weiß nicht, was ich machen würde, wenn du nicht wärst.«

Alma lächelte sie an und drückte ihre Hand.

»Du wirst deinen Weg finden. Auch in einer Ehe«, sagte sie leise.

Jetzt konnte Hannah nicht mehr an sich halten. Sie sprang auf und fiel Alma um den Hals – auch wenn man sie von der Villa aus sehen konnte; das war ihr in diesem Moment völlig egal. Die Dankbarkeit für diese kluge Freundin war in diesem Moment stärker als die Furcht vor einer Zurechtweisung.

* * *

Als die Wandervögel schließlich zurück nach Berlin fuhren, war der Schmerz über den Verlust der neuen Freunde zwar groß, aber die Gedanken und das Gefühl der Freiheit hatten sich in Hannahs Kopf fest eingepflanzt. Sie spürte nicht mehr den Druck, unbedingt dem Wunsch der Eltern zu folgen, sondern sie empfand sich mehr und mehr als eigenständiges Wesen. Eines, das einen ureigenen Wert hatte – unabhängig davon, wie folgsam sie war. Ein rebellischer Gedanke, der sie mit Glück erfüllte.

10. Kapitel

Daniel stand mit dem kleinen Köfferchen, in das er nur das Notwendigste gepackt hatte, auf dem Bahnhof und zog zum wiederholten Mal seine Taschenuhr heraus. Die Minuten, bis der Zug endlich einfahren würde, erschienen ihm wie Stunden. Jetzt, wo er den Entschluss gefasst hatte, Hannah einfach an die See hinterherzufahren, konnte er es kaum abwarten, endlich in der Bahn zu sitzen. Jede Stunde, die er nichts von ihr hörte, die er sie nicht sehen konnte, erschien ihm wie ein Tag. Es war schlimmer als die lange Wartezeit an Chanukka, bis es endlich so weit war, die nächste Kerze anzuzünden.

Er musste sie einfach sehen, musste ihre Nähe spüren. So lange hatte sie ihm nicht geantwortet, ihm nicht geschrieben, dass sich dieses Gefühl der Entfernung zu einem stetig wachsenden Schmerz entwickelte. Wenn er ihr nahe war, würde alles wieder gut sein. Da war er sich sicher. Immer wenn er in ihrer Nähe war, fühlte er sich leicht und frisch.

Wann kam denn endlich der Zug? Er hatte seinen Eltern absichtlich nichts von seinen Plänen gesagt.

Allerdings hatte er zu ihrer Beruhigung einen Zettel in seinem Zimmer hinterlassen, damit sie sich nicht über sein Verschwinden beunruhigten, in der Hoffnung, dass sie seine

Nachricht erst finden würden, wenn er bereits in der Bahn saß. Denn er hatte die begründete Befürchtung, dass sie alles tun würden, um ihn von seinen Plänen abzuhalten. Immerhin gab es die mündliche Einladung der Sternbergs, sie an der See zu besuchen, wenn auch eine formelle Einladung noch nicht eingetroffen war. Aber er wollte sich nicht abhalten lassen. Er musste Hannah sehen!

Wieder zog er die Uhr heraus und schüttelte den Kopf. Jetzt könnte er doch wirklich endlich einfahren. In zehn Minuten sollte bereits die Abfahrt sein.

»Habe ich's mir doch gedacht, dass ich dich hier finde!«, hörte er da plötzlich eine laute Stimme hinter sich.

O nein, genau diese Situation hatte er vermeiden wollen. Langsam drehte er sich um und blickte, als endlich laut schnaufend und dampfend der Zug einfuhr, direkt in die zornfunkelnden Augen seines Vaters.

»Vater, schön, dich noch zu sehen, aber ich muss leider los. Das ist mein Zug an die See.«

»Du willst ihr doch nicht allen Ernstes hinterherfahren? Ohne schriftliche und ausdrückliche Einladung. Hast du gar keinen Stolz?«

»Sie ist meine Verlobte. Ich muss sie sehen.«

»Das lässt du schön bleiben! So weit kommt es noch. Das Mädel ist sich zu gut, um begeistert von dem Gedanken zu sein, dich zu heiraten, und du hast nichts Besseres zu tun, als dich zu erniedrigen und alle Regeln der Etikette zu vergessen? Deine Mutter sitzt zu Hause und weint sich die Augen aus.«

»Warum? Weil mir meine Verlobte etwas bedeutet, weil ich in ihrer Nähe sein will? Das sollte euch doch glücklich machen.« Daniel spürte, wie ihm vor Wut die Hitze ins Gesicht stieg.

»Diese Familie hat einen schlechten Ruf, und was man über dieses Mädchen hört, ist auch nicht gerade dazu angetan, uns zu beruhigen. Und jetzt willst du dich auch noch zum Gespött der Leute machen, weil du ihr hinterherrennst wie ein wild gewordener Hahn. Ich bitte dich, wenn du noch einen Funken Verstand hast, bleib hier!«

EINSTEIGEN BITTE, ertönte die kräftige Stimme des Stationsvorstehers.

Daniel war hin- und hergerissen. Natürlich konnte er die Bedenken der Eltern über den Verstoß gegen die guten Sitten nachvollziehen, wenn da nur nicht der dringende Wunsch gewesen wäre, in Hannahs Nähe zu sein, zu sehen, dass es ihr gut ging, ihren Duft zu riechen, ihre weiche Hand zu spüren.

ZURÜCKBLEIBEN. DER ZUG FÄHRT AB, rief der Stationsvorsteher jetzt. Daniel blieb auf dem Ponton stehen. Erhobenen Hauptes sah er in das nun erfreute Gesicht des Vaters. Er wollte den Eltern keinen unnötigen Kummer bereiten. Sie fremdelten ohnehin mit seinem Wunsch, Hannah weiterhin heiraten zu wollen. Er würde Hannah wiedersehen, auch wenn es schwerfiel, auf diesen Moment noch warten zu müssen. Doch eine Sache musste noch dringend angesprochen werden, solange die Mutter nicht dabei war.

»Ich bleibe. Für heute. Aber ich will, dass ihr euch an einen Gedanken gewöhnt: Ich werde diese Frau heiraten, egal, was über sie geredet wird. Ich werde dafür kämpfen, dass ihr Achtung entgegengebracht wird. Auch von euch. Denn ich liebe diese Frau mehr als mein eigenes Leben.«

Das Strahlen auf dem eben noch so zufriedenen Gesicht des Vaters erlosch jäh. Er blinzelte Daniel unsicher an.

»Habe ich mich verständlich ausgedrückt?« Daniels Stimme war leise, warnend.

Doch sein Vater hatte ihn verstanden, denn nach kurzem Zögern nickte er. Dann legte er Daniel den Arm um die Schultern und ging mit ihm in Richtung Ausgang.

»Natürlich, mein Sohn. Natürlich!«

* * *

Am Tag nach dem Abschied von der Wandervogel-Gruppe saß Hannah auf der Wiese im Schatten einer großen Eiche und las in einem der medizinischen Bücher des Großvaters. Ganz offen und wie selbstverständlich. Seit ihrer Bekanntschaft mit den jungen Leuten, ihrer freien, offenen Art und Herzlichkeit, wäre es ihr verlogen vorgekommen, ihre Bücher weiterhin heimlich im stillen Kämmerlein zu lesen. Jeder hier wusste von ihrer Leseleidenschaft und ihrem medizinischen Interesse, und sie wollte ihre Träume nicht länger verstecken. Schließlich schadete sie niemandem damit, und wie sonst sollte sie es jemals schaffen, die Eltern von einem Studium zu überzeugen?

Am Morgen hatte sie ein Streitgespräch der Eltern mit angehört, die sich dazu extra in den unbenutzten Salon zurückgezogen hatten. Dabei hatten sie aber nicht bedacht, dass Hannah von der Terrasse aus, auf der sie mit ihrer heißen Schokolade und einem Roman saß, alles hören konnte.

Dieses Mal ging es nicht um die Frauengeschichten des Vaters, sondern um das zweite Lieblingsstreitthema der Eltern: Jakob.

Seit sie hier waren, machte er sich rar. Er schlief bis zum späten Nachmittag und trieb sich in der Nacht sonst wo herum, machte jedoch keinerlei Anstalten, sich an den gesellschaftlichen Verpflichtungen zu beteiligen, geschweige denn, sich irgendeiner Form von Arbeit zu widmen.

»Was soll aus dem Jungen werden, wenn du ihn so übermäßig verhätschelst? Meinst du, ich weiß nicht, dass du ihm regelmäßig Geld zusteckst? Warum sollte er also die Notwendigkeit für einen sinnvollen Lebenswandel verspüren?« Die Stimme des

Vaters klang ein wenig nuschelig. Wahrscheinlich steckte er sich gerade eine Zigarre an.

»Meinst du wirklich, dass du der Richtige bist, um über einen sinnvollen Lebenswandel zu sprechen? Du bist immer so scharf mit dem Jungen. Lass ihn doch auch sein Leben genießen. Man ist nur einmal jung«, antwortete Mutter mit leicht vorwurfsvollem Unterton.

»Ach, Rachel. Du siehst doch auch, dass er keine Anstalten macht, sein Studium zu beenden, oder dass er Interesse am Werk zeigt. Wie soll er es bei seiner liederlichen Einstellung schaffen, die Tabakmanufaktur irgendwann zu übernehmen und in eine erfolgreiche Zukunft zu führen?«

»In dem Jungen steckt mehr, als es dir vorkommt. Er wird bereit für seine Aufgabe sein, wenn es so weit ist. Da habe ich keinerlei Zweifel.«

Vater holte tief Luft, dann sagte er langsam: »Ich weiß nicht, ich weiß nicht … Mir gefällt das alles nicht. Er ist schwach. Ich beobachte das mit Argwohn.«

»Ich werde mit ihm reden. Aber sei nachsichtig mit ihm. Er hat auch ein wenig Entspannung verdient«, entgegnete Mutter.

Vater schnalzte unwillig mit der Zunge, verzichtete aber auf eine Antwort.

Bevor sie möglicherweise auf die Idee kamen, ihren Morgenkaffee auch auf der Terrasse einzunehmen, zog Hannah es vor, sich ihre nun leere Tasse und ihr Buch zu schnappen und zu gehen. Sie wollte sich nicht beim Lauschen ertappen lassen, auch wenn sich die Unterhaltung zu ihrem Verdruss nur um ihren Bruder statt um ihre eigene Zukunft und um die Möglichkeit eines Medizinstudiums gedreht hatte.

Als die Eltern und Hannah eine halbe Stunde später mit den aktuellen Hausgästen, dem betulichen, ältlichen Herrn Amtsrat und seiner Frau Gemahlin, einer albernen kleinen Frau, die ununterbrochen kicherte, beim Frühstück zusammensaßen, war von der Unstimmigkeit der Eltern nichts mehr zu merken. Beide plauderten und scherzten mit den Gästen, als wäre alles eitel Sonnenschein.

Doch nach dem Frühstück, das sich deutlich länger hingezogen hatte, als es Hannah lieb war, konnte sie sich endlich in den Garten zurückziehen.

Mutter saß mit der extra aus Berlin angereisten Schneiderin auf der Terrasse und ließ sich einige – gerade bei Hofe besonders beliebte – Stoffe für Hannahs Brautkleid und das Kleid der Brautmutter vorführen. Seit Hannah sich unter dem Baum niedergelassen hatte, hatte Mutter einige Male mit gerunzelter Stirn herübergeblickt; inzwischen jedoch war sie so in die Herrlichkeit der Stoffwelt versunken, dass sie Hannah vergessen zu haben schien. Und das war dieser gar nicht unrecht. Auch wenn sie sich nach dem Gespräch mit Alma damit abgefunden hatte, dass sie um eine Vermählung nicht herumkommen würde, war sie keinesfalls gewillt, sich an den pompösen Vorbereitungen zu beteiligen. Sie würde den von ihren Eltern Auserwählten heiraten, wenn es keine andere Möglichkeit gab, aber das ganze Drumherum, diese Äußerlichkeiten, waren ihr egal. Mochte Mutter Spaß damit haben. Sie las viel lieber, als sich mit so einem oberflächlichen Unsinn zu beschäftigen.

* * *

Am Vorabend hatte Mutter sie gezwungen, endlich den Brief von Daniel Friedländer zu beantworten. Einen Moment lang hatte Hannah überlegt, ob sie einfach ablehnen sollte, kam dann aber zu dem Schluss, dass es klüger war, der Aufforderung nachzukommen. Besser war es wohl, den Ausbruch aus dem gesellschaftlichen Korsett, den die Wandervögel in ihr angestoßen hatten, in anderen Bereichen fortzuführen. Eine Auseinandersetzung mit den Eltern war das Letzte, was sie wollte. Und so hatte sie zum ersten Mal wirklich die Zeilen ihres Verlobten gelesen und war gegen ihren Willen angenehm überrascht davon, wie einfühlsam und aufrichtig er schrieb.

Hannah zog den mittlerweile leicht zerknitterten Brief zwischen den hinteren Seiten des Buches hervor. Sie hatte ihn mitgenommen, um hin und wieder einen Blick auf die Zeilen zu werfen, die sie so seltsam berührt hatten. Dort stand:

> *Liebste Hannah – ich darf Sie doch so nennen, jetzt, wo unser Verlöbnis beschlossene Sache ist, hoffe ich? Ich möchte mein äußerstes Bedauern darüber ausdrücken, dass Sie derart von diesem Fait accompli überrascht wurden. Hätte ich gewusst, dass Sie die ganze Zeit nichts ahnten, hätte ich alles dafür getan, Sie behutsamer zu informieren und um Ihre Meinung zu bitten. Ich ging davon aus, dass Ihre Eltern Sie von meinem Ansinnen in Kenntnis gesetzt, mehr noch, Sie nach Ihrer Ansicht befragt hätten. Als ich nach Ihrem abrupten Weggang erkennen musste, dass das zu meinem allergrößten Bedauern nicht passiert war, schmerzte mein Herz fürchterlich. Seien Sie versichert, liebste Hannah, dass ein solches Vorgehen niemals meiner Art entspricht. Ich bin in Liebe zu Ihnen entflammt, seit ich Sie das erste Mal gesehen habe, und bin entschlossen, Sie auf Händen zu tragen …*

Hannah ließ den Brief langsam in den Schoß sinken und sah mit einem leisen Seufzer auf die üppig blühenden Rosenbüsche vor sich. Er machte es ihr nicht leicht, ihn schlichtweg abzulehnen, denn sie musste zugeben, dass seine Worte etwas in ihrem Herzen berührten. Sie hatte sich damit abgefunden, sich in diese Hochzeit zu fügen, da sie keinen Ausweg sah. Aber aus diesen Zeilen sprach so viel Zuneigung, so viel aufrichtige Liebe, dass ihr warm ums Herz wurde. Denn das schien so viel mehr als das, was die Ehe ihrer Eltern ausmachte. Ja, sie war sich noch nicht einmal sicher, ob je einer von ihnen Zuneigung zum anderen empfunden hatte.

Ach, so ein Unsinn! Das viele Alleinsein brachte sie auf die unmöglichsten Gedanken. Entschlossen faltete sie den Brief zusammen und legte ihn beiseite, bevor sie nach dem Roman griff, den sie gerade las. Wahrscheinlich war ihr der Verstand von der ganzen Galanterie darin schon völlig vernebelt, und sie hatte deshalb diese romantischen Anwandlungen. Sie schüttelte den Kopf, wie um diese Gedanken daraus zu vertreiben, legte den Roman beiseite und vertiefte sich wieder in die Abhandlung über das menschliche Herz in dem dicken Wälzer des Großvaters. Das hier hatte wenigstens Hand und Fuß. Nicht dieser Unsinn von schmachtenden Herzen und gerührten Damen.

Nach einer guten halben Stunde rief Mutter sie herüber, damit sie auch einen Blick auf die ausgesuchten Stoffe werfen konnte, doch Hannah sah nur oberflächlich darauf, nickte und bat dann darum, hoch in ihr Zimmer gehen zu dürfen, um sich vor dem Mittagessen noch ein wenig frisch zu machen. Mutter schaute sie mit gerunzelten Brauen und besorgtem Blick an, nickte dann aber und wandte sich wieder der Schneiderin zu, um ihr Gespräch über Rüschen und Volants fortzusetzen.

Als Hannah die breite Marmortreppe zu ihrem Zimmer hinaufgestiegen war, hörte sie im Schlafzimmer der Eltern ein leises Rumoren und Flüstern. Sie zögerte einen Augenblick. Mutter saß doch unten auf der Terrasse, und die Zimmermädchen mussten längst mit ihrer Reinigungstour durch die Schlafräume fertig sein. Vorsichtig schlich sie näher und legte ihr Ohr an die Tür. Es war die Stimme des Vaters. Er flüsterte irgendetwas.

Dann ertönte ein Kichern, und eine weibliche Stimme antwortete. Beide lachten.

Abrupt drehte sich Hannah um und rannte zu ihrem Zimmer, ein paar Räume weiter.

Sie kannte die Stimme. Sie gehörte der Frau Amtsrätin.

Ihr Mann war vor einer Weile zu einem Spaziergang am Strand aufgebrochen. Seine Frau hatte erklärt, dass sie zu müde sei, um ihn zu begleiten, und hatte es vorgezogen, im Haus zu bleiben. Offenbar hatte sie sich überraschend schnell von ihrer lähmenden Müdigkeit erholt.

Wenn Vater bloß endlich mit diesen ewigen Weibergeschichten aufhören würde und wenn nur Mutter nichts von der neuen Geliebten erfuhr, denn dann würde das Idyll am Meer einen tiefen Riss bekommen, da war sich Hannah sicher. Doch wahrscheinlich ahnte Mutter sowieso schon etwas von den außerehelichen Aktivitäten des Vaters und ging deshalb derart in den Hochzeitsvorbereitungen auf, um die bittere Wahrheit zu verdrängen. Es war unwahrscheinlich, dass Vater weitere Steinengel mit ihrem Gesicht in petto hatte, um Mutter wieder zu besänftigen.

Hannah schlug die Tür zu ihrem Zimmer besonders laut zu. Sollten die Turteltauben ruhig wissen, dass sie nicht allein auf der Etage waren; vielleicht brachte sie das wieder zur Vernunft. Seufzend warf sich Hannah auf ihr Bett. Sie wollte den Großeltern schreiben. Das würde sie auf andere Gedanken bringen. Sie würde ihnen von den Wandervögeln und dem Leben am Meer erzählen. Doch ihre jüngsten Erkenntnisse würde sie wohlweislich für sich behalten. Sie würden früh genug ans Licht kommen.

Und dann würde sie Martha schreiben. Sie hatte am Ende nicht nur ihre Adresse, sondern auch die aller anderen der Gruppe bekommen, und zumindest würde sie der Austausch mit ihnen von ihrem Kummer über ihr Schicksal ablenken und den Geschmack von Freiheit wieder auf ihre Lippen zaubern. Aber vor allem brannte sie darauf, zu erfahren, wie es Martha als Studentin erging. Denn schließlich führte sie das Leben, das Hannah sich sehnlichst wünschte.

Sie nahm die Papierbögen aus ihrem Sekretär, stellte das Tintenfässchen auf und tauchte die Feder hinein.

Liebe Martha,

wie gern denke ich an die Zeit mit euch zurück. Seid ihr alle wohlbehalten wieder in Berlin angekommen?

Die Worte flossen ihr aus der Feder, und in Gedanken war sie wieder bei den traumhaften Tagen, die sie zusammen mit den Wandervögeln genossen hatte. Die Leichtigkeit und die Unbeschwertheit dieser Zeit erfüllte sie, und sie hielt nicht einen Moment inne oder dachte über die richtigen Worte nach, wie es sonst der Fall war. Am Ende hatte sie drei Seiten eng beschrieben und hätte noch so viel mehr schreiben können, doch da war auch noch der Brief an die Großeltern, den sie ebenfalls vor dem Abendessen abschicken wollte. Sie verschloss das Kuvert, adressiert an die neue Freundin, sorgfältig und griff dann nach einem neuen Bogen, auf den sie schrieb:

Liebste Großmama, liebster Großpapa …

Am Nachmittag flanierten Hannah und Alma wieder über die Promenade. Zum Glück war das Techtelmechtel des Vaters mit der Frau Amtsrätin bisher unbemerkt geblieben, und Hannah hatte sich selbstverständlich davor gehütet, ihr Wissen mit irgendjemandem zu teilen. Sie hasste es, Mutter so gedemütigt und am Boden zerstört zu sehen, wenn eine neue dieser

Geschichten ans Licht kam. Das Geklatsche und die mitleidigen Blicke waren zu viel für ihre schwache Konstitution, und die traurigen Blicke aus ihren verweinten Augen trafen Hannah ins Mark. Doch was konnte sie schon tun? Wie gern hätte sie all das ungeschehen gemacht und den Ärger von Mutter ferngehalten, doch das war unrealistisch, denn über Umwege gelangte alles immer doch zu ihr. Auch von der Frau Amtsrätin würde sie früher oder später erfahren, und wieder würde es ihr armes Herz zerreißen, ohne dass Hannah etwas dagegen tun konnte.

Heute war der Himmel bedeckt, und graue Wolken schoben sich immer wieder vor die Sonne, sodass ein Wechsel aus grellem Licht und dunklen Schatten entstand. Alma war sehr ruhig und in sich gekehrt, und Hannah sah sie immer wieder prüfend von der Seite an. Nach gut zwanzig Minuten, die sie weitgehend stumm nebeneinanderher gegangen waren, war Hannahs Geduld erschöpft, und sie stieß ihre Freundin sanft an. »Was ist los, du bist heute so still?«, fragte sie.

Alma zuckte mit den Schultern, ohne sie anzusehen.

»Es ist alles in Ordnung«, sagte sie und starrte geradeaus, während sie sich offensichtlich bemühte, ein paar Tränen wegzublinzeln.

Hannah sah sie mit zusammengezogenen Brauen an und wartete. Doch Alma blieb stumm. Schließlich fasste Hannah sie bei den Schultern und drehte sie zu sich herum. »Alma, hör auf, mich anzulügen. Du bist meine Vertraute, meine Freundin, und ich kenne dich inzwischen gut genug, um zu wissen, dass dich etwas belastet. Vertraust du mir nicht? Hat Lene wieder gestichelt? Oder ist es die Sache mit Vater und der Amtsrätin? Die habe ich auch bemerkt, aber weißt du …«.

»Nein, das überrascht niemanden mehr außer deine Mutter«, murmelte Alma mit gesenktem Blick. Hannah konnte sehen, dass sie bis zu den Haarwurzeln knallrot angelaufen war.

»Alma, du kannst mir alles sagen. Ich habe meine größten Geheimnisse mit dir geteilt. Ich werde nichts tun, was dir schadet, versprochen!«

»Das weiß ich doch. Es ist nur … ich will dich nicht mit meinen Sorgen belasten. Du kannst es ja doch nicht ändern.« Almas Stimme war immer leiser geworden.

Jetzt rollten Tränen ihre Wangen hinunter.

Erschreckt sah Hannah sie an. Sie versuchte, sie zum Strand zu ziehen; in einem Strandkorb würden sie vor neugierigen Blicken geschützt sein.

Doch Alma schüttelte den Kopf. »Es geht gleich wieder«, flüsterte sie.

»Dann lass uns weiterlaufen. Wir erregen sonst zu viel Aufsehen«, sagte Hannah und bot ihr den Arm, damit sie sich einhaken konnte.

Zögernd legte Alma ihre zitternde Hand darauf. Sie schluchzte noch einmal leise auf, dann atmete sie tief ein und wurde langsam ruhiger.

Hannah hatte Mühe, ihre Ungeduld zu bezähmen, wusste aber, dass sie Alma die Zeit geben musste, die sie brauchte, um sich zu öffnen.

Einige Minuten später begann Alma schließlich mit gedämpfter Stimme zu reden, und bereits bei den ersten Worten stellten sich die Härchen an Hannahs Armen auf. Sie hatte Schwierigkeiten, ruhig zu bleiben und sich alles bis zum Ende anzuhören. Bei Almas Schilderung zog sich ihr Magen zusammen, und Wut wallte in ihrem Inneren auf. Sie musste an sich halten, um nicht mitten auf der Promenade wie die Möwen ihren Ärger laut herauszuschreien. Mehrmals sagte sie sich, dass es hier nicht um sie ging, sondern dass Alma das Opfer war.

Abscheu breitete sich in ihr aus. Hass auf die Männer im Allgemeinen, aber vor allem auf den eigenen Bruder. Denn er war es, der Alma Dinge antat, von denen Hannah bisher noch nicht einmal gehört hatte.

Das Betatschen, das Hannah beobachtet hatte, war nur die Spitze des Eisbergs.

Seit sie hier waren, kam er fast täglich des Nachts in Almas Kämmerchen, um sie sich zu Diensten zu machen. Sosehr sie sich über das eigene Zimmer gefreut hatte, so sehr hasste sie es jetzt.

Immer wieder kam er, übertölpelte sie im Schlaf und verging sich an ihr. All ihr Flehen, von ihr abzulassen, blieb ungehört.

In ihrer Fantasie tat Hannah Jakob Furchtbares an für seine Vergehen gegenüber ihrer Freundin. Sie ersann alle möglichen Foltermethoden, um ihn Reue darüber empfinden zu lassen, was er der armen Alma antat.

»Setzen wir uns doch einen Moment«, sagte Alma schließlich und zog Hannah, die vor unterdrückter Wut innerlich bebte, mit sich auf eine Bank.

»Ich weiß, was du jetzt denkst, Hannah. Ich kenne dich inzwischen auch recht gut. Aber glaube mir: Es bringt nichts. Wenn du ihn zur Rede stellst oder es deinen Eltern erzählst, werde ich gefeuert. Es ist nicht das erste Mal. Mein vorhergehender Herr hat das Gleiche gemacht, allerdings nicht mit mir, sondern mit einer anderen Magd. Und als sie es gewagt hat, der gnädigen Frau etwas davon zu erzählen, hat sie sie auf die Straße gesetzt. Danach wollte auch ich so schnell wie möglich dort weg. Es war klar, dass ich die Nächste sein würde, der er nachstellen würde. Ich war froh, dass ich in Berlin noch einmal neu anfangen konnte. Bitte, ich möchte nicht gehen. Ich habe dich viel zu sehr ins Herz geschlossen. Ich werde es schon ertragen. Manche Menschen verdienen es nicht, geliebt zu werden. Ich bin nicht das erste Dienstmädchen, dem das passiert, und ich werde nicht das Letzte sein. So ist es eben auf der Welt.« Almas bittender Blick rührte sie.

»Alma, ich kann doch nicht ein solches Unrecht geschehen lassen, ohne etwas zu tun. Das ist furchtbar, was er mit dir macht. Du bist es genauso wert, geliebt zu werden, wie jeder andere, hörst du? Er gehört bestraft.« Sie ballte die Faust.

»Bitte, Hannah. Dann sitze ich auf der Straße. Und wer sagt denn, dass es bei der nächsten Stelle anders wird? Wenn ich es nicht bin, geht er zu Frieda oder einem der anderen Mädchen. So ist es nun mal: Er gehört zur Herrschaft. Wir sind nur die Bediensteten. Bitte, versprich mir, dass du nichts sagst.« Flehend sah sie Hannah an. Ihre Lippen zitterten, und sie wirkte mit einem Mal unglaublich zart und zerbrechlich.

Hannah setzte sich aufrecht hin und straffte den Rücken. »Ich verspreche es. Aber nur unter der Bedingung, dass du ab jetzt wieder bei mir schläfst. Ich lasse dein Bett noch heute in mein Zimmer herunterschaffen. Dann kommt er wenigstens nachts nicht mehr an dich heran«, erklärte sie entschieden.

Bevor sie aufstehen konnte, fiel Alma ihr um den Hals.

»Danke, vielen Dank. Ich kann dir gar nicht genug danken!«, rief sie und drückte Hannah an sich. »Oh, Verzeihung, das hätte ich nicht tun sollen, aber ich bin dir so unendlich dankbar. Nur werden die anderen Mädchen, vor allem Lene, wütend werden.« Sie löste die Umarmung und ging einen Schritt zurück.

»Ach, papperlapapp!«, antwortete Hannah und zog sie wieder an sich. »Wir sind Freundinnen, und Freundinnen halten zusammen.« Hannah wurde in diesem Moment bewusst, dass sie Alma verlassen müsste, wenn sie Daniel Friedländer ehelichte, denn sie würde dann nicht mehr im gleichen Haus wohnen.

Nachdem sie eine Weile umschlungen dort gestanden hatten und die Sonne sich immer mehr dem Horizont zuneigte, drängte Alma zum Aufbruch. Schweigend liefen sie Arm in Arm die Promenade hinab, beide in ihre Gedanken und aufgewühlten Gefühle versunken. Es waren nicht mehr viele Menschen unterwegs. Die meisten schienen vor den drohenden Wolken Reißaus genommen zu haben. Ein gutes Stück vor ihnen ging eine korpulente Dame mittleren Alters, die von einer anderen, deutlich kleineren Frau begleitet wurde. Immer wieder blieb sie stehen, um Luft zu holen. Ihre Begleiterin schaute besorgt auf sie, doch trotzdem gingen sie weiter.

Hannah und Alma waren noch gute fünfzig Meter von dem Pärchen entfernt, als die dickere der beiden plötzlich zu Boden sackte und dort liegen blieb.

»Herrje!«, rief Alma, während Hannah abrupt stehen blieb und mit ängstlichem Blick auf das Geschehen vor ihnen blickte. »Was ist mit ihr? Hast du sie gesehen? Sie ist einfach zusammengesunken.«

Hannah sah mit starrem Blick geradeaus. Dann murmelte sie: »Wahrscheinlich das Herz. Man müsste versuchen, eine Massage …«

»Du weißt, wie man ihr helfen kann?« Alma sah sie überrascht an.

Hannah sah die Abbildungen und Erklärungen aus den Büchern vor sich, spürte, wie ihr das Blut in den Schläfen rauschte.

»Ich habe eine Idee, aber was weiß ich denn schon? Was ist, wenn ich ihr eher schade, als ihr zu helfen?« Voller Zweifel runzelte sie die Stirn.

»Nun, was hast du zu verlieren? Ich sehe niemanden sonst hier, der in der Lage wäre zu erkennen, was zu tun ist.«

Alma hatte recht. Sie konnte zusehen, wie die arme Frau möglicherweise starb, oder versuchen, ihr zu helfen. Entschlossen rannte sie auf die am Boden Liegende zu. Deren Begleiterin stand hilflos daneben, hielt sich die Hände vor den Mund und begann zu schluchzen.

»Mathilde, sag doch etwas!«, rief sie immer wieder, ohne sich von der Stelle zu rühren.

Jetzt hatte Hannah die beiden erreicht. Alma, die einen Moment nach ihr losgerannt war, folgte ihr auf dem Fuß.

Hastig kniete Hannah sich hin und fingerte am Hals der Frau herum, um den Puls zu finden. Laut dem Buch des Großvaters war der Pulsschlag das Indiz dafür, dass das Herz noch schlug.

Doch da war nichts. Hektisch fuhren ihre Finger über den stämmigen Hals der Frau, doch sie konnte einfach keinen Puls finden.

Die Gedanken in Hannahs Kopf überschlugen sich. Sie rekapitulierte rasch, was sie über Herzstillstände wusste. Wenn der Kreislauf nicht mehr funktionierte, war der Patient tot. Sie musste es schaffen, das Herz wieder zum Schlagen zu bringen. Dazu musste sie zuerst die fehlende Atmung simulieren. Schnell warf sie das Tuch von den Schultern und legte es der Frau unter den Kopf. Beherzt öffnete sie deren Mund und zog die Zunge heraus. »Halten Sie die Zunge fest, sie muss draußen bleiben«, bat sie die Begleiterin. Hannah griff nach den Armen der Bewusstlosen. Es war nicht leicht, beide zu greifen, weil einer unter ihrem massiven Körper lag, aber schließlich gelang es ihr.

»Alma, hole einen Arzt, schnell!«, rief sie und streckte die Arme der Frau gerade nach hinten. Dann brachte sie beide wieder nach vorn, verschränkte sie übereinander und drückte damit auf den Brustkorb der Frau. Das wiederholte sie mehrmals, während Alma davonstob.

Die Begleiterin der Frau hielt schluchzend mit spitzen Fingern die Zunge fest.

»Sehen Sie zu, was ich mache. Sie müssen gleich weitermachen!«, rief Hannah ihr atemlos zu. Es war furchtbar anstrengend, aber es reichte nicht.

»Ich … aber ich …«, stotterte sie.

»Sehen Sie zu und machen Sie es mir einfach nach. Ich will versuchen, ihr Herz zu stimulieren. Bereit? Dann übernehmen Sie«, sagte Hannah schwer atmend. Sie war kurz vor der Erschöpfung, doch es half nichts. Sie musste weitermachen.

Die Frau zögerte noch immer.

»Los jetzt, wir haben keine Zeit zu verlieren!«, schrie Hannah. Endlich kniete sich die andere hin und begann, die Arme der Frau nach hinten zu beugen und wieder auf den Brustkorb zu drücken. Keuchend übernahm Hannah mit einer Hand die Fixierung der Zunge. Mit der anderen Hand gab sie Schläge auf den Brustkorb auf Höhe der Herzspitze.

Nichts, keine Reaktion.

Hannah gab der Frau, die ihre Bemühungen eingestellt hatte und Hannah staunend beobachtete, ein Zeichen, fortzufahren, während sie selbst den Pulsschlag am Hals prüfte.

Doch noch immer passierte nichts. Fieberhaft überlegte Hannah, ob sie etwas falsch machte, während sie wieder Schläge auf den Brustkorb gab und im gleichen Rhythmus leicht an der Zunge zog. Wieder und wieder. Zwischendurch legte Hannah den Finger an den Hals der Frau, wo sie den Pulsschlag vermutete.

Sie war kurz davor, neben der anderen Frau auf die Erde zu sinken und sich ihr Scheitern einzugestehen, als sie plötzlich glaubte, unter ihrem Finger ein leises Pochen zu spüren. Sie war sich nicht sicher, aber Hoffnung keimte in ihr auf. Sie warf einen Blick auf den Oberkörper der Bewusstlosen. Doch, da war es, jetzt war sie sich sicher: Kaum sichtbar hob und senkte sich der Brustkorb. Hannah stieß einen Seufzer der Erleichterung aus und ließ sich völlig erschöpft nach hinten plumpsen.

»Da, es schlägt … sehen Sie? Ihr Herz schlägt und sie atmet wieder!« Sie hatte es wirklich geschafft, es war kaum zu glauben. Die Frau lebte. Sie schloss die Augen. Ein tiefes Gefühl der

Dankbarkeit durchströmte sie. Durch ihr Wissen hatte sie es geschafft, ein Menschenleben zu retten.

Da hörte sie auch schon das Trappeln schnell laufender Füße. Alma kam angerannt und hatte den Arzt des Ortes im Schlepptau. Die Frau blinzelte und schloss dann wieder die Augen.

»Ihr Herzschlag ist zurückgekommen. Sie war kurz bei Bewusstsein«, ließ Hannah den Arzt wissen, der sich gleich neben die Patientin hockte, nach ihrem Puls tastete und ihr dann anerkennend zunickte.

»Gut gemacht, Mädchen!«, sagte er und bedeutete einigen entfernt stehenden Männern, die neugierig die Szene beobachteten, ihm zu helfen, die Frau wegzutragen.

Mühsam kam Hannah mit Almas Hilfe wieder auf die Füße. Sie hatte all die Leute um sie herum gar nicht bemerkt. Und auch der Einbruch der Dunkelheit überraschte sie. Das Ganze hatte offenbar deutlich länger gedauert, als es ihr im Eifer des Gefechts vorgekommen war. Sie hatte alles um sich herum vergessen, während sie darauf fokussiert gewesen war, der armen Frau zu helfen.

Es war seltsam: Sie war tief erfüllt und glücklich und gleichzeitig ungeheuer erschöpft.

* * *

Als sie zurück zur Villa kamen, herrschte ein aufgeregtes Durcheinander. Offenbar war aufgefallen, dass die beiden noch nicht wieder da waren, und Mutter empfing sie mit ängstlichem Blick. Doch kaum hatte sie Hannah gesehen, wich ihre Besorgnis der Wut, die sich in ihren funkelnden Augen widerspiegelte. Mit einem Schlag verschwand bei Hannah alle Euphorie, und sie spürte nur noch die Erschöpfung.

Die Mutter bat sie nicht einmal in den Salon, sondern schrie Hannah direkt in der Halle vor den neugierigen Blicken der Bediensteten und der um die Ecke linsenden Frau Amtsrat an.

»Wo bist du gewesen? Warum siehst du aus, als hättest du dich wie ein Schwein im Dreck gewälzt?«

»Wir waren spazieren. Eine Frau ist …«

»Ist euch nicht aufgefallen, dass es bereits dämmert? Es schickt sich nicht, dass zwei Mädchen um diese Zeit allein unterwegs sind.«

»Wir waren nicht …«, begann Hannah mit leiser Stimme, hielt dann jedoch inne, als sie sah, dass Mutter drohend die Hand hob. Sie wich einige Schritte zurück, doch Mutter folgte ihr. Schreckliche Bilder aus der Vergangenheit tauchten in ihrer Erinnerung auf und ließen sie ängstlich verstummen. Vergessen war die Freiheit, die die Wandervögel ihr verheißen hatten. Sie fühlte sich wieder wie ein kleines Mädchen, das den großen Fehler gemacht hatte, sich den elterlichen Erwartungen zu widersetzen.

»Du gehst direkt ins Bett. Kein Abendessen. Ich will dich nicht hier unten sehen, hast du verstanden? Dieses ungezügelte Benehmen hört jetzt auf. Es geht nicht an, dass den Friedländers oder irgendwem anders ein solches Verhalten zu Ohren kommt. Du bleibst bis auf Weiteres auf deinem Zimmer. Los jetzt. Und für dich, Alma, gilt das Gleiche. Schluss mit dem ewigen Herumziehen. Jetzt wird wieder gearbeitet.«

Hannah warf ihrer Freundin einen mitleidigen, aber sprechenden Blick zu, als sie an ihr vorbei in Richtung Treppe ging. »Denk dran, dass du bei mir schläfst. Ich richte dir ein Lager her.«

Dankbar drückte Alma ihre Hand und rannte dann in die Küche, um Lene zu helfen. Das Essen hätte schon längst auf dem Tisch stehen sollen, aber durch ihr verspätetes Nachhausekommen war alles durcheinandergeraten.

Hannah ging langsam die Treppe hoch. Sie war so erschöpft, dass sie auf der Stelle hätte einschlafen können. Gleichzeitig fühlte sie sich furchtbar, weil Alma ihretwegen jetzt mit Sicherheit unangenehme Strafarbeiten aufgebrummt bekam.

Vielleicht hatte sie ja wirklich einen Fehler gemacht und über die Stränge geschlagen; bereits die Tage zuvor hatte sie die Wünsche der Eltern und ihre Rolle vergessen. Aber jemandem das Leben zu retten, war doch kein unangemessenes Verhalten. Ihre Mutter hatte ihr keine Möglichkeit einer Erklärung gelassen, und zusätzlich wurde die arme Alma bestraft, nur weil sie zu ihr gehalten hatte.

* * *

Während Hannah sich das staubige Kleid von den Schultern streifte, musste sie trotz allem lächeln. Sie war so froh, dass die Episode mit den Wandervögeln von den Eltern unbemerkt geblieben war. Wie heftig wäre wohl die Strafe für diese Unfolgsamkeit ausgefallen? Wahrscheinlich hätte sie ihr Zimmer erst wieder zu ihrer eigenen Hochzeit verlassen dürfen.

Die Ereignisse des Tages waren aufreibend gewesen. Dennoch war Hannah dankbar, dass sie es wirklich geschafft hatte, der fremden Frau zu helfen.

Als sie zu ihrer Waschschüssel ging, um sich den Schmutz des Tages abzuwaschen, sah sie etwas, was ihr Herz nervös schlagen ließ. Ein Brief lag auf dem Tischchen vor dem Fenster. Das Kuvert trug die gestochene Handschrift Daniel Friedländers, doch dieses Mal war der Umschlag um einiges dicker als beim letzten Mal.

Heute fühlte sie nicht das hilflose Unbehagen, das sie bei seinem letzten Brief empfunden hatte. Stattdessen kribbelte es in ihrem Bauch ganz ungewohnt, und sie freute sich sogar ein wenig darauf, den Brief zu lesen. Seltsam! Wahrscheinlich lag das daran, dass der Tag so aufregend gewesen war und der Hunger in ihrem Magen wühlte.

* * *

Mehrere Stunden später hatte Alma es endlich geschafft: Alles war aufgeräumt, der Tisch für den kommenden Tag gedeckt, und sie hatte jede noch so sinnlose Strafarbeit der gnädigen Frau erledigt. Jetzt stieg sie die Treppe hoch und ging leise den Flur entlang zum Zimmer von Hannah. Unter ihrer Schürze hatte sie ein Stück Brot und einen Apfel versteckt, den sie für die Freundin heimlich in der Küche entwendet hatte. Sie war bestimmt fürchterlich hungrig.

Vorsichtig drückte sie die Klinke hinunter und spähte hinein. Das ganze Haus lag in tiefem Schlummer. Auch Hannah schlief, obwohl ihre Lampe noch brannte und ihr Gesicht auf mehreren zerknitterten Blättern Papier lag. Vor ihrem Bett hatte sie ein Lager aus Decken und Kissen gebaut. Alma bemerkte, dass ihr Tränen der Dankbarkeit in die Augen schossen. Was hatte sie für ein Glück, dass sie nicht mehr allein mit ihrem Kummer war. Sie legte den Apfel und das Brot auf eine Kommode und schlich dann zum Bett. Vorsichtig versuchte sie, das Papier unter Hannahs Wange hervorzuziehen, doch das war gar nicht so einfach wie gedacht. Auf einmal schlug Hannah die Augen auf.

»Nein, den will ich behalten«, sagte sie schlaftrunken und schob die beschriebenen Seiten weiter unter ihre Wange.

»Verzeihung, ich wollte dich nicht stören. Schlaf weiter, Hannah.« Und damit wandte sich Alma ab und machte sich daran, das Licht zu löschen.

»Halt, warte noch. Erzähl mir, wie es unten war«, sagte Hannah plötzlich deutlich klarer.

»Ich habe dir etwas mitgebracht, falls du hungrig bist.«

»Und wie!« Hannah richtete sich auf und griff begierig nach Brot und Apfel, die Alma ihr reichte. Abwechselnd biss sie in das eine und dann in das andere. »Nun sag schon, wie war die Stimmung unten? Haben sie über uns geredet?«

»Wenig. Sie haben kaum gesprochen. Die Stimmung war eisig. Und seltsamerweise sind der Herr Amtsrat und seine Frau noch vor dem Essen plötzlich abgereist. Mir war so, als wollten sie ursprünglich bis nächste Woche bleiben, wenn ich mich nicht irre«, berichtete Alma, während sie sich ihre Schürze über den Kopf zog.

»Dann wird Mutter es doch mitbekommen haben. Du meine Güte, sie wird mich hier nie wieder herauslassen«, seufzte Hannah mit vollem Mund.

Alma hatte inzwischen ihr Kleid ausgezogen und ordentlich zusammengelegt, bevor sie unter die Decken auf dem Boden schlüpfte.

»Wer weiß? Schließlich braucht dich deine Mutter ja noch für die Hochzeit«, sagte sie, während Hannah die Lampe auspustete. Plötzlich kicherte Alma los, und Hannah stimmte ausgelassen ein. Hach, das Leben hatte doch auch lustige Seiten.

11. Kapitel

Alma behielt recht. Zwar musste Hannah noch weitere zwei Tage auf ihrem Zimmer schmoren, aber zumindest durfte Alma ihr das Essen und auch die alten Tageszeitungen hochbringen. Was Hannah dort las, ließ ihr allerdings den Atem stocken: In New York war ein Raddampfer mitten während einer Fahrt in Flammen aufgegangen und hatte über tausend Menschen mit sich in den Tod gerissen. Über eintausend Menschen, und jeder von ihnen hatte seine eigene Geschichte und wurde sicher von irgendwem schmerzlich vermisst. Hannah saß in ihrem Bett, und die Tränen liefen ihr vor lauter Mitleid über die Wangen.

Dann aber ließ Mutter Hannah herunterrufen.

Sie saß auf der Terrasse, umgeben von verschiedenen Stoffen, Tischtüchern und Servietten, und sah ihrer Tochter mit erhobenem Kinn und zitternden Lippen entgegen. Man sah ihr deutlich den Schmerz und die Enttäuschung über den erneuten Fehltritt ihres Mannes an. Dennoch sagte sie mit brüchiger Stimme: »Uns läuft die Zeit weg. Du musst Entscheidungen treffen. Es ist ja schließlich für deinen zukünftigen Haushalt.«

»Oh, Mama, du hast es also erfahren?«, fragte Hannah mitfühlend und nahm die Hand der Mutter.

Die blickte sie mit verweinten Augen an und drückte dankbar ihre Hand.

»Du wusstest es also auch? Bin ich denn die Einzige, die ständig hintergangen wird?« Jetzt flossen die Tränen ungeniert über ihr Gesicht.

Hastig tastete Hannah nach ihrem Taschentuch, doch sie hatte offenbar vergessen, es wie immer in ihren Ärmel zu stecken. Daher griff sie entschlossen nach einer der zur Auswahl bereitliegenden Servietten und tupfte Mutter damit über das Gesicht.

»Um Himmels willen, das schöne Tuch«, wehrte Mutter ab, doch Hannah sagte sanft: »Das ist doch jetzt völlig unwichtig.« Sie drückte Mutter entschlossen die Serviette in die Hand und nahm ihr gegenüber Platz.

»Ich habe es nur zufällig mitbekommen. Es gab kein Komplott. Ich wünschte auch, er würde damit aufhören«, erklärte sie dann.

»Ich weiß nicht, was ich noch tun soll. Er lässt es einfach nicht. Eine nach der anderen. Und jetzt sogar ein Gast des Hauses. Es ist furchtbar. Was werden nur die Leute denken?«, schluchzte Mutter.

»Nun, hier ist das wohl nicht so interessant, und wer weiß, ob die Leute in Berlin überhaupt davon erfahren. Und wenn, bis wir zurück sind, ist bestimmt schon wieder Gras über die Sache gewachsen.«

Mit verquollenem Gesicht sah Mutter sie an. Ein Hoffnungsschimmer glomm in ihren Augen auf. »Meinst du wirklich?«

»Mit Sicherheit.«

»Das Gerede der Leute ist das Schlimmste. Die Gesellschaft ist erbarmungslos. Gerade deswegen will ich dich ja davor beschützen. Dein unweibliches Interesse an der Medizin ist durchaus schon aufgefallen. Ich will nicht, dass es dir geht wie mir, wenn auch aus anderen Gründen.« Sie schluchzte laut.

»Ich … so ist es bei mir nicht, Mama!« Sie überlegte, doch es war nicht der richtige Zeitpunkt, um ihr die Wahrheit über den Abend, als sie und Alma zu spät gekommen waren, zu erzählen. Mutter müsste in besserer Verfassung sein, um zu verstehen, dass allein schon ihre Lektüre von Großvaters Medizinbüchern einem Menschen das Leben gerettet hatte.

»Ach, Hannah, wenn du erst mal so alt bist wie ich jetzt, wirst du mir dankbar sein, dass ich dich vor diesem Fehler bewahrt habe. Glaub es mir!«

»Das glaube ich nicht.«

»Warte ab, Hannah, warte ab. Bei dir kann noch alles glattgehen. Du bist hübsch, du bist klug. Du kannst in der Gesellschaft reüssieren. Dein Verlobter trägt dich auf Händen. Er wird dich nicht bei jedem Atemzug betrügen. Glaub mir, du wirst sehr glücklich werden, mein Kind!«

Jetzt stand Mutter auf, wischte sich noch ein letztes Mal über das Gesicht und drückte Hannah einen Kuss auf den Scheitel.

Hannah versuchte, den Kloß, der sich in ihrem Hals gebildet hatte, einfach runterzuschlucken, doch er war hartnäckiger, als sie gedacht hatte.

»Trotz allem liebt dich dein Vater, Hannah, vergiss das nicht!«

Überrascht blickte Hannah auf.

»Nein, natürlich nicht.«

»Ich muss noch etwas mit dir besprechen. Warum schläft das Mädchen bei dir? Sie hat ihre eigene Kammer. Es geht nicht an, dass du dich zu sehr mit den Dienstboten anfreundest.«

»Solange sie ihre Arbeit nicht vernachlässigt, spricht doch nichts dagegen, oder?«

Mutter sah sie mit unbewegter Miene an, bevor sie seufzte. »Hier, vergiss nicht die Entscheidung wegen der Tischwäsche. Ich habe die Auswahl schon auf sechs eingegrenzt. Sieh dir alles an.«

Hannah seufzte ebenfalls leise und nahm dann die Stoffe zum genaueren Inspizieren einzeln zwischen die Finger. Dabei bemerkte sie den letzten Brief von Daniel, der anstelle eines Taschentuchs im Ärmel ihres Hauskleides steckte. Sie hatte ihn gerade wieder gelesen – bestimmt zum zwanzigsten Mal –, als Mutter sie gerufen hatte.

Sie dachte an die lieben Worte, die er am Schluss des Briefes geschrieben hatte:

> *Es vergeht kein Tag, an dem ich nicht an Ihr bezauberndes Lächeln denken muss. Jeden Abend bete ich, dass ich Sie bald wiedersehen und in meine Arme schließen kann.*
>
> *In tiefer Sehnsucht*
> *Ihr ergebener Bräutigam Daniel.*

Jedes Mal, wenn Hannah diese Worte las, fuhr ein Schauer durch ihren Körper. Ungewohnt, unerklärlich. Inzwischen fand sie den Gedanken, ihn wiederzusehen, gar nicht mehr so furchtbar abstoßend wie noch vor einer Weile.

Gelangweilt hielt sie ein Tuch nach dem anderen hoch und tat so, als würde sie es genau untersuchen, ohne zu wissen, worauf sie dabei eigentlich achten sollte. Mutter beugte sich währenddessen über das Haushaltsbuch und eine Liste mit Erledigungen.

Nach einigen Minuten wurde die Stille jäh unterbrochen, und Mutter und Tochter zuckten zusammen, als Alma aufgeregt auf die Terrasse stürmte.

»Gnädige Frau, die Frau Bürgermeister möchte Ihnen einen Besuch abstatten. Sie bittet darum, auch den gnädigen Herrn sprechen zu dürfen«, sagte sie ein wenig atemlos und warf Hannah einen nervösen Blick zu.

»Jetzt? Aber das ist doch nicht die richtige Zeit für Besuche«, antwortete Mutter und sprang nervös auf. »Führe sie in den Salon, und Frieda soll den gnädigen Herrn suchen. Er wird wahrscheinlich in einem der Strandkörbe sitzen und diese widerliche Pfeife rauchen«, rief sie Alma zu. Dann rauschte sie davon. Bevor sie die Tür erreicht hatte, drehte sie sich um und sagte energisch zu Hannah: »Komm, Hannah, wenn dein Vater und Jakob schon nicht da sind, musst du mir wenigstens zur Seite stehen.«

Alle stoben auseinander wie aufgescheuchte Hühner. Hannah zupfte an ihrem Hauskleid, das ohne Korsett und Rüschen nicht den üblichen Gepflogenheiten beim Empfang eines Besuches entsprach, aber schließlich hatte sie heute früh weder damit gerechnet, überhaupt aus ihrem Zimmer herauszukommen, geschweige denn, Besuch zu empfangen.

Hastig eilte sie Mutter hinterher, die im Laufen ihre Frisur richtete und die letzten Tränenspuren vom Gesicht wischte.

Als sie den Salon betraten, fuhr Hannah überrascht zurück. Die Frau, die dort über das ganze Gesicht strahlend vor ihnen stand und die Arme ausbreitete, war der Grund dafür, dass sie die letzten Tage allein auf ihrem Zimmer hatte zubringen müssen. Es war die Frau, die auf der Promenade kollabiert war!

»Meine Liebe, ich kann gar nicht genug meine Dankbarkeit ausdrücken«, sagte die Frau des Bürgermeisters und zog Hannah an ihre ausladende Brust. »Ich habe noch keinen so mutigen und beherzt handelnden Menschen getroffen wie Sie.«

Hannah richtete den Blick auf ihre Mutter. Die stand mit überrascht aufgerissenen Augen neben der Tür und sah irritiert auf ihre überschwängliche Besucherin, die Hannah noch immer fest umklammert hielt.

»Ähm, freut mich sehr, dass Sie die Zeit zu einem Besuch bei uns gefunden haben, Frau Bürgermeister«, sagte Mutter schließlich.

Die korpulente Dame strich Hannah noch einmal liebevoll über die Wange und wandte sich dann Mutter zu.

»Sie haben wirklich Glück, eine so wundervolle Tochter zu haben, Frau Sternberg. Meinen Glückwunsch zu diesem außergewöhnlichen Kind«, sagte sie, reichte Mutter die Hand und nahm mit ihr auf dem Sofa Platz.

»Äh, ja, natürlich. Vielen Dank!«, erwiderte Mutter, noch immer irritiert. Die Bürgermeistersgattin nickte begeistert, als wollte sie die mütterliche Zustimmung unterstreichen.

»Das Wetter hier ist wirklich wunderbar. Ist das normal für diese Jahreszeit, oder ist das nur eine besonders günstige Fügung in diesem Jahr?«, wechselte Mutter abrupt das Thema.

Jetzt sah die Frau Bürgermeister sie ihrerseits sichtlich irritiert an. In der darauffolgenden peinlichen Stille öffnete sich die Terrassentür, und Vater trat mit hochgekrempelten Hosenbeinen und sandigen Füßen herein.

»Isaak!«, entfuhr es Mutter entsetzt.

»Aber lassen Sie ihn doch«, sagte die Frau Bürgermeister. »Das ist doch herrlich erfrischend. Freut mich sehr, Ihre Bekanntschaft zu machen, Herr Sternberg. Auch Ihnen möchte ich meinen herzlichen Glückwunsch zu dieser außerordentlich begabten Tochter ausdrücken.«

Vater neigte mit verwirrtem Blick den Kopf und näherte sich dann der Gruppe, dabei ließ er eine deutliche Sandspur hinter sich.

»Verzeihung, ich fürchte, ich verstehe nicht, worum es geht. Hätte ich von der Ehre Ihres Besuches gewusst, hätte ich selbstverständlich alles darum gegeben, nicht den

Beginn der Unterhaltung zu versäumen und ahnungslos hier hereinzupoltern.«

»Oh, Sie haben nichts versäumt, wir waren gerade noch mit dem Austausch von Höflichkeiten beschäftigt«, meinte die Frau Bürgermeisterin, nickte Hannah zu und klopfte dann auf den Platz neben sich.

Hannah folgte ihrer Aufforderung und setzte sich.

»Dieses wundervolle junge Mädchen hat mir vor ein paar Tagen das Leben gerettet, als ich mit einem Herzanfall auf der Promenade zusammenbrach. Umsichtig hat sie mit ihrem fundierten medizinischen Können mein Herz wieder zum Schlagen gebracht. Der Arzt und meine Begleiterin, Frau von Sydow, haben mir versichert, dass ansonsten mit Sicherheit mein letztes Stündlein geschlagen hätte. Sie glauben nicht, wie dankbar ich ihrer Tochter bin. Sie ist natürlich Studentin der Medizin, nehme ich an? Eine so umsichtige Reaktion wäre sonst vermutlich gar nicht möglich gewesen.« Die langen grünen Federn am Hut der Frau Bürgermeister wippten bekräftigend, während sie redete.

Hannah sah die Frau scheu von der Seite an. Sie hatte doch einfach nur getan, was ihr in dem Moment als das Richtige erschien. Doch das Erstaunen in den Blicken der Eltern war noch um einiges größer als ihr eigenes.

»Vielen Dank für die freundlichen Worte«, sagte Mutter. »Ich fürchte nur, Sie irren sich. Das kann nicht unsere Hannah gewesen sein, die Ihnen dort zu Hilfe geeilt ist.«

»Aber doch, doch. Ich bin mir hundertprozentig sicher, und der Arzt, der meine schöne Retterin kürzlich selbst behandelte, hat das bestätigt. Sie war es. Auf der Uferpromenade. Es war schon dämmrig. Sie hat mir die Atmung zurückgegeben und mein altes Herz wieder zum Schlagen gebracht. Wenn ich es Ihnen doch sage! Wissen Sie gar nicht, welchen Schatz

Sie aufgezogen haben? Auch der Doktor sagte, dass sie äußerst besonnen und mit viel Wissen gehandelt hat.«

Jetzt sahen die Eltern mit offenem Mund auf Hannah.

»Entschuldigen Sie unsere Verblüffung, aber unsere Tochter hat uns gar nichts über ihre Heldentat wissen lassen«, sagte Vater schließlich, nachdem er sich einige Sekunden nachdenklich den Bart gezwirbelt hatte. »War das vielleicht an dem Tag, an dem du so spät von deinem Spaziergang zurückkamst?«

Hannah nickte.

»Warum hast du es nicht erwähnt?«, fragte er leise.

»Ich bin nicht dazu gekommen«, erwiderte Hannah schlicht. Sie wollte nicht vor dem Besuch die harsche Maßregelung der Mutter erwähnen. Aber am schuldbewussten Blick des Vaters sah sie, dass das auch gar nicht nötig war.

»Nun, das ist ja sehr erfreulich. Dann wollen wir hoffen, dass Ihre Genesung weiterhin gut voranschreitet«, sagte Mutter schließlich steif.

Doch die Frau Bürgermeister ließ sich nicht bremsen.

»All das war nur möglich, weil Hannah so überaus beherzt handelte. Wo studierst du, Kind? Wenn Sie es erlauben, möchten mein Mann und ich ihr einen Zuschuss zu den Studienkosten geben, sozusagen als Zeichen unserer tiefen Dankbarkeit.«

»Äh … das ist ein Missverständnis. Hannah studiert nicht. Sie bereitet sich auf ihre Hochzeit vor. Sie hat schon öfters den Wunsch nach einem Medizinstudium geäußert; meine Frau und ich hielten das jedoch für ein Mädchen für unpassend.«

Die Mundwinkel der Frau Bürgermeister senkten sich unheilvoll.

»Das ist doch nicht Ihr Ernst, oder? Sie lassen Ihre Tochter doch nicht ein solches Talent vergeuden mit Teevisiten und Haushaltssorgen? Hannah ist noch jung. Sie kann noch früh genug heiraten. Heutzutage studieren doch immer mehr junge

Frauen. Ich wage zu behaupten, dass kaum eine so geeignet dafür ist wie Ihre Tochter.«

Hannah saß mit brav im Schoß übereinandergelegten Händen da und wagte kaum zu atmen aus Angst, dadurch aufzuwachen und festzustellen, dass das alles nur ein Traum war.

Vater räusperte sich. »Da haben Sie sicher recht. Wir … wir … Hannah hat schon immer ein besonderes Interesse an der Arbeit ihres Großvaters gezeigt, der als Mediziner tätig ist. Es erschien uns nur unpassend, ein Mädchen aus unseren Kreisen an die Universität zu schicken.«

»Ach, papperlapapp. Das sind doch Ideen aus der Steinzeit. Heutzutage ist die Gesellschaft wesentlich offener. Und unter uns: Es wäre eine Schande, das überragende Talent Ihrer Tochter so zu verschwenden. Unser Angebot steht: Schicken Sie Hannah an eine Universität, wenn es ihr Wunsch ist, und mein Mann und ich werden uns bei der finanziellen Unterstützung dieses Vorhabens äußerst großzügig zeigen. Ich muss mich jetzt leider verabschieden. Der Arzt hat mir Ausgänge eigentlich untersagt, bevor die Erholung nicht vollständig abgeschlossen ist. Aber es war mir ein Herzensanliegen, diesem Goldkind für seinen unerschrockenen Einsatz zu danken.« Die Bürgermeistersgattin stand auf, klopfte Hannah noch einmal lächelnd auf die Wange und verließ unter den üblichen Höflichkeitsbezeugungen den Salon.

Hannah blieb mit ihren Eltern allein zurück, nachdem sich die Tür geschlossen hatte.

Vater holte tief Luft und räusperte sich. »Nun, Hannah, das ist äußerst erfreulich zu hören, dass du in der Lage warst, durch dein umsichtiges Handeln einem anderen Menschen das Leben zu retten. Sehr ordentlich.«

Mutter starrte noch immer, offenbar erschüttert von dem gerade Erlebten, auf den Teppich. Dann sagte sie langsam: »Aber es steht außer Frage, dass Hannahs Handeln äußerst unkonventionell war und sie in eine durchaus unpassende Lage hätte bringen können. Was wäre denn gewesen, wenn es nicht die Frau Bürgermeister, sondern ihr Mann gewesen wäre? Hättest du dich dann auch auf ihn gestürzt?«

Hannah sah sie einen Augenblick nachdenklich an. »Selbstverständlich hätte ich dem Herrn Bürgermeister ebenso geholfen, wäre er in derselben Situation gewesen, wie seine Frau es war. Ich habe gleich erkannt, dass der Arzt zu spät kommen würde, um ihr Leben zu erhalten.«

Das Gesicht des Vaters verzog sich zu einem Grinsen. Er klopfte umständlich seine Pfeife aus, wobei er ununterbrochen lächelte.

Mutter holte tief Luft. Bevor sie aber dazu kam, etwas zu sagen, ergriff Vater wieder das Wort.

»Es ist wunderbar, Hannah, dass du so viel Umsicht besitzt, eine medizinische Notlage so schnell einzuschätzen. Hat dir deine Mutter von dem Brief des Großvaters berichtet, in welchem er einen ähnlichen Ton angeschlagen hat, wie wir ihn gerade etwas eindringlicher von der Frau Bürgermeister gehört haben? Er lobt deine Intelligenz und deinen wissenschaftlichen Verstand und legt uns dringend ans Herz, dich einige Semester zur Probe studieren zu lassen, bevor wir deine Geschicke in die Hand eines anderen Mannes geben. Also mich haben deine beiden Fürsprecher überzeugt. Was denkst du, Rachel, könntest du dich erkundigen, welche Lehrstätte nach dem Sommer für ein solches Vorhaben infrage kommt?«

Wieder griff er nach seiner Pfeife, die er in die Tasche seiner Jacke gesteckt hatte, klopfte sie noch einmal aus und begann, sie neu zu stopfen, während er Hannah immer wieder einen lächelnden Blick zuwarf und zufrieden nickte.

Mutter saß kerzengerade auf dem Sofa. Ihr Gesicht offenbarte die widerstreitenden Gefühle, die in ihrem Inneren tobten.

Hannahs Fingernägel bohrten sich in ihre Handfläche. Sie war so aufgeregt, dass sie es kaum auf ihrem Sitz aushielt. Würde sich Mutter dem Willen des Vaters beugen? Mit angehaltenem Atem hielt sie den Blick gesenkt und wartete auf das mütterliche Urteil. Sie wagte es nicht, aufzusehen.

Nach einer unendlich langen Weile räusperte sich Mutter und sagte langsam: »Wir müssten die Friedländers um einen Aufschub bitten. Es wäre äußerst brüskierend, um eine Auflösung der Verlobung zu ersuchen. Wenn du es für richtig hältst und du es wirklich willst, Hannah, werde ich mich darum kümmern, wenn wir zurück in Berlin sind. Zum Glück hatten wir noch keine schriftliche Einladung hierher an die Friedländers verschickt, doch ich werde ihnen einen Brief schreiben und erklären, dass diesen Sommer Verpflichtungen eine Einladung verhindert hätten, wir sie aber nach der Rückkehr gern wieder als Gäste bei uns begrüßen möchten.« Ihre Worte klangen gepresst. Es war deutlich zu hören, dass sie nicht überzeugt war von dieser Entscheidung. Aber Zustimmung war Zustimmung!

Jetzt konnte Hannah nicht mehr an sich halten. Ungestüm sprang sie auf und umarmte den Vater mit aller Kraft.

»Oh, danke, liebes Papachen. Ich werde mein Bestes geben. Ich werde die eifrigste Studentin aller Zeiten sein. Ich bin so unendlich glücklich!«

Vater hatte vor Überraschung seine halb gestopfte Pfeife fallen lassen, sodass der Tabak auf den hellen Teppich krümelte.

»Ach, ich bin ja so unsagbar glücklich!«, rief Hannah noch einmal, umarmte auch die Mutter, küsste sie auf die Wange und tanzte aus dem Salon. War das Leben nicht einfach wunderbar?

* * *

Die nächste Zeit verbrachte Hannah in einer Art Glückstaumel. Sie war mit den Eltern übereingekommen, ihr Studium in

Tübingen mit dem Wintersemester zu beginnen, da die Berliner Universität keine Frauen aufnahm. Mutter hatte bereits eine alte Bekannte der Großmutter ausfindig gemacht, bei der Hannah wohnen sollte. Sie war also schon fast eine Studentin. So gut wie. Hannah war erfüllt von einer tiefen Freude über das Bevorstehende und kniete sich jetzt mehr denn je in die Studien der medizinischen Bücher des Großvaters. Den Großeltern hatte sie zuerst über die glückliche Wendung der Ereignisse berichtet und ihnen einen langen Brief geschrieben.

Und natürlich musste auch Martha davon erfahren. Der Brief an sie war nicht ganz so lang wie der an die Großeltern, aber ähnlich euphorisch.

Marthas Antwort kam pfeilschnell. Sie freue sich schon darauf, Hannah in derselben Stadt und derselben Uni zu haben. Sie könnten gemeinsam lernen und sich einer Tübinger Wandervogel-Gruppe anschließen. Die Ausflugsmöglichkeiten in der Umgebung seien herrlich.

Auch die Großeltern hatten postwendend geantwortet und noch zwei wichtige Grundlagenbücher mitgeschickt, damit Hannah aufs Vortrefflichste vorbereitet wäre, wenn sie das Studium schließlich antrat.

Trotzdem vergaß Hannah auch Alma nicht. Fast täglich übten die beiden vor dem Schlafengehen das Lesen, und inzwischen konnte Alma es schon recht gut. Sie war ebenso begierig, ihr Können zu verbessern, wie Hannah es war, ihre medizinischen Fachkenntnisse zu erweitern. Allerdings wurde Alma immer in sich gekehrter und stiller.

Ob es vielleicht daran lag, dass sie sich über die bevorstehende Trennung von Hannah grämte? Der Sommer neigte sich dem Ende zu, und in nur wenigen Tagen würden sie nach Berlin zurückfahren. Dann war es nur noch eine kurze Zeit, bis Hannahs Abreise nach Tübingen anstand.

* * *

Immer wieder erkundigte Hannah sich danach, ob Alma noch etwas anderes auf dem Herzen liege und sie ihr helfen könne, aber die schüttelte nur den Kopf, sodass der dicke blonde Flechtzopf hin und her flog.

Vielleicht ärgerte sie sich auch über die tyrannische Lene, oder sie hatte irgendeinen anderen Kummer. Jakob hatte sie, seit sie bei Hannah schlief, jedenfalls nicht mehr nachts besucht. Trotzdem quälte Alma irgendetwas, das spürte Hannah.

Und da war noch eine Sache, die ihr zu schaffen machte: Es war der Gedanke an Daniel. Sie hatten den Sommer über immer wieder Briefe ausgetauscht, und er war ihr in dieser Zeit deutlich vertrauter geworden. Seine lebhaften, von Zuneigung geprägten Zeilen riefen ein wohliges Gefühl in ihr hervor. Und er brachte sie zum Lachen. Es tat ihr ein wenig leid, dass sie ihn vor den Kopf stoßen und ihm mitteilen musste, dass sie ihn im Moment nicht heiraten würde, weil sie zum Studium nach Tübingen ging. Aber aufgeschoben war ja nicht aufgehoben. Er würde es schon verstehen, dass sie diesen Traum unbedingt verwirklichen musste, jetzt, wo die Eltern endlich ihre Zustimmung gegeben hatten.

* * *

Der Zeitpunkt war gekommen, sich von der Villa für dieses Jahr zu verabschieden. Die Bediensteten motteten alle Möbel, das Geschirr und die Gläser ein, und die Familie rüstete sich zur Abreise. Hannah ging mit einem weinenden und einem lachenden Auge. Einerseits hatte ihr Leben hier eine wundersame Wendung genommen, und sie liebte diesen Ferienort am Meer mit der prächtigen Villa, dem umliegenden Park und der

Promenade inzwischen sehr. Andererseits wartete im fernen Tübingen die Erfüllung ihres größten Traums auf sie.

Die Rückfahrt verlief ereignislos. Zumindest war die Stimmung deutlich besser als bei der Hinfahrt vor einigen Wochen. Hannah hatte die Erlaubnis erhalten, mit Alma in einem Extraabteil zu sitzen. Sie hätten viel Spaß haben können, doch die arme Alma wurde, kaum dass der Zug losfuhr, von einer furchtbaren Übelkeit gepackt. Es wurde sogar so schlimm, dass sie sich mehrmals erbrechen musste. Kreidebleich saß sie da und wagte es kaum, sich zu rühren. Wahrscheinlich hatte sie etwas Schlechtes gegessen, oder sie vertrug einfach dieses unerhörte Geruckel der Eisenbahn nicht. Hannah bemühte sich mitleidig um die Freundin und vertiefte sich ansonsten in einen Roman. Genau das Richtige für eine lange Bahnfahrt.

12. Kapitel

Kaum waren sie wieder in Berlin, trieb Mutter zur Eile an. Die Wohnung musste geputzt und auf Vordermann gebracht werden, nachdem sie so lange Zeit leer gestanden hatte. Zwei Mädchen wurden für die erste Woche zusätzlich engagiert, damit möglichst bald alles wieder blitzblank und repräsentabel wäre. Bereits am vierten Tag nach ihrer Ankunft war das Ziel erreicht und Mutter zufrieden.

»Gut, dann werden heute die Großeltern kommen, und für morgen werden wir die Friedländers zum Kaffee bitten.«

Hannah hätte am liebsten einen Freudentanz vollführt. Für diese beiden Besuche hatte sich die Unruhe der letzten Tage wenigstens gelohnt, auch wenn Hannah natürlich, kaum dass sie wieder in Berlin waren, den Großeltern einen Besuch abgestattet hatte.

Alma wurde losgeschickt, um die Einladungen zu überbringen, und kam mit zwei Zusagen zurück. Sofort begann Lene, mehrere Kuchen anzurühren.

Mutter lächelte. Sie wirkte in der letzten Zeit ungewohnt ausgeglichen. Keine Zornesausbrüche gegenüber Hannah und dem Personal und kein beleidigtes Piesacken ihres Gatten mehr. Der Grund lag auf der Hand. Seit Wochen hatte Vater keine neue Liebschaft mehr gehabt. Allerdings lag das wohl weniger an seinen guten Vorsätzen, wie Hannah befürchtete, sondern eher an den fehlenden Gelegenheiten dort oben an der See.

Als es am Nachmittag klingelte, war Hannah als Erste an der Tür. Sie flog Großvater um den Hals, und gleich danach kam Großmutter dran.

Die beiden alten Leutchen strahlten und drückten ihre Enkelin an sich. Als sie ihr die beiden Lehrbücher »Die Anwendung der Bacteriologie in der praktischen Medicin« und das »Handbuch der Knochenlehre des Menschen« überreichten, hatte Hannah das Gefühl, dass ihr Herz vor Glückseligkeit überfloss.

Das Beste aber war, dass Mutter nur leicht die Augenbrauen hob, als sie das Geschenk sah, und keine Anstalten machte, ihr die Bücher wegzunehmen. Allein die Tatsache, dass das Studium beschlossene Sache war, bescherte Hannah bereits mehr Freiheiten und Möglichkeiten.

Kaum waren die Großeltern gegangen, zog sich Hannah in ihr Zimmer zurück und vertiefte sich hingebungsvoll in das Handbuch. Alma musste zweimal klopfen, als sie sie zum Abendessen holen wollte, bevor Hannah sie überhaupt bemerkte.

Noch gefangen von dem eben Gelesenen blickte Hannah auf. Almas Gesicht wirkte klein und blass, so als würde sie eine große Sorge belasten.

»Alma, kann ich dir irgendwie helfen? Ärgert dich Lene sehr?«

Seit sie wieder zurück in Berlin waren, schlief Alma nicht mehr bei ihr, sondern wieder in der Kammer zusammen mit Lene, die ihr aber mit ihrer mürrischen Art das Leben schwer machte.

»Ist sie es, oder war Jakob wieder bei dir?«, fragte Hannah und griff nach den Händen des Mädchens. Sie waren kalt.

Alma schüttelte den Kopf und sah zu Boden.

»Aber irgendetwas liegt dir auf der Seele, das sehe ich doch«, sagte Hannah sanft.

»Ich fürchte, du musst dich beeilen, Hannah. Die gnädige Frau sieht es nicht gern, wenn du zu spät zum Essen kommst. Wie wäre es mit diesem hier?«, fragte Alma und zog ein blaues Kleid mit Schleifen aus dem Schrank.

Zerstreut nickte Hannah und begann dann, die Ösen und Knöpfe des Hauskleides, das sie gerade trug, zu lösen.

Und obwohl sie noch mehrfach bei Alma nachfragte, damit diese endlich ihr Herz ausschüttete, erntete sie als Antwort immer nur ein Achselzucken und ein Seufzen.

* * *

Nach einer angenehmen Nacht und einem arbeitsreichen Tag, an dem Hannah gemeinsam mit Mutter die Dinge zusammenzustellen begann, die sie mit nach Tübingen nehmen würde, rückte im Nu der Nachmittag und mit ihm der Besuch der Friedländers heran. Und bevor sie sichs versah, saß Hannah auch schon adrett gekleidet und mit aufgestecktem Haar im Salon und knetete nervös ihr Taschentuch.

Sie hatte keine Ahnung, warum dieser Besuch eine solche Aufregung in ihr auslöste, aber ihr Magen schlug immer wieder Purzelbäume, und ihre Hände suchten unablässig nach Beschäftigung. Hoffentlich würden die Friedländers ihre Entscheidung gut aufnehmen.

Endlich klingelte es, und Stimmen ertönten im Flur. Schritte näherten sich.

Mutter saß kerzengerade da. Hannah sah, dass ihre im Schoß zusammengelegten Hände zitterten. Sie biss sich auf die Unterlippe und starrte zur Tür.

»Ich hoffe, dein Vater schafft es noch rechtzeitig«, murmelte sie.

Hannah konnte ihr nicht antworten. Ihr Mund war wie ausgetrocknet. Als die Tür aufging, spürte sie, wie eine warme Welle durch ihren Körper ging und sich ihre Mundwinkel ohne ihr Zutun nach oben zogen.

Daniel war der Erste. Er betrat noch vor Alma das Zimmer. Offensichtlich hatte er es eilig, hineinzukommen. Er sah gut aus. Noch besser, als sie es in Erinnerung hatte. Seine schlanke, fast drahtige Gestalt passte gut zu seinen dunklen Haaren. Auch seine silberne Brille stand ihm außerordentlich gut. Mit schnellen Schritten war er bei ihr und ergriff ihre Hände, wobei er ihr tief in die Augen sah und dann ihre rechte Hand behutsam, aber bestimmt an seine Lippen zog.

* * *

Das Herz schlug Daniel bis zum Hals.

»Wie lange habe ich auf diesen Moment gewartet«, murmelte er. Ihre Haut war so weich, und sie sah wunderschön aus. Noch viel schöner, als er sie in Erinnerung hatte.

Hannah sagte gar nichts, doch ihr Gesicht glühte, und sie lächelte ihn schüchtern an.

Jetzt trat er einen Schritt zur Seite, um seiner Mutter die Gelegenheit zu geben, Hannah zu begrüßen, während er sich höflich vor Hannahs Mutter verbeugte.

»Mein Mann lässt sich entschuldigen, er hat noch einige Verpflichtungen«, begann seine Mutter das Gespräch, nachdem jeder Platz genommen hatte.

»Aber selbstverständlich. Auch mein Gatte ist leider noch unabkömmlich, aber das wird unsere Freude des Wiedersehens nicht mindern«, entgegnete Hannahs Mutter mit gezwungenem Lächeln.

»Wir sind so gespannt darauf, Details über die Sommerfrische zu hören, nicht wahr, Daniel?«, sagte seine Mutter und warf ihm einen auffordernden Blick zu.

Doch er achtete gar nicht auf sie, sondern hatte nur Augen für Hannah. Sie wirkte seltsam unsicher, ihr Blick irrte immer wieder im Raum umher und blieb an ihrer Mutter hängen. Schließlich flüsterte er ihr zu: »Ich konnte es kaum erwarten, Sie wiederzusehen. Sie haben mir unsagbar gefehlt.«

Hannah lief knallrot an. »Vielen Dank für die netten Briefe. Sie waren ein Quell der Freude für mich.«

»Und für mich erst. Ich habe täglich sehnsüchtig auf Nachricht von Ihnen gewartet. Einmal war ich schon auf dem Bahnhof, weil ich solche Sehnsucht danach hatte, Sie zu sehen. Ich kann es kaum erwarten, bis wir endlich verheiratet sind und ich Sie jeden Tag um mich habe.« Seine Stimme bebte leicht, und er griff nach ihrer Hand, die er zärtlich mit dem Daumen streichelte.

Hannah kniff die Lippen zusammen, und er fragte sich, ob er zu forsch vorgegangen war. Aber er musste sie einfach berühren.

»Ich fürchte, die Hochzeit muss noch ein wenig warten. Ich habe mich entschlossen, erst einmal Medizin zu studieren. Leider dürfen Frauen in Berlin nicht an die Universität, also werde ich nach Tübingen gehen.« Die Worte kamen leise und vorsichtig aus Hannahs Mund, aber ihre Wirkung auf Daniel war, als hätte sie sie mit einem Megafon herausgebrüllt.

Er hatte das Gefühl, als sackte sämtliches Blut aus seinem Kopf in seine Füße und das Sofa begänne zu schwanken. Er riss ungläubig die Augen auf und starrte sie verunsichert an.

»Sie machen Scherze, Hannah, nicht wahr?«, fragte er mit bangem Blick und umklammerte fest ihre Hand.

»Ich … nein, das war schon immer mein sehnlichster Wunsch. Durch glückliche Umstände während unseres

Aufenthaltes an der See konnten auch meine Eltern davon überzeugt werden. Das heißt nicht, dass die Verlobung aufgelöst wird. Der Zeitpunkt der Hochzeit wird nur ein wenig nach hinten verschoben. Wir sind doch noch so jung. Wir haben das ganze Leben noch vor uns.«

»Nein, Hannah, nein, das lasse ich nicht zu!«, rief er und sprang auf.

Seine Mutter blickte ihn erstaunt an. »Daniel, was ist denn? Setz dich«, ermahnte sie ihn.

Aber er hörte nicht auf sie. Er spürte, wie ihm das Blut wieder in den Kopf schoss, und rief mit lauter Stimme: »Ich kann nicht eine Minute länger warten, Hannah. Das geht einfach nicht.«

»Was hast du denn nur plötzlich?«, fragte seine Mutter verwundert.

Hannah schluckte schwer und blickte Hilfe suchend zu ihrer Mutter, doch die saß mit zusammengebissenen Lippen kerzengerade auf dem Sofa und starrte krampfhaft auf den Boden.

»Ich habe Daniel gerade mitgeteilt, dass wir unsere Hochzeit noch ein wenig verschieben müssen, weil ich ab dem Wintersemester in Tübingen studieren werde.«

Ihre Stimme wurde mit jedem Wort leiser, aber Daniels Mutter schien sie verstanden zu haben. Sie hatte bisher recht entspannt auf dem Sofa gesessen. Jetzt aber richtete sie sich auf, hob das Kinn und sagte dann mit Nachdruck: »Das ist ein unglückliches Vorhaben, wenn man bedenkt, was derzeit schon geredet wird. Da siehst du es, Junge! Wir haben es dir gesagt!«

Hannahs Mutter blickte alarmiert auf. »Geredet? Was erzählt man sich denn?«, fragte sie und bedeutete Hannah mit einem hastigen Nicken, dass sie und Daniel aus dem Salon verschwinden sollten.

Hannah erhob sich zögernd und reichte Daniel dann die Hand. Er ergriff sie sofort und ließ sich widerstandslos mitziehen. Leise schloss sie die Salontür hinter sich und zog ihn ins Esszimmer, in dem schon der Kaffeetisch prächtig gedeckt wartete.

»Hannah, ich kann und will nicht warten. Am liebsten würde ich Sie jetzt sofort heiraten«, sagte er und fuhr sich erregt durch die Haare.

»Die Hochzeit kommt bestimmt eines Tages. Es ist nur: Die Medizin ist mein großer Traum. Sie glauben nicht, wie lange ich gebraucht habe, um die Eltern davon zu überzeugen. Ich kann einfach nicht davon lassen!«

Hannahs Augen glühten.

Aber er schüttelte nur den Kopf, kniete sich vor sie und griff wieder nach ihrer Hand. »Sie glauben nicht, wie lange ich Sie schon aus der Ferne anhimmele. Meine Eltern waren nicht glücklich, als ich ihnen von meinem dringenden Wunsch, Sie zu heiraten, erzählt habe. Aber sie haben diesen Frosch geschluckt, um meinetwillen. Wenn Sie jetzt zögern, werden sie ihre Einwilligung widerrufen. Sie haben von unangemessenem Verhalten Ihrerseits gehört. Man sagt, Sie hätten sich mit einer Gruppe von Wandervögeln an der See gezeigt und sich in unkonventionelle Situationen begeben. Fast hätten meine Eltern ihre Zustimmung zurückgezogen, aber ich habe sie überzeugen können, dass durch eine baldige Heirat alle Bedenken überflüssig sind. Doch bei einer längeren Wartezeit werden sie ihren Bedenken stattgeben. Aber ich kann nicht ohne Sie leben, Hannah.« Sein Kragen fühlte sich an, als würde er mit jedem Wort enger und enger, und der Klang seiner Worte war so dringlich wie noch nie.

Hannah kniff die Lippen zusammen und schüttelte heftig den Kopf. Dann entzog sie ihm mit einem Ruck die Hand.

Das Ganze war zu viel für sie. »Ich halte das nicht aus. Verzeihung«, sagte sie und floh mit schnellen Schritten über den Flur. Sie schlüpfte in ihr Zimmer und warf sich auf ihr Bett. Wie konnte er sich ihrem allergrößten Wunsch widersetzen? Damit hatte sie nicht gerechnet! Sie hatte doch nur gewollt, dass er verstand, wie dringend dieses Sehnen war, und dass es keinen anderen Weg für sie gab.

* * *

Eine ganze Weile später klopfte es an Hannahs Zimmertür. Zwischendurch hatte sie Schritte, Türenschlagen und aufgebrachte Stimmen gehört, hatte aber nicht die Kraft aufbringen können, sich aufzuraffen und wieder hinauszugehen.

Jetzt hob sie das vom Weinen verquollene Gesicht aus dem Kopfkissen, um zu sehen, wer da war.

Vater stand in der Tür und sah sie einen Augenblick an, bevor er an ihr Bett trat. Hannah setzte sich auf, strich sich die herausgerutschten Strähnen zurück in den Haarknoten und bemühte sich, die Tränen von ihrem Gesicht zu wischen.

Es war Vater anzumerken, dass er sich nicht sonderlich wohlfühlte. Er setzte sich auf die Kante von Hannahs Bett und strich ihr unbeholfen über den Kopf.

»Ach, Mädchen, manchmal ist das Leben wirklich ungerecht«, sagte er schließlich nachdenklich. »Ich wollte dir wirklich deinen Wunsch erfüllen. Weißt du, ich habe schon eine Weile vor dieser Sache mit der Frau Bürgermeister darüber nachgedacht, ob wir dich nicht zum Studieren schicken sollen. Schließlich bist du so viel klüger und vor allem fleißiger als dein Bruder. Du hättest so gute Aussichten, eine wundervolle Ärztin zu werden.«

Hannah biss die Zähne so fest aufeinander, dass sie knirschten. Hätte sie es nicht getan, wären ihr die Tränen unkontrolliert über die Wangen gelaufen. Sie wusste genau, worauf das Gespräch hinauslief. Sie hatte es die ganze Zeit kommen sehen. Der Gedanke, dass sie Medizin studieren, Menschen helfen und sich als Frau beruflich verwirklichen könnte, war einfach zu gewaltig, zu wundervoll, als dass er Wahrheit werden könnte. Doch der Schmerz, der ihre Brust zusammenzog, raubte ihr den Atem. Es tat so ungeheuer weh, und einen Moment lang überlegte Hannah, ob es möglich war, vor Kummer zu sterben.

Vater hob die Hand, wohl um ihr erneut über den Kopf zu streichen; dann aber sah er in Hannahs traurige Augen, breitete die Arme aus und zog sie an sich, während er in ihre Haare murmelte: »Diese dummen Leute haben nichts Besseres zu tun, als sich das Maul über andere zu zerreißen. Klatsch, Eifersucht und Neid haben schon manche Existenz zerstört, Hannahlein. Aber du bist stark, du lässt dich nicht zerstören. Er ist nicht der schlechteste Ehemann, weißt du? Er wird gut zu dir sein. Besser, als ich jemals zu deiner Mutter war. Wenn du kein Mädchen wärst, stünde dir die Welt offen. Aber die weibliche Bestimmung ist nun einmal, eine Familie zu haben und für den Haushalt zu sorgen. Ach, Hannah, mein Mädchen, ich will doch nur, dass du glücklich bist.« Seine Stimme brach.

Seine Worte wirkten wie ein Magnet, der den letzten Funken Energie aus ihrem Körper herauszog. Wie ein nasser Sack hing sie in seinen Armen und biss sich die Lippen blutig, um nicht laut aufzuschreien.

»Wir können das Gerede, wenn die Hochzeit verschoben wird, nicht riskieren. Deine Mutter ist völlig außer sich. Ich will nicht, dass sie sich grämt. Sie hat es schon schwer genug. Sie macht sich Sorgen, dass dich nachher gar keiner mehr will.« Er sah sie mit traurigen Augen an.

Hannah wusste, dass sie verloren hatte. Sie hatte sich eine kurze Zeit an den herrlichen Gedanken eines selbstbestimmten Lebens geklammert und war jäh aus diesem Traum erwacht.

Was auch immer Frau Friedländer Mutter erzählt hatte, es hatte offenbar einen solchen Eindruck hinterlassen, dass die Eltern nun ihre Zustimmung zu ihrem Studium zurückzogen. So einfach war es, und so furchtbar, furchtbar schwer!

* * *

Die nächsten Tage verbrachte Hannah ausschließlich auf ihrem Zimmer. Sie trank und aß nur, wenn Alma ihr das Essen ans Bett brachte und sie eindringlich darum bat. Jetzt war alles egal. Noch nicht einmal ihre Bücher konnten sie aus dieser trüben Stimmung reißen. Welchen Sinn hatte denn das ganze Leben, wenn sie keine Möglichkeit hatte, selbst über seinen Verlauf zu bestimmen?

Wenn Alma kam, erzählte sie Hannah alles, was den Tag über passiert war. Die Gespräche, die Besucher, die Hochzeitsvorbereitungen, die auf ihren Höhepunkt zusteuerten. Hannah merkte, dass ihre Freundin sie aufheitern wollte, aber sie empfand einfach nichts außer dem Schmerz über ihr eigenes Elend. Die Welt war wie von einem dunklen Schleier überzogen.

Hannah bemerkte Almas traurige Blicke, und sie hätte ihr gern etwas Nettes gesagt, aber sie hatte einfach keine Kraft für eine solche Anstrengung. Was spielte es für eine Rolle, dass die Einladungen zur Hochzeit frankiert und verschickt worden waren, dass die Schneiderin bald vorbeikommen wollte und dass Mutter eine endgültige Entscheidung über den Wein, der auf dem Empfang serviert werden sollte, getroffen hatte?

Es war ihr gleichgültig. Egal. Genauso wie ihre eigenen Wünsche. Sie würde heiraten, weil man es von ihr verlangte. Sie würde niemals eine Studentin sein.

* * *

Am sechsten Tag gab sie Almas Drängen nach und ließ sich von ihr zurechtmachen. Sie sollte die Großeltern besuchen. Dieses Mal allerdings wurde sie von Jakob begleitet, weil Mutter der Meinung war, dass Alma zu Hause unabkömmlich sei.

Sie fühlte sich dem Bruder so fremd wie noch nie. Schweigend schritten sie nebeneinanderher. Hannah hielt den Blick auf die Erde gerichtet. Sie wollte nicht die verfärbten Blätter der Bäume ansehen, die sie schmerzvoll daran erinnerten, dass sie jetzt in Tübingen hätte sein sollen, um sich auf ihr Medizinstudium vorzubereiten.

Als sie beim Haus der Großeltern angekommen waren, drückte Jakob auf die Klingel und tippte sich dann zum Abschied an die Studentenmütze.

»Kommst du nicht mit hinein?«, fragte sie erstaunt.

Er schüttelte den Kopf. »Ich habe noch zu tun. Die Prüfungen stehen an. Ich hole dich nachher wieder ab. Grüße an die Großeltern«, sagte er und lief los.

Allein stand sie vor der verschlossenen Tür. Das Warten schien Hannah endlos lang zu dauern, und ihre Beine wurden immer schwerer. Ihr Körper fühlte sich so an, als wäre er von ihrem Verstand losgelöst. Sie beobachtete ihn von außen, hatte aber keinen emotionalen Bezug dazu.

Endlich wurde die Tür geöffnet und Großmutter stand vor ihr.

»Channahle, du siehst ja furchtbar aus. Komm herein. Großvater macht gerade noch einen Hausbesuch. Da habe ich Zeit, dich aufzupäppeln, bis er wieder da ist. Nimmst dir alles sehr zu Herzen, Kind, hm?«, fragte sie mitfühlend, legte den Arm um Hannah und führte sie in den warmen Salon.

Hannah seufzte. Die Behaglichkeit des flackernden Feuers im Kamin, die saftigen grünen Blätter der von Großmutter liebevoll gepflegten Pflanzen und die bequemen Ohrensessel strahlten eine Geborgenheit aus, die sie berührte. Das erste

Mal seit Langem fühlte sie sich nicht von der Welt isoliert und einsam.

Und Großmutter hielt Wort. Sie verhätschelte ihre Enkelin, deckte sie liebevoll zu, als sie im gemütlichen Sessel saß, fütterte sie mit Kuchen, flößte ihr warme Milch mit Honig ein und stellte behutsam Fragen. Mit leiser Stimme antwortete Hannah. Erstaunlicherweise schien Großmutter genau zu verstehen, wie sie sich fühlte.

Sie nickte mehrmals.

»Weißt du, Kindchen, es ist nicht gerecht, das Leben. Nicht zu den Männern oder zu Kindern, aber am allerwenigsten zu den Frauen. Es ist nichts Schlimmes dabei, wenn Frauen studieren. Wer hat deswegen etwas zu befürchten? Das können doch nur die Männer sein, die Angst haben, dass die Frauen klüger werden als sie selbst und sie und ihre Schwächen durchschauen. Als Frau bist du nicht frei in den Entscheidungen, wie du dein Leben führst. Aber es ist deine Entscheidung, wie deine Einstellung dazu ist. Du hast keine Wahl in Bezug auf die äußere Form, aber du entscheidest, ob du dich damit abfindest und das Beste daraus machst, oder ob du bis ans Ende deiner Tage Trübsal bläst.« Sie lächelte mitfühlend und streichelte Hannah über die Wange. »Vielleicht ist die freie Entscheidung eines Tages überall normal. Aber im Moment ist die Heirat deine einzige Wahl. Gräme dich nicht über vergangene Chancen, sondern nimm deine Herausforderungen frohen Herzens an und suche dir deine Nische, in der du dich im Rahmen der sich bietenden Möglichkeiten verwirklichen kannst.«

Hannah saß da und starrte in die Flammen. Ihr Kopf sagte ihr, dass Großmutter recht hatte, aber ihr Herz sehnte sich noch immer nach dem Unerreichbaren. Sie seufzte.

»So, wie du redest, Großmutter, kann man den Eindruck bekommen, dass du selbst Ähnliches erlebt hast«, sagte sie nachdenklich und wandte sich ihr zu.

»Natürlich, Hannah, du bist nicht die erste Frau, die an die Grenzen ihrer gesellschaftlichen Möglichkeiten stößt, und du wirst nicht die letzte sein. Umso wichtiger ist, dass du weißt, wer du bist und was in dir schlummert. Wenn du Glück hast, bekommst du einen Ehemann, der das ebenfalls erkennt und dich bei deinen Wünschen unterstützt.«

Das Rattern einer Kutsche näherte sich. Quietschend kam sie vor der Haustür zum Stehen.

»Dein Großvater freut sich sicher, dich mit einem Lächeln auf dem Gesicht zu sehen. Er weiß, wie sehr dich die Absage trifft«, sagte Großmutter leise.

Hannah nickte und wischte sich eine Träne aus dem Augenwinkel, dann lächelte sie tapfer.

»Entschuldige, Großmutter. Ich verspreche, dass ich mich nie mehr so gehen lasse.«

Großmutter lächelte. »Das weiß ich, mein Kind. Du bist so viel stärker als wir alle.«

Schritte ertönten auf dem Flur. Ein paar Sekunden später öffnete sich die Tür zum Salon und Großvater kam herein. Hannah lächelte und umarmte ihn stürmisch. Nachdem er sie gedrückt hatte, schob Großvater sie ein Stück von sich und sah sie prüfend an.

»Ich sehe da noch ein Tränchen hier und da, aber die Zeit wird die Wunden hoffentlich heilen. Konnte deine Großmutter dir ein wenig helfen? Ja, ja, deine Großmutter ist eine weise Frau, Channahle!« Er klopfte Hannah auf die Wange und setzte sich dann mit einem leisen Stöhnen.

»Wieder das Knie, Ariel?«, erkundigte sich Großmutter besorgt.

»Das viele Stehen macht es nicht besser. Channahle, was macht die Familie?«, fragte er dann und nahm lächelnd die Teetasse entgegen, die Hannah ihm reichte.

* * *

Daniel saß vornübergebeugt an dem alten Eichensekretär in seinem Zimmer. Er hatte nur eine Lampe angezündet, sodass er in einer Lichtinsel in dem ansonsten in Dunkelheit gehüllten Raum saß, das Tintenfass bereits geöffnet und einen Bogen Briefpapier vor sich. Er hatte den Kopf in die Hände gestützt und fuhr sich immer wieder mit den Fingern durchs Haar. Seine Brille lag vor ihm. Er brauchte sie nicht, denn er hatte die Augen geschlossen, während er sich bemühte, den heftigen Schmerz herunterzuschlucken, der seit Hannahs Ankündigung vorhin in seinem Inneren brannte. Wie sehr hatte er sich darauf gefreut, sie wiederzusehen. Sie zu berühren, zu spüren, zu riechen. Er war erfüllt gewesen von der Vorfreude, von seiner Zuneigung zu ihr. Und jetzt? Er fühlte sich, als wäre er innerlich ausgehöhlt und ein Stachel in seine Brust gesetzt worden. Natürlich hatte die Mutter ihm Vorwürfe gemacht, dass er so vernagelt sei, an diesem Mädchen festzuhalten, das so gar kein Interesse an ihm zu haben schien. Sie hatte ihn dafür gescholten, dass er bereit war, seinen Ruf und den seiner Familie aufs Spiel zu setzen für seine fixe Idee.

Er konnte nicht leugnen, dass auch er ein wenig enttäuscht war. Wie oft hatte er sich ausgemalt, wie sie heiraten und einfach glücklich miteinander sein würden. Er würde fleißig arbeiten, ihr ein schönes Leben bieten, sie würde sich um den Haushalt kümmern, die Dienstboten beaufsichtigen und Besucher empfangen. So, wie man sich ein glückliches bürgerliches Leben vorstellte. Doch eigentlich hätte er sich denken können, dass die temperamentvolle, überaus intelligente Hannah nicht für ein solches Dasein geschaffen war.

Sie brauchte die Herausforderung, die Diskussionen. All das hätte er seiner aufgebrachten Mutter erklären können. Doch geändert hätte das gar nichts. Sie verstand Hannah nicht, verstand nicht ihren Hunger nach Bildung, nach Wissen. Daher hatte er ihr nur knapp erklärt, dass er nicht beabsichtige, auf die Verlobung zu verzichten, komme, was wolle.

Natürlich war sie außer sich gewesen; sie zeterte, schrie, drohte ihm, doch all das hatte ihn nicht umstimmen können. Er war felsenfest davon überzeugt, dass Hannah seine Bestimmung war. Sein fehlendes Puzzleteil, das sein Leben komplettieren würde. Und er würde alles daransetzen, damit sie glücklich mit ihm würde.

Seufzend öffnete er die Augen, setzte die Brille wieder auf die Nase, tunkte die Stahlfeder in die Tinte und schrieb. Nicht an Hannah, dafür war später noch Zeit. Aber er musste gewisse Erkundigungen einziehen. Wenn sie zu seiner Zufriedenheit ausfielen, würde er zu einer kurzen Reise aufbrechen müssen. Doch er war zuversichtlich, dass seine Idee Realität werden könnte. Mehr konnte er im Moment nicht tun. Eifrig kratzte die Feder über das Papier, und die Worte flossen auf den Briefbogen. Diese Worte würden über seine und Hannahs Zukunft entscheiden. Er war voller Hoffnung.

13. Kapitel

Als Hannah einige Stunden später in Jakobs Begleitung nach Hause kam, spürte sie sofort eine bedrückte Stimmung in der Wohnung. Noch seltsamer aber war, dass nicht Alma ihnen wie gewöhnlich die Tür öffnete, sondern Frieda, das Mädchen, das in der Villa am Meer gearbeitet hatte.

»Wo ist Alma?«, fragte Hannah sofort.

Doch Frieda zuckte nur die Achseln und hängte umständlich den Mantel auf, den Jakob ihr reichte. Dabei strich er wie nebenbei über ihren Busen.

Das Mädchen sah ihn überrascht an und kicherte. Danach wich sie jedoch Hannahs Blicken aus, als sie ihnen mitteilte: »Die Jnädije sagt, Sie sollen sofort zu Tisch kommen. Dit Abendessen is überfällich.«

Hannah spürte, wie die Wut in ihr hochkochte. Ständig suchte sich dieser Lüstling neue Opfer. Wenn sie nur wüsste, wie sie wirksam dagegen vorgehen könnte. Ein für alle Mal mussten ihm die Hände gebunden werden. Die Sache duldete keinen Aufschub mehr. Alma zuliebe musste sie etwas tun. Sie könnte Großmutter fragen, vielleicht wusste sie einen Rat …

Als die Familie am Tisch saß, versuchten alle, sich die Überraschung über Hannahs Wandlung nicht anmerken zu lassen. Sie gab sich redlich Mühe, sich zu unterhalten, auch hin und wieder zu lächeln und sich möglichst ungezwungen zu geben. Natürlich verlief ihre Darbietung noch ein wenig holprig, denn sie musste sich ständig die mahnenden Worte der Großmutter ins Gedächtnis rufen, um nicht wieder eine Trauermiene aufzusetzen. Trotz allem war der Unterschied deutlich. Da Jakob gar nicht sprach, sondern nur hastig alles in sich hineinschaufelte, was auf den Tisch kam, war die Konversation ein wenig gezwungen, denn alle hatten Mühe, die heiklen Punkte Studium, Hochzeit und Familie Friedländer zu meiden.

Kurz bevor Mutter die Tafel aufheben konnte, fragte Hannah: »Warum ist eigentlich Frieda da, und wo ist Alma? Ich habe ihr etwas Wichtiges zu sagen.«

Die Eltern warfen sich einen schnellen Blick zu, und danach sahen beide in Jakobs Richtung. Der errötete und begann dann, mit gesenktem Blick sämtliche Krümel auf dem Tischtuch umständlich aufzupicken.

»Ich denke, es ist Zeit, sich ein wenig auszuruhen. Das war ein ereignisreicher Tag«, sagte Mutter und klingelte nach dem Mädchen.

Erwartungsvoll blickte Hannah zur Tür, aber wieder erschien nicht Alma, sondern Frieda, die sofort anfing, den Tisch abzuräumen.

Während sie über den Flur zu ihrem Zimmer schlenderte, ging Hannah im Kopf noch einmal alle Fakten durch. Die Reaktion der Eltern war eindeutig: Man wollte offenbar nicht über Almas Verschwinden reden. Auch dass beide auf Jakob geblickt hatten, der sich bewusst unbeteiligt gegeben hatte, war auffällig gewesen. Irgendetwas musste mit Alma passiert sein, was man ihr nicht sagen wollte. Allerdings schien Jakob darüber Bescheid zu wissen. Also hatte es mit ihm zu tun. Ob Almas Verschwinden mit Jakobs Nachstellungen zu tun hatte und man ihr das nicht sagen wollte, weil man dachte, sie wüsste davon nichts?

Abrupt machte sie auf dem Absatz kehrt und marschierte schnurstracks zu Jakobs Zimmer. Ohne anzuklopfen, riss sie die Tür auf.

Ihr Bruder lümmelte auf seinem Bett und saugte hingebungsvoll an einer Zigarette. Mit rotem Gesicht sprang er auf und bemühte sich, das stinkende Ding hinter seinem Rücken zu verstecken; dabei wedelte er hastig mit der Hand herum, wohl um den Qualm zu vertreiben.

»Du Mistkerl bist schuld daran, dass sie weg ist!«, schrie sie ihn aus voller Kehle an. All die Sorge um Alma und die Wut über sein Verhalten entluden sich in dieser Anklage.

Jakob, der noch immer vor sich hin wedelte, sah ihr verblüfft ins Gesicht. Dann lief er feuerrot an und zischelte zurück: »Spinnst du? Wenn Mutter dich hört.«

»Soll sie doch. Soll sie doch wissen, was für ein Abschaum du bist. Ein hilfloses Mädchen zu bedrängen und dann von ihrem Zuhause zu vertreiben, in dem sie sich nichts hat zuschulden kommen lassen. Pfui, Jakob Sternberg! Pfui, sage ich!«, schimpfte Hannah.

Mit zwei Schritten war Jakob bei ihr und drückte ihr die Hand auf den Mund; dabei hielt er die noch immer brennende Zigarette gefährlich nahe an ihr Gesicht.

»Halt endlich den Mund. Man sollte nicht über gelegte Eier gackern. Was geschehen ist, ist geschehen.«

Hannah wand sich unter seinem Griff und versuchte, ihm in den Finger zu beißen, doch es gelang ihr nicht. Stattdessen kam Jakob ihr mit dem glühenden Stummel immer näher.

»Noch ein Wort, und dein Schneewittchen-Teint ist Geschichte, hast du mich verstanden, Prinzessin?«

Hannah erstarrte unter seiner Hand. Sie sah an seinen funkelnden Augen, dass er es ernst meinte.

»Und nur, damit keine Missverständnisse aufkommen: Das gilt auch für die Zukunft. Ein Wort, und du wirst es für immer bereuen, glaub mir. Ist so weit alles klar?«

Hannah nickte mit aufgerissenen Augen.

»Wenn ich dich jetzt loslasse, wirst du den Mund über diese Sache halten, und zwar für immer, nicht wahr?«

Wieder nickte Hannah. Inzwischen rollten Tränen über ihre Wangen auf Jakobs Hand, doch das schien ihn nicht weiter zu stören. Er war daran gewöhnt, den Willen von Frauen zu brechen.

Endlich ließ er los und gab sie frei. Zitternd stand Hannah da und starrte ihren Bruder an, der ihr inzwischen wie ein Fremder erschien. Dann flüchtete sie, noch immer schluchzend, in ihr Zimmer.

Alma war ihr während des Sommers sehr ans Herz gewachsen. Nicht zu wissen, was mit ihr geschehen war, bekümmerte sie. Vielleicht wusste Lene ja etwas? Sofort machte Hannah kehrt und wischte sich die Tränenspuren aus dem Gesicht.

Kaum hatte Hannah die Küche betreten, umwölkte sich das Gesicht der Köchin. Sie klapperte unwillig mit den Töpfen, die sie gerade abwusch.

»Keine Sorge, ich störe dich nicht lange, aber weißt du etwas darüber, wo Alma steckt?«

Lene hielt einen Augenblick inne und blickte Hannah an, dann schüttelte sie den Kopf.

»Ick musste vasprechen, nix zu sagen. Von mir erfahren Se nüscht!«, erwiderte sie und senkte den Blick wieder auf ihre Töpfe.

»Wem hast du es versprochen? Alma etwa?« Doch Lene zuckte nur mit den Achseln und begann dann, leise vor sich hin zu summen, wohl um zu zeigen, dass das Gespräch für sie beendet war.

Seufzend betrat Hannah ihr Zimmer. Alma konnte doch nicht einfach spurlos verschwinden. Ob es etwas mit ihrer trüben Stimmung in den letzten Tagen zu tun hatte? Aber warum benahmen sich alle so seltsam und sagten ihr nicht, was sie wussten?

* * *

Mehrere Tage zogen ins Land, in denen Hannah sich unablässig bemühte, eine Spur von Alma zu finden. Doch alle Nachfragen nach ihrem Verbleib wurden – wenn überhaupt – nur mit einem Achselzucken beantwortet. Außerdem war auch nicht die geringste Kleinigkeit von ihr zu entdecken, die an ihren Aufenthalt bei der Familie Sternberg erinnert hätte. Es war, als hätte es sie nie gegeben. Hannahs Frust wuchs von Stunde zu Stunde. Sie vermisste ihre engste Vertraute heftig und hatte keine Idee, wie sie zu ihr Kontakt aufnehmen könnte. Auch die um Hilfe gebetenen Großeltern wussten keinen Rat, und Hannah wurde immer verzweifelter.

Sie hoffte inständig, dass es Alma gut ging, wo immer sie auch war, und dass sie bald etwas von ihr hören würde.

Trotz des düsteren Schattens, der über diesen Tagen lag, gab sich Hannah Mühe, den Worten der Großmutter zu folgen und das Beste aus ihrem Leben zu machen. Den Großteil ihrer Zeit verbrachte sie mit Lesen; sie verschlang Romane, studierte aber auch ihre Medizinbücher, außerdem ging sie auf lange Spaziergänge und dachte nach. Immer wieder kreisten ihre Gedanken jedoch um Alma und ihr rätselhaftes Verschwinden.

Manchmal war die Verzweiflung darüber und über ihr eigenes unentrinnbares Schicksal so stark, dass sie sich überlegte, einfach wegzulaufen. Sie könnte bei einer ihrer Freundinnen aus dem Gymnasialkurs oder der Synagoge Unterschlupf finden, ohne jemandem Bescheid zu sagen, wo sie war, oder sie könnte einfach nach Tübingen zu Martha fahren. Doch das wäre natürlich eine große Schmach für ihre Eltern, denn eine geplatzte Hochzeit wegen einer geflüchteten Braut würde sie zum Gespött der ganzen Stadt machen. So reizvoll der Gedanke auch schien, das wollte sie ihnen nicht antun.

* * *

An diesem Nachmittag wurden wieder die Friedländers erwartet, um letzte Details der Hochzeit durchzusprechen, die bereits in einem guten Monat stattfinden sollte. Hannah hatte Daniel seit jenem fürchterlichen Abend nicht mehr gesehen. Er hatte ihr mehrere Briefe geschrieben, doch sie hatte sie nicht beantwortet. Sie hatte, solange sie über die Ausweglosigkeit ihrer Situation gegrübelt hatte, nicht einmal die Kraft aufgebracht, sie auch nur zu lesen.

Danach war sie so sehr damit beschäftigt gewesen, über Almas Verschwinden Erkundigungen einzuziehen, dass sie darüber die Briefe völlig vergessen hatte.

Jetzt saß sie an ihrem Spiegeltischchen, und Frieda machte ihr die Haare. Sie war dabei wesentlich ungeschickter als Alma. Es ziepte ordentlich, immer wieder fiel ihr ein Band hinunter, und wenn sie sich danach bückte, löste sich die geflochtene Haarpracht gleich wieder auf. Teilnahmslos saß Hannah da, ließ das Mädchen seine Arbeit machen und starrte vor sich hin in den Spiegel.

Mittlerweile war Alma schon fast zwei Wochen fort, und sie war bei der Aufklärung ihres Verschwindens keinen Schritt weitergekommen. Niemand sprach mit ihr darüber. Fest stand nur, dass etwas Ernstes vorgefallen sein musste, denn alle benahmen sich auffällig, fast wie ertappt, sobald Hannah die Sprache auf Alma und ihren ungeklärten Verbleib brachte.

Wieder fiel ein Band hinunter. Hannah registrierte es kaum. Frieda bückte sich danach, und als sie sich wieder aufrichtete, sah sie Hannah im Spiegel mitleidig an.

»Machen Se sich nicht so'n Kopp, jnädiges Frollein. Die Alma is nich freiwillig jejangen. Se hat immer jerufen, dass se sich von Ihnen verabschieden muss. Vielleicht hören Se ja irjendwas von ihr«, sagte sie und begann dann, den Zopf, der gerade wieder aufgegangen war, neu zu flechten.

Hannah sah sie einen Augenblick nachdenklich an. Dann antwortete sie mit leiser Stimme: »Danke, Frieda. Das bedeutet mir sehr viel.«

Eine gute Viertelstunde später war Hannahs Frisur endlich fertig, und sie war bereit für den Besuch. Sie blickte der Zusammenkunft mit Daniel voller Unruhe entgegen, nachdem sie seine Briefe ignoriert und sich vollkommen zurückgezogen hatte. Wie würde er reagieren, wenn er ihr gegenüberstand? Seine eifrigen Beteuerungen bei ihrem letzten Zusammentreffen, bei dem er ihr klargemacht hatte, dass er keinen Aufschub der Hochzeit akzeptieren würde, waren ihr unheimlich. Sie wusste nicht, wie es dazu hatte kommen können, dass er überhaupt Interesse an ihr entwickelt hatte, und dann auch gleich noch in so leidenschaftlicher, fast verbissener Form. Fest stand, dass er die Schuld daran trug, dass ihr Traum von einem Medizinstudium zerplatzt war wie eine vom Baum gefallene reife Pflaume. Wäre er nicht gewesen, könnte sie bereits in Tübingen sein und sich auf ihr Studium vorbereiten.

Es fühlte sich an wie ein Déjà-vu, als sie in düsterem Schweigen mit Mutter im Salon saß und auf das Eintreffen der Friedländers wartete.

Es klingelte.

»Mutter, ich … ich kann nicht. Entschuldige bitte«, sagte sie und sprang auf. Sie fühlte sich mit einem Mal so elend, dass sie sich am liebsten ins Bett gelegt und die Decke über den Kopf gezogen hätte.

»Setz dich«, entgegnete Mutter scharf. »Schluss mit dem ständigen Wegrennen. Wir müssen mit den Friedländers die Hochzeit besprechen. Du bist die Braut, also nimm dich zusammen und zeige Würde.«

»Aber ich …«

»Schluss jetzt! Sie kommen.« Sie stand auf und lief den Gästen lächelnd mit ausgestreckten Händen entgegen.

»Liebste Frau Friedländer, es ist wundervoll, Sie wiederzusehen. Ich hoffe, es geht Ihnen gut?«, fragte sie, während sie die Besucherin an beiden Händen neben sich auf das Sofa zog.

Hannah sah, überrascht angesichts dieser Überschwänglichkeit, zu den beiden Frauen hinüber, spürte dann aber Daniels Blick auf sich und blickte zu Boden. Sie brachte es einfach nicht über sich, ihm in die Augen zu sehen.

Sanft griff er nach ihrer rechten Hand, drückte sie kurz und führte sie dann zu seinen Lippen.

»Geliebte Hannah, Sie glauben nicht, wie weh es mir tut, Sie so betrübt zu sehen. Das Wissen zu haben, dass ich Ursache dieser Trauer bin, bricht mir schier das Herz.«

Hannah sah auf. Seine Augen wirkten traurig, und sein banger Blick ruhte forschend auf ihrem Gesicht.

»Nein, das ist nicht wahr. Nicht Sie sind die eigentliche Ursache meines Kummers, sondern die Tatsache, dass ein großer Traum zerplatzt ist. Und natürlich das plötzliche Verschwinden meiner engsten Vertrauten.«

Er setzte sich neben sie. »Erzählen Sie mir davon, bitte!«

Einen Augenblick zögerte Hannah. Sollte sie das wirklich tun? Schließlich war er immer noch ein Fremder für sie. Ein Fremder mit einem, wie es aussah, eisernen Willen. Doch was würde es schaden, wenn sie ihm von Alma erzählte? Immerhin bestand doch die geringfügige Chance, dass er eine Idee hatte, was sie noch anstellen könnte, um sie zu finden.

Also erzählte sie ihm von Almas Verschwinden, auf das sie sich keinen Reim machen konnte, von der zusammengebrochenen Frau Bürgermeister, von den faszinierenden Lehrbüchern und der interessanten Assistenz bei ihrem Großvater. Sie erzählte, und er hörte zu. Er unterbrach sie nicht, doch an seinem lebhaften Mienenspiel erkannte sie, dass er ihren Schmerz mitfühlte.

Sie saßen eine ganze Weile dort, und während sich die Mütter über Tischdecken, Blumenschmuck und Hochzeitskuchen unterhielten, erzählte Hannah ihrem Bräutigam von ihren Träumen und auch von den albtraumhaften Vorfällen der jüngsten Zeit.

Natürlich erkundigte sie sich auch nach seinen Lebenswünschen, doch er schüttelte nur den Kopf und sagte: »Sie kennen meinen größten Traum: mit Ihnen zusammen alt werden.« Und dabei glitzerten seine Augen.

Ein warmes Gefühl der Zuneigung breitete sich in Hannah aus, und sie musste unwillkürlich lächeln. Sie legte die Hand auf seine und streichelte sie sanft.

* * *

Am Ende des Besuchs fühlte sie sich innerlich zerrissen. Einerseits hatte es wirklich gutgetan, mit ihm zu reden, sich gegenseitig die geheimsten Wünsche zu offenbaren, den Kummer zu teilen und seine Liebe zu spüren, anderseits änderte das nichts daran, dass er der Grund dafür war, dass Tübingen für sie unerreichbar geworden war.

* * *

Die Tage flossen unerbittlich dahin. Der ganze Haushalt schien mit den Hochzeitsvorbereitungen beschäftigt, während Hannah sich seltsam ausgegrenzt und auch irgendwie einsam fühlte. Sie vertrieb sich die Zeit mit Besuchen bei Freundinnen, Lesen, Handarbeiten und Briefen an Martha und die anderen Wandervögel. Doch immer wieder ertappte sie sich dabei, dass sie am Fenster saß und hinausstarrte, während sie an Alma dachte und ein angefangener, halb fertiger Brief vor ihr auf dem Tisch lag.

Noch immer hatte ihr niemand gesagt, was mit ihr passiert war. Es schien, als hätten sich alle so sehr an den Gedanken gewöhnt, dass sie weg war, dass man fast den Eindruck bekommen hätte können, als wäre sie nie da gewesen.

Hannah fühlte sich ohnmächtig. Ohnmächtig, als Frau über ihr eigenes Leben zu bestimmen, und ohnmächtig, etwas über den Verbleib ihrer engsten Vertrauten herauszufinden.

Kurz nach dem letzten Besuch kam ein Päckchen für Hannah an. Es war von Daniel Friedländer und enthielt den neuesten Roman von Heinrich Mann, »Professor Unrat«. Natürlich hatte Hannah das Buch längst gelesen. Großmutter hatte es ihr geschenkt; trotzdem freute sie sich sehr über die Geste ihres Verlobten, zeigte sie doch, dass er ihre Leseleidenschaft nicht verdammte wie die Eltern und viele andere, sondern sie so akzeptierte, wie sie war.

Ein- bis zweimal wöchentlich kam er vorbei. Dann zogen sie sich in eine Fensternische zurück und plauderten über Gott und die Welt. Es war sehr schön und vertraut, aber es war nicht das Gleiche wie mit Alma, auch wenn er sogar die Angewohnheit entwickelt hatte, Bücher zu lesen, die sie ihm empfahl, damit sie im Anschluss darüber diskutieren konnten.

Doch Almas Verschwinden hatte ohne Zweifel ein großes Loch in ihr Leben gerissen.

Und dann erkrankte auch noch Großvater, und zwar so schwer, dass es Hannah verboten wurde, die Großeltern zu besuchen. Die Ansteckungsgefahr war zu groß. Die Nachrichten, die Großmutter ab und zu sandte, wenn sie neben der Pflege des Patienten dazu kam, beunruhigten Hannah zutiefst.

Großvater war immer stark gewesen. Sie konnte sich nicht daran erinnern, ihn jemals wirklich krank gesehen zu haben. Und jetzt ging es diesem Baum von einem Mann so schlecht, dass sein behandelnder Arzt die schlimmsten Befürchtungen äußerte.

Er fieberte heftig, und es gelang nicht, die Temperatur zu senken. Man dachte darüber nach, den Patienten in ein Krankenhaus zu verlegen, aber dazu war sein Zustand nicht stabil genug. Man befürchtete, dass dieser Transport ihn das Leben kosten könnte. Also wurden zwei Krankenschwestern angestellt, die sich die Versorgung und das Wachen bei dem armen Patienten mit Großmutter teilten. Zu gern hätte Hannah dabei geholfen, Großvater die Qualen zu erleichtern und Großmutter Ruhepausen zu verschaffen, aber Mutter war unerbittlich und ließ es nicht zu. Immer wieder ertappte sich Hannah dabei, wie sie den Weg zu den Großeltern einschlug und wie ihre Gedanken wieder und wieder zu ihnen wanderten. Die Sorge um ihr Wohlergehen und der fehlende Austausch mit ihnen bedrückten Hannah sehr, und sie weinte häufig in ihrer Einsamkeit.

* * *

Inzwischen hatte die kalte Jahreszeit mit Macht in Berlin Einzug gehalten. Die schönen, sonnigen Tage waren lange vorüber, und der Himmel war dauerbedeckt. Es war deutlich kühler geworden, aber es lag noch kein Schnee, obwohl Chanukka nahte. Noch immer gab es keine Entwarnung, was die Gesundheit des

Großvaters betraf, aber zumindest hatte er mittlerweile kein Fieber mehr.

Allerdings war er noch immer sehr schwach, und der Arzt hatte jeden Besuch strikt untersagt. Frieda war bereits angewiesen worden, die Menora, den siebenarmigen Leuchter, gründlich zu polieren, und das Fest stand vor der Tür.

Jeder war beschäftigt, nur Hannah saß im Sessel in ihrem Zimmer und hatte die Stickarbeit, mit der sie gerade beschäftigt war, in den Schoß sinken lassen. Es war eine riesige weiße Tischdecke, die zu ihrer Aussteuer gehören sollte und die sie mit winzigen weißen Blümchen bestickte.

Sie starrte in das trübe Grau vor dem Fenster, dachte nach und fragte sich zum bestimmt zweihundertsten Mal, wo Alma nur stecken mochte und ob Großvater bald wieder auf den Beinen sein würde. Chanukka ohne die Großeltern erschien ihr unvorstellbar.

Als es heftig an die Tür klopfte, schreckte sie aus ihren Träumereien auf. Erschrocken rief sie »Herein!« und hob dabei ihre Stickarbeit an, um so zu tun, als hätte sie die ganze Zeit emsig daran gearbeitet.

Es war Frieda. Sie grinste breit und schwenkte einen Umschlag.

»Jnädijes Frollein, Post für Sie.« Sie hielt Hannah den Brief mit einer ausladenden Verbeugung vor die Nase.

Irritiert runzelte Hannah die Stirn. Was sollte die gespielte Aufregung? Daniel schrieb ihr inzwischen fast täglich, da sollte es doch auch für Frieda nichts Besonderes mehr sein, dass sie einen Brief bekam. Also sagte sie mit Nachdruck »Danke, Frieda!«, weil das Mädchen noch immer keinerlei Anstalten machte, das Zimmer zu verlassen. Grinsend machte sie schließlich einen eiligen Knicks und verschwand.

Jetzt erst drehte Hannah den Brief um. Sie erwartete die gestochene, ordentliche Schrift ihres Verlobten. Aber dieser Umschlag sah deutlich anders aus als die Briefe, die sie gewohnt war zu bekommen. Diese Schrift hier war klein, ein wenig undeutlich und an mehreren Stellen verwischt, als hätte der Briefschreiber die Löschwiege zum Trocknen der Tinte vergessen.

Auch der Text des Briefes sah aus, als hätte der Briefschreiber noch nicht viel Erfahrung mit dem Schreiben. Es wimmelte von Rechtschreibfehlern, und auch hier war die Tinte an einigen Stellen verlaufen und verwischt. Als Hannah aber die Unterschrift las, sprang sie vor Erregung auf. Die Stickarbeit fiel auf den Boden und blieb dort unbeachtet liegen.

Eine Nachricht von Alma. Hannah presste die Hand auf den Mund, um nicht laut aufzujauchzen vor Freude, und begann hastig zu lesen.

Als sie geendet hatte, holte sie tief Luft, starrte einen Augenblick auf die Stickdecke, bevor sie sie aufhob und mit aller Kraft in die Ecke schleuderte. Dann griff sie nach dem Brief und las ihn noch einmal durch.

> *Geliebte Hannah,*
> *endlich komme ich dazu, dir zu schreiben. So lange schon wollte ich das tun, hatte aber nicht ausreichend Kraft dazu. Langsam wird es besser, und endlich kann ich mich von dir verabschieden. Sie haben mich Hals über Kopf aus dem Haus geschafft, als sie davon erfahren haben, dass ich ein Kind unter dem Herzen trage. Ich habe es schon lange geahnt, wollte es aber nicht wahrhaben.*
>
> *Deine Mutter wollte, dass das Kind weggemacht wird. Sie haben mich zu einer Frau auf dem Land gebracht, einer Engelmacherin.*

Aber das Kind war schon so groß und kräftig, und der Eingriff lief nicht gut. Fast wäre ich gestorben, aber es wurde – Gott sei's gedankt – ein Arzt geholt, und er hat es geschafft, die Blutung zu stillen und mich vor dem Tod zu retten. Allerdings werde ich wohl keine Kinder mehr bekommen können, wie der Herr Doktor sagt. Ich erhole mich jetzt hier in seinem Haus, und er will mich danach, wenn ich wieder ganz gesund bin, in einen guten Haushalt vermitteln.

Ich vermisse dich ganz fürchterlich, liebste Hannah, und ich werde dir nie vergessen, dass du die Güte hattest, mir das Lesen und Schreiben beizubringen. Ich denke jeden Tag an dich. Hoffentlich erreicht dich der Brief noch, bevor du verheiratet bist, denn ich weiß gar nicht, wo du dann wohnen wirst.

Ergebenste Grüße

Deine ewig dankbare Alma

Hannah starrte mit tränenblinden Augen auf den Teppich vor ihren Füßen und bemühte sich, die auflodernde Wut auf Bruder und Eltern niederzuringen.

Sie hatten Almas Leben aufs Spiel gesetzt, um dieses Kind, das es nicht geben durfte, weil es durch Jakobs Übergriffe entstanden war, auszulöschen. Sie hatten in Kauf genommen, dass Alma dabei ums Leben kam. Hauptsache, der Skandal war vom Tisch.

Vor allem hatten sie versucht, so zu tun, als hätte es Alma nie gegeben.

Welch abscheuliche Gesinnung, welche Menschenverachtung stand hinter alledem. Hannah presste die

Fingernägel in den Handballen. Sie fühlte sich erbärmlich. Sie war so glücklich gewesen, endlich von Alma zu hören, hatte aber keinesfalls damit gerechnet, dass eine derart grausame Geschichte dahintersteckte. Warum musste das Opfer immer so viel mehr leiden als der Täter?

14. Kapitel

Hannah starrte aus dem Fenster. Der Himmel war bedeckt und es regnete leicht, aber zumindest war es jetzt am Vormittag noch nicht dunkel. Die arme Alma, was sie alles hatte durchmachen müssen.

Hannah blickte auf den Brief. Unten hatte Alma eine Adresse hingekritzelt. Eberswalde. Das war gar nicht so weit von Berlin. Mit dem Zug vielleicht zwei Stunden, wenn man erst einmal am Bahnhof war. Theoretisch könnte sie zum Abendessen zurück sein, wenn sie sich beeilte und jetzt gleich losfuhr. Niemand müsste ihr Verschwinden bemerken. Sie würde Frieda sagen, dass sie Kopfschmerzen habe und sich hinlegen wolle. Man solle mit dem Mittagessen nicht auf sie warten.

Aufgeregt sprang Hannah auf. Ja, so würde sie es machen. Wie glücklich würde Alma sein, wenn sie Besuch von ihr bekam. Wenigstens ein Mensch aus der Familie Sternberg, der sich nicht wie ein Ekel benahm. Das war sie ihr quasi schuldig, auch als eine Art Abgesandte der Familie. Sie griff nach einer Tasche und stopfte ein paar Kleidungsstücke und etwas Geld hinein. Nur für den Fall der Fälle. Man wusste ja nie, was passieren würde.

Eine Viertelstunde später lief sie mit klopfendem Herzen die Straße hinab. Alles hatte so geklappt wie geplant. Frieda war über ihre Unpässlichkeit informiert und hatte ihr gute Besserung gewünscht, und Hannah hatte es geschafft, unbemerkt aus der Wohnung zu schlüpfen. Sie wusste, dass ein Zug um die Mittagszeit nach Eberswalde abfuhr, denn die Großeltern hatten im letzten Jahr einen Ausflug dorthin gemacht und ihr davon erzählt. Wenn sich die Zeit geändert hatte und die Bahn erst am Nachmittag wieder fuhr oder sie den Zug verpasst hätte, würde sie sich erkundigen, wann morgen wieder ein Zug in Richtung Eberswalde fuhr, und ihr Vorhaben einfach um einen Tag verschieben.

Es wäre natürlich schön gewesen, wenn sie eine Kutsche erwischt hätte, die sie zum Bahnhof hätte bringen können, aber weit und breit war keine freie zu entdecken. Dann würde sie eben die Straßenbahn nehmen. So schwer konnte das ja nicht sein. Alma hatte ihr erzählt, wie sie damit gefahren war, um verschiedene Botengänge zu erledigen.

Zwar erzählte man sich, dass das Fahren mit der elektrischen Straßenbahn ungemein gefährlich sei; schließlich fuhr sie mit ungefähr dreißig Stundenkilometern durch die Gassen und war damit wesentlich schneller als Pferdekutschen. Viele Berliner klagten über Unwohlsein und Angst während der Fahrten. Aber das lag wohl vor allem daran, dass die Bahn in so hohem Tempo durch die vollen Straßen fuhr und es dadurch jederzeit zu einem Unfall kommen konnte. Doch Hannah hatte es eilig. Sie musste den Zug erreichen, der sie nach Eberswalde brachte.

Sie fand problemlos die richtige Bahn, bezahlte das Fahrgeld beim Schaffner und blickte sich freudig um. Alles war neu und ungewohnt. Die Fahrt war wundervoll. So frei und grenzenlos. Viele befürchteten, durch das hohe Tempo krank zu werden, oder sie hatten den Verdacht, in der Folge an Erschöpfung und

Antriebslosigkeit zu leiden. Ihr hingegen gefiel das Tempo, und sie sah aufgeregt wie ein Kind aus dem Fenster, um auch ja nichts zu versäumen. Es war spannender als Zugfahren, weil in den Straßen viel mehr los war. An einigen Fenstern der Straßenbahn waren die Vorhänge zugezogen, damit die Passagiere die Geschwindigkeit nicht wahrnahmen, aber Hannah genoss die Aussicht, denn schließlich war sie auch schon mit der Eisenbahn gefahren. Auffällig war, dass viele Dienstboten die Straßenbahn benutzten. Die feinen Herrschaften hingegen gingen lieber zu Fuß oder ließen sich mit der Kutsche herumfahren.

Auch auf dem Bahnhof hatte Hannah großes Glück. Der nächste Zug nach Eberswalde sollte in einer Viertelstunde fahren. Schnell erkundigte sie sich, wann ein Zug zurück nach Berlin ging, und bevor sie auch nur dazu kam, genauer über das ganze Unterfangen nachzudenken, saß sie auch schon im Zug und ruckelte in Richtung Eberswalde. Hannah ließ sich in den Sitz zurücksinken und schloss die Augen. Sie war erfüllt von einem tiefen Dankbarkeitsgefühl. Alles klappte so reibungslos, dass sie überzeugt war, die richtige Entscheidung getroffen zu haben.

Doch die Fahrt dauerte deutlich länger, als Hannah gedacht hatte. Als sie an dem recht modernen Bahnhof ausstieg, bemerkte sie, dass die Stadtväter diesen offenbar bewusst außerhalb der Stadt gebaut hatten, denn um die Station herum gab es nichts als Wald. Da sie keine Ahnung hatte, wie weit es bis zu der angegebenen Adresse war, entschied sich Hannah dafür, eine Kutsche zu nehmen, anstatt einen Dienstmann zu bitten, sie zu dem Haus des Doktors zu führen.

Allerdings war das kostspieliger als gedacht. Der Kutscher verlangte nach einem abschätzenden Blick auf ihre Kleidung ganze zwei Mark siebzig. Einen Augenblick lang zögerte Hannah, gab dem Mann dann aber das Verlangte und stieg ein. Sie musste zusehen, dass ihr noch genug für die Rückfahrt blieb.

Die Kutsche holperte über die Unebenheiten der Straße, und Hannah hörte ihren hungrigen Magen knurren. Kein Wunder. Sie hatte seit dem Frühstück nichts mehr gegessen, und inzwischen dämmerte es bereits, obwohl erst Nachmittag war. Aber im Dezember wurde es eben schon früh dunkel.

Langsam kamen ihr doch Zweifel daran, ob es eine kluge Entscheidung gewesen war, fortzugehen, ohne jemanden im Haus über ihr Vorhaben zu informieren. Welche Aufregung würde ihr Verschwinden auslösen, wenn man es bemerkte? Aber jetzt gab es kein Zurück. Sie war so weit gekommen, und nun wollte sie Alma sehen. Unbedingt. Wie weit war es denn noch?

Inzwischen hatten sie den Wald hinter sich gelassen und fuhren durch schlecht beleuchtete Straßen. Der Kutscher würde sie doch nicht an einen ganz anderen Ort bringen, sie womöglich ausrauben und allein zurücklassen? Hannah spürte eine bohrende Furcht in sich aufsteigen. Sie saß mit durchgedrücktem Rücken aufrecht da und klammerte sich an die Sitzbank. Dann fuhr die Kutsche um eine scharfe Kurve und hielt abrupt an.

Hannah biss sich nervös auf die Unterlippe. Sollte ihr der Kutscher zu nahe kommen wollen, musste sie ihm mit etwas Hartem auf den Kopf hauen. Aber womit nur? Fieberhaft blickte sie sich um, als auch schon der Verschlag geöffnet wurde. Der Kutscher sah hinein.

»Aussteigen«, brummte er und deutete in Richtung eines hell erleuchteten großen Hauses am Ende der Straße, gute fünfzig Meter entfernt.

Hannah atmete tief ein, nahm dann all ihren Mut zusammen und stieg aus. Sie umklammerte ihre Tasche, um sie im Notfall als Waffe benutzen zu können.

Der Kutscher schien ihre Furcht zu bemerken und grinste schief. Mehrere Zähne fehlten ihm und unterstrichen bei Hannah den angsteinflößenden Eindruck. O nein, was hatte sie sich nur dabei gedacht, ohne Begleitung einfach auf eine solche Reise zu gehen? Was war nur mit ihr los? Sie hatte völlig vergessen, was sich schickte und was nicht, und war nur ihren eigenen Wünschen gefolgt. Sie spürte den Blick des Kutschers im Nacken und hätte am liebsten geweint. Doch das hätte nichts an ihrer Lage verändert. Sie musste weg hier. Schnell und mit möglichst entschlossen wirkenden Schritten lief sie auf das Haus zu, ohne sich noch einmal umzudrehen.

Die Dunkelheit hatte sich über das Städtchen gesenkt, und Hannah machte sich Vorwürfe, dass sie derart impulsiv gehandelt hatte. Es war blauäugig, einfach planlos in eine fremde Stadt zu fahren. Bis auf ihre Spaziergänge, die sie allein unternahm, seit Alma fort war, war Hannah noch nie ohne Begleitung unterwegs gewesen.

Hinter sich hörte sie, wie der Kutscher dem Pferd etwas zuknurrte, die Peitsche durch die Luft surrte und sich die Kutsche rumpelnd in Bewegung setzte. Mit jedem Schritt wurde Hannah langsamer. Was, wenn es ein Irrtum war und Alma gar nicht mehr hier wohnte? Wie konnte sie nur so dumm und naiv sein, schalt sich Hannah. Doch nun hatte sie keine Wahl mehr. Sie konnte nicht um diese Uhrzeit mutterseelenallein herumirren und sich unverrichteter Dinge auf die Rückfahrt machen. Das war zu gefährlich in der Dunkelheit. Es war zu viel Gesindel unterwegs, das hatte ihr Mutter ein ums andere Mal eingeschärft.

Plötzlich hörte sie schwere Schritte hinter sich. Da spürte sie auch schon eine harte Hand auf der Schulter. Der Geruch von Alkohol stieg ihr in die Nase. So schnell sie konnte, sprang sie zur Seite und drehte sich um, die Tasche zur Abwehr erhoben.

Ein heruntergekommen aussehender Mann stand vor ihr und schwankte leicht.

»Was wollen Sie?«, rief Hannah mit vor Angst schriller Stimme. Niemand sonst war auf der Straße zu sehen.

»Willste nen guten Muckefuck kaufen?«, lallte er und begann, schwerfällig seinen Mantel zu öffnen.

Hannah stockte der Atem. Sie drehte sich auf dem Absatz um und wollte davonstürmen. Doch der Mann war trotz seines offensichtlich betrunkenen Zustandes schneller.

»Hierjeblieben, Meechen, wir sind noch nich fertich«, rief er und hielt sie am Arm fest.

»Ich … bitte, lassen Sie mich«, flehte Hannah. Sie spürte, wie ihre Beine nachgaben und ihr schwindelig wurde. Sie durfte jetzt keinesfalls ohnmächtig werden, wer wusste schon, was dieser Kerl sonst noch alles mit ihr anstellen würde.

Er zog ihr Gesicht ganz nah an seines. Der faulig-süßliche Atem nahm ihr die Luft, und sie spürte seine rauen Lippen an ihrem Hals. Hannah schloss die Augen. Das hier war definitiv zu viel für sie. Sie war einsam und verlassen an einem Ort, wo sie niemanden kannte, und war einem zwielichtigen Kerl ausgeliefert. Sie spürte, wie sie allmählich die Kontrolle über ihren Körper verlor. Die Angst lähmte sie. Sie wollte sich losreißen, schreien, davonlaufen, aber sie wusste, dass der Mann ihr körperlich weit überlegen war. Aber zumindest konnte sie es versuchen.

»Alma, Hilfe, hilf mir doch!«, schrie sie plötzlich, so laut sie konnte.

»Ruhe«, zischte der Mann und legte ihr eine schwielige Hand auf den Mund. Er erschien ihr plötzlich viel klarer und zielgerichteter.

Es war dämlich und unbedarft gewesen, heimlich von zu Hause wegzulaufen. Ins Nirgendwo, in die Dunkelheit. Ihre Beine waren zu schwach, um sie aufrecht zu halten. Sie knickten weg, und Hannah wurde schwarz vor Augen.

15. Kapitel

Als Hannah erwachte, lag sie in einer Kammer auf einem harten Bett. Eine Kerze leuchtete in einer Ecke, der Rest des Zimmers war in Dunkelheit gehüllt.

Wo war sie? Hatte der Mann sie in seine Gewalt gebracht? War sie verwundet?

Langsam drehte sie den Kopf. Auf dem Boden vor dem Bett lag ein großer Haufen. Es schien ein Mensch zu sein, in Decken gehüllt, allerdings konnte sie bei der schummrigen Beleuchtung nichts Genaues erkennen. Sie blinzelte mehrmals, doch es war einfach zu dunkel.

Wahrscheinlich war es am besten, sofort zu handeln, denn es konnte gut sein, dass das hier ihre einzige Chance zur Flucht war, solange der Entführer schlief. Doch wie stellte sie das am besten an? Sie überlegte einen Augenblick, kam aber zu keinem befriedigenderen Ergebnis, als es einfach irgendwie zu versuchen.

Leise schob Hannah die Bettdecke weg und richtete sich langsam auf. Das Bett knarrte laut. Mit angehaltenem Atem verharrte sie bewegungslos, den Kopf gesenkt, und lauschte angespannt in die Stille. Kälte kroch durch ihren Körper, und sie schauderte.

»Ist alles in Ordnung?«

Hannah fuhr zusammen. Diese Stimme kannte sie gut!

»Alma, bist du das?«

»Hannah, du zitterst ja. Es ist doch alles wieder gut«, sagte Alma, erhob sich behände und nahm sanft Hannahs Hand, während sie sich neben sie aufs Bett setzte.

»Bist du es wirklich? Oh, Alma, ich hatte solche Angst«, schluchzte Hannah.

Alma zog sie an sich und wiegte sie in ihren Armen wie ein kleines Kind.

»Schht, ist ja alles gut. Er ist weg. Keine Gefahr mehr. Schht.«

»Dieser Mann wirkte so bedrohlich, wie hast du es geschafft, mich zu befreien?«, fragte Hannah atemlos, während ihr die Tränen über das Gesicht rollten.

»Das war gar nicht so schwer. Als ich deine Schreie hörte, bin ich sofort rausgerannt und habe den Herrn Doktor gerufen, damit er sich mir anschließt. Als der Mann bemerkte, dass er nicht mehr allein mit dir war, hat er von dir abgelassen und ist, nachdem der Herr Doktor ihm ein paar einschüchternde Worte zugerufen hat, schimpfend abgezogen. Wir haben dich dann hier hereingebracht und uns um dich gekümmert. Was war das für eine Freude, als ich schließlich erkannte, wen wir da gerettet haben.«

Mit einem Mal fiel alle Anspannung von Hannah ab. Sie war in Sicherheit, hatte Alma wiedergefunden, und dieser üble Mann von vorhin war vertrieben worden. Alles war gut. Na ja, fast alles. Da war immer noch ihre Familie, die keine Ahnung hatte, wo sie steckte. Sie würden sich um sie sorgen. Und was würde Daniel denken, wenn er von ihrem Verschwinden erfuhr? Wieder brach ein Schluchzen aus ihrer Kehle hervor.

* * *

Einige Stunden später dämmerte es, und die aufgehende Morgensonne erhellte das Zimmer mehr und mehr. Die beiden hatten kein Auge zugetan. Viel zu viel gab es nach der langen Zeit zu erzählen.

Alma hatte ihr nach mehrmaliger Nachfrage stockend davon berichtet, wie die Eltern sie davongejagt hatten, von der missglückten Abtreibung und wie der gute Doktor sie in sein Heim aufgenommen und gepflegt hatte. Immer wieder standen ihr und Hannah dabei Tränen in den Augen. Schmal war Alma geworden. Ihre Wangen waren eingefallen, und sie sah blass aus. Das Schlimmste aber waren ihre Augen. Sie wirkten matt und gaben mit ihrer Traurigkeit Zeugnis von Almas schrecklichen Erlebnissen.

»Woher wussten die Eltern, wo sie eine Engelmacherin finden würden? Von Großvater?«, fragte Hannah schließlich.

Alma schüttelte den Kopf.

»Dein Vater hatte schon ein paarmal mit der Dame Kontakt. Du weißt schon: seine Gespielinnen …« Alma stockte und sah Hannah verschämt von der Seite an.

»Oh«, sagte Hannah leise. »Wie verlogen doch alle sind. Es wird betrogen, Gewalt angetan und vertuscht, und zum Schluss müssen die Frauen zur Engelmacherin, um die Folgen des Fehltritts zu beseitigen. Und was passiert mit den Männern? Sie leben lustig ihr Leben weiter, gerade so, als wäre nie etwas passiert. Das ist eine himmelschreiende Ungerechtigkeit!«

Hannah ballte die Fäuste. Sie würde Vater zur Rede stellen. Und auch Jakob. Es ging nicht an, dass sie so weitermachten. Sie benutzten ihre körperliche Überlegenheit und das Geld aus der Fabrik, um Macht über Frauen auszuüben. Dann aber kam ihr ein noch dringenderer Gedanke.

»Und was passiert jetzt mit dir?«, fragte sie Alma beklommen.

»Nun, sobald ich wieder genug Kraft zum Arbeiten habe, hilft mir der Doktor, eine neue Stelle zu finden. Wahrscheinlich auf dem Land«, erwiderte Alma zögernd. »Ich werde dann die Schulden abbezahlen, die durch meine Behandlung entstanden sind.«

»Das wird Jakob übernehmen. Dafür sorge ich! Aber wieso kommst du nicht wieder zurück? Zumindest zurück nach Berlin?«, fragte Hannah aufgewühlt.

»Ich kann nicht wieder zurück. In Berlin finde ich keine Stelle mehr. Deine Mutter hat in ihrer Wut mein Dienstbuch zerrissen. Ich habe nur eine Chance auf dem Land, wo Mangel an Mägden herrscht.«

»O nein! Dann kannst du ja niemals Köchin werden!«, rief Hannah. »Aber das ist doch dein Traum.«

»Ich bin nicht die Erste und werde nicht die Letzte sein, der es so ergeht. Der Doktor hat schon viele Mädchen gerettet, die das gleiche Schicksal wie ich erlitten haben.«

Hannah legte die Hände über ihr Gesicht und holte tief Luft. Warum war all dieser Schmerz, all diese Ungerechtigkeit bisher so völlig an ihr vorbeigegangen?

Nach dem Frühstück, das sie gemeinsam mit dem Doktor eingenommen hatten, einem sehr netten, leutseligen älteren Herrn, unternahmen die beiden einen Spaziergang durch das Städtchen. Bei Tageslicht sah es viel freundlicher aus, als es gestern Abend gewirkt hatte. Sie schlenderten durch die Straßen, genossen die wiedergefundene Nähe zueinander und lachten gemeinsam die dunklen Erinnerungen weg.

Dann aber brachte Alma die Sprache auf ein Thema, das Hannah bisher wohlweislich verdrängt hatte.

»Wie lange darfst du bleiben, Hannah?«, fragte sie, während sie sich bemühten, eine große Pfütze zu umrunden. Es hatte seit Tagen nicht geregnet, also musste irgendjemand hier etwas ausgeschüttet haben, was dem Geruch nach nicht sonderlich frisch war.

Hannah machte einen besonders großen Bogen, um Zeit zu gewinnen, dann sagte sie zögerlich: »Sie wissen es nicht.«

Alma blieb stehen und griff nach Hannahs Arm.

»Du bist einfach weggelaufen? Nein, Hannah, das glaube ich nicht. Hast du niemandem Bescheid gesagt, wo du hinwillst?«

Hannah schob das Kinn vor und schüttelte dann den Kopf. »Glaubst du denn, sie hätten mich zu dir fahren lassen, nachdem sie alles versucht haben, um deinen Aufenthaltsort zu verschleiern? Sei kein Schaf, Alma.«

»Aber sie werden sich Sorgen machen. Außerdem steht Chanukka vor der Tür. Du kannst doch nicht ewig wegbleiben.«

»Ich kann doch nicht Chanukka feiern mit Menschen, die andere so behandeln. Das geht nicht«, sagte Hannah trotzig und winkte Alma, endlich weiterzugehen.

»Ja, es war nicht schön von ihnen, aber das ist kein ungewöhnliches Verhalten gegenüber einem Dienstmädchen. Außerdem ist es immer noch deine Familie, Hannah.« Almas Stimme war leiser geworden. Sie hatte den Kopf gesenkt, und eine Träne kullerte ihre Wange hinab.

Zerknirscht lief Hannah zu ihr und nahm sie in den Arm.

»Weine nicht meinetwegen, Alma. Weine wegen der schlechten Welt oder wegen der Ungleichbehandlung von Männern und Frauen, aber nicht wegen meines blöden Verhaltens.«

Doch ihre Freundin schüttelte den Kopf.

»Es ist nur … ich habe seit drei Jahren nicht mit meiner Familie Weihnachten gefeiert – seit ich in der Stadt arbeite. Ich vermisse meine Geschwister und vor allem meinen kleinen Bruder. Ich habe mich immer um ihn gekümmert, seit er geboren wurde, weißt du?« Immer noch sah Alma zu Boden, und die Tränen liefen ihr übers Gesicht. Jetzt aber wischte sie sich entschlossen über die Wangen.

»Du musst ihnen Bescheid geben, Hannah. Wir sollten ein Telegramm aufgeben.«

Hannah atmete tief durch die Nase aus. Dann nickte sie langsam und hakte sich bei Alma ein.

»Nun gut, gehen wir zum Telegrafenamt, wenn du darauf bestehst.«

Nach dem Gang zum Amt, einem leichten Mittagessen mit dem Doktor und einer ausgiebigen Mittagsruhe saßen sie wieder gemeinsam in Almas Zimmer.

Sie hatten sich viel zu erzählen. Alma musste Hannah wieder und wieder von den vergangenen Wochen berichten, und Hannah erzählte von den Großeltern, von der in ihren Hochzeitsvorbereitungen aufgehenden Mutter und nach einer Weile auch von Daniel.

Als sie über ihn redete, spürte sie ein Flattern in der Magengrube und bemerkte, dass sie unbewusst lächelte. Auch Alma schien Hannahs Veränderung bei dem Thema wahrzunehmen und sah sie belustigt an.

»Wer hätte noch vor eine Weile gedacht, Hannah, dass du mal so …«

Doch weiter kam sie nicht. Hannah lief knallrot an und hielt ihr verschämt den Mund zu.

»Schht … still, du. Es ist nicht so, wie es vielleicht aussehen mag. Immerhin trägt er die Schuld daran, dass das Medizinstudium für mich doch nur ein schöner Traum bleibt!«, wandte sie ein. »Aber genug von mir. Was machen eigentlich deine Schreib- und Leseübungen? Ich war so glücklich zu sehen, wie gut du schon schreibst. Wenn du es nicht gelernt hättest, hätte ich nie erfahren, wo du steckst. Aber möchtest du noch ein wenig weiter üben, um die letzten Fehler auszumerzen? Wollen wir den netten Herrn Doktor fragen, ob er uns ein Buch zu diesem Zweck zur Verfügung stellen kann?«

Alma nickte lächelnd. »Natürlich! Wenn du es wünschst, gnädiges Fräulein, dann kümmern wir uns um meine

Weiterbildung und rühren nicht mehr am Thema Daniel Friedländer!«

Hannah schüttelte grinsend den Kopf. »Alma! Es geht mir dabei nur um dich.«

»Selbstverständlich. Wer könnte etwas anderes behaupten?«, meinte Alma kichernd.

Sie verbrachten den Nachmittag mit kurzen Texten, besonders schwierigen Wörtern und anderen Feinheiten. Schnell stellte Hannah fest, dass Alma inzwischen schon recht gut las. Sie hatte, sobald es ihr besser ging, alles gelesen, was ihr in die Finger kam, und das zahlte sich aus. Problematischer war allerdings noch das Schreiben, und so ließ Hannah sie mehrere Texte kopieren, während sie selbst im Schneidersitz auf dem Boden von Almas Kammer saß und in den Medizinbüchern des Doktors schmökerte.

Später ging sie dazu über, Alma kurze Abschnitte zu diktieren. Als die beiden gerade herzlich über eine von Alma in Hannahs Auftrag verfasste Anekdote über einen Einkauf, ohne lesen zu können, lachten, klopfte es laut an der Tür.

Sie schraken zusammen und sahen einander ängstlich an. Inzwischen war bereits die Sonne untergegangen, und sofort kamen Erinnerungen an die letzte Nacht hoch. Schließlich erhob sich Alma und drückte entschlossen die Klinke herunter. Hannah ballte erwartungsvoll die Fäuste und stand ebenfalls auf. Sollte jemand Alma angreifen, würde sie ihr Bestes geben, die Freundin zu verteidigen.

Als die Tür aufschwang, ließ sie mit einem verwunderten Aufschrei die Hände sinken.

»Hannah, meine Güte, was hast du uns alle erschreckt!«, rief der Eindringling. Er duzte sie einfach.

»Daniel, was machen Sie denn hier?«, fragte sie verblüfft und ließ sich auf Almas Bett sinken.

»Darf ich eintreten?«, bat Daniel. Als Alma nickte, ging er zu Hannah und kniete sich einfach vor sie.

»Du glaubst nicht, wie besorgt ich war, als ich von deinem Verschwinden hörte. Ich habe mit deinem Vater zusammen die ganze Nacht die Stadt nach dir abgesucht. Es war fürchterlich! Wir dachten alle, dir sei etwas zugestoßen. Das Hausmädchen erzählte von einem mysteriösen Brief, den du bekommen hättest, aber niemand wusste, von wem er stammte und was da drinstand. Es war … ich war außer mir. Als dein Telegramm kam, bin ich sofort losgefahren.«

Er war sehr blass und hatte dunkle Ringe unter den Augen. Sein Anblick versetzte Hannah einen Stich.

Sie hatte bei der ganzen Aktion keinen einzigen Gedanken daran verschwendet, wie es ihm dabei erging. In ihrer Wut auf das Verhalten ihrer Eltern und des Bruders hatte sie ihren Bräutigam einfach vergessen. Schuldbewusst biss sie sich auf die Unterlippe.

»Ich … verzeih mir, ich war dumm! Ich habe in meinem Ärger keinen Gedanken daran verschwendet, wie sehr mein Verhalten dir wehtun muss.« Sie blickte starr auf ihre Hände, in denen sie ein Spitzentaschentuch hin und her bewegte.

Daniel hob sanft ihr Kinn an und sah ihr in die Augen. »Ich weiß, dass es nicht leicht ist für dich. Doch ich hoffe, es gibt da etwas, was dich ein wenig aufheitert.«

Aus den Augenwinkeln sah Hannah, wie Alma aus dem Zimmer schlüpfte und die Tür hinter sich zuzog.

»Ich habe mich um eine Stelle beworben. Eine lukrative Stelle, die ich zum neuen Jahr gern annehmen würde, natürlich nur, wenn du einverstanden bist. Ich habe mir die Entscheidung nicht leicht gemacht, denn dieser Wechsel würde einen Umzug nach sich ziehen, was bedeuten würde, dass wir weit entfernt wären von unseren Familien. Sehr weit. Wir würden ins Württembergische ziehen. Welche Ironie, nicht wahr? Ich würde Jura an der Universität von Tübingen lehren. Was hältst du davon?«, fragte er und griff nach ihrer Hand.

Hannah antwortete nicht. Ein Chaos von Gefühlen und Gedanken tobte in ihrem Inneren. Eine wilde Hoffnung keimte in ihr auf, doch gleich darauf ermahnte sie sich, vernünftig zu sein. Es war undenkbar, dass eine verheiratete Frau studierte. Sie würde Kinder bekommen und sich um den Haushalt kümmern müssen.

Die Großeltern würden ihr fehlen. Die Eltern sicherlich auch, aber der Verlust der Großeltern würde wirklich schmerzen. Und es würde nicht ausbleiben, dass sie den Studenten begegnen würde. Auch den Medizinstudenten. Es würde wehtun, immer direkt vor Augen zu haben, dass ihr verwehrt war, was sie sich so sehr gewünscht hatte. Doch sie hätte Daniel, und sie hätte ihre Bücher. Viele Bücher. Vielleicht könnte sie auch ab und zu in der Universitätsbibliothek stöbern.

Die Worte der Großmutter fielen ihr ein. Sie atmete tief durch, dann sagte sie mit fester Stimme: »Wo auch immer dein Weg dich hinführt, ich werde dir folgen.«

Er nickte erleichtert. Er beugte sich nah zu ihr und flüsterte ihr zu: »Danke. Ich bin so froh. Ich wusste, ich habe die richtige Wahl getroffen. Ich weiß nicht, wie ich ohne dich glücklich werden sollte.«

Hannah lächelte. Er war so bezaubernd in seiner Begeisterung. Es würde eine gute Ehe werden. Trotz allem. Hoffentlich!

»Ach ja, erwähnte ich schon, warum meine Wahl auf Tübingen fiel?«

Ungläubig riss Hannah die Augen auf. Er konnte doch nicht … meinte er etwa … Ihr Mund wurde ganz trocken vor Aufregung, und unwillkürlich begann sie zu zittern.

Breit lächelnd nickte Daniel ihr zu. »Doch, natürlich. Es ist deinetwegen. Du hast mir erzählt, dass es dein sehnlichster Wunsch ist. Wir ziehen nach Tübingen, damit du dort studieren kannst. Wenn die Engländer und Amerikaner es schaffen, eine Bahn zu bauen, die unter der Erde fährt, werden auch Frauen es schaffen, gute Ärztinnen zu sein. Warum eigentlich nicht?«

Das Zimmer begann sich zu drehen. War es wirklich wahr, was sie da eben gehört hatte? Er würde sie studieren lassen? Sie glaubte, sich verhört zu haben, und sah ihn zweifelnd an. Als er bekräftigend nickte, vergaß sie alle Etikette und warf ihm die Arme um den Hals.

»Danke, danke, danke! Du wirst es nicht bereuen, hörst du? Ich werde die beste Ehefrau sein, die du dir vorstellen kannst. Ich verspreche es!«

Er lachte laut auf und erwiderte ihre Umarmung, bevor er ihr sanft einen Kuss auf den Scheitel drückte.

»Davon bin ich schon seit einer Ewigkeit überzeugt, sonst hätte ich dich doch nicht ausgewählt.«

* * *

Eine Viertelstunde später holte Hannah mit roten Wangen und strahlenden Augen Alma wieder ins Zimmer herein.

»Alma, komm schnell, ich muss dir etwas sagen. Daniel und ich, wir haben geredet. Du glaubst es nicht. Wir werden nach der Hochzeit ins Württembergische ziehen. Nach Tübingen, ist das nicht famos? Aber das Beste hab ich noch gar nicht erzählt. Komm, ich habe Daniel versprochen, dass auch er dein Gesicht sieht, wenn wir es dir sagen. Ich hoffe, du freust dich genauso wie ich!«, jubelte Hannah.

Alma folgte ihr langsam.

Sie blieb in der Türöffnung stehen und blickte zu Boden.

»Also, soll ich es ihr sagen oder willst du?«, fragte Hannah und stieß ihren Verlobten neckisch mit dem Ellenbogen an. Noch bevor er antworten konnte, sprudelte es auch schon aus ihr heraus: »Vergiss dein Dienstbuch, Alma, vergiss die Anstellung als Magd. Wir würden dich gern mitnehmen in unseren neuen Haushalt in Tübingen. Natürlich nur, wenn du willst. Ach ja, und ich vergaß zu erwähnen: Wir wollen dich nicht als Dienstmädchen, sondern als Mamsell. Du darfst kochen, Alma, ist das nicht wunderbar?«

Hannah strahlte über das ganze Gesicht, und Alma starrte sie ungläubig an.

»Ja, Alma, glauben Sie es nur.« Daniel lächelte und zwinkerte Hannah zu. »Wenn es Ihnen recht ist, würden wir Sie gern einstellen. Hannah hat mir versichert, dass Sie die beste Mamsell sein werden, die man sich vorstellen kann, und meiner Verlobten glaube ich fast alles.«

Alma stand noch immer sprachlos da und blickte zweifelnd von einem zum anderen.

Hannah drückte ihren Kopf übermütig an Daniels Schulter; sie wusste nicht, wohin mit ihrer ganzen Euphorie.

»Eine Sache musst du allerdings noch wissen, Alma: Es wird viel Verantwortung auf deinen Schultern liegen, denn ich werde nicht so viel Zeit für Küchenpläne oder Ähnliches haben. Daniel möchte, dass ich in Tübingen Medizin studiere, wenn wir verheiratet sind, ist das nicht himmlisch?« Hannahs Jubel kannte keine Grenzen, und jetzt griff sie die verdutzte Alma um die Hüfte und wirbelte sie in einem wilden Tanz herum, bis sie beide kichernd auf dem Bett landeten und Daniel lachend hinter dem Nachttisch Schutz suchte.

»Nun lass sie doch erst mal antworten. Sie hat noch gar nicht zugestimmt«, rief er schließlich.

Die beiden setzten sich auf, und Hannah erwiderte grinsend: »Du hast völlig recht, mein Lieber. Nun sag, Alma: Wie sieht es aus? Kannst du dich für unser halbseidenes Angebot erwärmen?«

Freudentränen liefen über Almas Gesicht, als sie stammelte: »Aber natürlich. Selbstverständlich! Das ist der schönste Moment meines Lebens.« Dann sank sie wieder in Hannahs Arme.

16. Kapitel

Die Rückfahrt nach Berlin verlief deutlich anders als die Hinfahrt. Hannah war nicht mehr allein, sondern konnte alle Sorgen und Planungen vertrauensvoll in Daniels Hand geben. In die Hand ihres Bräutigams. Ihres wundervollen, großzügigen Bräutigams, der ihr das Leben zu Füßen legte, das sie sich immer gewünscht hatte.

Sie saßen nebeneinander, und immer wieder lehnte sie sich verstohlen gegen seine Schulter, die unverrückbar und stark für sie da war.

Hannah war erfüllt von einem warmen Gefühl, das in ihrem Bauch und ihrer Brust explodierte, wenn sie ihn berührte und wenn sie an ihn dachte.

Er sah so stattlich aus und war so herzensgut, dass sie zeitweise das Gefühl hatte, ihr Herz müsste jeden Moment schmelzen vor lauter Zuneigung, die sie empfand.

Sie saß da, seine Hand in ihrer Hand, und alles um sie herum war vergessen. Sie achtete nicht auf die Landschaft, die an ihnen vorbeirauschte, achtete nicht auf die anderen Fahrgäste, sondern war in Gedanken bereits in Tübingen, wenn sie bald verheiratet wären und sie studieren würde.

Die Rückkehr in die elterliche Wohnung erschien Hannah so unwirklich, als wäre sie in eine schimmernde Wolke der Glückseligkeit eingehüllt, durch die nur ab und zu kurze Momente der Wirklichkeit blitzten. Die enttäuschten Blicke der Mutter, die Vorhaltungen des Vaters, all das zog an ihr vorbei, ohne dass es irgendeinen Einfluss auf ihre fröhliche Stimmung hatte. Die Hochzeit mit Daniel und damit eine strahlende Zukunft, die sie sich so nie hätte träumen lassen, standen direkt bevor. Alma würde im Anschluss an die Vermählung mit ihnen nach Tübingen reisen, und sie war ebenso glücklich darüber wie Hannah selbst, wie sie noch vor der Abfahrt mehrmals beteuert hatte. Für Hannah bedeutete das, schon jetzt eine Freundin für die Zukunft an ihrer Seite zu haben.

* * *

Es war nicht das Schlechteste, Preußen zu verlassen und in einem anderen Herzogtum neu anzufangen. Hannah liebte ihre Eltern, doch die Vorstellung, ein wenig Abstand zu deren schwieriger Ehe und zu dem haltlosen Jakob zu bekommen, gefiel ihr. Auch die Tatsache, dass sie nicht in der Nähe der Schwiegereltern wohnen würden und somit wöchentliche Kontrollbesuche entfielen, empfand Hannah als wohltuend. Blieben nur noch die Großeltern, die ihr fürchterlich fehlen würden.

Großvater war endlich auf dem Weg der Genesung. Er war noch nicht kräftig genug, um Besuch zu empfangen, aber bald würde es hoffentlich so weit sein. Hannah brannte darauf, ihm die Neuigkeiten zu erzählen.

Einen Tag nach ihrer Rückkehr war es jedoch mit ihrer Ausgeglichenheit vorbei. Jakob gab sich beim Mittagessen munter und neckisch. Und er machte sogar launige Bemerkungen über ihre Flucht zu Alma. Da platzte Hannah der Kragen. Sie schaffte es noch, ihn am Ärmel aus dem Esszimmer zu ziehen, obwohl Mutter protestierte. Seine Drohungen, ihr Gesicht zu verschandeln, schreckten sie in diesem Moment nicht mehr. Aus den Augenwinkeln sah Hannah, dass Vater ihr gefolgt war. Er legte ihr eine Hand auf den Arm und bedeutete ihr, zu schweigen. Doch auch er wusste, dass Jakob verdient hatte, was ihm jetzt bevorstand. Jakob lachte auch jetzt noch über Hannahs wütendes Gesicht und machte Witzchen über aufgeregte Frauen, die das Kreuz des braven Mannes seien.

Kaum hatten sie den Salon erreicht, warf Hannah die Tür zu und drückte ihn auf das Sofa. Ihr Gesicht glühte vor Wut.

»Wie kannst du nur so ein unglaublicher Widerling sein. Stößt ein unschuldiges Mädchen in den Abgrund und reißt dann auch noch Witze darüber. Du bist Abschaum, Jakob Sternberg, absoluter Abschaum. Ich verstehe nicht, wie du in der Lage bist, in den Spiegel zu schauen, ohne dass sich dir der Magen umdreht.«

Der Bruder erbleichte.

»Wie kannst du es wagen, so mit mir zu reden?«, fuhr er sie an.

Doch bevor er weitersprechen konnte, stellte sich Hannah dicht vor ihm und sagte mit eisiger Stimme: »Du bist nicht in der Position, dich über mich zu stellen, Jakob Sternberg. Wer sich so menschenverachtend verhält wie du, hat sein Recht auf eine höfliche und zuvorkommende Behandlung verwirkt. Ich wünsche dir, dass du Reue empfindest. Ich hoffe, dass du es irgendwie schaffst, von deinem verkommenen Weg abzuweichen, wo du anderen Menschen deinen Willen aufzwingst, nur weil sie schwächer sind als du. Und ich wünsche dir, dass du es schaffst, meine Achtung wiederzuerlangen.«

Ein letztes Mal funkelte sie den sprachlosen Bruder an und lief dann hinaus. Sie hatte Alma versprochen, den Mund zu halten, aber was zu viel war, war einfach zu viel.

* * *

Chanukka zog an ihr vorbei wie ein Traum, und sie fieberte den Treffen mit Daniel entgegen. Kaum war das neue Jahr da, würden sie den Bund der Ehe schließen. Frieda und ein neues Mädchen packten Geschirr, Kleidung und Tischleinen ein, die allesamt für Hannahs Mitgift angefertigt worden waren. Sogar die große Tischdecke mit den gestickten Blümchen war rechtzeitig fertig geworden. Hannah war damit beschäftigt, Daniel und Alma täglich zu schreiben, ihre dicken Medizinwälzer so eingehend zu lesen, dass sie sie fast auswendig konnte, in den Welten ihrer Romane zu versinken und ihrer Hochzeit entgegenzufiebern. Mit Jakob wechselte sie kein Wort. Er vermied es, sie anzublicken oder allein mit ihr in einem Zimmer zu sein. Aber das war Hannah nur recht. Solange sie keine echte Reue bei ihm spürte, war sie nicht bereit, ihm zu verzeihen. Doch immerhin hatte er ohne weitere Einwände die Rechnung für Almas Behandlung beglichen. Das war zumindest ein Anfang, ein winziger Anfang.

* * *

Am Tag vor der Trauung, als es schon dämmerte und Hannah damit beschäftigt war, ihre Bücher in die bereitstehenden Kisten zu verpacken, klopfte es. Überrascht sah Hannah auf. Sie erwartete niemanden. Am Vormittag hatte die Schneiderin das Brautkleid gebracht. Es hing, zum Schutz in Tücher gehüllt, an Hannahs Schrank. Mutter hatte sich zurückgezogen, um vor dem großen Tag zu ruhen. Jakob hatte sich mit Kommilitonen getroffen und Vater war noch in der Firma. Es würde doch nicht Daniel sein? Er durfte sie eigentlich vor der Hochzeit nicht mehr sehen, das konnte Unglück bringen.

Wieder klopfte es. Hannah sprang auf und öffnete die Tür. Im nächsten Moment jauchzte sie beglückt auf und fiel dem Besucher um den Hals.

Großvater war schmal geworden und sah noch reichlich eingefallen aus, doch er stand vor ihr. Das war die Hauptsache! Lächelnd ließ sich der alte Mann von Hannah in ihr Zimmer ziehen und in den Sessel drücken, nachdem sie noch schnell die – inzwischen ganz offen herumliegenden – Bücher beiseitegeräumt hatte.

»Großväterchen! Es ist so schön, dich zu sehen. Geht es dir denn wirklich gut genug, dass du schon hierherkommen kannst? Wir wollen doch auf keinen Fall deine Teilnahme an der Trauung morgen gefährden. Hat der Arzt nicht gesagt, du musst langsam machen?«, sprudelte es aus Hannah heraus, während sie sich zu seinen Füßen niederließ. Bevor Großvater dazu kam, zu antworten, redete sie weiter. »Wo ist Großmutter? Du bist doch nicht etwa allein gekommen?«

Doch Großvater schüttelte lachend den Kopf. »Sie ist bei deiner Mutter. Ein paar Details wegen morgen klären. Ich habe die Chance genutzt und mich ihr angeschlossen, schließlich ist es wohl das letzte Mal, dass ich dich als unverheiratete Range sehe.«

»Na, erlaube mal, Großvater. Ich bin eine verlobte Dame. Die Range habe ich schon lange hinter mir gelassen«, schnaubte Hannah halb entrüstet, halb im Ernst.

»Wie geht es dir, Channahle? Freust du dich wenigstens ein bisschen auf morgen?«, fragte er jetzt mit ernstem Gesicht.

Hannah lief feuerrot an, biss sich verlegen auf die Unterlippe und sagte dann: »Ich bin unsagbar glücklich, Großpapachen. Er ist der beste Mann der Welt – nach dir natürlich. Gleich nach der Hochzeit werden wir nach Tübingen ziehen. Wir nehmen Alma mit. Sie wird unsere Mamsell und … ich wollte es dir eigentlich ein wenig salbungsvoller mitteilen, aber jetzt kann ich nicht mehr warten: Er will, dass ich studiere. Großpapachen, glaubst du es? Ich werde endlich Medizin studieren.«

Großvater sah sie überrascht an, dann lächelte er sanft.

»Sieh an, sieh an. Es scheint mir, als hätte ich den jungen Kerl unterschätzt. Channahle, ich freue mich sehr für dich. Es wäre eine Schande, dein Talent verkümmern zu lassen. Der einzige Wermutstropfen ist, dass ich dich nicht mehr um mich haben werde. Aber das ist eben der Lauf der Zeit. Es ist schön, dass du einen so fortschrittlichen Mann an deiner Seite hast, der sich nicht zu fein ist, seiner Frau ihre Träume zu lassen. Ich muss zugeben, dass ich immer meine Probleme mit den Ansichten deiner Eltern hatte. Aber eines muss ich ihnen zugutehalten: Sie haben mir eine wundervolle Enkelin geschenkt.«

Hannah umarmte ihn mit Tränen in den Augen. Die Worte des Großvaters rührten sie und drückten genau das aus, was sie fühlte.

»Ich bin mir der Tatsache bewusst, dass alles, was ich weiß und was ich bin, von dir stammt. Hättest du nicht stets meinen Wissensdurst angefacht und gleichzeitig befriedigt, wer weiß, ob ich je das Bedürfnis entwickelt hätte, zu studieren.«

»Nun, da muss ich den weisen Galileo Galilei zitieren: Man kann einen Menschen nichts lehren, man kann ihm nur helfen, es in sich selbst zu entdecken. Ich freue mich, dass ich einen Teil deines Entdeckens begleiten durfte, Channahle«, entgegnete Großvater mit belegter Stimme.

»Ach, ich werde euch so vermissen, dich und die Großmama. Aber ich verspreche dir, dass ich euch schreiben werde, sooft es geht. Und vielleicht kommt ihr uns ja mal besuchen, was hältst du davon, Großpapachen?«

»Wir werden sehen, was die Zeit bringt, Channahle. Jetzt wünsche ich dir erst einmal, dass du gut in deinen Hochzeitstag hineinschläfst. Für mich wird es Zeit, zu gehen. Wir sehen uns morgen, junges Fräulein.« Großvater lächelte sanft und strich ihr über die tränenfeuchte Wange.

»Es macht mich unsagbar glücklich, dass du dabei sein kannst!«, murmelte Hannah mit erstickter Stimme.

Großvater würde ihr am meisten fehlen, das wusste Hannah. Aber ein Neubeginn bedeutete schließlich auch immer den Abschied von etwas Vertrautem. Sie wusste, dass Großes vor ihr lag. Sie hatte von den Suffragetten in England gehört, die sich für das Frauenwahlrecht und die Gleichbehandlung von Frauen einsetzten. Wenn sie sich in Tübingen eingerichtet hatte, wollte sie sehen, wie sie diese Bewegung unterstützen konnte. Martha und Alma würden bestimmt mit Begeisterung dabei sein. Wie sehr hatte sich Martha gefreut, als sie ihr geschrieben hatte, dass sie nun doch bald in Tübingen wohnen und darüber hinaus auch noch studieren würde. Und auch sie konnte es kaum erwarten, die muntere Freundin aus der Wandervogel-Zeit wiederzusehen. Zum ersten Mal im Leben hatte Hannah das Gefühl, dass sich das enge Korsett der Erwartungen lockerte und ihr Leben neue Chancen und ungeahnte Möglichkeiten bot. Sie war bereit!

* * *

Als Hannah am Hochzeitsmorgen früh mit dem Gefühl erwachte, kein Auge zugemacht zu haben, hingen Schneewolken über der Stadt. Sie entluden ihre Pracht über Straßen, Gärten und Parks und hüllten alles in lilienweiße, kalte Herrlichkeit. Hannah stand am Fenster ihres Mädchenstübchens und blickte auf die fast unwirkliche Szenerie, die eine für Berlin unübliche Reinheit ausstrahlte.

Die Bäume beugten ihre Äste unter dem Gewicht des Schnees, und Eisblumen blühten auf den Fenstern.

Das war die letzte Nacht gewesen, die sie hier gewohnt hatte. Die kommende Nacht würde sie zusammen mit ihrem Mann im Hotel Kaiserhof verbringen, bevor sie am nächsten Tag früh nach Tübingen aufbrechen wollten.

Bald schon würden Mutter und Frieda kommen, um sie für die Hochzeit herzurichten; die letzten Kleinigkeiten mussten noch eingepackt werden, und dann war es endlich so weit. Sie wurde Hannah Friedländer. Das war einerseits Furcht einflößend und andererseits wunderschön. Hannah sah hinaus in den vom Schnee verzauberten Hinterhof und spürte, wie Tränen ihre Wangen herunterkullerten. Es waren Tränen der Freude und der Unsicherheit. Sie war so furchtbar nervös. Daniel Friedländer war dann ihr Mann. Wie es wohl war, verheiratet zu sein? Sie kannte die unglückliche Ehe ihrer Eltern und auf der anderen Seite die Großeltern, die sich noch immer in unbeobachtet geglaubten Augenblicken verliebte Blicke zuwarfen. Wenn es mit Daniel so werden würde, wäre sie überglücklich.

Er liebte sie, das hatte er mit seinem Verhalten mehr als bewiesen, und Hannah gestand sich ein, dass sie jede seiner Berührungen genoss, obwohl sie ihn kaum kannte.

Entschlossen wischte sich Hannah mit dem Handrücken die Tränen von den Wangen und ließ sich ein letztes Mal auf ihr Mädchenbett fallen.

Das Buchversteck darunter war ausgeräumt und der Inhalt sorgsam verpackt. Für die Bücher hatte sie als Erstes gesorgt. Im Schrank hingen jetzt nur noch ihr Hochzeitskleid und ihr Reisekostüm, das im Laufe des Tages von dem Mädchen ins Hotel gebracht werden würde.

War das jetzt der glücklichste Tag ihres Lebens?

Im Grunde wusste sie nicht viel von Daniel, außer dass er sie schon seit Jahren liebte, sie herrlich mit ihm philosophieren konnte und er um ihretwillen die Stelle in Tübingen gewählt hatte. Ob es ihm schwerfiel, seine Eltern zurückzulassen? Sie sagte Ja zu einem Mann, von dem sie wenig wusste. Sie würde versprechen, das ganze Leben mit ihm zu verbringen. Eine seltsame Vorstellung, und auch ein wenig angsteinflößend. Sie zog die Beine eng an den Körper und umfasste sie mit den Armen. Warum fühlte sie sich nur plötzlich so unsicher und winzig?

* * *

Einige Stunden später schritt Hannah in Brautkleid und Schleier die Treppen ihres Elternhauses hinunter. Unten auf der Straße stand die Kutsche bereit, die sie und Vater zur Synagoge fahren würde. Mutter und Jakob waren bereits vorgefahren.

Vor der Tür reichte Vater ihr lächelnd den Arm. Sie hakte sich zitternd bei ihm ein.

»Alles wird gut! Du hast einen von der guten Sorte erwischt, Hannah! Etwas anderes hätte ich auch niemals zugelassen, das kannst du mir glauben. Und ich kenne mich damit besonders gut aus.« Er zwinkerte ihr zu.

Hannah gluckste. Was auch immer passieren würde, sie hatte immer noch ihre Familie, auf die sie im Notfall zählen konnte. Wenn alle Stricke rissen, würde sie einfach wieder zurück nach Berlin kommen.

Alle Nachbarn standen auf der Straße, um Hannah im Brautstaat zu sehen. Als sie am Arm ihres Vaters zur Kutsche schritt, applaudierten alle. Es fühlte sich an, als würde sie auf Wolken schweben, als sie die Kutsche erklomm, nach allen Seiten winkte und in lächelnde Gesichter blickte.

Auch vor der Synagoge wartete man bereits auf ihre Ankunft. Klatschende, strahlende Menschen sahen ihr beim Aussteigen zu. Mutter küsste sie und reichte ihr den Arm, während Vater auf der anderen Seite ging. Sie schritten geradewegs auf die Chuppa zu, vor der Daniel mit seinen Eltern bereits wartete. Die Rede des Rabbis, die Verlesung der Hochzeitsvereinbarung und das Zertreten des Glases erlebte sie wie im Traum. Sie sah nur Daniels freudig blitzende Augen und spürte ihr eigenes Herz klopfen.

Und dann setzten der Jubel und der Gesang der Gäste ein. Alle begannen zu tanzen. Sie wurde hochgehoben, Daniel auf anderen Armen emporgehievt und beide wurden durch die tanzende Menge getragen. Alle sangen aus vollem Halse, und das Glück strahlte so hell, dass Funken sprühten und alle Anwesenden wie verzaubert waren.

Als sie am späten Abend dankbar und erschöpft vor lauter Glückstaumel Hand in Hand das Hotel Kaiserhof betraten, begrüßte sie der Concierge als »Ehepaar Friedländer«. Schon wieder fühlte sich Hannahs Herz an, als würde es vor lauter Glück gleich zerschmelzen. Und morgen früh ging es los nach Tübingen. In ein neues, aufregendes Leben.

17. Kapitel

Tübingen, 1905

Alma kniete sich auf den kalten Steinboden vor dem Herd und schaufelte mit einem Löffel Garflüssigkeit über die Gans, die schon Farbe bekam. Schnell schloss sie die Ofentür wieder und erhob sich. Viel war nicht mehr zu tun. Nur noch ein paar Geschirrteile im Abwasch und ein paar Flecken auf ihrem Arbeitstisch, aber das war schnell erledigt, und sonst sah alles picobello aus. Mit einem Lächeln lehnte sie sich gegen das Spülbecken, den Löffel immer noch in der Hand, und ließ den Blick zufrieden durch die Küche schweifen. Sie lächelte fast immer hier, denn sie war so glücklich wie noch nie in ihrem Leben. Hier in Tübingen war alles so anders als in Berlin und auf dem Bauernhof zu Hause. Alles war geruhsamer, langsamer, aber man beobachtete auch genauer, und es gab weniger Freiheiten. Hier hätte sie nicht unbemerkt etwas Verbotenes oder Unschickliches tun können, ohne spätestens am nächsten Tag von einer anderen Köchin oder einem Zimmermädchen darauf angesprochen zu werden. Trotzdem war sie aufgrund des unbeschwerten Verhältnisses zu Hannah und Daniel so frei und glücklich wie noch nie. Sie liebte es, die beiden täglich mit einer neuen Köstlichkeit zu überraschen. Immer wieder probierte sie neue Rezepte und Zutaten aus, die sie von den anderen Köchinnen auf dem Markt erfuhr. Sie polierte die glänzenden neuen Kupfertöpfe, und ihre Küche war blitzsauber, sodass man sich fast die Hand schützend vor die Augen halten musste, um nicht geblendet zu werden.

Sie liebte es, an Hannahs Leben so viel Anteil nehmen zu können und es mitzuerleben, wie sie diesen großen Traum vom Medizinstudium, den sie so lange gehegt hatte, endlich wahr machte. Sie fieberte bei jedem Schritt mit, hatte den neuen Haushalt mit eingerichtet und fühlte sich fast als vollwertiges Familienmitglied. Vor allem war da niemand, vor dessen Übergriffen sie sich fürchten musste. Ja, das Leben war seit ihrem Umzug viel heller und fröhlicher geworden.

* * *

Heute musste etwas besonders Gutes auf den Tisch kommen, denn schließlich war ein ganz besonderer Tag. Hannah hatte heute ihre erste Vorlesung an der Universität. Natürlich waren sie alle zusammen schon dort gewesen, und Daniel hatte ihnen die Gebäude und seinen Arbeitsplatz in der Neuen Aula gezeigt. Der Hörsaal, in dem er für gewöhnlich seine Studenten unterrichtete, hatte Alma mit seiner Holzvertäfelung bis zur Decke und den vielen Stuhlreihen schwer beeindruckt. Die Mediziner waren jedoch außerhalb der Stadt untergebracht, in dem neu gebauten akademischen Krankenhaus.

Auch wenn Daniel bereits vor einigen Wochen sein neues Büro bezogen und sie das schon mit einem Festessen gefeiert hatten, fand Alma, dass auch Hannahs erster Tag gebührend zelebriert werden musste. Schließlich ging damit ihr größter Traum in Erfüllung. Aus diesem Grund war sie heute besonders früh auf dem Markt gewesen und hatte eine ganze Gans gekauft, die sie den halben Tag lang schmorte und immer wieder mit Bratensaft übergoss.

Natürlich gelang es ihr nicht, diese Überraschung vor Hannah geheim zu halten, die ganz schlicht Kartoffeln mit Quark für den Abend geplant hatte. Eigentlich gab es sonst meist nur am Wochenende Braten, doch Alma hatte sich ohnehin entschlossen, die Gans von ihrem eigenen Geld zu bezahlen, sodass das Haushaltsbudget dadurch nicht litt. Quasi als Geschenk für Hannah zu diesem besonderen Tag.

Wenn Hannah oder Daniel das herausbekämen, würden sie natürlich lauthals dagegen protestieren und verlangen, dass Alma sich das Geld dafür aus der Haushaltskasse nahm, aber sie mussten es ja gar nicht erst erfahren. Sie wollte einfach nur, dass Hannah sich freute. Schließlich war sie schon den ganzen Vormittag wie ein eingesperrtes Tier durchs Haus getigert, weil ihre erste Vorlesung erst am Nachmittag stattfand. Sie hatte in ihrer Nervosität keine Ruhe gefunden, da konnte sie am Abend ruhig etwas Stärkung für Leib und Seele vertragen. Alma liebte es, die beiden mit ihren Kochkünsten zu verwöhnen. Noch immer war sie voller Dankbarkeit. Hannah und Daniel hatten es ihr ermöglicht, dass sie ihren Traum leben konnte, und sie würde alles für die beiden tun. Es war so schön, mitanzusehen, wie sie täglich vertrauter miteinander wurden. Sie waren so ein bezauberndes Pärchen, so verliebt und so zärtlich und gleichzeitig höflich miteinander.

Auch wenn Alma den Großteil des Tages in der Küche und mit Einkäufen beschäftigt war, verbrachte sie auch ihren freien Tag häufig mit den Friedländers. Sie erkundeten die Umgebung, wanderten, machten Picknick und genossen das Leben.

Eines Tages, als sie bereits zwei oder drei Wochen in Tübingen wohnten, war Hannah mit strahlenden Augen in die Küche gekommen und hatte ihr ins Ohr geflüstert: »Wenn man einen Mann liebt, ist es ganz anders, als es mit Jakob war, Alma!«

Alma hatte sie überrascht angesehen.

Hannah hatte bekräftigend genickt. »Wirklich. Denk nicht, dass alle Männer so sind wie mein Bruder. Es gibt auch liebevolle, zärtliche Männer. Also, was ich eigentlich sagen will, ist, dass ich mir wünsche, dass du eines Tages hinter dir lassen kannst, was Jakob dir angetan hat, verstehst du?«

Alma hatte mit feuchten Augen zugehört. Sie verstand, und sie war froh, dass Hannah sich so um sie sorgte. Hier fühlte sie sich so … so geborgen, und das machte sie glücklich.

Gestern war Martha zu Besuch gewesen und hatte sie alle mit ihrer Energie mitgerissen. Es war eine Freude, sie wiederzusehen, und alle waren sich in die Arme gefallen. Martha hatte von der Uni erzählt, von guten Lokalitäten und von Touren, die sie mit den Wandervögeln unternommen hatte. Bevor sie gegangen war, hatte sie sich noch mit Hannah nach ihrer ersten Vorlesung verabredet.

»Du hast dann bestimmt Gesprächsbedarf«, hatte sie augenzwinkernd gesagt.

Hannah hatte sie ein wenig überrascht angesehen, hatte dann aber lächelnd eingewilligt.

Als Hannah endlich aufbrach, um zur Uni zu gehen, war Daniel bereits wieder zu Hause. Er hatte heute früher Schluss gemacht, um ihr noch einen Kuss und ein paar ermutigende Worte mit auf den Weg geben zu können, und wollte danach zu Hause weiterarbeiten.

Alma schloss mit einem Seufzer der Erleichterung die Tür hinter Hannah. Mit ihrer Nervosität hatte sie Alma ganz wuschig gemacht, und es tat gut, endlich in Ruhe tief durchzuatmen. Trotzdem freute sie sich schon darauf, dass Hannah endlich wiederkam und von ihren Erlebnissen berichtete, und sie war sich sicher, dass es Daniel genauso erging.

* * *

Hannah bemühte sich, ihre zitternden Hände unter den Falten ihres langen Rockes zu verstecken. Sie hatte das Gefühl, dass jeder sie ansah und über ihre Unsicherheit insgeheim lachte. Ein kleines dummes Mädel, das glaubte, den Tempel der Wissenschaft erobern zu können. Die Medizinische Klinik, ein recht neues Gebäude, wirkte ehrwürdig und Furcht einflößend. Wie würden die Kommilitonen sie aufnehmen? Ob es noch eine weitere Frau unter den Medizinstudenten gab? Daniel hätte sie am liebsten hergebracht, doch sie hatte abgelehnt. Sie wollte nicht als Frau von Professor Friedländer angesehen werden, sondern als selbstständige Studentin der Medizin. Als eine ganz normale Kommilitonin. Da war es besser, sie kam allein.

Eine Gruppe von Studenten, alle mit der Couleur, der burschenschaftlichen Studentenmütze, zog lachend und scherzend an ihr vorüber, ohne sie zu beachten. Hannah hatte sich für den ersten Tag als immatrikulierte Studentin möglichst unauffällig gekleidet. Sie trug einen dunkelblauen Rock und eine cremefarbene Bluse, deren weite Ärmel ihre Arme locker umbauschten.

Jetzt hatte sie das Portal erreicht, durch das die Studenten der Medizinischen Fakultät eben verschwunden waren. Unwillkürlich musste sie lächeln. Wie lange hatte sie es ersehnt, dort hindurchschreiten zu können, und nun war es so weit. Sie holte tief Luft und trat entschlossen ein. Nun war sie endlich eine richtige Studentin!

Doch gleichzeitig überfielen sie leise Zweifel. Was würden die anderen von ihr denken? Ob sie ihr als Frau gegenüber Vorbehalte haben würden? Am liebsten hätte sie sich einfach umgedreht und wäre schnurstracks wieder nach Hause gelaufen. Wie hatte sie so hochmütig sein können, anzunehmen, dass sie mit all diesen schneidigen Jünglingen hier mithalten konnte? Doch jetzt war es zu spät für derartige Zweifel, denn immer mehr junge Herren strömten in das Gebäude. Hannah folgte ihnen mit gesenktem Blick und bemühte sich, möglichst wenig aufzufallen.

Als sie zwischen den vielen bartlosen Studenten im Hörsaal saß und beklommen den Worten des Professors lauschte, spürte sie die musternden Blicke ihrer Kommilitonen, die auf ihr ruhten. Sie saß mit durchgedrücktem Rücken kerzengerade da, als wäre ein Stück heißer Kohle unter ihr Mieder gerutscht, und kniff die Lippen zusammen. Ob es ihr gefiel oder nicht: Sie konnte sich nicht verstecken. Kein Wunder, schließlich war sie tatsächlich die einzige Frau in dieser Männerhochburg. Doch wohl fühlte sie sich in dieser exponierten Rolle definitiv nicht!

Sie straffte die Schultern und beugte sich über ihr Notizbüchlein. Jedes Wort schrieb sie mit, Wichtiges und Unwichtiges; in der Eile vermochte sie es nicht zu unterscheiden. Die wissenschaftlichen Fakten rauschten an ihr vorüber, ohne dass sie in der Lage war, sie in diesem Moment zu verstehen, denn zu vieles stürmte gleichzeitig auf sie ein. Dennoch hüpfte ihr Herz vor Freude, und sie saugte alle Informationen begierig auf wie ein Schwamm.

Nachdem der Professor seine Vorlesung beendet hatte, begannen die Studenten, mit den Fingerknöcheln auf die Tische zu pochen. Daniel hatte ihr davon erzählt. Es war der Dank an den Vortragenden für die Vorlesung. Auch Hannah klopfte mit. Sie fühlte sich erleichtert und glücklich, denn sie war ein Teil der Studentenschaft, ein winziges Rädchen in einem großen Ganzen. Ihr Traum war endlich wahr geworden! Gleich nachher würde sie Großvater schreiben und ihm von ihrem ersten Tag als echte Studentin berichten.

Nachdem sie jedoch ihre Sachen zusammengepackt hatte und aus dem Hörsaal trat, bekam dieses Zugehörigkeitsgefühl einen empfindlichen Dämpfer. Mehrere Grüppchen von drei, manchmal vier Studenten standen zusammen und starrten sie unverhohlen an.

Hannah bemühte sich, den Blicken furchtlos standzuhalten. Sie lächelte in die Runde, doch die Gesichter der Kommilitonen blieben ernst. Niemand lächelte zurück. Verunsichert senkte sie schließlich den Kopf und bahnte sich ihren Weg zum Ausgang, wo Martha auf sie warten wollte. Sie sah schon von Weitem den blonden Schopf der Freundin. Sie trug ein leuchtend blaues Kleid und erschien ihr wie ein Leuchtturm inmitten der ganzen Männer.

»Ach, Martha, welche Wohltat ist es, dich zu sehen!« Hannah seufzte und musste mehrmals schlucken, um nicht in erleichterte Tränen auszubrechen.

Sofort zog Martha sie beiseite, fort von den neugierigen Blicken der Kommilitonen.

»Aber Schätzchen, was ist denn? Du bist ja ganz aufgelöst.« Sie strich ihr aufmunternd über die Wange.

»Jetzt, wo ich dich sehe, ist es schon gar nicht mehr so wild«, antwortete Hannah und schluckte zur Sicherheit noch einmal.

»Hat dich jemand geärgert?«, erkundigte sich Martha mitfühlend.

»Nun, die Herren scheinen nicht sonderlich erpicht darauf, eine Frau in ihren Reihen zu haben«, erwiderte Hannah langsam.

»Hat einer etwas gesagt, oder hat es nur schiefe Blicke gehagelt?«, fragte Martha, ohne dabei allzu verwundert zu wirken.

»Nur Blicke. Du wirkst so, als würde dich das nicht sonderlich überraschen.«

»Was hast du denn gedacht, Hannah? Dass dich die Kerle mit offenen Armen willkommen heißen? Du bist eine Pionierin, dringst in ihr Gebiet ein. Das verunsichert sie. Gib ihnen etwas Zeit, sich an dich zu gewöhnen.«

»Glaubst du, dass sie das tun?«

»Ich würde darauf wetten! Meinst du, bei mir wäre das anders gewesen? Dabei bin ich nicht einmal die Einzige dort. Dadurch hatte ich – anders als du – zumindest jemanden, der mir zur Seite stand. Inzwischen sind Anna und ich gute Freundinnen, und wir büffeln zusammen für die Prüfungen.«

»Das macht es leichter, ja. Und die Herren haben ihre Zurückhaltung inzwischen auch abgelegt?«

»Fast alle. Wir haben schon manch fidelen Abend mit den Kommilitonen verbracht. Es gibt hier wunderbare Schenken, direkt am Neckar. Wenn das Wetter besser wird, nehme ich dich, Alma und Daniel mal mit dorthin. Mach dir keine Sorgen, Hannah. Jetzt heißt es erst mal Zähne zusammenbeißen und sich durchkämpfen.«

»Es tut so gut, von deinen Erfahrungen zu hören. Jetzt bin ich zuversichtlicher; allerdings würde ich mir wünschen, dass sich die Kommilitonen mit dem Sich-an-mich-Gewöhnen etwas mehr beeilen. Es ist wirklich kein behagliches Gefühl im Hörsaal, das kannst du mir glauben.«

»Mein armes Ding! Ich bin aber überzeugt, dass es dir gelingen wird, damit umzugehen. Und jetzt husch, lauf nach Hause zu deinem Gemahl und zu Alma. Die werden schon ganz sehnsüchtig auf Neuigkeiten von dir warten, da bin ich mir sicher. Wir sehen uns morgen wieder. Ich hole dich von der Vorlesung ab, in Ordnung?«

»Das wäre himmlisch! Vielen Dank, Martha! Hab einen schönen Abend. Bis bald!« Hannah drückte die Freundin zum Abschied und ging winkend davon.

Marthas Worte hatten Hannah beruhigt, dennoch war sie noch so aufgebracht, dass sie sich auf dem Weg nach Hause immer wieder Tränen von der Wange wischen musste. Sie hatte gedacht, es würde leichter sein. Eigentlich hatte sie sich vorgestellt, in der Menge der Studenten zu verschwinden und als eine von ihnen angesehen zu werden. Als eine, die eine unbändige Lust aufs Lernen mitbrachte – unabhängig von ihrem Geschlecht. Doch ganz so einfach schienen sie es ihr hier nicht machen zu wollen.

Daniel stand schon in der Tür, als Hannah mit erschöpften Schritten herantrödelte. Sosehr sie sich auch danach sehnte, endlich zu Hause zu sein und alle viere von sich strecken zu können, sie hatte das Zusammentreffen mit Daniel und Alma dennoch versucht hinauszuzögern. Sie wusste, dass die beiden ihr sofort ansehen würden, dass etwas nicht stimmte. Sie würden sie mit ihren neugierigen Fragen löchern, während sie selbst die letzten Stunden am liebsten vergessen würde.

Sofort griff ihr Mann nach ihrer Tasche und nahm ihr den Hut ab.

»Und? Wie war es? Wir brennen darauf, alles zu erfahren!«, rief er. Seine Begeisterung sprühte aus allen Poren.

Da stand auch schon Alma neben ihm. Sie rieb sich die Hände an ihrer Schürze sauber und strahlte Hannah an.

Die beiden wirkten wie aufgeregte Kinder am Vorabend ihres Geburtstages und strahlten eine solche Anteilnahme und Freude aus, dass Hannahs ganze Anspannung auf einen Schlag verflog. Wenn sie diese beiden um sich hatte, konnte eigentlich nichts so schlimm sein, wie es ihr eben noch vorgekommen war.

»Was? Was ist los? Nun erzähl schon, Hannah, wir platzen vor Neugierde!«, rief Daniel, und Alma nickte bestätigend. Hannah ließ sich auf die Ottomane plumpsen und seufzte erleichtert. Sie war zu Hause. Alles war gut!

»Wir platzen vor Neugierde, und ich muss zurück zu meinem Braten«, sagte Alma ungeduldig.

»Es war … es war … ach, ich weiß auch nicht. Es war der erste Tag. Man muss sich wohl erst noch an mich gewöhnen. Ich war die einzige Frau dort. Und man kann nicht sagen, dass man mir ein warmes Willkommen bereitet hat. Aber die Vorlesung über das Blutsystem war unendlich faszinierend.«

»Das wird schon. Die Herren dort müssen nur erst erkennen, wie unglaublich klug du bist.«

»Die Frage ist nur: Bin ich klug genug?«, fragte Hannah leise.

Empört sah Alma sie an. »Das will ich nie wieder hören. Ich kenne niemanden, der so klug ist wie du.«

»Na, erlaube mal«, wandte sich der Hausherr mit einem Schmunzeln an sie.

Alma sah ihn mit erhobenem Kopf an. »Das meine ich genau so, wie ich es gesagt habe!«, entgegnete sie und rauschte zurück in die Küche.

Sie nahm ihre neue Aufgabe als Köchin sehr ernst, und man konnte mit Recht behaupten, dass sie in der kurzen Zeit bereits viel gelernt hatte. Sie hatte ein Händchen für Saucen und Kräuter, und ihre Gerichte waren allesamt köstlich.

Daniel ließ sich neben Hannah auf die Ottomane gleiten und griff nach ihrer Hand.

»Du kannst nicht erwarten, dass sie dich mit offenen Armen willkommen heißen. Sie müssen sich erst an dich gewöhnen, da hat Alma schon recht. Hab ein wenig Geduld und bleib du selbst, dann wirst du alle dort mit deinem Wissen und deinem Charme ebenso schnell um den Finger wickeln, wie du es bei mir geschafft hast.« Er streichelte sanft über ihren Handrücken und lächelte sie an.

»Wahrscheinlich hast du recht. Jetzt muss ich mich aber sputen. Ich möchte vor dem Essen mit meiner Reinschrift der Vorlesung fertig sein, damit ich mich danach noch ein wenig vorbereiten kann. Bei dem Tempo, mit dem wir im Hörsaal voranschreiten, geht es nicht anders. Wie war eigentlich dein Tag?«

Er fuhr sich durch die dicken, welligen Haare und sah sie lächelnd an.

»Deutlich angenehmer als deiner; schließlich war es nicht mein erster Tag, und ich muss auch nicht so hart um Anerkennung kämpfen wie du. Aber auch ich habe noch zu arbeiten, einige Akten und Bücher warten auf mich. Dann sehen wir uns also zum Essen.«

Sein Lächeln war so voller Liebe, dass es nervös in Hannahs Magengrube flatterte, als wären dort tausend hektische Schmetterlinge gefangen. Jeden Tag freute sie sich aufs Neue über seine Hingabe und genoss seine Zärtlichkeiten, aber manchmal schlich sich dennoch das Bild ihrer verzweifelten Mutter in ihren Kopf und legte einen Schatten über ihr Herz. Sie schalt sich dann selbst, dass Daniel keinerlei Neigungen wie der Vater besaß und dass er ihr Vertrauen verdient hatte.

»Ja, das machen wir«, sagte sie und lächelte ihm scheu zu.

Fröhlich vor sich hin pfeifend lief er aus dem Zimmer wie ein kleiner Junge und warf ihr im Türrahmen noch eine Kusshand zu.

Hannah lehnte den Kopf zurück und schloss für einen Moment die Augen. Trotz allem hatte er recht. Sie hatte wie immer zu viel erwartet. Ob sie es noch einmal lernen würde, geduldiger zu sein?

* * *

Nachdenklich setzte Daniel sich wieder an seine Bücher. Er konnte sich vorstellen, dass es für Hannah nicht so einfach gewesen war, wie sie es sich gewünscht hätte. Als er heute voller Stolz seinen Kollegen erzählt hatte, dass seine Frau ihre erste medizinische Vorlesung hören würde, hatte er staunende, aber auch abschätzige Blicke geerntet. Niemand hatte sich negativ geäußert, doch die Vorbehalte der meisten waren deutlich zu spüren gewesen. Bei den Medizinern würde es nicht anders sein, so viel war klar.

Er hoffte, dass sie es schaffen würde, das Studium erfolgreich abzuschließen, dass sie ihre Ziele erreichte. Sie hatte es sich so sehr gewünscht. Doch dafür würde sie sich erst gegen die

Männer und die vorgefassten Meinungen über Frauen durchsetzen müssen. Das war nicht leicht für sie, doch es war nicht zu ändern. Da konnte er ihr auch nicht wirklich helfen. Doch eines konnte er tun …

Rasch stand er auf und lief aus dem Raum. Natürlich musste er noch so einiges erledigen, doch etwas anderes war im Moment viel wichtiger.

Mit schnellen Schritten durchquerte er die Diele und nahm zwei Treppenstufen auf einmal. Er riss die Tür zum Schlafzimmer auf, wo sie für Hannah einen kleinen Sekretär hingestellt hatten, damit sie hier in Ruhe lernen konnte.

Sie saß da, den Kopf über das Papier gebeugt, und schrieb mit roten Wangen und konzentrierter Miene eifrig in ein eigens für die Mitschriften angeschafftes Notizbuch. Als sie seine Schritte hörte, fuhr sie erschrocken auf und sah ihn mit aufgerissenen Augen an.

»Hast du mich erschreckt! Was ist denn los?«

Er trat zu ihr und zog sie sanft in den Arm.

»Ich weiß, sie machen es dir nicht leicht, aber ich bin sicher, du wirst am Ende siegen. Du wirst ihnen mit Leichtigkeit beweisen, dass du viel mehr auf dem Kasten hast als die meisten von ihnen. Das wollte ich dir nur unbedingt sagen.«

Hannahs Augen leuchteten glücklich auf. Sie sah so wunderschön aus. So zart, und gleichzeitig so unglaublich stark. Er musste sie einfach küssen.

»Entschuldige, ich wollte dich nicht stören, aber ich fand, dass du das wissen musst, Frau Friedländer.«

»Danke schön, Herr Friedländer. Das ist das Schönste, was ich heute gehört habe.« Sie neigte den Kopf und spitzte die Lippen. Wie konnte er dieser Schönheit widerstehen? Er beugte sich hinunter und küsste sie noch einmal. Lang und ausgiebig. Dann aber schob er sie von sich.

»Genug, du verruchtes kleines Ding. Versuchst, mich von der Arbeit abzuhalten, also wirklich! Ich sehe dich beim Essen, mein Schmetterling!« Und damit ging er, ihr noch eine Kusshand zuwerfend.

»Ich kann es kaum erwarten, mein Prinz!«, rief sie ihm neckisch hinterher.

Als er die Treppe wieder hinabstieg, konnte er gar nicht mehr aufhören zu grinsen. Ja, er hatte das große Los gezogen, so viel war sicher!

* * *

Doch die nächsten Tage wurde Hannah immer stiller. Sie erzählte kaum mehr etwas aus der Universität und wurde blass und grüblerisch. Es war offensichtlich, dass ihr etwas auf der Seele lag.

Beim Abendessen am Montagabend, an dem Hannah abwesend wirkte und nur einsilbige Antworten gab, reichte Daniel ihr die ausgesprochen köstliche Sauce hinüber, die Alma gezaubert hatte, und musterte sie nachdenklich.

»Wie laufen denn die Vorlesungen?«

Hannah sah mit fahrigem Blick auf. Dann beugte sie den Kopf wieder über den Teller.

»Gut, gut. Alles in Ordnung.«

Daniel stützte das Kinn auf die Hand und taxierte sie eingehend.

»Wirklich? Ich habe nämlich einen ganz anderen Eindruck«, sagte er langsam.

Ruckartig schnellte ihr Kopf wieder hoch. »Warum? Hat irgendwer etwas gesagt?«

»Gesagt? Nein, wer sollte denn etwas sagen? Mir ist nur aufgefallen, dass du kaum etwas von der Uni erzählst und insgesamt einen eher bedröppelten Eindruck machst.«

Hannah senkte wieder den Kopf. »Ach so«, murmelte sie. »Nein, nein. Das bildest du dir nur ein. Es läuft alles hervorragend.«

»So? Alles läuft also genauso, wie du es dir vorgestellt hast?«

Hannah bewegte vage den Kopf hin und her, sagte aber: »Der Stoff ist wirklich überaus faszinierend.«

»Das freut mich. Aber?«

»Was heißt aber? Ich lerne sehr viel, habe ich den Eindruck.«

»Hannah, das ist doch albern. Wollen wir dieses Spiel wirklich so weiterführen? Ich sehe, dass dich etwas belastet, und ich würde mir wünschen, dass du es mir erzählst. Geteiltes Leid ist halbes Leid. Vielleicht weiß ich ja eine Lösung für dein Problem.«

Jetzt sank Hannah, die vorher betont aufrecht gesessen hatte, wohl um zu zeigen, wie gut es ihr ging, mit einem Mal sichtbar in sich zusammen.

»Ich will doch so gern, dass es klappt, aber sie behandeln mich wie eine Außerirdische. Diese eisige Stimmung ... es ist kaum auszuhalten. Weißt du, dass ich vor jeder Vorlesung Bauchschmerzen bekomme, wenn ich den Hörsaal betreten muss? Diese Blicke ... Daniel, du kannst dir nicht vorstellen, mit welcher Kälte mich einige dort anschauen.« Sie begann zu schluchzen.

Sofort sprang Daniel auf, war mit zwei Schritten neben ihr und nahm sie in den Arm.

»Ach, mein Schatz, es tut mir leid, dass sie es dir so schwer machen.«

Hannah bebte in seinen Armen.

»Der ganze Saal ist voll mit jungen Männern. Ich habe schon Angst aufzusehen, aus Sorge, dass einer von ihnen denken könnte, ich will mit ihm anbändeln.«

Daniel musste sich zwingen, das Lächeln zu unterdrücken, das ihre Worte in ihm auslösten. Diese Vorstellung war einfach allerliebst.

»Dann lass doch einfach alle wissen, dass du eine verheiratete Frau bist, dann werden sie schnell das Interesse an dir verlieren.«

»Auf gar keinen Fall. Wenn ich erzähle, dass ich verheiratet bin, nimmt mich dort niemand mehr ernst.«

»Warum? Es ist doch nichts Anrüchiges, verheiratet …«

»Weil dann jeder annimmt, dass ich sowieso bald schwanger werde und aufhöre. Dann beachtet mich der Professor überhaupt nicht mehr.«

Daniel runzelte die Stirn und trat einen Schritt zurück. Schweigend ging er wieder an seinen Platz.

»Versteh doch, es ist schon nicht leicht, als Frau dort anerkannt zu werden, aber als verheiratete Frau, die das womöglich nur als Zeitvertreib sieht, habe ich gar keine Chance mehr.« Sie seufzte schwer.

Daniel starrte auf seinen noch vollen Teller. Irgendwie hatte es ihm den Appetit verschlagen.

»Nun gut, wie du meinst. Ich verstehe natürlich deine Bedenken, fühle mich aber nicht wohl bei dem Gedanken, dass du mich verleugnen musst, um anerkannt zu werden. Vor allem scheint es ja nicht sonderlich gut zu helfen.«

»Ich will dich nicht verleugnen. Ich bin stolz darauf, mit dir verheiratet zu sein. In Anbetracht der Umstände halte ich es nur für besser, damit in der Uni im Moment noch nicht hausieren zu gehen.« Mit bittendem Blick reichte sie ihm die Hand über den Tisch.

»Aber meine Kollegen wissen alle Bescheid über dich und dein Studium.« Zögernd legte er seine Hand in ihre.

»Du hast es ihnen erzählt? Sei ehrlich: Schlug dir keine Skepsis entgegen?«

Langsam nickte er. »Doch, natürlich. Es ist ja auch nicht gerade häufig, dass eine Frau studiert. Und dann auch noch Medizin.«

»Das ist es nicht. Leider. Ich wünschte mir, dass viel mehr Frauen studieren würden. Allerdings ist es auch nicht bedrohlich, dass deine Kollegen Bescheid wissen, denn für gewöhnlich gibt es nicht allzu viel Kontakt zwischen den Juristen und den Medizinern, oder irre ich mich?«

Daniel sah sie nachdenklich an.

»Auch wenn es mir nicht schmeckt, kann ich verstehen, warum es dir lieber ist, wenn deine Kommilitonen vorerst nichts von mir erfahren. Ich will, dass du glücklich bist.«

Jetzt sprang Hannah auf und sauste um den Tisch. Sie fackelte nicht lange, sondern setzte sich direkt auf seinen Schoß und drückte ihren Kopf an seinen.

»Ich bin glücklich. Wirklich. Du machst mich sehr glücklich. Und was das andere angeht: Das wird hoffentlich auch noch.«

»Ich bin sicher, dass sie sich an dich gewöhnen werden. Wenn sie über den Rand ihrer Vorbehalte-Brille schauen, müssen sie erkennen, was für ein großartiges Talent in dir schlummert.«

Ihre Augen blickten ihn strahlend an. Dann drückte sie ihm einen Kuss auf den Mund.

»Ich hoffe so sehr, dass du recht behältst«, flüsterte sie dann, während sie sich wieder an ihn kuschelte.

* * *

Doch zu Hannahs Kummer beachtete der Professor sie weiterhin nicht. Wenn er den Blick über das Auditorium schweifen ließ und bei ihr innehielt, zog er für den Bruchteil einer Sekunde missbilligend die Augenbrauen in die Höhe.

Kurzum: Trotz der überaus spannenden Lehrinhalte und des vor Beginn des Studiums überbordenden Freiheitsgefühls fühlte Hannah sich leer und unbedeutend. Sie empfand die akademische Lehrstätte als überaus kalt und streng und spielte mehrfach mit dem Gedanken, das Studium zu beenden, bevor es überhaupt richtig begonnen hatte. Wem wollte sie etwas beweisen? Und was überhaupt? Sie war eine verheiratete Frau, und wahrscheinlich wäre es besser gewesen, wenn sie sich, ohne mit der Wimper zu zucken, in diese Rolle gefügt hätte. Doch da war immer noch diese drängende Stimme in ihr, die nach mehr verlangte und die davon überzeugt schien, dass das hier die Erfüllung ihrer Träume sei.

Als ihr einmal das Notizbuch aus der Tasche glitt, schickte sich keiner ihrer Mitstudenten an, es aufzuheben und ihr zu reichen, wie das sonst die Höflichkeit gebot. Stattdessen gingen mehrere einfach vorbei und warfen ihr lange Blicke zu. Einer trat sogar darauf und sah ihr danach herausfordernd ins Gesicht, bevor er den Hörsaal betrat. Nachts lag sie mit fest aufeinandergepressten Augenlidern wach und bemühte sich, die aufgebrachten Nerven zu beruhigen, um endlich Schlaf zu finden. Doch die quälende Frage, ob das hier wirklich die langersehnte Freiheit war, raubte ihr die so dringend benötigte Ruhe. Wenn sie in der Bibliothek arbeitete, saß sie allein. Auch wenn Pause war, spazierte Hannah allein umher, aß ihre mitgebrachte Klappstulle und fühlte sich isoliert.

Immer wieder erkundigte sich Daniel abends mit aufmunterndem Blick: »Und? War es heute besser?«

Da sie ihn nicht enttäuschen wollte, nickte sie dann und sagte ein wenig vage: »Ein sehr ergiebiger Tag. Wir haben über die Milz geredet.«

Dass sich nichts geändert hatte und sie sogar erwog, das Studium aufgrund der angespannten Stimmung, unter der sie litt wie ein Tier in der Falle, ganz aufzugeben, sagte sie ihm nicht. Denn schließlich kam sie sich vor wie eine Versagerin. Welche schönen Vorstellungen hatte sie von einem Medizinstudium gehabt? Sie hatte sich schon als Vorzeigestudentin gesehen, die alles wusste und damit Bewunderung erntete. Stattdessen waren da nur immer diese Blicke. Diese furchtbaren Blicke.

Trotzdem ging sie pflichtbewusst zu den Lehrveranstaltungen, schrieb zu Hause alles Gehörte akribisch auf, las in den Büchern und bemühte sich, das ungute Gefühl, das sie ständig begleitete, tagsüber beiseitezudrängen. Tat sie das Richtige? Was konnte sie tun, um von den Mitstudenten und vor allem von den Professoren akzeptiert zu werden? Wie musste sie sein, um alles richtig zu machen?

Sie verachtete sich selbst für ihre Unsicherheit und bemühte sich, selbstbewusster und mit einer gewissen Selbstverständlichkeit aufzutreten. Immer wieder ertappte sie sich jedoch bei der Sehnsucht danach, sich am liebsten irgendwo zu verkriechen und ein unauffälliges, deutlich entspannteres Leben zu führen.

* * *

Als es an die erste schriftliche Prüfung ging, war Hannah überzeugt, aufgrund ihres Vorwissens und der gründlichen Vorbereitung problemlos zu bestehen. Im Gegensatz zu ihren männlichen Kommilitonen, die sich zumeist in Grüppchen zusammengefunden hatten, um gemeinsam zu lernen, einander abzufragen und den Stoff in den Kopf zu hämmern, hatte sich Hannah allein und still an ihrem Tischchen im heimischen Salon vorbereitet.

Doch als die Fragen an die Tafel geschrieben wurden und sich aufmerksame Stille über das Auditorium senkte, hatte sie das Gefühl, dass sich ihr Magen zu einem unauflösbaren Knäuel zusammenballte. Von einigen Dingen hatte sie noch nie etwas gehört. Wie konnte das sein? Sie war sich so sicher gewesen! Die Köpfe ihrer Mitstreiter waren gesenkt, und die Federn kratzten über das Papier. Hannah starrte mit brennenden Augen auf die Tafel. Sie spürte den neugierigen Blick des Assistenten auf sich ruhen.

Nimm dich zusammen!, schalt sie sich selbst. Als Ärztin musste sie die Nerven behalten. Langsam beugte sie sich über ihr Pult und begann zu schreiben.

Kaum war der Test vorbei, eilte Hannah aus dem Hörsaal. Sie wollte niemanden sehen. Niemanden! Sie wusste, dass sie durchgefallen war und dass sie an einem Scheideweg stand. Entweder sie schmiss das Studium oder es musste sich etwas grundlegend ändern!

Wenn sie dabeiblieb, musste sie es schaffen, Teil der Studentenschaft zu werden. Sie musste sich einer Lerngruppe anschließen und durfte nicht zulassen, dass man sie weiterhin wie eines dieser Südseemädchen von der Samoaschau im Berliner Zoo angaffte. Sie musste sich Anerkennung verschaffen, auch ohne dass sie an den so beliebten Mensuren der männlichen Studenten teilnahm, die von den schlagenden Verbindungen ausgerichtet wurden.

* * *

Daniel schlug die Tageszeitung zu und schüttelte unwillig den Kopf.

»Enden diese Kriege in Deutsch-Südwestafrika denn nie?«, fragte er in die Runde.

Die gemeinsame Mittagspause neigte sich dem Ende zu, und alle waren mit leisen Gesprächen oder dem Studium der Tageszeitungen beschäftigt.

»Wirklich abscheulich. Man fragt sich, warum es so schwer ist, sich da unten durchzusetzen«, antwortete Professor Wilkens nuschelnd und stopfte weiter seine Pfeife.

»Krieg ist grundsätzlich eine unangenehme Vorstellung«, entgegnete Daniel und nahm einen letzten Schluck aus seinem Glas, bevor er sich daranmachte, aufzustehen und zurück in sein Büro zu gehen.

»Sie scheuen Auseinandersetzungen generell, nicht wahr? Sogar daheim lassen Sie sich lieber von dem Weib auf der Nase herumtanzen, als einmal ein Machtwort zu sprechen, wie man so hört«, sagte Professor Hentschel und strich sich grinsend über den krausen Bart.

Verblüfft sah Daniel ihn an. Wie kam der Kerl dazu, ihm etwas Derartiges an den Kopf zu werfen? Sie hatten noch keine zehn Worte miteinander gewechselt.

»Wie meinen?«, fragte er, noch immer verdutzt. Vielleicht hatte er den Mann ja auch missverstanden, schließlich sprach er ein recht bayerisch gefärbtes Deutsch.

»Ich denke, Sie haben mich schon verstanden. Man sagt, Sie lassen Ihre Frau studieren. Welcher Mann tut so etwas schon? Ein Blaustrumpf als Ehefrau, eine abscheuliche Vorstellung!«

Einige der anwesenden Kollegen nickte beifällig, während andere auffallend konzentriert auf den Tisch oder in die Zeitung starrten.

»Ich verbitte mir solche Bemerkungen, Kollege. Ich bin froh, dass meine Frau studiert, dass sie bildungshungrig ist und ihr Wissen und bereits außerordentliches Können mehren will. Wir sind extra aus Preußen weggezogen, damit sie diesen Traum verwirklichen kann. Und nur zur Klarstellung: Ich empfinde auch das Ansinnen der Suffragetten als nachvollziehbar. Warum sollen Frauen nicht wählen und studieren dürfen wie die Männer? Wenn noch jemand meint, etwas ähnlich Ewiggestriges und Altmodisches vertreten zu müssen, möge er es bitte für sich behalten. Guten Tag, meine Herren!« Er klopfte als Verabschiedung auf den Tisch und marschierte, ohne sich noch einmal umzublicken, davon.

* * *

Der Vorfall ließ ihn nachdenklich zurück. Hannah hatte noch immer mit ihrer Rolle als Studentin inmitten männlicher Kommilitonen zu kämpfen, was ihr deutlich anzumerken war. Sie wollte ihn zwar immer glauben machen, dass es langsam besser wurde, doch er ließ sich nicht täuschen. Er hatte ihr angeboten, über seine Kontakte in der Uni zu intervenieren und ihre Professoren auf die Problematik anzusprechen, doch sie hatte dieses Angebot sofort abgelehnt. Sie wollte keine Extrawurst haben, sondern es möglichst allein schaffen.

Es tat ihm weh, sie so leiden zu sehen. Natürlich würde er ihr von der Auseinandersetzung mit den Kollegen nichts erzählen. Das würde nur ihre Zweifel schüren. Sie saß an ihrem Schreibtisch und sah lächelnd auf, als er eintrat.

»Hallo, mein Schatz, hattest du einen schönen Tag?«, fragte sie und stand auf, um ihm einen Kuss zu geben.

»Jeder Tag, an dem ich dich sehe, ist der schönste Tag, den es gibt.«

Sie verzog das Gesicht. »Das ist ein wenig schmalzig, aber es freut mich, das zu hören.«

Er grinste. »Ich hatte gerade eine wunderbare Idee. Was hältst du davon, wenn ich dich zum Essen ausführe? So richtig zünftig in eine schwäbische Wirtschaft.«

Sie lächelte. »Das hört sich famos an. Aber ich fürchte, das muss noch ein paar Tage warten. Heute hat Alma schon gekocht, und morgen haben wir Besuch. Schon vergessen?«

Er verzog schmerzlich das Gesicht.

»Ach ja, die Hautevolee der hiesigen Synagoge, ich erinnere mich.«

»Man hat ja schließlich auch Verpflichtungen als junges Ehepaar«, meinte Hannah schmunzelnd.

»Die wir natürlich keinesfalls vernachlässigen wollen, sehr richtig. Also dann übermorgen?«

»Irgendwann muss ich auch wieder lernen.«

»Du hast noch so viele Tage zum Lernen. Man muss auch mal entspannen können«, sagte er und zog sie spielerisch in den Arm.

»Da hast du recht! Also abgemacht: Übermorgen geht es in die Wirtschaft.«

Er drückte ihr einen Kuss auf die Lippen.

»Und heute Abend ins Bett«, flüsterte er ihr zu.

»Da kannst du sicher sein. Ich kann nicht auf meinen Schlaf verzichten.« Sie grinste.

»Du weißt genau, was ich meine.«

»Du Wüstling! So, und jetzt lass mich meine Reinschrift fertigstellen, sonst vergesse ich mich.«

Er küsste sie auf den Scheitel und gab sie frei. »Dann arbeite, mein fleißiges Täubchen, aber nach dem Abendessen bin ich dran.«

»Versprochen.« Sie lächelte.

* * *

Einige Wochen später hatte sich zwar zu Hause viel, aber in der Universität gar nichts geändert. Sie hatten neue Freunde in der Synagoge gefunden, mit denen sie sich regelmäßig zu gemeinsamen Abendessen oder sonntäglichen Ausflügen trafen. Besonders genoss Hannah Spaziergänge am Neckar oder in den umliegenden Weinbergen. Sie erkundeten das Schloss Hohentübingen, den Botanischen Garten und besuchten den

Hölderlinturm, in dem der arme verwirrte Dichter gelebt hatte. Mit Martha und Alma unternahmen Hannah und Daniel eine Wanderung mit der hiesigen Wandervogel-Gruppe, doch alle waren sich einig, dass es nicht das Gleiche war wie damals an der Ostsee. Da im Raum Tübingen viele Studenten lebten, war die Gruppe riesig, und es bildeten sich mehrere kleinere Untergrüppchen unter den Teilnehmern. Das erschwerte den Kontakt untereinander, obwohl sie immer wieder versuchten, auch mit anderen ins Gespräch zu kommen. Der schönste Moment war, wenn am Ende alle zusammen auf einer Lichtung standen und unisono das Wandervogel-Lied schmetterten. Doch danach löste sich die Gemeinschaft wieder auf, und jeder pilgerte allein oder in seiner kleinen Ursprungsgruppe zurück.

* * *

Die Stimmung in den Vorlesungen war für Hannah nach wie vor nicht die beste. Darüber hinaus war sie wie erwartet durchgefallen, hatte es aber bei der Wiederholungsprüfung mit Ach und Krach geschafft, zu bestehen. Doch ihr Status bei den Mitstudenten und den Professoren war immer noch seltsam. Sie hatte sich nicht getraut, jemanden anzusprechen, ob er mit ihr lernen wollte, dafür war sie einfach zu schüchtern. Sie zitterte vor der nächsten Prüfung und bekam Magengrummeln, wenn sie an die Atmosphäre im Hörsaal dachte.

Eine Sache machte ihr allerdings wirklich Freude.

Der erste Besuch im Anatomiesaal stand an, und wieder einmal hatte Hannah die halbe Nacht wach gelegen. Würde sie sich ekeln, sich zieren und damit dem Mannsvolk, das doch nur auf eine weibliche Schwäche ihrerseits zu warten schien, in die Hände spielen?

Schon auf dem Weg zur Klinik hatte sie ein flaues Gefühl im Magen, das sich zu einer heftigen Übelkeit steigerte, als sie die Tür zum Seziersaal aufstieß. Nun würde es sich zeigen, ob sie das Zeug zur Ärztin hatte. Würde sie es schaffen, die vor ihr liegende Leiche fachmännisch zu betrachten und daraus zu lernen, oder waren ihre männlichen Kollegen im Recht mit ihrer Reserviertheit gegenüber weiblichen Studentinnen?

Die abgedeckte Leiche lag auf dem Tisch bereit, und Hannah, die erwartet hatte, dass sie sich zitternd in eine dunkle Ecke zurückziehen müsste, bemerkte, wie ihr Körper von wohliger Anspannung erfüllt wurde. Sie hatte keine Angst. Sie war nicht zögerlich. Vielmehr erinnerte sie das Licht, der Lysolgeruch, die gesamte Atmosphäre an die Praxis des Großvaters. Sie fühlte sich so sicher, als stünde sie mit ihm zusammen vor einem Patienten und assistierte ihm beim Richten eines komplizierten Bruchs oder einer Platzwunde. Mit festen Schritten ging sie nach vorn und setzte sich in die erste Reihe, um nichts zu verpassen. Dieser Mensch dort vorn unter dem Tuch sollte nicht umsonst gestorben sein. Sie wollte aus seinem Körper so viel Wissen schöpfen wie irgend möglich. Das war sie ihm schuldig.

Als sie sich umsah, bemerkte sie, dass einige ihrer männlichen Kommilitonen offenbar deutlich weniger forsch waren als sie.

Mehrere hatten sich mit fahlem Gesicht und ängstlichen Augen in die letzten Reihen verzogen. Hannah spürte Mitleid in sich aufwallen, doch helfen konnte sie ihnen nicht. Diese Erfahrung musste jeder für sich selbst machen. Insgesamt war die Stimmung deutlich weniger ausgelassen als sonst – sie war sogar fast andächtig.

Als Professor Fuchs den Hörsaal betrat, setzte Hannah sich noch aufrechter hin und wartete voll Spannung auf den Beginn seiner Erklärungen.

Inzwischen schrieb sie deutlich weniger mit als am Anfang. Sie machte nur noch wenige, gezielte Notizen, die einen

Bruchteil an Nachbearbeitung benötigten. So hatte sie mehr Zeit, in den Lehrbüchern zu schmökern.

Mit heißen Wangen lauschte sie den Ausführungen des Professors. Er stellte mehrfach anatomische Fragen an die Studenten, während er sich an der männlichen Leiche zu schaffen machte. Die Einzige, die sich daraufhin meldete, war Hannah, sodass er sie wohl oder übel aufrufen musste.

Hannah war in ihrem Element. Sie war mit einem Mal wieder überzeugt, am richtigen Ort zu sein.

Doch das Allerschönste wartete am Ende der Stunde auf sie. Während der Assistent dem Professor die verschmutzen Handschuhe von den Fingern streifte und den Schutzkittel von den Schultern zog, nickte dieser ihr zu und sagte laut: »Respekt, Fräulein, Respekt!«

Hannah spürte, wie ihre Wangen vor Freude glühten. Die Anerkennung des Professors bedeutete ihr viel und machte all die abfälligen Blicke der letzten Wochen wett, die sie gekränkt hatten. Sie konnte es gar nicht erwarten, Alma, Daniel und vor allem Großvater von der ersten Anatomiestunde zu berichten!

Es war dunkel geworden. Der Herbstnebel waberte durch die Gassen, und Hannah drückte den Mantelkragen enger an den Hals. Sie wollte sich beeilen, nach Hause zu kommen. Sicherlich dampfte schon das Essen in den Schüsseln, und Daniel wartete am warmen Ofen in seinem Buch blätternd und seine Pfeife qualmend auf sie.

In der leeren Straße hörte sie hinter sich Schritte über das Pflaster hallen. Sie kamen zügig näher, und Hannah ertappte sich dabei, dass sie unwillkürlich schneller lief. Um diese Zeit waren kaum mehr Leute unterwegs. Alle kuschelten sich daheim ins Warme. Die Schritte wurden lauter. Sie war zu langsam. Ob sie rennen sollte?

»Hallo, Frau Kollega, hallo …«, hörte sie plötzlich, während sie schwer atmend vorwärtshastete.

Die Gedanken schossen ihr durch den Kopf wie Pistolenkugeln. War das etwa eine Falle? Wer sollte sie so rufen?

Da hatte der Verfolger sie auch schon eingeholt.

»Warum so eilig?« Auch der Fremde war außer Atem. Er war größer als Daniel, hatte ein Muttermal auf der Wange und trug die Couleur einer Studentenverbindung. Gottlob! Sie glaubte, ihn schon einmal in der Menge der Kommilitonen gesehen zu haben, aber sicher war sie sich nicht.

»Verzeihen Sie, gnädiges Fräulein, dass ich es wage, Sie anzusprechen, aber ich war so beeindruckt heute von Ihren Beiträgen, dass ich es einfach tun musste. Ich beglückwünsche Sie zu Ihrem Schneid. Bei der ersten Anatomievorlesung ganz vorn zu sitzen und dann die Verve zu haben, alle Fragen vom alten Fuchs zu beantworten … Respekt!«

»Danke … Das war … Ich meine … Ich habe…«, stammelte Hannah.

»Verzeihung! Ich bemerke gerade, dass ich mich noch gar nicht vorgestellt habe. Gestatten Sie, dass ich das nachhole. Gerlach, Fritz Gerlach aus Thüringen. Und mit wem habe ich die Ehre?«

»Hannah Friedländer aus Berlin. Ich … Entschuldigen Sie bitte, aber ich fürchte, ich werde zu Hause erwartet. Ich muss jetzt …«

»Aber selbstverständlich. Wenn ich Sie in dieser Dunkelheit begleiten darf?«

»Es ist nicht mehr weit. Ich kann auch …«

»Es macht mir nichts aus. Wo wohnen Sie, gnädiges Fräulein?« Und er lief ganz selbstverständlich neben ihr her.

»Dort hinten schon. Sie sehen also, es ist gar nicht nötig.«

»Es war mir eine Freude, Sie kennenzulernen. Wir sehen uns morgen in der Vorlesung, nehme ich an. Guten Abend!« Und damit verbeugte er sich und lüpfte die Mütze, bevor er sich umwandte und pfeifend um die Ecke bog.

Verblüfft sah Hannah ihm hinterher. Sie war gar nicht dazu gekommen, ihn darüber aufzuklären, dass sie kein Fräulein mehr war. Aber wozu auch? Wahrscheinlich wäre sie morgen sowieso wieder Luft für ihn und die anderen Kommilitonen. Entschlossen griff sie nach ihrem Schlüssel und schloss die Haustür auf, hinter der es wundervoll einladend nach Gebratenem roch.

Noch bevor sie dazu kam, von dem ereignisreichen Nachmittag zu berichten, sah sie den Brief auf der Anrichte liegen. Sie erkannte die strengen Schriftzüge ihrer Mutter, und sofort spürte sie einen Kloß im Hals. Es war unwahrscheinlich, dass etwas Erheiterndes oder Positives in diesem Brief stand. Vielmehr trieften die elterlichen Briefe für gewöhnlich von Ratschlägen und Warnungen. Und es war nicht verwunderlich, dass sich jetzt, wo Hannah wirklich mit dem Studium begonnen hatte, die mahnenden Briefe der Mutter häuften. Mit einem Seufzer riss sie den Umschlag auf und überflog die ersten Zeilen:

Mein liebes Kind!
Mit großem Kummer mussten wir davon lesen, dass du weiterhin an diesen Narreteien eines Medizinstudiums festhältst. Du bist jetzt eine verheiratete Frau, und es ist überfällig, dass du dich diesem Zustand angemessen verhältst. Was willst du denn mehr? Es geht dir gut, du bist versorgt. Brich deine Studien ab, bevor dein und – schlimmer noch – der Ruf deines Mannes völlig verdorben sind. Dein Vater und ich machen uns Sorgen, dass du nicht robust genug für ein Studium bist und all das Lernen auf Dauer deine Gesundheit beeinträchtigt.

Seufzend hob Hannah den Kopf. Zu ärgerlich, dass dieser Brief ausgerechnet heute hier eintraf, wo sie noch so erfüllt war von der faszinierenden ersten Anatomiestunde. Sie wollte sich die Erinnerung daran nicht durch die Sorgen der Eltern trüben lassen.

Moment, was war das? Hannah hörte das Kichern einer Frau aus dem Salon! Hatte Alma etwa schon das Essen aufgetragen, ohne auf sie zu warten, und scherzte jetzt mit Daniel? Erinnerungen an ihre Kindheit kamen hoch, und sofort drückte ein Stachel in ihr Herz. Ohne den Hut oder die Handschuhe abzulegen, stürmte sie in den Raum und blieb mit einem Ruck stehen.

Daniel stand vor einem Sessel, in dem eine dickliche, nicht mehr ganz junge Frau saß, die Hannah bekannt vorkam. Ihr teigiges Gesicht mit den aufgetürmten Haaren, auf denen ein ausladender Hut mit langer, buschiger Feder thronte, drückte Missbilligung aus.

»Oh …«, entfuhr es Hannah.

»Meine Liebe, darf ich dir Fräulein Rosenbaum vorstellen? Sie ist aus der Nachbarschaft und wollte sich nach unserem Wohlergehen erkundigen«, sagte Daniel mit zufriedenem Glucksen in der Stimme.

»Ach ja«, murmelte Hannah. Der Blick des Fräuleins sagte alles. Hier ging es nicht um ihr Wohlergehen. Hier ging es einzig und allein um Daniels Wohlergehen. Und es schien das Fräulein unangenehm zu berühren, dass die Dame des Hauses zurückgekehrt war.

»Nun, das ist sehr freundlich, Fräulein Rosenbaum. Wir gedenken, uns bald zu Tisch zu begeben. Ich nehme an, auch Sie haben noch Verpflichtungen um diese Zeit? Herzlichen Dank jedenfalls für Ihre Sorge um uns. Wir wissen Ihre Mühe sehr zu schätzen«, sagte Hannah mit übertriebenem Lächeln.

Daniel riss überrascht die Augen auf, doch Hannah ließ sich nicht beirren. Sie trat einen Schritt zurück, um dem Fräulein, das inzwischen widerstrebend aufgestanden war, den Weg zur Tür freizugeben.

Fräulein Rosenbaum reichte Daniel mit charmantem Lächeln die Fingerspitzen, die er pflichtschuldig küsste, und blitzte Hannah an, als sie an ihr vorüberrauschte.

»Guten Abend!«, zischte sie, während Lina, das Mädchen, das sie vor Kurzem zu Almas Unterstützung eingestellt hatten, herbeieilte, um ihr die Tür zu öffnen.

»Ich wünsche Ihnen ebenfalls einen wunderschönen Abend, Fräulein Rosenbaum«, rief Hannah ihr hinterher. Leiser fuhr sie fort: »Wo kommen wir denn da hin? Ich erkenne auf hundert Meter, wenn eine Ente in fremden Gewässern gründelt.«

Daniel grinste, schüttelte jedoch in gespielter Entrüstung den Kopf. »Frau Friedländer, Frau Friedländer, ich erkenne Sie gar nicht wieder.«

Dann drückte er ihr einen dicken Kuss auf die Lippen. Und Hannah wäre am liebsten darin versunken, denn bis auf das Auftauchen des sonderbaren Fräuleins hätte sie sich keinen schöneren Tag vorstellen können.

18. Kapitel

Ein Jahr war ins Land gezogen. Und Hannah war nach wie vor eifrige Studentin. Seit sie mit Fritz Gerlach eine Lerngruppe gegründet hatte, waren ihre Noten hervorragend, und an verpatzte Prüfungen war gar nicht mehr zu denken.

Inzwischen waren sie so weit, dass sie bei Operationen im Hörsaal zusehen durften, und immer häufiger war es Hannah, die von den Professoren zur Assistenz herangezogen wurde. Sie schienen sich an sie zu gewöhnen, genauso wie die Kommilitonen, und immer mehr spürte Hannah, dass sie genau dort, wo sie war, am richtigen Platz war. Bei dem ersten *Sehr Gut* unter einer Klausur fühlte sie sich so beflügelt, dass sie strahlend in Daniels Büro eilte und ihm die wunderbare Neuigkeit direkt unter die Nase halten musste. Die verwunderten Blicke seiner Kollegen waren ihr egal. Sie hatte das Gefühl, im siebten Himmel zu schweben, und mit wem sollte sie das zuallererst teilen, wenn nicht mit ihrem Gatten?

Natürlich sah sie, wie die ehrwürdigen Rechtsprofessoren die Köpfe zusammensteckten, während sie ihren im Vergleich zu den anderen Professoren deutlich jüngeren Mann voller Glückseligkeit herzte und küsste, und es tat ihr leid für Daniel, dass er nun wieder die Sticheleien seiner Kollegen wegen seiner blaustrümpfigen Frau ertragen musste. Noch immer definierten sich Männer über ihr Einkommen und ihren Beruf, während die Frauen das darstellten, was ihr Mann war.

Nun, bei ihnen verhielt es sich eben anders. Und sie würde nicht die Einzige bleiben. Sie hoffte, dass mehr und mehr Frauen die medizinische Fakultät besuchen würden. Hannah wusste, dass Daniel genauso dachte wie sie und dass er stark und wehrhaft genug sein würde, um die Hänseleien seiner Kollegen zu kontern.

* * *

Mittlerweile hatte sie sich auch an das Getuschel und die scheelen Blicke der Nachbarinnen und Gemeindemitglieder gewöhnt, wenn sie mit ihrer Büchertasche forsch an ihnen vorüberschritt, um zur Vorlesung oder in die Bibliothek zu gehen.

Man konnte nicht sagen, dass sie ihr gleichgültig geworden wären, aber sie hatte gelernt, sie als etwas Unabänderliches zu akzeptieren. Sie waren für sie so lästig wie Wespen, die im Sommer den Pflaumenkuchen umschwirrten, oder wie Sodbrennen nach einem zu üppigen Essen.

Nun gab es allerdings einen wirklichen Grund, warum sie Aufsehen erregen hätte können, doch der ließ sich zum jetzigen Zeitpunkt noch ganz gut kaschieren. Zwar war ihr Bauch in den vergangenen Wochen merklich angeschwollen, während er die ersten vier Monate der Schwangerschaft erstaunlich flach geblieben war. Doch mittels geschickter Drapierungen ließen sich diese neuen körperlichen Umstände gut verschleiern. Trotzdem wäre es jetzt nach herkömmlicher Ansicht für sie an der Zeit, sich für die letzten Monate in ihre Häuslichkeit zurückzuziehen und in freudiger Erwartung selig lächelnd weiße Säuglingsjäckchen zu häkeln, sich hin und wieder versonnen über den Bauch zu streicheln und sich demütig in die vorgegebene Rolle zu fügen.

Hannahs Pläne sahen anders aus. Gerade jetzt war es besonders wichtig, dass man ihr die Schwangerschaft nicht ansah, denn es war unwahrscheinlich, dass Professor Fuchs ihr die Praktikumsstelle im Krankenhaus zusprechen würde, wenn er davon wüsste.

Er ließ jedes Jahr nur wenigen Studenten die Ehre zukommen, ihm im Krankenhaus über die Schulter zu schauen und praktische Erfahrung zu sammeln. Hannah brannte darauf, zu den Auserwählten zu gehören, denn diese einmalige Chance würde ihr Wissen enorm erweitern. Daher hatte sie eine besonders locker fallende Bluse gewählt und sich zusätzlich ein Cape um die Schultern gelegt, das sie immer wieder unauffällig zurechtzog.

Noch vor einigen Monaten hätte sie es nie für möglich gehalten, zu dem Kreis der möglichen Kandidaten zu zählen, schließlich war der Professor ihr gegenüber sehr lange zurückhaltend gewesen. Doch seit der ersten Anatomiestunde vor nunmehr fast einem Jahr hatte sich seine Haltung merklich verändert, und er wirkte von Woche zu Woche offener und ihr zugetaner, was Hannah durch eifriges Lernen und Melden unterstützte.

Heute würde Professor Fuchs nach Ende der Vorlesung die drei Glücklichen endlich verkünden, die ihn mit ihren Leistungen so überzeugt hatten, dass sie die begehrten Posten bekamen.

Hannahs Puls raste, und sie musste, nachdem sie zügig die Treppe erklommen hatte, einen Moment innehalten und Luft schnappen. Sie war in letzter Zeit recht kurzatmig geworden. Das musste wohl auch an dem wachsenden Kind liegen. Verstohlen legte sie die Hand für einen Moment auf ihren Bauch.

»Fräulein Friedländer, da sind Sie ja«, hörte sie jemanden rufen und zog pfeilschnell ihre Hand wieder weg, aus Furcht, jemand könnte die Geste bemerken und Verdacht schöpfen.

»Herr Gerlach«, sagte sie, noch immer schwer atmend. »Guten Morgen!«

»Ist Ihnen etwas? Sie sehen so blass aus heute früh«, fragte er, und der Blick seiner braunen Augen hing besorgt an ihrem Gesicht.

»Nein, nein, alles in Ordnung. Ich bin nur etwas schnell gelaufen.« Sie nickte ihm zu, und gemeinsam betraten sie den Hörsaal.

Mehrere Studenten drehten sich zu ihnen um und winkten ihnen freundlich zu oder riefen Begrüßungen herüber. Inzwischen hatten sich die Kommilitonen an sie gewöhnt und behandelten sie wie ihresgleichen.

Hannah war sich darüber im Klaren, dass ihr selbstbewussteres Auftreten seit ihren Erfolgen im Anatomiekurs einen ähnlichen Eindruck auf die Männer gemacht hatte wie die offensichtliche Anerkennung ihrer Leistungen durch Professor Fuchs. Zu Beginn hatte sie sich täglich daran erinnern müssen, den Kommilitonen gegenüber offen und unbefangen aufzutreten und sich nicht mehr verstecken zu wollen, kaum dass irgendwelche Probleme auftraten. Denn Probleme gab es immer wieder. Inzwischen hatte sie jedoch deutlich an Selbstsicherheit gewonnen und redete, wie ihr der Schnabel gewachsen war.

Natürlich wurde ihr auch immer mal wieder der eine oder andere schmachtende Blick zugeworfen, doch meist legte sich die Schwärmerei nach einiger Zeit wieder, wenn Hannah dem betreffenden Kommilitonen keine besondere Beachtung schenkte.

Sie war dabei natürlich nicht frei von einem schlechten Gewissen, denn sie galt unter den Studenten und Professoren nach wie vor als Fräulein. Wie mit Daniel abgesprochen, hatte sie den Irrtum bestehen lassen, denn sonst würde auch hier die Überzeugung herrschen, dass sie als verheiratete Frau sowieso bald das Studium abbrechen würde. Und dann wäre all die hart erarbeitete Anerkennung ganz schnell wieder Geschichte.

Wenn man sich zufällig in der Stadt begegnete, dann gab sie sich Mühe, nicht allzu vertraut mit Daniel aufzutreten, damit man ihn ebenso gut für ihren Bruder oder Cousin halten konnte.

Doch vor allem Daniel gegenüber fühlte sie sich damit allmählich unwohl, weil sie befürchtete, ihm durch die Verleugnung seiner Rolle in ihrem Leben unrecht zu tun. Schließlich unterstützte er sie rückhaltlos und hing mit zärtlicher Zuneigung an ihr.

Beide waren begeistert über ihre Schwangerschaft, auch wenn es in Hannahs Kopf und Bauch unruhig rumorte, sobald sie über die Vereinbarkeit der Rollen als Mutter und Medizinerin nachdachte. Doch diese Grübeleien schob sie immer schnell beiseite und bemühte sich um die Überzeugung, dass sich alles fügen würde, wenn es erst einmal so weit wäre. Das einzige Zugeständnis, das sie gemacht hatte, auch um Daniel glücklich zu sehen, war, dass sie den Irrtum über ihren Familienstand an der Uni aufklären würde, wenn sich die Schwangerschaft nicht mehr verheimlichen ließe. Schließlich hatte sie sich selbst niemals als Fräulein vorgestellt.

Wenn sie abends im Bett lagen, streichelte Daniel ihren Bauch, legte den Kopf darauf und redete mit *seiner kleinen Raupe,* der er versprach die Sterne vom Himmel zu holen. Ohne dass sie darüber je ein Wort verloren hatten, schien er davon auszugehen, dass sie das Studium mit der Geburt beenden und sich ganz den Mutterpflichten widmen würde. Hannah jedoch hoffte insgeheim darauf, mit Almas Hilfe beides stemmen zu können.

* * *

So schweiften ihre Gedanken ab, während sie gespannt auf das Ende der Vorlesung und die Verkündung der Auserwählten wartete. Auch Fritz Gerlach neben ihr schien ihre Unruhe zu bemerken.

Immer wieder ertappte Hannah ihn dabei, wie er sie von der Seite ansah. Wenn sie ihm den Blick zuwandte, lächelte er kurz und beugte sich dann wieder über sein Lehrbuch, das aufgeschlagen vor ihm lag.

Als nach einer gefühlten Ewigkeit Professor Fuchs endlich die Vorlesung beendete und Hannah, Fritz Gerlach und einen anderen Kommilitonen namens Paul Schoster bat, noch einen Augenblick zu bleiben, um die Einzelheiten ihrer praktischen Arbeit bei ihm genauer durchzugehen, hätte Hannah am liebsten gejuchzt vor Freude. Und auch Fritz Gerlach wirkte so, als wäre er ihr am liebsten um den Hals gefallen.

Eine gute halbe Stunde später eilte Hannah mit einem glücklichen Strahlen nach Hause. Fritz Gerlach begleitete sie noch bis zur Brücke und winkte ihr zum Abschied. Gedankenverloren hob sie die Hand und lief weiter. Was würde Daniel sagen, wenn er von ihrem Erfolg erfuhr? Es tat so unsagbar gut, Bestätigung für die viele Arbeit zu bekommen.

Zu ihrer großen Erleichterung reagierten sowohl Daniel als auch Alma begeistert, und zumindest für den Moment war demnach die Aufgabe ihres Studiums kein Thema mehr. Nach dem Abendessen und einer entspannten Stunde im Salon, in der sie gemeinsam mit Daniel Grammofonmusik gelauscht und ein wenig Karten gespielt hatte, fiel Hannah in einen tiefen, traumlosen Schlaf.

* * *

Als sie am nächsten Morgen voller Vorfreude auf die neue praktische Arbeit aus der Haustür trat, sah sie das Grüppchen Frauen sofort. Sämtliche Nachbarinnen schienen sich draußen versammelt zu haben, um sich gemeinsam das Maul über andere zu zerreißen. Mittlerweile war Hannah aufgrund der häufig abschätzigen Blicke, die ihr die Frauen immer wieder zugeworfen hatten, sehr dünnhäutig. Sie vermutete daher in ihrer übersteigerten Sensibilität, dass die Frauen sich verabredet hatten, um ihren Gang zur ersten praktischen Stunde mit Professor Fuchs mit ihrem Stirnrunzeln und Kopfschütteln zu begleiten, obwohl sie davon natürlich gar nichts wissen konnten.

Ganz vorn stand wie immer Berta Rosenbaum, die Hannah seit ihrer Begegnung im Salon ein Dorn im Auge war. Ihr Interesse an Daniel war offenkundig, und sie scheute nicht davor zurück, ihn immer wieder zu umgarnen. Sobald Hannah aus dem Haus war, stand sie oft mit fadenscheinigen Ausreden und dringenden Anliegen vor der Tür. Und wie Daniel ihr augenrollend und trotzdem ein wenig geschmeichelt erzählt hatte, lauerte sie ihm manchmal sogar draußen auf und begleitete ihn plappernd und kokettierend auf seinen Wegen.

Auch Hannah hatte sich immer wieder ein gezwungenes Lächeln abgerungen und sie höflich gegrüßt, wenn sie ihr über den Weg lief. Jetzt aber platzte ihr beim Anblick der klatschsüchtigen Weiber mit ihren zusammengeschnürten Taillen, überlangen Röcken und albernen kleinen Hüten der Kragen.

»Was gibt es zu gaffen? Haben Sie noch nie eine arbeitende Schwangere gesehen? Wie viele Zimmermädchen, Köchinnen, Näherinnen, die trotz ihrer anderen Umstände schuften müssen, begegnen Ihnen täglich? Wahrscheinlich unzählige, aber das ist etwas anderes, nicht wahr? Keine Frau darf nach höherem Wissen streben, vor allem nicht, wenn sie verheiratet ist, das meinen Sie doch, oder? Sie sollten sich schämen, Leute zu verurteilen, die niemandem etwas zuleide getan haben. Die ihren

Weg gehen, der oftmals hart ist und viele Strapazen bereithält, aber die dafür kämpfen, die Ausbildung zu erhalten, die nötig ist, um anderen Menschen zu helfen. Guten Tag, die Damen!«

Mit zornrotem Kopf und rasendem Puls drehte sie sich um und lief mit hastigen Schritten Richtung Krankenhaus.

Fritz Gerlach, der wie immer an der Brücke auf sie gewartet hatte und ihr wegen ihrer Verspätung entgegengekommen war, hatte mit halb geöffnetem Mund dagestanden und fassungslos auf das Schauspiel geblickt, das sich ihm bot.

Hannah griff nach seinem Arm und zog ihn mit sich, während die Frauen hinter ihnen nach einer Schrecksekunde aufgeregt miteinander zischelten.

Er folgte ihr stumm.

Als sie außer Sichtweite waren, murmelte Hannah: »Das war nicht sehr elegant, fürchte ich, aber die Nerven sind mit mir durchgegangen.«

Gerlach nickte abwesend mit leichenblassem Gesicht.

»Ist Ihnen etwas auf den Magen geschlagen oder ist es nur das Entsetzen über meinen wenig damenhaften Auftritt eben?«

»Sie … Sie sind verheiratet?«, flüsterte Fritz Gerlach kaum hörbar. Er sah sie scheu von der Seite an.

Bisher hatte Hannah es nur als ein Fantasiegespinst abgetan, er könnte ihr zugeneigt sein, doch sein enttäuschtes Gesicht sprach Bände. Er hegte anscheinend Gefühle für sie, doch sie hatte ihm nie Anlass zur Hoffnung gegeben. Nun half nur noch, ihr Versäumnis direkt anzusprechen. »Ja, ja, ich weiß, ich hätte es Ihnen allen schon viel früher sagen sollen, aber …«

Hannah sah ihn unsicher an. Traf es ihn wirklich so sehr? Stand nicht auch für ihn der erfolgreiche Abschluss des Studiums an erster Stelle? Sollte sie sich so sehr geirrt haben?

»Es wird nichts zwischen uns verändern, da bin ich mir sicher. Und was die Schwangerschaft angeht, auch an meinen Studienplänen ändert sich nichts. Sie können ganz beruhigt sein. Ich werde weiter fleißig studieren und arbeiten, das verspreche ich. Geht es Ihnen nicht gut? Sie sehen so blass aus? Lassen Sie mich mal Ihren Puls fühlen.« Sie griff nach seinem Handgelenk, doch er stieß grob ihre Hand weg.

Überrascht sah Hannah ihn an. Er biss sich auf die Lippen, schüttelte heftig den Kopf und lief ohne ein weiteres Wort mit langen Schritten davon.

Ja, waren denn heute alle verrückt? Einen Augenblick lang überlegte sie, ob sie ihm hinterherlaufen sollte, aber dann würde sie nach dem Vorfall mit den Klatschweibern zu spät ins Krankenhaus kommen. Doch auch Gerlach müsste ja rechtzeitig im Krankenhaus erscheinen … Sie würde ihn entschuldigen. Er hätte sich den Magen verdorben oder so etwas.

Jetzt musste sie sich aber beeilen. Sie wollte keinesfalls die erste Stunde versäumen; schließlich würde sie durch das bevorstehende Wochenbett schon genug wichtige Ausbildungszeit einbüßen.

Ein Kloß stieg in Hannahs Kehle auf. Sie hätte stante pede sowohl weinen als auch vor Lachen laut herausprusten können. Die ganze Situation war so unwirklich, so skurril, dass es schon fast wieder komisch war. Ihre Mutter wäre entsetzt gewesen über ihren Ausbruch, aber Daniel würde wahrscheinlich darüber lachen, wenn sie ihm später davon erzählte. Nur Gerlachs seltsame Reaktion, die würde sie sicherheitshalber unerwähnt lassen.

19. Kapitel

Als Daniel ihren Schlüssel im Schloss hörte, stand er langsam auf. Das, was er mit ihr gleich zu besprechen hatte, wollte er nicht im Sitzen machen. Auch wenn er sich nicht sonderlich auf dieses Gespräch freute, war es doch längst überfällig.

Es ging nicht an, dass sie sich verhielt, wie sie es heute getan hatte. Die Frau eines Professors wurde nicht ausfällig gegenüber ihren Nachbarinnen. Sie brüllte nicht auf der Straße herum wie eine Berliner Straßengöre. Das gehörte sich einfach nicht.

Hannah sah erschöpft aus, als sie in den Salon trat, und er gab sich Mühe zu lächeln, damit sie nicht schon aufgrund seiner angespannten Miene das Weite suchte.

Trotzdem bemerkte sie seine Verstimmung sofort.

»Geht es dir nicht gut?«, fragte sie und eilte mit besorgtem Gesichtsausdruck auf ihn zu.

Er schüttelte den Kopf. Es fiel ihm schwer, zu sagen, was gesagt werden musste. Schließlich hatte sie momentan schon genug zu stemmen aufgrund ihrer Schwangerschaft, und dann war sie auch noch mit diesem schweren Studium beschäftigt.

»Alles in Ordnung. Es ist nur … Hannah, hast du wirklich auf der Straße herumgeschrien?«

Die Schamröte schoss ihr in die Wangen, und sie senkte schuldbewusst den Kopf.

»Ich hätte es nicht tun sollen, ich weiß! Es tut mir wirklich leid. Aber du hättest mal ihre Blicke sehen sollen, wie sie auf meinen Bauch und meine Tasche starrten. Diese Blicke sprachen Bände. Diese Missgunst und dieses …«

»Was es auch ist, ich hätte mehr Contenance von dir erwartet. Ich bin Professor. Was sollen die Leute denken, wenn meine schwangere Frau, die im Moment sowieso besser zu Hause aufgehoben wäre, als täglich in die Uni zu rennen, dort draußen herumschimpft wie ein kollernder Auerhahn? Ich war entsetzt, als ich davon hörte, wie du mit unseren Nachbarinnen herumzankst.«

Hannah starrte auf ihre Schuhspitzen.

»Entschuldigung. Es wird nicht wieder vorkommen. Aber so unschuldig, wie du glaubst, sind diese Klatschweiber nicht. Sie …«

»Genug. Es ist mir egal, wie missgünstig sie auch sein mögen. Meinst du, deine oder meine Mutter würden sich jemals derart gehen lassen?«

Jetzt blickte sie auf. Ihre Augen funkelten.

»Vergleiche mich nie mehr mit meiner Mutter, und schon gar nicht mit deiner, hörst du? Ich bin ich. Und was die Uni angeht: Natürlich renne ich dorthin, schließlich möchte ich nicht durch die Prüfungen fallen. Du warst einverstanden mit meinem Studium, erinnerst du dich? Deswegen hast du hier als Professor angefangen.«

»Ich bin mir dessen bewusst. Aber damals waren es andere Umstände. Jetzt bist du schwanger, Hannah. Und eine schwangere Frau gehört nun mal nach Hause und nicht in einen zugigen Hörsaal. Du musst doch auch an das Kind denken!«

»Ich denke pausenlos an das Kind. Und ich passe auf. Aber trotzdem bin ich auch immer noch Studentin der Medizin, und das lasse ich mir auch nicht nehmen, hörst du? Ich werde eine gute Mutter sein und trotzdem studieren. Und jetzt entschuldige mich, ich habe noch zu lernen.«

Sie funkelte ihn ein letztes Mal zornig an und rauschte dann mit wehendem Rock hinaus. Er hörte ihre Schritte auf der Treppe und biss sich vor Wut auf die Unterlippe.

»Ist etwas geschehen? Habt ihr euch etwa gestritten?« Alma steckte den Kopf ins Zimmer. Ihre Augen waren angstvoll geweitet.

Er winkte ab, auch wenn er noch immer die Lehne des Sessels vor Ärger so fest umklammerte, dass seine Knöchel weiß hervorstanden.

»Halb so schlimm.«

»So hat es sich aber gar nicht angehört. Geht es Hannah gut?«

»Zu gut, wenn du mich fragst. Sie hat heute früh den Tratschtanten aus der Nachbarschaft die Meinung gegeigt. Ich musste das Ganze von einem Kollegen erfahren. Was glaubst du, wie peinlich das für mich war? Meine Gattin staucht auf der Straße ihre Nachbarinnen zusammen.«

Alma konnte sich ein Grinsen nicht verkneifen.

»Das ist Hannah! Sei doch froh, dass du nicht so eine langweilige Salonlöwin hast, sondern ein temperamentvolles Weib, das sich nicht alles gefallen lässt«, sagte sie.

Er fuhr sich mit der Hand durchs Haar. »Alma, ich bin Professor. Sie ist meine Frau. Da gibt es gewisse Erwartungen, verstehst du?«

»Natürlich. Aber im Großen und Ganzen macht sie es doch gut, oder nicht?«

Er zuckte mit den Schultern und meinte zögerlich: »Ja, wahrscheinlich schon … Ach, ich weiß nicht. Mir wäre es lieber, sie würde zu Hause bleiben. Jetzt, in ihrem Zustand, braucht sie nicht ständig zur Uni. Besser wäre es, sie würde sich auf das Kind vorbereiten, sich schonen.«

»Hannah kennt sich besser mit dem menschlichen Körper aus als jeder von uns. Ich glaube nicht, dass sie irgendetwas machen würde, was dem Kind schaden könnte.«

Seufzend ließ sich Daniel in den Sessel fallen.

»Da hast du wahrscheinlich recht«, erwiderte er, müde von der Auseinandersetzung.

»Vertrau ihr einfach. Und so ein Gefühlsausbruch wird sicherlich auf die Schwangerschaft zurückzuführen sein. Da wird man schon mal ein wenig ungehalten.«

»Ja, sicherlich«, sagte er langsam. »Danke, Alma! Wann ist das Essen fertig?«

»In ungefähr zehn Minuten, denke ich.«

Er stand auf. »Dann gehe ich mal kurz zu ihr hoch und vertrage mich mit ihr. Zufrieden?«

Alma strahlte. »Sehr zufrieden sogar.«

* * *

Die Arbeit im Krankenhaus machte Hannah große Freude. Sie liebte es, Wunden zu desinfizieren und Verbände anzulegen. Besonders spannend aber fand sie die Untersuchung von Patienten mit nachfolgender Diagnosehypothese.

Für gewöhnlich liefen diese Untersuchungen so ab, dass die ausgewählten Studenten den Professor auf die Visite begleiteten, wo sie kurz darüber informiert wurden, mit welchen Symptomen der Patient eingeliefert worden war. Danach durften Hannah und ihre Kommilitonen vortreten und den Patienten kurz untersuchen. Anschließend mussten sie ihre Diagnose stellen und die erforderliche Behandlung vorschlagen.

Ihr erster Fall war ein noch recht junges Mädchen, das mit fahlem Gesicht und ängstlich zusammengepressten Lippen vor ihnen im Bett lag. Sie hatte unerklärliche blaue Flecken und Wunden, vor allem an den Beinen, aber einige auch an den Armen.

Paul Schoster trat als Erster vor, deckte die Patientin auf, die daraufhin die Schultern einzog und ihr Nachthemd fest an den Körper presste. Er musterte sie zügig von oben bis unten, klopfte auf ihre Knie und fühlte ihren Puls. Dann trat er zurück. Das Mädchen zog blitzschnell die Decke wieder über den mageren Körper und schloss erschöpft die Augen. Paul Schoster achtete gar nicht mehr auf sie, denn er hatte sich abgewandt, griff eilig nach Block und Stift und kritzelte mit tief gesenktem Kopf etwas aufs Papier.

Dann nahm Fritz Gerlach die Untersuchung vor. Er ging deutlich weniger forsch zur Sache, inspizierte erst einmal gründlich ihre Augen, indem er die Augenlider hochschob, während das Mädchen stocksteif dalag und leise vor sich hin wimmerte. Danach bat Gerlach sie, die Zunge herauszustrecken und einmal zu husten. Dann erst schlug er die Decke zurück und betrachtete mit gefurchter Stirn und zusammengepressten Lippen eingehend jeden Zentimeter des vor ihm liegenden Mädchens, das vor Kälte zitterte, bis er mit einem kurzen Nicken die Bettdecke wieder ausbreitete und mit nachdenklichem Blick zurücktrat.

Nun war endlich Hannah an der Reihe. Sie trat vor, lächelte das verschreckte Mädchen an und streichelte es sanft über den Arm.

»Ich bin Hannah Friedländer, und wer bist du?«, fragte sie sanft und musterte dabei unauffällig das Gesicht des Mädchens. Ihre Augen, mit denen sie bisher teilnahmslos an die Decke gestarrt hatte, wenn sie nicht geschlossen waren, waren gerötet und lagen tief in den Höhlen.

»Anna. Anna Schumann«, antwortete sie sehr leise.

»Freut mich sehr, Anna. Oder ist es dir lieber, wenn ich Fräulein Schumann zu dir sage?«

Das Mädchen schüttelte scheu den Kopf. »Anna ist gut.«

»Wie alt bist du, Anna?«, fragte Hannah und nahm dabei unauffällig den Arm des Mädchens in Augenschein.

Die Blessuren waren nicht tief, eher breit und großflächig.

»Fünfzehn seit letztem November.«

»Fünfzehn? Ein schönes Alter. Gehst du zur Schule, Anna?«

»Ja, aber an manchen Tagen fällt es mir schwer, mich zu konzentrieren, weil ich müde bin.« Die Stimme des Mädchens wurde lebhafter.

»Das ist nicht schlimm. Darf ich mal kurz dein Bein ansehen? Ja, danke sehr. Bist du eigentlich jeden Tag müde, Anna, oder ist das unterschiedlich?« Hannah schlug beiläufig die Bettdecke von Annas rechtem Bein und betrachtete es rasch.

»Nicht jeden Tag. Nur an den Tagen, an denen ich neue Flecken habe, und da fällt es mir dann in der Schule auch schwer.«

»Ist an diesen Tagen in deinem Zimmer etwas verändert?«, fragte Hannah, deckte das Bein wieder zu, ging zur linken Seite und besah sich kurz das andere Bein.

»Ja, oft ist alles durcheinander. Dann schimpft Mama immer, aber ich kann doch auch nichts daran ändern.«

»Nein, das kannst du nicht, du Armes. Sag mir nur noch eines, liebe Anna. Seit wann ist das so? Kamen die Flecken und Wunden vor der Müdigkeit?«

»Nein, eigentlich zusammen. So vor ungefähr einem halben Jahr, würde ich sagen.«

Hannah nickte. Dann fragte sie: »Kannst du eigentlich von deinem Bett aus gut den Mond sehen, Liebes?«

»Freilich. Ich sehe ihn jede Nacht. Muss ich jetzt sterben, Fräulein?« Ihr Blick hing ängstlich an Hannahs Gesicht.

Sie strich ihr beruhigend über das wirre Haar und schüttelte den Kopf. »Aber nein, Anna. Du wirst noch ein langes, schönes Leben haben.«

»Wirklich?«

»Aber ja. Mach dir bloß keine Sorgen mehr. So, ich decke dich jetzt zu, und dann hast du wieder deine Ruhe, einverstanden?«

»Einverstanden.« Das magere Gesicht des Mädchens verzog sich zu einem scheuen Lächeln. »Danke schön«, sagte sie leise.

Spontan beugte Hannah sich vor und umarmte sie kurz.

»Mach es gut, kleine Anna!«

»Sie auch.«

Und damit wandte sich Hannah Professor Fuchs zu.

»Ich denke, ich habe meine Diagnose«, erklärte sie entschlossen.

Der Professor nickte bedächtig. Ein feines Lächeln umspielte seine Mundwinkel.

»Die Herren auch?«

Paul Schoster und Fritz Gerlach nickten ebenfalls.

»Dann bitte schön!«, sagte der Professor und sah Paul Schoster auffordernd an.

»Ich fürchte, ihr Körper ist voll mit Geschwüren. Ich weiß nicht, wie die Kollegin Friedländer dem Mädchen einen solchen Floh ins Ohr setzen kann. Ich bin überzeugt, dass sie bald sterben wird. Sehen Sie sich nur die Consumptio an. Der Körper ist völlig ausgezehrt.«

Fritz Gerlach nickte. »Ich muss dem Kollegen Schoster zustimmen. Das Mädchen leidet eindeutig an Gliederschwund. Auch die Schwäche und Teilnahmslosigkeit der Patientin legen nahe, dass ihr Ende bevorsteht.«

Hannah beobachtete die arme Anna, die mit panischem Blick auf die Ärzteschar starrte, die diese schlimmen Aussichten schonungslos vor ihren Ohren ausbreitete.

Hannah schüttelte beruhigend den Kopf und formte mit den Lippen ein *Nein.* Anna nickte, blass und mit gefurchter Stirn.

»Sie stimmen der Diagnose Ihrer Kollegen nicht zu, Fräulein Friedländer?«

»Das tue ich nicht. Meine Diagnose sieht nach meiner eingehenden Untersuchung und der Unterhaltung mit der Patientin ganz anders aus.«

Der Professor neigte mit amüsiertem Blick den Kopf.

»Ihre Untersuchungsmethode unterschied sich grundlegend von der Ihrer Herren Kollegen«, stellte er fest.

»Das tat sie«, stimmte Hannah schnörkellos zu. »Und dennoch bin ich mir sicher, dass meine Diagnose der Wahrheit deutlich näherkommt als die meiner Kommilitonen.«

»Eine gewagte These, werte Frau Kollega. Wir sind sehr gespannt darauf, sie zu hören«, sagte Paul Schoster mit einem säuerlichen Lächeln auf den Lippen.

»Wenn Sie die Güte hätten, sie uns zu präsentieren?«, bat der Professor, noch immer lächelnd.

»Somnambulismus«, sagte Hannah nur.

»Schlafwandeln?«, fragte Fritz Gerlach perplex.

»Richtig. Schlafwandeln«, bestätigte Hannah. »Die Patientin berichtet darüber, diese unerklärlichen blauen Flecken und Wunden an den Tagen zu haben, an denen sie gleichzeitig über besondere Müdigkeit klagt. Darüber hinaus hat sie auf Nachfrage berichtet, dass ihr Zimmer an diesen Tagen immer besonders unaufgeräumt ist, sodass ihre Mutter schimpft. Ich habe daher geschlussfolgert, dass sie in diesen Nächten in ihrem Zimmer umherläuft, an Möbel und Herumstehendes stößt, sich dabei Wunden und Flecke zufügt und den Raum in Unordnung bringt. Am nächsten Morgen kann sie sich die Veränderungen nicht erklären und klagt über besondere Müdigkeit. Meine Diagnose lautet daher Somnambulismus. Und als Therapie würde ich empfehlen, das Zimmer leer zu räumen und das Fenster gut zu verhängen, damit möglichst wenig Mondlicht ins Zimmer gelangt.« Hannah lächelte der Patientin zu. »Und was den Ernährungszustand von Anna angeht, möchte ich ergänzen: Sie ist mitten in der Pubertät, wächst schneller, als sie es mit Nahrung ausgleichen kann. Ein ganz normaler Prozess.« Hannah erinnerte sich daran, dass es, als sie selbst in diesem Alter gewesen war, eine Zeit gegeben hatte, in der sie manchmal dachte, ihre Knochen würden gegeneinanderklappern. So dünn war sie damals gewesen und dabei doch kerngesund, wie Großvater ihr versichert hatte.

Fritz Gerlach und Paul Schoster hatten während ihres Vortrages die Augen aufgerissen und sie überrascht angestarrt. Der Professor aber nickte wohlwollend und sagte mit breitem Lächeln: »Respekt, Frau Kollegin, Respekt. Genau zu der gleichen Diagnose sind auch wir gekommen. Allerdings muss ich zugeben, dass wir wesentlich länger dafür gebraucht haben. Seien Sie jedoch unbesorgt, meine Herren; auch meine Kollegen und ich sind zunächst von ähnlichen Annahmen ausgegangen wie Sie. Doch die genauere Beobachtung ließ uns unsere Meinung revidieren.«

Die beiden Kommilitonen hörten dem Professor staunend zu. Hannah aber hatte nur Augen für Anna, die erleichtert aufseufzte, und der panische Ausdruck auf dem Gesicht der jungen Patientin wich einem befreiten Lächeln.

* * *

Bis zum letzten Tag vor der Geburt ging Hannah in die Uni und ins Krankenhaus, um dort praktische Erfahrungen zu sammeln.

Natürlich war Professor Fuchs alles andere als erfreut gewesen, als sie ihm schließlich die Schwangerschaft gebeichtet hatte, doch er war so angetan von Hannahs Arbeit, dass er bereit war, über die zwei Monate Fehlzeit infolge des Wochenbetts hinwegzusehen. Die Erfahrungen, die Hannah in der Praxis des Großvaters bereits gesammelt hatte, waren bei der Arbeit am

Krankenbett Gold wert und führten dazu, dass Hannah ihren Kommilitonen im Versorgen von Wunden, Diagnostizieren und Verbinden weit voraus war. Ihre Kenntnisse waren bereits so fundiert, dass der Professor sie darum bat, an seinem neuesten medizinischen Werk mitzuarbeiten.

Hannah war selig und versprach, die Zeit ihres Wochenbetts dafür zu nutzen, Aufsätze zu verfassen und bereits Geschriebenes Korrektur zu lesen. Mit dieser Aussicht war der Professor mehr als besänftigt und fand auf diese Weise sogar noch etwas Gutes in ihrer Abwesenheit.

* * *

Anders war die Situation mit Fritz Gerlach. Seit Hannahs Streit mit den Nachbarsfrauen war er ihr gegenüber still und in sich zurückgezogen. Er hatte ihre Ehe und die Schwangerschaft während der ganzen letzten Zeit nicht einmal erwähnt, ja, er schien es sogar zu vermeiden, mit ihr allein zu sein.

Wenn sie nach Unterrichtsschluss auf ihn wartete, damit sie wie gewohnt einen Teil des Weges zusammen gehen konnten, hatte er immer noch etwas Dringendes zu erledigen oder befand sich gerade im Gespräch mit anderen Kommilitonen, sodass Hannah allein gehen musste. Sie tauschten Höflichkeiten aus, Oberflächliches, aber mehr nicht. Wenn sie zusammen lernten, ging es ausschließlich um den Stoff. Kein Scherz, kein lustiges Wort fiel mehr, und Hannah traute sich nicht, daran etwas zu ändern, solange der Kommilitone derart reserviert war.

Hannah trauerte insgeheim um die frühere kollegiale Verbundenheit, um den verlässlichen Begleiter, doch sie wagte es nicht, ihn im Beisein der anderen zur Rede zu stellen oder die Aussprache mit ihm zu suchen.

Außerdem war sie von Tag zu Tag mehr mit anderen Dingen beschäftigt. Mit fortschreitender Schwangerschaft war sie zunehmend stärker erfüllt vom Gedanken an das Kind, von den notwendigen Vorbereitungen; und selbstverständlich wollte sie auch das Studium nicht vernachlässigen.

* * *

So kam es, dass sie auch an diesem Abend nach der Arbeit im Krankenhaus allein unterwegs war, als sie spürte, wie sich ihr Unterleib schmerzhaft zusammenzog. Dieses Gefühl kannte sie schon. In der letzten Zeit war es immer wieder aufgetreten. Es waren wahrscheinlich Senkwehen, dachte sie, um den Körper auf die Geburt vorzuberei…

»Au!«, entfuhr es ihr, und sie musste sich am Brückengeländer festklammern. So stark waren die Krämpfe noch nie gewesen. Hieß das etwa, dass es so weit war? Aber nein! Nach ihren Berechnungen musste sie noch gute zwei Wochen vor sich haben. Jetzt wurde es etwas besser. Hannah konnte Luft holen. Sie lockerte den Griff und machte sich daran weiterzugehen, doch ihre Beine waren mit einem Mal ganz schwach und wackelig.

Jetzt nimm dich zusammen!, schalt sie sich innerlich. Sie machte ein paar Schritte, doch der Schmerz war intensiv. Und plötzlich spürte sie, wie etwas Feuchtes ihr Bein herunterlief. Das musste das Fruchtwasser sein.

Oje, es ging los. Sie musste nach Hause, und zwar schnell.

Sobald der Schmerz nachließ, würde sie weitergehen. Sie ballte die Fäuste und bemühte sich, in den Bauch zu atmen.

Doch der Schmerz war so heftig! Das ging doch alles viel zu schnell. Sie musste nach Hause oder umdrehen und ins Krankenhaus, doch es war ihr nicht möglich. Sie war gefangen in dem Schmerz, der sie beherrschte.

Und um diese Zeit war natürlich niemand mehr auf der Straße. Ob Daniel nach ihr suchen würde, wenn sie nicht kam?

Sie wusste es nicht. Manchmal war er so sorglos, so unbedarft. Sonst rechnete sie ihm das hoch an, weil er nicht jede Minute des Tages wissen wollte, wo sie war. Doch jetzt stellte sie das möglicherweise vor Probleme.

Sie biss die Zähne zusammen und horchte auf den Schmerz, der ihr Inneres zusammenzog. Er wurde stärker. Die Angst nahm ihr die Luft zum Atmen.

Himmel hilf! Sie konnte das Kind doch nicht hier auf der Straße zur Welt bringen!

Sie glaubte, entfernte Schritte zu hören. Wenn doch jemand vorbeikäme, um ihr zumindest nach Hause zu helfen!

Hannah schmeckte Blut von ihren aufgebissenen Lippen, und ihre Hände, die das Brückengeländer umklammerten, wurden allmählich taub.

»Meine Güte, Hannah, was ist passiert?« Sie kannte diese Stimme. War das nicht Fritz Gerlach? Sie spürte Hände, die nach ihr griffen und sie stützten, sodass sie den Griff um das Geländer lockern konnte.

»Ich … es tut so weh … etwas stimmt nicht«, war alles, was sie herausbrachte.

»Das schaffen wir schon. Ich fürchte, bis zum Krankenhaus ist es in Ihrem Zustand zu weit. Ich bringe Sie jetzt nach Hause. Atmen Sie ganz ruhig.«

Die Stimme beruhigte sie ein wenig.

»Fritz! Ich … endlich kann ich es sagen: Es tut mir so leid.«

»Gleich sind wir da. Nur noch ein paar Schritte. Spüren sie schon den Kopf?«

Hannah errötete. Das war nichts, worüber sie mit einem Studienkollegen reden wollte. Vor allem nicht mit Fritz Gerlach, der wohl auch nach Monaten noch immer nicht von seiner Schwärmerei für sie lassen konnte und sich deshalb so distanziert benahm. Aber er war der einzige medizinisch Erfahrene in greifbarer Nähe, und sie war auf seine Hilfe angewiesen.

»Es ist eine Sturzgeburt, nicht wahr?« Sie flüsterte, denn laut zu sprechen kostete zu viel Kraft.

»Ich fürchte schon, aber zum Glück habe ich ein paar Wochen Dienst in der Frauenklinik hinter mir, sollte es hart auf hart kommen.« Sein Gesicht war angespannt, doch er wirkte absolut professionell, als er Hannah zur Haustür führte und den Türklopfer betätigte, während er sie beruhigend im Arm hielt.

»Danke, Fritz! Das werde ich Ihnen nie vergessen!«, stammelte Hannah verlegen. Sie kniff die Augen zusammen und versuchte, den hell lodernden Schmerz zu veratmen.

* * *

Als Hannah endlich im Nachthemd in ihrem Bett lag, ließen die Wehen nach. Während der Schmerz vorher unerbittlich und drängend gewesen war, hatte sie jetzt mehrere Minuten, bevor die nächste Schmerzwelle sie überrollte. Alma war sofort losgelaufen, um die Hebamme zu holen, während Daniel ihr geholfen hatte, sich auszukleiden und hinzulegen.

Sie drückte fest seine Hand und sah ihn angstvoll an.

»Ich kann das nicht, Daniel. Ich halte diesen Schmerz nicht aus.«

Er streichelte über ihren Handrücken und sagte liebevoll: »Natürlich schaffst du es. Ich erwähne jetzt nicht die unzähligen Frauen, die viel schlechtere Bedingungen hatten und es trotzdem geschafft haben. Du bist stark, Hannah. Du bist die stärkste Frau, die mir je begegnet ist. Du lässt dich von temporären Schmerzen nicht unterkriegen, vor allem nicht, wenn du weißt, was am Ende der Lohn dafür sein wird. Ich bin ungeheuer stolz auf dich, weißt du das, mein kleiner Schmetterling?« Er drückte einen Kuss auf ihren Scheitel.

In diesem Moment öffnete sich die Schlafzimmertür, und die energische Hebamme betrat den Raum.

»Sie können dann gehen. Ich übernehme ab hier.« Und schon stellte sie ihre Tasche auf den Boden und rief Alma zu, ihr warmes Wasser und Tücher zu bringen.

»Denk an das, was ich dir gesagt habe, und lass dich von dem alten Drachen nicht unterkriegen, hörst du?«, flüsterte Daniel ihr zu und drückte seine Stirn zum Abschied an ihre.

Ein Lächeln huschte über Hannahs Gesicht. Dann aber rollte der Schmerz wieder an, und sie hatte das Gefühl, als würde ihr Innerstes qualvoll gedehnt. Sie hechelte hektisch, doch die Schmerzen ließen nicht nach. Die Hebamme achtete nicht auf ihre Pein, sondern setzte unbeeindruckt ihr Hörrohr auf Hannahs zum Zerreißen gespannten Bauch. Ach, wie viel lieber wäre es ihr gewesen, wenn Daniel statt ihrer dageblieben wäre. Aber das war wahrscheinlich im Hinblick auf die unmittelbar bevorstehende Geburt nicht die beste Idee.

Vier Stunden später war der kleine Junge endlich auf der Welt. Verknautscht, rot und kerngesund. Nachdem die Hebamme ihn ausgiebig untersucht, gewaschen und angekleidet hatte, wurde er Hannah endlich in den Arm gelegt, und sie war auf einen Schlag von einem unglaublichen Glücksgefühl erfüllt. Noch nie hatte sie ein so starkes Gefühl der Hinwendung erlebt. Der Geruch des kleinen, zarten Bündels in ihrem Arm war lieblicher als der Duft der schönsten Rosen im Garten der Großmutter, und sie wusste, dass dieser kleine Junge die Antwort auf alle Fragen war. Tränen liefen ihr über die Wangen, doch sie scherte sich nicht darum, sondern küsste ihren Sohn immer wieder auf die zarte Haut. Als Daniel endlich hereingerufen wurde, sah er aus, als hätte er selbst schwere Stunden vor der Tür des Schlafzimmers verbracht. Seine Haare waren zerzaust, und unter seinen verzückt strahlenden Augen sah man dunkle Ringe.

Er eilte zu Hannah, ließ dabei aber den Kleinen nicht aus den Augen.

Er küsste sie behutsam und fragte leise: »Wie geht es dir, mein Engel? War es sehr schlimm?«

»Du hattest recht. Der Lohn entschädigt für alles«, antwortete sie lächelnd und deutete mit dem Kopf auf das kleine Bündel in ihrem Arm.

Daniels Mund verzog sich zu einem ungläubigen Lächeln. »Es ist so wunderschön«, sagte er leise, während sein Blick an dem Kleinen hing.

»Wir haben einen Jungen«, klärte Hannah ihn auf, und ihr tränennasses Gesicht verzog sich ebenfalls zu einem breiten Lächeln.

Sie war so erfüllt, dass sie ihr Glück kaum fassen konnte. Die Wärme, die von ihrem winzigen Sohn ausging, an ihrer Haut zu spüren, raubte ihr schier den Atem.

»Darf ich?«, fragte Daniel und streckte die Hand aus.

»Vorsicht, Vorsicht! Wir wollen doch nicht, dass dem Kind etwas passiert!«, warnte die Hebamme sogleich. Es war schließlich nicht üblich, dass Männer die Neugeborenen anfassten.

»Schon gut, er schafft das. Du musst das Köpfchen festhalten, siehst du, so«, wies Hannah ihren Mann an und reichte ihm das Kind.

Sofort fühlte es sich an, als würde ihr etwas Wichtiges fehlen, doch sie sah in Daniels Gesicht und wusste, dass sie die absolut richtige Entscheidung getroffen hatte. Pures Glück strahlte aus jeder seiner Poren.

* * *

Als der kleine Junge einige Tage später friedlich schlafend und von der Amme frisch gestillt neben Hannah im Körbchen lag, überlegte sie, dass es sich zwar nicht um eine Sturzgeburt, aber um eine – zumindest für das erste Kind – recht zügige Entbindung gehandelt hatte. Trotzdem hatte sie es nicht mehr ins Krankenhaus geschafft, und sie war froh, dass Fritz Gerlach ihr für den restlichen Heimweg eine solch große Stütze gewesen war. Er hatte klug und überlegt gehandelt und immer einige Sekunden vor ihr instinktiv erkannt, was sie gerade gebraucht hatte.

Sobald aber die alte und erfahrene Hebamme eingetroffen war, hatte er sich zurückgezogen. Still und unauffällig hatte er in all dem Trubel das Haus verlassen und seit der Geburt vor einer knappen Woche nichts von sich hören lassen.

Stattdessen trafen ihre Eltern, Schwiegereltern und Großeltern ein, die sich anlässlich der Geburt des Jungen auf die weite Reise ins Württembergische gemacht hatten, um der frischgebackenen Familie einen Besuch abzustatten und an der Beschneidung des Kindes am achten Tag teilzunehmen.

Es war wundervoll, alle wiederzusehen, und dann auch noch zu einem so freudigen Anlass. Viele Freunde aus der Synagoge erschienen, Alma zauberte ein wundervolles Festmahl, und der Mohel war einfühlsam und schnell, sodass der kleine Kurt auch nicht allzu lange weinte.

Hannah war dankbar, nach diesem großen Fest zu Ehren ihres Kindes in Ruhe Zeit mit der angereisten Familie verbringen zu können. Sie liebte es, Gespräche mit Großvater zu führen, die warme Hand der Großmutter in der ihren zu spüren und die stolzen Blicke auf ihren Kleinen gerichtet zu sehen. Auch genoss sie die zufriedenen Mienen der Berliner Besucher, wenn sie von einem Stadtrundgang mit Daniel zurückkamen. Die Freude über den kleinen Neuankömmling war groß, vor allem auch, weil es ein Junge war. Allerdings mussten sich die jungen Eltern den inquisitorischen Fragen der frischgebackenen Großmütter stellen, die beide jeweils den Standpunkt vertraten, dass der Nachwuchs doch besser den Vornamen ihres Ehemannes erhalten hätte.

Doch diese dunklen Wolken lachten Hannah und Daniel in ihrem Glück über den gesunden, properen Kleinen einfach weg. Hannah hätte es darüber hinaus auch an Zeit gefehlt, sich lange über die Einwände der Mütter zu ärgern; schließlich war sie neben der Versorgung des Kleinen auch vollauf damit beschäftigt, Aufsätze für das neue Buch von Professor Fuchs zu verfassen und bereits geschriebene Artikel Korrektur zu lesen.

Zwei Wochen lang hatte sie es geschafft, sich ganz auf ihren Sohn und das neue Familienglück zu konzentrieren, dann aber war sie froh, sich neben der Zeit mit der Familie und mit ihrem Sprössling wieder in die geistige Arbeit stürzen zu können.

Eine Sache jedoch ließ sich nicht so ohne Weiteres weglachen, und das waren die immer lauter werdenden Forderungen der Eltern, sich nun endlich auf ihre Pflichten als Ehefrau und Mutter zu konzentrieren und das Studium endgültig aufzugeben.

Die Amme, die mit ihrer eigenen Familie nur ein paar Straßen weiter wohnte, baute schnell eine enge Bindung zum kleinen Kurt auf. Hannah liebte es, wenn die andere Frau ihn danach wieder frisch gewickelt und zufrieden in ihre Arme legte. Sie hatte sogar darüber nachgedacht, den Kleinen selbst zu stillen, wusste aber, dass das mit den Anforderungen ihres Studiums und der praktischen Arbeit nicht vereinbar wäre.

Sie wusste, dass die Zeit, die sie mit ihrem Söhnchen verbringen konnte, deutlich knapper sein würde, sobald sie wieder in der Uni und im Krankenhaus wäre. Diese Vorstellung trieb ihr jedes Mal Tränen in die Augen; dann drückte sie den Kleinen an sich, sog seinen Säuglingsduft ein und verdrängte den Gedanken daran, dass sich das jemals ändern würde. Daniel veranlasste, dass ein bisher nur mit Gerümpel vollstehender Raum in ein wunderschönes Kinderzimmer verwandelt wurde. Darin stand auch ein Bett für die Amme, damit sie zwischen zwei Stillphasen mit ihrem eigenen Kind dort schlafen konnte.

Sie waren übereingekommen, dass sie Kurt nicht über Nacht ins Haus der Amme geben wollten, wie es sonst häufig üblich war. Die Frau kam am Abend mit ihrem Säugling und verbrachte die Nacht bei ihnen.

Auch Alma war total vernarrt in den Kleinen. Sie stritt sich förmlich mit der Amme darum, wer Kurtchen wickeln durfte, und war stolz, wenn Hannah ihn ihr in den Arm legte.

»Ich kann mir gar nicht vorstellen, jemals von ihm getrennt zu sein«, vertraute Hannah ihr eines Tages an, als Alma wieder einmal Kurt in den Armen wiegte, während Hannah sich ausruhte.

»Das kann ich absolut verstehen. So ein Goldstückchen will man ja gar nicht aus der Hand geben, nicht wahr, mein Engelchen?« Sie stupste den Kleinen an die Nase und strahlte über das ganze Gesicht.

»Du machst es mir auch nicht gerade einfacher«, seufzte Hannah und strich sich mit der Bürste über das lange, volle Haar.

»Entschuldige, so meinte ich das nicht. Er ist nur so unendlich bezaubernd, dass man nicht mehr klar denken kann, wenn man ihn um sich hat. Natürlich ist es schwer. Doch du hast viel zu hart gekämpft, um bis hierher zu kommen, und deswegen wirst du auch weitermachen.«

»Ja, das werde ich wohl. Trotzdem würde ich ihn am liebsten mitnehmen und immer bei mir haben.«

»Du bist ja nicht immer weg. Wie schön wird es sein, ihn abends wiederzusehen! Lass dich nicht von deinen Eltern verrückt machen, Hannah. Sie haben noch nie verstanden, wie wichtig dir das Studium ist.«

Hannah nickte, doch die melancholische Stimmung beim Gedanken daran, ihren Sohn zurücklassen zu müssen, wenn sie wieder studierte, umhüllte sie wie der feuchte, dichte Nebel über dem Neckar im Herbst.

* * *

Wegen dieser eigenen innerlichen Zerrissenheit fiel die ständige Kritik der Eltern an ihrem Lebensstil auf fruchtbaren Boden, und Zweifel nagten zunehmend an ihr.

Daniels Eltern missbilligten darüber hinaus, wie viel er sich mit dem Kleinen beschäftigte. Sie kritisierten ihn für seine vermeintlich allzu modernen Einstellungen, vor allem aber dafür, dass er Hannah studieren ließ.

Während Daniel die Eltern und Schwiegereltern rigoros in die Schranken wies und ihnen derartige Einmischungen in ihr Familienleben schlichtweg untersagte, trafen Hannah die kritischen Bemerkungen schwer. Seit Daniels Machtwort bekam sie die missbilligenden Ermahnungen allerdings nur noch zu hören, wenn er nicht dabei war. Sobald er den Raum verlassen hatte, setzte sich jedoch eine der alten Damen neben sie und zischelte ihr immer wieder Bedenken bezüglich ihres allzu neumodischen Lebensstils zu.

Anfangs versuchte Hannah noch, diese drängenden Forderungen zu ignorieren, doch am fünften Tag des Familienbesuchs und der dreißigsten Aufforderung, sich in ihre gottgegebene Rolle zu fügen, brach sie zusammen. Die Weinkrämpfe führten dazu, dass Großvater herbeigerufen wurde, um sie ärztlich ruhigzustellen, denn man befürchtete einen hysterischen Anfall.

»Channahle! Ich kann dich gut verstehen!« Großvater saß auf der Bettkante und strich ihr sanft über die Wange. Seine wässrigen Augen blickten mitleidig drein.

»Es ist einfach zu viel. Ständig nur kämpfen, kämpfen. Und jetzt reden sie auf mich ein, dass ich … ist es denn so schwer zu verstehen, dass ich mehr will, als nur Mutter zu sein? Ach, Großpapachen, warum muss alles immer so schwer sein?«

»Ist es das? Oder ist das eben einfach das Leben? Niemand hat gesagt, dass es leicht ist, sein Leben zu leben. Aber wenn du etwas wirklich liebst, musst du die Qual, die damit einhergeht, ertragen. Weinen kannst du, wenn du nichts mehr hast, was du liebst. Solange es etwas gibt, das du so sehr liebst, dass es dich zum Weinen bringt, sei dankbar und nimm die damit einhergehende Herausforderung an.«

Hannah sah ihn mit tränennassen Wangen an und spürte die Wärme, die sich bei seinen Worten in ihrem Inneren ausbreitete.

»So einfach ist es?«, fragte sie leise, und ihr Blick hing an seinem.

Großvater nickte lächelnd. »So einfach und gleichzeitig so schwer.«

* * *

Auch Alma spürte die Belastung durch die vielen Gäste. Sie musste dem überforderten Hausmädchen helfen, die Zimmer zu richten, und die Anzahl der Münder, die sie zu stopfen hatte, war enorm angewachsen. Wenigstens war Jakob nicht mitgekommen. Sie wusste nicht, was sie getan hätte, wenn sie ihm nach dieser langen Zeit wiederbegegnet wäre. Weder seine Übergriffe noch das schändliche Verhalten von ihm und seinen Eltern, als sie von ihrer Schwangerschaft erfuhren, konnte sie verzeihen und vergessen. Da er allerdings Hannahs Bruder war, würde er immer auch ein Teil ihres Lebens bleiben; es lauerte also stets die Gefahr einer Begegnung im Hintergrund. Und sie sah, wie Hannah zunehmend unter den Erwartungen litt, die in ihrer neuen Mutterrolle an sie gestellt wurden.

Als sie eines Abends mit dem Abwasch beschäftigt war, kam Daniel herein. Über seinem sonst fast immer fröhlichen Gesicht lagen dunkle Schatten. Er durchstöberte wortlos die Weinflaschen, die in einem Regal in einer dunklen Ecke lagerten.

»Die Gäste bringen eine Menge Unruhe, hm?«, fühlte sie vorsichtig vor.

Seine Reaktion war ebenso schnell wie direkt. »Es ist ja wirklich schön, sie alle mal hier zu haben. Aber dieser ständige Druck, den sie auf die arme Hannah ausüben, geht wirklich auf keine Kuhhaut. Und alles wissen sie besser. Furchtbar. Manchmal hat man den Eindruck, dass einem nicht genug Luft zum Atmen bleibt, wenn alle meinen, ständig ihren Senf dazugeben zu müssen.« Seine Stirn war gefurcht, und das kleine Lächeln, das sonst in seinen Mundwinkeln spielte, war einem grimmigen Zug gewichen.

»Es ist ja nicht für immer. Bald fahren sie zurück, und dann kehrt wieder Ruhe ein«, bemühte sich Alma, ihn zu trösten.

»Sieh dich an, Alma. Du stehst hier bis in die späten Abendstunden, um diesen Berg an Abwasch zu bewältigen. Es wird Zeit, dass sie wieder gehen. Es wird Zeit.«

»Bald wird es wieder ruhiger. Halte durch!«

Jetzt hatte Daniel offenbar den Wein gefunden, den er gesucht hatte. Er griff nach einer Flasche und pustete sorgsam den Staub ab.

»Hoffen wir, dass du recht hast, Alma. So, dann stürze ich mich mal wieder ins Vergnügen. Die Meute will mit Flüssignahrung versorgt werden.«

»Dann Prost. Wenn ich hier fertig bin, sehe ich noch einmal nach dem Kleinen. Und danach verabschiede ich mich ins Bett. Es sei denn, ihr braucht noch etwas?«

»Genieße deinen Schlaf. Der Tag morgen wird ausreichend neue Herausforderungen bringen.«

Und damit ging Daniel mit ergeben gesenkten Schultern und müdem Blick zurück in den Salon, aus dem laute Stimmen zu hören waren. Offenbar befand man sich mitten in einer angeregten Diskussion. Hoffentlich nicht wieder darüber, dass Hannah doch besser das Studium aufgeben und zu Hause bleiben sollte.

* * *

Was mischten sich die Eltern und Schwiegereltern eigentlich ein? Sie lebten hier als kleine Familie so glücklich, und dann kamen die Herrschaften aus dem fernen Berlin und meinten, alles besser zu wissen. Immer wieder musste Alma sich auf die Unterlippe beißen, um nicht laut herauszuplatzen und ihnen zu sagen, dass sie einfach den Mund halten sollten.

Wenn sie endlich wieder weg wären, würde sich alles schnell einspielen. Natürlich würde Hannah weiterstudieren und natürlich würde sie sich um Kurt kümmern. Das war alles gar kein Problem.

20. Kapitel

Es war nicht die letzte Auseinandersetzung, die sie mit den Eltern hatte. Vor allem die Mutter und die Schwiegermutter hielten mit ihrer Missbilligung über Hannahs Lebensführung nicht hinterm Berg. Nach dem Gespräch mit Großvater perlte jedoch alles viel stärker an ihr ab, und sie lernte, allen Vorhaltungen mit einem vielsagenden Lächeln zu begegnen. Sie ließ die kritischen Bemerkungen und missbilligenden Blicke an sich vorbeiziehen wie einen Sommerregen, hinter dem bereits der Regenbogen wartete. Und nach vier langen Wochen machte sich der Besuch wieder auf den Rückweg nach Berlin. Länger wollte man Jakob nicht allein mit den Dienstmädchen und der Fabrik lassen.

Endlich konnten sie das Leben als kleine Familie genießen. Vor allem Daniel fühlte sich sehr erleichtert, das Haus wieder für sich zu haben. Er war so stolz auf Hannah, wie gut sie die Geburt überstanden und die schwierige Zeit danach gemeistert hatte.

Die Tatsache, dass sie ihm einen Sohn geschenkt hatte, vertiefte seine Liebe zu ihr nur noch mehr. Sie hatte als Schwangere wunderschön ausgesehen, und wenn sie jetzt den Kleinen im Arm hielt, war ihr Gesicht von einem warmen Strahlen wie verklärt. Ihr Blick wirkte reifer, erwachsener, und er hatte das Gefühl, sich Tag für Tag mehr in sie zu verlieben.

Besonders stolz aber war er, als er zum ersten Mal nach der Geburt wieder in die Universität kam und berichten konnte, Vater eines Sohnes geworden zu sein.

Die Kollegen klopften ihm auf die Schulter und beglückwünschten ihn zur Geburt des Stammhalters.

»Gut gemacht, alter Junge. Dann ist das Problem mit der umtriebigen Gattin also auch aus der Welt«, sagte Professor Hentschel mit anzüglichem Grinsen.

»Wie meinen?«

»Na, die Sache mit dem Medizinstudium. Guter Schachzug, sie mit einem Kind auf den richtigen Weg zurückzuführen.« Er nickte lachend, während er sich daranmachte, seine Pfeife anzuzünden.

»Das ist keineswegs der Fall. Selbstverständlich wird meine Frau ihre Studien fortsetzen. Für das Kind ist gesorgt.«

Hentschel zuckte überrascht zurück und hätte sich dabei um ein Haar den Finger verbrannt. Schnell schüttelte er das Streichholz aus.

»Sie wollen doch nicht sagen, dass Sie ihr diese Sperenzchen weiterhin erlauben? Friedländer, Friedländer, Zeit, endlich mal richtig auf den Tisch zu hauen, meinen Sie nicht?«

Daniel öffnete den Mund zu einer heftigen Erwiderung, schloss ihn jedoch nach kurzer Überlegung wieder. Er würde es nicht schaffen, die geistigen Verkrustungen der Ewiggestrigen aufzubrechen, wenn sie sich so vehement gegen den Fortschritt stemmten wie Hentschel. Es war verlorene Liebesmüh und verschwendete Energie. Energie, die er viel lieber investierte, um seinen Sohn zu knuddeln oder mit Hannah am Wochenende nett auszugehen, und um an Fronten zu kämpfen, an denen es sich lohnte.

Er war über sich selbst überrascht. War er nicht eigentlich der gleichen Meinung gewesen wie Hentschel? Dass es besser wäre, Hannah bliebe zu Hause und widmete sich ganz den mütterlichen und gesellschaftlichen Verpflichtungen?

Das Gespräch mit Hentschel hatte ihm vor Augen geführt, wie wichtig es war, seine Frau bei der Verwirklichung ihrer Träume zu unterstützen und sie nicht kleinzuhalten, wie die Umgebung das von ihm erwartete.

Nein, Hannah würde wieder zur Uni gehen und im Krankenhaus arbeiten, und er würde sie unterstützen, soweit es in seiner Macht stand.

* * *

Anderthalb Monate später stand Hannah zum ersten Mal wieder in der Klinik und besuchte auch ihre Vorlesungen. Alma hatte den Korb mit dem kleinen Kurt kurzerhand in die Küche getragen. Keiner von ihnen konnte sich vorstellen, jemand Fremdes damit zu beauftragen, auf den Kleinen achtzugeben, wenn Hannah im Krankenhaus arbeitete. Auch bei Alma war es Liebe auf den ersten Blick gewesen, kaum dass der Kleine auf der Welt war. Die Amme kam am Tag nur zu den festgelegten Zeiten vorbei, um den Säugling zu stillen. Den Rest übernahm Alma ganz selbstverständlich, bis die Amme erneut für die Nacht mit ihrem eigenen Säugling kam und blieb.

»Das musst du mir lassen«, hatte sie zu Hannah gesagt. »Wahrscheinlich werde ich nie ein eigenes Kind haben. Ich würde Rotz und Wasser heulen, wenn du ihn in fremde Hände gibst. Natürlich schaffe ich das. Meine Mutter hat auch ein Kind nach dem anderen bekommen und weiter den Haushalt im Griff gehabt.«

Damit nahm sie Hannah das schlechte Gewissen, das sie gehabt hätte, wenn sie Kurtchen einem Kindermädchen überlassen hätte.

* * *

Seit die Eltern und Großeltern abgereist waren, ging alles wieder deutlich geruhsamer und friedvoller zu. Niemand kritisierte mehr, niemand mischte sich ein oder war schlecht gelaunt. Die Großeltern allerdings hätte Hannah gern noch etwas länger zu Besuch gehabt. Doch die Praxis wartete, und Großmutter brauchte die gewohnte Berliner Luft. Seit einiger Zeit kränkelte sie und wurde zunehmend schwächer. Auch in Tübingen, wo die Luft deutlich besser war als in Berlin, war sie keinesfalls aufgeblüht, sondern jeden Tag ein wenig blasser und stiller geworden. Fast durchscheinend, wie ein Herbstblatt wirkte sie. Hannah hatte kein gutes Gefühl dabei gehabt, sie zu verabschieden. Wer wusste schon, ob und wann sie sich wiedersehen würden.

Sie hatten verabredet, dass sie Ende November mit Kurt nach Berlin kommen wollten, um Chanukka zusammen zu feiern, wenn Daniel sich so lange freimachen konnte. Doch Hannah wurde die Furcht nicht los, dass es dann zu spät sein könnte für ein Wiedersehen.

In den wenigen Tagen, die ihr noch blieben, bis sie wieder in die Klinik ging, besuchte sie Martha, die sich während des ganzen Familienbesuchs rargemacht hatte. Sie gingen im strahlenden Herbstsonnenschein spazieren, und die Blätter raschelten unter ihren Füßen.

Martha machte aus ihrer Bewunderung keinen Hehl, dass Hannah gelang, was fast allen anderen Müttern verwehrt blieb, nämlich Nachwuchs zu haben und trotzdem zu studieren. Sie berichtete von einigen Frauen aus ihrem Studiengang, die ebenfalls verheiratet waren und zu Marthas Bedauern mit der Schwangerschaft das Studium aufgeben hatten. Die gemeinsamen Nachmittage mit der Freundin hatten Hannah bestärkt, dass sie das Richtige tat, auch wenn ihr schon davor graute, für Stunden ihren kleinen Kurt nicht um sich zu haben.

* * *

Trotz allem war es ein wundervolles Gefühl, wieder den weißen Kittel überzustreifen, ans Krankenbett treten zu können und immer mehr Wissen über den menschlichen Körper aufzusaugen. Es schien fast, als sei das ihre eigentliche Berufung. Sosehr sie das Muttersein auch liebte, sie hatte trotz aller Glücksgefühle nie den Eindruck, dass diese Rolle sie so ausfüllen könnte, wie die Medizin es tat.

Das erste Wiedersehen mit Fritz Gerlach nach den zwei Monaten Wochenbett verlief zunächst etwas steif, was auch an ihr lag. Sie rechnete ihm hoch an, dass er sich in der Geburtssituation wie ein professioneller Arzt verhalten hatte, der keine persönliche Bindung zu seiner Patientin hat. Doch gleichzeitig hatte er auch gesehen, was sonst nur ihrem Mann und einem Arzt vorbehalten war. Da er sich jedoch aufrichtig zu freuen schien, Hannah wiederzusehen, und er sie wie selbstverständlich nach dem Ende der praktischen Stunde und der Vorlesung über parasitäre Erkrankungen nach Hause begleitete, verschwand ihre unsinnige Scham. Beide sprachen allerdings nur über oberflächliche Dinge wie das Wetter oder erzählten sich lustige Anekdoten über gemeinsame Kommilitonen und vermieden es, über andere Dinge zu reden. Insgeheim hoffte Hannah, dass wieder alles so würde wie früher, wo sie unbeschwert miteinander gelernt hatten und gemeinsam durch die Gassen der Stadt spaziert waren, doch es schien noch ein weiter Weg bis dorthin.

Zu Hause erwartete Hannah ein Brief auf dem Bord neben der Tür. Er war von der netten Frau Bürgermeister, die es sich weiterhin nicht nehmen ließ, sie monatlich mit einem Wechsel zu unterstützen, den Daniel jedoch jedes Mal mit einem freundlichen Brief zurücksandte. Darüber hinaus erkundigte sich die ältere Dame regelmäßig nach ihrem Wohlergehen und nach dem Fortgang des Studiums. Sie war neben dem Großvater die Einzige, die nie infrage gestellt hatte, dass Hannah nach der Geburt ihren Berufswunsch weiterverfolgte.

Auch dieses Mal nahm sie regen Anteil sowohl an Hannahs Praktikum als auch an ihrem Familienleben. Sie hatte dem kleinen Kurt wunderhübsche Überzieher und winzig kleine Söckchen geschickt, und Hannah freute sich jedes Mal, wenn sie eine neue Nachricht von ihr erhielt.

Heute jedoch waren die Neuigkeiten, die die Frau Bürgermeister schrieb, weniger erfreulich, denn sie hatte einen erneuten Herzanfall erlitten und konnte sich nur noch mithilfe eines Rollstuhls fortbewegen.

Hannah seufzte, ließ die Tasche von der Schulter gleiten und eilte in die Küche. Wer sonst könnte die Sorge um ihre Wohltäterin besser mit ihr teilen als Alma, die beim Zusammenbruch der herzkranken Frau an der Seepromenade und dem nachfolgenden signifikanten Wendepunkt in Hannahs Leben Zeugin gewesen war.

Alma wiegte gerade den kleinen Kurt in den Armen. Er sah satt und glücklich aus, und Hannah wurde trotz der traurigen Nachricht schlagartig warm ums Herz. Instinktiv streckte sie die Arme aus, und Alma zögerte nicht, ihr den schläfrigen Kleinen herüberzureichen.

»Er wurde gerade gestillt und ist zufrieden und müde«, sagte sie mit einem Lächeln.

Hannah drückte Kurt sanft an sich; dann setzte sie sich lächelnd auf die Küchenbank, ohne auf ihren langen Rock zu achten.

»Vorsicht, ich bin noch nicht dazu gekommen, aufzuwischen«, warnte Alma, doch Hannah zuckte nur die Achseln.

»Weißt du, was der armen Frau Bürgermeister geschehen ist? Sie hatte einen erneuten Herzanfall und sitzt jetzt im Rollstuhl. Es ist furchtbar. So viele Kranke. Erst Großmutter, dann sie. Ich bete, dass wir alle noch einmal bei möglichst guter Gesundheit wiedersehen können.«

Alma wurde blass und sah sie erschreckt an. »Oh, das tut mir leid. Kann man denn nichts tun?«

Hannah zuckte die Achseln. »Das kann ich nicht sagen, wenn ich sie nicht mit eigenen Augen gesehen habe. Alma, wollen wir den Sommer am Meer verbringen, was hältst du davon? Ich habe Sehnsucht nach der Villa. Und Daniel meinte sowieso schon, dass er so bald wie möglich einmal hinmöchte. Vielleicht könnten uns auch die Großeltern dort besuchen. Die Luft tut Großmutter bestimmt gut. Oh, das wäre himmlisch, meinst du nicht?«

Alma nickte lächelnd.

»Das wäre es sicher. Wollen wir hoffen, dass es der Frau Bürgermeister und der Frau Großmama bis dahin gut ergeht.«

»Was wäre das Leben ohne Hoffnung«, seufzte Hannah und küsste ihren Sohn sanft auf das flaumige Köpfchen.

»Habe ich dir übrigens schon erzählt, dass Martha zum Ende des Semesters aus Tübingen weggehen will? Sie möchte ihre Studien in Frankreich fortsetzen. Ist das nicht schade? Ich habe überlegt, ob wir ein Abschiedsessen für sie ausrichten könnten, zu dem alle ihre Freunde aus Tübingen eingeladen werden.«

»O wie schade! Es ist immer so lustig mit ihr. Aber die Idee mit dem Fest gefällt mir, dann können wir richtig Abschied von ihr nehmen. Was hältst du davon, wenn du ein paar der anderen Wandervögel von damals einlädst? Das wäre bestimmt eine nette Überraschung für Martha.«

Hannah strahlte.

»Brillante Idee, Alma. Ich werde mich gleich daranmachen, allen zu schreiben. So, mein Schatz, nun ist es aber Zeit, zu schlafen.«

Sie küsste ihren Sohn noch einmal aufs Flaumhaar und legte ihn dann behutsam in sein Körbchen. Dann winkte sie ihm noch einmal zu und huschte so leise wie möglich aus der Küche.

21. Kapitel

Als Hannah am nächsten Tag aus der Klinik nach Hause kam, öffnete ihr Daniel die Tür. Er lächelte sie an und breitete die Arme aus. Auf seinem weißen Hemd prangte unübersehbar ein großer Spuckfleck, den Kurt hinterlassen haben musste.

»Endlich bist du da. Ich habe dich so vermisst!«

Hannahs Puls schnellte hoch. »Warum? Ist etwas mit Kurtchen? Ist Alma nicht da?« Sie versuchte, sich an ihm vorbeizudrängen, um nach dem Rechten zu sehen, doch er verstellte ihr den Weg und nahm ihr Gesicht in beide Hände.

»Alles in Ordnung. Darf ich nicht mal meine Frau vermissen, wenn sie den ganzen Tag außer Haus ist? Kurt geht es gut. Alma ist da, und das Abendessen dampft bereits in den Schüsseln fertig vor sich hin.« Er drückte ihr einen Kuss auf die Stirn, dann gab er sie frei.

»Du glaubst gar nicht, wie sehr ihr mir gefehlt habt«, sagte Hannah lächelnd und schmiegte sich an ihn. Ihre Lippen fanden zueinander. Die Welt vergessend standen sie in der offenen Tür und küssten sich, als hätten sie sich seit Wochen nicht gesehen.

Ein lautes Kläffen ließ sie aufschrecken. Eine beleibte Dame spazierte mit ihrem ähnlich korpulenten, aufgeregten

Hund über die Straße und reckte ihren Kopf, um nichts von dem unschicklichen Schauspiel zu versäumen.

Grinsend gab Hannah der Tür einen Tritt, sodass sie ins Schloss fiel.

Daniel schüttelte schmunzelnd den Kopf. »Ts, ts, ts … jetzt können wir unseren guten Ruf völlig vergessen!«

Hannah zuckte mit den Schultern, während sie die Nadeln abzog, mit denen ihr Hut auf den Haaren befestigt war, und sagte schelmisch: »Ist der Ruf erst ruiniert, lebt es sich ganz ungeniert!«

»Auch wieder wahr«, erwiderte Daniel lachend.

»Hast du schon gehört, dass ich eine meiner begeistertsten Anhängerinnen verlieren werde?«, fragte er, während sie Arm in Arm ins Speisezimmer gingen.

»Um Himmels willen! Du sprichst doch nicht von dem enthusiastischen Fräulein Rosenbaum? Hast du sie etwa vergrault?«

»So könnte man es sagen. Bevorzugt wird jedoch die Formulierung: Sie hat endlich einen Freiwilligen gefunden, der ihr einen Verlobungsring angesteckt hat.«

»Eine Sorge weniger. Möge sie eine erfüllte Ehe führen. Auch die anderen Nachbarinnen scheinen sich langsam an meine Widerspenstigkeit gewöhnt zu haben. Ich könnte gar nicht sagen, wie lange es her ist, dass ich die letzte spitze Bemerkung wegen meiner beruflichen Tätigkeit zu hören bekommen habe. Erstaunlich, zumal jetzt ja auch dieser kleine Kerl da ist und ich mich nun doch umso mehr auf meine Hausfrauenpflichten beschränken sollte.«

Hannah streckte lachend die Hände nach ihrem Sohn aus, den Alma in einem Arm hielt, während sie mit der anderen Hand eine Schüssel mit Kartoffeln balancierte.

»Wahrscheinlich haben sie resigniert«, meinte Daniel lächelnd. »Sie halten mich für einen schwachen, unter dem

Pantoffel seiner amazonenhaften, kratzbürstigen Frau stehenden Patron, der nicht den Mut aufbringt, sich den Launen seines dominanten Weibes zu widersetzen.«

Hannahs Lippen umspielte ein Lächeln, während sie den Kleinen an ihr Herz drückte. »Na, das haben sie doch wunderbar erkannt. Dann ist ja alles geklärt. Alma, du hast dich mal wieder selbst übertroffen. Das Essen duftet fantastisch!«

Die drei sahen sich an, dann lachten sie alle äußerst unfein so laut heraus, dass Kurt zusammenzuckte und in Weinen ausbrach.

Hannah küsste ihm behutsam die Stirn. »Mach dir keine Sorgen, mein Kleiner! Dir suchen wir später mal ein ganz sanftes, nicht so renitentes Weib aus. Versprochen!«

* * *

Die Arbeit an dem Buch von Professor Fuchs lief hervorragend, sodass es sogar noch vor der Frist beendet werden konnte. Der Professor war darüber so erfreut, dass er eine Handvoll seiner engsten Mitarbeiter zu einem festlichen Abendessen anlässlich der Fertigstellung des Werkes einlud. Natürlich war auch Hannah unter den Auserwählten. Sie genoss den Abend in einem Gasthaus direkt am Neckar. Es war ein erstaunlich warmer Frühlingstag. Man saß im Freien in der lauen Dämmerung, Musikanten spielten, und die Stimmung wurde – wie in Studentenkreisen üblich – schnell feuchtfröhlich. Auch der Professor war ausgelassener als sonst, und in seiner Rede, in der er allen für die gute Mitarbeit dankte, hob er mit einem besonderen Lob Hannahs Arbeit und ihr beachtliches medizinisches Wissen hervor.

Hannahs Gesicht glühte vor Freude. Dieses Lob bedeutete ihr sehr viel, da sie Professor Fuchs aufgrund seiner akribischen

Arbeit und seines immensen Schatzes an Wissen unter allen Professoren ganz besonders schätzte.

Als sie zu später Stunde mit dem leicht angeheiterten Fritz Gerlach an der Seite nach Hause ging, fühlte sie sich immer noch, als würde sie über eine blühende Wiese schreiten. Was würde der Großvater dazu sagen, wenn sie ihm von dem Lob berichtete? Und würde Daniel ebenso stolz auf sie sein?

Sie schritten stumm nebeneinanderher, und jeder hing seinen Gedanken nach, als Fritz Gerlach plötzlich stehenblieb und nach ihrer Hand griff.

»Was ist denn? Ist Ihnen nicht wohl? Nicht jeder verträgt den Wein«, fragte Hannah überrascht.

»Es ist nicht der Wein, und mir könnte nie wohler sein, als wenn ich mit Ihnen zusammen bin, Hannah.« Er sah sie mit kuhäugigem Blick an, und jetzt senkte er auch noch den Kopf in ihre Richtung, als wollte er sie küssen.

Hannah starrte ihn einen Augenblick lang überrascht an, dann stieß sie ihn entsetzt zurück. Gerlach, der offensichtlich nicht mit der plötzlichen Attacke gerechnet hatte, verlor das Gleichgewicht, strauchelte und fiel schließlich mit einem erschreckten Aufschrei auf den Allerwertesten.

»Was denken Sie sich? Sie wissen doch, dass ich Mutter und Ehefrau bin!«, fauchte Hannah ihn aufgebracht an.

Er rappelte sich hoch und trat, ohne sich den Staub von der Hose zu klopfen, wieder auf sie zu.

»Hannah, verzeihen Sie, dass ich Sie überrascht habe. Ich ertrage es nur nicht mehr, Sie zu sehen, zu hören, zu bewundern und Ihre Nähe zu spüren, ohne Sie mein Eigen nennen zu können. Meine Leidenschaft für Sie brennt, seit ich Sie zum allerersten Mal sah. Doch ich habe sie tief in meinem Inneren vergraben, als ich erfuhr, dass Sie bereits vergeben sind. Ich wollte Sie nicht ins Unglück stoßen. Doch jetzt kann ich nicht mehr an mich halten. Ich musste einen letzten hoffnungsvollen

Versuch wagen, Ihnen meine Zuneigung zu gestehen, in der Hoffnung, dass Sie diese teilen. Es gibt Mittel und Wege. Wir finden eine Lösung, Ihre Ehe aufzulösen, und auch für das Kind gibt es Möglichkeiten.« Sein Blick hing flackernd vor ungestillter Sehnsucht an ihrem Gesicht.

Nach Fassung ringend starrte Hannah ihn an. Was dachte sich dieser Mensch? Sie hatte ihm doch nie Hoffnung gemacht, und sie hatte geglaubt, seine Schwärmerei hätte sich verflüchtigt wie eine Wolke, die der Wind davontrieb.

»Wie kommen Sie darauf, dass ich meine Ehe auflösen will? Davon kann keine Rede sein! Ich bin glücklich verheiratet und würde mein Kind nie verlassen. Für nichts und niemanden! Niemals!«

Mit bekümmertem Gesichtsausdruck wich Gerlach ein paar Schritte zurück.

»Ich habe geglaubt … es ist … teilen Sie denn nicht meine Begierde? Ich verzehre mich nach Ihnen!«

Hannah schlug die Hand vor den Mund. Das war ja alles viel schlimmer, als sie es sich je hätte ausmalen können. Sie musste weg. Weg von diesem rasend Verliebten, dessen Leidenschaft ihr Angst einflößte.

Sie stolperte einige Schritte rückwärts, dann raffte sie ihren Rock und rannte los, so schnell es mit den zierlichen Schühchen und der festlichen Kleidung ging. Schnell, schnell! Nach Hause. All das vergessen.

Immer wieder musste sie innehalten und ihren langen Rock nachfassen. Dabei rang sie schwer nach Atem und lauschte darauf, ob er ihr folgte, doch alles blieb ruhig.

Als sie endlich die Haustür erreicht hatte und den Schlüssel herumdrehte, fasste sie den Entschluss, dass sie weder Daniel noch irgendjemand anderem etwas von diesem Vorkommnis erzählen würde. Sie wollte es einfach nur so schnell wie möglich vergessen.

Am nächsten Morgen wachte Hannah mit dem Gefühl auf, krank zu sein. Ihr Hals kratzte, die Nase war verstopft, und es fühlte sich so an, als wäre ihre Temperatur deutlich erhöht. Sie nahm diesen Umstand fast dankbar auf, weil sie so nicht in die Klinik oder die Uni gehen konnte und damit der Notwendigkeit enthoben wurde, Fritz Gerlach zu begegnen.

Wenn sie daran dachte, ihn wiederzusehen, spürte sie ein geradezu körperliches Unbehagen, seltsamerweise begleitet von einer leisen Wehmut. Sie trauerte um die gerade wiedererlangte Vertrautheit zwischen ihnen, die sich so gemütlich und angenehm angefühlt hatte. Andererseits hatte sie aber auch eine fast panische Furcht davor, ihm zu begegnen, und wusste nicht, wie sie sich nach diesem Abend seiner Seelenhäutung angemessen verhalten sollte.

Daniel war heute früh in sein Institut gegangen. In der letzten Zeit war er beruflich immer stärker eingespannt und von Woche zu Woche länger aus dem Haus. Das hatte zur Folge, dass Alma, wenn auch Hannah unterwegs war oder lernte, den kleinen Kurt ganz allein zu versorgen hatte, da sie dabei immer noch keine Hilfe duldete. Sie versuchte, ihr Pensum dadurch zu schaffen, dass sie abends länger in der Küche arbeitete und die Dinge für den nächsten Tag vorbereitete. Sie klagte nicht und ging mit dem gewohnten Elan an ihre Aufgaben, aber Hannah waren sehr wohl die dunklen Ringe unter ihren Augen und ihre blasse Gesichtsfarbe aufgefallen. Es wurde Zeit, dass die Semesterferien kamen – und dabei ging es ihr selbstverständlich vor allem um Almas Wohlergehen.

Mit einem Seufzer schwang sie langsam die Beine aus dem Bett und tastete nach den Strümpfen, die sie gestern Abend nachlässig neben das Bett hatte fallen lassen. Aus der Küche hörte man gedämpft Gesang und das leise Gebrabbel des Kleinen.

Hannah tappte durch den dunklen Gang den Geräuschen entgegen. Sie brauchte geliebte Menschen um sich herum und etwas Warmes. Ein Tee, vielleicht mit einem Schuss Honig, das würde ihrem wunden Hals wohltun. Sie drückte die Klinke herunter und blieb einen Moment im Türrahmen stehen, um das Bild, das sich ihr bot, aufzusaugen.

Kurt lag auf einer Decke in der Ecke und kaute hingebungsvoll auf einem Holzlöffel herum, während Alma Flüssigkeit aus einem Topf abgoss und ihm nebenbei *Hänschen klein* vorsang. Hannahs Herz wurde überschwemmt von Liebe. Es tat so gut, die beiden zu beobachten. Jetzt hatte Alma sie bemerkt, und sofort runzelte sie besorgt die Stirn.

»Was ist passiert?«

»Wie kommst du darauf, dass etwas passiert ist? Ich fühle mich heute früh nicht so gut. Ich werde wohl zu Hause bleiben. Meinst du, du könntest mir einen Tee machen?«

Alma schien nicht überzeugt, denn sie musterte Hannah misstrauisch von oben bis unten. Dann zog sie einen Stuhl zum Küchentisch und sagte: »Ich mache dir einen. Setz dich! Du siehst aus, als würdest du gleich aus den Latschen kippen!«

Hannah nickte, kniete sich dann neben ihren Sohn und strich ihm gedankenverloren über die weiche Wange. Der kleine Kurt war jedoch so beschäftigt, die Konsistenz des Kochlöffels zu erkunden, dass er kein Auge für seine Mutter hatte. Schließlich kam sie Almas Aufforderung nach, sich an den Tisch zu setzen. Alma klapperte derweil geräuschvoll mit dem Kessel, füllte Wasser ein, wusch eine Kanne heiß aus und gab dann die duftenden Teeblätter hinein. Dabei warf sie Hannah immer wieder prüfende Blicke zu.

»Du musst wieder ins Bett. Du hast Fieber, nicht wahr?«

Hannah nickte müde. »Das kann gut sein. Hach, ich wünschte mir, Großvater und Großmutter wären hier, die würden mich ganz schnell wieder aufpäppeln.«

»Der Abend ist anders verlaufen als gedacht? Ich vermute, Herr Gerlach?«, erkundigte sich Alma. Sie tat so, als beugte sie sich über ihre Arbeit, beobachtete Hannah aber aus dem Augenwinkel.

Hannah schnappte nach Luft.

»Ich … woher weißt du …?«, keuchte sie.

Alma wandte sich zu ihr um und legte den Kopf schief.

»Das sieht doch 'n Blinder mit 'm Krückstock, dass der dich anhimmelt, als gäbe es kein Morgen. Ist er endlich mit der Sprache rausgerückt, oder ist er gleich zudringlich geworden?«

»Du … du sagst das so sachlich, als wäre das ganz normal!«, empörte sich Hannah.

»Jetzt sag bloß, dass du das noch nie erlebt hast. So sind die Männer eben.«

Hannah sah sie entsetzt an. Dann schüttelte sie energisch den Kopf. »Natürlich nicht! Ich bin quasi aus dem Kinderzimmer verheiratet worden, wenn du dich daran erinnern kannst. Niemand gesteht einer Verheirateten solche Sachen.«

»Was soll er denn machen? Er schmachtet dich an, seit er dich zum ersten Mal gesehen hat. Das musste einfach mal raus. Wenn du ihm resolut Bescheid gesagt hast, ist doch jetzt alles klar. Er kann nicht bei dir landen, und gut ist.«

»Na ja, ganz so einfach ist es nun auch wieder nicht. Ich habe keine Ahnung, wie ich ihm je wieder in die Augen sehen soll. Und wir arbeiten und lernen zusammen. Ich kann nicht vermeiden, ihn wiederzusehen.«

»Das wird schon wieder. Kein Grund, sich zu verkriechen. So, hier ist der Tee.« Alma stellte die Kanne auf den Tisch, goss eine große Tasse voll und gab einen dicken Klecks Honig dazu.

»Danke schön. Trotzdem bezweifle ich, dass das alles so einfach wird«, erwiderte Hannah und rührte nachdenklich in der Tasse herum.

Der kleine Kurt gluckste glücklich in der Ecke. Die beiden Frauen schwiegen, während Alma mit dem Kochgeschirr klapperte.

»Wie ist das eigentlich mit dir und der Liebe? Hat es schon einmal jemanden gegeben?«

Energisch schüttelte Alma den Kopf. »Nee, das kommt für mich nicht infrage. Ihr seid jetzt meine Familie, vor allem der kleine Drops da hinten. Das ist alles, was ich brauche. Die Männer können mir alle gestohlen bleiben. Außer deinen beiden natürlich!«, fügte sie mit einem Augenzwinkern hinzu.

»Na, das will ich wohl hoffen!«, lachte Hannah. »Allerdings sind nicht alle Männer wie mein Bruder. Was Jakob dir damals angetan hat …«

»Das ist Schnee von gestern. Darüber muss nicht mehr geredet werden«, unterbrach Alma sie unwirsch und drehte sich weg.

Hannah sah sie einen Augenblick nachdenklich an, dann nickte sie langsam. »In Ordnung, aber das Gleiche gilt für die Sache mit Fritz Gerlach!«

Alma hielt einen Moment inne und stand bewegungslos da, dann sagte sie entschlossen: »Abgemacht!«

***

Hannah lag im Bett und starrte an die Decke, während ihr Körper immer wieder von Fieberschauern geschüttelt wurde. Von Stunde zu Stunde ging es ihr schlechter. Inzwischen hatte sich ein heftiger, trockener Husten zu den Halsschmerzen gesellt, und das Fieber stieg immer höher.

Gegen Abend hatte Alma die Nerven verloren und nach dem Arzt geschickt. Er hatte Hannah mit ernstem Gesicht untersucht und dann Daniel, der inzwischen nach Hause gekommen war und mit sorgenvoller Miene in der Ecke wartete, bedeutet, mit ihm hinauszugehen.

Daniel schickte sich an, seiner Aufforderung zu folgen, warf aber Hannah noch einen besorgten Blick zu. Wie schwach sie doch aussah!

»Nein, ich will wissen, was los ist, sagen Sie es mir!«, krächzte Hannah.

Unsicher sah der Doktor sie an. »Nun, das ist unüblich in solchen Fällen, aber wenn der Herr Gemahl damit einverstanden ist …« Noch einmal wandte er sich mit fragendem Blick Daniel zu.

Daniel nickte fahrig. »Selbstverständlich. Sie ist schließlich die Medizinkundige.«

Der Doktor runzelte die Stirn und fuhr sich mit der Hand durch den Bart. »Nun gut, wenn Sie es ausdrücklich wünschen: Es ist ernst. Die gnädige Frau leidet an einer Lungenentzündung.«

Sofort sah Daniel fragend zu Hannah hinüber. Sie schloss die Augen und stöhnte leise, wirkte jedoch nicht sonderlich überrascht. Daniel spürte, wie sein Herz schneller schlug. Er wusste nichts Näheres über Lungenentzündungen, aber es hörte sich nicht gut an.

Er räusperte sich und sagte dann mit belegter Stimme: »Aber sie wird doch nicht … Es ist nicht so, dass sie … Ich meine …«

»Sag doch, was du meinst«, unterbrach ihn Hannah matt. »Mein Gatte möchte wissen, ob ich daran sterben werde.«

Der Doktor zog hörbar die Luft ein. Offenbar war er so direkte Fragen von Erkrankten nicht gewöhnt.

»Nun, wir wollen es nicht hoffen. Doch bedauerlicherweise ist das nicht alles. Es gibt noch einen Grund zur Sorge: Die gnädige Frau ist offenbar in anderen Umständen, und es ist nicht klar, inwiefern das Kind einen Schaden davontragen könnte«, sagte er zögerlich und fuhr sich nochmals durch den Bart.

»Was?« Hannah setzte sich abrupt auf. »Schwanger? Aber mein Sohn ist doch erst ein paar Monate alt.«

Das Gesicht des Arztes verzog sich zu einem unbeholfenen Lächeln. »Nun, das ist kein Hindernis. Mich wundert ein wenig, dass Ihnen das nicht selbst bereits aufgefallen ist. Haben Sie nicht bemerkt, dass Ihr Bauch sich wieder leicht rundet und die Brüste erneut voller werden, obwohl Sie nicht stillen? Allerdings ist fraglich, ob bei einer derart schweren Erkrankung die Schwangerschaft nicht in Mitleidenschaft gezogen wird.«

Mit erschöpftem Gesicht sank Hannah zurück in die Kissen. Instinktiv ging Daniel zu ihr hinüber und streichelte über ihren Arm. Tränen rannen über ihr Gesicht.

»Ein Abort? Nein, ich will alles tun, damit es nicht dazu kommt. Soll ich ins Krankenhaus gehen?«

»Wenn Sie zu Hause gut versorgt werden, dann können wir wahrscheinlich darauf verzichten. Wichtig ist nur absolute Ruhe. Keine Aufregung. Wärme. Gute Luft.« Er wandte sich an Daniel. »Wenn Sie dafür garantieren können, kann Ihre Frau hierbleiben. Ich komme dann täglich vorbei und überprüfe ihren Zustand.«

»Selbstverständlich. Wir werden sie gut versorgen«, antwortete Daniel leise. All das war so niederschmetternd. Er konnte kaum einen klaren Gedanken fassen.

Der Mediziner nickte bedächtig mit dem Kopf, dann tätschelte er zum Abschied Hannahs Arm. »Sie versprechen, sich an die Anweisungen zu halten?«

»Natürlich. Ich verstehe auch nicht, wie es mir entgehen konnte. Wenn ich darüber nachdenke, spricht alles dafür. Aber wahrscheinlich konnte ich es mir einfach nicht vorstellen, so kurz nach der Geburt«, flüsterte Hannah. Ihre Augen glänzten matt, und ihre Augenlider flatterten.

»Ich bespreche alles mit Alma. Brauchst du vorher noch etwas?«, fragte Daniel leise und sah sie besorgt an, während der Arzt sich daranmachte, seine Gerätschaften wieder in seine Tasche zu packen, und sich diskret von ihnen abwandte.

Hannah schloss die Augen und schüttelte den Kopf.

»Ist es wirklich möglich, dass schon wieder ein Kind in meinem Bauch wächst und ich davon nichts gemerkt habe? Ich bin eine schlechte Mutter!«

»So ein Unsinn, Hannah. Du bist krank. Jetzt ruh dich aus; ich bringe den Herrn Doktor nach draußen und komme dann wieder.«

Wie blass sie war, obwohl ihre Wangen glühten. Hoffentlich ging es ihr bald besser und sie musste sich nicht weiter so quälen.

Nachdem er hinter dem Arzt die Tür geschlossen hatte, lehnte sich Daniel mit geschlossen Augen dagegen. Er hasste es, wenn es Hannah schlecht ging. Nicht vorstellbar, was wäre, wenn sie es nicht schaffte. Doch sie war stark. Wenn sie etwas wollte, gelang es. Und dann war da auch noch ein neues Leben, das in ihrem Bauch wuchs. Eine bittersüße Nachricht, solange nicht sicher war, ob es überleben würde. Er liebte Kinder, vor allem ihr Kurtchen. Der Kleine lächelte inzwischen so zuckersüß, wie die dunkelroten Kirschen im Hochsommer schmeckten.

Dass Hannah litt, war scheußlich. Er fühlte ihren Schmerz mit, doch sie würden es gemeinsam schaffen. Alma und er würden alles tun, damit sie wieder gesund wurde. Jetzt war nicht die Zeit, um zu grübeln. Jetzt musste angepackt werden. Er straffte den Rücken und holte tief Luft. Los ging es!

22. Kapitel

Zwei lange Wochen später fühlte Hannah sich endlich wieder stark genug, um aufzustehen und eine Stunde außerhalb des Bettes zu verbringen. Sie saß bei Alma in der Küche, blickte auf ihr fröhlich krähendes Kind in der Wiege und musste trotz aller Schwäche, die ihr noch in den Gliedern steckte, lächeln.

Die letzten vierzehn Tage waren hart gewesen. Zu dem hohen Fieber, den Atembeschwerden und dem hartnäckigen Husten hatte sich eine anhaltende Übelkeit gesellt, die dazu führte, dass Hannah sich immer wieder übergeben musste und kaum etwas Essbares herunterbekam. Jetzt aber ging es ihr deutlich besser. Sie war nur noch etwas wackelig auf den Beinen, und der Husten quälte sie noch, vor allem abends und in der Nacht.

Alma berichtete ihr nach und nach von allem, was sie in der Zeit ihrer Unpässlichkeit versäumt hatte. Die Schilderungen über den Klatsch aus der Nachbarschaft und erzählenswerte Vorkommnisse auf dem Markt, begleitet von dem süßen Brabbeln des Kleinen, umspülten sie wie ein beruhigendes Plätschern und gaben ihr ein wohliges Gefühl der Geborgenheit.

»Alle haben nach dir gefragt, am eindrucksvollsten war aber doch der liebe Daniel. Ich habe noch nie gesehen, dass ein

Mann derart zupackend sein kann, wenn es um solche Dinge geht. Er hat dir nachts die Wadenwickel gewechselt, hat sich um Kurtchen gekümmert, und tagsüber war er in der Universität. Aber den armen Herrn Gerlach hat das alles auch sehr mitgenommen. Er war jeden Tag hier und hat nach dir gefragt. Und jeden Tag wurde er blasser und ausgezehrter. Ein netter Kerl. So eine treue Seele. Wenn du nicht schon so gut versorgt wärst, der Herr Gerlach wäre sicherlich eine gute …«

»Genug!«, unterbrach Hannah sie barsch. »Genug! Ich will diesen Namen hier nicht mehr hören. Und wenn er wieder vor der Tür steht, wird er abgewiesen, hörst du, Alma?« Die Worte kamen in schärferem Ton heraus als beabsichtigt, doch sie war innerlich zu aufgewühlt, um sich zu mäßigen.

Alma sah sie mit erschreckten Augen an. Kurt hatte aufgehört zu brabbeln und verzog weinerlich das Mündchen.

Verwundert nickte Alma. »Ja, sicher, ich dachte nur …«, stammelte sie.

»Es ist alles gesagt. Ich muss mich jetzt wieder hinlegen.«

»Natürlich«, murmelte Alma und eilte herbei, um sie zu stützen und zurück ins Schlafzimmer zu führen. Beide schwiegen. Nur Hannahs kurzatmiges Keuchen unterbrach die drückende Stille.

Nachdem Alma sie sicher ins Bett gebracht und leise die Tür hinter sich zugezogen hatte, wanderte Hannahs Blick unruhig über die Decke, zum Fenster und zurück.

Es wurde Zeit, dass sie eine Möglichkeit fand, mit der verfahrenen Situation umzugehen. Almas ängstliche Reaktion sprach Bände, und Hannah hätte ihre harten Worte am liebsten zurückgenommen. Aber das hätte an der Sache auch nichts geändert. Fritz Gerlach war und blieb ein Problem, das gelöst werden musste.

* * *

Die Tränen tropften ins Spülbecken. Noch nie hatte Hannah sich ihr gegenüber so heftig gezeigt. Alma fühlte eine Leere in sich, von der sie geglaubt hatte, sie hätte sie mit dem Umzug nach Tübingen hinter sich gelassen. Wieder war da dieses tief sitzende Gefühl der Wertlosigkeit, obwohl sie doch inzwischen fließend lesen konnte. »Das feine Dienstmädchen« von Isa von der Lütt hatte sie zwar immer noch nicht gelesen, doch das war inzwischen unerheblich, da sie ja gar kein Hausmädchen mehr war. Jetzt aber hatte sie Angst um Hannah. Was würde geschehen, wenn sie es nicht schaffte? Das Idyll, in dem sie gelebt hatten, wäre dahin. Das vermeintliche Glück war so fragil wie eine Seifenblase und konnte in einem Wimpernschlag zerplatzen. Es konnte dem Übelkeit erregenden Gestank des Unglücks weichen, das in dunklen Ecken nur darauf lauerte, über sie herzufallen und sie zu zerstören.

Meine Güte, was waren denn das für Gedanken? Und alles nur, weil sie eine kleine Meinungsverschiedenheit mit ihrer besten Freundin und Hausherrin gehabt hatte. Entschlossen wischte sich Alma die Tränen von den Wangen und nahm den kleinen Kurt auf den Arm. Er würde diese düsteren Gedanken in Windeseile vertreiben. Das Kind liebte sie, egal, wo sie herkam und wer sie war. Sein zahnloses Lächeln erhellte ihr Leben. Sie kitzelte ihn am Bauch und hob ihn hoch. Der Kleine juchzte, und auch Alma lächelte wieder.

Als sie ihn eine Stunde später warm einpackte und in den Kinderwagen legte, um mit ihm zum Markt zu gehen, war die Auseinandersetzung mit Hannah schon fast wieder vergessen. Auf dem Marktplatz war viel Trubel, und Alma sah schon von Weitem ihre Freundin Bertha mit einem großen Einkaufskorb über dem Arm. Sie war Köchin bei einer reichen Familie nur ein paar Häuser vom Haus der Friedländers entfernt. Und doch hätten Meilen zwischen ihnen liegen können, so unterschiedlich war das Leben in beiden Häusern. Während es bei den

Friedländers offen und familiär zuging, klagte Bertha häufig darüber, wie steif und streng die Atmosphäre im Hause ihrer Herrschaft war. Immer wenn Alma sich mit Bertha unterhielt, spürte sie wieder große Dankbarkeit, für ihre Freundin arbeiten zu können. Das ließ den Kummer über Hannahs Ausbruch vorhin auch noch einmal deutlich verblassen.

»Hui, ist der aber groß geworden«, begrüßte Bertha sie nach einem entzückten Blick in den Kinderwagen.

»Nicht wahr? Er wächst und gedeiht, dass es eine Freude ist. Was kaufst du heute?«

»Madame wünscht heute Lamm. Ich würde ja viel lieber Hühnchen nehmen, die sehen viel frischer aus, aber dann würde sie wieder einen Wutanfall kriegen. Also kauft die gute Bertha Lamm und Bohnen. Was kommt bei euch heute auf den Tisch?«

Alma zuckte mit den Schultern. »Ich lasse mich davon inspirieren, was gut aussieht.«

Berthas Blick wurde sehnsuchtsvoll. »Hach, wie sehr wünschte ich mir, auch diese Freiheiten zu haben. Aber du weißt ja, wie Madame ist.«

Alma nickte mitfühlend. Sie kannte Madame aus Berthas Erzählungen nur zu gut. Allein die Tatsache, dass sie sich von ihren Angestellten Madame nennen ließ, war lächerlich genug.

»Nimm es mir nicht übel, aber ich muss mich beeilen. Die Amme kommt in einer halben Stunde, und bis dahin muss ich alles eingekauft haben«, sagte Alma und winkte der Freundin zum Abschied zu.

»Bis morgen. Ich würde dir die Hühnchen empfehlen. Guck nur, wie frisch die sind«, rief Bertha und winkte zurück, während Alma sich anschickte, den schweren Kinderwagen zwischen den Marktständen und den vielen Leuten hindurchzubugsieren.

* * *

Einige Tage später fühlte sich Hannah schon stark genug, mit Kurt neben sich im Kinderwagen im Garten bei den frisch aufgeblühten Rosen zu sitzen und in einem Fachbuch zu blättern. Zum Lesen von Romanen kam sie kaum mehr. Zu viel Zeit brauchte sie für das Studium und die damit verbundene Lektüre.

Inzwischen war sie schon drei Wochen mit dem Lernen im Rückstand. Wertvolle Zeit, die es aufzuholen galt, bis sie wieder kräftig genug war, in die Klinik zu gehen.

Sie nippte an ihrem Wasser, das so kalt war, dass das Glas beschlagen war und kleine Tropfen langsam an der Außenwand herunterwanderten. Die Rosen verströmten einen intensiven Geruch, der sie gedanklich in den Garten der Großeltern versetzte. Großmutter liebte Rosen und hatte im Laufe der Jahre immer mehr rund um ihr Haus pflanzen lassen.

Hannah schloss die Augen, und ihre Gedanken flogen nach Berlin. Hoffentlich ging es den beiden alten Leutchen gut. Großmutter kränkelte nun schon geraume Zeit, und es wollte bei ihr partout nicht aufwärtsgehen. Jakob hatte Berlin verlassen und setzte seine endlos dauernden Studien in München fort. Der Vater leitete nach wie vor sehr erfolgreich die Fabrik, und Mutter litt höchstwahrscheinlich darunter, ihren geliebten Sohn nicht mehr um sich zu haben. Nun stand sie den Eskapaden ihres Gatten allein und schutzlos gegenüber, denn dass es Eskapaden gab, bestritt niemand, nicht einmal der Vater selbst.

Es wurde Zeit, mal wieder nach Hause zu schreiben und von der überstandenen Lungenentzündung und anderen freudigen Themen zu berichten, dachte Hannah. Eigentlich hatte sie überlegt, die Neuigkeiten für sich zu behalten und sie erst zu verkünden, wenn alle sich in einigen Wochen in der Villa am Meer wiedersahen. Doch dann würde man ihr vielleicht die

Schwangerschaft schon ansehen, und das erschien ihr doch ein wenig unpassend.

Sie schob das Buch beiseite und ging langsam ins Haus, um Feder, Tinte und Papier zu holen.

Liebe Großmama, lieber Großpapa!

begann sie, dann hielt sie inne. Wie immer schrieb sie zuerst einen Brief an ihre Großeltern. Sie standen ihrem Herzen so viel näher als die Eltern.

Ich male mir aus, wie ihr beiden zusammen im Garten sitzt und den Duft der Rosenbüsche einatmet, genauso wie ich es gerade tue. Liebes Großmamachen, ich hoffe so sehr, dass alle Beschwerden davongeflogen sind und …

»Ein Brief für Sie, gnädige Frau«, wurde sie von der lauten Stimme des Hausmädchens unterbrochen.

»Lina, ich habe dir doch schon x-mal gesagt, du musst leiser sprechen. Siehst du, jetzt ist Kurt aufgewacht. Zügle dein Temperament!«

Das Mädchen senkte den Kopf und sagte mit nur geringfügig gedrosselter Lautstärke: »Tschuldigung, Frau Dokter!«

Doch ihre Worte gingen in dem erschreckten Geschrei des Kindes unter.

Lina knickste verlegen und legte den Brief auf den Tisch, während Hannah ihren Sohn aufhob. Sie drückte ihn an sich und gab dabei beruhigende Laute von sich.

Alma eilte herbei und nahm den Kleinen, um ihn der gerade eingetroffenen Amme zu übergeben.

Endlich konnte sich Hannah dem Brief widmen.

Er trug die gestochene Handschrift des Großvaters. Und noch bevor Hannah ihn öffnete, wusste sie, was der Inhalt des Schreibens war. Sie fühlte es mit jeder Faser ihres Körpers, und ein heftiger Schmerz breitete sich in ihrer Brust aus. Er war anders als der Schmerz, den ihr der quälende Husten bereitet hatte, anders als die drückende Übelkeit der Schwangerschaft. Er war jäh, niederschmetternd und erfasste Körper und Seele.

Einen Augenblick lang überlegte Hannah, den Brief irgendwo zu vergraben oder liegen zu lassen und zu vergessen, damit das, was darinstand, aus der Welt wäre. Doch natürlich waren das Kindergedanken. Sie konnte nicht vor der Realität davonlaufen. Der Schmerz erfüllte sie bereits bis ins Mark, und er würde sich auch durch kleine Täuschungsmanöver nicht vertreiben lassen. Die Großmutter war tot.

Tränen liefen über Hannahs Gesicht, und ihre Wangen fühlten sich so kalt an, als würden sie gar nicht mehr zu ihrem Körper gehören.

Ein zitrusgelber Schmetterling flatterte aus den Rosen hinauf in den blauen Himmel. Hannah sah ihm hinterher. Sie wusste, dass es die Seele der Großmutter war, die mit dem Schmetterling in den Himmel flog.

* * *

Es schmerzte Hannah, dass sie noch nicht stark genug war, um zur Beisetzung der Großmutter nach Berlin zu fahren. Sie hätte so gern den Großvater getröstet und an ihrem Grab von der Großmama Abschied genommen, doch ihre noch immer angeschlagene Gesundheit ließ eine so weite Reise nicht zu.

Stattdessen schrieb sie dem Großvater mitfühlende Briefe und lief voller Unruhe durch Haus und Garten. Dabei haderte sie mit dem Schicksal, das es nicht für nötig gehalten hatte, Großmutter noch ein paar schöne Jahre an der Seite des

Großvaters zu schenken. Auch war ihr nun nicht mehr vergönnt, das neue Urenkelchen, das noch unter Hannahs Herzen schlummerte, kennenzulernen.

Ein schwacher Trost war ihr, dass Großvater beteuerte, sie sei ruhig und ohne Schmerzen eingeschlafen, bereit, diese Welt für immer zu verlassen. Hannah glaubte dem Großvater, dass die Großmama sich darein gefügt hatte, dem Leben den Rücken zu kehren, doch die Leere, die sie in den Herzen ihrer Hinterbliebenen hinterließ, war unendlich und trostlos.

* * *

Trotz ihrer Trauer und angeschlagenen Gesundheit machte sich Hannah zwei Wochen später wieder auf den Weg ins Krankenhaus. Der Großvater hatte ihr versichert, dass die Großmama nichts anderes gewollte hätte. Sie sei überaus stolz auf Hannah gewesen, dass sie die Courage gehabt hatte, sich der von den Eltern vorgeschriebenen Rolle zu widersetzen und ihren eigenen Weg zu gehen. Den Weg, den die persönliche Leidenschaft ihr vorgab.

Doch Hannah spürte, wie sowohl ihr Körper als auch ihre Seele sich schwertaten, sich wieder aus vollem Herzen in die Arbeit zu stürzen. Immer noch hatte sie bei der kleinsten Anstrengung Schweißausbrüche, und ein Gefühl unendlicher Trauer überkam sie oft unangekündigt wie aus heiterem Himmel und verdunkelte ihre Welt.

Und dann war da auch noch die Sache mit Fritz Gerlach. Hannah hatte stundenlang darüber gegrübelt, wie sie ihm nach der langen Zeit am besten gegenübertreten sollte. Sie hatte sämtliche Möglichkeiten, die ihr einfielen, im Kopf durchgespielt, doch sie war zu keiner ultimativen Lösung gekommen. Letztendlich hatte sie beschlossen, dass sie auf ihr Gefühl im entsprechenden Augenblick hören würde. Doch das war schwerer, als es sich anhörte, und sie bemerkte immer wieder, wie ihr vor Anspannung das Blut in den Ohren rauschte.

* * *

Hannah war früh dran und saß schon im Hörsaal, als die anderen Kommilitonen nach und nach in kleinen Grüppchen dazustießen und sie mit großem Hallo wieder willkommen hießen. Fritz Gerlach kam mit der letzten Gruppe, kurz bevor der Professor den Saal betrat. Alma hatte recht. Er wirkte verändert. Offenbar hatte er einiges an Gewicht verloren, obwohl er auch vorher nicht dick gewesen war. Seine Wangen waren eingefallen, und sein Blick hatte etwas Stechendes. Trotzdem lachte und scherzte er mit den anderen. Als er Hannah sah, verstummte er abrupt und blieb stehen. Seine Augen fixierten ihr Gesicht, als suchten sie eine Antwort. Doch Hannah hatte keine. Zumindest hatte sie nicht die Antwort, die er sich erhoffte.

Sie senkte den Blick und tat so, als schriebe sie eifrig in ihr Heft. Das Eintreten des Professors bewahrte sie davor, Gerlach beachten zu müssen, der sich in die Reihe hinter ihr gesetzt hatte. Während der gesamten Vorlesung spürte sie seine Blicke in ihrem Nacken.

Kaum war die Vorlesung beendet, raffte Hannah ihre Habseligkeiten zusammen und beeilte sich, aus dem Saal zu kommen, doch Fritz Gerlach hatte sie mit ein paar Schritten eingeholt.

»Hannah«, sagte er leise. In seinen Augen lag ein gequälter Blick.

Sie tat so, als hätte sie ihn nicht gehört, und ging mit starrem Blick weiter.

Er blieb zurück.

Hannah eilte erleichtert nach Hause. Er hatte hoffentlich verstanden, dass es auch keiner Aussprache mehr bedurfte. Sie hatte es geschafft! Sie war wieder Studentin. Allerdings musste sie aufpassen und sich im Umgang mit Kommilitonen wieder stärker zurücknehmen. Auf keinen Fall wollte sie noch einen anderen jungen Mann zu derartigen Offenbarungen ermutigen.

23. Kapitel

Ein paar Wochen später war der Sommer gekommen, und endlich bereiteten sie sich und das Haus für die Fahrt an die See vor. Hannah hatte diese Reise so sehr herbeigesehnt, als würde sie das Meer zum ersten Mal sehen.

Es war gar nicht so einfach, eine so lange Fahrt mit einem so kleinen Kind zu unternehmen, doch sie würden die Amme und ihre ganze Familie mitnehmen. Sie hatten ein nettes kleines Häuschen ganz in der Nähe der Villa angemietet, wo die Amme mit ihren Kindern und ihrem Mann ihre ganz eigene Sommerfrische erleben konnte, nur unterbrochen von der Zeit, in der sie Kurt stillen musste.

Trotzdem zog sich die Fahrt in den Norden extrem in die Länge, und der Kleine wurde zunehmend unruhig, je länger sie unterwegs waren.

Doch als sie endlich in den Abendstunden in der Villa ankamen, wo die Eltern schon ungeduldig auf sie warteten, und als dann die Sonne rot schimmernd über dem Meer unterging und alles lachte und durcheinanderredete, waren die Strapazen der Anreise vergessen.

Hannah und Daniel teilten sich Hannahs altes Zimmer. Dort hatte sie seine sehnsüchtigen Briefe gelesen und dort hatte sich auch ihre Einstellung dem ungebetenen Bräutigam gegenüber langsam gewandelt. Alma wurde im Zimmer neben ihnen untergebracht, da sie sich mit Händen und Füßen dagegen gewehrt hatte, wieder im Mezzaningeschoss zu schlafen. Zu viele ungute Erinnerungen waren damit verknüpft. Hannah verstand ihre Vorbehalte sofort und legte bei ihrer Mutter, bei der dieser Wunsch zunächst auf Ablehnung stieß, ein gutes Wort für Alma ein, sodass sie schließlich zähneknirschend zustimmte.

Dafür musste allerdings die Amme mit den beiden Kindern ins Mezzaningeschoss ziehen, was Alma mit einem großen Schuldbewusstsein erfüllte. Doch obwohl sie mehrfach anbot, mit ihr das Zimmer zu tauschen, winkte die Amme lachend ab. Sie war glücklich, überhaupt in einem derart imposanten Gebäude schlafen zu dürfen.

* * *

Gleich am ersten Tag ging es mit Sack und Pack an den Strand. So lange hatte sich Hannah schon darauf gefreut, Kurtchen im Sand spielen zu sehen und ihm das Meer zu zeigen, dass sie sich auch von allen Vorbehalten der Mutter davon nicht abbringen ließ.

Daniel und Vater trugen gemeinsam den Kinderwagen über den Strand, damit Kurt sich zwischendurch darin würde ausruhen können, während Alma mit dem Kleinen auf dem Arm nebenherspazierte. Schließlich folgte Hannah, die ihre Mutter untergehakt hatte und zufrieden lächelte. Mutter umklammerte fest ihren weißen Sonnenschirm, dessen Rüschen lustig im Wind flatterten, während sie mit besorgtem Blick ihren Rock hob und vorsichtig einen Schritt vor den anderen setzte.

»Ist diese sanfte Brise nicht himmlisch? Es geht doch nichts darüber, sich vom salzigen Meereswind einmal so richtig durchpusten zu lassen!«, rief Hannah glücklich.

»Das geht auch sehr gut auf der Promenade. Dazu muss man nicht durch den Sand stiefeln wie ein gewöhnliches Dienstmädchen.«

Hannah biss sich auf die Unterlippe. Fast hätte sie laut herausgelacht bei der Vorstellung, wie Mutter wohl reagieren würde, wenn sie von ihren und Almas Ausflügen mit den Wandervögeln vor ein paar Jahren hören würde.

Die beiden Männer stellten jetzt ein wenig atemlos den schweren Wagen zwischen einigen Strandkörben ab. Von hier aus würde man einen guten Blick aufs Meer haben.

Daniel fuhr sich mit der Hand über die Stirn und lächelte Hannah glücklich an.

»Es ist wirklich wunderschön hier!«, rief er ihr entgegen und deutete mit dem Finger auf eine Möwe, die sich knapp hinter den beiden Frauen niederließ und sich anschickte, eine erbeutete Muschel mit dem Schnabel aufzubrechen.

Ein Stück entfernt spielten ein paar Kinder Fangen. Unermüdlich rannten sie um die Strandkörbe herum und juchzten und lachten, dass man nicht anders konnte, als sich von ihrer guten Laune anstecken zu lassen.

Jetzt hatten Hannah und Mutter die Wartenden erreicht, und Hannah breitete die Arme aus, um Alma ihren Sohn abzunehmen.

»Sieh nur, Kurtchen, das ist das Meer. Es geht bis zum Horizont und darüber hinaus und birgt unglaubliche Schätze, von denen wir dir hoffentlich später noch mehr zeigen können. Und das hier ist Sand. Ein Wunderwerk der Natur, mit dem man herrlich spielen kann.« Und damit legte sie den kleinen Jungen bäuchlings an den Rand einer von Alma ausgebreiteten Decke, damit er die Sandkörner mit den eigenen Patschhändchen erkunden konnte.

»Aber Hannah, wie kannst du nur? Er ist doch kein hergelaufenes Straßengör, an dessen Fingern der Dreck klebt«, empörte sich Mutter und schickte sich an, den Kleinen aufzunehmen.

»Lass nur, Mutter, das schadet ihm nicht. Er soll die Natur mit den eigenen Händen begreifen lernen.«

»Du hörst dich an wie eine von diesen zügellosen jungen Leuten. Wie heißen sie doch gleich? Rachel, wie nennt man diese Gruppe noch mal?«, fragte der Vater.

Wieder biss sich Hannah auf die Lippen. Sie wusste genau, wen Vater meinte. Ein verstohlener Blick auf Alma und Daniel, die ebenfalls mit dem Lachen zu kämpfen hatten, zeigte ihr, dass es ihnen genauso erging.

»Ach, was weiß ich? Meinst du diese Wandervögel? Hannah, er steckt sich den Sand in den Mund. Nimm ihn sofort hoch. Sonst tue ich es!« Die Stimme der Mutter wurde mit jedem Wort lauter.

»Genau. Wandervögel. So heißen sie. Und dauernd reden sie von der Natur, von Freundschaft und dass alle gleich sein sollen. Stand neulich in der Zeitung.« Vater nickte erfreut.

Hannah pulte ihrem Sohn lachend den Sand aus der Hand.

»Nicht essen, Kurtchen. Da gibt es Besseres. Zum Spielen ist der Sand viel besser geeignet.«

* * *

Die Tage flossen träge und sonnig dahin. Die Gesichtsfarbe aller – bis auf die von Mutter, die ausschließlich mit Sonnenschirm bewaffnet nach draußen ging – wurde um einige Nuancen dunkler, und die Stimmung zunehmend gelassener und gelöster, je weiter die Erholung aller voranschritt.

* * *

Auch der Besuch der Frau Bürgermeister trug zu Hannahs Wohlbefinden bei, denn trotz des Rollstuhls war sie unternehmungslustig geblieben und hatte sich mit ihrem körperlichen Zustand arrangiert.

»Ich bin so erleichtert, zu sehen, wie gut es ihr unter diesen schwierigen Umständen geht«, erklärte Hannah Daniel lächelnd, nachdem sich die Frau Bürgermeister spät abends verabschiedet hatte.

»Und ich freue mich, sie endlich einmal persönlich kennengelernt zu haben, nachdem ich doch schon eine ganze Weile jeden Monat wegen der Wechsel zugunsten deiner Studien mit ihr korrespondiere!«, erwiderte Daniel grinsend. Hannah war sehr erleichtert, dass Daniel und die Dame, die letztendlich so viel mit Hannahs Beharren darauf, Medizin zu studieren, zu tun hatte, sich gut verstanden hatten. Es gab ihr die Sicherheit, dass Daniel nach wie vor hinter ihren beruflichen Ambitionen stand, auch jetzt, wo sie das zweite Kind erwartete.

Trotzdem kam es eines Abends zu einer Szene, die alle aus der Reserve lockte.

Herr und Frau Braun, ein wohlsituiertes kinderloses Paar, das in Pommern ein einträgliches Landgut besaß und mit dem die Eltern schon lange befreundet waren, weilte zu Besuch, und so waren die Abendessen, die im Familienkreis legerer ausfielen, wieder deutlich steifer. Man musste sich am Nachmittag umkleiden, und die Konversation war ebenfalls viel stärker reglementiert, wie es die Etikette eben forderte.

Der kleine Kurt wurde nur sporadisch vorgezeigt, man lächelte über seine niedlichen Grimassen, und dann wurde er wieder Alma in die Hand gedrückt, und die formalen Gespräche wurden fortgesetzt.

Alles in allem war es eine Situation, die Daniel überhaupt nicht schätzte. Schließlich weilte man hier, um sich zu erholen und viel Zeit mit der Familie zu verbringen. Außerdem hatte er es irgendwie geschafft, sich an den Schultern einen schweren

Sonnenbrand zuzuziehen, sodass der raue Hemdstoff schmerzhaft an seiner Haut schubberte.

Hannah hatte bereits am Tag über leichten Schwindel und Unwohlsein geklagt, hatte sich aber extra zum Abendessen aufgerafft und zurechtgemacht, weil sie wusste, dass die Eltern Wert auf ihre Anwesenheit legten.

Trotzdem war sie noch immer blass um die Nase, und man konnte ihr ansehen, dass sie sich nicht sonderlich wohlfühlte.

Unglücklicherweise hatten Mutter und Frau Braun ein Thema gefunden, über das sie sich beide sehr echauffieren konnten, und das war Hannahs Studium.

»Aber meine Liebe, warum tun Sie sich das denn an? Die ganze Mühe, dabei könnten Sie doch zu Hause bleiben, sich an Ihrem Kind und dem bald zu erwartenden Neuankömmling erfreuen und das Arbeiten Ihrem Gatten überlassen«, belehrte Frau Braun sie, und Mutter legte nach: »Das sage ich ihr auch immer. Die Kinder brauchen die Mutter. Vor allem da nun ein zweites unterwegs ist, halte auch ich es für angebracht, wenn du dein Studium nun beendest und dich ganz den Mutter- und Ehefrauenpflichten widmest. Es ist doch so erfüllend …«

Noch bevor sie den Satz zu Ende gesprochen hatte, brach Hannah in Tränen aus.

Sie schluchzte und schluchzte und konnte gar nicht wieder aufhören, obwohl Daniel ihr beruhigend die Hand auf den Arm legte und ihr zuflüsterte, dass sie das ganze Gerede doch um Himmels willen nicht ernst nehmen solle.

Doch die beiden Damen waren jetzt erst so richtig in ihrem Element, und Frau Braun fuhr mit ihren Belehrungen fort. »Na, sehen Sie, Schätzchen, Sie sind doch völlig überfordert. Seien Sie vernünftig und …«

»Schluss damit!« Daniel sprang auf. »Hören Sie auf, auf meine Frau einzureden. Sie sehen doch, dass es sie zu sehr mitnimmt.« Er reichte Hannah den Arm, um ihr beim Aufstehen behilflich zu sein.

»Daniel! Wie unhöflich. Setz dich wieder hin und sei friedlich. Frau Braun will Hannah doch nur helfen. Und sie hat recht. Sieh doch nur, wie schlecht die Arme aussieht. Das ist alles zu viel für sie. Ein Kleinkind, die Schwangerschaft und dann auch noch dieses Studium«, sagte Hannahs Mutter und bedeutete ihm mit dem Kopf, sich wieder zu setzen.

»Das ist eine Entscheidung, die allein Hannah obliegt, Schwiegermutter. Und wir haben euch wiederholt darum gebeten, mit eurer Meinung dazu hinter dem Berg zu halten, wenn ihr das als derart problematisch anseht. Kein Grund jedenfalls, eine schwangere Frau so zu quälen. So, Hannah, komm. Wir gehen ein paar Schritte im Garten, Luft schnappen und uns beruhigen. Guten Abend, die Herrschaften«, sagte Daniel und reichte der bebenden Hannah den Arm, damit sie sich bei ihm unterhaken konnte.

Ihre kleine Hand legte sich auf seinen Arm, und er hielt seine andere Hand darauf, um ihr Geborgenheit zu vermitteln.

Als er die Tür hinter ihnen beiden schloss, hörte er, wie sein Schwiegervater sagte: »Bei aller Liebe: Recht hat er. Ihr solltet euch mal hören. Zwei alte Klatschweiber. Habt ihr denn keine anderen Themen als das Leben anderer?«

Während Daniel die noch immer schluchzende Hannah in den Garten führte, konnte er sich ein zufriedenes Grinsen über die resolute Unterstützung durch seinen Schwiegervater nicht verkneifen.

* * *

Obwohl die zweite Schwangerschaft so problematisch begonnen hatte, verlief sie ansonsten ohne Beschwerden. Wäre Hannah nicht durch ihren stetig und schnell wachsenden Bauch immer wieder daran erinnert worden, hätte sie die anderen Umstände, in denen sie sich befand, fast vergessen können.

Das fügte sich gut, denn sie hatte nicht nur viel nachzuholen, was sie während ihrer Krankheit versäumt hatte, sie war auch fest entschlossen, sich durch ihre Leistungen so zu empfehlen, dass Professor Fuchs über ihre zweite Schwangerschaft nicht allzu entsetzt sein würde. Sie wusste, dass er ihre erste Schwangerschaft während des Studiums nur zähneknirschend hingenommen hatte. Allerdings hatte ihn damals ihre engagierte Mitarbeit an seinem Buch über ihre Abwesenheit hinweggetröstet.

Dieses Mal würde es höchstwahrscheinlich nicht so einfach sein, und wenn es ganz schlecht lief, würde Hannah vielleicht sogar ein Semester verlieren. Und so saß sie allabendlich bis spät in die Nacht über ihre Bücher gebeugt und lernte, bis ihr die Buchstaben vor den Augen tanzten. Am Tag legte sie Extrastunden im Krankenhaus ein, studierte die Kurven der Patienten, schlug Symptome nach oder saß im Hörsaal und schrieb eifrig die Worte der Professoren mit.

* * *

Daniel liebte es, sie am Abend zu beobachten, während sie Seite um Seite umblätterte, Dinge niederschrieb und leise Begriffe vor sich hin murmelte, die sie sich merken wollte. Er liebte sie jeden Tag mehr, auch wenn er sich nie hätte träumen lassen, dass das möglich wäre. Ihr Bauch wölbte sich deutlich schneller als bei der ersten Schwangerschaft, und sie leuchtete förmlich von innen heraus. Er genoss ihre Anwesenheit und konnte sich gar nicht mehr vorstellen, wie er jemals ohne sie hatte leben können.

Er genoss es, wenn sie am Sonntag gemeinsam mit Kurt und Alma Ausflüge unternahmen. Sie packten dann den Kleinen für gewöhnlich in den Kinderwagen, nahmen etwas Apfelmus mit, falls er unterwegs Hunger bekam, und wanderten den Neckar entlang oder aus der Stadt heraus und genossen die Natur. Häufig wurden sie von Freunden aus der Synagoge – alles aufgeschlossene, fortschrittliche Leute – begleitet. Sie bewunderten Hannah dafür, dass sie ihr Studium nicht aufgab, obwohl sie verheiratet war und bald zwei Kinder haben würde.

Doch heute weigerte sich Hannah, mitzugehen. Geplant war ein Spaziergang durch die Altstadt, um die hübschen Fachwerkhäuser genauer in Augenschein zu nehmen, mit anschließendem Besuch in einer Wirtschaft. Nicht allzu weit, nicht allzu schwer, um die inzwischen Hochschwangere nicht zu überfordern.

»Tut mir leid, das schaffe ich heute nicht«, sagte sie kategorisch und verschränkte auch noch die Arme, um ihrer Äußerung Nachdruck zu verleihen.

Sofort wallte Sorge in ihm auf. »Warum nicht? Geht es dir nicht gut? Spürst du schon Wehen?«

Hannah schüttelte lachend den Kopf. »Nein, das wäre ja auch viel zu früh. Ich habe heute einfach keine Zeit dafür. Ich muss noch mehrere Kapitel lesen, eine Reinschrift fertigstellen, und dann wollte ich auch noch nachsehen, ob ich etwas finde, was meine Diagnose …«

»Du kannst doch nicht immer nur arbeiten, Hannah! Das ist unsere gemeinsame Familienzeit. Zeit mit unseren Freunden.«

»Dann geh doch mit Kurtchen und nimm Alma mit. Wenn ihr zurück seid, bin ich fertig. Dann können wir irgendetwas Nettes zusammen machen.«

»Ich will aber nicht irgendetwas Nettes machen, ich möchte mit meiner Frau und meinem Sohn einen Sonntagsspaziergang machen und danach etwas Leckeres essen. Wenn unser zweites

Kindchen erst da ist, werden wir für so etwas erst mal eine Weile keine Zeit mehr haben.«

»Bis dahin dauert es ja noch etwas. Jetzt versteh doch: Ich habe das in der Woche nicht geschafft, also muss ich es jetzt machen.«

Daniel kniff die Lippen zusammen und sah genervt an die Decke, bevor er etwas erwiderte. Er wollte nichts sagen, was sie verletzen und was er später bereuen könnte; trotzdem ärgerte ihn ihre Weigerung. Das war nun schon die zweite Woche in Folge, die sie zu Hause bleiben wollte. Doch letzten Sonntag war es ihm gelungen, sie umzustimmen. Dieses Mal allerdings wirkte sie fest entschlossen.

»Es ist dir wirklich wichtig, hm?«, fragte sie plötzlich in seine Gedanken hinein.

Er sah sie an, streckte die Hände aus und griff nach ihren. »Natürlich ist es mir wichtig. Das ist unsere Zeit. In der Woche muss alles schnell gehen. Jeder hat zu tun. Ich freue mich immer schon montags darauf, am Sonntag einen Ausflug mit euch zusammen zu machen.« Es stimmte. Er liebte es, seine hübsche, inzwischen hochschwangere Frau zu präsentieren, sie am Arm zu führen und die Zeit zu haben, mit ihr und den Freunden so engagiert zu diskutieren wie früher.

»Wenn es dir so wichtig ist, dann komme ich mit. Ich kann auch nachher noch lesen. Und der Rest kann warten.«

»Wirklich?« Er spürte, wie ihm vor Freude ganz warm wurde.

»Natürlich. Wenn es dir so viel Spaß macht. Und ich mag es ja auch, schließlich fühlt es sich fast an wie früher, nur dass wir ein Kind dabeihaben und ich so unförmig aussehe, als hätte ich eine Melone im Ganzen verschluckt.« Sie lachte.

Er zog sie in seine Arme und küsste sie ausgiebig. »Du siehst so schön aus wie eine griechische Göttin. Keine ist so schön wie du, vor allem, wenn du schwanger bist.«

»Du Charmeur«, sagte Hannah und streichelte ihm über die Wange. »Du weißt, wie du die Frauen betörst.«

»Nur eine, mein Schmetterling. Nur eine.«

* * *

Fritz Gerlach hielt sich dieser Tage von ihr fern. Sein Blick war hart und kalt geworden, und es wirkte fast, als wäre Hannah eine Fremde für ihn. Hannah war das ganz recht. Sie hätte nicht gewusst, wie sie auf ein erneutes Liebesgeständnis hätte reagieren sollen, auch wenn ihr das Herz jedes Mal ein wenig schwer wurde, wenn sie ihn ansah.

Doch sie musste an ihr Ziel denken, und das war, so schnell wie möglich Ärztin zu werden, um in einer eigenen Praxis oder in der Klinik den Kranken selbstständig helfen zu können.

Der Erfolg gab ihr recht. Ihre Noten waren hervorragend, und die Professoren, allen voran Professor Fuchs, waren von ihren Leistungen angetan. Sie hüllte sich in weite Kleider, hängte sich Tücher über die Schultern, die ihren wachsenden Bauch geschickt kaschierten, und lernte, lernte, lernte.

Daniel sah sie abends, während er ein Buch las und sie über den dicken Medizinwälzern brütete, immer wieder nachdenklich von der Seite an, sagte aber nichts. Das musste er auch nicht. Sie wusste auch so, dass er sich Sorgen machte, ob sie sich und dem Leben, das in ihr wuchs, nicht zu viel zumutete. Doch es gab keine Alternative. Hannah wusste, dass sie sich auf einem schmalen Grat bewegte, doch sie wollte … sie musste es einfach schaffen.

Als sie sich endlich traute, sich Professor Fuchs zu offenbaren, war ihre Schwangerschaft bereits so weit fortgeschritten, dass es an ein Wunder grenzte, dass der erfahrene Arzt ihren Zustand nicht vorher bereits bemerkt hatte. Dennoch drückte seine Reaktion echte Überraschung aus. Er starrte sie mit aufgerissenen Augen an und ließ sich rückwärts auf seinen Stuhl sinken, während er missbilligend den Kopf schüttelte.

»Herrje, Frau Friedländer, wie viele wollen Sie denn noch bekommen? Bedeutet Ihnen Ihre Ausbildung denn so wenig? Wie wollen Sie das mit zwei kleinen Kindern schaffen? Eine Mutter wird doch zu Haus benötigt.«

»Ich schaffe es! Das versichere ich Ihnen. Meine Arbeit darf und wird unter meiner Mutterschaft niemals leiden.«

Angesichts dieses großen Versprechens wurde ihr ein wenig flau im Magen, doch es war ihre feste Überzeugung, die sie da zum Ausdruck brachte. Die Medizin war ihr einfach zu wichtig, als dass sie sie jemals vernachlässigen würde.

Der Professor wiegte mit skeptisch zusammengekniffenen Lippen zweifelnd den Kopf. »Wie stellen Sie sich das vor? Gerade im letzten Jahr gibt es unglaublich viel Arbeit. Sie stehen im Operationssaal, bekommen mehr Patienten, für die Sie verantwortlich sind … Und was ist mit der Famulatur? Ich kann Ihnen doch keine Stelle geben, wenn Sie im nächsten Moment schon wieder schwanger sind.«

Immer noch kopfschüttelnd griff er nach seinen Zigarren, nahm eine heraus und drehte sie unschlüssig zwischen den Fingern, bevor er sie wieder weglegte.

»Das schaffe ich. Ich weiß es!« Ihre Wangen wurden heiß, und im Rücken spürte sie ein schmerzhaftes Ziehen. Das lange Stehen war in ihrem Zustand beschwerlich.

»Wie auch immer, Ihre Leistungen sprechen für sich. Ihre Noten sind wirklich exzellent, und Ihre Arbeit mit den Patienten … Nun gut, dann müssen wir Sie eben für die Zeit des Wochenbetts einmal mehr mit adäquaten Aufgaben überhäufen.« Jetzt lächelte der Professor und griff wieder nach seiner Zigarre.

Hannah nickte. Sie war froh, ihn besänftigt zu haben, denn sie konnte und wollte es sich nicht leisten, ihn als Förderer zu verlieren.

Als sie langsam nach Hause ging, spürte sie die Erschöpfung in allen Gliedern. Es war höchste Zeit gewesen, den Professor einzuweihen. Lange würde sie nicht mehr arbeiten können. Sie wollte keinesfalls, dass es wieder zu einer ähnlichen Situation kam wie beim Beginn der Geburt von Kurt.

* * *

Doch Hannahs Befürchtungen waren unbegründet. Als der kleine Ariel auf die Welt kam, verlief alles ganz anders als bei seinem großen Bruder. Hannah war bereits zwei Wochen zu Hause, als die Wehen einsetzten, und auch wenn diese Geburt ähnlich schnell verlief wie die erste, war doch alles deutlich friedvoller und entspannter.

Zum einen lag das daran, dass Hannah aus ihren Fehlern gelernt und sich bereits im Vorfeld etwas Schonung gegönnt hatte, aber zum anderen auch an den Erfahrungen, die alle Anwesenden bei Kurts Geburt gesammelt hatten.

Doch das Gefühl der überbordenden Liebe, als sie das kleine Bündel endlich in den Armen hielt, war das gleiche, das sie nach der Geburt ihres ersten Kindes verspürt hatte. Damals war alles neu und ungewohnt gewesen. Jetzt aber hatte sie das Gefühl, dass ihre bisher mit Kurt gesammelten Erfahrungen sie deutlich gelassener machten. Die Sorge, die sie bei jeder Berührung mit ihrem ersten Säugling gehabt hatte, war weg, und übrig blieb nur dieses unglaubliche Gefühl der Erfüllung. Auch Daniel hatte wieder diesen seligen Gesichtsausdruck, als er endlich ins Zimmer gelassen wurde. Den hatte sie bei ihm auch bemerkt, als er Kurt zum ersten Mal auf dem Arm gehalten hatte. Es war ein Segen, dass Gott ihnen nun auch dieses kleine Wesen anvertraut hatte, und sie würden alles tun, um es zu schützen und glücklich aufwachsen zu lassen.

Es war zwar eine entspannte Geburt gewesen, aber der kleine Ariel, der nach seinem Urgroßvater benannt war, erwies sich als ein deutlich weniger entspanntes Kind als das erste. Der Kleine litt unter Blähungen und wollte am liebsten den ganzen Tag herumgetragen werden. Alma hatte ihn sofort, wie damals den neugeborenen Kurt, unter ihre Fittiche genommen, hatte nun aber ihre liebe Not, den Anforderungen eines Säuglings und eines gerade Einjährigen gleichermaßen gerecht zu werden. Obendrein bemühte sie sich, auch ihre Pflichten als Köchin nicht zu vernachlässigen. Hannah nahm Almas Dilemma durchaus wahr, doch alle Vorschläge zu ihrer Entlastung, wie die feste Einstellung einer Amme oder die Einbeziehung des Hausmädchens bei der Kinderbetreuung, schlug Alma fast beleidigt aus.

»Das wäre ja noch schöner. Natürlich schaffe ich es, mich allein um beide Würmchen zu kümmern. Und selbstverständlich ist mir das Kochen und Einkaufen nicht zu viel. Du weißt doch, dass das immer mein Traum war. Nein, nein. Das ist kein Problem«, rief sie entrüstet aus, als Hannah ihr mal wieder verschiedene Varianten zur Unterstützung vorschlug.

Und so ging Hannah mit schlechtem Gewissen, aber frohem Herzen nach zwei Monaten wieder zur Universität, bestand allerdings darauf, dass Alma im bevorstehenden Urlaub am Meer der Köchin der Eltern die Arbeit in der Küche überlassen würde, um sich ebenfalls ein wenig zu erholen.

Zähneknirschend stimmte Alma zu, während sie Ariel das Bäuchlein rieb und dem kleinen Kurt mit der anderen Hand eine Gabel entwendete, die er sich unerlaubt angeeignet hatte.

* * *

Hannah war erfüllt von ihrer neuen Rolle als Mutter, aber genauso liebte sie das Dasein als Ehefrau. Vor allem als Daniels Gattin. Nie hätte sie geglaubt, dass sie sich einmal so wohl bei ihm fühlen würde. So geborgen und beschützt. Während sie in der Uni funktionierte, kämpfte und ihr Bestes gab, konnte sie zu Hause bei ihm einfach nur sie selbst sein. Er unterstützte sie, wo er konnte, und trotzdem machte er in seinem eigenen Beruf große Fortschritte. Mit einigen anderen Juraprofessoren schrieb er an einem umfassenden Kommentar zum Bürgerlichen Gesetzbuch; er hatte bereits mehrere Bücher zum Schuldrecht und speziell zur Vertragskunde geschrieben und galt als einer der beliebtesten Rechtsprofessoren an der gesamten Universität. Es war ihr schleierhaft, wie sie ihm je so kritisch hatte gegenüberstehen, ja, ihn hatte zurückweisen können, wo sich heute doch jede nach ihm die Finger ablecken würde. Und bei all dem war er ein unglaublich liebevoller Vater. Es war so ganz anders als bei ihren Eltern. Und trotzdem glaubte Hannah nicht, dass die Eltern damals, als sie ihr diese Ehe gegen ihren Willen hatten aufdrängen wollen, wirklich vor Augen gehabt hatten, wie glücklich sie eines Tages mit Daniel sein würde.

24. Kapitel

Die Fahrt ans Meer verlief verhältnismäßig ruhig. Selbst die Kinder reagierten recht gelassen auf die lange Reise, sodass sich auch Alma ab und an entspannt zurücklehnen konnte. Nur eine Sache belastete sie die ganze Zeit, und das war das unvermeidliche Zusammentreffen mit ihrem Peiniger von damals. Zum ersten Mal seit vielen Jahren würde sie in Kürze Jakob wiedersehen, und sie hasste den Gedanken daran. Vor allem hatte sie Angst, dass er erneut versuchen würde, ihr zu nahe zu kommen, auch wenn sie sich dieses Mal mit Händen und Füßen dagegen wehren würde. Hannah, die ihre Angst offenbar spürte, hatte bereits während der Zugfahrt immer wieder beruhigend eine Hand über ihre gelegt. Doch trotzdem war Alma übel vor Aufregung.

Als sie vor der Villa vorfuhren, standen die Eltern bereits in der offenen Tür. Von Jakob war dankenswerterweise nichts zu sehen, stellte Alma erleichtert fest und kletterte aus dem Wagen. Ariel hielt sie dabei die ganze Zeit fest an sich gedrückt.

Doch als sie sich umdrehte, stand er plötzlich ein Stück entfernt von seinen Eltern und sah unverhohlen zu ihr herüber. Alma hatte das Gefühl, als würde ihr ganzer Körper versteinern. Sie konnte sich nicht mehr rühren, sondern blieb starr dort stehen, wo sie ausgestiegen war. Ariel auf ihrem Arm schien ihr Unbehagen zu spüren, denn er begann zu greinen und sich zu winden. Wo war Hannah? Nervös sah Alma sich um. Da vorn stand sie. Sie hatte Kurt auf dem Arm und begrüßte gerade ihre Mutter. Wahrscheinlich hatte sie den Bruder noch gar nicht bemerkt.

Alma schluckte schwer und tätschelte dem Kleinen beruhigend den Rücken.

Jetzt kam Jakob auch noch auf sie zu. Sie starrte ihm entgegen wie ein Kaninchen einer Schlange und blieb stocksteif dort stehen, wo sie war.

Was würde er tun?

Er blieb stehen und streckte ihr die Hand hin. Es schien, als wollte er Abbitte leisten, denn es war nicht üblich, die Dienstboten per Handschlag zu begrüßen. Unsicher sah Alma ihm in die Augen. Sie wirkten glasig und waren gerötet, doch sein Blick schien ehrlich. Zögernd setzte sie Ariel auf ihre linke Hüfte und hob langsam die Hand. Und trotz ihres inneren Widerstrebens, des noch immer weinenden Kleinen und ihrer anhaltenden Übelkeit willigte sie in die dargebotene Geste ein und drückte Jakobs Hand. Dabei sah sie ihm mit erhobenem Kopf direkt in die Augen.

Erleichterung machte sich auf seinem Gesicht breit, und er senkte mit dem Anflug eines scheuen Lächelns den Kopf. Fragend, unsicher, ganz anders, als sie ihn bei ihrer letzten Begegnung erlebt hatte.

Sie nickte ihm zu, und damit war alles zwischen ihnen gesagt, was gesagt werden musste. Ohne Worte hatte er seine Schuld anerkannt und hatte sie auf seine Art um Verzeihung gebeten. Und sie hatte seine Entschuldigung – was sie vorher nie für möglich gehalten hätte – akzeptiert. Sie hatte seine Hand ergriffen und damit dieses düstere Kapitel ihres Lebens abgeschlossen. Sie war frei und konnte weitermachen. Mit einem

Mal war der Druck auf der Brust weg, der sich ihrer bemächtigt hatte, seit sie am Bahnhof in das Automobil gestiegen waren, das sie zur Villa der Sternbergs abgeholt hatte. Nun hatte sie das Gefühl, zum ersten Mal seit Langem wieder frei durchatmen zu können.

»Alma, wo steckst du denn? Die stolzen Großeltern wollen sehen, wie groß Ariel schon geworden ist«, rief Hannah und drehte sich zu ihr um.

Als sie sah, wie Alma da mit Jakob stand, weiteten sich ihre Augen, und sie warf ihr einen besorgten Blick zu.

Alma nickte Hannah beruhigend zu und trug dann Ariel zu seinem Großvater. Jakob blieb zurück. Und das wars. Viel mehr hatten sie nicht miteinander zu tun.

Jakob war viel unterwegs oder blieb auf seinem Zimmer. Doch das Wichtigste war: Sie hatte keine Angst mehr vor ihm und konnte sich weitgehend frei und unbeschwert in der Villa und im Garten bewegen. Auch wenn sie mit Hannah nicht darüber gesprochen hatte, war ihr durchaus bewusst, dass Hannah dem Bruder kaltblütig mit Mord gedroht hatte, sollte er sich Alma wieder ungebührlich nähern. Sie hatte es geschafft, Jakob einzuschüchtern, denn er hielt sich demonstrativ von Alma fern, sodass sie ihn bald nur noch wie einen fernen Schatten wahrnahm und seine Gegenwart vollkommen ignorierte.

Nur die gnädige Frau Sternberg war ein Problem. Auch wenn sie in den letzten Jahren wesentlich gelassener und weniger getrieben wirkte als früher, bemerkte Alma durchaus ihre kritischen Blicke, wenn sie als früheres Zimmermädchen mit Hannah, Daniel und den Kindern scherzte und sie ebenso locker miteinander umgingen, wie sie es zu Hause immer taten. Wenigstens verkniff sich Hannahs Mutter einen Kommentar dazu.

Ansonsten jedoch fühlte sich Alma hier am Meer viel gelöster, war sie doch weitgehend von ihren sonstigen Pflichten befreit und kümmerte sich nur um die Kinder. Wenn sie gemeinsam den Strand entlangspazierten oder mit Kurtchen im Sand buddelten, fühlte es sich fast so frei und unbeschwert an wie damals mit den Wandervögeln. Die Sonne schien nahezu ununterbrochen, und bald wurden alle knusprig braun.

***

Der Sommer am Meer verlief himmlisch entspannend. Hannah genoss es, alle wiederzusehen, auch wenn ihr die tiefen Falten auf den noch immer kummervollen Zügen des Großvaters nicht entgingen.

Alma sah jeden schief an, der ihr eines der Kinder abnehmen wollte, um mit ihm zu spielen oder es zu liebkosen. Sie ließ es aber dann doch geschehen, während sie mit Argusaugen darüber wachte, dass keinem ihrer Lieblinge etwas geschah.

Der Aufenthalt in der Villa war wie immer ein Aufatmen, eine Zuflucht nach einer anstrengenden, entbehrungsreichen Zeit. Die freundliche Frau Bürgermeister hatte sich im Gegensatz zu Großmutter gesundheitlich gut erholt. Sie war mittlerweile nur noch zeitweise auf den Rollstuhl angewiesen, sodass sie fröhliche gemeinsame Stunden mit Hannah und den Kindern am Meer verbringen konnte. Endlich war wieder Zeit zum unbeschwerten Lesen, Reden und Herumalbern.

Eines Tages jedoch kam Hannah wutschnaubend aus dem Haus in den Garten gestürmt, wo Alma mit den beiden Kindern auf einer Decke im Schatten saß und ihnen vorlas. Es war genau an der Stelle, wo Hannah ihr damals mühevoll, aber geduldig das Lesen beigebracht hatte. Die Kleinen lagen ruhig da und lauschten ihren Worten, doch als Hannah heranmarschierte und sich mit einem lauten Seufzer neben sie fallen ließ, wurden sie unruhig, und Kurtchen setzte sich neugierig auf.

»Wir haben eine ungebührliche Nähe zueinander, Alma, wusstest du das?«

Erschreckt sah Alma sie an. Was hatte das zu bedeuten?

Bevor sie dazu kam, nachzufragen, fuhr Hannah mit geröteten Wangen fort: »Meine Mutter ist eifersüchtig, wenn du mich fragst. Sie sagt, dass wir noch Probleme bekommen werden, wenn wir eine Angestellte derart nah an uns heranlassen.«

»Die Arme!«, entfuhr es Alma. »Wahrscheinlich fühlt sie sich ziemlich allein, seit du weg bist. Wenn dein Vater immer noch diese Lebensart hat, die er früher an den Tag legte …« Sie warf den Kindern einen Blick zu und sprach nicht weiter.

Hannah sah sie einen Augenblick überrascht an. »So habe ich das noch gar nicht betrachtet. Wahrscheinlich hast du recht. Vielleicht hätte ich ihr nicht all das an den Kopf werfen sollen, was ich gesagt habe. Ich gehe gleich mal zu ihr und entschuldige mich. Bis nachher, meine Räupchen!«, sagte sie und warf den Jungen eine Kusshand zu. Dann stand sie auf und marschierte zurück zum Haus.

Ein Grinsen huschte über Almas Gesicht, während sie Kurt dazu brachte, sich wieder hinzulegen und weiter auf das Vorgelesene zu lauschen.

Zu weiteren Zwischenfällen kam es nicht, oder zumindest erzählte Hannah nichts davon, und Alma genoss jeden Tag an der See. Hannah, Daniel und die beiden Kleinen, die an Alma hingen wie frisch geschlüpfte Entenküken an der Mutter, kehrten erholt und energiegeladen zwei Monate später aus dem Urlaub zurück.

* * *

Hannahs Abschlussjahr stand bevor. Zwei Jahre waren ins Land gezogen, in denen Hannah fleißig gelernt hatte. Nach Ariels Geburt hatte sie Daniel das Versprechen abgerungen, zumindest bis zum Ende ihres Studiums keine Schwangerschaft mehr überstehen zu müssen. Augenzwinkernd hatte er zugestimmt, und Hannah hatte sich wieder in die Arbeit gestürzt.

Während die Arbeit in der Uni nach wie vor hervorragend lief, war die Atmosphäre in der Klinik angespannt, seit sie mit Fritz Gerlach zusammen auf einer Station eingeteilt war und Seite an Seite mit ihm arbeitete. Zunächst versuchte sie es mit der hergebrachten Methode des Ignorierens, doch das war unter den gegebenen Umständen schwer durchzuhalten, da sie zum Teil gemeinsam Patienten zu betreuen hatten. Also beschloss Hannah, dass es keinen Weg daran vorbei gab, sich mit ihm auszusprechen.

Doch das war schwieriger als gedacht, denn sooft Hannah dazu ansetzte, ein versöhnliches Wort zu sagen, platzte entweder eine Schwester oder ein Patient dazwischen. Auch nach der Arbeit kam es zu keinem Gespräch, da Fritz Gerlach es immer sehr eilig hatte und Hannah nicht wusste, wie sie ihn ohne viel Aufhebens hätte aufhalten können.

Außerdem machte er es ihr mit seinem abweisenden Verhalten nicht gerade leicht, auf ihn zuzugehen. Da die Zusammenarbeit aber im Sinne der Patienten gut verlief, fand sie sich mit der Situation ab.

Sie redeten nur das Nötigste miteinander, und Hannah hatte es mit der Zeit aufgegeben, ihm ein entschuldigendes Lächeln zuzuwerfen, in der Hoffnung, eine ähnliche Regung von ihm zu erhalten.

Ansonsten aber lief alles zu ihrer vollen Zufriedenheit. Sie hatte noch immer ausgezeichnete Noten und Beurteilungen, und Professor Fuchs äußerte ein ums andere Mal, wie sehr er ihre Arbeit schätzte. Alma kümmerte sich hingebungsvoll um Kurt und Ariel und schaffte es trotzdem noch, die wohlschmeckendsten Gerichte pünktlich auf den Tisch zu zaubern.

Und auch Daniels Karriere entwickelte sich hervorragend. Er wurde sogar aufgrund seiner herausragenden Leistungen zu einem Kongress nach Frankfurt eingeladen. Dort sollte er über seine Forschungen zu den verschiedenen Arten von Verträgen und den damit einhergehenden Problemen diskutieren und mehrere Vorträge halten. Hannah war unglaublich stolz auf ihn.

Erfüllt von seinen Erlebnissen, den Treffen und den Gesprächen kam er nach Tübingen zurück und brachte für die Jungen ein ganz wundervolles Spielzeug mit: eine kleine Lok von Märklin und einen unglaublich echt aussehenden Miniatur-Bahnhof, der sogar mit Kerzen beleuchtet werden konnte. Natürlich durften sie noch nicht allein damit spielen, aber sie liebten es, wenn das Licht im Wohnzimmer gedimmt wurde, der Vater im Bahnhof die Kerzen anzündete und die Lok sich auf den Gleisen bewegte. Auch Hannah mochte diese Abende, auch wenn sie dabei über ihre Bücher gebeugt in der Ecke saß und nur hin und wieder einen Blick auf die zauberhafte Szenerie und die Begeisterung ihrer Männer werfen konnte.

Auch wenn sie das Gefühl hatte, ständig hetzen zu müssen und eine Menge um die Ohren zu haben, hatte sie doch keinen Grund zu klagen, und langsam rückte das Studienende immer näher.

* * *

Mehrere Monate waren ins Land gegangen. Die Kinder wuchsen und gediehen, und der kleine Kurt plapperte schon fröhlich vor sich hin. Am liebsten spielte er mit seinen kleinen Holzpferdchen Parade, während Ariel ihn mit großen Augen beobachtete und sich alles in den Mund steckte, dessen er habhaft werden konnte. Alma kümmerte sich selbstlos um die Kinder, und Daniel war beruflich ebenso eingespannt wie

Hannah, die neben ihrer Arbeit in der Klinik auch noch für die Prüfungen büffelte.

Ihr Verhältnis zu Fritz Gerlach war nach wie vor kühl und sachlich, aber nicht mehr so emotional belastet wie noch vor einem Jahr. Insgesamt konnte Hannah zufrieden sein.

Doch eine Sache machte ihr derzeit zu schaffen: Während sie im Praktikum neben dem Studium bei Professor Fuchs ausnahmslos mit allen Patienten zu tun gehabt hatte, wollte man sie jetzt für die beiden klinischen Semester ausschließlich mit Frauen und Kindern arbeiten lassen. Sosehr Hannah Kinder liebte und auch die Behandlung von Frauen interessant fand, sie wehrte sich dennoch gegen diese limitierenden Vorschriften. Sie schlossen aus, dass sie die Möglichkeit hatte, vertiefte Erfahrungen in allen Bereichen zu sammeln, und zeichneten damit vor, in welchen Heilbereichen sie nach Studienende arbeiten durfte.

Allerdings war es keine große Überraschung für sie, dass sie nun direkt mit diesen engstirnigen Auffassungen konfrontiert wurde. Schließlich hatte man ja ursprünglich nur deshalb Frauen zum Medizinstudium zugelassen, um Heilkräfte für diese beiden Gebiete zu bekommen.

Doch Hannah wollte mehr. Sie wollte dieselben Möglichkeiten haben wie ihre männlichen Kommilitonen. Warum sollte ein männlicher Patient peinlich berührt davon sein, wenn er von einer Ärztin anstelle eines Arztes geheilt würde? Schließlich handelte sie in diesem Moment nicht als Frau, sondern als Medizinerin.

Sie hatte mit Daniel darüber gesprochen, und er stimmte ihr vorbehaltlos zu.

»Schließlich stehst du den Patienten ja nicht als Frau gegenüber, sondern als Ärztin. Ich bin in dieser Sache ganz deiner Meinung«, erklärte er, während das Feuer im Kamin knisterte und sich in seinen Brillengläsern widerspiegelte.

Hannah seufzte. »Wenn alle so aufgeschlossen und fortschrittlich denken würden wie du, wäre das Leben so viel einfacher.«

»Wenn es dir wichtig ist, dann kämpfe darum. Was willst du also tun?«

»Ich werde morgen zu Professor Fuchs gehen und ihm meine Meinung dazu sagen. Warum sollte ich als Frau männliche Patienten schlechter behandeln können als weibliche?«

»Zeig ihm, was eine Harke ist.«

Die beiden sahen sich an und brachen gleichzeitig in Lachen aus.

»Eine Harke?«, fragte Hannah glucksend.

* * *

Als sie am nächsten Tag Professor Fuchs nach der Vorlesung um eine Unterredung bat, schlotterten ihr dann doch die Knie vor Nervosität.

Der Professor musterte sie über seine Brillengläser hinweg und nickte dann.

»Gehen wir am besten in mein Büro.«

»Sehr gern!«, erwiderte Hannah mit fester Stimme und versteckte ihre bebenden Hände hinter ihrem Rücken.

Kaum war die Tür hinter ihnen geschlossen und sie hatten sich hingesetzt – Hannah auf den Besucherstuhl gegenüber dem vollgeladenen Schreibtisch des Professors –, runzelte er die Brauen und fragte mit einer um eine Oktave tieferen Stimme: »Sagen Sie jetzt nicht, Sie sind schon wieder schwanger.«

Ein Lächeln huschte über Hannahs Gesicht. »Das bin ich nicht, keine Sorge. Nein, es geht um die klinischen Semester. Ich möchte nicht nur mit Frauen und Kindern arbeiten, sondern genauso weitermachen wie bisher. Ich möchte alle Menschen behandeln, egal welchen Geschlechts.«

»Aber Sie sind eine Frau. Es wäre unschicklich, wenn Sie Männer behandeln würden. Überlegen Sie nur, zu welch peinlichen Momenten es kommen könnte.«

»Das war bisher doch auch kein Problem und hat wunderbar geklappt. Eine derartige Limitierung hat ohne Zweifel Einfluss auf die Ausgewogenheit meiner Ausbildung. Dagegen möchte ich aufs Schärfste protestieren.«

Der Professor sah sie mit nachdenklich geneigtem Kopf an, griff dann nach seiner Zigarrenkiste, die wie immer auf der Seite seines Schreibtisches bereitlag, knipste von einer Zigarre eine Seite ab und zündete sie umständlich an. Erst dann sprach er endlich weiter.

»Ihre Argumente sind nicht von der Hand zu weisen«, sagte er bedächtig, nahm einen tiefen Zug und paffte eine dicke Rauchwolke in die Luft. »Ich stimme Ihnen zu. Ihre Ausbildung wäre damit nicht so umfassend wie die Ihrer männlichen Kollegen, bei denen niemand Bedenken hat, wenn sie eine Frau behandeln.«

Hannah biss sich aufgeregt auf die Unterlippe und musste an sich halten, um nicht laut aufzujauchzen.

»Dennoch kann ich Ihnen in dieser Sache leider nicht helfen. Mir sind die Hände gebunden, solange die Universitätsleitung nicht ihr Einverständnis signalisiert hat. Schließlich würde eine solche Ausnahme für Sie weitere Kreise ziehen, und es werden aller Wahrscheinlichkeit nach andere folgen, die ein ähnliches Ansinnen haben.«

Aufgeregt rutschte Hannah auf der kalten Oberfläche des Stuhls herum. »Dann muss ich also bei der Universitätsleitung vorsprechen?«

»Das wird unerlässlich sein; nur fürchte ich, das ist nicht alles.« Wieder zog er an seiner Zigarre.

»Was ist denn noch?«

»Nun, die Universitätsleitung wird ohne Zustimmung des zuständigen Ministeriums nicht handeln können. Dafür muss allerdings erst eine Eingabe gemacht werden, und ich fürchte, dass man dazu nicht bereit ist. Allerdings …« Wieder nahm er einen tiefen Zug.

»Ja?« Hannahs Magen zog sich nervös zusammen.

»Wenn Sie eine solche Eingabe machen und die Zuständigen dort überzeugen können, wie Sie es eben bei mir geschafft haben, dann könnte ich mir vorstellen, dass die Universitätsleitung quasi zustimmen müsste, es sei denn …« Wieder die Zigarre. Am liebsten hätte Hannah ihm dieses unselige Ding aus der Hand gerissen, damit er in seinen Erklärungen nicht ständig innehielt. War das nicht sogar eine aus dem elterlichen Werk?

»Es sei denn, Sie haben sie nicht vorher schon von der Richtigkeit Ihres Vorhabens überzeugt. Dann aber – und nur dann – könnten Sie Erfolg haben.«

Er nickte, als wollte er seine Worte bekräftigen. Der ganze Raum war inzwischen in Rauchschwaden gehüllt, und die Luft wurde dünn.

»Also erst zur Universitätsleitung, dann eine Eingabe beim Ministerium machen, alle Argumente aufzählen und auf Einsicht hoffen«, fasste Hannah zusammen.

Professor Fuchs nickte. »So würde ich an Ihrer Stelle zumindest vorgehen.«

»Nun denn, vielen Dank, und wünschen Sie mir Glück.« Hannah erhob sich.

»Das werden Sie wohl brauchen«, stimmte er ihr zu.

* * *

Es wurde ein zäher Kampf, der Hannah wertvolle Zeit und Kraft kostete. Entspannung fand sie nur in Daniels Armen oder wenn sie mit Kurtchen spielen und den kleinen Ariel herzen konnte. Mehr als einmal überlegte sie, ob sich der ganze Aufwand überhaupt lohnte, denn es war nicht sicher, ob der Minister sich ebenfalls ihrer Argumentation beugen würde. Wie viel einfacher war es dagegen in der Schweiz, wo Frauen schon vor einiger Zeit zum Studium zugelassen worden waren, während ihnen im Deutschen Reich bisher noch jede Menge Steine in den Weg geworfen wurden. Man befürchtete einen Nachteil für Männer, wenn man den Frauen gewisse Möglichkeiten eröffnete.

Doch endlich, kurz bevor die Prüfungen beendet waren und damit auch die klinischen Semester anstanden, lag im Flur der heiß ersehnte Brief, als Hannah aus der Uni nach Hause kam. Sie stieß einen Schrei aus und entledigte sich hastig ihrer Handschuhe.

Alma kam mit erhitztem Gesicht und mit Ariel auf dem Arm so schnell herbeigestürmt, dass ihr die Brille, die sie seit Neuestem wegen ihrer schwachen Augen trug, fast von der Nase gerutscht wäre.

»Hannah! Ist dir nicht gut? Ich habe einen Schrei gehört und …«

»Da ist die Antwort. Die Antwort, auf die ich so lange gewartet habe.«

»Ja, ich habe schon gesehen, dass der Brief vom Ministerium ist. Am liebsten hätte ich ihn aufgerissen und gelesen, so gespannt bin ich.«

Endlich waren die Handschuhe aus. Hannah strich nervös über den Umschlag.

»Aber was ist, wenn sie es ablehnen?« Sie fühlte sich mit einem Mal schrecklich unsicher.

»Darum kümmern wir uns, wenn es so weit ist. Nun mach doch schon auf!« Alma hüpfte von einem Fuß auf den anderen, was Ariel offenbar gut gefiel, denn er lachte aus vollem Hals.

»Du hast recht.« Hannah starrte weiter auf den Umschlag, als würde ihr ein Ungeheuer entgegenspringen, wenn sie ihn öffnete. »Alma, mach du es. Ich traue mich nicht.«

Alma verdrehte die Augen. Dann reichte sie ihr Ariel, der ein wenig enttäuscht schien, dass das lustige Gehoppel ein so jähes Ende fand, und nahm den Brief entgegen.

Ohne zu zögern, riss sie ihn auf und ließ den Umschlag einfach zu Boden segeln.

Hannah, die die Anspannung kaum mehr aushielt, kniff die Augen zusammen.

»… damit erteilen wir Ihnen die Erlaubnis, auch auf anderen Stationen zu arbeiten, selbstverständlich unter Berücksichtigung der sittlichen Grenzen und der natürlichen Scheu gegenüber dem anderen Geschlecht«, las Alma vor, und ihre Stimme überschlug sich fast vor Freude.

Jetzt konnte auch Hannah nicht mehr an sich halten. Sie riss begeistert die Augen auf, küsste Ariel überschwänglich auf die Wange und sprang wie verrückt auf und ab, während sie laut jubelte.

»Ich habe es geschafft, Alma, ich habe es geschafft!«

Ariel sah sie mit großen Augen an und schien zu überlegen, ob er angesichts des Ausbruchs seiner Mutter eher weinen oder lachen sollte.

***

Erhobenen Hauptes betrat Hannah an ihrem ersten Arbeitstag im klinischen Semester das Krankenhaus. Sie war nicht die erste Frau, die Medizin studierte; dennoch war sie immer noch eine Pionierin, die sich durch meterhohes Neulandgras einen Weg bahnen musste.

Im Grunde veränderte sich nicht viel. Durch den Schatz an Erfahrungen, die sie an der Seite ihres Großvaters und durch die praktische Arbeit bei Professor Fuchs gesammelt hatte, ging ihr die Arbeit größtenteils leicht von der Hand. Die Patienten waren überrascht und zumeist erfreut, wenn eine Frau zur Behandlung in den Raum trat.

Als sie eines Tages ans Bett eines Patienten mit einem Beinbruch gerufen wurde, trat sie in Begleitung einer Schwester, die ihr assistieren sollte, hinter den Wandschirm, wo er lag.

»Wann kommt denn endlich der Arzt?«, stöhnte der Mann. Schweißperlen standen ihm auf der Stirn. Er hatte offenbar große Schmerzen. Der Unterschenkel lag unnatürlich verdreht auf der Liege.

»Hier ist er schon. Schwester, geben Sie dem Patienten einen Löffel Opium. Wir müssen sein Bein richten.«

»Sie sind Ärztin? Aber ich dachte … ich …«

»Ganz ruhig. Die Schmerzen werden bald besser. Es wird jetzt ein bisschen wehtun, aber bald ist alles wieder gut. Liegen Sie bequem?«

Der gequälte Patient nickte, und sein Gesicht entspannte sich ein wenig, wahrscheinlich unter der Wirkung des Opiats, das die Schwester ihm verabreicht hatte.

Seine Augenlider flatterten und sein Atem wurde ruhiger.

»Wissen Sie was? Ich finde es klasse, dass Sie mein Bein richten und nicht irgend so ein grober Schlächter von Arzt.«

Ein Lächeln huschte über Hannahs Gesicht.

»Vielen Dank, und jetzt schön ruhig. Ich fange gleich an.«

Der Patient schloss die Augen und legte sich zurück, während Hannah sich so sanft wie möglich des Bruchs annahm, denn der Knochen musste zuerst wieder in die richtige Position gebracht werden.

Eine Dreiviertelstunde später war das Bein in Gips verpackt, und Hannah trat mit zufriedenem Lächeln und gipsbeschmierten Händen hinter dem Wandschirm hervor.

Wenn der Patient gut auf sich achtete und sich schonte, würde er hoffentlich keine bleibenden Schäden zurückbehalten. Es fühlte sich immer wieder gut an, einem kranken Menschen helfen zu können.

Doch wo Licht war, war der Schatten nicht weit. Es gab auch die eine oder andere unschöne Szene, wenn Patienten es ablehnten, sich von ihr behandeln zu lassen, oder ihren Ärger und ihre Anspannung auf ihr abluden. Doch sie war eine sichere Diagnostikerin und wurde aus diesem Grunde gern auch von den Professoren bei den Visiten sowie zu Untersuchungen und Erläuterungen herangezogen.

Hannah genoss die Arbeit am Krankenbett und blieb häufig länger, um noch die eine oder andere Akte zu studieren oder ein ungewöhnliches Krankheitsbild mit Kollegen zu diskutieren.

Das führte allerdings dazu, dass sie noch weniger Zeit für die Familie hatte. Doch aufgrund von Almas unermüdlicher Fürsorge für die Kinder und ihrer Übernahme einer Vielzahl von Haushaltsführungspflichten konnte Hannah diesbezüglich gelassen agieren. Sie achtete aber darauf, sich in ihrer begrenzten freien Zeit voll auf die Kinder und Daniel zu konzentrieren. Denn trotz ihrer ausgefüllten beruflichen Laufbahn litt sie bei jedem Abendessen, das sie verpasste, bei jedem Wehwehchen und jeder Begeisterung der Kinder, von denen sie erst im Nachhinein erfuhr.

Die Freude, als Ariel zu krabbeln begann, sich schließlich hochzog und die ersten wackeligen Schritte wagte, erlebte sie erst verzögert. Immer wieder drückte sie das schlechte Gewissen, weil sie nicht ständig bei ihnen war und diese Momente mit ihnen gemeinsam erleben konnte. Sie vermisste die kleinen Ärmchen der Kinder, die sich an ihr Bein klammerten, und die starken Arme Daniels, in denen sie alles vergessen konnte.

Doch im Grunde lief alles gut. Wenn da nur nicht ihr schlechtes Gewissen gewesen wäre. Und die Sorge um Alma.

Wie lange sie dieser Dreifachbelastung standhalten konnte, war fraglich. Natürlich war es nicht optimal, dass Hannah jetzt auch noch dabei ausfiel, den Speiseplan zu erstellen, das Haushaltsbuch zu führen und all die anderen kleinen Dinge im Familienalltag zu erledigen. Doch bei ihrem straffen Tagespensum in der Klinik hätte sie beim besten Willen nicht noch mehr geschafft. Die einzige Alternative wäre gewesen, ein Kindermädchen oder eine Köchin einzustellen, doch davon wollte Alma nichts hören. Lieber schlug sie sich einen Teil der Nacht um die Ohren, um alles halbwegs zu schaffen.

* * *

Im Sommer 1914, Hannah hatte mittlerweile ihr Studium abgeschlossen, arbeitete aber nach wie vor im Krankenhaus und schrieb an ihrer Promotion, wurde Daniel immer ungehaltener beim Lesen der Zeitung. Das österreichische Thronfolgerpaar war im Juli in Sarajevo ermordet worden, und die ganze Welt erbebte vor Entsetzen. Als der Zar in Russland die Generalmobilmachung befahl und der Kaiser in Berlin vom Balkon an das Volk sprach, wurde Daniel unruhig.

»Was treibt dich derart um, Daniel?«, erkundigte sich Hannah, als er nach dem Abendessen mal wieder rastlos im Salon umherstrich.

»Es wird Krieg geben, Hannah. Einen großen Krieg, und ich kann euch nicht davor beschützen.«

»Natürlich nicht. Wie solltest du? Aber so schlimm wird es doch hoffentlich nicht werden?«

»Ich fürchte, das Deutsche Reich in seiner bestehenden Form ist in Gefahr. Der Kaiser hat ein Ultimatum an Russland gestellt und auch noch eines an Frankreich. Serbien und Österreich-Ungarn befinden sich bereits im Krieg, und es wird nicht lange dauern, bis die Russen losmarschieren. Ich bin sicher, dass die deutsche Generalmobilmachung unmittelbar bevorsteht. Und was passiert dann mit uns? Mit dir und den Kindern und mit unserer Familie in Berlin?« Er hatte sich in Rage geredet. Seine Wangen glühten, und die Brillengläser waren sogar beschlagen.

Mit einem Ruck nahm er die Brille ab und rieb sie an seinem Hosenbein sauber.

»Das hört sich nicht gut an. Aber was bedeutet das für uns?«

»Nun, wenn die Mobilmachung erfolgt, werden viele Männer in den Krieg ziehen. Die Last zu Hause wird auf den Schultern der Frauen liegen. Es sollte mich nicht wundern, wenn es zu Lebensmittelknappheit kommt, denn schließlich müssen auch die Bauern einrücken. Wir müssen uns bevorraten. Sag Alma, sie soll so viel Mehl und Butter kaufen, wie sie kann. Und vielleicht können wir Obst und Gemüse einmachen. Hach, es ist eine Schande, wie weit es gekommen ist.« Er fuhr sich mit der Hand durch die Haare, sodass sie wirr in alle Richtungen abstanden.

»Aber wie wird es weitergehen? Wird der Kaiser einen Krieg überstehen?«

»Das ist zu hoffen. Ich wünsche mir, dass unsere Kinder glücklich und frei in einem florierenden Deutschen Reich aufwachsen können, wie es bisher der Fall war. Der Kaiser sorgt für Kontinuität. Wenn das Kaiserhaus nicht mehr wäre … die Folgen wären unabsehbar und würden das Reich ins Chaos stürzen.«

Hannah seufzte. Dieses Szenario, das Daniel entwarf, gefiel ihr ganz und gar nicht. Aber vielleicht irrte er sich auch, und alles würde wieder gut.

Einen Tag später erfolgte die deutsche Generalmobilmachung, und das ganze Volk vibrierte vor Tatendrang.

* * *

Zur gleichen Zeit begann sich Hannahs Körper wieder zu verändern. Sie bemerkte als Erstes eine schnellere Erschöpfung bei körperlicher Betätigung. Als sich dann auch noch andere Symptome wie ein Ziehen in den Brüsten und das Ausbleiben ihrer Regelblutung einstellten, war klar, dass ein neuer kleiner Erdenbürger unterwegs war. Und sosehr sie sich mit Daniel und Alma darüber freute, so sehr erfüllte es sie auch mit Sorge, da sie wusste, dass ihre Arbeit notgedrungen darunter leiden würde.

Darüber hinaus neigte sich ihre Promotion langsam dem Ende entgegen und damit auch ihre Tätigkeit in der Klinik, und es war klar, dass sie nur weiter im Krankenhaus würde arbeiten können, wenn sie eine der begehrten Assistentenstellen bekäme. Dieses Jahr würde nur einer der Absolventen übernommen werden, und während sich die meisten ihrer Kommilitonen bereits in andere Regionen orientiert hatten, gab es einen Kollegen, der wie Hannah sehr erpicht auf diese Stelle war: Fritz Gerlach.

25. Kapitel

Alma hatte alle Hände voll zu tun. Sie hatte beide Kinder dabei, und die lebhaften Jungen waren so entzückt von allem, was sie auf dem Markt sehen, riechen und anfassen konnten, dass Alma aufpassen musste wie ein Schießhund, damit keiner plötzlich in dem Gedränge verschwand. Seit der Kaiser die Generalmobilmachung verkündet und auch noch seine zweite Balkonrede gehalten hatte, spürte man die Anspannung der Menschen deutlich. Der Grundtenor war Zustimmung zu den Kriegsplänen. Fast jeder, den man hörte, glaubte, der Krieg würde schnell gewonnen werden und danach würde alles besser.

Alma kniff dann die Lippen aufeinander, um nicht herauszuschreien, dass es ihnen doch vorher gar nicht schlecht gegangen war, bis der Kaiser sich ungebeten in diese Sache zwischen Österreich-Ungarn und Serbien eingemischt hatte. Niemand würde bei einem Krieg gewinnen, und wenn man sich das Kaufverhalten der Leute ansah, schien auch nicht jeder an einen schnellen Sieg zu glauben.

Denn überraschenderweise kauften die Leute plötzlich viel mehr ein, sodass es, wenn man zu spät zum Markt kam, schwer wurde, alle Sachen fürs Mittagessen zu bekommen. Nicht nur Alma war offensichtlich damit beschäftigt, einzuwecken, was das Zeug hielt. Obst gab es daher immer weniger zu kaufen, obwohl jetzt im Sommer die Äpfel und Pflaumen an den Bäumen und die Beeren an den Sträuchern reiften, dass es eine Lust war.

Auch Kartoffeln gab es nur noch am frühen Morgen, und um den Wagen von der Mühle standen die Leute in großen Trauben, um einen Sack Mehl oder zwei zu ergattern.

Männer, bereits in Soldatenuniform und bereit, aufzubrechen, um für den Kaiser und das Vaterland zu kämpfen, deckten sich mit Proviant ein. Sie wirkten fröhlich und strahlten die Zuversicht aus, bald als gefeierte Sieger in die Heimat zurückzukehren. Manche sangen, andere blickten ernster, aber grundsätzlich war die Stimmung auf dem Markt heiter. *Die blauen Dragoner* und *Trink mer noch ein Tröpfchen* schallten durch die Gassen. Diese allgemeine Erregtheit und Aufbruchstimmung machten auch vor Alma nicht halt, und so protestierte sie nur kurz, als einer der Soldaten sie singend bei der Hüfte griff und ein paar Drehungen mit ihr tanzte. Die Jungen standen währenddessen staunend daneben und sahen ihr mit offenem Mund zu.

Das alles war verrückt. Dieser Übermut, diese sprühende Begeisterung, und andererseits die enormen Mühen der Leute, möglichst viele der Lebensmittel zu bunkern, die noch verfügbar waren.

Während des ganzen Rückwegs plapperten die Kinder ununterbrochen über alles, was sie gesehen hatten. Alma nickte und warf bisweilen ein paar Worte dazwischen, doch eigentlich war sie mit den Gedanken noch immer bei den glücklich strahlenden Gesichtern der Soldaten.

Kaum waren sie vor ihrem Haus angelangt, öffnete sich die Haustür und Daniel trat heraus. Er musste heute erst später Vorlesungen halten und hatte den Morgen zu Hause genutzt, um sich darauf vorzubereiten. Jetzt aber schickte er sich an, zur Universität zu gehen.

»Alma hat getanzt«, verkündete Kurt sofort strahlend.

Alma lief feuerrot an, als Daniel ihr einen verwunderten Blick zuwarf. »Und ich dachte, ihr wärt ganz rechtschaffen einkaufen gewesen. So kann man sich irren.« Er grinste und zwinkerte Alma zu.

»Mit einem Soldaten«, setzte Ariel wichtig hinzu.

»Ach, ein Soldat also, hmhm, das ist ja interessant.« Daniel riss überrascht die Augen auf. »Alma, Alma! Stille Wasser sind tief, nicht wahr?«

»Es ist nicht so, wie du denkst. Du kannst dir nicht vorstellen, wie die Stimmung auf dem Marktplatz ist. Alle sind übermütig, freuen sich auf den Krieg. Die Soldaten singen und tanzen und sind überzeugt davon, bald als Sieger zurückzukehren.«

»Wirklich?« Daniel sah sie nachdenklich an.

»Es ist unglaublich. Und andererseits kaufen die Leute ein, als gäbe es morgen nichts mehr. Obst und Kartoffeln sind kaum zu bekommen, und auch Gemüse ist Mangelware, wenn man zu spät kommt.«

»Hm, hm.« Daniel nickte, wirkte aber, als wäre er mit den Gedanken ganz woanders. »So, meine Lieben, jetzt muss ich aber los. Sonst sitzen die armen Studenten da, aber kein Professor kommt, um ihnen etwas zu erzählen. Bis nachher!« Er winkte ihnen ein letztes Mal zu, und die Jungen winkten ihm begeistert hinterher. Kaum war Daniel um die Ecke verschwunden, setzte das aufgeregte Geplapper wieder ein. Alma stellte den Korb ab und schob die beiden vor sich her ins Haus, bevor sie noch auf dumme Ideen kamen und davonliefen. Dann griff sie nach dem Korb. Als sie die wenigen Lebensmittel auspackte, die sie hatte bekommen können, und die Jungen mit ein paar Holzpferdchen spielten, summte sie leise *Die blauen Dragoner.*

* * *

Hannah schob die schwere Tür zur Bibliothek auf, die so spät am Tag fast immer leer war. Der warme Schein der Lampen bildete kleine Lichtinseln an den Arbeitsplätzen, die in der ganzen Bibliothek verteilt waren. Das hatte den Vorteil, dass man in Ruhe hinter einem Bücherregal Platz nehmen konnte, ohne von neu Eintretenden gestört und aus der Konzentration gerissen zu werden.

Sie sah sich rasch um und stellte fest, dass ihr Lieblingsplatz nahe dem Fenster unbesetzt war. Überhaupt schien niemand da zu sein. Umso besser, dann konnte sie viel schaffen, all die Dinge nachschlagen, mit denen sie sich befassen musste.

Sie legte ihre Tasche auf den Stuhl und sah sich nach den Büchern um, die ihr bei ihren Fragen weiterhelfen konnten. Mit einem Stapel von vier dicken Wälzern ging sie schließlich wieder zu ihrem Tisch zurück, breitete ihr Schreibzeug und das erste Buch aus und nahm Platz.

Ihre Augen flogen suchend über die Zeilen, und in Sekundenschnelle war sie in das erste Buch versunken.

Sie schrieb, blätterte und las.

Als sie das erste Buch beendet hatte und nach dem zweiten griff, spürte sie mit einem Mal eine Gänsehaut auf ihren Armen. Sie hatte das Gefühl, nicht allein zu sein. Schnell drehte sie sich um. Doch da war niemand. Unwillig schüttelte sie den Kopf.

Warum machte sie sich selbst verrückt, das kostete nur wichtige Zeit. Und es war Zeit, die sie mit ihrer Familie hätte verbringen können.

Sie beugte sich über das Buch und schlug das Kapitel über Gelbsucht auf. Eine ihrer Patientinnen litt stark daran, und Hannah wollte sehen, ob sie in den Büchern noch einen anderen Behandlungsansatz fand, denn alle Versuche, die Kranke zu heilen, waren bisher erfolglos verlaufen.

Doch das ungute Gefühl verschwand nicht. Es war fast, als würde sie jemand beobachten.

»Schluss jetzt!«, murmelte sie zu sich selbst und fuhr mit dem Finger die Zeilen entlang, um sich zur Konzentration zu zwingen.

Da, war da nicht ein Geräusch? Unwillkürlich legte sie schützend eine Hand auf ihren Bauch und drehte sich um. Sie senkte den Kopf, um zwischen den Regalen hindurchschauen zu können, aber es war nichts zu sehen. Niemand. Sie machte sich nur selbst verrückt.

Als sie sich wieder zurückdrehte, wurde ihr die Hand auf dem Bauch bewusst. Sofort zog sie sie beiseite, als hätte sie auf eine heiße Herdplatte gefasst.

Niemand durfte von dem kleinen Wesen, das sie unter ihrem Herzen trug, wissen. Zumindest jetzt noch nicht. Das würde ihr nur wieder weitere Steine in ihren Karriereweg legen.

Nein, das brachte so nichts. Sie war heute zu angespannt, zu nervös. Sie würde es morgen noch einmal versuchen. Jetzt war es besser, zu ihrer Familie nach Hause zurückzukehren und sich zu entspannen.

Schnell räumte sie die Bücher wieder an ihren Platz. Noch immer waren die feinen Härchen an ihrem Unterarm aufgestellt, und ihr Körper signalisierte Alarmbereitschaft.

Sie packte ihre Papiere in die Tasche und schob den Stuhl leise zurück an den Tisch.

Meine Güte, diese überhöhte Wachsamkeit machte sie noch verrückt. Bevor sie ging, musste sie noch sichergehen, dass da niemand war. Hastig lief sie zwischen den Regalen umher und überprüfte eilig alle Tische. Nur um sich selbst zu beweisen, dass da nichts war.

Nahe dem Ausgang gab es eine besonders kuschelige Nische, in die man keinen Einblick hatte. Sie warf einen schnellen Blick hinein und zuckte überrascht zurück.

Ihr Körper hatte sich nicht geirrt. Sie war nicht allein in der Bibliothek. Dort saß Fritz Gerlach und starrte ihr mit gebanntem Blick entgegen.

Hannah wich zurück, ohne den Blick von seinem lösen zu können. Sie tastete mit den Händen nach dem Ende des Regals und stieß sich die Schulter. Dann fasste sie sich endlich, drehte sich um und floh ohne ein Wort mit schnellen Schritten hinaus in die Dunkelheit.

Als sie nach Hause kam, wurde sie von einer schwitzenden Alma mit hochrotem Kopf erwartet, die unter jedem Arm ein Kind hielt. Beide schrien aus vollem Halse, doch während es sich bei Kurt um einen Wutanfall zu handeln schien, hatte Ariel ein rotes Gesicht und offenbar tatsächlich Schmerzen.

»O je, ist das Fieber wieder da?«, fragte Hannah.

Verwundert blickten beide Kinder auf, als sie die Mutter zu solch ungewöhnlicher Zeit sahen, und verstummten.

Ariel schmiegte sich mit glühendem Kopf an sie, während Kurt offenbar erkannte, dass jetzt kein Raum mehr für ungebührliches Verhalten war, und schlagartig verstummte.

Alma wischte sich mit dem Schürzenzipfel die mit Schweißtropfen bedeckte Stirn ab und atmete sichtlich erleichtert auf.

»Ich … es ist später geworden. Das Essen ist noch nicht so weit«, sagte sie und wandte sich mehreren dampfenden Töpfen zu.

»Natürlich. Das ist doch kein Problem. Ist Daniel noch nicht da?«, fragte Hannah, während sie beiden Kindern sanft übers Haar strich.

»Doch, schon eine Weile. Er hat den Jungen bemalte Zinnsoldaten und Miniaturkanonen mitgebracht, damit sie den Krieg nachspielen können. Aber irgendetwas scheint ihn zu beschäftigen. Er ist ganz abwesend«, erwiderte Alma, während sie emsig mit dem Holzlöffel in einem Kochtopf rührte und mit der anderen Hand Fleischstücke aus einer Pfanne hob.

»Dann gehen wir mal nach dem Vater sehen, nicht wahr, ihr beiden? Lass dir Zeit, Alma! Ich bin noch gar nicht hungrig«, sagte Hannah und ging mit leichten Schritten hinaus in den Flur und die Treppe hinauf.

Die Kinder verhielten sich ruhig und folgten ihr, die neuen Zinnsoldaten eng an sich gepresst. Hannah blieb einen Augenblick in der halb geöffneten Tür zum Arbeitszimmer stehen und beobachtete ihren Gatten.

Wie anders war ihr Blick auf ihn im Vergleich zu der Zeit noch vor einigen Jahren, und wie viel hatte sich seitdem verändert? Er saß gedankenverloren am Schreibtisch, vor ihm mehrere aufgeschlagene Bücher, Zettel und Stifte, und sah hinaus aus dem Fenster. Ariel seufzte, doch Daniel bemerkte sie nicht. Er schien mit seinen Gedanken weit weg zu sein.

Hannah stieß die Tür mit der Fußspitze weiter auf und trat lachend mit den beiden Kindern im Schlepptau ein.

»Du Rabenvater! Unten schreit sich deine Brut die Seele aus der Brust, sodass die arme Alma schon ganz wuschig wird, und du sitzt hier und guckst seelenruhig aus dem Fenster!«, schalt sie ihn augenzwinkernd.

Daniel fuhr zusammen. Dann breitete sich auch auf seinem Gesicht ein Lächeln aus.

»Du bist zu Hause, wie schön!« Er sprang auf und hielt die Hände auf, sodass Kurt lachend die mitgebrachten Zinnsoldaten hineinfallen ließ.

»Und du bist guter Laune, das freut mich wiederum!«, erwiderte Hannah lächelnd und streichelte Ariel über den Kopf.

»Wenn ich dich sehe, bin ich das doch immer.« Daniel lächelte und kniete sich auf den Boden, um die Soldaten in einer Reihe aufzustellen.

»Das freut mich zu hören«, antwortete Hannah. »Ich denke, es ist langsam an der Zeit, diese beiden Racker bettfertig zu machen.«

»Ich bin noch gar nicht müde«, protestierte Kurt umgehend.

Ariel, der mit glasigen Augen vor sich hin starrte, schien von all dem nichts mitbekommen zu haben. Hannah war besorgt. Es schien ihm wirklich nicht gut zu gehen, wenn er sich der Gegenwehr seines Bruders gegen das Schlafengehen nicht anschloss.

»Ihr habt morgen früh Schule, Kurt, das weißt du doch.«

»Aber ihr müsst auch morgen früh arbeiten und bleibt noch wach.«

»Kinder brauchen deutlich mehr Schlaf als Erwachsene, mein Sohn!«, schaltete sich Daniel ein. »Ich würde vieles dafür geben, auch schon ins Bett zu dürfen.«

Kurt verdrehte genervt die Augen, sagte jedoch nichts mehr.

»Möchtest du, dass ich dir helfe?«, fragte Daniel.

»Das geht schon. Wir sehen uns in einer halben Stunde, und dann erzählst du mir, was dich heute so besonders fröhlich macht, in Ordnung?«

Daniel nickte.

Ariel, der offensichtlich fieberte, schlief lange nicht ein, und Hannah ließ es sich nicht nehmen, an seiner Seite zu wachen, bis er endlich zur Ruhe kam und, erschöpft vom vielen Wimmern, die Augen schloss.

Mehrmals war Alma zwischendurch in das Kinderzimmer getreten und hatte sie ablösen wollen, damit sie endlich zum Essen käme, doch Hannah hatte sie immer wieder weggeschickt.

Als sie mit zerzausten Haaren und zerknautschter Bluse schließlich nach unten kam, saß Daniel im Salon, ein Buch auf den Knien, und rauchte zufrieden lächelnd eine Zigarre.

»Du hast sicher schon gegessen? Ich muss nur schnell einen Happen in den Magen bekommen, dann bin ich bei dir«, sagte sie und wollte hinausschlüpfen.

»Ich komme mit dir«, entgegnete Daniel. »Ich habe dir etwas mitzuteilen. Wie war dein Tag? Was macht die kleine Raupe?«

»Alles gut. Ist es wieder der Krieg, der dich beschäftigt?«, fragte Hannah, während sie sich eine große Portion Kartoffeln auf den Teller lud und hastig das inzwischen kalte Gemüse in sich hineinschaufelte.

»Der Kaiser hat gesagt, es gibt jetzt keine Parteien mehr, sondern nur noch Deutsche. Ist das nicht wundervoll? Ich will meinen Beitrag dazu leisten. Ich will dafür kämpfen, dass unser deutsches Vaterland so erhalten wird, wie es ist.« Seine Augen leuchteten.

Hannah schluckte. Ein großes Kartoffelstück blieb ihr im Hals stecken, sodass sie husten musste.

»Hast du den Kindern deswegen das ganze Kriegsspielzeug mitgebracht? Du willst dich doch nicht freiwillig melden? Aber die Kinder … das Ungeborene … was ist, wenn dir etwas passiert?« Sie legte die Gabel auf den Teller. Der Appetit war ihr schlagartig vergangen.

»Ich passe auf mich auf. Versprochen. Ich mache das für uns. Für die Kinder, damit sie eine ebenso schöne Jugend und Zukunft haben, wie wir sie hatten.«

Wenn diese Nachricht ihr nicht schlagartig alle Energie aus dem Körper gesaugt hätte, hätte sie ihn angefahren. Schöne Jugend? Vielleicht hatte er eine gehabt. Bei ihr war das definitiv nicht der Fall gewesen.

Trotzdem verstand sie, was er meinte, und sein Entschluss stand offenbar fest.

Was konnte sie also tun? Nichts. Sie war eine Frau. Und Frauen hatten sich in die Entscheidungen ihrer Männer zu fügen.

26. Kapitel

Eine Woche später war Daniel weg. Es war alles so schnell gegangen, dass es Hannah noch unwirklich erschien. Am Tag, wenn sie am Bett eines Patienten stand und einen Verband anlegte, wenn sie mit den Jungen spielte oder sich mit Professor Fuchs und ihren Kommilitonen über interessante Fälle austauschte, konnte sie sich problemlos davon überzeugen, dass er auf einer Dienstreise war oder seine Eltern in Berlin besuchte und nächste Woche glücklich und erholt zurück wäre.

Doch abends, wenn sie in dem nun überraschend großen Bett lag und mit tränenlosen Augen auf seine leere Betthälfte starrte, waren die Angst und der Schmerz über seine Abreise mit einem Schlag wieder da. Sie drückten ihr die Luft ab und riefen fürchterliche, monsterhafte Bilder von verstümmelten Menschen in ihr hervor, die mit abgerissenen Armen und Beinen in den Schützengräben lagen, schlimmer noch als die Verletzten, die sie in der Klinik sah.

Sie wachte jeden Morgen zerschlagen und mit verquollenen Augen auf und lag nachts stundenlang sorgenvoll wach, doch am Tag funktionierte sie.

Es war verblüffend, wie trübe ihr alles ohne ihn erschien und wie sehr er ihr fehlte. In den Jahren, seit sie mit ihm verheiratet war, hatte sich ihre Beziehung deutlich gewandelt. Sie konnte mit absoluter Sicherheit sagen, dass sie ihm inzwischen vollkommen vertraute, mehr noch, dass er ihr Seelengefährte geworden war. Auch wenn sie sein überbordender Ehrgeiz öfter auf die Palme brachte und sie anstachelte, noch mehr zu erreichen. Doch jetzt war er weg, und sie musste es allein mit Alma schaffen.

* * *

Von Woche zu Woche fiel ihr das allerdings schwerer. Ihr Bauchumfang nahm zu, selbst wenn sie ihren Zustand noch gut verstecken konnte. Auch eine lähmende Müdigkeit war jetzt wieder ihr ständiger Begleiter. Es wurde mühevoll, den Worten der Patienten, Professoren, Kollegen und Schwestern zuzuhören, und noch mehr, das Gesagte richtig zu verstehen. Doch mit großer Anstrengung schaffte sie es, den Anforderungen zu genügen und nebenbei noch an ihrer Dissertation zu arbeiten.

Zu ihrer großen Verblüffung gelang es ihr trotz der Belastungen durch die fortschreitende Schwangerschaft und Daniels Weggang, die Patientenuntersuchungen für ihre Promotion nebenbei durchzuführen. Gute drei Monate bevor das Kind kommen sollte, konnte sie daher bereits ihre Promotionsschrift einreichen.

Hannah gab alles. Jetzt war nicht die Zeit, zu schwächeln, schließlich stand die Entscheidung über die Vergabe der Assistentenstelle in der Klinik an. Und Hannah war deutlich bewusst, dass das ihre einzige Chance war, in Tübingen als Ärztin für alle Patienten – Männer und Frauen – praktizieren zu dürfen. Immer noch konnte sie sich nicht vorstellen, sich nur um Frauen und Kinder zu kümmern. Sie sah sich einfach nicht als Gynäkologin oder Kinderärztin, so gern sie Kinder auch hatte. Sie wollte, nein, sie musste Assistenzärztin werden. Eine Alternative gab es nicht.

Hannah steckte den Verband fest, den sie eben bei einem Patienten erneuert hatte, dem der Blinddarm entfernt worden war. Sie sprach noch ein paar ermutigende Worte mit ihm und nickte dann der Schwester zu, die sich behände daranmachte, alles aufzuräumen und den Patienten zuzudecken. In Gedanken versunken schlenderte Hannah aus dem Krankensaal. Sie musste dringend etwas essen. Seit sie schwanger war, fühlte sie sich deutlich hungriger als zuvor.

Professor Fuchs kam ihr entgegen, gefolgt von Fritz Gerlach und einigen jüngeren Semestern. Er nickte ihr wohlwollend zu, als der Trupp sie passierte.

Sie wusste, dass er mit ihrer Leistung und der Heilungsquote bei den ihr anvertrauten Patienten sehr zufrieden war. Das hatte er ihr mehr als einmal gesagt.

Tatsächlich arbeitete sie voller Hingabe. Sie tat alles, um ihren Patienten gerecht zu werden, um ihnen alles zu geben. Sie war aufopferungsvoll jedem gegenüber, ihren Patienten, ihrem Mann und ihren Kindern. Trotzdem konnte sie es nicht vermeiden, wenig daheim zu sein und Alma den Großteil der Arbeit im Haus und mit den Kindern zu überlassen. Auch hier spürte sie das nagende Gefühl, zu wenig zu tun, sie zu vernachlässigen, doch sie vermochte das im Moment nicht zu ändern. Es war wichtig, dass sie die Stelle bekam.

Doch natürlich war da auch noch Fritz Gerlach, ihr ewiger Konkurrent. Er war ohne Zweifel ein hervorragender Arzt, sehr fleißig, einfühlsam, hingebungsvoll, doch all das war sie ebenso. Nur war sie eben eine Frau. Obendrein noch eine schwangere Frau, doch das war ein gut gehütetes Geheimnis und musste es auch bleiben, bis die Entscheidung hoffentlich zu ihren Gunsten gefallen war. Sie würde alles tun, damit Professor Fuchs nichts davon erfuhr, selbst wenn diese Unehrlichkeit natürlich bedauerlich und auch belastend war.

»Frau Friedländer, wenn Sie mal einen Moment hätten …«, vernahm sie plötzlich die Stimme des Professors hinter sich. Sie hörte sich gar nicht mehr so freundlich an, wie er ihr eben noch zugenickt hatte.

Hannahs Magen knurrte, als sie sich mit einem Lächeln umdrehte. »Selbstverständlich. Sofort?«

»Ich bitte darum.« Sein Gesicht sah verschlossen aus. Fritz Gerlach, der neben ihm stand, blickte mit zufriedener Miene zu Boden, als wäre das Steinmuster gerade ungemein interessant, während die Herde der Anfänger mit verwirrten Gesichtern dastand und wartete.

Hannah spürte, wie ihr Herz unwillkürlich ein paar Takte schneller schlug, während sie mit zögerlichem Schritt auf den Professor zuging.

»Hier hinein«, sagte er und deutete auf die Gerätekammer. Hannah stutzte. Die Kammer war geräumig, aber nicht der Ort, der für eine Unterredung geeignet gewesen wäre.

Mit klopfendem Herzen und einem flauen Gefühl im Magen folgte sie der ausgestreckten Hand des Professors, der sie mit strenger Miene in die Kammer leitete.

Kaum hatte sich die Tür hinter ihnen geschlossen, fragte er brüsk: »Ist es wirklich wahr? Sie sind wieder schwanger, und ich muss es von einem Kollegen erfahren?«

Hannah spürte, wie ihr das Blut ins Gesicht schoss. Sie schwankte leicht, und die Übelkeit wurde übermächtig.

»Ich … ich wollte es Ihnen noch sagen, aber …«, stotterte sie mit leiser Stimme. Gerlach. Es musste Gerlach gewesen sein, der es dem Professor gesteckt hatte. Doch woher wusste er davon? Es musste dieser Tag in der Bibliothek gewesen sein, als er in der Ecke gesessen und sie so merkwürdig angesehen hatte. Er hatte es bemerkt und jetzt seine Chance genutzt, um die Assistentenstelle zu bekommen. Fair oder nicht fair. Doch letztendlich war es ja wahr.

»Es stimmt also. Wann hätten Sie es mir sagen wollen? Wenn ich Ihnen die Assistentenstelle gegeben und dann ohne einen Arzt dagestanden hätte, während Sie schon wieder ein Kind kriegen?« Seine Augen blitzten zornig. Sein Ton war scharf.

Hannah hatte das Gefühl, dass ihre Beine sie nicht mehr lange tragen würden.

»Ich … Sie hätten mir die Stelle doch nie gegeben, wenn Sie es gewusst hätten«, murmelte sie.

Er musterte sie mit zusammengekniffenen Augen, und seine Mimik offenbarte seine widerstreitenden Emotionen. Hannah sah ihm so ruhig wie möglich direkt ins Gesicht. Seine eben noch wütenden Züge wurden weicher, bis er schließlich leise sagte: »Wahrscheinlich haben Sie recht. Es ist nicht recht, wissentlich jemandem die Stelle zu geben, der kurze Zeit später wieder ausfällt.«

»Ja«, war alles, was Hannah hervorbrachte. Sie senkte den Kopf, um ihre Tränen zu verbergen.

Er hatte recht. Sie konnte ihn verstehen, und trotzdem wurden damit all ihre Hoffnungen begraben. Alles war umsonst gewesen. Die ganzen Kämpfe um Anerkennung, um die gleiche Behandlung. Die Geschlechter waren nicht gleichberechtigt. Sie war kein Mann. Sie war eine Frau, und auch noch eine schwangere Frau. Deshalb war sie keine so gute Ärztin, wie es zum Beispiel Gerlach war. Wenn ein Patient mit einem Herzinfarkt oder einer schweren Verletzung in die Klinik kam, konnte er nicht darauf warten, bis sie ein Kind aus ihrem Körper herausgepresst oder sich im Wochenbett erholt hatte.

Männer wurden nicht schwanger, wurden keine Mütter, mussten sich nicht um kranke Kinder kümmern oder von anstrengenden Geburten genesen. Wahrscheinlich hätte sie genauso gehandelt wie Fuchs. Ihr Fehler war, dass sie mit falschem Stolz gedacht hatte, sie könnte es als Frau schaffen, könnte ihren Platz genauso ausfüllen wie ein Mann, doch das war ein Trugschluss.

»Sie bekommen die Stelle.« Die Stimme des Professors war so leise, dass sie glaubte, sich verhört zu haben.

Ungläubig sah sie auf. Seine Züge waren reglos, doch ein Lächeln umspielte seine Augen.

»Ich … wirklich?« Vielleicht hatte sie sich verhört.

»Ich nehme Sie. Und Gerlach. Zwei Stellen. Das ist in diesen Zeiten sicherer. Vielleicht geht er auch noch auf und davon, um für Kaiser und Vaterland zu kämpfen.«

Hannah biss sich auf die Unterlippe. Ihre Hände zitterten, und sie hatte das Gefühl, dass sie gleich umkippen würde. Sie lehnte sich möglichst unauffällig gegen den Schrank, der hinter ihr stand.

»Sind Sie sicher? Ich meine … es wird unvermeidlich sein, dass ich eine Weile ausfalle.«

»Aber die Zeit, die Sie da sind, leisten Sie hervorragende Arbeit. Ich werde nicht auf Sie verzichten. Sie und Gerlach. Mein Assistenzteam.« Am liebsten wäre Hannah ihm um den Hals gefallen, doch das gehörte sich selbstverständlich nicht. Stattdessen drückte sie ihm voller Dankbarkeit die Hand.

»Ach, noch eines, Frau Friedländer: Ich habe einen Blick in Ihre Dissertationsschrift geworfen. Herzlichen Glückwunsch! Eine wirklich hervorragende Arbeit. Ich denke, Sie werden noch vor der Geburt Ihren Doktortitel verliehen bekommen.«

Als sie am späten Abend durch die Gassen nach Hause lief, fühlte sie sich immer noch wie trunken vor Glück. Sie musste sofort Daniel alles schreiben, und sie würde ein Telegramm an die Eltern senden und natürlich an den Großvater. Wie würde er sich freuen, dass sie bald Frau Doktor war! Und am Wochenende würde sie mit Alma und den Kindern ein wenig feiern. Vielleicht könnten sie in ein Lokal gehen. Endlich! Endlich hatte sie es geschafft und war am Ziel ihrer Träume.

27. Kapitel

Als der erste Brief von Daniel kam, war er bereits seit drei Monaten unterwegs. Hannahs Bauch war enorm gewachsen. Trotzdem hatte sie geplant, am Vormittag in der Bibliothek zu lernen, bevor sie nachmittags zur Spätschicht in die Klinik musste. Doch Ariel fieberte mal wieder, und auch sie selbst fühlte sich nicht ganz wohl – der Rücken schmerzte, und da war immer auch diese Müdigkeit, gegen die sie kaum ankämpfen konnte.

Auch wenn Hannah sich bemühte, abends rechtzeitig ins Bett zu gehen, war sie ständig erschöpft. Also hatte sie Ariel neben sich in Daniels Bett gelegt und es sich mit ihren Aufzeichnungen und einigen Büchern neben ihm so gemütlich wie möglich gemacht. Die meiste Zeit schlief er, doch immer wieder fuhr er wimmernd auf. Dann legte Hannah ihm die Hand auf die heiße Stirn und sang ihm etwas vor. Alma war mit Kurt unterwegs, um Essen aufzutreiben. Es ging ihnen nicht wirklich schlecht, aber es wurde immer schwerer, an Nahrungsmittel zu kommen. Alma verbrachte inzwischen einen großen Teil des Tages mit der Suche danach.

Sie hatten Lina, das Hausmädchen, entlassen müssen, um über die Runden zu kommen, während Daniel im Krieg war.

Alma jedoch gehörte zur Familie und war darüber hinaus auch Hannahs Vertraute, die ihr die Zeit ohne Daniel nicht zu lang werden ließ. Außerdem hätte Hannah ohne sie nicht ihr Studium mit zwei, bald drei kleinen Kindern weiterführen können.

Jetzt würde es auch nicht mehr lange dauern, bis das Kleine auf die Welt kam. Hannah freute sich auf das Kind, war aber gleichzeitig voller Angst, wie sie und Alma mit der zusätzlichen Arbeit klarkommen sollten.

Jetzt, wo Daniel fort war, fiel besonders auf, was für eine bedeutsame Rolle er in ihrem Haushalt innehatte. Er war meist guter Laune, hatte immer ein ermutigendes Wort für jeden und zudem – ganz anders als sein oder Hannahs Vater – eine wirkliche Bindung zu seinen Kindern. Trotz seiner beruflichen Herausforderungen spielte er mit ihnen, tollte mit ihnen herum und ermahnte sie bei Bedarf auch einmal.

Mit bebenden Händen nahm Hannah den Brief vom Postboten entgegen. Sofort hatte sie seine Schriftzüge erkannt, sofort hatte ihr Herz aufgeregte Sprünge gemacht und ihr Magen sich voll ungeduldiger Anspannung zusammengezogen.

So schnell sie es mit dem großen Bauch und dem schmerzenden Rücken schaffte, lief sie die Treppe hinauf, ließ sich neben dem schlafenden Ariel aufs Bett fallen und riss ungeduldig den Umschlag auf.

Mein allerliebster kleiner Schmetterling!

las sie, und sofort schwammen ihre Augen in Tränen. Da war es wieder, das schmerzvolle Sehnen in ihrer Brust, der unbändige Wunsch, ihn zu spüren, von seinen Armen umfangen zu werden.

Ich hoffe zutiefst, dass ihr alle wohlauf seid. Auch mir geht es den Umständen entsprechend gut. Wir leben noch. Das zumindest kann ich sagen, auch wenn vieles hier ganz anders ist als erwartet. Ich fürchte, dass es bis zu einem Wiedersehen doch länger dauern wird, als ich früher angenommen hatte. Ach Hannahlein, es macht mich wahnsinnig, dass ich nicht bei dir bin, wenn das Kind kommt. Ich sehne mich so sehr nach euch, das kannst du dir gar nicht vorstellen! Ist unser Nachwuchs vielleicht sogar schon da? Ich wage es mir kaum vorzustellen, und doch drehen sich all meine Gedanken ausschließlich um euch. Ist es wieder ein Junge oder ein kleines Mädchen? Wie kommt ihr klar, so allein? Insgeheim frage ich mich manchmal, was mich geritten hat, euch zurückzulassen, um zu kämpfen, anderen Menschen das Leben zu nehmen, damit Deutschland triumphiert. Doch dann denke ich an unsere Kinder und dass sie ein gutes Leben haben sollen, und dann weiß ich wieder, warum ich hier bin.

Die Westfront ist nichts für weiche Gemüter. Die vielen Toten, die Härte … es … Mein Schatz, ich muss schließen. Ich muss den Brief mitgeben, wer weiß, wann ich sonst die nächste Chance bekomme. Ich liebe dich. Ich liebe die Kinder.

Dein Daniel

Hannah ließ den Brief auf die Oberschenkel sinken. Sie lauschte ihren eigenen Schluchzern, die aus ihr herausbrachen. Sie wollte sie unterdrücken, um Ariel nicht zu wecken, doch sie hatte nicht die Kraft, sie zu kontrollieren.

Sie musste sich zusammennehmen. Es war nur noch eine gute Stunde bis zu ihrem Dienstbeginn. Sie konnte nicht derart aufgelöst ins Krankenhaus kommen. Was würden die Patienten denken, was die Kollegen? Ariel hatte die Augen aufgeschlagen und sah sie mit fiebrig-glasigem Blick besorgt an.

»Alles ist gut, mein Schatz! Ich freue mich nur so, weil wir endlich Nachricht von Vater haben. Er lebt, Ariel, er lebt! Das ist die Hauptsache!« Sie drückte den Jungen an ihr Herz. Sie wollte ihm all ihre Liebe geben. Er verdiente es, der kleine Mann, genauso wie sein Bruder. Hannah hatte das Gefühl, ihr Herz fließe über vor Glück. Wie erleichtert würden sie alle sein, wenn Daniel zurück war. Gesund und zumindest äußerlich unbeschädigt. Er hatte recht – es war eine Schnapsidee gewesen, sich freiwillig zu melden. Doch jetzt war er dort, und sie mussten alle beten und hoffen, dass er bald wieder bei ihnen sein würde.

* * *

Als Hannah ein paar Stunden später am Bett eines Patienten wachte, der an Malaria litt, holte sie wieder Daniels Brief hervor. Sie hatte ihn in den letzten Stunden bei jeder noch so kleinen Gelegenheit herausgekramt. Es reichte ihr schon, seine Schrift zu sehen. Sie drückte verstohlene Küsse auf das Blatt und zeichnete mit dem Finger die Schriftzüge nach. Plötzlich vermisste sie ihn so sehr, dass es schmerzte.

Der Patient bewegte sich unruhig, und Hannah steckte den Brief schnell wieder ein. Es ging nicht, dass sie abgelenkt war. Sie musste zu einhundert Prozent präsent sein.

Doch heute war sie nicht vollständig bei der Sache. Nicht nur der Brief beschäftigte sie, auch ihr krankes Kind. Sie hatte sich förmlich von ihm losreißen müssen. Alma war im letzten Augenblick mit rotem Gesicht nach Hause gehetzt gekommen, mit kärglicher Ausbeute, doch für heute würde es reichen, um alle satt zu bekommen. Ungern hatte Hannah sie so erschöpft mit dem kranken Kind und seinem umso aufgekratzteren großen Bruder allein gelassen.

Zum ersten Mal hatte sie sich zwingen müssen, von zu Hause weg zur Arbeit zu gehen. Die Woche war sowieso immer anstrengend, aber mit den Sorgen darüber, wie es zu Hause lief, war es noch schwerer. Wenn es Ariel nachher nur besser ging. Sie hatte nicht ausmachen können, woher das Fieber kam. Aber das war bei Kindern häufig so. Man musste erst einmal abwarten, welche anderen Symptome sich im Laufe der Zeit noch zeigten, um sich ein Urteil bilden zu können. Sie wusste, dass er bei Alma in guten Händen war. In besten Händen sogar. Die Kinder hingen an Alma fast noch mehr als an ihr. Das erschien ihr sogar recht natürlich, schließlich verbrachten die beiden deutlich mehr Zeit mit Alma als mit ihr. Doch heute hätte sie das gern geändert.

Der Patient vor ihr wälzte sich unruhig hin und her. Er hatte lange Jahre mit Frau und fünf Kindern als Missionar in Afrika gearbeitet und sich dort das Wechselfieber eingefangen. Eines der Kinder war bereits daran gestorben. Die ersten Anfälle hatte er noch dort durchgemacht, doch irgendwann war es so schlimm geworden, dass seine Familie entschied, die Zelte dort abzubrechen und zurück in die Heimat zu kommen. Er sollte hier von seinem Leiden geheilt werden, doch das war gar nicht so einfach. Sein Fieber war im Laufe des Tages auf über vierzig Grad gestiegen, er litt an Schüttelfrost, Krämpfen und blutigen Durchfällen. Wichtig war, dass er nicht ins Koma fiel, denn dann wären die Chancen, dass er überlebte, gleich null. Immer wieder hatte er im Delirium Wahnvorstellungen und glaubte, dass die Eingeborenen drauf und dran seien, ihn zu entführen und zu verspeisen. Seine Schreie hallten durch den Krankensaal, in dem man ihm eine Ecke mit einem Sichtschutz abgetrennt hatte. Obwohl in dem voll belegten Saal sonst immer Stimmen, Stöhnen und Klappern zu hören waren, verstummte alles abrupt, sobald er wieder unruhig wurde, und ängstlich lauschte jedermann auf sein Schreien.

Allen Ärzten und Schwestern war bewusst, dass diese Nacht über sein Schicksal entscheiden würde. Überlebte er sie, ohne ins Koma zu fallen, bestand die Möglichkeit, dass er auch diesen besonders schweren Anfall überwinden würde. Dafür war es erforderlich, mit feuchten Wickeln auf der Stirn und an den Beinen das Fieber zu senken und ihm Chinarinde einzuflößen.

Hannahs Aufgabe für die Nacht war, den Patienten am Leben zu erhalten, schließlich war er ein Mann, der sich um den Glauben verdient gemacht hatte und dem man Hochachtung entgegenbringen musste. Wenn er nicht fantasierte, war er ein freundlicher, wenn auch zum Skelett abgemagerter Patient, dem die dunklen Haare in dicken Strähnen an der fiebrigen Stirn klebten. Seine Familie, die ihn zuvor besucht hatte, hatte sich längst mit ängstlichen Blicken verabschiedet.

Nachdem die Schwester die Wickel gewechselt hatte, setzte sich Hannah neben ihn hinter den Schirm und hielt ihm die Tasse mit dem Tee an die Lippen. Sie musste den Patienten beobachten und bewachen und durfte ihn keinen Moment aus den Augen lassen, weil es dann ganz schnell gehen konnte. Schlafen war nicht erlaubt. Die Verantwortung für den Patienten und ihre Dienstpflicht ließen es nicht zu.

Sie legte ihm die Hand beruhigend auf den fieberheißen Arm, bevor sie seinen Blutdruck maß. Er war erschreckend hoch. Es sah nicht gut aus für den armen Mann. Wenn sie nur nicht so zerschlagen wäre. Sie fühlte sich, als hätte sie seit Tagen keinen Schlaf bekommen. Ihre Augen brannten, und all ihre Glieder fühlten sich ungewohnt schwer an. Der Tee, den sie ihm eben noch mühsam eingeflößt hatte, war aus seinem Mundwinkel wieder herausgelaufen. Aber zumindest bestand die Hoffnung, dass er einen winzigen Teil bei sich behalten hatte.

Sie würde nur für einen klitzekleinen Moment die Augen schließen, dann würde es schon wieder gehen und sie würde erneut versuchen, ihm Tee zu geben. Sorgfältig legte sie das Blutdruckmessgerät weg und lehnte sich langsam auf ihrem Stuhl zurück. Sie schloss die Augen. Nur einen winzigen Moment.

***

Sie erwachte davon, dass jemand sie unsanft an der Schulter packte und rüttelte. Das Bett mit dem schwer kranken Patienten war mit einem Wandschirm von den übrigen Betten im Krankensaal abgetrennt. Nur eine kleine Lampe erleuchtete den Nachttisch und das Kopfteil des Bettes, der Rest des Saals war in tiefes Dunkel gehüllt. Es musste mitten in der Nacht sein. Hannah sah in die dunklen Augen von Fritz Gerlach, die wütend funkelten.

»Was hat das hier zu bedeuten?«, zischte er ihr zu.

Mühsam richtete sie sich auf. »Ich … muss eingeschlafen sein. Das ist unverzeihlich. Wie geht es dem Patienten?« Hannah bemühte sich angestrengt darum, die Müdigkeit abzuschütteln, die sie fest umklammert hielt.

»Er ist tot«, sagte Gerlach knapp. Sein Ton war frostig. Er schob ihre Hand, die nach dem Puls des Patienten tastete, grob beiseite und zog ein Tuch über dessen Kopf.

»Was?« Entsetzt sprang Hannah auf. »Das kann doch nicht … ich habe doch nur einen Moment … O Gott, sagen Sie, dass das nicht stimmt.« Ihre Stimme durchschnitt die nächtliche Stille. Sie bemerkte es, schaffte es aber nicht, sich zu beruhigen. Ihr war ein Fehler unterlaufen. Ein unverzeihlicher Fehler. Ein Mensch war gestorben, und sie hätte die Aufgabe gehabt, es zu verhindern.

»Ruhig«, zischte Gerlach. »Wir können nicht die anderen Patienten aufwecken. Gehen wir hinaus.«

Noch immer benommen von den schrecklichen Neuigkeiten folgte ihm Hannah. Ein einziger quälender Gedanke hämmerte in ihrem Kopf: Sie hatte einen Fehler gemacht und ein Mensch war gestorben.

Das grelle Licht im Flur brannte in ihren Augen, und sie musste zwinkern. Sie fühlte sich wie betäubt, während sie hinter Gerlach hertappte. Noch nie hatte sie sich so schlecht gefühlt.

Er führte sie in die Bibliothek. Als er das Licht angeschaltet und die Tür hinter ihr geschlossen hatte, drehte er sich zu ihr um. Ein schmallippiges Lächeln umspielte seine Mundwinkel.

»Ich habe einen Fehler gemacht. Es tut mir so leid«, sprudelte es aus Hannah heraus. Sie kämpfte mit einem heftigen Übelkeitsgefühl.

»Ein Fehler. Wohl wahr. Ein unverzeihlicher Fehler für einen Arzt.« Er sprach langsam, so als würde er sich jedes Wort auf der Zunge zergehen lassen wie ein Stück Zucker.

»Ich weiß auch nicht, wie das passieren konnte. Die Schwangerschaft, Ariel krank und Daniel schon so lange weg … Ich war so erschöpft … Ich weiß, das ist keine Entschuldigung. Es gibt keine Entschuldigung. Ich bin …«

Er war einen Schritt auf sie zugetreten und hatte seinen Finger auf ihre Lippen gelegt.

Hannah verstummte und wich zurück.

»Was soll das?«, fragte sie kurzatmig.

»Pssst. Ganz ruhig. Niemand muss davon wissen«, sagte er ganz dicht an ihrem Ohr. Er beugte sich noch näher heran und drückte ihr einen Kuss auf die Schläfe.

Hannah wurde schwindelig. »Nein, nicht. Bitte«, flüsterte sie.

Er trat einen Schritt zurück und musterte sie von oben bis unten. Dann sagte er leise: »Du hast die Wahl. Du weißt, dass ich mich nach dir verzehre. Schon seit Jahren. Wenn du willst, dass dein kleines, schmutziges Geheimnis unter uns bleibt …« Er grinste und nickte bedeutungsvoll.

»Was denken Sie? Ich bin hochschwanger. Mein Mann ist im Krieg«, stammelte sie. Das Schwindelgefühl überwältigte sie fast. Sie stützte die Hand auf den Tisch, um einen Halt zu haben, bevor sie zu Boden fiele.

»Eben. Er ist im Krieg. Wer weiß, ob er von dort überhaupt zurückkehrt. Und bis es so weit ist, haben wir genug Zeit, alles zu regeln. Für die Kinder wird gesorgt sein. Mach dir keine Sorgen, mein Engel.« Seine Lider verschlossen seine Augen fast völlig, während er die Lippen spitzte und ihr sein Gesicht entgegenstreckte.

Hannah zögerte für den Bruchteil einer Sekunde, dann schlug sie zu. Mit fest zusammengepressten Fingern und mitten auf die Nase. Das leise Knacken erfüllte neben dem Geräusch des Schlags den stillen Raum und schien aus allen Ecken zurückzuhallen. Hannah musste für einen Moment die Augen schließen. Das Grauen des Abends war einfach zu viel.

Als sie ihre Augen wieder aufschlug, sah sie das fassungslose Gesicht von Doktor Gerlach vor sich, aus dessen Nase Blut floss. Schnell und stetig.

Hannah schluchzte auf, dann floh sie hinaus aus der Klinik ins Dunkel der Nacht.

* * *

Als der Bote mit der Nachricht am nächsten Morgen früh an der Haustür klingelte, hatte Hannah keine Sekunde die Augen zugemacht. Sie war die Nacht über barfuß im Arbeitszimmer auf und ab gelaufen und hatte immer wieder nach Ariel gesehen. Sein Fieber war inzwischen deutlich gesunken, aber der Junge lag weiterhin in Daniels Bett. Hannah hatte sich immer wieder danebengelegt und versucht, zu schlafen, war ein paar Minuten später aber erneut aufgesprungen und herumgelaufen, weil sie es nicht schaffte, zur Ruhe zu kommen. Stattdessen ging sie immer wieder im Kopf den Abend durch, analysierte ihr berufliches Fehlverhalten, ihre harte Reaktion auf die Annäherung von Gerlach und ihr unreifes Davonlaufen, anstatt dem verletzten Kollegen Hilfe anzubieten.

Sie wusste, dass sie nicht ungeschoren davonkommen würde. Nicht ungeschoren davonkommen durfte. Sie hatte einen furchtbaren Fehler begangen, und der gehörte geahndet. Darüber machte sie sich keinerlei Illusionen. Es war jedoch die Frage, wie schlimm es werden würde und ob sie jemals wieder als Ärztin würde arbeiten können.

Natürlich hatte sie ihre Familie, aber sie wusste nicht, wie sie ohne ihren Beruf, für den sie jahrelang gelernt, gekämpft und gearbeitet hatte, weiterleben sollte.

Das Ungeborene in ihrem Bauch schien ihre Aufregung zu spüren, denn immer wenn sie sich hinlegte und sich bemühte, einzuschlafen, trampelte und zappelte es. Ihr Versagen war nicht gut für das Kind. Es war für niemanden gut. Doch am allerschlimmsten war es für den Toten und seine Angehörigen, denn sie hätte den Patienten, wäre sie wach geblieben, vielleicht retten können.

Mit wirrem Haar und brennenden Augen nahm sie den Brief und riss ihn auf, ohne auch nur die Tür zu schließen.

> *… bitte ich Sie, sich heute um zwölf Uhr in meinem Büro einzufinden. Hochachtungsvoll Fuchs.*

***

Sie lehnte sich an die Wand, hatte jedoch nicht die Kraft, das Gewicht ihres Körpers zu tragen, sodass sie zu Boden sank wie ein nasser Sack. Es war alles vorbei. Ihr Studium war umsonst gewesen, ihr Herzblut, die vielen Stunden des Paukens. Noch schlimmer aber war, dass ihre Familie, jetzt, wo Daniel weg war, auf das Geld, das sie durch ihre Arbeit verdiente, nicht verzichten konnte. Zumindest war es beruhigend, eine regelmäßige Einnahmequelle in diesen Zeiten zu haben, schließlich konnte niemand wissen, wie lange der Krieg dauern würde. Sie aber hatte all das leichtfertig aufs Spiel gesetzt. Und alles nur, weil ihr die Disziplin gefehlt hatte, wach zu bleiben und zu funktionieren, wenn sie gebraucht wurde.

Hannahs Blut pulsierte schnell durch ihren Körper. Sie spürte die Anspannung mit jeder Faser. Es war ohne Zweifel ein unschönes Gespräch, das ihr bevorstand. Und der Zwerg in ihrem Bauch machte das Ganze auch nicht besser, denn er strampelte gegen ihre Eingeweide, dass Hannah das Gefühl hatte, ihr bliebe zu wenig Luft zum Atmen.

Zu ihrem Erstaunen befand sich nicht nur Professor Fuchs in seinem Büro, als Hannah – innerlich zaudernd, aber äußerlich selbstsicher – eintrat. Hinter ihm, nur ein wenig seitlich, stand Fritz Gerlach. Ihre Gesichter blickten ernst.

Hannahs Blick irrte nervös zwischen den beiden hin und her. Dann entschloss sie sich, Gerlach einfach zu ignorieren. Seine Rolle war eindeutig: Sie hatte ihn abgewiesen, er hatte daraufhin ihr klares Fehlverhalten gepetzt, und nun oblag es dem Professor, die Konsequenzen aus dem Schlamassel zu ziehen.

Sie wusste, dass sie keine Chance hatte, ungeschoren aus dem Ganzen herauszukommen. Und doch war da ein kleines Fünkchen, das hoffnungsvoll in ihr loderte und an das sie sich klammerte, um nicht auf der Stelle zusammenzubrechen. Das Ungeborene strampelte in ihr, und sie legte, ohne darüber nachzudenken, die Hand auf den Bauch, um es zu beruhigen. Als sie die Blicke der beiden Männer bemerkte, die ihrer Hand gefolgt waren, zog sie sie rasch zurück.

»Sie wollten mich sprechen, Herr Professor?« Die Worte kamen leise aus ihrem Mund, fast krächzend.

Gerlachs Mund verzog sich. Offenbar wollte er lächeln, doch aus den Augenwinkeln kam es Hannah wie eine Fratze vor.

Der Professor schüttelte den Kopf. Es war eher eine abweisende Bewegung als eine Verneinung. Er bot ihr keinen Stuhl an, obwohl er sich sonst stets ausgesucht höflich ihr gegenüber benommen hatte. Stattdessen sah er sie aus wässrigen Augen an, in denen der Kummer stand. Wie gern wäre sie jetzt zu ihm gegangen und hätte ihn in den Arm genommen, hätte sie sich nicht selbst so hundeelend gefühlt. Und natürlich schickte sich so etwas nicht.

Die Stille im Raum dröhnte schmerzhaft in Hannahs Ohren. Sie überlegte fieberhaft, ob und wie sie das Gespräch beginnen sollte, doch alles, was sie zu sagen hatte, wären nur traurige Rechtfertigungsversuche gewesen, und das erschien ihr im Hinblick auf den Toten unangemessen.

Doch plötzlich quollen die Worte aus ihrem Mund und ließen sich einfach nicht mehr zurückhalten. Sie ging auf den Professor zu und streckte ihm ihre Hände entgegen. »Es tut mir fürchterlich leid, Sie enttäuscht zu haben, Professor. Mein Fehler ist unentschuldbar, und selbstverständlich werde ich dafür geradestehen und die Konsequenzen tragen, was immer sie auch sein mögen …«

Sie verstummte. Er hatte nicht nach ihren Händen gegriffen, sondern sie nur voll Schmerz angesehen.

Dann sagte er mit tonloser Stimme und ohne seinen Blick von Hannah abzuwenden: »Gerlach, lassen Sie uns allein. Und geben Sie der Frau einen Stuhl. Sehen Sie nicht, dass sie hochschwanger ist?«

Der Angesprochene lief rot an. Offenbar hatte er nicht damit gerechnet, jetzt, wo es spannend wurde, vom Spielfeld verbannt zu werden. Doch er wagte es nicht, zu widersprechen. Stattdessen kam er stumm der Aufforderung des Professors nach, schob Hannah einen Stuhl hin und verließ dann grußlos den Raum. Es interessierte Hannah nicht. Er war unwichtig geworden. Ein düsterer Schatten nur. Anders war es mit dem Professor. Er war immer wohlwollend und gut zu ihr gewesen. Ihn hatte sie enttäuscht, und das konnte sie sich nicht verzeihen.

»Ich muss Sie entlassen, und das bricht mir das Herz, wissen Sie?«, sagte er mit leiser Stimme. »Ich halte Sie für eine großartige Ärztin, die daran gescheitert ist, dass sie sich zu viel auf einmal aufgeladen hat.«

Hannah nickte. Ihre Zunge klebte trocken an ihrem Gaumen. Sie schluckte schwer. Es war müßig, dem Professor zu erklären, dass sie arbeiten musste, um ihre Familie zu unterstützen, jetzt, wo Daniel weg war. Natürlich hatten sie Rücklagen, doch alles wurde rasend schnell teurer, und niemand wusste, wann und in welchem Zustand ihr Mann zurückkommen würde. Den Bruchteil einer Sekunde erwog sie, ihm darzulegen, dass sie keine Chance hatte, woanders zu praktizieren – nicht in diesen Zeiten und vor allem nicht als Frau –, doch sie fühlte sich plötzlich so ermattet, so schwach, fast gelähmt. All diese Worte erschienen ihr sinnlos.

Sie hatte es versiebt. Ihre Karriere als Ärztin war Geschichte. Es hatte glorios begonnen und endete mit Pauken und Trompeten im Nirgendwo.

»Ich verzichte darauf, Sie anzuzeigen, weil ich so große Stücke auf Sie halte, aber ich muss Sie entlassen. Ich habe zu lange beide Augen zugedrückt. Es geht eben nicht zusammen, das Frausein und der Arztberuf. Gehen Sie zu Ihren Kindern und seien Sie ihnen eine wirkliche Mutter.« Er erhob sich langsam.

Hannah bekam keinen Ton heraus. Seine Worte stachen in ihre Seele. Er sah es also genauso wie alle anderen. Er, ihr wichtigster Mentor. Wozu all der Kampf? Sie hatte sich zu weit aus dem Fenster gelehnt und ihren Kopf eingebüßt.

Stumm nahm sie seine ausgestreckte Hand, stumm nickte sie zum Abschied, ohne den Blick zu heben. Mit tränenblinden Augen taumelte sie aus der Klinik. Für immer.

28. Kapitel

Das Kind kam nur ein paar Tage später. Blitzschnell und ohne Vorwarnung. Doch dieses Mal war Hannah zu Hause. Sie war jetzt immer zu Hause.

Alma half ihr bei der Geburt, nachdem sie das Nachbarmädchen gebeten hatte, die Hebamme zu rufen. Doch diese kam erst, als alles schon längst vorüber war. Trotz der heftigen Schmerzen schaffte es Hannah, Alma Anweisungen geben, was zu tun war. Und Alma stellte sich nicht ungeschickt an. Dankenswerterweise kam das Kind mitten in der Nacht, sodass die Jungen schliefen und sich niemand um sie kümmern musste. Noch bevor Hannah richtig realisierte, dass es bald so weit war, dass sie dieses kleine Bündel gleich im Arm halten würde, hatte sie auch schon Presswehen, und der kleine Körper bahnte sich unerbittlich seinen Weg in die Welt.

Alma nabelte das Kind voller Stolz ab und legte es der noch immer konfusen Hannah auf die Brust. Sofort war da wieder dieses überwältigende Glücksgefühl, das sie vollkommen ausfüllte und ihr den Atem nahm, genauso wie bei den anderen Geburten. Doch dieses Mal fehlte etwas Wichtiges: Daniel war nicht bei ihr. Stattdessen stand da Alma, besudelt mit Blut und mit Tränen der Rührung in den Augen. Jetzt waren sie zu sechst, denn Daniel gehörte trotz seiner Abwesenheit dazu, genauso wie Alma.

Hannah war dankbar für dieses wunderhübsche Kind mit seiner kräftigen Stimme. Ein gesundes Mädchen. Endlich. Sie hatte immer auch ein Mädchen haben wollen. Und Daniel würde so glücklich sein über die Kleine. Sie wusste auch schon einen Namen: Lucie. Es war ein spontaner Einfall, der ihr gefiel und sie glücklich machte. Glücklich in all ihrem Unglück. Trotz der Seligkeit über die komplikationslose Geburt und das gesunde, hübsche Kind lag eine drückende Traurigkeit über ihrem Gemüt. Sie hüllte sie ein wie ein schwarzer Schleier und wich nicht mehr von ihrer Seite. Nie. Sie wurde ihr ständiger Begleiter, wenn sie den Kinderwagen durch die Gassen schob, verfolgt von den hämischen Blicken der Nachbarinnen und Gemeindeschwestern, die sich das Maul über ihren jähen Fall zerrissen. Sie war da, wenn sie abends allein im Salon saß und las, wenn sie mit den Kindern auf einer Decke im Garten Kinderlieder sang.

Sie genoss die Zeit mit ihren Kindern, sie genoss es, wieder Muße zu haben, um mit Alma zu schwatzen und ausführliche Briefe an Daniel und die Familie in Berlin zu schreiben, doch da war ein dunkles Loch in ihrem Inneren, das drohte alle Energie aus ihr herauszusaugen und das ihr in seiner schwarzen Allgegenwärtigkeit Angst einflößte.

* * *

Als die Kleine, die das erste Kind war, das Hannah selbst stillte, sie einmal mitten in der Nacht mit lautem Weinen aus dem Schlaf riss und sie mit ihr beruhigend umherging, wurde ihr mit einem Schlag klar, dass es Zeit war, etwas zu ändern. Sie musste den Kopf aus dem Sand ziehen und den Möglichkeiten ins Auge sehen. Sie war keine schlechte Ärztin. Sie hatte einen

Fehler begangen, der ihr nie wieder passieren würde, das wusste sie mit absoluter Sicherheit.

Sie musste einen Weg finden, ihre Familie zu ernähren, vor allem solange Daniel weg war. Und sie wusste, dass sie ohne die Medizin nicht leben konnte, auch wenn sie spürte, dass sich ihr Stellenwert schon vor diesem unsäglichen Vorfall deutlich verändert hatte. Sie hatte jetzt eine Familie. Sie war Ehefrau, Mutter, Hausvorstand, aber sie war auch noch so viel mehr. Doch hatte sie sich dabei zu weit aus dem Fenster gelehnt? Sie hatte versucht, die natürlichen Grenzen für Frauen einzureißen, anstatt sich demütig in die ihr von der Natur zugewiesene Rolle zu fügen. Sie hatte sich für etwas Besseres gehalten, hatte gedacht, sie hätte ausreichend Energie und Wissen, um mit den Männern mithalten zu können. Sie hatte sich geirrt. Jetzt hatte sie zwar das Wissen, aber konnte es nicht anwenden. Und da war diese Sehnsucht danach, Menschen zu heilen und zu arbeiten.

Nein, sie würde sich nicht wieder verstecken. Sie hatte gelernt, sich Problemen zu stellen. Sie würde eine eigene Praxis eröffnen. Und sie würde dafür kämpfen, Patienten heilen zu dürfen. Wenn nicht als anerkannte Ärztin, dann eben als Kurpfuscherin. Es war ihr egal. Hauptsache, sie konnte ihr Wissen anwenden, konnte Leben retten. Und nicht nur für den Tod verantwortlich sein. Es war keine Option, mit diesem Ergebnis aus dem medizinischen Beruf zu scheiden. Sie würde eine Praxis in einem der unteren Räume des Hauses einrichten und hoffen, dass die Leute kommen würden. Trotz aller Vorbehalte. Trotz der Gerüchte und des Getuschels. Und sie würde gleich morgen früh damit beginnen, ihr Vorhaben umzusetzen.

* * *

Im Nachhinein hätte Hannah nicht gedacht, wie viel Arbeit es machen würde, ein ganzes Zimmer auszuräumen und in ein Sprechzimmer umzuwandeln. Ganz abgesehen von den immensen Kosten, die damit einhergingen und ihr ein wahrlich schlechtes Gewissen verursachten. Schließlich stiegen die Kosten für Essen und andere Dinge derzeit ins Unermessliche, und sie hatte die Befürchtung, dass das Geld, das sie in die Praxis investierte, der Familie nachher fehlen würde. Natürlich würden die Eltern sie unterstützen, wenn die Not zu groß würde, doch diese Situation wollte Hannah möglichst vermeiden. Auch der Großvater oder die Frau Bürgermeister würden sich nicht scheuen, ihr im Bedarfsfall unter die Arme zu greifen, doch auch darauf würde Hannah nur im äußersten Notfall zurückgreifen.

Ohne Alma wäre sie verloren gewesen. Sie gab ihr den familiären Halt, der ihr durch Daniels Weggang fehlte. Sie sorgte dafür, dass die Einrichtung der Praxis überhaupt möglich war. Sie kümmerte sich mit ihr um die Kinder, putzte, wusch, kochte, kaufte ein und war insgesamt wie ein vom Himmel gesandter Engel. Und sie half jederzeit, wenn ein Möbelstück zu schwer für Hannah war oder wenn sie nicht wusste, welchen Lappen sie zum Wischen und welchen zum Abstauben nehmen sollte. Hannah konnte über ihre Sorgen und Freuden mit ihr reden, sie konnte die kleinen, bezaubernden Momente mit den Kindern mit ihr teilen und über die zunehmend schwierigere Jagd nach Lebensmitteln beraten. Kohle wurde immer knapper, ebenso wie Kartoffeln, von denen sie sich mittlerweile hauptsächlich ernährten. Butter und Eier waren kaum mehr zu bekommen. Noch scheuten die beiden davor zurück, sich den Hamsterern anzuschließen, die am Wochenende aufs Land fuhren, um dort direkt bei den Bauern Lebensmittel einzutauschen oder zu kaufen, denn das war unter Androhung harter Strafen verboten. Doch wenn sie nicht mehr genug Nahrungsmittel ergattern konnten, um die Kinder satt zu bekommen, war Hannah fest entschlossen, ebenfalls auf Hamsterfahrt zu gehen. Noch hoffte sie allerdings, dass ihr das erspart bliebe, wenn ihre künftigen Patienten sie mit Naturalien bezahlen würden.

* * *

Inzwischen war Daniel schon so lange fort. Die Briefe, die er schrieb, wurden immer trostloser und spärlicher. Kaum einer glaubte mehr an einen Sieg der Deutschen. Mit jedem Tag erschien ihr Daniel weiter weg von ihnen und ihrem täglichen Überlebenskampf. Sie sehnte sich danach, ihn zu spüren, zu riechen, seine Stimme zu hören, die kleinen Sorgen um die Kinder und die großen Sorgen wegen der Praxis mit ihm zu teilen; doch er war unerreichbar, und sie war gezwungen, das tägliche Leben gemeinsam mit Alma zu meistern.

Zu Anfang hatten die Kinder ständig nach ihm gefragt; Ariel hatte oft geweint, weil er Angst um seinen Papa hatte, doch mit der Zeit wurde auch das weniger. In ihren Klassenzimmern hingen Landkarten mit eingesteckten Fähnchen, die den Frontverlauf zeigten, doch all das brachten die beiden nicht wirklich mit ihrem Vater in Verbindung. Sie wussten nicht, wie viele Menschen an diesen Fronten ihr Leben ließen, und sowohl Hannah als auch Alma hüteten sich, sie auf derartige Gedanken zu bringen. Obwohl die Jungen noch so klein waren, mussten sie als Erntehelfer auf die Felder. Aufgrund der vielen »Siegfrei«-Tage machte Hannah sich langsam Sorgen, ob eine solide Schulbildung unter diesen Umständen überhaupt möglich war. Neben dem Aufbau der Praxis bemühte sie sich, mit ihnen Lesen und Rechnen zu üben, doch das war vergebliche Liebesmüh, wenn die Grundlagen in der Schule nicht gelegt wurden. Für einen umfassenden Unterricht der beiden fehlten ihr jedoch einerseits die Nerven und andererseits die Zeit.

Als sie schließlich in ihrem fertigen Sprechzimmer stand, verspürte Hannah trotz aller Sorgen auch ein wenig Stolz darauf, dass sie es allein geschafft hatten, diesen kleinen Behandlungsraum zu gestalten.

Jetzt fehlten nur noch die Patienten. Und das war ein noch größeres Problem als alles andere. Denn offenbar wollte niemand von Hannah behandelt werden. Nur sehr wenige fanden den Weg in ihre kleine Kammer, und es waren ausschließlich arme Leute, die es sich nicht leisten konnten, einen der männlichen Ärzte aufzusuchen. Die Damen der Gesellschaft mieden sie weiterhin. Sie wusste, dass man sie gemeinhin als unweiblich und unnormal ansah. Das Schlimmste aber war etwas rein Persönliches: Hannah hatte immer stärker das Gefühl, dass das umfangreiche Wissen, das sie sich über viele Jahre des emsigen Studierens angeeignet hatte, mehr und mehr verblasste, weil sie es nicht anwenden konnte. Auch heute saß sie allein in ihrer Praxis, sortierte seufzend die Wattebäusche, sterilisierte zum zwanzigsten Mal die Spritzen und wartete auf Patienten.

Als die Türklingel ging, richtete sie sich erwartungsvoll auf und musste sich dazu zwingen, sitzen zu bleiben und Alma die Tür öffnen zu lassen. Es ging nicht an, dass die gnädige Frau das selbst tat. Hätte sie dieser Regung nachgegeben, wäre sie vermutlich auch die wenigen Patienten, die zu ihr kamen, noch losgeworden. Wieder seufzte Hannah, doch dieses Mal schwang ein wenig Hoffnung darin mit. Vielleicht war es ja ein Patient?

»Hannah, komm, schnell!«, hörte sie auf einmal Almas aufgeregte Stimme durch den Flur schallen.

Also doch ein Patient! Sie riss die Tür auf und stürmte durch den Flur. Vielleicht wäre es besser gewesen, gleich das Verbandszeug mitzubringen. Dem Klang von Almas Stimme nach schien es etwas Ernstes zu sein.

Doch was war das? Die Jungen umklammerten jeder ein Bein des Mannes, der in der Eingangstür stand, und auch Alma sah ganz verklärt aus. Er hatte einen dicken Verband mit

Blutflecken um den Kopf und starrte mit brennenden Augen im blassen Gesicht in ihre Richtung.

»Daniel.« Ganz leise und zögerlich kam das Wort über ihre Lippen, als müsste sie es erst laut aussprechen, bis sie die Bedeutung richtig verstand.

Doch, er war es. Endlich. Endlich! Sie flog förmlich über den Flur in seine Arme. Ihre Tochter jammerte in der Küche, wo man sie für den kurzen Moment zurückgelassen hatte.

»Du bist da. Du bist da«, war alles, was Hannah herausbrachte. Tränen der Dankbarkeit rollten ungehemmt über ihre Wangen.

Er hielt sie fest in seinen Armen, und sofort war da wieder das vertraute Gefühl der Geborgenheit, das sie so sehnlich vermisst hatte.

»Ich bin wieder da.« Seine Stimme hörte sich rau an. Anders. Hannah blickte ihm prüfend ins Gesicht. Er hatte Fieber. Seine Augen waren trotz allen Glücks glasig und seine Wangen eingefallen.

»Geht es dir nicht gut?«, fragte sie und schob sanft die Kinder von ihm weg, während sie ihn behutsam in den Salon führte und Alma ein Zeichen gab, Lucie zu holen, damit er endlich seine Tochter kennenlernen konnte. Nicht ins Sprechzimmer. Das hob sie sich für später auf.

»Eine Verletzung. Aber das ist egal, denn jetzt bin ich endlich wieder bei euch!« Seine Stimme klang ungewohnt heiser, so als müsste er sich Mühe geben, überhaupt ein paar Worte herauszubekommen. Es ging ihm offenbar nicht gut. Gar nicht gut. Sie musste ihn untersuchen.

»Ich bin so unendlich glücklich, dich wiederzuhaben. Wir haben uns so viel zu erzählen. Aber zuallererst will ich mir deine Wunden ansehen und sie säubern, dann kümmern wir uns um den Rest. Alma? Bringst du mir bitte eine Schüssel mit warmem Wasser und ein paar Lappen?« Ihre Stimme klang ruhig und bestimmt. Ihre Arztstimme. Ihre persönliche Beunruhigung und ihr innerer Aufruhr mussten jetzt zurückstehen.

Daniels Verletzungen waren schwerer, als es auf den ersten Blick erkennbar war. Eine Kugel hatte seine rechte Schulter verletzt, und Kopf und Kiefer waren ebenfalls in Mitleidenschaft gezogen. Im Nachhinein erschien es Hannah unerklärlich, wie er es hatte schaffen können, sich in diesem Zustand bis nach Hause durchzuschlagen, doch sie war dankbar und glücklich, dass er da war.

»Es ist nicht richtig, was wir dort tun, Hannah. Es ist sinnloser Mord, der zu nichts führt«, sagte er leise.

Sie strich ihm die Haare aus der fieberheißen Stirn.

»Ist Krieg das nicht immer?«, fragte sie.

Daniel sah sie einen Augenblick lang mit zitternden Lidern an, dann nickte er. »Alle Euphorie, die ich einmal dafür empfunden habe, war naiv und kurzsichtig. Jetzt hat mich der Krieg gebrochen und zum Verzweifeln gebracht.«

»Du bist ihm entkommen. Du bist hier. Und ich bin dankbar dafür. Jetzt brauchst du vor allem Ruhe. Wir werden für dich sorgen.«

Er sah sie einen Moment mit schmerzerfülltem Blick an, dann schloss er erschöpft die Augen.

»Schlaf jetzt, mein Schatz, und danke Adonai, dass er dich zu uns zurückgebracht hat«, murmelte Hannah und deckte ihn sanft zu. Dann ging sie aus dem Zimmer und schloss mit einem letzten liebevollen Blick leise die Tür.

Daniel musste die ersten Wochen im Bett verbringen, um vor allem die Kopfverletzung folgenlos ausheilen zu lassen. Er war nicht erfreut darüber, und es war schwierig, die Kinder dazu zu bringen, Rücksicht auf den kranken Vater zu nehmen und nicht allzu viel Lärm zu machen.

Drei volle Tage schlief er fest. Doch auch danach war er auffällig still und zog sich mehr und mehr in sich zurück. Er wirkte abwesend und schien sich nicht wirklich für das Leben um sich herum zu interessieren. Wenn die Kinder für eine halbe Stunde in das Schlafzimmer gelassen wurden, damit sich alle wieder langsam aneinander gewöhnen konnten, strich er ihnen gedankenverloren über den Kopf und wandte seinen Blick dann wieder der Decke zu. So lag er stundenlang und schien mit seinen Gedanken und Erinnerungen so beschäftigt, dass er auch nicht reagierte, wenn er etwas gefragt wurde. Zunächst schob Hannah das auf die schwere Gehirnerschütterung, die zweifelsohne mit seinen Verletzungen einherging. Doch nach einigen Tagen, in denen sich sein Zustand nicht besserte, begann sie sich zunehmend zu sorgen, zumal sie ihn immer häufiger mit tränennassem Gesicht antraf, wenn sie das Zimmer betrat.

In den seltenen Momenten, in denen er doch sprach, erzählte er stockend von schlimmen Erlebnissen und Bildern, die noch immer in seinem Kopf herumspukten und ihn lähmten.

Er schien den Großteil der Zeit, in der er nicht vor sich hin döste, damit zu verbringen, diese Bilder heraufzubeschwören. Doch anstatt nach einiger Zeit allmählich Erleichterung darüber zu empfinden, all dem entkommen zu sein, schien er in immer düster werdender Stimmung zu versinken. Hannah kannte das schon von anderen traumatisierten Verwundeten, die sie behandelt hatte, doch so etwas bei dem eigenen Ehemann zu erleben, war eine ganz andere Sache.

Eines Tages schließlich wies er einen Besuch der Kinder ab. Die Jungen hatten schon zehn Minuten vorher Stellung vor dem Schlafzimmer bezogen, um ja keine Sekunde mit dem Vater zu verpassen. Sie bemühten sich sehr, keinen Mucks von sich zu geben, um ihn nicht zu stören.

Als Hannah schließlich mit der kleinen Lucie auf dem Arm die Tür öffnete, um mit den Kindern einzutreten, winkte er mit der Hand ab und erklärte mit brüchiger Stimme, dass er heute

Ruhe brauche. Hannah sah ihn einen Augenblick prüfend an, dann schob sie die hinter ihr in den Raum drängenden Jungen zurück und schloss die Tür. Kurt und Ariel sahen sie entgeistert an, als hätte sie ihnen verboten, einen die Stadt überfliegenden Zeppelin zu beobachten. Hannah legte den Zeigefinger auf die Lippen und bedeutete ihnen, wieder hinunterzugehen. Zögerlich folgten die Kinder der mütterlichen Anweisung, doch dann begann Ariel leise vor sich hin zu jammern, kurz darauf fiel Kurt ein, und zum Schluss ließ sich auch Lucie von der Trauer ihrer großen Brüder mitreißen, auch wenn sie noch nicht verstand, was diese so verstimmte.

Hannah lotste die Kinder direkt in die Küche, wo Alma damit beschäftigt war, eine Suppe für das Abendessen vorzubereiten. Sie aßen jetzt häufig Suppe, denn die war so herrlich variabel. Man konnte hineintun, was auf dem Markt in diesen kargen Zeiten zu bekommen war. Alma sah erschöpft aus und rührte mit leerem Blick in dem Topf. Doch kaum waren die Kinder im Raum, verwandelte sich ihre Miene sofort.

Sie nahm den laut schluchzenden Ariel auf den Schoß, während sich Hannah bemühte, Kurt und Lucie gleichzeitig zu beruhigen. Alma und sie hatten alle Hände voll zu tun, die enttäuschten Kinder zu trösten und Entschuldigungen zu finden, warum es heute nicht passte, den Vater zu besuchen.

Der Kummer saß tief. Der Besuch bei dem so fremd wirkenden Vater hatte sich zum Höhepunkt ihres Tages entwickelt, und seine unverhoffte Absage traf sie schwer.

So ging es nicht weiter. Hannah musste handeln. Jetzt! Sie ließ Kurt von ihrem Knie und sprang auf. Die noch immer wimmernde Lucie presste sie eng an sich, riss die Küchentür auf und nahm mehrere Treppenstufen auf einmal nach oben. Das Weinen der Kleinen hallte im Treppenhaus wider.

Sie riss die Tür zum Schlafzimmer auf und öffnete mit einem Ruck die geschlossenen Vorhänge.

»Was ist los mit dir? Du müsstest schon längst wieder auf den Beinen sein, gemessen an deinen Verletzungen. Doch stattdessen wird es mit jedem Tag schlimmer. Die Kinder sind ganz verstört. Sie haben sich darauf gefreut, dich zu sehen, auch wenn es nur für kurze Zeit ist. Weißt du, worauf sie alles verzichten – nur für dich? Nur, damit es dir bald besser geht. Was ist los, Daniel?«

Er blinzelte sie aus halb geschlossenen Lidern an. Sein Gesicht wirkte aufgequollen und blass. Er verzog keine Miene. Schließlich sagte er schleppend: »Ich weiß, ich bin eine Plage. Ich belaste euch alle. Es wäre besser, sie hätten mich richtig erwischt.« Seine leise Stimme war kaum zu hören.

Hannah setzte Lucie auf dem Fußboden ab und nahm langsam auf der Bettkante Platz. Lucie schluchzte noch einen Moment, entdeckte dann aber eine offene Schublade, zu der sie in Windeseile lief und die sie mit Beschlag belegte.

Hannah ergriff Daniels Hand.

»Was redest du für einen Unsinn? Natürlich bist du keine Plage. Wir sind glücklich, dich wieder hier zu haben. Doch du bist nicht wirklich hier bei uns. Du verlierst dich in den Bildern, die in deinem Kopf herumgeistern, anstatt dich davon zu verabschieden und wieder neu ins Leben zu starten. Die Kinder brauchen dich. Ich brauche dich. Aber wir kommen nicht an dich heran, weil dich die Erinnerungen so fest im Griff haben. Lass die Vergangenheit dort, wo sie hingehört, und komm zu uns. Jetzt.«

Mit dem Daumen streichelte sie über seine Hand, die teilnahmslos auf der Bettdecke lag.

Er sagte nichts, sondern blieb bewegungslos liegen und starrte weiter an die Wand. Lucie räumte im Hintergrund geräuschvoll die Schublade aus. Hannah blieb ruhig sitzen und sah ihn an. Die widerstreitenden Gefühle in seinem Inneren spiegelten sich auf seinem Gesicht wider.

Plötzlich juchzte die Kleine auf. Sie schien etwas gefunden zu haben, was ihr Freude bereitete. Hannah hatte den Impuls, sich nach ihr umzusehen, doch Daniel war im Moment wichtiger. Was sollte Lucie schon anstellen? Sie würde nachher alles wieder einräumen.

Sie saßen eine ganze Weile da, ohne dass Daniel irgendeine Regung zeigte. Hannah spürte Enttäuschung in sich aufwallen. Sie hatte alles auf eine Karte gesetzt, doch sie schien einfach nicht zu ihm durchzudringen.

Doch plötzlich schlossen sich Daniels Finger um ihre. Es war ein sanfter Druck, nicht stärker als von einem jungen Vögelchen, das man im Garten gefunden hatte und das jetzt in der Handhöhle leise mit den Flügeln schlug.

Aber es bedeutete so viel. Die winzige Andeutung eines Lächelns umspielte seine Lippen.

»Du hast recht. Es ist Zeit, nach vorn zu blicken.«

Er flüsterte es kaum hörbar. Doch es genügte. Tränen der Erleichterung standen in Hannahs Augen, als sie sich zu ihm hinunterbeugte und ihn voller Hoffnung in den Arm nahm.

* * *

Alma prüfte, ob alle Tauschgegenstände sicher in ihrem Rucksack verstaut waren. Es dauerte oft Stunden, bis ein Zug kam, und sämtliche Bahnsteige und Züge waren für gewöhnlich vollgestopft mit anderen Hamsterern. Die Not trieb die Leute dazu, mit dem Zug aufs Land zu fahren und dort Wertgegenstände gegen Essbares einzutauschen oder abgeerntete Felder auf der Suche nach vergessenen Kartoffeln mit den Händen umzugraben.

Daniel ging es nun von Tag zu Tag immer besser. Wie durch ein Wunder war er bald so energiegeladen, dass er wieder am Leben im Hause teilnahm. Er spielte mit den Kindern, traf Entscheidungen, unterhielt sich mit Hannah. Nach einigen Wochen war er sogar so kräftig, dass er wieder in die Universität gehen konnte. Er hielt zwar noch keine Lehrveranstaltungen, konnte aber seine Forschungsarbeit fortsetzen, was ihm spürbar Kraft verlieh. Alma war glücklich über seine Genesung und darüber, dass er schon fast wieder der Alte war. Auch Hannah war deutlich gelöster und beschwingter, was auf die Stimmung der anderen im Haus abfärbte. Wenn da nur nicht diese immer größer werdende Not gewesen wäre. Es war überall bitterkalt, denn Kohlen waren nirgendwo mehr aufzutreiben. Und auch Nahrungsmittel waren mehr als knapp. Zu dritt hatten sie hin und her überlegt und nach einer Lösung gesucht, doch es führte kein Weg daran vorbei, dass einer von ihnen auf Hamsterfahrt gehen musste, denn bis in die Stadt kamen die Lebensmittel nicht mehr.

Selbstverständlich hatte Alma sich sofort bereit erklärt, jedes Wochenende auf der Suche nach Essbarem aufs Land zu fahren.

»Bleibt ihr bei den Kindern. Die freuen sich, wenn sie ihre Eltern mal nur für sich haben. Ich fahre los und besorge uns etwas zum Essen. Nein, keine Widerrede. Bei aller Liebe, aber euch fehlt da einfach die Erfahrung. Ich kaufe schon mein ganzes Leben ein. Mich haut niemand so leicht übers Ohr. Wir müssen nur ein paar schöne Dinge zusammensuchen, die ich eintauschen kann«, sagte Alma entschlossen, und natürlich wagte niemand, ihr zu widersprechen.

Hannah plünderte als Erstes wieder ihre Schmuckschatulle, denn Alma hatte schon einmal eine wunderschöne echte Perlenkette und goldene Ohrringe eingetauscht, die Hannah von den Eltern zur Hochzeit geschenkt bekommen hatte. Almas Herz hatte zwar geblutet, als sie die Preziosen der gierigen Bäuerin in die groben Hände mit den schwarzen Rändern unter den Nägeln legen musste. Doch was nützte ihnen der schönste Schmuck, wenn die Kinder nichts zu essen hatten?

Trotzdem musste man gut aufpassen, dass einem in dem dichten Gedränge auf dem Bahnhof nichts geklaut wurde, während man auf einen Zug wartete.

Heute hatte Alma einen Pelzmantel und Manschettenknöpfe von Daniel dabei. Sie hatte die Schätze in ihrem Rucksack verstaut und hoffte, dafür Kartoffeln, Eier und Speck zu bekommen, mit denen sie die Familie über die Woche bringen konnte.

An diesem Samstag brach sie bereits im Morgengrauen auf. Die Sonne war noch nicht einmal aufgegangen, als sie leise die Haustür hinter sich schloss und in Richtung Bahnhof losstiefelte.

Natürlich war sie nicht die Einzige. Dunkle Gestalten liefen vor und hinter ihr. Alle strebten dem Bahnhof zu, in der Hoffnung, den ersten Zug zu bekommen. Alma kniff die Lippen zusammen. Je mehr unterwegs waren, desto weniger bekam man. Wenn sie erst im Zug war, musste sie zusehen, dass sie in der Nähe der Türen zu stehen kam, sodass sie, wenn er hielt, als Erste rausspringen und sich auf den Weg machen konnte. Wenn sie schnell lief, konnte sie es schaffen, auf den weiter entfernt gelegenen Höfen als eine der Ersten aufzukreuzen, und so die Chance erhöhen, noch etwas zu bekommen.

Sie sah andere Dienstmädchen, aber auch Kriegsheimkehrer oder ältere Kinder. Jedermann versuchte, Essbares für die Familie zu ergattern. Doch sie grüßte jeden, den sie kannte, nur mit einem Kopfnicken und ließ sich möglichst auf kein Gespräch ein. War man nämlich zu zweit unterwegs, war das zwar netter, weil man jemanden zum Unterhalten dabeihatte, doch man bekam auch weniger für das, was man gab. Nein, sie war am liebsten allein.

Heute hatte sie Glück, denn bereits nach einer guten halben Stunde fuhr ein Zug ein. Auch später lief alles wie am

Schnürchen, denn am nächsten Bahnhof schaffte es Alma, als Erste aus dem Zug zu springen. Sie lief los, als wäre der Leibhaftige hinter ihr her. Wenn sie die ersten ein, zwei Kilometer im Laufschritt hinter sich brachte, war sie manchmal sogar als Erste da. Und das war auch heute ihr Ziel.

Die Sonne ging langsam hinter den Bergen auf und lockte ein Lächeln auf Almas schweißnasses Gesicht. Sie hatte sich, um nicht allzu viel Gewicht auf dem Buckel tragen zu müssen, den Pelzmantel einfach über die eigenen Sachen gezogen.

Hastig sah sie sich um. Zwei, drei Gestalten waren in der Ferne hinter ihr zu erkennen, aber sie waren in angenehmer Distanz, sodass sie keine Gefahr für sie darstellten.

Dort vorn war schon der erste Hof. Es war zwar noch sehr früh, aber sie musste es versuchen, auch wenn sie die Bauersleute womöglich aus dem Schlaf klopfte.

Alma beschleunigte ihre Schritte. Sie sah den riesigen Kartoffelhaufen in der offenen Scheune. Bestimmt würden sie ihr hier welche geben. In der Hundehütte daneben lag ein großer dunkelbrauner Hund und blickte sie aufmerksam an. Als sie sich der Tür zum Bauernhaus näherte, hob er den Kopf, rappelte sich auf und knurrte, während er an der Kette riss.

Alma, der der Schweiß inzwischen den Rücken herunterlief, spürte, wie sie trotz der Hitze unter dem Mantel eine Gänsehaut bekam. Mit diesem Hund war nicht gut Kirschen essen, wenn er einmal von der Leine gelassen wurde, so viel war klar.

Sie hob die Faust und klopfte an die Tür, während sie unablässig den Hund anstarrte.

Im Haus rührte sich nichts. Alma horchte, getraute sich jedoch nicht, das Ohr an die Tür zu legen. Noch einmal klopfte sie.

»Hallo, ist jemand zu Hause?«, rief sie.

Jetzt hörte sie endlich schlurfende Schritte, die sich der Tür näherten.

Eine verhutzelte alte Frau mit gebeugtem Rücken und zitternder Rechter öffnete die Tür und sah sie misstrauisch an.

»Ja?«, fragte sie und entblößte dabei einen zahnlosen Mund, der ihr ein unheimliches Aussehen verlieh.

»Guten Morgen! Ich … ich wollte Ihnen meinen Pelzmantel anbieten gegen ein paar Kartoffeln«, stammelte Alma. Herrje, diese Frau brachte sie ganz schön aus der Ruhe.

Die Alte sah sie aus schmalen Augen an, und plötzlich zuckte ihre Hand vor und legte sich auf Almas Brust. Offenbar wollte sie das Material befühlen, doch die Berührung war Alma mehr als unangenehm.

»Du kriegst anderthalb Kilo dafür«, schnurrte die Alte und zupfte an dem Pelz, wohl um zu sehen, ob sich Haare daraus lösten.

Alma trat einen Schritt zurück. Sie hielt diese grapschende Hand auf ihrem Körper nicht mehr aus, auch wenn der Pelz und ihr eigener abgenutzter Wollmantel dazwischen waren.

»Anderthalb? Aber der Mantel ist doch viel mehr wert!«

»Anderthalb und kein Gramm mehr«, nuschelte die Alte, und ein Speichelfetzen flog aus ihrem Mund und landete auf ihrem Kinn.

»Kriege ich dann noch ein paar Eier oder etwas Speck dazu? Bitte! Wir müssen die Kinder satt bekommen.«

»Anderthalb habe ich gesagt. Nimm es oder hau ab!«, kreischte die Alte plötzlich los. Der Hund, von ihrem Geschrei alarmiert, begann zu bellen und an der Kette zu zerren.

Alma sah zu ihm hinüber. Die Kartoffeln sahen gut aus. Groß und fest. Allerdings war das Angebot der Alten eine Unverschämtheit. Wäre Nahrung nicht so knapp gewesen, hätten sie eine Menge mehr für einen solch wertvollen Mantel bekommen. Doch wenn sie noch länger zögerte, waren die abgehängten Hamsterer da, und wer wusste schon, ob die Alte ihr dann überhaupt noch etwas geben würde?

»Zwei Kilo? Bitte! Der Mantel ist ein Vielfaches wert!«

»Dann scher dich fort.« Und damit knallte die Alte ihr die Tür vor der Nase zu.

Verdammt! Sie brauchte die Kartoffeln. Und sie hatte wertvolle Zeit eingebüßt. Wahrscheinlich waren die anderen, die ihr gefolgt waren, bereits bei den anderen Höfen, und sie würde auch dort leer ausgehen.

Ob sie noch einmal klopfen sollte? Doch die Alte war so Furcht einflößend.

Wenn sie von hinten an die Scheune herankäme, würde sie vielleicht zwei oder drei Kartoffeln nehmen können, ohne dass der Hund sie erwischte. Dort lagen so viele, und die Alte sah nicht aus, als würde sie Hunger leiden. Sie musste nur um die Scheune herum …

»Hey, stehen bleiben! Was machstn da, hm?«, hörte sie plötzlich eine Stimme.

Ein Mann kam aus einem Gebäude schräg hinter der Scheune. Wahrscheinlich der Stall.

»Du hast hier nichts verloren.« Seine buschigen schwarzen Brauen waren zusammengewachsen und verliehen seinem Aussehen etwas Bedrohliches. Man sah ihm an, dass er mit der Alten verwandt sein musste. Langsam kam er näher und war jetzt an der Hundehütte, wo der Hund an der Kette riss und wie verrückt kläffte und bellte.

»Ich … ich wollte nur …«, stammelte Alma, doch vor Angst bekam sie keinen ordentlichen Satz heraus.

»Du willst uns bestehlen, was? Mist-Städter, kommen hierher und klauen uns das Essen von den Tellern. Los, Hasso, fass!«, rief er und griff zur Bekräftigung seiner Worte nach der an der Wand lehnenden Mistgabel.

Alma rannte, dass ihr die Lunge in der Brust brannte. Sie stolperte, fing sich jedoch knapp wieder und rannte weiter, ohne sich auch nur einmal umzusehen. Die langen Mantelschöße klatschten um ihre Beine, und der Schweiß tropfte ihr in die Augen. Der noch leere Rucksack hüpfte auf ihrem Rücken. Weg. Nur weg hier, bevor der Hund oder dieser furchtbare Mann sie erreichten. Ach, hätte sie der Alten doch nur den Mantel gegeben! Dann hätte sie jetzt wenigstens etwas. Stattdessen rannte sie über die Felder wie ein gejagter Hase, und ihre Mägen blieben leer.

* * *

Als Alma am späten Nachmittag zurückkam, fühlte sie sich so erschöpft, als wäre sie von Berlin bis nach Tübingen gelaufen. Doch immerhin hatte sie es noch geschafft, einige Eier und Kartoffeln zu bekommen. Und für die silbernen Manschettenknöpfe hatte man ihr einen Kanten Speck überlassen, der sich zumindest zum Auslassen und Anbraten eignete. Jedes Wochenende wurde es weniger, was sie nach Hause mitbrachte, und sie besaßen auch kaum mehr Wertsachen, die sie eintauschen konnten.

Doch als die Kinder sie begeistert begrüßten, war ein Großteil der Anstrengung vergessen. Sie waren immer ein Lichtstrahl in ihrem Leben.

Hannah stand im Hintergrund und sah erwartungsvoll auf Almas Rucksack, der enttäuschend leicht war.

Alma zuckte mit den Schultern, und sofort legte sich ein Schatten über Hannahs Gesicht.

Von den Kindern an beiden Seiten geleitet, ging Alma direkt in die Küche und nahm den Rucksack ab. Ihr Rücken und ihre Beine schmerzten vom vielen Umherlaufen. Sie hatte sich bereits entschlossen, Hannah und Daniel nichts von ihrer ersten Begegnung heute zu erzählen, denn sie befürchtete, dass die beiden sie dann nicht mehr auf Hamsterfahrt gehen lassen würden, weil sie um ihre Sicherheit fürchteten. Immerhin hatte sie es geschafft, zu entkommen und noch ein paar Lebensmittel zu ergattern. Nur darauf kam es an.

Die Kinder warfen einen Blick auf die Dinge, die Alma nach und nach aus dem Rucksack zog, doch ihr Interesse erlahmte rasch. Alma und Hannah blieben allein in der Küche zurück, und aus dem Salon ertönte bald lautes Lachen und Toben.

»Das ist doch gar nicht so schlecht«, bemühte sich Hannah sie zu trösten.

»Ja, aber wenn man bedenkt, wie lange ich für das bisschen unterwegs war und wie viel die Dinge, die ich dafür hergeben musste, eigentlich wert waren.« Alma ließ sich erschöpft auf den Stuhl gleiten, auf dem sie immer saß, wenn sie Kartoffeln oder Möhren schälte oder andere Gerichte vorbereitete.

»Ich hoffe so sehr, dass diese Nahrungsknappheit bald ein Ende hat. Es geht doch nicht an, dass alle Stadtbewohner am Wochenende aufs Land pilgern müssen, um überhaupt etwas Essbares auf den Tisch zu bekommen«, seufzte Hannah. »Mir gefällt es nicht, wie erschöpft du jedes Mal bist, wenn du zurückkommst. Das ist doch nicht gesund.«

»Wenn es uns hilft, mache ich das bis zu meinem Lebensende«, erklärte Alma entschlossen. »Gibt es eigentlich etwas Neues aus Berlin?«

»Mutter hat geschrieben. In Preußen ist die Hungersnot offenbar noch sehr viel schlimmer. Du glaubst nicht, wie ich mich um die Eltern und vor allem um den Großvater sorge. Ich wünschte, mir würde irgendetwas einfallen, wie ich ihnen helfen könnte, aber ich finde einfach keine Lösung.«

»Gerade für den alten Mann ist das schlimm. Ich wünschte auch, dass dieser dämliche Krieg endlich vorbei wäre. Das ganze Leben stagniert, alles bleibt stehen oder wird sogar schlechter.«

»Wie wahr, Alma. Ich würde so gern noch ein Kind haben, aber das ist doch unter diesen Umständen gar nicht möglich. Es gelingt uns jetzt bereits kaum, die hungrigen Mäuler zu stopfen. Einen weiteren Esser in die Welt zu setzen, wäre verantwortungslos.«

»Aber schön wäre es schon. Noch so ein winziges Etwas im Arm halten zu können, ihm beim Aufwachsen zuzusehen«, sagte Alma mit schwärmerischem Blick, während Hannah ihr ein Glas Wasser hinschob.

»Na, vielen Dank! Du machst es mir wirklich leichter. Ich finde den Gedanken unerträglich, dass irgendwann der letzte erste Schritt, der letzte verlorene Milchzahn oder das letzte erste Zeugnis sein wird. Ich liebe es, Mutter zu sein, auch wenn ich die Medizin ebenfalls liebe.«

»Das weiß ich doch. Und du bist eine wundervolle Mutter. Allerdings wären vier Kinder wirklich eine heftige Herausforderung.«

»Eben. Und offen gestanden will ich dir auch nicht noch mehr aufbürden. Mit vier Kindern würde ich es allerdings, fürchte ich, nicht mehr schaffen, jedem von ihnen und dem Arztberuf gerecht zu werden.«

»Apropos Kinder. Was hältst du von einem Omelett mit Bratkartoffeln zum Abendbrot?«, fragte Alma und trank ihr Glas in einem Zug aus.

»Haben wir denn noch Gemüse?«, fragte Hannah, noch immer in ihren Gedanken über die Kinderfrage gefangen.

»Viel ist es nicht. Ein paar Möhren und eingelegte Bohnen und Tomaten«, erklärte Alma.

»Das hört sich gut an. Aber mach bloß nicht zu viel. Wir müssen es schaffen, über die Woche zu kommen.«

»Dann fange ich mal an.« Alma stand auf und unterdrückte einen Seufzer der Erschöpfung.

Doch Hannah kannte sie viel zu gut. Natürlich entging ihr Almas Zustand nicht.

»Bleib noch ein bisschen sitzen. Ich schäle so lange die Kartoffeln.«

Alma hob die Augenbrauen.

»Kannst du das denn?«

»So schwer wird es schon nicht sein. Ich habe auch schon Menschen aufgeschnitten, da werde ich an einer gemeinen Kartoffel wohl nicht scheitern«, erwiderte Hannah selbstbewusst und nahm das Schälmesser aus der Besteckschublade.

Alma setzte sich zögerlich, war aber nicht von Hannahs Fähigkeiten im Küchenbereich überzeugt.

Hannah setzte forsch das Messer an und säbelte gleich ein gutes Stück vom Kartoffelfleisch mit der Schale ab.

Sofort sprang Alma alarmiert auf.

»Schon gut, ich mache weiter.«

»Aber warum? Ich muss nur reinkommen, dann klappt das schon«, sagte Hannah, doch Alma schüttelte den Kopf.

»Dafür sind die Kartoffeln zu hart erkämpft. Nichts für ungut, Hannah, aber wie heißt es immer? Schuster, bleib bei deinen Leisten. Ich kümmere mich um die Kartoffeln und du dich um deinen Mann. Einverstanden?«

Hannah zog eine Schnute, warf dann aber noch einen Blick auf die wenigen Kartoffeln und zuckte mit den Schultern.

»Wahrscheinlich hast du recht, Alma. In der Küche liegst du um einige Meilen vor mir in Führung.«

»Jeder hat seine Fähigkeiten. Dafür würden die Patienten ein Gesicht machen, wenn ich ihnen den Blinddarm herausnehmen sollte.« Damit griff sie nach dem Messer und versuchte, von dem abgeschnittenen Stück zu retten, was noch zu retten war.

* * *

Ein Jahr später war der grausame Krieg endlich vorbei. Doch die Zahl der Toten war immens: Weltweit waren rund fünfzehn Millionen Menschen diesem Krieg zum Opfer gefallen.

Hannah war glücklich, dass die Leiden jetzt ein Ende hatten. Auch in Tübingen gab es Lazarette. Sie hatte dort ab und an ehrenamtlich als Ärztin mitgeholfen und sich um die verwundeten Männer gekümmert, die mit kaputten Gliedmaßen und zertrümmerten Seelen zurückkamen. Daniel und sie waren übereingekommen, dass sie, solange der Krieg tobte, darauf verzichten würde, zu arbeiten. Dadurch, dass er wieder arbeiten konnte, hatten sie ein ausreichendes Einkommen. Alma war den ganzen Tag damit beschäftigt, etwas Essbares für die Familie aufzutreiben und anschließend zuzubereiten, und irgendjemand musste sich ja auch noch um die Kinder kümmern.

Insgeheim war Hannah erleichtert, dass der Druck, die Familie zu versorgen, nun von ihren Schultern genommen war und sie die Zeit hatte, sich den Kindern und dem Haushalt zu widmen. Erstaunlicherweise vermisste sie es auch gar nicht, am Krankenbett eines fremden Patienten zu stehen oder eine stark blutende Wunde zu verbinden. In ihrem unbenutzten Sprechzimmer waren die Möbel mit großen Tüchern abgedeckt, auf denen sich langsam mehr und mehr Staub sammelte. Und in den wenigen freien Minuten freute sie sich, endlich wieder Zeit für Romane zu haben.

Wenn sie mit den Kindern spazieren ging oder im Garten auf einer Decke saß, war sie glücklich. Und trotzdem … trotzdem fühlte sie sich manchmal, als würde sie von einer unsichtbaren Wolke umhüllt, die sie niederdrückte und ihr die Luft nahm. Sie wusste, dass dieser Zustand nicht für immer so bleiben konnte. Sie musste ihren Geist füttern, musste gefordert werden, dann würde die Wolke verschwinden.

Hannah schämte sich für diese Gefühle. Dort draußen in der Welt und sogar in Tübingen selbst gab es so viel Leid, doch Hannah quälte am meisten der Gedanke an geistigen Stillstand. Und die wenigen Stunden, wenn sie in den Lazaretten aushalf, waren nur kurze Lichtblicke, trugen aber nicht ausreichend dazu bei, sie wirklich zufrieden zu machen.

29. Kapitel

Tübingen, 1924

Seit Ende des Krieges waren einige Jahre vergangen, und langsam verblassten die Wunden, die der Krieg geschlagen hatte. Alma musste keine Hamsterfahrten mehr unternehmen, um ausreichend Nahrungsmittel für die Familie zu besorgen. Nach der Sensation um die Entdeckung des Grabs von Tutanchamun durch Howard Carter Ende des Jahres 1922, die lange Zeit auch Gesprächsthema beim Krämer oder Metzger gewesen war, herrschte dort nun wieder der übliche Tratsch vor, an dem sich Alma jedoch nicht beteiligte. Manchmal stand sie fassungslos in einem Laden, wenn die eine oder andere Köchin eines Haushaltes über ihre Herrschaft herzog. Wie anders war es doch bei ihr, denn sie verband echte Freundschaft mit Hannah. Die hatte ihre Praxis wieder eröffnet, und dankenswerterweise lief es deutlich besser als zuvor. Dennoch war zu spüren, dass sie in der Gesellschaft als Ärztin immer noch nicht in allen Schichten durchweg anerkannt war, denn ihre Patienten waren nach wie vor einfache Arbeiterinnen und Hausangestellte. Alma sah fast ausschließlich Frauen, selten auch Kinder; Männer jedoch mieden Hannahs Praxis.

Daniel ging in sein Büro an der Uni, und die Momente, in denen ihn die dunklen Erinnerungen überkamen, wurden seltener. Sie hatten wieder ein Mädchen für die grobe Arbeit einstellen können, sodass Alma sich hauptsächlich auf die Küche konzentrieren konnte. Trotzdem verbrachte sie jede freie Minute nach wie vor hingebungsvoll mit Lucie, und auch mit Kurt und Ariel, in den seltenen Momenten, in denen sie das nicht als unter ihrer jungmännlichen Würde empfanden.

Die Kinder wuchsen heran, und auch Lucie ging inzwischen in die Schule.

Alma ließ es sich nicht nehmen, sie täglich zur Schule und zurück zu begleiten, und selbstverständlich blieb es nicht aus, dass sie hin und wieder ein Wort mit anderen Kindermädchen oder Müttern wechselte.

Ein besonderer Augenblick waren allerdings die seltenen Momente, wenn Lucies Lehrer, Herr Waldner, vor die Tür trat und ein paar Worte mit den Anwesenden wechselte. Er war ein kleiner, schüchterner Mann, der im Krieg verwundet worden war und seitdem hinkte. Doch sein Lächeln war so warm und seine Augen so sanft, dass Almas Herz jedes Mal einen Hüpfer machte und es sich anfühlte, als sprudelte Brausepulver durch ihren Körper, wenn sie ihn sah. Doch das waren selbstverständlich völlig unsinnige Gefühle; schließlich war sie eine einfache Köchin und er ein gebildeter Mann. Trotzdem war sie, wann immer diese Begegnungen stattfanden, den Rest des Tages ausnehmend guter Laune und dachte stets lange daran zurück.

Heute hatten sie wie fast immer Helga im Schlepptau. Seit der ersten Klasse, seit der ersten Schulstunde, war sie Lucies beste Freundin. Die beiden klebten ständig zusammen, so wie die Kletten an Lucies Kniestrümpfen nach einem Ausflug ins Tübinger Umland. Sie spielten feine Damen, alberten herum, machten gemeinsam Handarbeiten, malten und erzählten sich Geschichten und Geheimnisse.

Helgas blonde Zöpfe waren neben Lucies schwarzen kaum mehr wegzudenken. Allerdings kamen sie, wenn sie die gemütliche Helga dabeihatten, noch langsamer voran, als es ohnehin schon der Fall war. Wenn Lucie sonst ausgiebig alle Steine am Wegrand, alle vorbeigehenden Leute oder die neuen Blumen im Vorgarten an der Ecke inspizierte, machte Helga sie zusätzlich auf allerlei Sehenswertes aufmerksam. Alma musste viel Geduld aufbringen, die kleinen Damen langsam, aber sicher nach Hause zu begleiten.

Sie standen gerade am Neckar und beobachteten eine Entenmutter, die mit ihren Jungen, eines nach dem anderen, ins Wasser hüpfte, als Alma hinter sich ungleichmäßige Schritte hörte. Sie behielt zwar die Mädchen weiter im Auge, damit keine von ihnen auf die Idee kam, etwas Dummes anzustellen und womöglich noch ins Wasser zu plumpsen, drehte aber den Kopf weit genug, um zu sehen, wer da auf sie zuspazierte. Sofort wirbelte sie wieder herum, spürte aber bereits, wie ihr das Blut in den Kopf schoss. Nervös ordnete sie sich die Flechtfrisur, aus der sich einige wagemutige Strähnen gelöst hatten, und presste die Lippen aufeinander.

Er war es, er war es! Herr Waldner, der Lehrer der Mädchen. Sie hätte es an dem ungleichmäßigen Schritt erkennen können, schließlich hatte er bei den Mädchen nicht umsonst den Spitznamen *Hinkebein.*

Ob er sie bemerkt hatte? Aber warum sonst sollte er hier herunter ans Ufer gekommen sein? Was sollte sie jetzt machen? So tun, als ob sie ihn nicht bemerkt hätte? Schnell weitergehen? Doch bis sie die Kinder so weit hatte, sich von den Entchen zu lösen, wäre er schon bei ihnen.

»Ein hübsches Plätzchen«, hörte sie plötzlich seine Stimme.

Alma atmete tief ein. Sie hatte immer noch nicht den Mut, sich umzudrehen. Doch die beiden Mädchen kamen ihr zuvor. »Herr Waldner!«, riefen beide aus und knicksten kichernd.

Nun hatte Alma keine Wahl mehr. Langsam wandte sie sich um. Er war stehen geblieben und hatte den Hut gezogen. Sie beugte verlegen den Kopf und brachte einen wackeligen Knicks zustande.

»Das brauchen Sie doch vor mir nicht zu tun, Fräulein …«, sagte er mit einem Lächeln in der Stimme.

Noch immer traute sie sich nicht, ihm ins Gesicht zu sehen.

»Sie heißt Alma«, ließ sich jetzt die vorlaute Lucie vernehmen.

»Fräulein Alma«, sagte er. »Ein wirklich hübscher Name. Kommen Sie öfters hierher? Vielleicht sieht man sich ja mal.« Wieder zog er den Hut.

Alma war feuerrot angelaufen. Sie nickte kurz, dann wagte sie es, den Kopf endlich zu heben und ihn anzusehen.

Er lächelte. Sanft und freundlich. Vor Aufregung vergaß sie vollkommen das Atmen.

Erst als er bereits gute zwanzig Meter entfernt war, stieß sie die angehaltene Luft aus und atmete tief ein.

Sie war ein fürchterlicher Trampel, aber er war … bezaubernd. Wie ein galanter Ritter aus früheren Zeiten.

Als sie nach Hause kamen, war die zum Wartezimmer umfunktionierte Diele voll mit Patienten, die auf eine Behandlung warteten. Dazwischen lief Hannah mit erhitztem Gesicht herum und rief einen nach dem anderen ins Sprechzimmer. In den letzten Jahren waren langsam, aber sicher mehr und mehr Leute gekommen. Es hatte sich herumgesprochen, dass »die Frau Doktor was konnte«; nur die Damen aus der Gesellschaft mieden sie nach wie vor. Aber das schien Hannah nicht mehr zu stören, jedenfalls hatte Alma diesen Eindruck. Außerdem hatte sie gar nicht die Zeit, sich zu beklagen. Sie weitete die Praxisöffnungszeiten immer mehr aus und war auch dazu übergegangen, kleine Operationen nach den Sprechzeiten allein durchzuführen. Dabei assistierten ihr abwechselnd Alma oder Daniel, so gut es eben ging.

Alma führte die beiden Mädchen an den Wartenden vorbei in die Küche, nahm ihnen die Schulranzen ab und gab ihnen eine große Tasse Milch und ein Stück Napfkuchen vom Vortag. Danach stürmten die beiden in den Garten hinaus und verloren sich in einem ihrer Rollenspiele.

Alma gefiel es, dass im Haus viel los war, seit die Praxis so gut lief. Und sie fand es interessant, auf diesem Weg einen Einblick in die Welt der Medizin und die kleinen Eingriffe zu bekommen. Nur der arme Daniel hatte seine Probleme damit, denn er vertrug es nicht, Blut zu sehen. Als Kurt sich einmal das Knie übel aufgeschlagen und die Wunde stark geblutet hatte, war sein Vater einfach – pardauz – umgefallen. Auch bei den Operationen versuchte er, wenn es ihm nicht gelang, sich davor zu drücken, so weit wie möglich Abstand vom Geschehen zu halten. Er wollte nicht Gefahr laufen, zu viel zu sehen und womöglich wieder das Bewusstsein zu verlieren.

Hannah ließ sein Zaudern und seine Furcht nicht gelten und lachte ihn aus, wenn sie seine zögerlichen Bemühungen bemerkte. Glücklicherweise nahm er es ihr nicht übel, und Alma war froh, mitanzusehen, wie glücklich die Beziehung der beiden wieder war. Sie betrachtete Hannah, Daniel und die Kinder als ihre Familie, und ihr Wohlergehen ging ihr über alles.

Doch jetzt hatte sich noch jemand in ihr Herz geschlichen, und es fühlte sich an, als würde sie die Menschen, die ihr zur Familie geworden waren, betrügen, weil sie …

Doch das war ja Unsinn! Sie war eine Frau, die ihre besten Jahre hinter sich hatte, und vor allem war sie eine einfache Hausangestellte.

Mit einem unwirschen Ruck schüttete sie die Möhren aus dem Beutel und begann, sie ein wenig unsanft zu putzen. Sie ärgerte sich über sich selbst, denn sie benahm sich wie ein unreifer Backfisch. Eigentlich sollte sie sich besser auf ihre Aufgaben konzentrieren, als durch die Gegend zu laufen wie eine verliebte Göre, die am Ende doch nur enttäuscht in der Ecke sitzen und sich die Augen ausweinen würde!

* * *

Hannah wollte gerade erschöpft die Tür nach der letzten Patientin schließen, als der Junge angerannt kam. Er war acht oder neun Jahre alt.

»Frau Doktor!« Er atmete schwer, und auf seinem Gesicht glänzten trotz der kühlen Temperaturen Schweißtropfen. Seine Jacke war verschlissen und sah aus, als wäre sie schon durch viele Kinderhände gegangen.

»Die Praxis ist jetzt leider geschlossen.« Hannahs Körper war schwer vor Müdigkeit. Es war ein langer Tag gewesen mit ungewöhnlich vielen Kranken. Ein Virus ging durch die Stadt und machte auch vor ihren Patienten nicht halt.

»Du musst morgen wiederkommen.« Damit wollte sie die Tür schließen, doch das jähe Schluchzen des Jungen ließ sie innehalten. »Was ist denn? Tut dir etwas weh?«

Tränen liefen über seine Wangen und hinterließen helle Spuren in seinem Gesicht.

»Die Mutter. Es ist die Mutter. Es gibt Probleme mit dem Kind.«

»Ist die Hebamme nicht gekommen?«

»Sie schickt mich. Sie ist mit ihrem Latein am Ende, soll ich ausrichten. Bitte, können Sie kommen?« Sein Blick hing flehentlich an ihr.

Was, wenn es ihr Sohn wäre, der da um ihr Leben zitterte?

»Warte einen Moment, ich muss meine Tasche holen. Du siehst hungrig aus. Möchtest du etwas zu essen?«

Der Junge schüttelte den Kopf. Er zog die abgeschabten Jackenschöße enger um den zarten Körper. Wahrscheinlich fror er.

Mit müden Schritten lief Hannah in die Küche, um Alma Bescheid zu geben.

»Die alte Jacke von Ariel, haben wir die noch?«, fragte sie und griff nach einem Kanten Brot. Ihr Magen knurrte, aber der Junge sah aus, als hätte er schon eine Weile nichts Ordentliches mehr in den Bauch bekommen.

»Ja, natürlich. Soll ich sie holen?« Alma lief schon los.

»Das ist nett, und sag den Kindern, dass ich sie lieb habe. Ich fürchte, es wird später. Ich bin im Sprechzimmer und packe meine Tasche.«

Ein paar Minuten später stand sie mit Jacke, Brot und Tasche vor der Tür.

»Hier, zieh die an. Ich glaube, die müsste dich warmhalten. Und da ist ein Stück Brot für dich. Lass uns gehen. Wir wollen doch nicht, dass deine Mutter zu lange leiden muss.«

Der Junge nickte eifrig, während er mit großen Augen die Jacke anzog, die um einiges besser war als das Exemplar, das er gerade trug. An dem Brotkanten roch er ehrfürchtig und knabberte ein winziges Stück ab, bevor er es in die Jackentasche steckte.

Wie Hannah erwartet hatte, liefen sie ein gutes Stück, bis sie die Wohngegenden der Gutsituierten hinter sich gelassen hatten. Dann bog der Junge in eine dunkle Gasse mit windschiefen Häusern ein und blieb vor einem der ärmlichsten stehen.

»Hier ist es?«, fragte Hannah und drückte bereits die rostige Türklinke herunter.

Abgestandene Luft schlug ihr entgegen. Das Haus bestand aus einer großen Stube, die von einer flackernden Lampe mäßig beleuchtet war, und einem schmalen Zimmer, in dem offenbar gekocht und die Notdurft verrichtet wurde.

Durch diesen Raum musste man hindurchgehen, um in die Stube zu gelangen. Mehrere ärmlich gekleidete Kinder saßen in dem kleinen Zimmer auf dem Boden auf schmutzigen Tüchern und starrten mit leeren Augen in die Dunkelheit. Offenbar waren sie hinauskomplimentiert worden; allerdings zog es hier ziemlich und war bitterkalt, da die Haustür nicht dicht war.

Hannah wandte sich der stöhnenden Frau in der Stube zu, die zusammengekrümmt auf einem Strohsack lag. Neben ihr saß ein ungefähr neunjähriges Mädchen und tupfte ihr den Schweiß vom Gesicht. Von der Hebamme oder dem Vater war nichts zu sehen.

»Wie geht es Ihnen?« Hannah hockte sich zu der Frau und befühlte ihre Stirn. Sie glühte.

»Das Kind. Es will nicht heraus.« Die Frau war kaum zu verstehen. Sie keuchte und stöhnte. Offenbar hatte sie starke Schmerzen.

»Was sagt die Hebamme?«

»Es liegt quer. Sie hat alles versucht, aber es lässt sich nicht drehen. Sie hat gesagt, dass nur noch ein Arzt oder ein Pfarrer helfen kann«, antwortete das Mädchen statt der Mutter. Es hatte eine spitze Nase und sprach überraschend klar und verständig für sein Alter.

»Ich muss die Patientin untersuchen. Gibt es noch eine Decke für die Kinder in dem anderen Zimmer? Ich habe den Eindruck, dass sie frieren.«

»Nur die hier. Wir schlafen immer gemeinsam darunter.« Das Mädchen sah verschämt zu Boden.

»Geh und bring mir einen Topf mit Wasser, etwas Seife und einen sauberen Lappen, bitte«, sagte Hannah, während sie ihren Mantel auszog. »Und gib ihnen den hier. Solange ich arbeite, friere ich nicht.«

Das Mädchen nickte und stand auf, während Hannah sich neben der Frau niederließ, ihren Puls fühlte und dann begann, ihren Bauch abzutasten.

Die Kleine hatte recht. Das Ungeborene lag mit dem Gesäß über dem Muttermund und bewegte sich kein Stück aus dieser Steißlage, als Hannah versuchte, es von außen zu drehen. Die Frau stöhnte.

»Wie lange geht das schon so?«, fragte Hannah, doch die Frau antwortete nicht. Stattdessen erwiderte das Mädchen, vorsichtig den Topf vor sich her balancierend: »Seit zwei Tagen.«

»Was? Das geht doch nicht! Sie verliert ja viel zu viel Kraft. Wir müssen etwas tun. Wo ist der Vater?«

Das Mädchen zuckte nur mit den Schultern.

»Wer kümmert sich um die Kinder?«

»Ich. Mein Bruder hilft auch mit.«

Hannah stand auf und holte tief Luft. Sie musste eine Entscheidung treffen. Wenn sie die Frau so liegen ließ, würde sie in wenigen Stunden tot sein. Die Decken unter ihr waren bereits blutgetränkt. Und das Blut sickerte weiter aus ihrem Uterus, der offenbar bereits entzündet war.

Das Kind saß fest. Sie konnte versuchen, die Frau ins Krankenhaus schaffen zu lassen; allerdings konnte es dann schon zu spät sein, und die Kinder wären Waisen. Doch was war die Alternative? Eine Operation hier in dieser dunklen, aber halbwegs sauberen Stube? Aufschneiden und riskieren, dass die Frau ihr unter dem Messer wegstarb? Sie hatte niemanden, der ihr zur Hand gehen konnte, außer dem Mädchen. Doch ob sie in der Lage war, ihr angemessen zu assistieren, wenn sie in den aufgeschnittenen Unterleib ihrer Mutter starren musste?

Wieder krümmte sich die Frau und stöhnte, während helles, frisches Blut aus ihrem Unterleib strömte.

Hannah straffte den Rücken, strich sich eine Haarsträhne aus dem Gesicht und sah das Mädchen entschlossen an.

»Ich muss deine Mutter operieren. Traust du dir zu, mir die Instrumente zuzureichen und ein bisschen zur Hand zu gehen?«

Die spitze Nase des Mädchens wurde bleich, doch sie presste die Lippen entschlossen zusammen und nickte dann.

»Was soll ich tun?«

»Nun, als Erstes müssen wir sie ein wenig frei machen und alles zurechtlegen. Hast du ein sauberes Tuch zur Hand?«

Das Mädchen nickte wieder und breitete das Tuch auf dem Boden aus, auf das Hannah ihre Instrumente legte, während die Tochter der Mutter half, sich zu entkleiden.

»Wie heißt du?«, fragte Hannah, um dem Mädchen und sich selbst ein wenig von der Anspannung zu nehmen, während sie sich die Ärmel hochkrempelte und die Hände, so gut es ging, reinigte.

»Käthe.«

»Gut, Käthe, dann bist du jetzt meine Assistentin. Fangen wir an.«

30. Kapitel

Das Neugeborene, ein zarter Junge, war innerhalb weniger Minuten auf der Welt, nachdem Hannah das Skalpell an den Unterleib der Frau angesetzt hatte. Käthe hatte nicht einmal mit der Wimper gezuckt, sondern interessiert zugesehen. Jetzt nahm sie den Kleinen entgegen und hüllte ihn sanft in ein altes, aber sauberes Handtuch. Fachmännisch tupfte sie ihn ab, säuberte seine Nase und seinen Mund und klopfte ihm auf den Rücken, sodass er in empörtes Schreien ausbrach. Es war deutlich zu sehen, dass sie das nicht zum ersten Mal erlebte.

Hannah war derweil mit dem Unterleib der Frau beschäftigt, doch der machte ihr weniger Freude. Wie sie vermutet hatte, war die Gebärmutter entzündet. So stark entzündet, dass eine Heilung sehr schwierig werden würde, wenn sie denn überhaupt noch glückte. Sie warf Käthe und dem Säugling einen nachdenklichen Blick zu. Dann stand ihre Entscheidung fest. Sie würde alles versuchen, damit die Mutter durchkam. Allerdings konnte sie hier nicht allzu viel ausrichten. Sie würde die Patientin fachmännisch wieder zunähen und sie dann ins Krankenhaus bringen lassen. Hier unter diesen Bedingungen war keine Heilung möglich.

Doch jetzt musste sie erst einmal diese Naht gut hinbekommen. Und dann die nächste. Man glaubte gar nicht, wie viele Schichten geflickt werden mussten, wenn man den menschlichen Körper aufschnitt.

Käthe saß mit angewinkelten Beinen da, den Kleinen warm eingewickelt auf dem Schoß, und beobachtete Hannahs Bemühungen interessiert. Man sah, dass sie in der Versorgung ihrer kleineren Geschwister Erfahrung besaß, und sie hatte bei der schwierigen Notoperation ihrer Mutter unerschrocken assistiert. Eine geborene Ärztin, dachte Hannah, auch wenn die Lebensumstände des Mädchens eine solche Ausbildung höchstwahrscheinlich unmöglich machten.

So, der letzte Stich war getan. Jetzt musste sie nur noch den Faden kappen und die Patientin zurückholen. Natürlich war die Narkose bei dem schlechten Zustand der Frau ein Risiko, jedoch bei einem derartigen Eingriff alternativlos.

Hannah tupfte Blut von dem geflickten Bauch der Frau und zog ihr dann sanft das Hemd wieder über den Körper. Sie reinigte ihre Instrumente in dem bereitstehenden Wasser und packte sie dann in ihre Tasche.

Hoffentlich ging alles gut. So eine große OP hatte sie noch nie allein bewältigt. Was, wenn die Frau nicht aufwachte? Sie musste so schnell wie möglich in die Klinik, um die Entzündung einzudämmen, bevor sie sich noch weiter ausbreitete. Aber wer würde dann in ihrer Abwesenheit für die Kinder sorgen?

Die Frau blinzelte und stöhnte leicht. Doch bei Bewusstsein war sie noch nicht.

»Ist alles gut gegangen?« Die Stimme des Mädchens klang wie aus weiter Ferne. Hannah war so tief in ihre Gedanken und die Beobachtung der Frau versunken, dass sie die Anwesenheit des Kindes völlig vergessen hatte.

»Ich hoffe es. Beten wir dafür.« Immer wieder fühlte Hannah den Puls der Frau, strich vorsichtig über ihren Bauch und über ihre Stirn.

Endlich schlug die Frau die Augen auf. Sie würgte. Dann war sie still.

»Wie geht es Ihnen?«, fragte Hannah und griff nach der Hand der Kranken.

»Was ist mit dem Kind?« Ihre Stimme war schwach.

»Es ist ein Junge. Kerngesund. Hier, Käthe hält ihn. Sie hat mir wunderbar geholfen. Sie können sehr stolz auf Ihre Tochter sein.«

Die Frau nickte, während ihr matter Blick suchend herumirrte.

»Käthe, komm einmal mit dem Kleinen her, damit deine Mutter ihn sehen kann.«

Sofort sprang das Mädchen auf und brachte das Kind.

Vorsichtig legte sie es neben die Mutter.

Hannah nahm sie beiseite und flüsterte ihr zu: »Das hast du wirklich gut gemacht, Käthe! Geh jetzt und sag deinem Bruder, er soll jemanden aus der Klinik holen. Eure Mutter muss dort weiterbehandelt werden.«

Das Mädchen sah sie mit ängstlichem Blick an. Dann nickte sie und eilte pflichtschuldig hinaus, während Hannah bei der Patientin und dem Neugeborenen blieb.

»Wissen Sie denn schon, wie er heißen soll?«

Mit müden Augen schüttelte die Frau den Kopf, dann würgte sie wieder, und die Augen fielen ihr zu.

Eine Stunde später war endlich die Kutsche aus dem Krankenhaus da, und Hannah beaufsichtigte das Verladen der Frau. Sie besprach mit den Männern, dass sie gleich folgen und sich um die Patientin kümmern würde, sobald sie eine sehr wichtige Sache erledigt hätte. Einer der Männer brummte etwas Unverständliches, dann fuhren sie mit der bewusstlosen Patientin in Richtung Krankenhaus.

Hannah stand, umgeben von der bedrückten Kinderschar, in der dunklen Gasse und sah ihnen hinterher. Dann straffte sie entschlossen den Rücken und sagte ruhig: »Ihr packt jetzt ein, was an Kleidung da ist, und kommt mit mir.«

Als alles fertig war, machte sich die kleine Kolonne auf den Weg. Hannah trug in einem Arm die Arzttasche, in der anderen den Säugling, und die anderen Kinder trotteten im Gänsemarsch hinter ihr her durch die Dunkelheit.

Es war tiefe Nacht, als sie an ihrem Haus ankamen, doch Alma und auch Daniel standen schon in Nachtkleidung im Flur, kaum dass Hannah ihren Schlüssel ins Schloss gesteckt hatte.

»Ich wollte euch nicht stören«, sagte Hannah, während sich die Kinderschar hinter ihrem Rücken vorbildlich ruhig verhielt.

»Woher ist das Kind?« Daniel deutete mit dem Kopf auf das winzige Paket in ihrem Arm.

Hannah neigte verlegen den Kopf, während sie überlegte, wie sie den beiden die Neuigkeiten möglichst schonend beibringen sollte.

Noch bevor sie zu einer annehmbaren Lösung kam, trat Käthe vor und erklärte: »Das ist mein Bruder.«

Daniel und Alma sahen das Mädchen überrascht an, bevor ihr Blick wieder zurück zu Hannah wanderte. Die zuckte grinsend mit den Schultern, dann trat sie einen Schritt zur Seite und gab den Blick frei auf die zahlreichen anderen Kinder, die brav hinter ihr standen.

»Das sind Käthe und ihre Geschwister. Ich musste ihre Mutter operieren, und jetzt ist sie auf dem Weg ins Krankenhaus. Ich dachte, wir könnten die Kinder für die Zeit aufnehmen. Sie haben sonst niemanden …«

Daniel sah sie entgeistert an.

Auch Alma zögerte einen Augenblick. Dann richtete sie sich entschlossen auf und sagte: »Dann herein mit euch. Will jemand eine warme Milch und ein Stück Brot vor dem Schlafengehen?«

Die Gesichter der Kinder strahlten.

Alma nahm das Neugeborene vorsichtig aus Hannahs Arm. »Ich bereite eine Ersatzmilch vor.« Sie nickte den Kindern zu und lief dann mit großen Schritten voraus in die Küche. Die Kinder folgten Alma begierig, als wäre sie der Rattenfänger von Hameln. Es schien, als hätte sie ihnen Manna vom Himmel versprochen.

Hannah und Daniel blieben allein zurück. Schuldbewusst sah sie zu ihm auf.

»Muss denn das sein? Warum nicht die Wohlfahrt?«, fragte er leise.

»Es ist doch nur für ein paar Tage. Hättest du ihr Haus gesehen, hättest du auch keinen Moment gezögert, da bin ich sicher«, antwortete sie leise. Natürlich würde es deutlich länger dauern als ein paar Tage, doch sie wollte Daniel nicht noch mehr beunruhigen.

Sie drückte sich an ihn. Plötzlich spürte sie die Müdigkeit so stark, dass sie das Gefühl hatte, gleich umzufallen, wenn er sie nicht hielt.

Er schlang die Arme um sie und drückte sie an sich. »Du bist verrückt. Aber das ist es ja, was ich an dir so liebe«, raunte er in ihr Haar. »Hast du dir mal überlegt, was die Kinder morgen früh sagen werden, wenn ihnen eine Horde Fremder im eigenen Haus gegenübersteht?«

»Wir werden es ihnen erklären. Sie haben ein gutes Herz. Und die Älteste, diese Käthe … Ich muss noch ins Krankenhaus und sehen, dass mit der Frau alles in Ordnung geht, aber ich bin so furchtbar müde«, murmelte sie.

»Dann wasch dir vorher das Gesicht und die Hände und zieh dir etwas weniger Blutiges an. Das könnte sonst einen unerwünschten Eindruck erwecken, wenn du des Nachts so durch die Straßen läufst«, sagte er sanft und zog sie mit sich ins Haus.

Nach dem Waschen musste Hannah sich geradezu zwingen, sich noch einmal hinaus in die Kälte zu wagen. Doch sie musste nach dem Rechten sehen und wissen, wie es der Frau nach dem Transport ging. Alma hatte die Kinder fürs Erste in der Küche untergebracht. Hier war es warm und gemütlich, auch wenn kaum Platz für ein Schlaflager war, aber für eine Nacht ging es.

Hannah seufzte leise, als sie den Mantel überzog, um zum Krankenhaus zu gehen. Eine Sache wollte sie aber unbedingt vorher noch tun. Leise ging sie ins Zimmer der Jungen, zog eine Bettdecke gerade und strich ihnen lächelnd die Haare aus der Stirn. Als sie an Lucies Bett stand, wurde ihr bewusst, dass sie die Kinder heute kaum zu Gesicht bekommen hatte. Sie war so damit beschäftigt gewesen, ihren Patienten zu helfen, dass sie sie nur für kurze Momente auf dem Flur oder in der Küche gesehen hatte; doch die Zeit für ein Gespräch oder einen kleinen Scherz hatte gefehlt. Sie wusste nicht, was sie heute erlebt hatten, was sie bewegte, womit sie sich beschäftigten. Lucie hatte Helga dagehabt, das hatte sie mitbekommen, aber sonst?

Und jetzt? Sie war völlig kaputt von der Arbeit. Würde sie morgen mitbekommen, wie sie auf die vielen Logiergäste reagierten, oder würde sie dann schon wieder in der Praxis stehen?

War es das, was sie wirklich wollte?

* * *

Hannah musste eine Weile klopfen, bis die Nachtschwester ihr die Pforte öffnete. Um diese Zeit rechnete man nicht mit Besuchern.

»Ich komme, um nach meiner Patientin zu sehen. Sie müsste gerade eingeliefert worden sein. Unterleibsentzündung nach Geburt.«

Die Haare der Schwester waren unter der Haube zu einem strengen Knoten zusammengefasst. Auch ihre Gesichtszüge wirkten streng, hinzu kam, dass sie einen guten Kopf größer war als die zierliche Hannah.

Doch Hannah ließ sich nicht einschüchtern. Sie richtete sich kerzengerade auf und sah der Schwester unerschrocken in die Augen.

»Sie ist da hinten«, knurrte diese und deutete mit dem Kopf den Gang hinunter.

»Vielen Dank! Dann weiß ich Bescheid. Wer hat Dienst?«

Die Schwester runzelte die Brauen, gab aber bereitwillig Auskunft. Allerdings sagte der Name Doktor Schwarzer Hannah nichts.

Sie lief mit schnellen Schritten in Richtung des hell erleuchteten Zimmers am Ende des Korridors und trat schwungvoll ein. Doch als sie sah, wer sich über die erschreckend blasse Frau mit den geschlossenen Augen beugte, blieb sie abrupt stehen.

»Doktor Gerlach.«

»Professor Gerlach, bitte. Haben Sie das hier verbrochen?« Er deutete mit dem Kopf auf den geschwollenen Bauch der Patientin.

»Ich weiß, dass es nicht die sauberste Arbeit ist, aber unter den Umständen … Es ging darum, das Leben der Mutter zu retten, deshalb musste schnell gehandelt werden. Sie hat eine Menge Blut verloren, und ihr Uterus ist entzündet. Deshalb habe ich gedacht, dass es besser ist …«

»Sie haben gedacht, dass wir Ihre Patzer wiedergutmachen und die Kohlen aus dem Feuer holen? Wie soll das denn gehen? Bei einer so schweren Entzündung? Die Frau glüht ja förmlich.«

»Was soll der Ton? Ich habe getan, was ich konnte. Ich habe nichts falsch gemacht. Die Frau hat einen Haufen Kinder. Wir müssen alles tun, um sie zu retten. Sie lag bereits tagelang in den Wehen, als ich gerufen wurde.«

Professor Gerlach sah sie mit abschätziger Miene an. »Für mich sieht es so aus, als hätten Sie die Frau unnötig leiden lassen. Die Chance, dass sie das Ganze übersteht, liegt bei maximal zehn Prozent.«

»Dann ist es unsere Pflicht als Ärzte, alles zu tun, um diese zehn Prozent wahr werden zu lassen. Sie muss es schaffen. Allein schon für ihre Kinder, die sonst allein wären. Oder ist sie es in Ihren Augen nicht wert, gerettet zu werden, wo sie doch nur eine Frau ist?« Hannah stand mit in die Seiten gestemmten Fäusten und blitzenden Augen vor dem deutlich größeren Gerlach.

Der musterte sie mit schmalen Augen und aufeinandergepressten Lippen. Eine Ader an seinem Hals pulsierte vor unterdrücktem Ärger. Beide schwiegen, doch keiner von ihnen bewegte sich von der Stelle. Als die Patientin leise stöhnte, wandte sich Hannah ihr zu und legte die Hand auf ihren Unterarm.

»Alles ist gut. Ihre Kinder sind in Sicherheit. Ich habe sie mit zu mir nach Hause genommen. Und Sie werden jetzt alles daransetzen, wieder ganz gesund zu werden, versprochen?«

Gerlach ging mit noch immer wütender Miene zum Medikamentenschrank und starrte hinein. Hannah trat dicht hinter ihn und sagte leise: »Alles Persönliche muss hintenanstehen. Die Frau wird gebraucht. Sorgen Sie für sie. Bitte!«

Sie spürte, wie Gerlach erstarrte, als sie zu sprechen begann. Dann drehte er sich langsam zu ihr um, sodass sie dicht voreinander standen.

Um seine Mundwinkel hatte der Schmerz zwei scharfe Falten gegraben. Seine Augen schimmerten feucht, doch ein kleiner Funke Hoffnung blitzte darin auf, als er ganz leise flüsterte: »Hannah, bitte, es ist noch nicht zu spät.«

Sie lächelte ihn traurig an, als sie ihre Hand auf seine legte und ebenso leise erwiderte: »Es war von Anfang an zu spät. Unter anderen Umständen, in einem anderen Leben … vielleicht. Es tut mir leid.« Und damit wandte sie sich ab und ging in den spärlich beleuchteten Flur hinaus. Von der Schwester war weit und breit nichts zu sehen, als Hannah leise die Pforte öffnete und in die kalte Nachtluft hinaustrat.

Sie fühlte sich unsagbar erschöpft, aber zugleich auch unglaublich leicht, ja fast erlöst. Es war, als hätte sich heute Nacht das Tor zu einem bisher versteckten Pfad geöffnet, der sie zu einem neuen Ziel bringen würde.

Die Erkenntnis, die dieses Gefühl der Befreiung in ihr auslöste, war so simpel und gleichzeitig so bedeutungsschwer. Sie war eine Frau, die ebenso gute Arbeit leistete wie mancher Mann, wenn nicht sogar bessere. Trotzdem musste sie immer mehr geben, um die gleiche Anerkennung zu bekommen – als müsste sie beweisen, dass sie es wert war, ernst genommen zu werden, eben weil sie eine Frau war. Doch sie konnte nicht ununterbrochen unter Dampf stehen und immer mehr geben. Sie würde die Vorstellungen anderer sowieso nie erfüllen, wenn sie sich nicht selbst treu blieb. Sie musste nicht unablässig nach mehr streben. Sie war genug, so wie sie war. Sie war wertvoll. Und ihre Arbeit war es auch, egal, was andere versuchten ihr einzureden.

Als sie die Haustür aufschloss, schlug die Turmuhr gerade fünf Uhr. In drei Stunden würden die ersten Patienten vor der Tür stehen. Zeit, dass sie ins Bett kam.

31. Kapitel

Zeitweise hatte man den Eindruck, mitten in einem Kinderheim zu sitzen. Es war ein unablässiges Plappern, Toben, Flüstern, Streiten, dass es eine Freude war. Zu Daniels Überraschung hatten die Friedländer-Kinder die Neuankömmlinge offen aufgenommen. Nur Kurt war am Anfang ein wenig zurückhaltend gewesen, doch das war seine Natur und legte sich nach zwei Tagen. Ariel und Lucie, die auch sonst deutlich kontaktfreudiger waren als ihr Bruder, gingen ohne Vorbehalte auf die fremden Kinder zu und teilten auch, ohne zu klagen, ihr altes Spielzeug und sogar ihre Kleidung mit ihnen. Hannah und Daniel beobachteten das mit Freude und ermutigten sie zu dieser Haltung. Lucie hatte damit begonnen, den Kindern aus ihren Lieblingsbüchern vorzulesen. Die gespannte Stille, die herrschte, wenn ihre kleine Tochter die Sätze manchmal noch etwas mühsam entzifferte und ihre Zuhörer, gebannt von den Geschichten, staunend auf dem Boden vor ihr saßen, erwärmte Hannahs Herz. Allerdings fiel ihr auf, dass ihre Tochter im Gegensatz zu ihren kleinen Schützlingen deutlich mehr Wert auf ihr Äußeres legte. Aus ihren Zöpfen durfte sich keine Strähne gelöst haben, sonst mussten sie noch einmal geflochten werden, und sobald ihr Rock einen Fleck hatte, musste er umgezogen werden. Auch achtete sie bei aller Freigiebigkeit darauf, stets in ihrer Stellung als Tochter des Hauses anerkannt zu werden. Sie würden ein Auge darauf haben müssen, dass diese Eitelkeit bei Lucie nicht überhandnahm.

Die kleinen Besucher scherten sich nicht um solche Dinge. Sie blühten im Handumdrehen auf. Die Traurigkeit auf ihren kleinen Gesichtern verschwand, und die liebevolle, unbeschwerte Umgebung und die regelmäßigen Mahlzeiten taten ihnen sichtlich gut.

Alma kümmerte sich unermüdlich um alle, doch Hannah hatte darauf bestanden, ihr die Nachtschicht mit dem Säugling abzunehmen, damit sie bei Kräften blieb. Doch nach einigen Tagen war es nicht mehr Hannah, die aufstand, dem Kleinen die Flasche gab und die Windel wechselte, sondern Daniel. Er hatte einen Narren an dem kleinen Jungen gefressen, obwohl er erst gar nicht erfreut gewesen war über die plötzliche Einquartierung. Doch jetzt schien er alle Vorbehalte vergessen zu haben; er tollte und alberte mit den Kindern herum, lachte und schien den Hauch von Schwermut, der ihn umwehte, seit er aus dem Krieg zurückgekehrt war, fast vollständig abgelegt zu haben.

* * *

Wenn Alma jetzt mit den Kindern einen Spaziergang machte, hatte sie eine ganze Schar, die ihr folgte oder sich darum stritt, wer das Kind im extra angeschafften Kinderwagen schieben durfte. Doch all die Mehrarbeit machte ihr nichts aus, denn es gab jetzt einen Fixpunkt, auf den sie sich fast täglich freute: das kurze Zusammentreffen mit Herrn Waldner. Manchmal war es nur ein Lächeln oder ein kurzer Gruß, doch immer wieder kam es vor, dass er ihnen – natürlich ganz zufällig – über den Weg lief, wenn sie spazieren gingen, Schlittschuh liefen oder durch die Gassen streiften.

Nie trafen sie sich allein, immer war ein Haufen Kinder dabei, doch Alma hatte den Eindruck, dass sich ein ungeahntes Vertrauen zwischen ihnen entwickelte. Sie mochte die ruhige, überlegte Art, wie er erzählte, aber auch, wie er zuhörte und lächelte. Sicher, er hinkte und war auch kein geborener Adonis, aber in stillen Momenten vor dem Einschlafen musste Alma vor sich selbst bekennen, dass sie verliebt war. Natürlich wusste sie, dass diese Beziehung schon aufgrund des Standesunterschiedes keine Zukunft haben konnte, aber sie war glücklich und fühlte sich so leicht und froh wie noch nie in ihrem Leben.

Auch Herr Waldner schien sich mit ihr wohlzufühlen, denn immer wieder lachte er über ihre Bemerkungen, fragte sie nach ihrer Meinung zu verschiedenen Dingen und bot ihr den Arm, wenn sie an eine unebene Stelle kamen. Ein wenig setzte sich der Gedanke in ihr fest, dass auch er sich ein klein wenig in sie verguckt hatte. Aber egal, wie er wirklich zu ihr stand: Alma war glücklich und gelöst, und das färbte auf ihr gesamtes Umfeld ab.

* * *

Als Hannah eines Abends nach dem Essen in die Küche kam, wo Alma das Geschirr abwusch und laut den neuesten Hit von Fritzi Massary sang, fiel sie begeistert ein, und die beiden schmetterten inbrünstig *Warum soll eine Frau kein Verhältnis haben?*

Danach brachen sie in lautes Lachen aus, sodass einige der Kinder neugierig nachsehen kamen, was denn so Lustiges in der Küche los war.

»Es ist wirklich bemerkenswert, was für eine gute Laune hier herrscht, seit wir so viel mehr Bewohner im Haus haben, findest du nicht?«, rief Hannah schließlich, atemlos vor lauter Lachen.

Alma nickte lächelnd und machte sich daran, die große Suppenschüssel zu säubern.

»Ich hoffe, du bist nicht allzu sehr belastet, schließlich trifft dich ein Großteil der Mehrarbeit.«

»Nein, es macht mir Freude. Und es ist schön zu wissen, dass man etwas Gutes tut.«

Hannah lächelte. »Trotzdem werde ich das Gefühl nicht los, dass es da noch etwas anderes gibt, was dich so gut gelaunt sein lässt. Oder täusche ich mich?«

Alma schoss das Blut in die Wangen, sie konnte jedoch nicht verhindern, dass sie übers ganze Gesicht grinsen musste.

»Nun, dann will ich dafür sorgen, dass du regelmäßig freibekommst und mehr Zeit für gewisse Personen hast«, sagte Hannah augenzwinkernd.

»Nein, nein, das ist nicht nötig. Wirklich nicht. Ich bin sehr zufrieden«, beeilte sich Alma zu beteuern.

»Aber wäre es nicht nett, wenn du …«

»Nein, wirklich nicht. Alles ist in bester Ordnung. Ich bin rundum zufrieden«, unterbrach Alma sie.

»Nun, das freut mich zu hören. Wenn sich daran etwas ändern sollte, sag mir bitte umgehend Bescheid. Ich wäre froh, dir mehr freie Tage zu geben.«

»Das weiß ich zu schätzen, aber es ist nicht nötig. Wirklich nicht.«

»In Ordnung. Das Essen war im Übrigen wieder hervorragend. Ich bin beeindruckt, wie du es schaffst, scheinbar mühelos für so viele Personen in einer solchen Qualität zu kochen.«

»Danke, das freut mich!« Alma strahlte. Die Welt war gut. Sie war wirklich gut.

Wenn da nur nicht die Sorge gewesen wäre, die sie beschlich, wenn sie an die Beziehung zu Herrn Waldner dachte. War es nicht nötig, dass er mehr über sie erfuhr? Über das, was sie erlebt hatte, und vor allem, dass sie höchstwahrscheinlich keine Kinder mehr bekommen konnte, nachdem …

Rasch schüttelte Alma den Kopf. Sie wollte sich nicht die gute Stimmung durch diese dunklen Gedanken verdüstern lassen. Zum ersten Mal in ihrem Leben glaubte sie daran, dass auch sie ein kleines Stückchen vom Glück verdiente. Dass sie geliebt werden durfte, auch wenn sie war, wer sie war. Doch von Liebe zu reden, war definitiv zu viel. Sie verstanden sich gut, doch wahrscheinlich interessierte es ihn einen feuchten Kehricht, was sie erlebt hatte und ob sie in der Lage war, Kinder zu bekommen oder nicht.

Entschlossen schüttelte sie den Kopf und machte sich wieder an ihren Abwasch. Welche Flausen einem manchmal durch den Kopf gingen.

* * *

Der Großvater war in all den Jahren ein zuverlässiger Ansprechpartner für Hannah gewesen. Wöchentlich schrieb sie ihm, und postwendend kam jede Woche seine Antwort. Sie schilderte ihm schwierige Fälle, Erfolge, Fragestellungen, die sich ergaben, und berichtete vom Leben mit den Kindern.

Und jedes Jahr kam er für einige Wochen in die Villa an der See, wo sich die ganze Familie traf, miteinander redete und lachte. In seiner Gegenwart fühlte sich Hannah trotz aller Verantwortung wieder wie ein junges Mädchen. Er nannte sie weiterhin »Channahle«, und es war für Hannah jedes Mal ein Freudenmoment, wenn sie ihn sah oder Briefe von ihm bekam.

Doch seit einigen Wochen kam keine Antwort mehr von ihm. Hannah schickte ihm weiterhin jede Woche einen Brief und warf immer beim Nachhausekommen einen Blick auf das Tischchen, auf dem die eingehende Post lag, doch vom Großvater kam nichts mehr.

Die Mutter hatte geschrieben, dass es ihm gesundheitlich schon seit einer Weile nicht gut gehe. In den letzten Wochen hatte sich sein Zustand jedoch rapide verschlechtert, und Hannah hatte sofort nach dieser Nachricht den Entschluss gefasst, ihn noch einmal zu besuchen. Sie hätte den Gedanken, ihn nicht noch ein letztes Mal zu sehen, nicht ertragen.

Auch Daniel ermutigte sie dazu, und da die Mutter der kleinen Gäste in der Zwischenzeit zu Hannahs Erleichterung wieder vollauf genesen war, stand auch die notwendige Fürsorge für die vielen Kinder nicht mehr im Weg. Daniel hatte sich vor allem mit dem Abschied von dem Kleinen sehr schwergetan. Die Entscheidung der Frau, den kleinen Jungen aus Dankbarkeit für die Hilfe, die Hannah ihr und ihrer Familie hatte zukommen lassen, nach ihm zu benennen, rührte Daniel derart, dass er es sich nicht nehmen ließ, die Familie mit einer regelmäßigen monatlichen Zuwendung zu bedenken.

»… denn schließlich tut es uns nicht weh, macht aber für die Familie einen großen Unterschied.«

Hannah war glücklich, dass die Genesung der Frau so positiv verlaufen war und alles ein gutes Ende genommen hatte. Die Kinder kamen immer noch häufig zu Besuch, um bei ihnen zu spielen, und waren stets willkommen im Haus. Sie erbten zudem alle abgelegte Kleidung, unter die Hannah immer wieder auch neue Stücke mischte.

* * *

Hannah und Daniel beschlossen, bereits in wenigen Tagen nach Berlin aufzubrechen, denn auch die Kinder äußerten den

Wunsch, sich von ihrem Urgroßvater zu verabschieden, und Alma bereitete alles für die Abfahrt vor.

Große Koffer standen sperrig im Flur, sodass man sich vorbeiquetschen musste, um vom Salon zur Haustür zu gelangen. Lucie brachte ihr ein Spielzeug nach dem anderen, das unbedingt mitmusste. Hannah packte gerade im Salon noch ein paar Bücher ein, denn schließlich war es eine lange Fahrt nach Berlin. Gleichzeitig hatte sie alle Hände voll zu tun, die Wünsche der Kinder abzuwehren.

»Du darfst ein Spielzeug mitnehmen, hörst du, Lucie? Nur eines … Nein, der Puppenwagen muss leider hierbleiben. Aber deine Puppe kann gern mit … Eine Puppe, nicht alle … Du hältst sie einfach im Arm. Sie braucht nicht unbedingt einen Wagen zum Schlafen. Ich denke nicht, dass sie dann friert, aber wenn du möchtest, kannst du sie ja noch in ein Tuch einschlagen … So, ich muss mich jetzt mal für einen Moment konzentrieren. Gleich kommt der Wagen, der uns zum Bahnhof bringt.« Und damit schob sie ihre aufgeregte Jüngste in die Küche zu Alma.

»Liebling, hast du meine grüne Weste gesehen?« Daniel kam mit fragendem Gesichtsausdruck herein, während Hannah noch immer mit prüfendem Blick vor dem Bücherregal stand.

»Nein, habe ich nicht. Frag doch mal Alma. Sie weiß immer, wo alles ist.«

»Gute Idee. Bist du dann fertig? Es geht ja gleich los.«

»Fast. Ich komme sofort.«

Was für eine Unruhe. Aber es lohnte sich, bald würden sie auf dem Weg nach Berlin sein. Sie hätte es sich nicht verziehen, wenn sie den Großvater nicht noch einmal hätte in die Arme schließen können. Sie freute sich, die Eltern wiederzusehen und einmal wieder Berliner Luft atmen zu können. Vielleicht würde sie auch die eine oder andere alte Freundin treffen können.

Ja, es war Zeit für eine Rückkehr. Hoffentlich würde sie noch einige schöne Stunden mit dem Großvater haben.

Sie griff nach einem besonders dicken Medizinwälzer und stellte ihn dann doch wieder zurück ins Regal. Wenn sie das Bedürfnis nach medizinischer Lektüre hatte, konnte sie sich sicherlich am Bücherschrank des Großvaters bedienen. Ein, zwei Romane mussten für die Fahrt genügen.

Als es klingelte, fuhr Hannah aus ihren Gedanken auf. Himmel, war es schon so weit? Sie hatte nicht damit gerechnet, dass der Chauffeur schon so früh da wäre.

Sie eilte die Treppe hinunter, doch Alma war wie immer schneller gewesen.

Ein Telegrammbote stand vor der Tür, und sofort hatte Hannah ein ungutes Gefühl in der Magengrube.

»Wer schickt uns denn jetzt ein Telegramm, wo wir doch sowieso gleich wegfahren?«, fragte Kurt interessiert. Die Kinder waren auf das Klingeln hin neugierig aus allen Richtungen zusammengelaufen.

»Nun, das werden wir gleich wissen«, sagte Daniel, dem Alma das Telegramm gereicht hatte. Er riss es auf, überflog die Worte und streckte es mit gerunzelter Stirn Hannah entgegen, ohne etwas zu sagen.

Hannah hatte das Gefühl, als drückte ein Stein auf ihre Lunge und nähme ihr die Luft zum Atmen. An Daniels Blick konnte sie sehen, dass die Zeilen nichts Gutes verhießen.

Sie starrte auf die getippten Buchstaben, die vor ihren Augen umhertanzten und deren Inhalt sie nicht begriff, nicht begreifen wollte.

Doch da stand schwarz auf weiß, was sie die ganze Zeit befürchtet hatte und was jetzt grausame Wahrheit war:

Großvater heute früh verstorben … Stopp … *Friedlich eingeschlafen …* Stopp … *Sehr traurig …* Stopp … *Warten auf Nachricht über Kommen …* Stopp

Das Blatt fiel Hannah aus den Händen. Sie bemerkte es kaum. Ihre Augen waren voller heißer Tränen, und ihr Körper fühlte sich merkwürdig taub an. Es war, als wäre ein Teil von ihr mit ihm gestorben.

Tiefe Trauer legte sich über das Haus. Jeder hatte den gelehrten und empathischen alten Mann lieb gewonnen, und jeder spürte den Verlust schmerzlich.

Hannah aber traf es am schlimmsten, denn der Verlust erschien ihr unermesslich. Sie wusste nicht, wie sie ohne den Freund und Mentor, der ihr der Großvater geworden war, weiterleben sollte.

Wie betäubt wandelte sie durch den Tag. Sie verrichtete mechanisch die Dinge, die getan werden mussten, nahm aber kaum mehr Anteil an den Geschichten, die die Patienten ihr erzählten, und auch nicht an den Erlebnissen der Kinder und allem anderen.

Es war, als wäre die Temperatur der Welt mit dem Tod des Großvaters um einige Grad abgekühlt. Ein hell strahlendes Licht war für immer erloschen.

* * *

Alma sah mit Besorgnis, dass Hannah wie ein Schatten durchs Haus wandelte. Sie schien vollkommen in ihrem Schmerz und ihrer Trauer gefangen. Es war fast, als würde die fröhliche, tatkräftige Hannah davon absorbiert.

»Wann soll das Essen fertig sein?«, fragte Alma sie zum Beispiel, wenn sie den Frühstückstisch abräumte, an dem

Hannah noch immer mit glasigem Blick saß, die Kaffeetasse umklammert hielt und in die Luft starrte.

Doch sie reagierte nicht. Erst wenn Alma sie sanft an der Schulter berührte, zuckte sie zusammen und blickte sie an.

»Oh, Alma, entschuldige, ich war in Gedanken.«

»Ich weiß, ich weiß, Liebes! Ich habe gefragt, wann wir essen wollen.«

»Ach so, ja, entscheide du doch am besten.«

Auch die Kinder hatten es schwer, zu ihr durchzudringen, und je mehr Tage in diesem abwesenden Zustand vergingen, desto besorgter wurde Alma.

»Wie lange, glaubst du, wird es ihr noch so gehen?«, fragte sie Daniel eines Tages. Lucie und Helga hatten wild um Hannah herum gespielt und getobt, sie aber hatte nur dagesessen und mit leerem Blick Löcher in die Luft gestarrt.

Auch Daniel machte sich offenbar Sorgen. Immer wieder hatte er einen Blick in Hannahs Richtung geworfen, die nun teilnahmslos in einem Buch blätterte.

»Ich kann sie verstehen: Der Großvater war ihr Ein und Alles. Er hat sie zur Medizin gebracht, war ihr Vorbild und ihr Fürsprecher und hatte stets ein offenes Ohr für ihre Sorgen.«

»Auch ich vermisse ihn. Er war immer freundlich zu mir. Aber was ist, wenn sie sich von dem Verlust nie erholt?«, fragte Alma flüsternd.

»Gib ihr noch ein wenig Zeit. Sie muss alles verarbeiten und sich daran gewöhnen, dass er nicht mehr da ist. Er war einer der wichtigsten Menschen in ihrem Leben. Vielleicht sogar wichtiger als ich. Das braucht seine Zeit«, sagte Daniel beruhigend, aber sein Blick wirkte besorgt.

* * *

Doch Daniel behielt recht. Mit der Zeit wurde es Stück für Stück besser. Hannah wirkte nicht mehr so abwesend, sondern nahm wieder Anteil an dem Geschehen um sie herum. Sie musste nicht länger mehrmals angesprochen werden, bis sie reagierte, und schließlich sprach sie auch wieder von allein.

Allmählich schlich sich die Normalität wieder zurück in den Alltag. Die Kinder gingen zur Schule, die Patienten standen nach wie vor bereits am frühen Morgen vor der Tür, und im Umgang mit den Kindern entschlüpfte auch Hannah ab und an ein Lachen. Sie war jetzt rund um die Uhr mit der Praxis beschäftigt, und Alma liebte es, die Kinder, die inzwischen gar nicht mehr so klein waren, ab und an auf einen Ausflug zu entführen. Wie durch Zufall stieß häufig auch Herr Waldner dazu.

Die beiden verstanden sich immer besser, und einige Tage zuvor hatte er ihr sogar angeboten, ihn Wilhelm zu nennen. Alma schwebte auf rosawattigen Wolken und war überaus erfreut, als er sich bereit erklärte, auch an diesem Nachmittag an den Neckar zu kommen, wo sie mit den Kindern zum Picknicken und Schwimmen hingehen wollte. Auch Helga war mit von der Partie, und bei strahlendem Sonnenschein wanderte man vollbepackt zum Neckarufer, wo Wilhelm Waldner auch schon mit breitem Lächeln auf sie wartete. Er hatte ein schattiges Plätzchen unter einem ausladenden Baum für Alma und sich ausgesucht, während die Kinder sich aufgeregt daranmachten, in die Fluten zu springen.

Er breitete eine Decke aus und reichte Alma mit strahlendem Blick die Hand, um ihr galant beim Hinsetzen zu helfen. Ein warmes Prickeln blieb an der Stelle zurück, wo ihre Haut seine berührt hatte. Er zog eine Flasche mit selbst angesetztem Likör aus der Tasche und pries ihr diesen als Stärkung an. Errötend nahm sie ein paar Schlucke, dann hob er ohne Zögern die Flasche an seinen Mund und trank direkt von der Stelle, die ihre Lippen soeben berührt hatten. Dabei lächelte er ihr verschwörerisch zu. Almas Herz hüpfte, und ihr verliebter Blick versank für einen Moment in seinen lächelnden Augen.

Sie fühlte sich so leicht, als könnte sie sich im nächsten Moment wie ein Schmetterling in die Lüfte schwingen. Er war so viel mehr, als sie sich je hätte erträumen können. Inzwischen war sie sich sicher, dass sie ihm ebenso viel bedeutete wie er ihr und dass ihn die Standesunterschiede nicht interessierten. Die Kinder schwammen und tobten im Wasser, und sie erlebte ein ungeahntes Paradies am Ufer. Er legte seine Hand auf ihre, die auf der Decke ruhte. Sie strahlte ihn an und musste an sich halten, nicht ihren Oberkörper an seinen zu lehnen. Das wäre einfach zu unschicklich gewesen. Stattdessen begnügten sie sich damit, sich gegenseitig anzulächeln und die gemeinsame Zeit zu genießen. Sie brauchten gar nicht viele Worte. Die bloße Nähe des anderen reichte vollkommen.

Ein schriller Schrei ließ die beiden auffahren.

Aus der eben noch friedlichen Badeszene im Neckar hatte sich ein vollkommen anderes Bild entwickelt. Es war Ariel, der geschrien hatte. Kurt schien Probleme zu haben. Er strampelte und schnappte nach Luft, doch einen Moment später waren nur noch sein Haarschopf und eine Hand zu sehen. Der Rest von ihm war unter Wasser.

»Du meine Güte!«, rief Wilhelm, während er sein Jackett abstreifte und hinkend zum Ufer rannte.

Alma folgte ihm auf dem Fuß, obwohl sie sich innerlich wie gelähmt fühlte. Es war ihre Schuld. Sie war verantwortlich. Was immer da gerade geschah, sie hätte es verhindern müssen.

Wilhelm rannte ins Wasser und war mit wenigen Zügen bei Kurt. Er zog an seinem Arm, doch das schien nicht zu helfen, denn Kurt kam für einen Moment hoch und versank sofort wieder.

Alma drückte atemlos die Hand gegen ihre schmerzende Brust. Dann stürmte auch sie in die dunklen Fluten, blieb aber nach einigen Schritten abrupt stehen, als das Wasser ihr bis zur Brust reichte. Sie konnte nicht schwimmen. Was sollte sie nur tun? Wie konnte sie dem armen Kurt helfen?

»Ariel … Lucie, Helga!« Ihre Stimme klang schrill. Sie spürte, wie sie am ganzen Körper zitterte.

»Alma!« Lucie klammerte sich an sie. Auch sie zitterte, während sie gebannt auf die Szene starrte.

»Ariel, was ist passiert?«

»Er muss sich in irgendetwas verfangen haben. Er kommt nicht davon los.«

Wilhelm senkte den Kopf und schickte sich dann an zu tauchen. Doch nach ein paar Sekunden kam er wieder an die Oberfläche und schnappte nach Luft. Er winkte Ariel zu sich und rief ihm etwas zu. Dann setzte er wieder an und tauchte unter. Dieses Mal blieb er länger unter Wasser. Doch noch immer schien er es nicht zu schaffen, Kurt aus seiner Notlage zu befreien. Er kam wieder an die Oberfläche und rang nach Luft. Für den Bruchteil einer Sekunde sah er zu Alma herüber. Dann senkte er wieder den Kopf und tauchte unter.

Er blieb lange unter Wasser, und Alma hatte das Gefühl, dass gleich ihr Herz aussetzen würde. Dann tauchte mit einem Mal der erschreckend blasse Kurt auf, gefolgt von Wilhelm. Dem Jungen lief Wasser aus dem Mundwinkel, und seine Augen waren geschlossen. Wilhelm und Ariel nahmen Kurt gemeinsam ins Schlepptau und schwammen quälend langsam in Richtung Ufer.

»Was ist mit ihm?« Alma hörte ihre eigene gepresste Stimme und erkannte sie nicht wieder.

»Er muss sofort in die Klinik. Er war zu lange unter Wasser!«, rief Wilhelm zurück.

»O Gott!« Alma drehte sich hektisch um und bemühte sich, so schnell wie möglich aus dem Wasser zu kommen. Doch das war mit der vor Schreck fest an sie geklammerten Lucie und der bebenden Helga am anderen Arm gar nicht so einfach. Ihre Kleider hatten sich mit Wasser vollgesogen und hingen schwer an ihr herab.

Endlich hatte sie es geschafft, und auch Wilhelm und Ariel erreichten kurz darauf mit dem leblosen Kurt das Ufer.

Alma konnte nicht sagen, ob er noch lebte. Eine eisige Kälte kroch durch ihre Adern und breitete sich in ihrem gesamten Körper aus.

Wenn er jetzt tot war … Das könnte sie nicht ertragen. Und alles war allein ihre Schuld. Sie hatte die Verantwortung, und sie hatte nicht ordentlich aufgepasst.

Sie befahl Lucie, Ariel und Helga, auf direktem Wege mit den zusammengepackten Sachen nach Hause zu eilen und die Eltern zu informieren. Dabei schwor sie sich: Nie wieder würde sie ihre Verantwortung gegenüber der Familie vernachlässigen. Sie würde reumütig zur Pflichterfüllung zurückkehren und ihre eigenen Hirngespinste in den Wind schlagen. Ihr Schicksal war vom Zeitpunkt ihrer Geburt an festgeschrieben, und sie hatte hoffärtig versucht, sich darüber hinwegzusetzen. Und Kurt musste nun für diese Pflichtvergessenheit büßen. Wenn er nur am Leben blieb. Er musste völlig gesund werden. Und sie würde Buße tun.

Ganz vorsichtig nahm sie seinen Oberkörper in den Arm, während der triefende Wilhelm seine Beine trug. Im Laufschritt machten sie sich auf den Weg in Richtung Krankenhaus.

32. Kapitel

Als sie in der Klinik ankamen, übernahm eine resolute Krankenschwester sofort das Kommando. Kurt wurde auf eine Bahre gelegt, und Alma und Wilhelm, unter denen sich in Windeseile kleine Seen von ihrer triefenden Kleidung gebildet hatten, wurden weggeschickt.

Alma wollte vor dem Zimmer warten, doch Wilhelm schob sie mit sanftem Druck nach draußen.

»Wir können im Moment nichts tun. Komm, du musst dich umziehen. Es hilft dem Jungen nicht, wenn du auch noch krank wirst.«

Wie betäubt ließ Alma sich von ihm aus dem Gebäude dirigieren. Sie konnte an nichts anderes denken als an den armen Kurt. Als sie ihn im Laufschritt durch die Gassen getragen hatten, war ein ums andere Mal Wasser aus seinem Mund gequollen, doch seine Augen waren geschlossen geblieben und er hatte unnatürlich fahl ausgesehen.

»Er wird doch nicht sterben?« Der Gedanke überwältigte Alma.

»Sie werden alles tun, um ihn zu retten«, sagte Wilhelm mit erschöpfter Stimme und streichelte ihr über die Schulter. Die Berührung fühlte sich an, als holperten Steinbrocken über ihren

Nacken. Sie schüttelte seine Hand ab. Er war ihr mit einem Mal unglaublich fremd.

Wie hatte sie derart selbstsüchtig ihre Pflichten vernachlässigen können? Diese Kinder und ihre Eltern standen ihr so nah wie niemand sonst auf der Welt. Und nur weil sie abgelenkt gewesen war, hatte sie zu spät mitbekommen, dass Kurt Hilfe brauchte. Würde er sterben oder einen bleibenden Schaden davontragen, wäre es ganz allein ihre Schuld.

Es gab nur eine Konsequenz. »Wir können uns nicht mehr treffen.« Die Worte kamen fest und entschlossen aus ihrer Kehle. Sie wusste nicht, woher sie die Kraft dafür nahm, doch sie wusste, dass das die einzig richtige Entscheidung war.

Wilhelm blieb abrupt stehen.

Sie lief weiter.

»Aber Alma, das hilft doch niemandem. Es war ein Unfall.«

Seine Stimme klang flehend, fast weinerlich, doch Alma drehte sich nicht um. Ihre Entscheidung stand fest: Sie würde reumütig in den Schoß der Familie zurückkehren und ihre gesamte Kraft in ihre Arbeit stecken. Sie war einem Traumgebilde gefolgt und hatte dadurch die Menschen, die ihr nahestanden, ins Unglück gestürzt. Sie würde nur noch für die Friedländers da sein – wenn diese sie überhaupt noch wollten.

Sie achtete nicht mehr auf Wilhelms Rufe und hastete nach Hause. Sie musste auf die Kinder achtgeben und ihnen etwas zum Essen kochen, wenn die Eltern ins Krankenhaus eilten. Und sie musste darauf hoffen, dass die Schuld, die sie auf sich geladen hatte, eines Tages verblassen würde. Hauptsache, der arme Kurt überlebte.

* * *

Am späten Abend kamen Hannah und Daniel zurück aus der Klinik. Hannahs Magen zog sich immer wieder schmerzhaft zusammen, und sie hörte auch Daniels Magen vor Hunger knurren.

Kaum hatten sie die Tür erreicht, als Alma auch schon mit hochrotem, vom Weinen verquollenem Gesicht vor ihnen stand.

»Und? Bitte, Hannah, ich kann an nichts anderes denken …« Ihre Stimme klang gepresst.

»Er wird es schaffen. Es war Rettung in letzter Minute«, antwortete Daniel und legte die Hand auf Almas Arm. »Professor Gerlach hat sich selbst um ihn gekümmert. Er hat uns den Jungen ein zweites Mal geschenkt.«

Alma schlug die Hand vor den Mund. Dicke Tränen kullerten über ihre Wangen.

Hannah streckte die Hände aus und zog sie an sich. »Alles ist gut. Es war ein großer Schreck, aber unser tapferer Junge wird es schaffen.«

Alma schluchzte an ihrer Schulter, aber sie nickte.

»Ich bin so dankbar. Es … es tut mir so unsagbar leid, dass ich …«

»Es war ein Unfall, Alma. Er hat sich in irgendetwas verfangen. Du kannst nichts dafür«, sagte Daniel, während er Hut und Mantel ablegte.

Alma schüttelte, noch immer schluchzend, den Kopf. »Ich war abgelenkt. Wenn ich sofort reagiert hätte …« Ihre Stimme war vom Weinen verschwommen.

»Was hättest du denn tun wollen? Du kannst doch gar nicht schwimmen! Wir können froh sein, dass Herr Waldner in der Nähe war. Sonst wäre das Ganze anders ausgegangen«, sagte Hannah im Brustton der Überzeugung.

Überrascht sah Alma mit tränennassen Wangen auf. Der Anflug eines Lächelns zuckte über ihr Gesicht, doch im nächsten Moment blickte sie schon wieder ernst und kummervoll drein.

»Ich bin so erleichtert, aber mein Entschluss steht fest.«

Hannah sah sie prüfend an. »Wir reden später darüber. Im Moment brauchen wir dringend etwas zum Essen und eine Mütze voll Schlaf. Und dann überlegen wir uns, wie wir uns angemessen bei Herrn Waldner bedanken können.«

»Und bei Professor Gerlach«, ließ sich Daniels Stimme aus dem Dunkel des Esszimmers vernehmen.

Hannahs Züge verdüsterten sich für einen Moment. Dann sagte sie mit tonloser Stimme: »Natürlich! Wenn du das wünschst.«

* * *

Selbstverständlich war ihm Hannahs reservierte Reaktion nicht entgangen. Daniel war sich zwar bewusst, dass das Verhältnis zwischen ihr und Gerlach aufgrund einiger beruflicher und privater Diskrepanzen problematisch war, allerdings hatte er gedacht, dass jetzt Gerlachs Verdienst um Kurts Rettung im Vordergrund stehen sollte. Alles andere war in seinen Augen Schnee von gestern.

Und auch für Ariel und Lucie wäre es ein wichtiges Zeichen, zu sehen, wie sie den Rettern ihres großen Bruders dankten. Beide hatte Kurts Unfall zutiefst erschüttert. Hannah und er hatten sich viel Zeit genommen, den beiden alles zu erklären und ihnen so hoffentlich etwas von der Angst zu nehmen, die ihnen das Ereignis zweifelsohne eingeflößt hatte. Bei Lucie halfen diese Gespräche, doch Ariel, der zwar ein offener und fröhlicher Junge, aber ansonsten sehr sensibel war und alles viel schwerer nahm als andere Kinder, zog sich zurück und wurde immer ruhiger, je länger Kurt wegblieb.

* * *

Als Kurt endlich nach langer Zeit aus dem Krankenhaus entlassen wurde, wo Daniel und Hannah ihn abwechselnd jeden Tag besucht hatten, feierten sie ein Freudenfest. Hannah und Alma hatten Kurts Kameraden aus der Nachbarschaft eingeladen, seine gesamte Klasse, Leute aus der Synagoge, Nachbarn und Freunde.

Daniel hatte im Garten kleine Lichter verteilt, die zwischen den sich bereits bunt färbenden Blättern und den Herbstblumen fast märchenhaft wirkten.

Er stützte Kurt, der noch ein wenig unsicher auf den Beinen war, auf dem Weg in den Garten. Das immer noch recht blasse Gesicht des Jungen hellte sich vor Freude auf, und seine Augen strahlten vor Überraschung, als er in die vielen lachenden Gesichter blickte.

Er drückte seinen Kopf an Daniels Arm und murmelte leise: »Ist das etwa für mich?«

»Aber ja. Alle freuen sich, dass du wieder bei uns bist.«

Kurt blinzelte glücklich und sagte nur leise »Danke«, doch das genügte, um Daniels Herz leicht werden zu lassen und ihm für den gesamten Abend ein glückliches Lächeln ins Gesicht zu zaubern.

Das Essen, das Alma für diesen Anlass zubereitet hatte, war unglaublich delikat, und alle Anwesenden feierten Kurts Genesung. Zwei, die nicht unerheblich zu seiner Rettung beigetragen hatten, fehlten allerdings, was Daniel nicht wirklich verstand: Herr Waldner, ohne dessen schnelle Reaktion Kurt nicht rechtzeitig Hilfe bekommen hätte, und Professor Gerlach, der mit seiner umsichtigen Art und großen medizinischen Fachkenntnis dafür gesorgt hatte, dass Kurt überlebte.

Für das Fehlen der beiden waren die Frauen des Hauses verantwortlich. Alma hatte sich standhaft geweigert, Herrn Waldner wieder in ihr Leben zu lassen, nachdem sie ihm für immer abgeschworen hatte. Und Hannah hatte ihr Veto gegen eine Einladung für Professor Gerlach ausgesprochen.

Sie bevorzuge ein privates, intimeres Treffen nur im Kreis der Familie, hatte sie mehrmals betont, und Daniel hatte sich ihrem heftigen Drängen schließlich gebeugt.

Trotzdem war die Stimmung ausgesprochen heiter, und am Ende sangen alle gemeinsam. Sogar der seit dem Unfall so ruhige Ariel blühte wieder auf, offenbar sehr erleichtert über die Rückkehr seines Bruders.

Doch auch nach der Feier brauchte Kurt noch eine ganze Weile, um wieder richtig auf die Beine zu kommen. Seine fokussierte Art und Hannahs fester Wille halfen ihm dabei. Immer wieder machte sie mit ihm Übungen, die seine Muskulatur kräftigen sollten. Daniel ermahnte sie, den Jungen nicht zu überfordern; schließlich hatte er auch für die Schule so einiges nachzuholen, doch sie ließ sich nicht davon abhalten.

»Je eher wir ihn wieder auf die Beine bringen, umso leichter ist es. Das viele Liegen hat seine Muskeln verkümmern lassen. Und um sie wiederaufzubauen, sind gezielte Übungen unerlässlich«, hatte sie ihm erklärt, und Daniel hatte sich schweren Herzens fügen müssen.

Doch am Ende behielt sie recht, denn Kurt wurde zusehends kräftiger.

Inzwischen war der Winter eingekehrt. Kurt ging längst wieder zur Schule, alberte mit seinen Geschwistern und Freunden herum und war zur Freude aller ganz der Alte. Seine Genesung war nach Ansicht seines behandelnden Arztes Professor Gerlach überraschend reibungslos verlaufen. Hannah und Daniel hatten sich mit einer Flasche Wein und einem Abendessen mit der ganzen Familie bei ihm bedankt. Auch wenn er anfangs noch zurückhaltend und auf der Hut gewesen war, plauderten und lachten am Ende alle entspannt miteinander.

Als er ging und Hannah nach der Verabschiedung noch einen Moment länger in der Tür stehen blieb, verschwand Daniel verständnisvoll im Salon. Fritz Gerlach drehte sich noch einmal um und sagte mit bewegter Stimme: »Es tut mir leid, was ich Ihnen angetan habe. Es war mir ein Vergnügen, mich um Ihren Jungen zu kümmern, und ich möchte Sie bitten, mir zu verzeihen.«

Der Blick aus seinen dunklen Augen war so drängend, dass sich bei seinen Worten alle Härchen an Hannahs Unterarmen aufstellten.

Erinnerungen an vergangene Tage stiegen in ihr auf. Sie dachte an die ersten Vorlesungsstunden, an die gemeinsame Arbeit mit Professor Fuchs, an den Abend, als …

Sie hörte die Stimmen ihrer Kinder, die übermütig im Salon herumtollten, allen voran Kurt. Und sie wusste, dass Gerlachs Worte der Schlüssel dazu waren, die Vergangenheit ein für alle Mal abzuschließen und hinter sich zu lassen.

Sie empfand eine tiefe Dankbarkeit dafür, dass er sich überwunden hatte, seinen Ärger und alle Verletzungen hinunterzuschlucken und sich persönlich um ihren Sohn zu kümmern. Das hätte er nicht zu tun brauchen, denn es gab genug Assistenzärzte, die diese Aufgabe hätten übernehmen können. Doch am allerhöchsten rechnete sie ihm an, dass er es über sich gebracht hatte, diese Bitte um Vergebung auszusprechen. Sie zögerte keinen Augenblick, dachte nicht an Konventionen und an neugierige Nachbaraugen, sondern umarmte ihn.

Einen Augenblick später trat sie einen Schritt zurück, reichte ihm die Hand und sagte leise: »Freunde. Für immer!«

Ein Lächeln überzog seine eben noch ängstlichen Züge. Dann sagte er ruhig und entschieden: »Für immer.« Er lüpfte seinen Zylinder, nickte ihr noch einmal zu und ging in die Dunkelheit.

Hannah sah ihm nach. Es fühlte sich an, als wäre eine schwere Last von ihren Schultern genommen. Zum ersten Mal seit der Nachricht von Großvaters Tod fühlte sie sich wieder leicht und unbeschwert.

Zurück im Salon, ging sie mit schnellen Schritten zu Daniel, der nachdenklich ins Feuer starrte, und schmiegte sich an ihn.

»Danke«, sagte sie leise und sog den männlichen Duft seiner Haut ein.

Er drückte sie mit beiden Armen an sich und murmelte: »Es ist schön, dass es so gut lief. Es war überfällig, dass ihr beide euch aussprecht.«

Überrascht sah sie auf. In seinen Augen spiegelte sich das Spiel der Flammen im Kamin wider.

»Du wusstest davon?«, fragte sie zögernd.

»Vielleicht nicht alles, aber genug, um zu spüren, wie sehr es dich belastet hat. Ich kenne dich gut, Hannah. Du bist neben den Kindern das Wichtigste auf der Welt für mich. Wenn dich etwas bedrückt, bedrückt es mich auch. Ich brauchte nicht sonderlich viel Spürsinn, um zu merken, dass da etwas zwischen euch vorgefallen ist, was dich quälte. Ich bin froh, wenn es jetzt endgültig aus der Welt geschafft ist.«

»Das ist es. Ich liebe dich, Daniel Friedländer. Ich weiß nicht, womit ich einen so wunderbaren Mann wie dich verdient habe.«

Sie neigte ihm das Gesicht zu, und er küsste sie voller Leidenschaft.

Ja, sie hatte wirklich Glück!

33. Kapitel

Die Jahre zogen ins Land. Lucie war längst nicht mehr Schülerin von Wilhelm Waldner, sondern inzwischen auf der höheren Schule. Bei den Jungen sprossen zu Hannahs ungläubigem Staunen, wie schnell sie groß geworden waren, die ersten Barthaare.

Kurt hatte die Schule zur Freude der gesamten Familie, aber vor allem seiner stolzen Mutter, mittlerweile mit hervorragenden Noten beendet und studierte, und auch Ariel stand kurz vor seinem Schulabschluss.

Hannah war dankbar, dass er inzwischen deutlich gefestigter war als in seiner Kindheit. Auch wenn er noch immer ein nachdenklicher junger Mann war, grübelte er nicht mehr so viel und konnte auch durchaus unbeschwert und heiter sein.

Immer wenn sie, wie so häufig, Fritz Gerlach zu Gast hatten, holte er das Schachbrett hervor.

»Professor Gerlach, haben Sie Lust auf eine Partie?«

Fritz Gerlach hatte Lust, und die beiden lieferten sich zum Vergnügen aller hart umkämpfte Partien, die häufig mit viel Lachen und übermütigen Scherzen endeten.

Hannah war froh, dass Fritz ein fester Bestandteil der Familie geworden war und einen Großteil seiner spärlichen Freizeit mit ihnen verbrachte.

Jeder von ihnen, vor allem die Kinder, hatte eine enge Bindung zu ihm entwickelt, und wenn Lucie ihn mit ihren tiefblauen Augen bittend ansah, konnte sie fast alles von ihm bekommen. Sie war sein erklärter Liebling, auch wenn er alle Kinder in sein Herz geschlossen hatte.

Und Hannah war dankbar und glücklich über diese Entwicklung.

* * *

Zu Hannahs und Daniels Freude war Kurt zum ersten Mal verliebt. Eine Mitstudentin hatte es ihm angetan. Ein reizendes Mädchen aus gutem Hause, sehr intelligent und emanzipiert. Wenn er glücklich lächelnd von einem Spaziergang mit ihr wiederkam, war Hannah entzückt, und vor jeder Verabredung fieberte sie mit ihm mit.

* * *

Lucie war ebenfalls eine gute Schülerin, der alles ohne große Anstrengung zuflog. Nach wie vor war sie eng mit Helga verbunden, und auch viele der Tübinger Kinder wollten mit ihr befreundet sein. Auch Wilhelm Waldner hatte sich nicht von Almas ablehnender Haltung, bei der sie trotz Kurts vollständiger Genesung blieb, abschrecken lassen. Er schrieb ihr Briefe, schickte kleine Geschenke und passte sie immer wieder ab, um mit ihr zu reden.

Alma jedoch blieb hart. Sie stand zu ihrem Schwur; nichts durfte sie von ihrer Loyalität gegenüber den Friedländers ablenken. Nie wieder sollte etwas Ähnliches wie mit Kurt damals passieren. Natürlich schmeichelte ihr die Beharrlichkeit, mit der Wilhelm all die Jahre seine Zuneigung zu ihr zum Ausdruck brachte, vor allem, weil er noch immer einen Großteil ihrer Gedanken einnahm, sosehr sie das auch vermeiden wollte.

Hannah jedoch schien weniger zufrieden als sie. Sie kämpfte nach wie vor um die Anerkennung in den höheren Kreisen Tübingens, doch unverändert wurde ihre Praxis von gesellschaftlich hochgestellten Persönlichkeiten gemieden. Das hatte natürlich Auswirkungen auf ihre Einnahmen, denn sie scheute sich davor, von den Armen allzu viel Geld für ihre Dienste zu nehmen. Alle paar Monate rechnete Daniel ihr vor, dass ihre Praxis unrentabel sei, ja sogar mehr koste, als sie einbringe.

Natürlich gab es keine Geldknappheit, denn zumindest der Herr des Hauses verdiente gut. Doch die zwei Jungen, die bald beide studieren würden, sowie das Haus und die damit verbundenen Kosten ließen die Sorgenfalten auf Hannahs Stirn tiefer werden.

Für Alma war Hannah immer noch ein elfengleiches, wunderhübsches Wesen, doch sie sah mit Sorge, wie sie unter den Umständen litt.

Das Gerede der Leute über die Art ihrer Beziehung zu Professor Gerlach, der mittlerweile Leiter der Klinik war und seit Kurts Genesung regelmäßig bei ihnen ein und aus ging, machte das Ganze nicht besser. Neben den Fachgesprächen, die Hannah und er führten, unterhielt er sich ungezwungen und scherzend mit Hannah und wurde von ihr wie ein Bruder behandelt.

Alma hörte sich auf dem Markt das Geschwätz an, hütete sich inzwischen aber, es richtigzustellen, wie sie es noch vor einiger Zeit versucht hatte. Sie hatte beobachtet, dass es egal war, was sie sagte. Man wollte sich das Maul darüber zerreißen und tat es, unabhängig von der Wahrheit. Daher kniff sie die

Lippen zusammen, tätigte zügig ihre Einkäufe und eilte nach Hause.

Lucie hatte kein Interesse mehr daran, bei ihr in der Küche zu spielen, sondern zog sich mit Helga in den Garten oder in ihr Zimmer zurück, wo sie stundenlang miteinander redeten und lachten. Und das war gut so, denn das war der Lauf der Zeit. Erstaunlicherweise hatte die Freundschaft der beiden Mädchen die Jahre überdauert, obwohl sie bei äußerer Betrachtung sehr unterschiedlich waren. Lucie war ein Ebenbild ihrer Mutter und hinreißend hübsch, während die gleichaltrige Helga mit ihren blonden Zöpfen und strammen Beinen daneben eher wie ein Mädchen vom Lande wirkte. Lucie schien sich ihrer körperlichen Vorzüge deutlich bewusst zu sein, und Alma ertappte sie immer häufiger vor dem Spiegel im elterlichen Schlafzimmer, wo sie sich die Haare ordnete und verschiedene Gesichtsausdrücke ausprobierte. Leider wurde sie in ihrer Eitelkeit von den meisten in ihrem Umfeld ermutigt. Sie war der erklärte Liebling des Vaters, und auch Hannah war deutlich nachsichtiger mit ihren Narreteien, als sie es bei den Söhnen gewesen war.

Doch die Strenge hatte den beiden nicht geschadet. Sie waren zu stattlichen Kerlen herangewachsen, die ihre Eltern überragten. Kurt erweckte mit seiner geraden Haltung und seinen sanften braunen Augen einen gutmütigeren Eindruck als Ariel, dessen Blick immer fragend, immer unersättlich auf der Suche nach Antworten durch die Welt irrte. Alma liebte jedes der Friedländer-Kinder abgöttisch und hätte alles für sie und ihre Eltern gegeben.

Die Nachrichten, die regelmäßig aus dem fernen Berlin eintrafen, waren dagegen leider alles andere als beruhigend: Hannahs Vater kränkelte schon geraume Zeit, und auch der mehrmonatige Aufenthalt in einem Schweizer Sanatorium hatte sein Lungenleiden nicht verbessert. Die Mutter, die Alma in nicht allzu guter Erinnerung hatte, war mit den anfallenden Aufgaben in der Fabrik zunehmend überfordert.

Auch der furchtbare Jakob, der noch immer unverheiratet war und den Weibern hinterherstieg, war keine Hilfe, denn er war zwischenzeitlich dem Opiumkonsum verfallen. Er schlief bis in die Nachmittagsstunden, bevor er sich aus dem Bett quälte, ein paar Stunden in der Dunkelheit seines Zimmers verbrachte und sich dann wieder ins Nachtleben stürzte. Er litt zunehmend unter Krampfanfällen und behielt kaum mehr feste Nahrung bei sich, dennoch hielt er an seinem Lebensstil fest, der keinen Raum für jegliche Form von Arbeit ließ.

Hannah war darüber zunehmend besorgt und hatte mehr als einmal versucht, ihrem Bruder ins Gewissen zu reden, doch ohne Erfolg.

Der Zusammenhalt in der eigenen Familie gab ihr Kraft, und auch Alma liebte es, wenn alle im Haus waren und Stimmengewirr die Räume erfüllte. Es war ihr Zuhause.

* * *

Der Brief kam am Abend nach einem langen Tag in der Praxis. Hannahs letzter Patient heute war Herr Waldner gewesen. Er war der einzige ihrer Patienten, der ausreichend Einkommen hatte, um sie problemlos für ihre Dienste zu bezahlen. Seit der Sache mit Kurt damals und seit Alma sich scheinbar von ihm abgewandt hatte, kam er regelmäßig in die Praxis, damit sie sich um sein krankes Bein und andere Zipperlein kümmerte. Natürlich ließ er es sich nicht nehmen, nach der Behandlung noch einen kurzen Abstecher in die Küche zu unternehmen und Alma einen Besuch abzustatten. Sie errötete zwar sanft, wenn er in der Tür erschien, wischte ihr Lächeln aber sofort wieder von ihrem Gesicht und komplimentierte ihn energisch, aber nichtsdestotrotz herzlich nach kurzer Zeit wieder hinaus.

Die Beobachtung dieser Begegnungen lockte Hannah jedes Mal ein Lächeln aufs Gesicht. Heute jedoch verging es ihr schnell, als sie den Brief öffnete, auf dem sie bereits die fahrige Handschrift ihrer Mutter erkannt hatte.

Sie schrieb regelmäßig und klagte über das Leben an der Seite ihres Mannes, doch dieses Mal schien das Ganze deutlich ernster als sonst.

Sie schrieb von dem anhaltend schlechten Zustand des Vaters, der seit geraumer Zeit das Krankenbett hütete. Obwohl man die besten Ärzte Berlins hinzugezogen hatte, verschlechterte sich sein Zustand von Tag zu Tag. Mittlerweile war er kaum mehr in der Lage, sich von seiner Bettstatt zu erheben, und in der Folge stand es auch um die Fabrik immer schlechter.

Die Verkaufszahlen sanken, und es war inzwischen so weit, dass Leute entlassen werden mussten. Die Mutter war damit völlig überfordert, da sich der Geschäftsführer weigerte, diese Entscheidung allein zu treffen, und Jakob wie immer keine Hilfe war. Hannah verdrückte ein paar Tränen, bevor sie Daniel den Brief später im Salon zeigte, als sich die Kinder bereits für die Nacht in ihre Zimmer zurückgezogen hatten. Für gewöhnlich liebten sie beide diese kurze Zeit, bevor auch sie zu Bett gingen; dann führten sie die intensivsten Gespräche des Tages.

Daniel runzelte die Stirn. Über sein eben noch heiteres Gesicht huschte eine dunkle Wolke und er sah Hannah besorgt an. »So geht es nicht weiter. Ich fürchte, wir müssen etwas tun. Es geht nicht an, dass das große Lebenswerk deines Vaters so elendiglich zerstört wird.«

»Ich gebe dir recht, aber was sollen wir tun? Alle Versuche, Jakob zur Mithilfe zu bewegen, sind gescheitert. Und wie sollen wir von hier entscheiden, was für die Fabrik richtig ist?«

Daniel faltete die Hände, dann sagte er langsam: »Nun, die Lösung liegt auf der Hand. Wir müssen zurück. Ich kümmere mich um die Fabrik, und du eröffnest die Praxis deines

Großvaters wieder. Das Haus steht eh leer, weil deine Eltern es nicht verkaufen wollten.«

»Alle Zelte hier abbrechen? Aber das geht doch nicht. Was ist mit meiner Praxis und deiner Arbeit? Die Kinder sind hier geboren, haben Wurzeln geschlagen. Kurt ist gerade frisch Assistent an der Universität geworden. Und Ursula. Ich denke nicht, dass er bereit ist, sie zu verlassen, um mit uns nach Berlin zu gehen. Und was ist mit Ariel? Er hat nur noch ein paar Wochen bis zu seinem Abschluss!«

»Das sind natürlich alles Dinge, die berücksichtigt werden müssen. Wir sollten das mit der ganzen Familie besprechen. Doch letztendlich müssen wir als Eltern eine Entscheidung treffen und sehen, was wir für den richtigen Weg halten. Ich denke, dass deine Chancen als Ärztin in Berlin besser sind. Dort gibt es bereits mehr berufstätige Frauen als hier. Und für mich ist das beruflich kein Problem. Die Frage ist: Was willst du?«

»Ich?« Hannah kaute nervös an ihrer Unterlippe. »Stell dir doch mal vor, wie Lucie reagieren wird. Sie ist hier anerkannt, muss nur die Haare zurückwerfen und geheimnisvoll gucken, und die Jugend liegt ihr zu Füßen. Ich kann mir kaum vorstellen, dass das in Berlin genauso sein wird.«

»Es wäre möglich, allerdings nicht sonderlich wahrscheinlich. Überlege doch einmal, welche Erleichterung unsere Rückkehr nicht nur für deine Mutter wäre. Auch meine Eltern vermissen uns schmerzlich und wären mehr als entzückt, uns in der Nähe zu wissen und zumindest ihr jüngstes Enkelkind um sich zu haben.

»Sicher, sicher. Da hast du recht. Aber trotz allem ist das Ganze wirklich eine große Entscheidung.«

»Das ist es. Und es ist nichts, was man überstürzt angehen sollte. Ich denke, es ist besser, wir schlafen zumindest eine Nacht darüber und reden morgen weiter. Einverstanden?« Er war aufgestanden und hielt ihr einladend seinen Arm entgegen.

Hannah atmete tief ein. Dann erhob auch sie sich.

Das würde mit ziemlicher Sicherheit eine dieser Nächte werden, in der sie nicht viel schlafen, sondern lange grübelnd daliegen würde.

* * *

Am nächsten Abend war es so weit, das Gespräch über die Zukunft der Familie stand an. Hannah hatte eine nahezu schlaflose Nacht verbracht und die Frage über die Rückkehr nach Berlin in Gedanken hin und her bewegt. Trotzdem war sie noch zu keiner Entscheidung gekommen, denn natürlich wollte sie zunächst hören, was die Kinder dazu zu sagen hatten. Und Alma. Schließlich gehörte sie ebenso zur Familie.

Nach dem Abendessen rief Daniel alle zusammen, und bei einer Tasse warmer Milch mit Honig saß die gesamte Familie Friedländer im Salon.

Mit knappen Worten stellte Daniel die Situation dar. Er sagte offen, dass nicht mit einer Besserung des Zustands von Großvater zu rechnen sei und Jakob und Großmutter die Fabrik nicht allein weiterführen könnten. Auch Hannah würde mit großer Wahrscheinlichkeit mehr Erfolg mit der Wiederaufnahme der urgroßväterlichen Praxis haben als mit ihrer Praxis hier in Tübingen. Die Jungen hörten sich die väterlichen Ausführungen ohne einen Mucks an, doch ihr Mienenspiel verriet den inneren Aufruhr, in dem sich alle befanden. Alma saß kerzengerade da und verzog keine Miene. Die heftigsten Regungen sah man Lucie an, die offensichtlich Mühe hatte, ihre widerstrebenden Gefühle nicht laut hinauszutrompeten.

Dann sagte Daniel schließlich: »So, nun wisst ihr alles. Aus diesen Gründen überlegen Mutter und ich, nach Berlin umzusiedeln, quasi zurück dorthin, wo alles begann. Doch bevor wir eine endgültige Entscheidung treffen, wollen wir hören, was ihr darüber denkt.«

Lucie schnaubte laut auf. Sie war zu einer echten Schneewittchen-Schönheit mit langen schwarzen Haaren und leuchtend blauen Augen herangewachsen, doch jetzt sprühten sie Funken. Sie sprang plötzlich aus ihrem Sessel auf und rief entrüstet: »Niemals werde ich von hier wegziehen. Und dann auch noch in dieses hässliche Berlin. Auf keinen Fall verlasse ich Tübingen und Helga. Wir bleiben für immer zusammen, haben wir uns geschworen. Wir sind Schwestern bis in den Tod.« Dann rannte sie heftig schluchzend aus dem Salon. Man hörte ihre lauten Schritte die Treppe hinauf, und einen Augenblick später fiel ihre Zimmertür mit einem Knall ins Schloss.

Ariel räusperte sich als Erster. Seine tief liegenden blauen Augen blickten ernst. Seit einigen Monaten war er überhaupt noch viel ernster als früher. Er ging regelmäßig in die Synagoge, und es hatte scharfe Auseinandersetzungen darüber gegeben, dass er Kippa und Schläfenlocken tragen wollte, um seinen Glauben nach außen zu zeigen. Daniel hatte dieses Ansinnen entschieden abgelehnt, solange sein Sohn zur Schule ging. Und Ariel hatte sich zähneknirschend in die väterliche Anweisung gefügt. Doch die inzwischen täglichen Synagogenbesuche ließ er sich nicht nehmen.

Er zögerte einen Moment, bevor er erklärte: »Ich verstehe euer Ansinnen, doch ich persönlich werde nicht aus Tübingen wegziehen. Meine Freunde sind hier. Die Uni hier ist ausgezeichnet, und ich will mein Jurastudium hier absolvieren wie geplant.«

Hannah sah ihn staunend an. Was war nur aus ihrem kleinen Jungen geworden? Er war so entschieden, so entschlossen, alles Spielerische von früher war verschwunden.

Kurt atmete hörbar aus und sagte dann leise: »So leid es mir auch tun würde, euch nicht mehr täglich um mich zu haben, aber ich muss euch leider mitteilen, dass auch für mich ein Umzug derzeit ausgeschlossen ist. Ich bin so froh, endlich die Assistentenstelle bekommen zu haben und … eigentlich wollte ich ja noch ein bisschen warten, bis ich es publik mache, aber nun ist es eben so: Ich bin entschlossen, Ursula einen Antrag zu machen. Wie ihr wisst, steckt sie noch mitten im Studium, sodass ein Wegzug auch aus diesem Grund schwierig wäre.«

Es fühlte sich an, als würde ein schwerer Stein auf Hannahs Brust gerollt. Die Reaktionen ihrer Kinder machten die ganze Situation nicht einfacher.

»Ich denke, damit ist alles gesagt. Ich werde mich jetzt zurückziehen. Guten Abend«, sagte Kurt und stand auf.

»Ja, gute Nacht allerseits. Ich muss noch ein wenig lernen für das Lateinexamen morgen«, erklärte Ariel und folgte seinem Bruder.

Hannah und Daniel sahen sich an. Mit so entschiedenen Positionen ihrer Sprösslinge hatten beide nicht gerechnet. Hannah spürte, wie ihr eine Träne über die Wange rann. Das war gerade alles ein bisschen viel.

Alma saß noch genauso aufrecht auf ihrem Stuhl wie vorhin. Jetzt stellte sie ihre Tasse auf den Tisch und sagte: »Ich habe eine Entscheidung getroffen, die ich schon eine ganze Weile vor mir herschiebe. Aber heute ist mir klar geworden, dass das Leben weitergeht und dass ich getan habe, was ich konnte. Die Kinder sind aus dem Gröbsten raus, und mit eurem Einverständnis würde ich gern ebenfalls hier in Tübingen bleiben.« Ihre Hände zitterten leicht und ihre Stimme klang belegt.

»Du kannst uns doch nicht auch noch verlassen, Alma!« Der ganze Schreck über die ablehnenden Reaktionen ihrer Kinder schwang in Hannahs Worten mit.

»Ich würde natürlich nichts gegen euren Willen tun. Ihr wisst, wie sehr ich euch und eurer Familie verbunden bin. Es ist nur so: Wilhelm hat mir einen Antrag gemacht. Schon vor einer ganzen Weile. Eigentlich hat er mir sogar viele Anträge gemacht, aber ich habe immer abgelehnt, doch jetzt würde ich gern …, weil ich den Eindruck habe, dass es auch ohne mich ginge … Kurz: Ich würde seinen Heiratsantrag gern annehmen und seine Frau werden. Wir werden schließlich auch nicht jünger und …«

Hannah flog ihr um den Hals und hielt sie ganz fest umschlungen. »Ich freue mich so für dich, Alma. Und ich bin überzeugt, er hätte sich keine Bessere erwählen können. Möget ihr so glücklich werden wie nur irgendwas.«

»Heißt das, ihr nehmt mein Ausscheidungsgesuch an?«, fragte Alma mit erstickter Stimme unter Hannahs Armen hervor.

»Es gäbe keinen besseren Grund, auf deine Dienste und vor allem deine Freundschaft zu verzichten. Wobei: Freunde bleiben wir, nicht wahr?«

Jetzt schossen auch Alma Tränen in die Augen.

»Danke, Hannah. Danke. Es wäre mir eine große Freude!«

Hannah gab die gerührte Alma nach einer Weile wieder frei und setzte sich mit gefalteten Händen zurück in den Sessel. Eine Weile starrte sie auf den Teppich. Ein Wirrwarr an Gefühlen wallte in ihrem Inneren auf, die geordnet werden mussten, bevor sie in der Lage war, einen klaren Gedanken zu fassen. Dass es so kommen würde, hatte sie nicht erwartet. Und außerdem: Wie würden die Leute in Berlin auf sie reagieren? Würden die alten Patienten des Großvaters oder deren Kinder wirklich Vertrauen zu ihr, einer Frau, fassen? Was würde sie tun, wenn es Gegenwind gäbe und sie nicht ihre gesamte Familie um sich hätte? Würde sie ohne Alma und ihr bisheriges Umfeld überhaupt klarkommen? Hier in Tübingen kannte man sie bereits und hatte sich an ihre Eigenheiten gewöhnt, doch Berlin war ein ganz anderes Pflaster.

Entschlossen streckte sie den Rücken.

»Nun, dann fangen wir am besten bald damit an, zu packen. Denk allein an die vielen Bücher, die verstaut werden müssen.«

Erstaunt sah Daniel sie an. »Du hast dich entschieden?«

»Deine Worte haben den Ausschlag gegeben: *Wir gehen dorthin zurück, wo alles begann.* Unsere Beziehung und mein Medizinerleben. Ich werde Großvaters Praxis wieder eröffnen, und auch Lucie wird in Berlin bald über den Verlust ihrer besten Freundin hinwegkommen. Und wenn Alma in der Nähe ist, bin ich mir sicher, dass auch bei Kurt und Ariel hier in Tübingen alles gut laufen wird. Manchmal muss man mutig sein. Die Angst ist nur so mächtig, wie man es ihr erlaubt. Es ist Zeit für den nächsten Schritt! Folgen wir unseren Herzen!«

Printed in Germany
by Amazon Distribution
GmbH, Leipzig

26973608R00262